我的第一本韓語文法

全新・進階篇

全MP3一次下載

9789864542260.zip

iOS系統請升級至 iOS13後再行下載，下載前請先安裝ZIP解壓縮程式或APP，
此為大型檔案，建議使用 Wifi 連線下載，以免占用流量，並確認連線狀況，以利下載順暢。

序言

한국어 교육이 활기를 띠면서 최근 몇 년간 한국어 교육을 위한 다양한 책이 출판되었지만 대부분 초급 학생들을 대상으로 한 것이었습니다. 그 이유는 기존에 한국어를 배우던 학생들이 초급까지만 배우다 그만두는 경우가 많아서 대부분의 책들도 초급자를 겨냥해서 출판했기 때문인 것 같습니다. 그러나 최근 한국에 대한 관심이 높아지고 한국에서 대학이나 대학원에 진학하고자 하는 학생들이 늘면서 중급 이상의 한국어를 학습하고자 하는 사람들이 증가하고 있습니다. 이에 따라 중급 이상의 학습자들을 위한 한국어 교재가 필요한 실정입니다. 중급에서 다루는 문법들은 초급과 달리 활용이 복잡하고 의미가 다양하여 중급 수준의 한국어 학습자들로부터 한국어를 배우는 게 점점 더 어려워진다는 이야기를 많이 듣습니다. 또한 한국어에 대한 지식이 쌓여 가면서 기존에 배웠던 문법들과 새로 배우는 문법들이 헷갈린다는 말도 많이 합니다.

본 책은 *Korean Grammar in Use*의 두 번째 시리즈로, 한국 대학의 한국어 교육기관에서 사용하고 있는 3~4급 교재에 많이 나오는 문법들을 정리하여 중급 수준의 한국어를 배우기 원하는 학생이나 이미 배운 한국어 문법을 정리하고자 하는 학생들을 위한 교재로 기획되었습니다. 중급 학습자를 대상으로 하는 책답게 문법과 예문은 중급 수준의 한국어를 사용했으며, 좀 더 명확한 의미 전달을 위해 중국어 번역도 함께 실었습니다. 또한 기존의 문법책에서는 다루지 않은 그동안 현장에서 가르치면서 학생들이 어려워하거나 많이 틀리는 부분들에 대해서도 언급하여 학습자나 교사에게 도움을 주고자 하였습니다. 그리고 일반적인 문법책이 가지고 있는 단점, 즉 문법의 의미는 알지만 사용되는 상황을 정확히 알기 힘들다는 점을 보완하기 위해 대체 연습식으로 대화를 만들어 보는 활동을 첨가했습니다. 그뿐만 아니라 최근 관심이 집중되고 있는 한국어능력시험(TOPIK)을 대비할 수 있도록 TOPIK 유형의 연습 문제도 실었습니다.

이 책을 통해 한국어를 배우는 많은 학생들이 좀 더 쉽게 한국어를 이해하고 다양하고 수준 높은 한국어를 구사할 수 있기를 바랍니다. 더불어 현장에서 한국어를 가르치는 교사들 역시 수업을 진행하고 이끌어나가는 데 도움을 받을 수 있었으면 합니다.

끝으로 사명감을 가지고 좋은 한국어 교재를 편찬하는 데 최선을 다하는 다락원의 한국어출판부 편집진께 감사의 말을 전하고 싶습니다. 여러 가지 어려운 일에도 불구하고 본 교재가 나오기까지 꼼꼼하게 신경을 써 주신 것에 감사드립니다. 또한 이 책의 번역을 맡아 주신 김영자 선생님과 즐겁고 기쁜 마음으로 교정을 봐 주고 여러 가지 조언을 해 준 선은희 선생님과 학생들, 그리고 친구들에게 고마움을 전합니다.

저자 일동

隨著韓語學習熱潮的掀起，近來出版了各樣的韓語學習用書，但大部分都是以初學者為對象。這是因為以前大部分韓語學習者學到初級，就不再往前了，所以大部分教材似乎也是以這些學習者為對象編寫的。但近來對韓國關心升高、想進韓國大學、研究所的人增多，希望學習中級以上韓語的人逐漸增加，因此出版中級以上使用的韓語教材已成當務之急。中級韓語涉及的文法與初級文法大不相同，應用較複雜、意義也較多樣，因此中級韓語學習者普遍反映學習起來逐漸困難，並且也表示隨著韓語知識的積累，先前學到的文法和新文法相混淆。

本書是《我的第一本韓語文法》的系列叢書（二），本書將韓國大學韓語教學機構使用的3－4級教材中出現的文法做了彙整，專為那些將要學習，或已經學過中級韓語而要將學過的文法加以整理的學習者所企劃編寫的。作為中級以上程度的學習用書，我們在文法和例句使用中級水準的例句，並且為了更準確地傳達文法的意義，附加了中文翻譯。另外，還對那些以往文法書裡未提到的、以及筆者在教學中學習者有困惑的、經常誤用的部分也做了補充，以期有助於學習者及教師。為了彌補一般文法書上只知道文法意思，但不明確使用情境的缺陷，本書增加了適當的會話練習，不僅如此，針對大家關心的韓語能力測驗（TOPIK），加入了相應類型的練習題。

我們希望此書能夠幫助更多學習韓語的人能更輕鬆、更準確地掌握並使用較高水準的韓語，也希望能對從事韓語教學的教師們在教學上有所助益。

最後，我們要衷心感謝心懷使命感，為出版優秀韓語教材而努力的多樂園韓語出版部編輯。他們為了本書的出版，做了無數的工作。此外，還要感謝擔任本書翻譯的金英子老師，以及愉快地參與校正並給予指正的宣恩姬老師，還有向所有學生和朋友們致上謝意。

著者群

如何使用本書

文法標題
本單元將要學習的文法。

QR Code線上音檔
正文中附的MP3是單軌音檔，學習者也可至書名頁下載全書音檔。

005 mp3

導入
在學習文法前，先以圖片和對話來做腦力激盪，並引導思考該文法。對話以最能呈現該文法的情境為主，圖片亦同。此部分提供MP3音檔，可以進行聽力練習。

가 바람이 많이 부네요.
風颳得很大呢。

나 바람이 불면 추울 텐데 따뜻하게 입고 가는 게 좋겠어요.
颳風會很冷的，出門最好穿暖和點。

가 웨이밍 씨가 오늘 동창회에 온대요?
魏明說要來參加今天的同學會嗎？

나 모르겠어요. 벌써 초대장을 받았을 텐데 연락이 없네요.
不知道，應該已經收到邀請函了，可是沒有消息。

文法重點！
針對主題文法不僅有意義說明，還對它在不同詞類和不同時制下的用法列出了具體的表格和例句。此時「A」為形容詞、「V」為動詞、「N」為名詞。

文法重點！

이 표현은 추측이나 의지를 나타내는 '-(으)ㄹ 터이다'에 상황이나 일의 배경을 나타내는 '-(으)ㄴ/는데'가 합쳐진 말입니다. 간단하게 설명하면 '-(으)ㄴ/는데'의 추측 혹은 미래를 표현할 때 사용하는 것이라고 할 수 있습니다. 선행절에는 어떤 사실이나 상황에 대한 강한 추측이나 미래를 나타내는 말이 오고 후행절에는 선행절과 관련되거나 반대가 되는 말이 옵니다.

此文法是由表示推測和意志的「-(으)ㄹ 터이다」和表示狀況背景的「-(으)ㄴ/는데」結合起來的形態。簡單地說：是用來表述「-(으)ㄴ/는데」的推測或未來狀態。前子句中有對某種事實或狀況的強烈推測或表現未來的內容，而後子句則為與前子句相關或對立的內容。

-(으)ㄹ 텐데				
A/V	過去	-았/었을 텐데	작다 먹다	작았을 텐데 먹었을 텐데
	現在	-(으)ㄹ 텐데	작다 먹다	작을 텐데 먹을 텐데
N이다	過去	였을 텐데 이었을 텐데	부자이다 학생이다	부자였을 텐데 학생이었을 텐데
	現在	일 텐데	부자이다 학생이다	부자일 텐데 학생일 텐데

深入瞭解！

이 표현은 '-(으)ㄹ 텐데요'의 형태로 문장 끝에 사용할 수 있는데 이때는 말하는 사람의 추측이나 가정 상황을 나타내기도 합니다.

「-(으)ㄹ 텐데요」的形式可以用於句尾，此時也表示話者的推測和假設。

가 제나 씨에게 같이 여행 가자고 할까요?
找珍娜一起去旅行，好嗎？

나 제나 씨는 요즘 바쁠 텐데요.
珍娜最近好像很忙。

가 경수 씨가 요즘 시험 준비하느라 바쁘대요.
京秀說最近在準備考試，很忙。

나 이번에는 꼭 합격해야 할 텐데요.
這次一定要及格才行啊！

가 태풍이 와서 비행기가 모두 취소되었어요.
因為颱風，所有航班都取消了。

나 태풍이 오지 않았더라면 비행기가 취소되지 않았을 텐데요.
要是颱風沒來，航班就不會被取消了。

深入瞭解！
除了在「文法重點」部分提供的說明以外，還補充說明該文法的其他含義、形態上的限制條件和使用時的注意事項。

哪裡不一樣？

'-(으)ㄴ/는데'와 '-(으)ㄹ 텐데'는 다음과 같은 점에서 차이가 납니다.
「-(으)ㄴ/는데」和「-(으)ㄹ 텐데」有以下幾點區別：

-(으)ㄴ/는데	-(으)ㄹ 텐데
현재 상황에 대한 배경 설명이나 뒤에 나올 내용에 대한 도입을 제시할 때 사용합니다. 用於對現狀的背景做說明，或引出將要出現的內容。	현재나 미래 상황에 대해 말하는 사람의 추측을 표현할 때 사용합니다. 用於表達說話者對現在或未來狀態的推測。

• (지금) 비가 오는데 우산을 가지고 가세요. (現在) 下雨呢，帶著雨傘去吧。 → 비가 오고 있기 때문에 '-(으)ㄴ/는데'를 사용하고 있습니다. 因為正在下雨，所以使用「-(으)ㄴ/는데」。	• (오후에) 비가 올 텐데 우산을 가지고 가세요. (下午) 會下雨，帶著雨傘去吧。 → 앞으로 비가 올 것이기 때문에 '-(으)ㄹ 텐데'를 사용하고 있습니다. 因為以後會下雨，所以使用「-(으)ㄹ 텐데」。

哪裡不一樣？

將與目標文法在形態或意義上相近的文法比較說明，使讀者能更準確理解相關文法。

會話練習！

1 가 커피 한잔 주실래요?
나 지금 커피를 마시면 잠이 안 올 텐데 우유를 드세요.

Track 06

커피 한잔 주시다	지금 커피를 마시면 잠이 안 오다 / 우유를 마셔라
주말에 백화점에 같이 가다	세일 중이라 사람이 많다 / 다음에 가자
뮤지컬 '왕과 나'를 보러 가다	그 뮤지컬은 벌써 끝났다 / 다른 공연을 보자

2 가 오후에 같이 테니스 칠까요?
나 오후에는 날씨가 꽤 더울 텐데요.

오후에 같이 테니스 치다	오후에는 날씨가 꽤 덥다
오늘은 커피숍에 가서 공부하다	커피숍은 시끄럽다
아키라 씨랑 같이 영화를 보다	아키라 씨는 고향에 돌아갔다

會話練習！

這是為了讓大家能在實際生活中正確使用所學文法，而提供的一個實用會話練習。例句中的文法部分用紅色標出，下面方格內的內容是用來替換的對應部分。此部分的參考答案列於書末附錄，並提供MP3便於進行聽力練習。

實戰練習！

為了讓大家運用學過的主題文法練習，提供了不同情境和多種形式的對話問題。所有練習的(1)都為例句，其他為仿照(1)來進行練習。參考答案列於書末附錄。

實戰練習！

1 請用「-(으)ㄹ 텐데」，將下列寫成一個句子。

(1) 방학하면 심심할 거예요. + 우리 집에 놀러 오세요.
→ 방학하면 심심할 텐데 우리 집에 놀러 오세요.

(2) 배가 고플 거예요. + 이것 좀 드세요.
→

(3) 손님이 많이 올 거예요. + 음식을 얼마나 준비해야 하지요?
→

(4) 사토 씨가 보너스를 받았을 거예요. + 한턱내라고 해야겠어요.
→

(5) 인선 씨가 서울에 도착했을 거예요. + 이따가 연락해 볼까요?
→

單元1 總複習！

(1~2) 請選擇可以替換下列畫線部分的選項。

1 주영 씨가 책을 자주 사는 걸 보니까 책을 많이 읽는 모양이에요.

① 책을 많이 좋아해요　② 책을 많이 읽나 봐요
③ 책을 사는 줄 몰랐어요　④ 책을 많이 읽을지도 몰라요

2 케일라 씨가 한국어를 잘하는 줄 알았어요.

① 한국어를 정말 잘해요　② 한국어를 잘하고 싶어해요
③ 한국어를 잘하려고 공부하고 있어요　④ 한국어를 잘한다고 생각했는데 아니에요

(3~5) 請選擇下列畫線部分正確的回答。

3 가 요즘 사람들이 이 신발을 많이 신고 다니네요.
나 그러게요. 이 신발이 ______________.

① 인기가 많을걸요　② 인기가 많을지도 몰라요
③ 인기가 많은 모양이에요　④ 인기가 많은 줄 알았어요

總複習！

將每單元學過的意義相近的文法集中起來練習和總複習，並提供韓語能力測驗的題型幫助應考。參考答案列於書末附錄。

目錄

目錄

추측과 예상을 나타낼 때
表示推測和預料時

본 장에서는 추측과 예상을 나타내는 표현을 배웁니다. 초급 단계에서는 추측·예상 표현과 관련해서 '-겠-', '-(으)ㄹ 거예요', '-(으)ㄹ까요?', '-(으)ㄴ/는/(으)ㄹ 것 같다'를 배웠습니다. 여기에서는 더 많은 추측이나 예상과 관계된 표현을 배우는데 의미가 조금씩 다르기 때문에 예문과 설명을 통해 정확한 의미를 배워 나가시기 바랍니다.

本單元我們要學習表示推測和預料的文法。在初級階段我們曾學習過表示推測和預料時使用的「-겠-」、「-(으)ㄹ 거예요」、「-(으)ㄹ까요?」、「-(으)ㄴ/는/(으)ㄹ 것 같다」。在這裡我們將學習更多的用法，它們在意義上各稍有不同，我們將透過例句和說明來瞭解它們準確的意義。

01 -아/어 보이다

001.mp3

가 마크 씨, 얼굴이 피곤해 **보여요**.
무슨 일 있어요?
馬克，你看起來很累的樣子，有什麼事嗎？

나 어제 숙제하느라고 잠을 못 잤거든요.
因為昨天做作業而沒睡好。

가 아키라 씨, 제가 머리 모양을 바꿨는데 어때요?
明良，我換了個髮型，怎麼樣？

나 머리 모양을 바꾸니까 훨씬 어려 **보이네요**.
髮型一換，看起來年輕多了。

文法重點！

이 표현은 겉으로 볼 때 어떤 사람의 감정이나 상태 혹은 물건이나 일의 상태에 대해 느껴지거나 추측되는 것을 표현할 때 사용합니다.
此文法用於表達由外表觀察而對他人的感情、狀態，或對事物狀態產生感覺或推測的內容。

-아/어 보이다				
A	過去	-아/어 보였다	작다 넓다	작아 보였다 넓어 보였다
	現在	-아/어 보이다	작다 넓다	작아 보이다 넓어 보이다
	推測	-아/어 보일 것이다	작다 넓다	작아 보일 것이다 넓어 보일 것이다

가 할아버지, 청바지 입으셨네요. 爺爺，您穿牛仔褲呢。
나 청바지를 입으니까 더 젊어 **보이지**? 穿上牛仔褲，顯得更年輕了吧？

가 이 음식은 많이 매워 **보이는데** 괜찮겠어요? 這道菜看起來很辣，能吃嗎？
나 이제 매운 음식에 익숙해져서 괜찮아요. 現在對辣的食物已經習慣了，沒關係。

가 영진 씨한테 무슨 일 있어요? 榮鎮有什麼事嗎？

나 왜요? 怎麼了？

가 도서관 앞에서 봤는데 많이 우울**해 보였어요**. 我在圖書館前面看到他，他看起來很憂鬱。

深入瞭解！

1 이 표현은 형용사하고만 쓰입니다. 따라서 동사가 앞에 오면 틀린 문장이 됩니다.

此表現只和形容詞一起使用。如果動詞在前面就是錯誤的句子。

- 아키라 씨가 한국말을 잘해 보여요. (×)

  → 아키라 씨가 한국말을 잘하는 것 같아요. (○)

  明良的韓語似乎很厲害。

  : '잘하다'가 동사이므로 '–아/어 보이다'를 쓰면 틀립니다.

  「잘하다」是動詞，若使用「–아/어 보이다」是錯誤的。

2 '–게 보이다'로 사용되기도 합니다.

也可以用「**–게 보이다**」表達。

- 그 옷을 입으니까 날씬해 보여요.

  = 그 옷을 입으니까 날씬하게 보여요.

  穿上那件衣服後，看起來很苗條。

會話練習！

Tip

프러포즈를 받다 受到求婚

입원하다 住院

002.mp3

1 가 수진 씨가 요즘 행복해 보이는데 무슨 일 있어요?

나 며칠 전에 남자 친구한테서 프러포즈를 받았대요.

요즘 행복하다	며칠 전에 남자 친구한테서 프러포즈를 받다
요즘 힘들다	어머니가 병원에 입원하시다
오늘 기분이 안 좋다	동생이 말도 없이 수진 씨 옷을 입고 나가다

2 가 가방이 무거워 보이는데 들어 드릴까요?

나 보기보다 가벼우니까 괜찮아요.

가방이 무겁다 / 들어 드리다	가벼우니까 괜찮다
지도에서는 가깝다 / 걸어가다	머니까 버스를 타는 게 좋겠다
일이 많다 / 좀 도와 드리다	많지 않으니까 도와주지 않아도 되다

實戰練習！

請看下圖，利用「-아/어 보이다」來完成對話。

(1) 

가 남방이 더 시원할까요?
나 하늘색 남방이 빨간색 남방보다 더 시원해 보여요.
하늘색 남방을 사세요.

(2) 

가 웨이밍 씨의 방이 마크 씨 방보다 큰가요?
나 아니에요, 웨이밍 씨의 방이 깨끗해서 마크 씨의 방보다 더 ______________.

(3) 

가 어느 옷이 더 나아요?
나 까만색 원피스를 입으니까 더 ______________. 까만색 원피스를 입으세요.

(4) 

가 아키라 씨의 자동차가 정말 좋네요.
나 아키라 씨는 돈이 ______________.

(5) 

가 이 책은 정말 ______________.
나 네, 카일리 씨한테는 어려울 것 같네요.

(6) 

가 은혜 씨가 기분이 ______________.
좋은 일이 있나 봐요.
나 네, 장학금을 받았대요.

02 -(으)ㄴ/는 모양이다

003.mp3

가 웨이밍 씨가 오늘 학교에 안 왔네요.
魏明今天沒來學校。

나 어제 몸이 안 좋다고 했는데 많이 아픈 **모양이에요.**
昨天他說身體不舒服，看樣子是病得不輕啊。

가 저기 아키라 씨가 가네요!
明良在那裡走著呢。

나 등산복을 입은 걸 보니까 산에 가는 **모양이에요.**
看他穿著登山服，好像是正要去爬山的樣子。

文法重點！

'모양'은 생김새나 모습을 뜻하는 말로 이 표현에서는 상태, 형편을 의미한다고 할 수 있습니다. 따라서 이 표현은 현재의 어떤 상황이나 주변 상황, 분위기를 보거나 듣고 나서 어떤 일이 일어나고 있거나 어떤 상태일 것이라고 짐작 · 추측할 때 사용합니다. 어떤 것을 보고 추측하는 것이므로 '-(으)ㄴ/는 모양이다' 앞에 추측의 근거가 되는 표현인 '-(으)ㄴ/는 걸 보니까'를 사용하는 경우가 많습니다.

「모양」指外貌或形象，在此文法中表示狀態和情形。此文法用於目睹或聽聞了當前狀況、周邊環境、氛圍，而對將有事情發生和將是怎樣狀態予以估量和推測。由於是在看到後所做的推測，所以在「-(으)ㄴ/는 모양이다」前面常用表示推測根據的「-(으)ㄴ/는 걸 보니까」。

-(으)ㄴ/는 모양이다					
A	過去	-았/었던	좋다 피곤하다	좋았던 피곤했던	+ 모양이다
	現在	-(으)ㄴ	좋다 피곤하다	좋은 피곤한	
	未來	-(으)ㄹ	좋다 따뜻하다	좋을 따뜻할	

V	過去	–(으)ㄴ	가다 먹다	간 먹은	+ 모양이다
	現在	–는	가다 먹다	가는 먹는	
	未來	–(으)ㄹ	가다 먹다	갈 먹을	
N이다	過去	였던 이었던	의사이다 학생이다	의사였던 학생이었던	
	現在	인	의사이다 학생이다	의사인 학생인	

가 소영 씨가 회사를 그만두었다면서요?
聽說素英辭職了？

나 네, 회사 일이 정말 힘들었던 **모양이에요**.
是的，公司的工作好像非常辛苦的樣子。

가 제나 씨가 아직 안 일어났어요?
珍娜還沒起床嗎？

나 방에 영화 DVD가 있는 걸 보니까 밤늦게까지 영화를 본 **모양이에요**.
看房間裡有電影光碟，好像是看電影看到很晚的樣子。

가 주영 씨가 방학에 뭐 하는지 아세요?
你知道株榮放假要做什麼嗎？

나 비행기 표를 예매한 걸 보니까 고향에 갈 **모양이에요**.
看他已經訂了飛機票，應該是要回家鄉的樣子。

深入瞭解！

1 이 표현은 추측의 근거가 되는 상황을 보거나 듣거나 한 것을 바탕으로 해서 사용하기 때문에, 말하는 사람이 직접 경험한 일에 대해서는 사용하지 않습니다.

此文法是以看到或聽到作為推測依據的狀況為基礎，所以不可用於話者自己親自經歷的事情。

- 새로 생긴 식당에서 먹어 봤는데 음식이 괜찮은 모양이에요. (×)
→ 새로 생긴 식당에서 먹어 봤는데 음식이 괜찮은 것 같아요. (○)
我在新開的餐廳用餐過，覺得食物還不錯。

2 추측의 근거가 객관적이지 않을 때, 즉 막연하게 그렇게 생각하거나 주관적인 추측일 때도 사용할 수 없습니다.

當推測的根據不夠客觀時就不能使用。也就是說，不可用於毫無根據的想像和主觀猜測。

- 내 생각에 저기 앉아 있는 여자는 공부를 잘하는 모양이에요. (×)
  → 내 생각에 저기 앉아 있는 여자는 공부를 잘할 것 같아요. (○)
  我覺得坐在那裡的女孩好像很會念書的樣子。

: 막연한 느낌의 주관적인 추측이므로 '–(으)ㄴ/는 모양이다'를 사용하지 않고 막연하면서 주관적인 추측을 나타내는 '–(으)ㄹ 것 같다'를 사용합니다.
由於是毫無根據地憑主觀猜測，所以不使用「–(으)ㄴ/는 모양이다」，而是使用表茫然主觀猜測的「–(으)ㄹ 것 같다」。

004.mp3

會話練習！

Tip
시설 設施
부동산 중개소 房地產仲介公司
내내 一直

1 가 이 헬스클럽에는 사람이 많네요.
나 사람이 많은 걸 보니 시설이 좋은 **모양이에요**.

이 헬스클럽에 사람이 많다	시설이 좋다
소영 씨가 부동산 중개소에 전화를 하고 있다	이사하겠다
은혜 씨가 회의 시간 내내 시계를 보다	약속이 있다

2 가 정우 씨가 기다리지 말고 먼저 먹으래요.
나 기다리지 말고 먼저 먹으라는 걸 보니까 늦게 올 **모양이네요**.

기다리지 말고 먼저 먹으라고 하다	늦게 오겠다
다음 주에 만나자고 하다	이번 주에 일이 많다
오늘 하루 종일 잘 거라고 하다	출장에서 많이 피곤했다

實戰練習！

1 請用「-(으)ㄴ/는 모양이다」完成下列對話。

(1) 가 아키라 씨는 김밥을 자주 먹어요. (김밥을 좋아하다)
나 김밥을 자주 먹는 걸 보니 김밥을 좋아하는 모양이에요.

(2) 가 은혜 씨의 집 밖에 신문이 쌓여 있네요. (며칠 여행을 갔다)
나 ______________________

(3) 가 하늘에 구름이 많이 끼어 있네요. (눈이 오겠다)
나 ______________________

(4) 가 극장에 사람이 많네요. (영화가 재미있다)
나 ______________________

(5) 가 태준 씨의 얼굴 표정이 안 좋네요. (이번에도 승진을 못했다)
나 ______________________

2 請看下圖，仿照範例，找出適合的單字，搭配「-(으)ㄴ/는 모양이다」來完成句子。

보기	유행이다	구입하다	편하다	고민이다	모으다

요즘 지하철에서 보니까 사람들이 태블릿 PC(tablet PC)를 많이 가지고 다녀요. 요즘 태블릿 PC가 (1) 유행인 모양이에요 . 아무 데서나 TV, 인터넷이 되고 전자책도 읽을 수 있어서 아주 (2)______________. 제 친구 마크 씨도 태블릿 PC를 하나 (3)______________. 요즘 계속 태블릿 PC에 대해 알아보고 있거든요. 몇 달 전부터 아르바이트를 해서 돈도 꽤 (4)______________. 그런데 어느 제품을 사야 할지 (5)______________. 제품마다 장점과 단점이 다 다르거든요. 저도 하나 구입하고 싶지만 아직은 꽤 비싸요. 그래서 가격이 내려갈 때까지 좀 더 기다려야 겠어요.

03 -(으)ㄹ 텐데

005.mp3

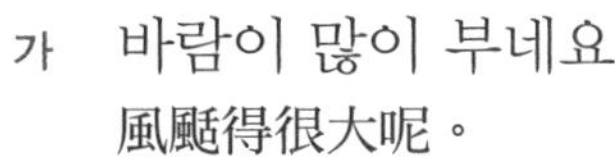

가 바람이 많이 부네요.
風颼得很大呢。

나 바람이 불면 추울 **텐데** 따뜻하게 입고 가는 게 좋겠어요.
颳風會很冷的，出門最好穿暖和點。

가 웨이밍 씨가 오늘 동창회에 온대요?
魏明說要來參加今天的同學會嗎？

나 모르겠어요. 벌써 초대장을 받았을 **텐데** 연락이 없네요.
不知道，應該已經收到邀請函了，可是沒有消息。

文法重點！

이 표현은 추측이나 의지를 나타내는 '-(으)ㄹ 터이다'에 상황이나 일의 배경을 나타내는 '-(으)ㄴ/는데'가 합쳐진 말입니다. 간단하게 설명하면 '-(으)ㄴ/는데'의 추측 혹은 미래를 표현할 때 사용하는 것이라고 할 수 있습니다. 선행절에는 어떤 사실이나 상황에 대한 강한 추측이나 미래를 나타내는 말이 오고 후행절에는 선행절과 관련되거나 반대가 되는 말이 옵니다.

此文法是由表示推測和意志的「-(으)ㄹ 터이다」和表示狀況背景的「-(으)ㄴ/는데」結合起來的形態。簡單地說：是用來表述「-(으)ㄴ/는데」的推測或未來狀態。前子句中有對某種事實或狀況的強烈推測或表現未來的內容，而後子句則為與前子句相關或對立的內容。

-(으)ㄹ 텐데				
A/V	過去	-았/었을 텐데	작다 먹다	작았을 텐데 먹었을 텐데
	現在	-(으)ㄹ 텐데	작다 먹다	작을 텐데 먹을 텐데
N이다	過去	였을 텐데 이었을 텐데	부자이다 학생이다	부자였을 텐데 학생이었을 텐데
	現在	일 텐데	부자이다 학생이다	부자일 텐데 학생일 텐데

가 시험공부를 안 해서 큰일이에요.
考試沒準備，糟糕了。

나 저도요. 시험을 못 보면 진급을 못할 **텐데** 걱정이에요.
我也是，考不好就不能晉級，真擔心啊。

가 저녁에 택배가 하나 오는데 좀 받아 주세요.
晚上有個包裹會到，你幫我收一下。

나 저도 저녁에는 집에 없을 **텐데** 어떡하지요?
我晚上可能也不在家，怎麼辦啊？

가 어제 야근하느라고 많이 피곤했을 **텐데** 오늘은 일찍 들어가세요.
昨天上夜班一定很累，今天早點回去吧。

나 괜찮습니다. 오늘도 야근할 수 있습니다.
沒關係，今天也可以上夜班。

深入瞭解！

이 표현은 '-(으)ㄹ 텐데요'의 형태로 문장 끝에 사용할 수 있는데 이때는 말하는 사람의 추측이나 가정 상황을 나타내기도 합니다.

「-(으)ㄹ 텐데요」的形式可以用於句尾，此時也表示話者的推測和假設。

가 제나 씨에게 같이 여행 가자고 할까요?
要不要找珍娜一起去旅行？

나 제나 씨는 요즘 바쁠 텐데요.
珍娜最近好像很忙。

가 경수 씨가 요즘 시험 준비하느라 바쁘대요.
京秀說最近在準備考試，很忙。

나 이번에는 꼭 합격해야 할 텐데요.
這次一定要及格才行啊！

가 태풍이 와서 비행기가 모두 취소되었어요.
因為颱風，所有航班都取消了。

나 태풍이 오지 않았더라면 비행기가 취소되지 않았을 텐데요.
要是颱風沒來，航班就不會被取消了。

哪裡不一樣?

'-(으)ㄴ/는데'와 '-(으)ㄹ 텐데'는 다음과 같은 점에서 차이가 납니다.

「-(으)ㄴ/는데」和「-(으)ㄹ 텐데」有以下幾點區別：

-(으)ㄴ/는데	-(으)ㄹ 텐데
현재 상황에 대한 배경 설명이나 뒤에 나올 내용에 대한 도입을 제시할 때 사용합니다. 用於對現狀的背景做說明，或提示後面將要出現的內容。	현재나 미래 상황에 대해 말하는 사람의 추측을 표현할 때 사용합니다. 用於表達話者對現在或未來狀態的推測。

• (지금) 비가 오는데 우산을 가지고 가세요. (現在) 下雨呢，帶著雨傘去吧。 → 비가 오고 있기 때문에 '-(으)ㄴ/는데'를 사용하고 있습니다. 因為正在下雨，所以使用「-(으)ㄴ/는데」。	• (오후에) 비가 올 텐데 우산을 가지고 가세요. (下午) 會下雨，帶著雨傘去吧。 → 앞으로 비가 올 것이기 때문에 '-(으)ㄹ 텐데'를 사용하고 있습니다. 因為以後會下雨，所以使用「-(으)ㄹ 텐데」。

會話練習！

006.mp3

1 가 커피 한잔 주실래요?

나 지금 커피를 마시면 잠이 안 올 **텐데** 우유를 드세요.

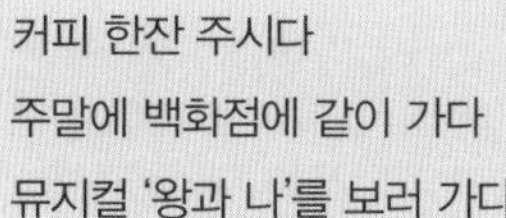

커피 한잔 주시다	지금 커피를 마시면 잠이 안 오다 / 우유를 마셔라
주말에 백화점에 같이 가다	세일 중이라 사람이 많다 / 다음에 가자
뮤지컬 '왕과 나'를 보러 가다	그 뮤지컬은 벌써 끝났다 / 다른 공연을 보자

2 가 오후에 같이 테니스 칠까요?

나 오후에는 날씨가 꽤 더울 **텐데요**.

오후에 같이 테니스 치다	오후에는 날씨가 꽤 덥다
오늘은 커피숍에 가서 공부하다	커피숍은 시끄럽다
아키라 씨랑 같이 영화를 보다	아키라 씨는 고향에 돌아갔다

實戰練習！

1 請用「-(으)ㄹ 텐데」，將下列寫成一個句子。

(1) 방학하면 심심할 거예요. + 우리 집에 놀러 오세요.

→ 방학하면 심심할 텐데 우리 집에 놀러 오세요.

(2) 배가 고플 거예요. + 이것 좀 드세요.

→ ______

(3) 손님이 많이 올 거예요. + 음식을 얼마나 준비해야 하지요?

→ ______

(4) 사토 씨가 보너스를 받았을 거예요. + 한턱내라고 해야겠어요.

→ ______

(5) 인선 씨가 서울에 도착했을 거예요. + 이따가 연락해 볼까요?

→ ______

2 請用「-(으)ㄹ 텐데」完成下列對話。

(1) 가 이 책을 마크 씨한테 주려고 하는데 어때요? (외국인한테 어렵다)
나 이 책은 외국인한테 어려울 텐데 다른 책을 사는 게 어때요?

(2) 가 혹시 주위에 영어를 잘하는 사람이 있나요? 통역할 일이 있어서요. (영어를 잘하다)
나 은혜 씨가 미국에서 살아서 ______ 은혜 씨에게 부탁해 보세요.

(3) 가 저 옷을 한번 입어 볼까요? (저 옷은 작다)
나 ______ 다른 옷을 입어 보세요.

(4) 가 슈퍼마켓에 갔다 올게요. (문을 닫았다)
나 지금쯤 슈퍼마켓이 ______ 내일 가는 게 좋겠어요.

(5) 가 양강 씨가 장학금을 탔대요. (쉽지 않았다)
나 회사 일 하면서 공부하기가 ______ 정말 대단하군요.

04 -(으)ㄹ 테니까

가 비빔밥에는 고추장을 넣어야 맛있지요?
拌飯裡要放辣椒醬才好吃吧？

나 네, 하지만 고추장을 많이 넣으면 매울 **테니까** 조금만 넣으세요.
是啊，不過辣椒醬放多了會辣，放一點就好。

가 마크 씨가 면접을 잘 봤는지 모르겠어요.
不知道馬克的面試有沒有考好？

나 잘 봤을 **테니까** 걱정하지 마세요.
應該會考得好，別擔心。

文法重點！

이 표현은 말하는 사람의 추측을 나타내는 말로 '추측이나 의지'를 나타내는 '-(으)ㄹ 터이다'에 이유를 나타내는 '-(으)니까'가 붙은 말입니다. 후행절에는 주로 말하는 사람이 제안하거나 조언하는 말이 오며 선행절에는 그렇게 제언하거나 조언하는 이유를 추측하면서 말합니다.

此文法用於表達話者的推測。它是由表示推測或意志的「-(으)ㄹ 터이다」和表示理由的「-(으)니까」結合起來的形式。後子句主要接話者的提議或忠告，前子句則為推測表達那般建議或忠告的理由。

-(으)ㄹ 테니까				
A/V	過去	-았/었을 테니까	가다	갔을 테니까
			넓다	넓었을 테니까
	現在 / 未來	-(으)ㄹ 테니까	가다	갈 테니까
			넓다	넓을 테니까
N이다	過去	였을/이었을 테니까	아이이다	아이였을 테니까
			학생이다	학생이었을 테니까
	現在 / 未來	일 테니까	아이이다	아이일 테니까
			학생이다	학생일 테니까

가 마리 씨가 과일을 좋아하니까 사과를 좀 사 갈까요?
馬莉喜歡水果，買點蘋果帶去好嗎？

나 요즘 딸기 철이라 딸기가 싸고 맛있을 **테니까** 딸기를 사 가요.
最近是草莓產季，草莓應該又便宜又好吃，買草莓帶去吧。

가 선생님을 만나고 싶은데 어디에 계시는지 아세요?
我想見老師，你知道老師在什麼地方嗎？

나 사무실에 계실 **테니까** 거기로 가 보세요.
應該在辦公室，去那看看吧。

가 아침 회의 때 음료수만 준비하면 될까요?
早上開會時只要準備飲料就可以了嗎？

나 대부분 아침을 안 먹**었을 테니까** 샌드위치도 같이 준비하는 게 좋겠어요.
多數人都沒吃早餐，所以最好一起準備一些三明治。

深入瞭解！

1 이 표현은 '–(으)ㄹ 테니까요'의 형태로 문장 뒤에 사용하기도 합니다.
此文法也可以用「–(으)ㄹ 테니까요」的形態放在句尾使用。

- 일찍 출발하세요. 월요일이라 길이 막힐 테니까요.
早點出發吧，因為是星期一，所以可能會塞車。

2 '–(으)ㄹ 테니까'의 후행절에는 '걱정이다', '고맙다', '미안하다'의 말이 올 수 없습니다.
「–(으)ㄹ 테니까」的後子句中，不可使用「걱정이다」、「고맙다」、「미안하다」等詞彙。

- 바쁘실 테니까 참석해 주셔서 감사합니다. (×)
→ 바쁘실 텐데 참석해 주셔서 감사합니다. (○)
百忙之中前來參加，很是感謝。

- 피곤할 테니까 일찍 나오라고 해서 미안해요. (×)
→ 피곤할 텐데 일찍 나오라고 해서 미안해요. (○)
應該很累吧，要你這麼早出來，真抱歉。

3 이 표현은 말하는 사람이 어떤 일을 하겠다는 의지나 의도를 나타내기도 하는데 이때는 주어가 1인칭만 올 수 있습니다. 후행절에는 주로 듣는 사람에게 어떻게 하자거나 어떻게 하라는 내용이 옵니다. 이 표현은 '–(으)ㄹ 터이다'가 의지를 나타내고 뒤에 '–(으)니까'가 붙은 말입니다. 이 경우 '–(으)ㄹ 테니까' 앞에는 동사만 올 수 있으며 과거형은 쓸 수 없습니다.
此文法也表示話者想要做某事的意志或意圖，主語必須是第一人稱。後子句主要是向聽者建議如何去做或要求的內容。這是在表示意志的「–(으)ㄹ 터이다」後接「–(으)니까」的結合形式。此時，「–(으)ㄹ 테니까」前只能使用動詞，但不可使用過去時制。

가 재영 씨, 앞으로 어떻게 연락하면 될까요?
宰榮，以後要怎麼聯絡？

나 제 이메일 주소를 가르쳐 드릴 테니까 여기로 연락 주세요.
我會告訴你我的電子信箱，用這個聯繫吧。

가 손님이 오시니까 빨리 집을 정리해야겠어요.
有客人要來，得趕快把家裡收拾收拾。

나 제가 거실을 정리할 테니까 당신은 방 청소 좀 해 줄래요?
我來收拾客廳，你可以打掃房間嗎？

哪裡不一樣？

'-(으)ㄹ 텐데'와 '-(으)ㄹ 테니까'는 둘 다 추측할 때 하는 말이지만 다음과 같은 점에서 차이가 납니다.
「-(으)ㄹ 텐데」和「-(으)ㄹ 테니까」雖然都用於推測，但有以下區別：

-(으)ㄹ 텐데	-(으)ㄹ 테니까
추측의 상황을 의미합니다. 表示推測的狀況。 • 배가 고플 텐데 어서 드세요. 我想您餓了，快吃吧。	추측의 이유를 의미합니다. 表示推測的理由。 • 배가 고플 테니까 어서 드세요. 您一定餓了，快吃吧。

會話練習！

008.mp3

1 가 혹시 제나 씨 연락처 아세요?
나 도영 씨가 알 **테니까** 도영 씨한테 물어보세요.

제나 씨 연락처 알다	도영 씨가 알다 / 도영 씨한테 물어보다
민 부장님께서 언제 들어오시는지 알다	금방 들어오시다 / 잠깐만 기다리다
사토 씨가 어디 있는지 알다	식당에 있다 / 거기로 가 보다

2 가 저녁에 친구랑 야구 보러 가기로 했어요.
나 그럼, 카디건을 가지고 가는 게 좋겠어요. 저녁엔 쌀쌀할 **테니까요**.

저녁에 친구랑 야구 보러 가다	카디건을 가지고 가다 / 저녁엔 쌀쌀하다
내일 아침 8시에 출발하다	지하철을 타다 / 출근 시간이라 길이 많이 막히다
주말에 파티를 하다	음식을 충분히 준비하다 / 주말이라 사람들이 많이 오다

實戰練習！

1 請將相關的內容連起來，並用「-(으)ㄹ 테니까」寫成一個句子。

(1) 수영 씨가 자고 있겠다.	ⓐ 편한 신발을 신는 게 좋겠어요.
(2) 내일은 많이 걷겠다.	ⓑ 이따가 전화합시다.
(3) 그 길은 복잡하겠다.	ⓒ 오늘은 푹 쉬세요.
(4) 시험공부하느라 힘들었겠다.	ⓓ 다른 길로 가는 게 어때요?

(1) ⓑ - 수영 씨가 자고 있을 테니까 이따가 전화합시다.

(2) ____________________

(3) ____________________

(4) ____________________

2 請用「-(으)ㄹ 테니까」完成下列對話。

(1) 가 약을 먹었는데 계속 아프네요. (좋아지다)
나 조금 있으면 좋아질 테니까 좀 누워서 쉬세요.

(2) 가 책상을 저쪽으로 옮기는 게 좋겠어요. (무겁다)
나 혼자 옮기기에는 ____________ 제가 도와 드릴게요.

(3) 가 이번 휴가에 동해로 갈까요, 서해로 갈까요? (사람이 많다)
나 동해는 ____________ 서해로 가는 게 어때요?

(4) 가 와, 케이크가 맛있겠어요. (조금 이따가 점심을 먹다)
나 ____________ 조금만 드세요.

(5) 가 경수 씨가 오늘 늦게 오면 어떻게 하지요? (일찍 출발했다)
나 오늘은 ____________ 늦지 않을 거예요.

(6) 가 어제 회의 내용 좀 알 수 있을까요? (참석을 했다)
나 저도 참석을 안 해서 몰라요. 게이코 씨가 ____________
게이코 씨한테 물어보세요.

05 –(으)ㄹ걸요

009.mp3

가 혹시 마크 씨 못 보셨어요?
沒看見馬克嗎？

나 아마 커피숍에 있을걸요. 아까 커피숍에 간다고 했거든요.
可能在咖啡店。因為剛才他說要去咖啡店。

가 어제 양강 씨도 테니스 치러 갔을까요?
昨天楊剛也去打網球了嗎？

나 아마 안 갔을걸요. 예전에 테니스를 못 친다고 했던 것 같아요.
可能沒去吧。他以前好像說過不會打網球。

文法重點！

이 표현은 아직 일어나지 않은 일이나 잘 모르는 일에 대해 말하는 사람이 불확실한 추측을 이야기할 때 씁니다. 글말에서는 사용하지 않고 입말에서만 사용하며 친근한 사이에 사용합니다.
此文法在對尚未發生的事或不瞭解的事做不確定的推測時使用。不用於書面，只用於關係較近的人之間的對話。

–(으)ㄹ걸요				
A/V	過去	–았/었을걸요	먹다 높다	먹었을걸요 높았을걸요
	現在	–(으)ㄹ걸요	가다 높다	갈걸요 높을걸요
N이다	過去	였을걸요 이었을걸요	변호사이다 학생이다	변호사였을걸요 학생이었을걸요
	現在	일걸요	변호사이다 학생이다	변호사일걸요 학생일걸요

가 백화점에 가려고 하는데 사람이 많을까요?
我打算去百貨公司，人會多嗎？

나 추석 전이니까 **많을걸요**.
因為是中秋節前夕，所以可能很多吧。

가 집 앞에 있는 마트가 몇 시에 여는지 아세요?
你知道家前面的超市幾點開門嗎？

나 아마 10시쯤 **열걸요**. 다른 마트들이 대부분 10시에 열거든요.
大概十點左右開吧，因為別的超市大部分都是十點開。

가 약속 시간을 좀 늦추고 싶은데 자야 씨가 출발했을까요?
我想稍微延後約會的時間，札雅已經出發了嗎？

나 벌써 출발**했을걸요**. 자야 씨 집이 멀잖아요.
可能早就出發了，札雅的家遠嘛。

'-(으)ㄹ걸 그랬다'에서 '그랬다'가 생략된 '-(으)ㄹ걸'은 과거에 한 일에 대해 후회를 할 때도 사용합니다. 따라서 반말일 때는 추측을 나타낼 때와 후회를 나타낼 때의 형태가 같아지므로 헷갈리지 않도록 조심하세요. (25장 '후회를 나타낼 때'의 01 '-(으)ㄹ걸 그랬다' 참조)

「-(으)ㄹ걸 그랬다」中省略掉「그랬다」的形式，也使用在表示對過去的事後悔時。使用半語時，推測和後悔的形態相同，注意不要混淆。（參考單元25「表示後悔時」01「-(으)ㄹ걸 그랬다」）

深入瞭解！

1 이 표현은 상대방의 의견에 약하게 반대할 때도 사용합니다. 이때 상대방이 알고 있는 사실 혹은 상대방의 기대가 틀리거나 말하는 사람과 다르다는 것을 나타냅니다.

此文法也可以用於與對方意見稍有異議的時候。表示對方知道的事實或期待的事有差錯，或與話者的觀點不同。

가 아침 8시에 출발할까요?
早上八點出發如何？

나 그 시간에는 길이 많이 막힐걸요.
那個時間路上會很塞的。

가 아키라 씨에게 경복궁을 구경시켜 줄까 해요.
我想帶明良去景福宮參觀。

나 아키라 씨는 경복궁에는 벌써 가 봤을걸요. 외국인들이 한국에 오면 제일 먼저 가는 곳이잖아요.
明良應該已經去過景福宮了，那是外國人來韓國時最先去的地方嘛。

2 이 표현은 말하는 사람만 그렇게 추측하는 근거를 가지고 있습니다. 따라서 말하는 사람과 두 사람이 추측하는 근거를 공유할 때는 사용할 수 없습니다.

此文法表示只有話者掌握著如此推測的根據，不可用於當對方也知道這一推測根據的時候。

가 주말까지 벌써 매진되었네요.
到週末的票都已經全部賣完了。

나 그러게요. 영화가 재미있을걸요. (×)
→ 그러게요. 영화가 재미있나 봐요. (○)
是啊，看來電影很有意思。
: 추측의 근거가 되는 사실(영화 표가 주말까지 매진되었다)을 두 사람 다 알고 있기 때문에 '-(으)ㄹ걸요'를 사용할 수 없습니다.
因為構成推測根據的事實（週末為止的票都賣光了）是雙方共知的，所以不能使用「-(으)ㄹ걸요」。

가 이 영화가 재미있을까요?
這部電影有意思嗎？

나 요즘 흥행 1위라고 하니까 재미있을걸요.
聽說最近排行第一，所以一定有意思的。

: 이 영화가 흥행 1위라고 하는 정보를 '나'만 가지고 있기 때문에 '-(으)ㄹ걸요'를 사용할 수 있습니다.
排行第一的訊息是只有「我」知道，所以可以使用「-(으)ㄹ걸요」。

3 이 표현을 사용할 때는 문장 끝의 억양을 약간 올립니다.

使用此文法，要提高句尾的語調。

가 강원도는 날씨가 어떤지 아세요?
你知道江原道的天氣怎麼樣嗎？

나 북쪽이라 서울보다 추울걸요. ↗
因為在北邊，所以可能會比首爾冷。

4 '-(으)ㄹ걸요'는 '-(으)ㄹ 거예요'보다는 추측에 대한 확신이 약합니다.

比起「-(으)ㄹ 거예요」，「-(으)ㄹ걸요」對推測的確信度更低。

(1) 가 수영 씨가 점심을 먹었을까요?
秀榮吃過午飯了嗎？

나 먹었을걸요. 지금 3시잖아요.
可能吃過了，現在三點了啊。

(2) 가 수영 씨가 점심을 먹었을까요?
秀榮吃過午飯了嗎？

나 먹었을 거예요. 아까 식당에 밥 먹으러 간다고 하더라고요.
應該吃過了，剛才他說要去餐廳吃飯的。

: (1)은 보통 대부분의 사람들이 3시쯤에는 점심을 먹은 상태니까 수영 씨도 먹었을 거라고 추측하고 있어서 '-(으)ㄹ걸요'로 말했으며 (2)는 '수영 씨가 밥 먹으러 간다고 했다'라는 좀 더 구체적인 추측의 근거를 대고 있으므로 '-(으)ㄹ 거예요'로 말했습니다.

(1) 中因為三點鐘大部分人都處於飯後，所以使用「-(으)ㄹ걸요」來表示推測秀榮可能吃過了。(2) 中因為聽到了秀榮說要去吃飯，並以此為具體根據進行推測，所以使用「-(으)ㄹ 거예요」。

會話練習！

010.mp3

1 가 윤호 씨가 지금 집에 있을까요?
나 이 시간에는 보통 운동을 하니까 집에 없을걸요.

윤호 씨가 지금 집에 있다	이 시간에는 보통 운동을 하니까 집에 없다
저 그림이 비싸다	복제품이니까 비싸지 않다
소포가 고향에 도착했다	고향까지 일주일 정도 걸리니까 벌써 도착했다

2 가 우리 내일 사진전 갈 때 영수 씨도 부를까요?
나 영수 씨는 시간이 없을걸요. 방학 내내 아르바이트 한다고 했거든요.

시간이 없다 / 방학 내내 아르바이트 한다고 하다
아마 안 가다 / 예전에 사진이나 그림에는 관심이 없다고 하다
고향에 돌아갔다 / 지난주에 고향에 간다고 하다

實戰練習！

請看下圖，仿照範例，找出適合的表達，搭配「-(으)ㄹ걸요」來完成對話。

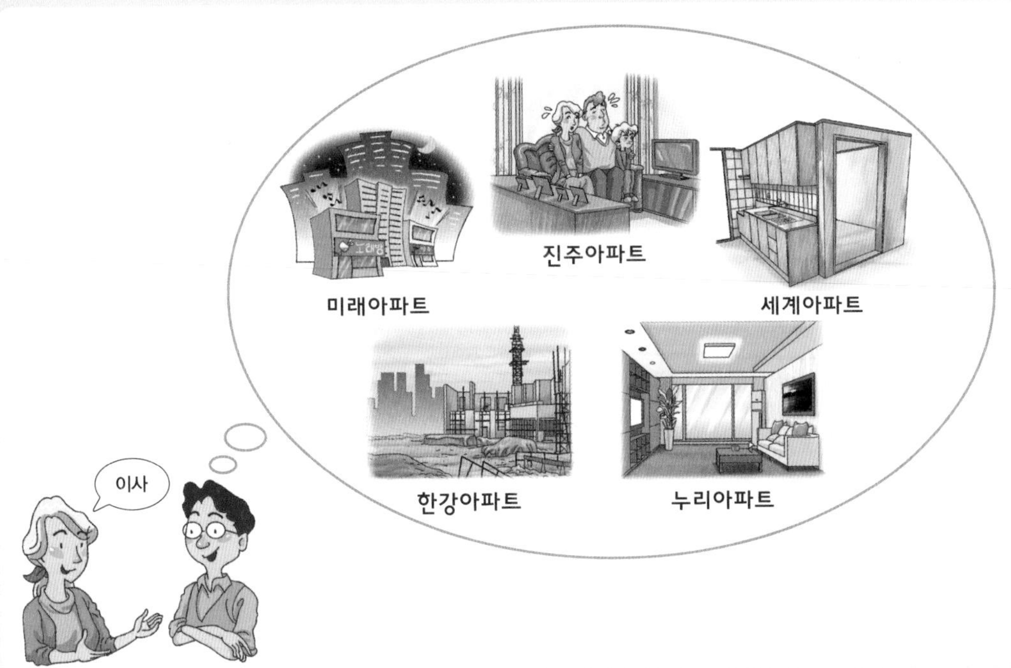

보기 시끄럽다 깨끗하지 않다 좁다 마음에 들다 공사가 아직 안 끝났다

카일리 호영 씨, 이 근처에서 오래 사셨지요?
제가 이 근처 아파트로 이사를 오려고 하는데 미래아파트는 어때요?

호영 미래아파트는 주위에 술집이 많아서 저녁에는 (1)<u>시끄러울걸요</u>.

카일리 그래요? 그럼 진주아파트는 어때요?

호영 진주아파트는 세 사람이 살기에는 집이 (2)__________.

카일리 그렇군요. 그럼 세계아파트는 어때요?

호영 세계아파트는 지은 지 오래돼서 (3)________________.

카일리 세계아파트도 별로군요. 그럼 한강아파트는 어떨까요?

호영 거기는 작년부터 짓기 시작했기 때문에 (4)_______________________.

카일리 다 지으려면 시간이 꽤 걸리겠네요.

호영 누리아파트에 한번 가 보세요. 거기는 지은 지 얼마 안 돼서 깨끗하고 집도 넓거든요. 그 집은 (5)________________.

06 -(으)ㄴ/는/(으)ㄹ 줄 몰랐다〔알았다〕

011.mp3

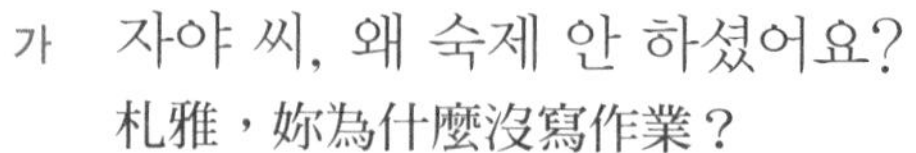

가 자야 씨, 왜 숙제 안 하셨어요?
札雅，妳為什麼沒寫作業？

나 오늘 숙제가 있었어요? 저는 숙제가 있는 줄 **몰랐어요**. 숙제가 없는 줄 **알았어요**.
今天有作業嗎？我不知道有作業，還以為沒作業呢。

가 은혜 씨 남편 보셨어요? 정말 멋있던데요.
見過恩惠丈夫了嗎？真的很帥呢。

나 은혜 씨가 결혼을 했어요? 저는 은혜 씨가 결혼한 줄 **몰랐어요**. 결혼 안 한 줄 **알았어요**.
恩惠結婚了嗎？我不知道恩惠已經結婚了。
還以為她沒結婚呢。

文法重點！

'-(으)ㄴ/는/(으)ㄹ 줄 몰랐다'는 말하는 사람이 선행절의 이야기에 대해 몰랐거나 예상 또는 기대를 하지 못했을 때 사용합니다. 그리고 '-(으)ㄴ/는/(으)ㄹ 줄 알았다'는 선행절의 내용이 맞다고 생각했는데 그것이 사실이 아님을 알게 되었을 때 사용합니다.

「-(으)ㄴ/는/(으)ㄹ 줄 몰랐다」用於話者對前子句所說內容並不知情，或根本沒有預料和期待的時候。「-(으)ㄴ/는/(으)ㄹ 줄 알았다」則用於自認為前子句內容正確，但發現事實正好相反的情形。

-(으)ㄴ/는/(으)ㄹ 줄 몰랐다〔알았다〕					
A	過去	-(으)ㄴ	예쁘다 작다	예쁜 작은	+ 줄 몰랐다 알았다
	推測	-(으)ㄹ	예쁘다 작다	예쁠 작을	
V	過去	-(으)ㄴ	가다 먹다	간 먹은	
	現在	-는	가다 먹다	가는 먹는	
	未來 / 推測	-(으)ㄹ	가다 먹다	갈 먹을	

N이다	過去	이었는 였는	학생 의사	학생이었는 의사였는	+ 줄 몰랐다 알았다
	現在	인	학생 의사	학생인 의사인	
	推測	일	학생 의사	학생일 의사일	

- 앤디 씨가 오늘 학교에 온 줄 **알았어요**. 학교에 오지 않은 줄 **몰랐어요**.
  原本以為安迪今天會來學校的，我不知道他不來。
- 바람이 많이 불어서 날씨가 추운 줄 **알았어요**. 그런데 밖에 나오니까 춥지 않아요.
  原以為颳大風天氣會冷，但是出來後卻覺得不冷。
- 저는 주영 씨가 중국 사람**인 줄 몰랐어요**. 한국 사람**인 줄 알았어요**.
  我不知道朱榮是中國人，還以為是韓國人呢。

會話練習！

012.mp3

1 가 진수 씨, 음악 소리 좀 줄여 주세요. 아기가 자고 있어요.

나 아, 죄송해요. 아기가 자는 줄 몰랐어요.
소리를 줄일게요.

Tip
음악 소리를 줄이다
調低音樂音量

음악 소리 좀 줄이다 / 아기가 자고 있다	아기가 자다 / 소리를 줄이다
텔레비전을 끄다 / 시험공부하고 있다	시험공부하다 / 텔레비전을 끄다
조용히 하다 / 친구와 통화 중이다	친구와 통화 중이다 / 조용히 하다

2 가 미영 씨, 날씨가 맑은데 왜 우산을 가지고 왔어요?

나 아침에 날씨가 흐려서 비가 올 줄 알았어요.

날씨가 맑은데 왜 우산을 가지고 오다	아침에 날씨가 흐려서 비가 오겠다
일요일에는 학교 식당이 문을 닫는데 왜 가다	일요일에도 도서관이 열어서 식당도 문을 열다
진수 씨의 생일 파티는 내일인데 왜 케이크를 사 오다	아까 라라 씨가 진수 씨에게 선물을 줘서 생일 파티가 오늘이다

實戰練習！

1 請用「-(으)ㄴ/는/(으)ㄹ 줄 몰랐다(알았다)」將下列句子改寫。

(1) 부산이 따뜻해요. 그런데 저는 부산도 서울처럼 춥다고 생각했어요.

→ 부산이 따뜻한 줄 몰랐어요. 부산도 서울처럼 추운 줄 알았어요.

(2) 수진 씨가 학생이에요. 그런데 저는 수진 씨가 학생이 아니라고 생각했어요.

→ ____________________

(3) 두 사람이 헤어졌어요. 그런데 저는 두 사람이 계속 사귄다고 생각했어요.

→ ____________________

(4) 란란 씨가 미국에 갔어요. 그런데 저는 란란 씨가 한국에 있다고 생각했어요.

→ ____________________

2 請用「-(으)ㄴ/는/(으)ㄹ 줄 몰랐다(알았다)」完成下列對話。

(1) 가 어제 피터 씨가 파티에 안 왔지요?

나 네, 저는 피터 씨가 파티 장소를 물어봐서 파티에 올 줄 알았어요.

(2) 가 마크 씨가 점심을 안 먹어서 배가 고프대요. 먹을 거 있으세요?

나 아니요, 아까 마크 씨를 식당에서 봐서 마크 씨가 점심을 ____________________.

(3) 가 민희 씨와 민지 씨가 자매래요.

나 그래요? 두 사람이 ____________________.
항상 같이 다녀서 친구인 줄 알았어요.

(4) 가 왜 이렇게 일찍 오셨어요?

나 토요일이라 길이 ____________________ 일찍 출발했거든요.
그런데 길이 하나도 안 막혀서 일찍 도착했어요.

07 -(으)ㄹ지도 모르다

013.mp3

가 여보, 우산 가지고 가세요.
老公，帶雨傘去吧。

나 날씨가 맑은데요. 天很晴朗啊。

가 장마철이잖아요. 장마철에는 갑자기 비가 **올지도 몰라요**.
梅雨季嘛，梅雨季說不定會突然下雨。

가 마크 씨가 얼마 전에 산 책을 다 읽었겠지요? 제가 좀 빌려서 읽으려고요.
馬克不久前買的書應該都看完了吧？我想借來看看。

나 요즘 일이 많아서 다 못 **읽었을지도 몰라요**.
他最近事情很多，也許還沒全部看完。

文法重點！

이 표현은 어떤 일이 생길 가능성은 적지만 그 일이 일어날 수도 있음을 추측할 때 사용합니다. '-(으)ㄹ지 모르다'로도 말할 수 있습니다.

此文法表示儘管發生某事的可能性很小，但推測認為還是有可能發生的時候使用。也可以用作「-(으)ㄹ지 모르다」。

-(으)ㄹ지도 모르다					
A/V	過去	-았/었을지도	가다 높다	갔을지도 높았을지도	+ 모르다
	現在 / 未來	-(으)ㄹ지도	가다 높다	갈지도 높을지도	
N이다	過去	였을지도 이었을지도	친구이다 농담이다	친구였을지도 농담이었을지도	
	現在	일지도	친구이다 농담이다	친구일지도 농담일지도	

가 사토 씨가 어디 있는지 혹시 아세요?
知道佐藤在哪兒嗎？

나 사토 씨는 보통 집에 일찍 가지만 내일 시험이 있으니까 도서관에 **있을지도 몰라요**.
佐藤平時很早回家，不過明天有考試，也許會在圖書館。

가 휴지랑 비누를 다 썼네요. 내일 마트에 갔다 와야겠어요.
衛生紙和肥皂全用完了，明天得去趟超市了。

나 내일부터 추석 연휴라서 문을 안 **열지도 몰라요**. 오늘 갔다 오는 게 좋을 것 같아요.
明天開始放中秋連假，說不定沒開門呢，最好今天去一趟。

가 제가 수진 씨를 불렀는데 대답을 안 하더라고요. 저한테 화가 났을까요?
我叫了秀珍，但她沒有回答我，是對我生氣了嗎？

나 친구들이랑 이야기하느라고 못 **들었을지 몰라요**. 너무 신경 쓰지 마세요.
說不定是因為和朋友們說話沒聽到呢，別太放在心上。

深入瞭解！

1 이 표현은 가능성은 거의 없지만 그 일이 일어날 수도 있다는 뜻이므로 어떤 중요한 일을 앞두고 걱정하고 있는 사람에게 사용하면 실례가 될 수 있습니다.

此文法表示幾乎不可能發生，但也不排除萬一。若對那些大事當前而正擔心的人使用，有可能會很失禮。

가 이번 시험에 꼭 합격해야 할 텐데요.
這次考試一定得合格才行。

나 열심히 공부했으니까 합격할지도 몰라요.
已經學習努力了，說不定會合格。

가 뭐라고요? 제가 떨어질 가능성이 더 많다는 얘기예요?
什麼？你是說我落榜的可能性更大嗎？

: '합격할지도 몰라요'라고 말을 하면 합격할 가능성이 아주 적지만 혹시 모르니까 기대를 해 보라는 뜻이 돼서 듣는 사람의 기분이 나쁠 수 있습니다. 이때는 그럴 가능성이 아주 높다는 '합격할 거예요'라고 말을 하는 것이 더 좋습니다.

「합격할지도 몰라요」表示合格的可能性很小，但也不妨期待一下，所以可能會讓聽者心情不愉快。此時用表示可能大的「합격할 거예요」會更好。

2 이 표현의 과거형은 '-았/었을지도 몰라요'입니다. '몰라요'를 '몰랐어요'라고 말하면 틀립니다.

此文法的過去形為「-았/었을지도 몰라요」。如果把「몰라요」換成「몰랐어요」就不正確。

• 게이코 씨가 파티에 간다고 했지만 안 갔을지도 몰랐어요. (×)
→ 게이코 씨가 파티에 간다고 했지만 안 갔을지도 몰라요. (○)
雖然惠子說會去派對，但說不定不會去。

會話練習！

014.mp3

1 가 드디어 여행 가방을 다 쌌어요.

나 비상약도 넣었어요?

갑자기 아플지도 모르니까 약도 꼭 챙기세요.

> **Tip**
> 가방을 싸다 收拾行李
> 비상약 常備藥
> 챙기다 收拾、準備

비상약도 넣다	갑자기 아프다 / 약도 꼭 챙기다
두꺼운 옷도 넣다	밤에는 춥다 / 두꺼운 옷도 꼭 챙기다
지도도 넣다	혹시 길을 잃어버리다 / 지도도 꼭 챙기다

2 가 케빈 씨가 결석을 하는 사람이 아닌데 오늘 왜 학교에 안 왔을까요?

나 비자를 연장해야 한다고 했으니까 출입국관리사무소에 갔을지도 몰라요.

결석하는 사람이 아닌데 오늘 왜 학교에 안 오다	비자를 연장해야 한다고 했으니까 출입국관리사무소에 가다
약속을 잊어버리는 사람이 아닌데 어제 왜 약속을 잊어버리다	요즘 이사하느라고 정신이 없어서 약속을 잊어버리다
돈을 많이 쓰는 사람이 아닌데 왜 벌써 용돈이 다 떨어지다	이번 달에 병원에서 치료를 받느라고 돈을 다 쓰다

實戰練習！

請用「-(으)ㄹ지도 모르다」完成下列對話。

(1) 가 어제 문자 보냈는데 왜 답장 안 하셨어요? (자다)

나 어젯밤 늦게 문자를 봤거든요. 그 시간에 혜주 씨가 잘지도 몰라서 안 했어요.

(2) 가 내일 연극 공연에 다섯 명 자리를 예약하면 되겠지요? (못 오다)

나 제나 씨는 아르바이트 때문에 ____________ 다시 한번 확인해 보세요.

(3) 가 이 음식을 오늘 했으니까 밖에 두어도 괜찮겠지요? (상하다)

나 여름이라 음식이 ____________. 냉장고에 넣는 게 좋겠어요.

(4) 가 내일 학교에 가면 윤 선생님을 만날 수 있겠지요? (안 나오시다)

나 방학 때는 ____________ 미리 전화 드려 보세요.

(5) 가 누가 이 전자사전을 놓고 갔네요. (놓고 갔다)

나 마크 씨가 ____________. 마크 씨가 물건을 잘 놓고 다니잖아요.

單元 1 總複習！

〔1～2〕請選擇可以替換下列畫線部分的選項。

1 주영 씨가 책을 자주 사는 걸 보니까 책을 많이 읽는 모양이에요.

① 책을 많이 좋아해요 ② 책을 많이 읽나 봐요
③ 책을 사는 줄 몰랐어요 ④ 책을 많이 읽을지도 몰라요

2 케일라 씨가 한국어를 잘하는 줄 알았어요.

① 한국어를 정말 잘해요 ② 한국어를 잘하고 싶어해요
③ 한국어를 잘하려고 공부하고 있어요 ④ 한국어를 잘한다고 생각했는데 아니에요

〔3～5〕請選擇下列畫線部分正確的回答。

3
가 요즘 사람들이 이 신발을 많이 신고 다니네요.
나 그러게요. 이 신발이 ______________.

① 인기가 많을걸요 ② 인기가 많을지도 몰라요
③ 인기가 많은 모양이에요 ④ 인기가 많은 줄 알았어요

4
가 내일 경복궁에 가려고 해요.
나 그래요? 주말에는 문을 여는데 주 중에는 하루 쉬는 날이 있어요.
내일 ______________ 미리 확인해 보세요.

① 문을 안 열 텐데 ② 문을 안 열 테니까
③ 문을 안 열지도 모르니까 ④ 문을 안 여는지 몰랐으니까

5
가 내일 발표할 때 실수할까 봐 걱정이에요.
나 걱정하지 마세요. 열심히 준비했으니까 ______________.

① 잘할 거예요 ② 잘해 보여요
③ 잘할 모양이에요 ④ 잘할지도 몰라요

6 請選擇下列畫線部分正確的選項。

① 미현 씨가 어제 시험을 볼지도 몰랐어요.
② 아침에 날씨가 흐려서 오후에는 눈이 온 줄 알았어요.
③ 많이 바쁘실 텐데 세미나에 참석해 주셔서 감사합니다.
④ 극장 앞에 사람이 많은 걸 보니까 영화가 재미있을 모양이에요.

대조를 나타낼 때
表示對照時

본 장에서는 대조를 표현할 때 사용하는 다양한 문법 표현을 배웁니다. 초급 단계에서는 대조를 표현하는 문법으로 '-지만', '-(으)ㄴ데/는데'를 배웠습니다. 대조를 나타내는 문법들은 그 의미가 모두 비슷하기 때문에 형태상의 차이를 잘 알아야 합니다.

本單元我們要學習表示對照時使用的相關文法。在初級階段我們曾學習過表示對照意義的文法「-지만」和「-(으)ㄴ데/는데」，因為這些文法的意義很相近，所以必須瞭解它們在形態上的差異。

01 –기는 하지만, –기는 –지만

015.mp3

가 넘어져서 다친 곳은 괜찮아요?
摔倒受傷的地方還好嗎？

나 아프기는 하지만 참을 수 있어요.
痛是痛，不過還可以忍受。

가 어제 선생님이 읽으라고 하신 책을 다 읽었어요?
昨天老師說要你看的書都看完了嗎？

나 읽기는 읽었지만 내용은 잘 모르겠어요.
看是看了，但是內容不太明白。

文法重點！

이 표현은 대조의 뜻을 나타낼 때 사용합니다. '–기는 하지만'으로 사용하거나 '–기는 –지만'처럼 같은 동사나 형용사를 두 번 사용하기도 합니다. 이때는 선행절의 내용을 인정하지만 다른 의견이 있음을 나타내는 경우에 사용합니다.

此文法用於表示對照意義的時候。可以使用「–기는 하지만」，也可以如「–기는 –지만」，使用兩次相同的動詞或形容詞。用於雖然承認前子句內容，但有不同意見的時候。

–기는 하지만, –기는 –지만				
A/V	過去	–기는 했지만	크다 먹다	크기는 했지만 먹기는 했지만
		–기는 –았/었지만	크다 먹다	크기는 컸지만 먹기는 먹었지만
	現在	–기는 하지만	크다 먹다	크기는 하지만 먹기는 하지만
		–기는 –지만	크다 먹다	크기는 크지만 먹기는 먹지만

A/V	未來 / 推測	–기는 하겠지만	크다 먹다	크기는 하겠지만 먹기는 하겠지만
		–기는 –겠지만	크다 먹다	크기는 크겠지만 먹기는 먹겠지만

- 그 신발이 좋**기는 좋지만** 너무 비싸서 못 사겠어요.
  那鞋子好是好，可是太貴了，買不起。

- 친구를 만나**기는 했지만** 오래 이야기하지는 않았습니다.
  雖然和朋友見了面，可是沒能交談多久。

- 이 음식을 먹**기는 하겠지만** 많이 먹지는 않을 거예요.
  這道菜吃是要吃的，但不會吃很多。

深入瞭解！

1 이 표현을 말할 때는 '–기는 하지만', '–기는 –지만'을 줄여서 '–긴 하지만', '–긴 –지만'으로 많이 사용합니다.

此文法於談話時，常使用「–기는 하지만」和「–기는 –지만」的縮略形「–긴 하지만」、「–긴 –지만」。

- 춤을 추기는 하지만 잘 추지는 못해요. = 춤을 추긴 하지만 잘 추지는 못해요.
  雖然會跳舞，但是跳得不好。
- 춤을 추기는 추지만 잘 추지는 못해요. = 춤을 추긴 추지만 잘 추지는 못해요.
  雖然會跳舞，但是跳得不好。

2 과거를 말할 때는 '–기는 했지만'으로 사용하고, '–았/었기는 했지만'으로 사용하지 않습니다.

敘述過去的事時，使用「–기는 했지만」，但不使用「–았/었기는 했지만」。

- 어제 축구를 했기는 했지만 오래 하지는 않았습니다. (×)
  → 어제 축구를 하기는 했지만 오래 하지는 않았습니다. (○)
  昨天踢了足球，但沒有踢很久。

哪裡不一樣？

'-지만'과 '-기는 하지만'은 다음과 같은 차이가 있습니다.

「-지만」和「-기는 하지만」的區別如下：

-지만	-기는 하지만
(1) 선행절과 후행절의 주어가 달라도 됩니다. 前子句和後子句的主語可以不同。 • 언니는 키가 크지만 동생은 키가 작아요. 雖然姊姊的個子很高，但是妹妹的個子矮。	(1) 선행절과 후행절의 주어가 같아야 됩니다. 前子句和後子句的主語必須相同。 • 언니는 키가 크기는 크지만 동생은 키가 작아요. (×) ➡ 언니는 키가 크지만 동생은 키가 작아요.(○) 雖然姊姊的個子很高，但是妹妹的個子矮。
(2) 단순한 대조와 반대를 나타냅니다. 表現單純的對照和反義。 • 원룸이 편하지만 좀 시끄러워요. 套房很方便，但是有點吵。 ➡ 대조의 의미가 있는 단순한 사실만을 이야기하고 있습니다. 只敘述有對照意義的單純事實。	(2) 선행절의 내용을 알고 인정은 하지만 후행절의 대조 상황을 더욱 강조해서 말할 때 사용합니다. 知道並承認前子句內容，但強調後子句對照的狀況時使用。 • 원룸이 편하기는 하지만 좀 시끄러워요. 儘管套房方便，但是有點吵。 ➡ 앞의 내용을 알고 인정하면서 자신의 생각을 덧붙여서 강조하고 있습니다. 知道並承認前面所說內容，同時附加並強調自己的觀點。

會話練習！

016.mp3

1 가 어제 본 영화가 어땠어요?

나 재미있**기는 했지만** 모두 이해하지는 못했어요.

어제 본 영화가 어땠다	재미있었다 / 모두 이해하지는 못했다
저 구두를 사는 게 어떻다	마음에 들다 / 너무 크다
오늘 날씨가 어떻다	춥다 / 어제보다는 덜 춥다

2 가 친구가 떠나서 슬프지요?

나 슬프**기는** 슬프**지만** 다시 만날 수 있으니까 괜찮아요.

친구가 떠나서 슬프다	슬프다 / 다시 만날 수 있다
이번 여름에도 휴가 갈 시간이 없다	시간이 없다 / 주말에 짧게 다녀오면 되다
요즘 정말 덥다	덥다 / 에어컨이 있다

實戰練習！

1 請用「-기는 하지만」完成下列對話。

(1) 가 지금도 그 회사에 다녀요?

나 네, 다니기는 하지만 힘들어요.

(2) 가 수지 씨에게 연락해 봤어요?

나 ______________________ 전화를 안 받아요.

(3) 가 부모님이 보고 싶지요?

나 ______________________ 인터넷으로 채팅을 자주 하니까 괜찮아요.

(4) 가 저 사람을 알겠어요?

나 ______________________ 어디에서 만났는지 기억이 안 나요.

(5) 가 저 가방이 예쁜데 저 가방으로 살래요?

나 ______________________ 조금 작아 보여서 안 사고 싶어요.

2 請用「기는 -지만」完成下列對話。

(1) 가 이번 겨울은 정말 춥지요?

나 춥기는 춥지만 괜찮아요. 제 고향은 더 춥거든요.

(2) 가 부를 수 있는 한국 노래가 있어요?

나 ______________________________ 잘 못 불러요.

(3) 가 한국에서 텔레비전 드라마를 자주 보세요?

나 ______________________________ 이해할 수 없어요.

(4) 가 고향에서도 한국어를 공부했지요?

나 ______________________ 한국어를 잘 못해요.

(5) 가 영수 씨랑 친해요?

나 ______________________ 자주 만나지는 않아요.

02 –(으)ㄴ/는 반면에

017.mp3

가 지금 다니고 있는 회사가 어때요?
現在上班的公司怎麼樣？

나 일은 많은 **반면에** 월급은 적어서 회사를 옮길까 해요.
工作多，薪水卻少，所以想換間公司。

가 양강 씨는 정말 운동을 잘하네요!
楊剛，你真的很擅長運動耶！

나 하하! 저는 운동은 잘하는 **반면에** 공부는 못해요.
哈哈！我雖然會運動，但是不會唸書啊。

文法重點！

이 표현은 선행절과 후행절의 내용이 서로 반대되는 사실임을 나타낼 때 사용합니다. 또한 어떤 것에 대해서 좋은 점을 말하면서 나쁜 점도 같이 말하고 싶을 때도 사용할 수 있습니다. 조사 '에'를 사용하지 않고 '–(으)ㄴ/는 반면'의 형태로 사용하기도 합니다.

此文法用於表示前子句和後子句的內容相反的時候。也可用於講述某一事物優點的同時，又想指出其缺點的情況。也可去掉助詞「에」，以「–(으)ㄴ/는 반면」的形態來使用。

–(으)ㄴ/는 반면에				
A	–(으)ㄴ 반면에		크다 작다	큰 반면에 작은 반면에
V	過去	–(으)ㄴ 반면에	가다 입다	간 반면에 입은 반면에
	現在	–는 반면에	가다 입다	가는 반면에 입는 반면에

- 지하철은 빠른 **반면에** 출퇴근 시간에는 사람이 많습니다.
  地鐵很快，相對的上下班時間人很多。

- 카일리 씨는 읽기는 잘하는 **반면에** 말하기는 잘 못해요.
  凱莉的閱讀很好，相對的口說不行。
- 저 연기자는 연기를 잘한다고 호평을 받은 **반면** 악평도 많이 들었어요.
  那個演員的演技得到好評的同時，也聽到了不少惡評。

深入瞭解！

선행절과 후행절이 반대되는 것을 나타낼 때 '–(으)ㄴ/는 데 반해'를 사용할 수도 있습니다.

當表示前子句和後子句對立時，也可以使用「–(으)ㄴ/는 데 반해」。

- 그 집은 비싼 데 반해 주변 환경은 별로 안 좋은 것 같습니다.
  那棟房子昂貴，相反的周邊環境好像不怎麼好。
- 요즘 수입은 증가하는 데 반해 수출은 감소하고 있습니다.
  最近進口增加，出口卻在減少。

會話練習！

018.mp3

1 가 영희 씨가 부탁을 많이 하는 것 같아요.

나 부탁을 많이 하는 **반면에** 도움도 많이 줘요.

영희 씨가 부탁을 많이 하다	부탁을 많이 하다 / 도움도 많이 주다
가르치는 일이 많이 힘들겠다	힘들다 / 보람도 많다
노인 인구가 점점 많아지다	노인 인구가 점점 많아지다 / 젊은 사람은 점점 줄고 있다

2 가 그 책을 다 읽었어요?

나 아니요, 이 책은 얇은 **반면에** 내용이 어려워서 생각보다 오래 걸려요.

그 책을 다 읽었다	이 책은 얇다 / 내용이 어려워서 생각보다 오래 걸리다
그 식당에 자주 가다	음식이 맛있다 / 서비스가 안 좋아서 안 가다
케이크를 자주 먹다	케이크는 맛있다 / 열량이 높아서 자주 안 먹다

實戰練習！

1 請用「-(으)ㄴ/는 반면에」完成下列對話。

(1) 가 이 옷이 어때요? (예쁘다)

나 예쁜 반면에 좀 작은 것 같아요.

(2) 가 그 휴대전화가 어때요? (기능이 많다)

나 ____________________ 너무 비싸요.

(3) 가 그 가수가 어때요? (노래는 잘하다)

나 ____________________ 춤은 잘 못 춰요.

(4) 가 서울이 어때요? (물가가 비싸다)

나 ____________________ 살기는 재미있어요

(5) 가 남대문시장이 어때요? (물건이 많다)

나 ____________________ 사람이 많아서 복잡해요.

2 請用「-(으)ㄴ/는 반면에」完成下列對話。

(1) 가 영희 씨가 시험을 잘 봤어요? (읽기는 잘 봤다)

나 읽기는 잘 본 반면에 쓰기는 잘 못 봤어요.

(2) 가 아들이 고기를 좋아해요? (채소는 잘 안 먹다)

나 네, ________________________ 고기는 잘 먹어요.

(3) 가 철수 씨가 축구를 잘해요? (농구는 못하다)

나 네, ________________________ 축구는 잘해요.

(4) 가 언니가 정리를 잘해요? (나는 잘 못하다)

나 네, ________________________ 언니는 정리를 잘해요.

(5) 가 한국의 물가가 많이 올랐지요? (품질은 더 안 좋아지다)

나 네, ________________________ 물가는 많이 오른 것 같아요.

03 -(으)ㄴ/는데도

019.mp3

가 여보, 입을 옷이 하나도 없어서 몇 벌 사야겠어요.
老公，我可穿的衣服一件都沒有，得買幾套了。

나 옷장에 옷이 이렇게 많은데도 또 옷을 산다고?
衣櫃裡衣服這麼多，妳還要買衣服？

가 얼굴이 피곤해 보이네요. 어제 잠을 못 잤어요?
你看起來很疲倦，昨天沒睡好嗎？

나 어제 푹 잤는데도 오늘 많이 피곤하네요.
昨天睡得很沉，但今天還是很累。

文法重點！

이 표현은 상황 설명을 하는 '-(으)ㄴ/는데'에 양보 혹은 대조의 뜻을 지닌 '-아/어도'가 결합한 말입니다. 따라서 이 표현은 후행절에 선행절의 행동이나 상황에서 기대할 수 있는 것과 다르거나 반대의 사실이 올 때 사용합니다.

此文法是由說明狀況的「-(으)ㄴ/는데」與表示讓步或對照意義的「-아/어도」的結合形式。用於當後子句內容與前子句行動、狀態可期待的結果不同，或出現相反的事實時。

-(으)ㄴ/는데도				
A	過去	-았/었는데도	비싸다 적다	비쌌는데도 적었는데도
	現在	-(으)ㄴ데도	비싸다 적다	비싼데도 적은데도
V	過去	-았/었는데도	가다 먹다	갔는데도 먹었는데도
	現在	-는데도	가다 먹다	가는데도 먹는데도

N이다	過去	였는데도 이었는데도	오후이다 오전이다	오후였는데도 오전이었는데도
	現在	인데도	오후이다 오전이다	오후인데도 오전인데도

- 제 친구는 월급이 많은**데도** 회사를 그만두고 싶어해요.
  我朋友雖然薪水很高，但他仍想辭職。
- 아침에 청소를 **했는데도** 집에 먼지가 많아요.
  雖然早上打掃過了，但是家裡還是有很多灰塵。
- 주말**인데도** 백화점이 한가하네요.
  雖然是週末，但百貨公司卻很閑靜。

深入瞭解！

'-(으)ㄴ/는데도'를 강조해서 표현하고자 할 때 뒤에 '불구하고'를 붙여 '-(으)ㄴ/는데도 불구하고'를 씁니다.

若想在表達時強調「-(으)ㄴ/는데도」，可以在其後加上「불구하고」，即「-(으)ㄴ/는데도 불구하고」。

- 사랑하는데도 불구하고 헤어져야 했어요.
  儘管相愛，還是得分手。
- 바쁘신데도 불구하고 와 주셔서 감사합니다.
  您那麼忙還大駕光臨，十分感謝。

會話練習！

020.mp3

1 가 송이 씨, 남편과 무슨 일로 싸웠어요?

나 제가 힘들게 집안일을 하고 있는데도 남편은 텔레비전만 보잖아요.

제가 힘들게 집안일을 하고 있다 / 남편은 텔레비전만 보다
생활비가 부족하다 / 친구들에게 술을 자꾸 사 주다
밤이 늦었다 / 툭하면 친구들을 집에 데리고 오다

2 가 직장 생활을 한 지 꽤 되었으니까 돈을 많이 모으셨겠어요.

나 아니에요, 직장 생활을 한 지 꽤 되었는데도 돈을 많이 못 모았어요.

직장 생활을 한 지 꽤 되었으니까 돈을 많이 모으다	직장 생활을 한 지 꽤 되다 / 돈을 많이 못 모으다
공연을 많이 해 봤으니까 이제 별로 떨리지 않다	공연을 많이 해 보다 / 무대에 설 때마다 많이 떨리다
한국어를 6급까지 공부했으니까 이젠 한국 사람처럼 말하다	한국어를 6급까지 공부하다 / 틀릴 때가 많다

實戰練習！

1 請將相關的內容連起來，並用「-(으)ㄴ/는데도」寫成一個句子。

(1) 한국에 오래 살았어요.	ⓐ 극장에 사람이 많아요.
(2) 친구가 잘못한 일이에요.	ⓑ 한국 친구가 많지 않아요.
(3) 평일이에요.	ⓒ 사과를 안 해요.
(4) 공부를 하지 않았어요.	ⓓ 취직하기가 어려워요.
(5) 자격증이 많아요.	ⓔ 성적이 좋아요.

(1) ⓑ - 한국에 오래 살았는데도 한국 친구가 많지 않아요.

(2) ____________________

(3) ____________________

(4) ____________________

(5) ____________________

2 請用「-(으)ㄴ/는데도」完成下列對話。

(1) 가 그 드라마에는 유명한 배우들이 많이 나오지요? (유명한 배우들이 많이 나오다)
나 네, 하지만 유명한 배우들이 많이 나오는데도 인기는 많지 않아요.

(2) 가 졸려요? 그럼 커피를 좀 마시지 그래요? (커피를 마셨다)
나 조금 전에 ____________________ 졸려요.

(3) 가 동수 씨는 오늘도 일찍 퇴근했어요? (야근을 하다)
나 네, 다른 사람들은 다 ____________________ 동수 씨는 항상 일찍 가네요.

(4) 가 리사 씨가 정말 추워 보여요. (춥다)
나 그러게요. 날씨가 이렇게 ____________________ 짧은 치마를 입고 왔네요.

(5) 가 이 전공이 적성에 맞지 않아요? (맞지 않다)
나 네, 제 적성에 ____________________ 부모님 때문에 어쩔 수 없이 공부하고 있어요.

單元2 總複習！

〔1～2〕 **請選擇可以替換下列畫線部分的選項。**

1 저 두 사람은 나이는 같은 반면에 생각은 아주 다른 것 같아요.

① 나이가 같아 가지고　② 나이가 같을 테니까
③ 나이가 같은데도 불구하고　④ 나이가 같을 줄 알았는데

2 기숙사는 다른 시설은 좋은 데 반해 요리를 할 수 있는 장소가 없어서 불편해요.

① 다른 시설은 없지만　② 다른 시설은 좋을 텐데
③ 다른 시설은 좋기는 하지만　④ 다른 시설은 좋은 모양인데

〔3～4〕 **請選擇下列畫線部分正確的回答。**

3 가 이 식당 음식이 맛있어요?
나 ______________________________.

① 맛있는데도 가격이 올랐어요　② 맛있기는 하지만 가격이 비싸요
③ 맛없는 반면에 가격이 내렸어요　④ 맛있기는 맛있지만 가격이 싸요

4 가 뮤지컬을 좋아해요?
나 네, 그렇지만 ______________________________.

① 좋아하니까 시간이 없어서 자주 못 봐요
② 좋아할 텐데 시간이 없어서 자주 못 봐요
③ 좋아 보이니까 시간이 없어서 자주 못 봐요
④ 좋아하는데도 불구하고 시간이 없어서 자주 못 봐요

〔5～6〕 **請選擇下列畫線部分正確的選項。**

5 ① 밥을 먹기는 하겠지만 많이 먹지는 않을 거예요.
② 그 영화가 슬펐기는 슬프지만 그래도 감동적이었어요.
③ 친구를 만났기는 했지만 이야기는 많이 하지 않았어요.
④ 오늘 날씨가 추웠기는 하지만 어제보다는 덜 추웠어요.

6 ① 이 책이 두꺼운기는 하지만 내용은 쉬워요.
② 커피를 많이 마셨는데도 불구하고 계속 졸려요.
③ 저는 고기를 안 좋아할 반면에 채소는 좋아해요.
④ 언니는 예쁘는 반면에 동생은 별로 안 예쁜 것 같아요.

서술체와 반말체
陳述體和半語體

본 장에서는 신문이나 잡지를 읽을 때 꼭 알아야 하는 서술체와 친구나 친한 사람 사이에 말을 할 때 사용하는 반말체에 대해서 배웁니다. 서술체는 말할 때는 사용하지 않지만 일기를 쓰거나 보고서를 쓸 때 꼭 필요합니다. 그리고 반말체는 나보다 나이가 어리거나 친한 사람들과 말을 할 때 사용하는데 반말체를 사용하면 서로에게 친한 느낌을 줄 수 있으므로 꼭 익힐 필요가 있습니다.

本單元我們學習在報紙和雜誌上看到的陳述體，和與朋友之間說話時使用的半語體。陳述體雖然在會話時不用，但是在書寫日記或報告時必不可少。半語體用於和比自己年少的人對話的時候，而且和自己關係較好的人對話時使用半語體會更顯親近，因此也有學習的必要。

01 서술체

021.mp3

(웨이밍의 일기)

10월 1일 날씨: 맑음

오늘은 친구들과 함께 인사동에 **갔다**. 그곳에서 고향에 가지고 갈 선물을 사고 전통차를 마**셨다**. 그리고 인사동의 명물인 호떡도 사서 먹**었다**. 인사동은 볼거리가 많았지만 외국 사람이 많아서 복잡**했다**. 이번 주말에는 남대문시장에 가 볼 **것이다**. 한국에 온 지 1년이 다 되었지만 아직도 남대문시장에 못 가 봤기 때문에 아주 기대가 **된다**.

（魏明的日記）

10月 1日 天氣：晴

今天我和朋友們一起去了仁寺洞。在那裡買了要帶回家鄉的禮物，還喝了傳統茶，並買了仁寺洞的名產糖餅吃。仁寺洞值得看的東西很多，但是外國人太多，所以很擁擠。這個週末我打算去南大門市場看看。我來韓國都快一年了，至今還沒去過南大門市場，所以非常期待。

文法重點！

이 표현은 신문이나 보고서 같은 글에서 글을 쓰는 사람이 사건의 내용을 객관적으로 나타낼 때 사용합니다. 또한, 일기를 쓸 때도 서술체를 사용합니다.

此文法用於新聞報導或報告等文章中，寫作者客觀表達事件內容時。此外，書寫日記時也使用陳述體。

A	過去	–았/었다	크다 작다	컸다 작았다
	現在	–다	크다 작다	크다 작다
V	過去	–았/었다	가다 먹다	갔다 먹었다
	現在	–(느)ㄴ다	가다 먹다	간다 먹는다
	未來	–(으)ㄹ 것이다	가다 먹다	갈 것이다 먹을 것이다

N이다	過去	였다 이었다	친구이다 선생님이다	친구였다 선생님이었다
	現在	(이)다	친구이다 선생님이다	친구다 선생님이다

- 토요일이라서 길이 많이 복잡하다.
  因為是星期六，所以路上很擁擠。

- 내 동생은 조용한 노래보다 신나는 노래를 많이 듣는다.
  相較於安靜的歌曲，我弟弟更常聽令人興奮的歌曲。

- 나는 한국어를 공부하는 학생이다.
  我是學習韓語的學生。

深入瞭解！

1 '않다'는 동사 뒤에 붙으면 동사와 같은 활용을 하고 형용사 뒤에 붙으면 형용사와 같은 활용을 합니다.

「않다」接在動詞後時與動詞一樣活用，接在形容詞後則和形容詞一樣活用。

- 나는 드라마를 좋아하지 않는다. 我不喜歡電視劇。
- 저 드라마는 슬프지 않다. 那部電視劇不悲傷。

2 '싶다'와 '좋다'는 형용사이기 때문에 '–다'로 끝납니다.

「싶다」和「좋다」是形容詞，因此以「다」結尾。

- 저 가수를 만나고 싶다. 我想見那位歌手。
- 나는 저 가수가 좋다. 我喜歡那位歌手。

3 서술체를 사용할 때는 '저/저희'라고 표현하지 않고 '나/우리'라고 표현합니다. 그리고 '저'는 '나', '저는'은 '나는', '제가'는 '내가', '저희가'는 '우리가'로 사용합니다.

使用陳述體時，不用「저/저희」，而是用「나/우리」。且「저」應使用「나」、「저는」應使用「나는」、「제가」應使用「내가」、「저희가」應使用「우리가」。

- 저는 한국 회사에서 일을 한다. (×) → 나는 한국 회사에서 일을 한다. (○) 我在韓國公司工作。

4 서술체에서는 질문 형태는 거의 사용하지 않습니다. 그러나 질문 형식으로 글을 쓰고 싶을 때는 초급 단계에서 배운 '–(으)ㄴ가?' 형태를 많이 사용합니다.

在陳述體裡幾乎不使用疑問形。一定要以疑問句形式書寫時，常使用初級階段學過的「–(으)ㄴ가?」形態。

- 현대인들은 왜 고독한 사람들이 많은가?
  現代人中為什麼孤獨的人那麼多？
- 우리는 왜 환경문제를 고민해야만 하는가?
  我們為什麼要煩惱環境問題呢？
- 나는 왜 이 주제에 대해서 심각하게 생각하고 있는가?
  我為什麼要認真思考這個主題？

實戰練習！

1 請將以下內容改成陳述體。

(1) 저는 아르바이트비를 일주일에 한 번씩 받습니다.

→ 나는 아르바이트비를 일주일에 한 번씩 받는다.

(2) 올여름에는 짧은 치마가 유행이었습니다.

→

(3) 한국 드라마를 보기 위해 한국어를 열심히 공부했습니다.

→

(4) 저 가수의 노래는 인기가 많을 것입니다.

→

(5) 오늘은 휴일이기 때문에 학교에 가지 않습니다.

→

2 請將以下內容改成陳述體。

(1) 일기 日記

오늘 학교에서 좋아하는 드라마에 대해서 발표를 ①했습니다(→ 했다). ②제가(→) 좋아하는 한국 드라마는 '꽃보다 남자'라는 ③드라마입니다(→). 이 드라마는 일본과 대만에서도 ④만들어졌습니다(→). 그렇지만 ⑤제(→) 생각에 주인공들 중에 한국의 남자 주인공들이 제일 멋있는 것 ⑥같습니다(→). 그리고 여자 주인공의 연기도 정말 ⑦대단했습니다(→). 중간에 남자 주인공과 여자 주인공이 헤어질 위기를 맞이했을 때는 아주 ⑧슬펐습니다(→). 그렇지만 마지막에 해피엔딩으로 끝나서 정말 ⑨다행이었습니다(→). 다음 주에는 내가 좋아하는 한국 노래에 대해서 발표를 하는데 이 발표도 잘 ⑩준비해야겠습니다(→).

(2) 설명문 說明文

한국에서 음력 1월 1일은 ①설날입니다. 이때 한국 사람들은 별일이 없으면 친척들이
→ 설날이다
모두 한 자리에 ②모입니다. 설날 아침에는 웃어른들께 세배를 하는데 세배를 받은
→
어른들은 아랫사람들에게 세뱃돈을 ③주십니다. 세배가 끝나면 같이 떡국을 먹고
→
그동안 하지 못한 이야기나 윷놀이를 하면서 재미있게 ④지냅니다.
→

(3) 신문 기사 新聞報導

세계의 각 도시에는 그 지역을 상징하는 광장들이 ①있습니다. 이 광장들은 그 도시에
→ 있다
사는 시민들의 발길을 모으는 역할을 ②합니다. 서울에도 기존에 서울광장이 있었고
→
광화문광장이 새롭게 단장을 ③끝냈습니다. 시민들에게 선을 보이자 시민들은 좋은
→
반응을 ④보였습니다. 왜냐하면 예전에는 차들의 통행만 가능하고 가까이 가기 어려웠기
→
⑤때문입니다. 그런데 이곳에 꽃밭과 분수 등을 조성하여 시민들이 쉼터로 이용할 수 있게
→
⑥되었습니다.
→

(4) 조리법 料理方法

불고기를 만들려면 먼저 소고기를 적당한 크기로 얇게 ①썹니다. 그리고 간장, 설탕, 파,
→ 썬다
마늘, 후춧가루, 참기름을 섞어서 양념장을 ②만듭니다. 이 양념장에 소고기를 넣고
→
30분 정도 ③재워 둡니다. 이렇게 양념에 재워진 고기를 프라이팬에 ④굽습니다. 구울
→ →
때는 센 불에서 빨리 구워야 ⑤맛있습니다. 불고기를 먹을 때는 상추에 마늘이나 고추와
→
함께 싸서 먹으면 더욱 맛있게 먹을 수 ⑥있습니다.
→

02 반말체

022.mp3

가 은혜야, 잘 지냈니?
恩惠，妳過得好嗎？

나 응, 잘 지냈어. 너는?
嗯，過得很好，你呢？

가 동현아, 벌써 점심시간이야. 점심 먹으러 갈까?
東絃，已經到午餐時間了，去吃飯好嗎？

나 지금 가면 사람이 많을 거야. 조금 이따가 가자.
現在去人會很多，等一下再去吧。

가 그래. 그러자.
好，就那樣吧。

文法重點！

반말은 친한 친구나 선후배 사이, 가족 사이에서 주로 사용됩니다. '–아/어요'보다 덜 정중하기 때문에 상대방이 어리더라도 친하지 않은 경우에 쓰면 실례가 됩니다. 대부분 '–아/어요'에서 '요'를 탈락해서 사용하지만 문장 형태에 따라 달라지기도 합니다.

半語主要用於好友、前後輩以及家族之間的對話。因為不如「–아/어요」鄭重，所以即使對方年紀小，在彼此不太熟悉的情況下使用也是失禮的。這種半語體通常只要將「–아/어요」的「요」省略即可，不過有時候也會根據句子的形態改變。

1 평서문과 의문문: 평서문과 의문문은 현재형과 과거형 모두 각각 '–아/어요', '–았/었어요'의 형태에서 '요'를 탈락시킨 형태가 되며 미래형은 어간에 '–(으)ㄹ 거야'를 붙입니다.

陳述句和疑問句：現在時制和過去時制的陳述句和疑問句只要在各自的「–아/어요」、「–았/었어요」中省略「요」即可。未來時制則在語幹後接「–(으)ㄹ 거야」。

陳述句	A/V	過去	–았/었어	싸다 먹다	쌌어 먹었어
		現在	–아/어	싸다 먹다	싸 먹어
		未來 / 推測	–(으)ㄹ 거야	싸다 먹다	쌀 거야 먹을 거야
	N이다	過去	였어 이였어	의사이다 학생이다	의사였어 학생이었어
		現在	(이)야	의사이다 학생이다	의사야 학생이야

疑問句	A/V	過去	–았/었어?, –았/었니?	싸다 먹다	쌌어?, 쌌니? 먹었어?, 먹었니?
		現在	–아/어?, –니?	싸다 먹다	싸?, 싸니? 먹어?, 먹니?
		未來 / 推測	–(으)ㄹ 거야?, –(으)ㄹ 거니?	가다 먹다	갈 거야?, 갈 거니? 먹을 거야?, 먹을 거니?
	N이다	過去	였어?, 였니? 이었어?, 이었니?	의사이다 학생이다	의사였어?, 의사였니? 학생이었어?, 학생이었니?
		現在	(이)야?, (이)니?	의사이다 학생이다	의사야?, 의사니? 학생이야?, 학생이니?

(1) '아니다'의 경우 현재는 '아니야', 과거는 '아니었어'가 됩니다. 또한 대답할 때 '네'는 '응'이나 '어', '아니요'는 '아니'가 됩니다.

「아니다」的現在時制為「아니야」，過去時制為「아니었어」。回答時用的「네」改為「응」或「어」，「아니요」改為「아니」。

가 주말에 영화 **볼까?**
週末看場電影好嗎？

나 **응**, 그래.
嗯，好啊。

가 내일 도서관에 갈 **거니?**
明天要去圖書館嗎？

나 **아니**, 안 갈 **거야.**
不，我不去。

가 아까 그 사람 누구**야?**
剛才那個人是誰？

나 내 동생**이야.**
是我弟弟。

가 카일리 씨는 미국 사람**이야?**
凱利是美國人嗎？

나 **아니**, 미국 사람이 **아니야**, 뉴질랜드 사람**이야.**
不，不是美國人，是紐西蘭人。

(2) '–아/어?'는 친한 윗사람에게도 사용할 수 있으나, '–니?'는 윗사람에게는 사용할 수 없고 친한 친구나 아랫사람에게만 사용할 수 있습니다.

「–아/어?」可以用於較親近的長輩，但是「–니?」不可以，只能用於好友和晚輩。

(친구 사이) （朋友關係）

세준 범수야, 지금 책 읽니? / 읽어?
世俊：范秀，你現在在看書嗎？

범수 응, 책 읽어.
范秀：嗯，我在看書。

(동생과 누나 사이) （弟弟和姊姊的關係）

동생 누나, 지금 뭐 해? (○) / 지금 뭐 하니? (×)
弟弟：姐，妳在幹嘛？

누나 책 읽어.
姐姐：在看書。

2 명령문: 어간에 '–아/어'를 붙이거나 '–아/어라'를 붙입니다. 부정 명령문은 '–지 마' 또는 '–지 마라'가 됩니다.
命令句：在語幹後接「–아/어」或「–아/어라」，否定命令句則接「–지 마」或「–지 마라」。

命令句	V	肯定	–아/어, –아/어라	가다 먹다	가, 가라 먹어, 먹어라
		否定	–지 마, –지 마라	가다 먹다	가지 마, 가지 마라 먹지 마, 먹지 마라

가 비가 오니까 우산 가지고 가 / 가라.
下雨了，把雨傘帶著。

나 알았어, 가지고 갈게.
知道了，會帶的。

가 내일은 늦지 마 / 늦지 마라.
明天別遲到。

나 그래, 안 늦을게.
知道了，不會遲到的。

그런데 '–아/어'는 가까운 윗사람에게도 사용할 수 있으나 '–아/어라'는 그럴 수 없습니다. 즉, '–아/어라'를 대상으로 하는 상대방의 나이나 사회적 위치는 '–아/어'보다 더 아래입니다.
不過「–아/어」可以用於較親近的長輩，但「–아/어라」不行。亦即使用「–아/어라」說話的時候，對方的年齡和社會地位一定低於「–아/어」的對象。

(동생과 오빠 사이) （妹妹和哥哥的關係）

동생 오빠, 이것 좀 가르쳐 줘. (○) / 가르쳐 줘라 (×)
妹妹：哥，教教我這個吧。

오빠 그래, 가르쳐 줄게.
哥哥：好，我來教妳。

3 청유문: 어간에 '–아/어'나 '–자'를 붙입니다. 부정문은 '–지 말자'를 붙입니다.
建議句：語幹後接「–아/어」或「–자」。否定句接「–지 말자」。

建議句	V	肯定	–아/어, –자	가다 먹다	가, 가자 먹어, 먹자
		否定	–지 말자	가다 먹다	가지 말자 먹지 말자

가 이번 여름에는 바다에 가자.
這個夏天去海邊吧。

나 그래, 그러자.
好啊，走吧。

가 오늘은 운동하러 가지 말자.
今天別去運動了。

나 그럼, 뭐 할까?
那要做什麼呢？

4 단어의 변화 詞彙的變化

'저/제'는 '나/내'가 되고, 2인칭을 나타내는 말은 '너/네'가 됩니다.
「저/제」改用「나/내」，第2人稱則用「너/네」。

第1人稱		
저는	→	나는
제가	→	내가
저를	→	나를
제 (저의)	→	내 (나의)

第2人稱
너는
네가
너를
네 (너의)

가 나는 된장찌개 먹을 건데 너는 뭐 먹을 거야? 我要吃大醬湯，你要吃什麼？

나 나도 된장찌개 먹을래. 我也想吃大醬湯。

가 이거 네 휴대전화 아니야? 這不是你的手機嗎？

나 맞아, 내 휴대전화야. 여기 있었구나. 對，是我的手機，原來在這裡啊。

5 다른 사람의 이름을 부를 때 稱呼他人的姓名時

다른 사람의 이름을 부를 때 조사 '아/야'를 이름 뒤에 붙입니다. 이름이 모음으로 끝나면 '야'를, 자음으로 끝나면 '아'를 붙입니다. 그러나 한국 이름이 아닌 외국 이름인 경우에 '아/야'를 붙이면 어색하게 들립니다.
稱呼他人的姓名時直接在名字後面加「아/야」。當姓名以母音結尾時接「야」，以子音結尾時接「아」。但外國人的名字後面接「아/야」，聽起來很不自然。

- 영주야, 오후에 만날까? 英珠啊，我們下午要不要見個面？
- 하현아, 같이 저녁 먹자. 夏賢啊，一起吃晚餐吧！

• 크리스틴아, 어제 그 드라마 봤어? (×) → 크리스틴, 어제 그 드라마 봤어? (○)
克莉絲汀，昨天的連續劇看了嗎？
: 외국 사람 이름에는 '아/야'를 붙이지 않습니다.
外國人的名字後不加「아/야」。

6 사람의 이름 人名

어떤 사람의 이름을 말할 때 그 사람이 친한 사이나 나이가 어린 경우 자음으로 끝나는 이름 뒤에 '이'를 붙여 말합니다. 그러나 외국 사람 이름에는 '이'를 붙이지 않습니다.
提到和自己關係較近或較年輕的人的名字時，如果名字以子音結束，在名字後面加「이」。但不加在外國人名字後。

• 호영은 (×) → 호영이는 (○)　　크리스틴이는 (×) → 크리스틴은 (○)
• 호영을 (×) → 호영이를 (○)　　크리스틴이를 (×) → 크리스틴을 (○)

하지만 중국 사람 이름을 한국 한자 이름으로 바꿔 부를 때는 '이'를 붙입니다. 예를 들어, '샤오펀(小芬)'의 경우 중국어 발음으로 부르지 않고 한국 한자음으로 발음하면 '소분'이 되는데 '샤오펀' 뒤에는 '이'가 붙지 않고 '소분' 다음에는 '이'를 붙입니다. 그리고 이름을 부를 때도 한국 한자음으로 부르게 되면 '아/야'를 붙입니다.
但是將中文姓名轉換成韓國漢字發音時，要加「이」。譬如，以「小芬（샤오펀）」為例，若不以中文發音稱呼，而是以韓國漢字音來稱呼時發「소분」。「샤오펀」後面不加「이」，但在「소분」後加「이」。且稱呼姓名時，若以漢字音稱呼，其後可接「아/야」。

會話練習！

023.mp3

1 가 태민아, 오늘 인사동에 가니?
나 응, 동운이 너도 시간 있으면 같이 가자.

태민 / 오늘 인사동에 가다	시간 있으면 같이 가다
민호 / 피자 시켰다	점심 안 먹었으면 같이 먹다
현문 / 주말에 재훈이 만날 거다	바쁘지 않으면 같이 만나다

2 가 수정아, 지난번에 산 빨간 색 치마 좀 빌려 줘.
나 언니, 그건 내가 아끼는 거야. 다른 치마 빌려 줄게.

수정 / 지난번에 산 빨간색 치마 좀 빌려 주다	언니, 그건 내가 아끼는 거다 / 다른 치마 빌려 주다
윤호 / 지금 슈퍼에 가서 라면 좀 사 오다	누나, 지금 나 통화 중이다 / 조금 이따가 사 오다
유진 / 오후에 택배가 오면 네가 좀 받아 주다	오빠, 오후에는 나도 집에 없다 / 언니에게 부탁해 놓다

實戰練習！

1 請將以下對話改成半語體。

(1) 가 윤지 씨, 내일 같이 쇼핑하러 갈까요? → 가 윤지야, 내일 같이 쇼핑하러 갈까?
나 그래요, 같이 가요. → 나 그래, 같이 가자.

(2) 가 현중 씨, 서영 씨 파티에 올 거예요? → 가 ________
나 아니요, 못 갈 것 같아요. → 나 ________

(3) 가 유리 씨, 이 우산 유리 씨 거예요? → 가 ________
나 아니요, 제 거 아니에요. → 나 ________

(4) 가 오늘은 높은 구두를 신지 마세요. → 가 ________
나 왜요? 오늘 많이 걸어야 돼요? → 나 ________

(5) 가 오늘 점심에는 냉면을 먹읍시다. → 가 ________
나 날씨가 추우니까 냉면을 먹지 맙시다. → 나 ________

(6) 가 선희 씨, 어제 민영 씨 만났어요? → 가 ________
나 네, 만났어요. 그런데 왜요? → 나 ________

2 以下是泰英傳給姐姐恩惠的訊息，請將內容改成半語體。

누나, (1) 오늘 아르바이트해서 월급 <u>받았어요</u>. (2) 오늘 저녁에 집에 일찍 <u>올 거예요</u>?
→ 받았어 →
(3) 오늘 <u>제가 한턱낼게요</u>. (4) 뭐 <u>먹고 싶어요</u>? (5) 피자 <u>먹으러 갈까요</u>? (6) 아, 참 요즘
→ → →
누나는 <u>다이어트 중이지요</u>? (7) 그럼, 피자는 <u>먹지 맙시다</u>. (8) <u>한식을 먹읍시다</u>.
→ → →
(9) 퇴근이 <u>6시인가요</u>? (10) 그럼 7시까지 집 근처 지하철역으로 <u>오세요</u>. (11) 이따 거기
→ →
에서 <u>만나요</u>.
→

單元3 總複習！

〔1～2〕 請選擇不適合填入畫線部分的回答。

1

가 누나, ________________?
나 응, 그런데 왜?

① 내일 시간 있어 ② 내일 시간 있니
③ 내일 친구 만날 거야 ④ 내일 친구 만날 거예요

2

가 오빠, ________________.
나 그래 알았어.

① 청소하는 것 좀 도와줘 ② 청소하는 것 좀 도와주세요
③ 청소하는 것 좀 도와줘라 ④ 청소하는 것 좀 도와줄 수 있어?

〔3～4〕 請閱讀下文，並選擇文法正確的選項。

3

① 셜리 씨는 한국에 온 지 1년이 되었는다. ② 1년 동안 한국에 살았지만 아직도 한국 생활은 쉽지 않는다. ③ 그것은 한국말이 아직 서투르거든다. ④ 한국말을 더 열심히 공부해서 한국 사람처럼 말하고 싶다.

4

① 요즘 많은 부모들이 아이들을 외국으로 유학 보내다. ② 어릴 때 유학을 가면 외국어를 더 잘 배울 수 있다고 생각해서다. ③ 그래서 저도 어릴 때 미국으로 유학을 갔다. ④ 하지만 조기 유학은 장점도 많지만 단점도 많은다.

5 **請選擇文法正確的選項。**

① 언니, 너는 오늘 바빠?
② 오빠, 오늘은 집에 일찍 가자.
③ 태민야, 이따가 몇 시에 끝나?
④ 영호야, 혹시 제 지갑 못 봤어?

이유를 나타낼 때
表示理由時

본 장에서는 이유를 나타낼 때 사용하는 다양한 표현들을 배웁니다. 초급 단계에서는 이유를 표현하는 문법으로 '-아/어서', '-(으)니까', '-기 때문에'를 배웠습니다. 본 장에서 배우는 이유를 나타내는 표현들은 의미적으로, 그리고 사용되는 상황적으로 조금씩 다르기 때문에 사용할 때 주의를 해야 할 것입니다.

本單元我們要學習表示理由的幾種文法。在初級階段我們曾學習過「-아/어서」、「-(으)니까」、「-기 때문에」。本單元所學的文法無論是在意義或使用情境上都有些不同，所以使用時請務必特別注意。

01 -거든요

024.mp3

가 자야 씨, 오늘도 이 식당에 가려고요?
札雅，妳今天也要去這家餐廳嗎？

나 네, 여기가 정말 맛있**거든요**.
마크 씨도 같이 갈래요?
是啊，這家真的很好吃。馬克，你要一起去嗎？

가 오늘 왜 그렇게 피곤해 보여요?
你今天怎麼看起來那麼累啊？

나 어제 영화를 보느라고 잠을 못 잤**거든요**.
昨天因為看電影，沒睡好覺。

文法重點！

이 표현은 상대방이 한 질문이나 자신이 말한 내용에 대해 이유나 본인의 생각을 말할 때 사용합니다. 이때의 이유나 사실은 상대방이 모르는 것입니다. '-거든요'는 입말에서만 사용하며 글말에서는 사용하지 않습니다. 또한 발표와 같은 격식적인 자리에서는 사용하지 않고 보통 친한 사이에서만 사용합니다.

此文法用於對對方提問，或對自己所說內容陳述理由或自己的想法，此時的理由或事實是對方不曉得的。「-거든요」僅限用於口語，不用於書面語，且不用於發表等正式場合，一般用在關係親近的對象間。

-거든요				
A/V	過去	-았/었거든요	가다 힘들다	갔거든요 힘들었거든요
	現在	-거든요	가다 힘들다	가거든요 힘들거든요
	未來 / 推測	-(으)ㄹ 거거든요	가다 힘들다	갈 거거든요 힘들 거거든요

N이다	過去	였거든요 이었거든요	친구이다 애인이다	친구였거든요 애인이었거든요
	現在	(이)거든요	친구이다 애인이다	친구거든요 애인이거든요

가 제주도에 갔을 때 한라산에 올라가셨어요?
去濟州島的時候有去爬漢拏山嗎？

나 아니요, 못 갔어요. 날씨가 안 **좋았거든요**.
沒有，沒能去，因為天氣不好。

가 피곤하실 텐데 오늘도 요가를 하러 가시는 거예요?
您一定很累了，今天也要去上瑜珈嗎？

나 네, 요가를 하고 나면 몸이 가벼워지**거든요**. 그래서 피곤해도 요가를 하러 가요.
對，因為上完瑜珈身體會變得比較輕鬆，所以再累也要去上瑜珈。

가 요즘 비가 정말 자주 오네요.
最近真是常下雨啊。

나 요즘 장마철**이거든요**. 한 달 동안은 계속 올 거예요.
因為最近是梅雨季，會持續下一個月呢。

深入瞭解！

1 '이유'의 의미로 사용할 때 '-거든요'가 있는 문장은 대화에서 제일 앞에 올 수 없고, 말하는 사람이 말한 문장 다음이나 상대방의 질문에 대한 대답으로만 사용할 수 있습니다.
作為理由的意思使用時，有「-거든요」的句子不能擺在對話的一開始，只能接在話者說的話之後，或針對對方提問回答時才可使用。

가 좋아하는 가수 있어요?
你有喜歡的歌手嗎？

나 네, 노래를 잘하거든요. 가수 '비'를 좋아해요. (×)
→ 노래를 잘해서 가수 '비'를 좋아해요. (○)
因為歌唱得好，所以我喜歡「Rian」。

가 그 가수를 왜 좋아해요?
為什麼喜歡那個歌手？

나 정말 노래를 잘하거든요. (○)
因為他真的唱得很好。

2 이 표현은 말하는 사람이 듣는 사람에게 전달할 말이 있거나 이야기하고 싶은 것이 있을 때, 그 말을 하기 전에 도입으로 사용하기도 합니다. 따라서 뒤에 계속되는 이야기가 있다는 것을 암시하고 있습니다.
此文法也可用於當話者有「要向聽者傳達的話或想說的事情」時，於開口前用來引導話題，暗示對方後面還有話沒說完。

가 죄송한데요, 이 근처에 은행이 어디에 있어요?
抱歉，請問這附近哪裡有銀行？

나 이 길로 쭉 가시면 편의점이 나오거든요. 편의점 건너편에 은행이 있어요.
順著這條路一直走會有一家便利商店，在便利商店的對面有銀行。

가 윤호 씨, 제가 오늘 주영 씨를 만나기로 했거든요. 윤호 씨도 같이 가실래요?
允浩，我今天要跟株榮見面，你要一起去嗎？

나 저도 주영 씨가 보고 싶었는데 잘 됐네요. 같이 가요.
我也正想見株榮呢，太好了，一起去吧。

會話練習！

025.mp3

1 가 공항에 무슨 일로 가세요?
나 오늘 부모님이 한국에 오시거든요.

공항에 무슨 일로 가다	오늘 부모님이 한국에 오시다
왜 이렇게 음식을 많이 준비하다	집에 친구들이 많이 오다
커피를 왜 안 마시다	커피를 마시면 잠을 못 자다

2 가 주말에 그 드라마를 보셨어요?
나 아니요, 못 봤어요. 친구랑 약속이 있었거든요.

Tip
자리가 없다 沒有位子
장을 보다 買東西、上市場

주말에 그 드라마를 보다	못 보다 / 친구랑 약속이 있다
어제 도서관에서 공부하다	못하다 / 시험 때라 자리가 없다
어제도 남편과 같이 장을 보다	어제는 혼자 장을 보다 / 남편이 출장을 가다

實戰練習！

請看下圖，仿照範例，找出適合的表達，搭配「–거든요」來完成對話。

보기	가다	좋아하다	싸다	많다	가 보라고 하다	못 가 보다

웨이밍　주말에 뭐 하셨어요?

아키라　명동에 어머니 선물을 사러 갔어요. 다음 주에 고향에 (1)가거든요.

웨이밍　주말에 고향에 가시는군요. 그런데 무슨 선물을 사셨어요?

아키라　김치를 샀어요. 어머니께서 한국 김치를 (2)＿＿＿＿＿＿＿＿＿＿.

웨이밍　그런데 쇼핑할 때 한국말을 잘 못하니까 힘들지 않으셨어요?

아키라　네, 힘들지 않았어요. 요즘 명동 가게에는 일본어를 잘하는 사람들이 (3)＿＿＿＿＿＿＿＿＿＿.

웨이밍　아, 그렇군요. 그런데 김치만 사셨어요?

아키라　아니에요, 친구들 주려고 티셔츠도 몇 벌 샀어요. 한국이 일본보다 옷값이 많이 (4)＿＿＿＿＿＿＿＿＿＿. 웨이밍 씨는 방학 때 부산에 간다고 했지요?

웨이밍　네, 아직 부산에 한 번도 (5)＿＿＿＿＿＿＿＿＿＿.

아키라　그렇군요. 부산에 가시면 해운대에 꼭 가 보세요. 정말 아름다워요.

웨이밍　네, 저도 해운대에 가려고 생각하고 있어요. 친구들이 해운대에 꼭 (6)＿＿＿＿＿＿＿＿＿＿.

02 -잖아요

026.mp3

가 저 가수를 왜 좋아해요?
你為什麼喜歡那個歌手？

나 노래도 잘하고 멋있**잖아요**.
歌唱得好，人也很帥啊。

가 카일리 씨가 일본어를 정말 잘하네요!
凱莉日語說得真好！

나 카일리 씨는 일본에서 공부**했잖아요**. 지난번에 카일리 씨가 말했는데 생각 안 나요?
她在日本念過書啊，上次她有說，妳不記得了？

文法重點！

1 이 표현은 듣는 사람이 이미 알고 있는 이유를 말할 때 또는 상대방이 어떤 사실을 잊어버려서 그것을 다시 기억나게 하려고 할 때 사용합니다. 입말에서만 사용하며 글말에서는 사용하지 않습니다. 또한 격식적인 자리에서는 사용하지 않습니다.
此文法用於陳述聽者已知的理由，或要讓對方再次想起某件遺忘的事實時。僅限用於口語，不用於書面語，且不用於正式場合。

-잖아요				
A/V	過去	-았/었잖아요	가다 힘들다	갔잖아요 힘들었잖아요
	現在	-잖아요	가다 힘들다	가잖아요 힘들잖아요
	未來 / 推測	-(으)ㄹ 거잖아요	가다 힘들다	갈 거잖아요 힘들 거잖아요
N이다	過去	였잖아요 이었잖아요	친구이다 애인이다	친구였잖아요 애인이었잖아요
	現在	(이)잖아요	친구이다 애인이다	친구잖아요 애인이잖아요

가 이번에도 양강 씨가 1등을 했네요!
楊剛這次也得了第一名！

나 양강 씨는 항상 열심히 공부하**잖아요**.
楊剛一直很努力念書嘛。

가 네, 맞아요. 양강 씨는 언제나 열심히 공부하지요.
是啊，沒錯，楊剛一直都很努力。

가 수진 씨가 언제 고향으로 돌아가지요?
秀珍什麼時候回故鄉呢？

나 지난주 토요일에 돌아**갔잖아요**.
她上個星期六不是就回去了。

가 아, 맞아요. 수진 씨 배웅하러 공항에도 같이 갔었지요?
啊，對耶，我們還一起送秀珍去機場呢！

가 세영 씨가 집에 온다고 해서 복숭아를 좀 샀어요.
因為世英說要來我們家，所以我買了點水蜜桃。

나 여보, 그 친구는 복숭아 알레르기가 있**잖아**.
老公，她不是對水蜜桃過敏嗎。

가 아, 그랬죠? 깜빡했네요.
啊，她是不是有說過？我忘得一乾二淨了。

2 이 표현은 상대방에게 충고나 경고를 했는데도 상대방이 듣지 않아 좋지 않은 일이 생긴 경우에 상대방에게 핀잔을 주듯이 말할 때도 사용합니다. 이런 경우 보통 인용문과 함께 사용을 합니다.
此文法也用於已向對方提出忠告或警告，可是對方不聽，結果發生不好的事情時指責對方。這種情況通常與引用句一起使用。

가 엄마, 어떻게 해요? 학교에 늦겠어요.
媽，怎麼辦？上學要遲到了。

나 그래서 어제 일찍 자**라고 했잖아**.
所以昨天不是要你早點睡嗎？

가 그 남자가 알고 보니 정말 나쁜 사람이었어요.
瞭解了一下才知道，那個男的真是個壞人。

나 그거 봐요, 내가 뭐라고 했어요. 그 사람 나쁜 사람 같**다고 했잖아요**.
看吧，我怎麼說的，我不是說那個人像壞人嗎？

會話練習！

027.mp3

1 가 게이코 씨가 요즘 우울해해요.

나 그럼 게이코 씨랑 같이 오페라를 보러 가세요.

게이코 씨가 오페라를 좋아하**잖아요**.

Tip
오페라 歌劇
비타민 維他命

게이코 씨가 요즘 우울해하다	게이코 씨랑 같이 오페라를 보러 가다 / 게이코 씨가 오페라를 좋아하다
감기에 걸려서 힘들다	오렌지 주스를 많이 마시다 / 비타민 C가 감기에 좋다
비자 신청하는 게 너무 복잡하다	여행사에 맡기다 / 여행사에서 대신 해 주다

2 가 시험에 떨어졌어요.

나 그래서 제가 뭐라고 했어요?

평소에 열심히 공부하라고 **했잖아요**.

Tip
시험에 떨어지다 考試落榜
평소에 平時

시험에 떨어지다	평소에 열심히 공부하라
배탈이 나다	너무 많이 먹는 것 같다
생활비를 다 써 버리다	돈을 좀 아껴 쓰라

實戰練習！

請用「–잖아요」完成下列對話。

(1) 가 주말에 정동진에 갔다 올래요? (멀다)

나 정동진은 너무 멀잖아요. 가까운 데로 가면 좋겠어요.

(2) 가 점심에 같이 닭갈비를 먹을까요? (못 먹다)

나 자야 씨는 매운 음식을 ____________. 맵지 않은 음식을 먹는 게 좋겠어요.

(3) 가 방학하면 친구들과 같이 남이섬에 갈래요? (갔다 오다)

나 지난 방학에도 남이섬에 ____________. 같은 장소 말고 다른 곳에 가면 좋겠어요.

(4) 가 아키라 씨 생일인데 어떤 선물을 사면 좋을까요? (음악을 좋아하다)

나 아키라 씨가 ____________. 음악 CD를 사 주면 어떨까요?

03 -느라고

028.mp3

가 자야 씨, 왜 숙제를 안 했어요?
佳雅，妳為什麼沒寫作業？

나 어젯밤에 축구를 보느라고 숙제를 못했어요.
因為昨晚看足球，所以沒能寫作業。

가 주말에 뭐 하셨어요?
週末做了什麼？

나 김장했어요. 김장을 하느라고 정말 힘들었어요.
醃過冬泡菜。為了醃過冬泡菜真的好累。

文法重點！

이 표현은 선행절에 오는 말이 후행절에 오는 말의 이유나 원인이 됨을 나타냅니다. 후행절에는 주로 부정적인 이야기들이 옵니다. '-느라'라고 사용해도 됩니다.

此文法表達前子句內容為後子句的理由或原因。後子句主要接有否定意義的內容。也可用作「-느라」。

-느라고			
V	-느라고	가다 먹다	가느라고 먹느라고

가 요즘 카일리 씨는 어떻게 지내요? 最近凱莉過得怎麼樣？

나 결혼 준비를 하느라고 정신이 없는 것 같아요.
她好像為了籌備結婚，忙得不可開交。

가 시험 때문에 많이 바쁘지요? 為了考試很忙吧？

나 네, 요즘 시험공부를 하느라고 친구들을 통 못 만났어요.
是的，最近為了準備考試，完全沒能跟朋友見面。

가 왜 늦었어요? 為什麼遲到？

나 죄송해요. 컴퓨터를 고치러 갔다 오느라 늦었어요.
對不起，因為去修電腦，所以來晚了。

深入瞭解！

1 '-느라고'는 앞의 행동이 계속되다가 뒤의 행동이나 상태와 부분적으로 혹은 전체적으로 겹쳐 일어나, 두 행동이 결과적으로 동시에 진행되고 있음을 나타냅니다.

「-느라고」表示前子句的行動持續中，而後子句行動或狀態發生的時間點與前子句行動有部分或完全重疊，結果兩個行動同時進行。

- 출입국관리사무소에 가느라고 학교에 못 갔어요.
  為了去出入境管理處，所以沒能去學校。

←――――――――――――→（去出入境管理處的時間）

←――――→ 上課時間

: 수업 시간 동안 출입국관리사무소에 있었고 그래서 수업 시간에 올 수 없었습니다.
上課的時間人在出入境管理處，所以上課時間不能來學校。

2 '-느라고'는 사용할 때 많은 제약이 있습니다. 다음과 같은 것을 주의해야 합니다.

「-느라고」在使用上有很多限制。請務必注意以下幾點：

(1) '-느라고' 다음에는 부정적인 이야기(바쁘다, 힘들다, 피곤하다, 못하다, 안 하다 등)들이 오기 때문에 후행절에 긍정적인 이야기가 오면 어색합니다.

「-느라고」後面接否定意義的內容（바쁘다、힘들다、피곤하다、못하다、안 하다 等），因此後子句中若出現表示肯定意義的言辭會不自然。

- 데이트를 하느라고 기분이 좋아요. (×)
  → 데이트를 해서 기분이 좋아요. (○)　因為約會而心情好。
  → 데이트를 하느라고 요즘 시간이 없어요. (○)　因為約會，最近沒有空。

또한, '고생하다', '수고하다'와 같은 동사 앞에는 관용적으로 '-느라고'가 쓰입니다.
另外，在「고생하다」、「수고하다」等動詞前，習慣使用「-느라고」。

- 야근하느라고 수고하셨어요.　您上夜班辛苦了。
- 그동안 우리를 가르치시느라고 고생 많으셨어요.　這段期間教導我們真是辛苦您了。

(2) '-느라고' 앞에는 시간, 힘, 주어의 의지가 필요한 동사가 옵니다.

「-느라고」前面應為需要時間、力氣和主語意志的動詞。

- 교통사고가 나느라고 회사에 지각했어요. (×)
- 비가 많이 오느라고 등산을 못했어요. (×)
- 바쁘느라고 여행을 못 갔어요. (×)

: '교통사고가 나다', '비가 오다'는 시간이나 힘, 주어의 의지가 필요한 동사가 아니며, '바쁘다'는 동사가 아니기 때문에 올 수 없습니다.

「교통사고가 나다」、「비가 오다」不屬於需要時間、力氣或主語意志的動詞，而「바쁘다」不是動詞，所以都不能使用。

(3) 이 표현은 앞 문장과 뒤 문장의 주어가 같아야 합니다.

此文法前子句和後子句的主語必須一致。

- 자야 씨는 잠을 자느라고 (자야 씨는) 전화를 못 받았습니다. (○)

  札雅因為在睡覺，所以（札雅）沒能接到電話。

- 자야 씨는 잠을 자느라고 마크 씨는 전화를 못 받았습니다. (×)

(4) '–느라고' 다음에는 청유형과 명령형이 올 수 없습니다.

「–느라고」的後面不能接建議形或和命令形。

- 춤을 추느라고 나이트클럽에 갑시다 / 가십시오. (×)

  → 춤을 추러 나이트클럽에 갑시다. (○) 我們去夜店跳舞吧。

- 쇼핑을 하느라고 돈을 씁시다 / 쓰십시오. (×)

  → 쇼핑을 하느라고 돈을 다 썼어요. (○) 因為購物，把錢都花光了。

(5) 과거 시제 '–았/었–'을 쓸 수 없습니다.

不能使用過去時制「–았/었–」。

- 어제 숙제를 했느라고 잠을 못 잤어요. (×)

  → 어제 숙제를 하느라고 잠을 못 잤어요. (○) 昨天為了寫作業，沒睡覺。

會話練習！

029.mp3

1 가 요즘 왜 이렇게 바빠요?

나 아르바이트하느라고 바빠요.

Tip
입학 서류 入學資料
정신이 없다（忙得）不可開交
보고서 報告書

바쁘다	아르바이트하다 / 바쁘다
정신이 없다	입학 서류를 준비하다 / 정신이 없다
시간이 없다	보고서를 쓰다 / 시간이 없다

2 가 아까 전화했는데 왜 안 받았어요?

나 운전하느라고 못 받았어요.

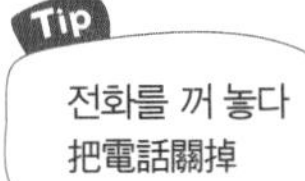

Tip
전화를 꺼 놓다
把電話關掉

운전하다 / 못 받다
공부하다 / 전화를 꺼 놓다
청소하다 / 전화 소리를 못 듣다

實戰練習！

1 請用「-느라고」完成下列對話。

(1) 가 어제 왜 파티에 안 왔어요? (병원에 갔다 오다)
나 병원에 갔다 오느라고 파티에 못 갔어요.

(2) 가 제나 씨가 요즘 많이 바쁜가 봐요? (컴퓨터 학원에 다니다)
나 네, 제나 씨는 요즘 ______________ 바빠요.

(3) 가 요즘 외출을 안 하시는 것 같아요. (아기를 보다)
나 네, ______________ 외출을 거의 못해요.

(4) 가 어제 왜 야근했어요? (보고서를 마무리하다)
나 ______________ 야근했어요.

(5) 가 밤을 또 새우셨어요? (남자 친구랑 통화하다)
나 네, ______________ 밤을 새웠어요.

2 請閱讀下文，並用「-느라고」完成句子。

어젯밤에 마크 씨 집에서 파티가 있었습니다. 마크 씨는 파티 준비 때문에 점심도 못 먹었습니다. 파티 때 쓸 물건과 음식을 많이 사서 용돈도 다 썼습니다. 전날 밤에는 파티에 대해 생각하다 보니 잠도 2시간밖에 못 잤습니다. 마크 씨는 좋아하는 유진 씨가 오기 때문에 멋진 파티를 열고 싶었습니다.

그런데 파티가 시작되자마자 마크 씨는 너무 피곤해서 잠이 들고 말았습니다. 그래서 유진 씨는 파티 내내 아키라 씨랑 이야기를 했습니다. 마크 씨가 일어났을 때는 오늘 아침이었고 친구들은 다 돌아가고 없었습니다. 마크 씨는 파티 때문에 지저분해진 집을 치워야 해서 학교에도 늦었습니다. 학교에 가니까 친구들이 유진 씨랑 아키라 씨가 사귀기 시작했다는 얘기를 해 주었습니다.

(1) 마크 씨는 어제 파티 준비를 하느라고 점심을 못 먹었습니다.

(2) 파티 때 쓸 물건과 음식을 많이 ______________ 용돈을 다 썼습니다.

(3) 그저께 밤에는 파티에 대해 ______________ 2시간밖에 못 잤습니다.

(4) 마크 씨는 ______________ 유진 씨랑 이야기를 못했습니다.

(5) 오늘 마크 씨는 집을 ______________ 학교에도 늦었습니다.

04 –는 바람에

030.mp3

가 마크 씨가 병원에 입원했다면서요?
聽說馬克住院了？

나 네, 교통사고가 나는 **바람에** 다쳐서 병원에 입원했대요.
是的，聽說是因交通事故受傷住院的。

가 그 선수가 금메달을 딸 줄 알았는데 왜 못 땄지요?
原以為那位選手會拿到金牌，為什麼沒拿到呢？

나 경기를 하다가 넘어지는 **바람에** 금메달을 못 땄어요.
因為比賽時跌倒了，所以沒拿到金牌。

文法重點！

이 표현은 선행절이 뒤에 오는 일의 원인이나 이유가 될 때 사용합니다. 보통 선행절의 상황이 뒤의 행동에 안 좋은 영향을 주거나 원래 의도했던 것과는 다른 결과가 생겼을 때 혹은 원하지 않는 결과가 생겼을 때 사용합니다.

此文法用於前子句為後子句事件的原因或理由。通常前子句的狀況會對後子句行動造成不良影響、產生與原先預期不同的結果或導致不想要的結果。

–는 바람에			
V	–는 바람에	가다 먹다	가는 바람에 먹는 바람에

- 휴대전화가 갑자기 고장 나는 **바람에** 연락을 못했어요.
  手機突然故障，所以沒辦法聯絡。

- 태풍이 오는 **바람에** 비행기가 취소됐어요.
  因為有颱風來，所以航班被取消了。

- 급하게 먹는 **바람에** 체했어요.
  因為吃得太急，所以消化不良。

深入瞭解！

1 '–는 바람에' 앞에는 동사만 올 수 있습니다.

「–는 바람에」前面只能用動詞。

- 날씨가 갑자기 추운 바람에 감기에 걸렸어요. (×)
  → 날씨가 갑자기 추워진 바람에 감기에 걸렸어요. (○)　因為天氣突然變冷，所以感冒了。
  : '춥다'는 형용사라서 올 수 없으므로 동사형 '추워지다'로 바꾸어야 합니다.
  由於「춥다」是形容詞不能接在「–느라고」之前，必須轉換成動詞形態「추워지다」。

2 이 표현은 이미 일어난 결과에 대한 이유를 설명하기 때문에 '–는 바람에' 다음에는 항상 과거형이 옵니다.

此文法是對已經發生過的結果說明理由，所以「–는 바람에」的後面只能用過去時制。

- 비가 많이 오는 바람에 홍수가 날 것 같아요. (×)
  → 비가 많이 오는 바람에 홍수가 났어요. (○)
  因為下大雨而發生洪水。

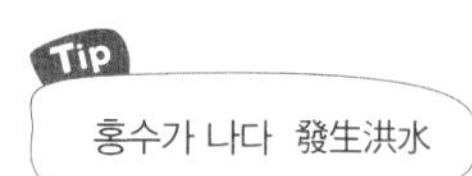

3 '–는 바람에' 뒤에는 항상 과거 시제만 오기 때문에 명령문이나 청유문이 올 수 없습니다.

「–는 바람에」後面只能用過去時制，不能接命令句或建議句。

- 신용카드를 잃어버리는 바람에 은행에 가십시오 / 갈까요? (×)
  → 신용카드를 잃어버리는 바람에 은행에 갔습니다. (○)　因為遺失信用卡而去銀行。

4 이 표현은 대부분 부정적인 상황에서만 사용합니다. 그래서 긍정적인 상황에서 사용하면 어색합니다.

此文法多用於否定情況，若用於肯定情況會不自然。

- 남자 친구가 선물을 사 주는 바람에 기분이 좋아졌습니다. (×)
  → 남자 친구가 선물을 사 주어서 기분이 좋아졌습니다. (○)　因為男朋友買禮物給我，所以心情變很好。

그러나 가끔 긍정적인 상황에서 쓰기도 하는데, 이때는 전혀 기대하지 못했거나 예상 밖의 결과가 생겼을 때 사용할 수 있습니다.

但偶爾也用於肯定情況，即可以使用在出現了完全無法預期、意外的結果時。

가 윤주 씨, 기분이 좋아 보이네요.
允珠，妳看起來心情不錯啊。

나 언니가 갑자기 부산으로 이사를 가는 바람에 방을 혼자 쓰게 되었거든요.
因為姐姐突然搬到釜山去了，所以我可以獨自使用房間啦。

哪裡不一樣?

'-아/어서'와 '-는 바람에'는 둘 다 이유를 말하지만 다음과 같은 의미상의 차이가 있습니다.

「-아/어서」和「-는 바람에」都表示理由，但它們在意義上有所區別。

-아/어서	-는 바람에
단순히 후행절이 생기게 된 이유만 말합니다. 單純陳述後子句發生的理由。	후행절이 생기게 된 이유와 함께 후행절을 할 의도가 아니었음도 의미합니다. 陳述後子句發生之理由的同時，還表示不是有意導致的。
• 약속이 취소돼서 집에 있었어요. 因為約會被取消了，所以在家裡。 → 집에 있었던 이유만 말합니다. 只說明在家的理由。	• 약속이 취소되는 바람에 집에 있었어요. 因為約會被取消了， 所以在家裡。 → 집에 있었던 이유와 함께 원래는 집에 있으려던 것이 아니었음도 의미하고 있습니다. 連同在家的理由，同時表示原本沒有要待在家裡。

會話練習！

031.mp3

1 가 오늘 왜 회사에 지각했어요?

나 길이 막히는 **바람에** 늦었어요.

알람 시계가 안 울리다 鬧鐘沒響
수리 센터 維修中心

길이 막히다 / 늦다
알람 시계가 안 울리다 / 늦게 일어나다
차가 고장 나다 / 수리 센터에 갔다 와야 하다

2 가 어제 모임에 왜 안 나오셨어요?

나 친구가 갑자기 찾아오는 **바람에** 못 갔어요.

어제 모임에 왜 안 나오다	친구가 갑자기 찾아오다 / 못 가다
아침에 운동하러 왜 안 오다	아이가 다치다 / 병원에 가야 하다
지난번 세미나에 왜 참석하지 않다	급한 일이 생기다 / 갈 수 없다

實戰練習！

請用「-는 바람에」完成下列對話。

(1) 가 어떻게 하다가 용돈을 다 썼어요? (친구랑 밤늦게까지 술을 마시다)

나 친구랑 밤늦게까지 술을 마시는 바람에 돈을 다 썼어요.

(2) 가 가방을 어떻게 하다가 잃어버렸어요? (지하철에서 졸다)

나 ______________________ 가방을 놓고 내렸어요.

(3) 가 아버지께 방학 때 여행 간다는 말씀을 드렸어요? (이번 시험에서 F를 받다)

나 ______________________ 얘기를 꺼내지도 못했어요.

(4) 가 면접시험 잘 봤어요? (면접 때 긴장하다)

나 아니요, ______________________ 한마디도 못했어요.

(5) 가 옷이 왜 이렇게 더러워졌어요? (길에서 넘어지다)

나 ______________________ 옷이 이렇게 됐어요.

(6) 가 윤주 씨가 학교를 그만두나요? (아버지 사업이 망하다)

나 네, ______________________ 학교를 그만두게 되었대요.

(7) 가 숙제를 왜 못했어요? (숙제하다가 잠이 들다)

나 ______________________ 숙제를 못했어요.

(8) 가 왜 공연 중간에 나가셨어요? (갑자기 배탈이 나다)

나 ______________________ 공연을 보다가 나갔어요.

05 -(으)ㄴ/는 탓에

가 양강 씨가 오늘도 서류 하나를 빠뜨리고 왔다면서요?
聽說楊剛今天來又漏了一份資料？

나 네, 성격이 급한 탓에 실수가 잦은 것 같아요.
是的，好像是個性急的緣故，常常出錯。

가 비가 정말 많이 오네요.
雨下得真大啊。

나 비가 많이 오는 탓에 한강 다리 몇 개가 통제되었대요.
聽說因為雨大的緣故，漢江上幾座橋樑已被管制了。

文法重點！

'탓'은 나쁜 일이 생기게 된 이유나 원인을 뜻합니다. 그래서 '-(으)는 탓에'는 선행절이 후행절의 부정적인 사건이나 일이 생기게 된 원인 혹은 이유를 나타냅니다. 즉 선행절 때문에 후행절이 일어났다는 것을 의미합니다.
「탓」表示發生壞事的理由或原因，所以「-(으)는 탓에」前子句是引發後子句不良事件或事情的原因、理由。即表示因為前子句的緣故而發生了後子句。

-(으)ㄴ/는 탓에				
A	過去	-았/었던 탓에	비싸다 높다	비쌌던 탓에 높았던 탓에
	現在	-(으)ㄴ 탓에	비싸다 높다	비싼 탓에 높은 탓에
V	過去	-(으)ㄴ 탓에	가다 먹다	간 탓에 먹은 탓에
	現在	-는 탓에	가다 먹다	가는 탓에 먹는 탓에
N이다	過去	였던 탓에 이었던 탓에	중고이다 학생이다	중고였던 탓에 학생이었던 탓에
	現在	인 탓에	중고이다 학생이다	중고인 탓에 학생인 탓에

- 동호 씨는 컴퓨터게임을 늦게까지 하는 **탓에** 지각을 하는 경우가 많다.
  東浩因為玩電腦遊戲玩到很晚，所以常遲到。

- 어제 술을 많이 마신 **탓에** 오늘 아침에 머리가 아팠어요.
  因為昨天酒喝得太多了，所以今天早上頭很痛。

- 장마철**인 탓에** 비가 자주 온다.
  因為是梅雨季，所以常下雨。

深入瞭解！

1 이 표현은 'N 탓에', 'A/V-(으)ㄴ/는 탓이다'의 형태로도 사용할 수 있습니다.

此文法也可以使用「N 탓에」、「A/V-(으)ㄴ/는 탓이다」的形態。

- 날씨가 더운 탓에 밤에 잠을 못 자는 사람들이 많아요.
  = 더운 날씨 탓에 밤에 잠을 못 자는 사람들이 많아요.
  天氣炎熱的緣故，夜裡無法入睡的人很多。
- 그 배우가 폐암에 걸린 것은 담배를 많이 피운 탓입니다.
  = 그 배우는 담배를 많이 피운 탓에 폐암에 걸렸습니다.
  那個演員得肺癌，是因為吸菸過多的緣故。

2 '-(으)ㄴ/는 탓에'는 결과가 나쁜 경우에만 사용할 수 있기 때문에 결과가 좋은 경우에 사용하면 어색합니다.

「-(으)는 탓에」只能用於結果不好的情況，若用於好結果的情況會不自然。

- 친구들이 도와준 탓에 한국 생활을 잘할 수 있었어요. (×)
  → 친구들이 도와준 덕분에 한국 생활을 잘할 수 있었어요. (○)
  → 친구들이 도와줬기 때문에 한국 생활을 잘할 수 있었어요. (○)
  因為朋友們的幫助，我很適應韓國的生活。

哪裡不一樣?

이유를 나타나는 표현들은 많이 있지만 다음과 같은 차이점들이 있습니다.

雖然表示理由的文法很多，但它們之間有以下差異。

	-기 때문에	-는 바람에	-(으)ㄴ/는 탓에	-(으)ㄴ/는 덕분에
결과의 원인 結果的原因	좋은 결과와 나쁜 결과의 원인 好・壞結果的原因	나쁜 결과의 원인 壞結果的原因	나쁜 결과의 원인 壞結果的原因	좋은 결과의 원인 好結果的原因
원인의 종류 原因的種類	상관없음 無關	외부적, 예상하지 못한 원인 外部的、沒料到的 原因	상관없음 無關	상관없음 無關
선행절 시제 前子句時制 (過去・現在・未來)	모든 시제 가능 適用所有時制	현재 現在	모든 시제 가능 適用所有時制	모든 시제 가능 適用所有時制
후행절 시제 後子句時制 (過去・現在・未來)	모든 시제 가능 適用所有時制	과거 過去	모든 시제 가능 適用所有時制	모든 시제 가능 適用所有時制
품사 詞類 (名詞・動詞・形容詞)	모두 가능 全部適用	동사만 가능 限動詞	모두 가능 全部適用	모두 가능 全部適用

會話練習！

033.mp3

1 가 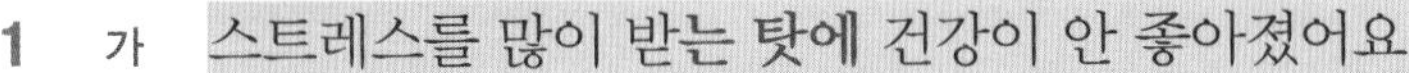
스트레스를 많이 받는 탓에 건강이 안 좋아졌어요.

나 스트레스를 풀 수 있도록 취미 생활을 해 보세요.

> **Tip**
> 스트레스를 풀다 舒解壓力
> 편식하다 偏食
> 골고루 均勻地

스트레스를 많이 받다 / 건강이 안 좋아졌다	스트레스를 풀 수 있도록 취미 생활을 해 보다
어제 눈이 많이 왔다 / 길이 미끄럽다	사고가 나지 않도록 조심해서 운전을 하다
아이가 편식을 하다 / 키가 작다	키가 클 수 있도록 음식을 골고루 먹이다

2 가 요즘 취직하기가 어려운 것 같아요.

나 그건 경제가 안 좋은 탓이겠죠.

> **Tip**
> 물가가 오르다 物價上漲
> 몇 달째 連續幾個月
> 가뭄 乾旱

요즘 취직하기가 어렵다	경제가 안 좋다
작년보다 올해 생활비가 더 많이 들다	작년보다 물가가 20%나 올랐다
야채값이 많이 비싸졌다	몇 달째 가뭄이 계속되었다

實戰練習！

1　下列是馬克的假期生活，請看下圖，並以「-(으)ㄴ/는 탓에」完成句子。

마크 씨는 요즘 방학이에요. 그래서 밤늦게까지 컴퓨터게임을 해요. 마크 씨는 컴퓨터게임을 많이 (1)하는 탓에 늦게 자요. 늦게 (2)__________ 아침에 늦게 일어나요. 늦게 (3)__________ 아르바이트에 자주 늦어요. 아르바이트에 자주 (4)__________ 돈을 많이 벌지 못해요. 돈을 많이 (5)__________ 데이트를 할 수 없어요.

2　下列是恩惠的休假故事，請看下圖，並以「-(으)ㄴ/는 탓에」完成句子。

은혜 씨는 이번 휴가 때 부산으로 여행을 가려고 했어요. 그런데 태풍이 (1)온 탓에 부산 지역에 홍수가 났어요. 부산 지역에 홍수가 (2)__________ 여행을 취소했어요. 여행을 (3)__________ 할 일이 없어서 심심했어요. (4)__________ 슬픈 영화 DVD를 빌려서 봤어요. 영화가 많이 (5)__________ 밤새 울었어요. 밤새 (6)__________ 아침에 일어나니까 눈이 퉁퉁 부어 있었어요.

06 -고 해서

034.mp3

가 피곤한데 택시 안 타요?
好累，我們不坐計程車嗎？

나 네, 길도 복잡하고 해서 지하철을 타는 게 좋겠어요.
是啊，路有點複雜，坐地鐵會比較好。

가 저녁 같이 드실래요?
要一起吃晚飯嗎？

나 점심도 늦게 먹고 해서 저녁은 안 먹으려고요.
我午餐也吃得比較晚，所以不想吃晚餐了。

文法重點！

이 표현은 선행절의 내용이 후행절의 행동을 하는 여러 가지 이유 중의 하나임을 나타냅니다. 말하는 사람이 후행절의 행동을 하는 다른 이유도 있지만 선행절 때문에 우선적으로 그 일을 한다는 것을 의미하고 있습니다. 기타의 다른 이유가 있다는 것은 암시만 할 뿐 이야기는 하지 않습니다.

此文法表示前子句的內容是後子句行動的諸多理由之一。表示雖然話者做後子句行動還有其他理由，但因前子句的關係，所以優先做那件事。僅暗示還有其他理由，但沒有明講。

-고 해서			
A/V	-고 해서	피곤하다 만나다	피곤하고 해서 만나고 해서
N이다	이고 해서	친구이다 학생이다	친구이고 해서 학생이고 해서

- 피곤하고 해서 약속을 취소했습니다.
  因為太累，所以取消了約會。
- 돈도 없고 해서 오늘은 집에 있으려고 합니다.
  加上也沒錢，所以今天就打算待在家裡。
- 월급도 타고 해서 친구들에게 한턱냈어요.
  （並且）我也領了薪水，所以請朋友們吃了一頓。

深入瞭解！

1 이 표현은 'N도 V-고 해서, A/V-기도 하고 해서'로도 쓸 수 있습니다.

此文法也可以「N도 V-고 해서」和「A/V-기도 하고 해서」表示。

- 밥을 먹고 해서 산책을 했어요. = 밥도 먹고 해서 산책을 했어요.
  = 밥을 먹기도 하고 해서 산책을 했어요. 也吃過飯了，所以去散步。
- 날씨가 춥고 해서 집에 일찍 돌아갔어요. = 날씨도 춥고 해서 집에 일찍 돌아갔어요.
  = 날씨가 춥기도 하고 해서 집에 일찍 돌아갔어요.
  再者天氣也很冷，所以提早回家。

2 'N도 A/V-고 N도 A/V-고 해서' 혹은 'A/V-기도 하고 A/V-기도 해서'처럼 사용하면 선행절이 후행절의 행동을 하는 데 많은 이유가 있지만 그중 두 가지 이유를 대표적으로 말하고 있다는 것을 나타냅니다.

若使用「N도 A/V-고 N도 A/V-고 해서」或「A/V-기도 하고 A/V-기도 해서」，意味著在前子句中表示「雖然做後子句行動的理由很多，但代表性的說其中兩個理由。」

- 머리도 아프고 잠깐 쉬고 싶기도 해서 공부하다가 텔레비전을 봤어요.
- 머리가 아프기도 하고 잠깐 쉬고 싶기도 해서 공부하다가 텔레비전을 봤어요.

頭也在痛，也想休息一下，所以念書到一半看了電視。

: 텔레비전을 본 이유가 여러 가지가 있는데 그 이유들 중 위의 두 가지만 대표적으로 말하고 있습니다.
陳述看電視的理由很多，但代表性的只提其中兩個理由。

會話練習！

035.mp3

Tip
마트 超市
장을 보다 上市場
기름값 油價
담배를 끊다 戒菸

1 가 마트에 가시나 봐요.
나 네, 손님이 오고 해서 장을 보러 가요.

마트에 가다	손님이 오다 / 장을 보러 가다
요즘은 운전을 안 하다	기름값이 오르다 / 요즘 운전을 안 하다
담배를 끊었다	몸에 안 좋다 / 담배를 끊었다

Tip
동아리 社團
MT 社團訓練
시골 鄉下

2 가 이번 동아리 MT에 못 간다면서요?
나 네, 아르바이트도 하고 공부도 해야 하고 해서 못 가요.

이번 동아리 MT에 못 가다	아르바이트도 하다 / 공부도 해야 하다 / 못 가다
시골로 이사를 가다	조용하다 / 공기도 좋다 / 이사를 가다
요즘 헬스클럽에 다니다	건강도 안 좋다 / 살도 찌다 / 다니다

實戰練習！

請看下圖，選擇一項或兩項做該事情的理由，並完成對話。

(1)

가 카일리 씨는 차를 자주 드시는 것 같아요

나 네, 향이 좋고 해서 자주 마셔요.

몸에도 좋고 기분도 좋아지고 해서 자주 마셔요.

(2)

가 자야 씨는 어디에서 쇼핑을 하세요?

나 저는 ________________ 동대문시장에 자주 가요.

(3)

가 양강 씨는 점심에 무엇을 드셨어요?

나 ________________ 김밥을 먹었어요.

(4)

가 아키라 씨, 주말에 왜 동창회에 안 오셨어요?

나 ________________ 동창회에 안 갔어요.

(5)

가 은혜 씨, 왜 이사를 하려고 하세요?

나 ________________ 이사를 하려고 해요.

(6)

가 웨이밍 씨, 지난번에 만난 남자와 사귀려고 하세요?

나 네, 그 남자가 ________________ 사귀려고 해요.

07 -(으)ㄹ까 봐

036.mp3

가 눈이 오는데 등산 가려고요?
下雪還要去登山啊？

나 아니요, 눈 때문에 길이 미끄러울까 봐 등산화를 신고 나가려고요.
不是，有雪怕路滑，所以想穿著登山鞋出去。

가 마크 씨, 시험 잘 봤어요?
馬克，考試考得好嗎？

나 아니요, 너무 못 봤어요. 시험에 떨어질까 봐 걱정이에요.
不好，考得很不好，真擔心落榜。

文法重點！

이 표현은 선행절의 상황, 행동이나 일이 혹시 일어났거나 일어날 수도 있다는 두려움 혹은 걱정 때문에 후행절의 행동을 했거나 하고 있다는 것을 나타냅니다. '-(으)ㄹ까 봐'의 '보다'는 '예측하다', '생각하다'를 의미합니다. '-(으)ㄹ까 봐서'로도 사용할 수 있습니다.
此文法表示害怕、擔心萬一前子句的狀況、行動、事情發生或有可能發生，而做了或正在做後子句的行動。「-(으)ㄹ까 봐」的「보다」表「預測」、「認為」，也可以「-(으)ㄹ까 봐서」表示。

-(으)ㄹ까 봐				
A/V	過去	-았/었을까 봐	부족하다 사다	부족했을까 봐 샀을까 봐
	現在	-(으)ㄹ까 봐	작다 가다	작을까 봐 갈까 봐
N이다	過去	였을까 봐 이었을까 봐	친구이다 애인이다	친구였을까 봐 애인이었을까 봐
	現在	일까 봐	친구이다 애인이다	친구일까 봐 애인일까 봐

가 어제 주영 씨가 준 옷을 입어 봤는데 아주 잘 맞아요.
昨天穿了一下株榮你送給我的衣服，非常合身。

나 옷이 좀 작을까 봐 걱정했는데 잘 맞는다니 다행이네요.
我還擔心衣服太小件呢，你說非常合身，真是萬幸。

가 커피를 많이 드시네요.
咖啡喝得很多呢。

나 네, 이따 회의 시간에 졸까 봐 마시는 거예요. 졸면 안 되잖아요.
是啊，怕等一下開會時打瞌睡而喝的，不是不能打瞌睡的嘛。

가 여보세요? 엄마, 대구에 가는 기차를 잘 탔어요.
喂？媽媽，我順利搭上去大邱的火車了。

나 그래? 다행이다. 길이 막혀서 네가 기차를 놓쳤을까 봐서 걱정했거든.
是嗎？太好了，我還擔心你因為塞車趕不上火車呢。

深入瞭解！

'-(으)ㄹ까 봐'는 선행절에 대한 걱정 때문에 어떤 일을 했거나 어떤 일을 하고 있다는 말을 써야 합니다. 미래에 대한 계획을 쓰면 맞지 않습니다.

「-(으)ㄹ까 봐」必須表示因為擔心前子句的情況，所以做了或正在做某事。這裡若出現有關未來計畫等內容，句子就錯了。

- 시험이 어려울까 봐 열심히 공부할 거예요. (×)
  → 시험이 어려울까 봐 열심히 공부했어요. (○)
  → 시험이 어려울까 봐 열심히 공부하고 있어요. (○) 因為擔心考試太難，所以正在用功念書。

會話練習！

037.mp3

1 가 주말에 여행 가신다면서요?

나 네, 그런데 주말에 날씨가 나쁠까 봐 걱정이에요.

> **Tip**
> 표가 다 팔리다 票賣光了

주말에 여행 가다	주말에 날씨가 나쁘다
레베카 씨가 한국 회사에 취직했다	한국 회사에 적응을 못하다
콘서트 표를 살 거다	표가 다 팔렸다

2 가 수첩에 항상 메모하시네요.

나 네, 중요한 일을 잊어버릴까 봐 수첩에 항상 메모해요.

> **Tip**
> 수첩에 메모하다 記在手冊上
> 표를 구하다 訂票
> 기름지다 油膩

수첩에 항상 메모하다	중요한 일을 잊어버리다
비행기 표를 일찍 예매했다	휴가철이라 표를 못 구하다
기름진 음식을 안 먹다	살이 찌다

實戰練習！

1 **請將相關的內容連起來，並用「-(으)ㄹ까 봐」寫成一個句子。**

(1) 아기가 깰 수 있어요. ·	· ⓐ 공포 영화를 안 봐요.
(2) 길이 막힐 수 있어요. ·	· ⓑ 작은 목소리로 말해요.
(3) 밤에 잠을 못 잘 수 있어요. ·	· ⓒ 지하철을 탔어요.
(4) 다리가 아플 수 있어요. ·	· ⓓ 휴대전화를 꺼 놓았어요.
(5) 수업에 방해가 될 수 있어요. ·	· ⓔ 운동화를 신었어요.

(1) ⓑ - 아기가 깰까 봐 작은 목소리로 말해요.

(2) ____________________

(3) ____________________

(4) ____________________

(5) ____________________

2 **請用「-(으)ㄹ까 봐」完成下列對話。**

(1) 가 무슨 걱정 있으세요? (말하다)
나 제가 소영 씨한테 비밀을 하나 말했거든요. 소영 씨가 다른 사람에게 말할까 봐 걱정이 돼서요.

(2) 가 여보세요? 진수 씨, 무슨 일로 전화하셨어요? (약속을 잊어버렸다)
나 내일 약속 기억하시죠? ____________ 전화했어요.

(3) 가 날씨가 좋은데 우산을 가지고 왔네요? (갑자기 비가 오다)
나 요즘 장마철이잖아요. ____________ 우산을 가지고 왔어요.

(4) 가 아이가 잘 안 먹네요. (몸이 약해지다)
나 그래서 ____________ 걱정이에요.

(5) 가 알람 시계가 3개나 있네요. (알람 소리를 못 듣다)
나 잠을 깊이 자는 편이라 ____________ 알람 시계를 여러 개 맞춰 놓고 자요.

單元4 總複習！

〔1～2〕請選擇可以替換下列畫線部分的選項。

1 태풍 탓에 비행기가 연착되었다.

① 태풍 때문에 ② 태풍이 올 텐데
③ 태풍이 오고 해서 ④ 태풍이 오기는 하지만

2 가 도서관에 가세요?
나 네, 다음 주에 시험이 있거든요.

① 시험이 있어서요 ② 시험이 있을 텐데요
③ 시험이 있을까 봐서요 ④ 시험이 있을지도 몰라서

〔3～4〕請選擇下列畫線部分正確的回答。

3 가 아이들 옷을 많이 사셨네요.
나 ______________________ 많이 샀어요.

① 백화점이 쌀까 봐서 ② 백화점이 세일하고 해서
③ 백화점이 세일하는 반면에 ④ 백화점이 세일할지도 몰라서

4 가 점심을 좀 전에 먹었는데 왜 빵을 사려고 해요?
나 이따가 회의가 있잖아요. 회의가 길어지면 ______________ 사려고요.

① 배가 고플까 봐 ② 배가 고프느라고
③ 배가 고프고 해서 ④ 배가 고파 가지고

〔5～6〕請選擇正確的選項。

5 ① 영화를 보느라고 늦게 만납시다.
② 휴대전화가 중고 탓에 통화가 자주 끊겨요.
③ 그 배우가 왜 인기가 많냐고요? 잘생겼잖아요.
④ 배탈이 나는 바람에 밥을 못 먹었을 것 같아요.

6 ① 늦게 일어나느라고 학교에 지각했어요.
② 열심히 공부한 탓에 장학금을 받았어요.
③ 날씨가 추울까 봐 따뜻한 옷을 입는 게 어때요?
④ 자동차가 갑자기 고장 나는 바람에 모임에 못 갔어요.

다른 사람의 말이나 글을 인용할 때

引用別人的話或文章時

본 장에서는 다른 사람의 말이나 글을 인용할 때 사용하는 표현을 배웁니다. 초급 단계에서는 직접 인용문과 간접 인용문을 배웠는데 중급에서는 간접 인용문을 활용한 다양한 표현들을 배우게 됩니다. 이러한 인용 표현은 한국말에서 아주 많이 사용되는 것들이기 때문에 꼭 기억해 두었다가 사용하기 바랍니다.

本單元我們學習引用他人的話或文章時的文法。初級階段我們曾學習了直接引用句和間接引用句，在進階階段要學習使用間接引用句的多種方法。因為這是韓語中經常使用的部分，所以一定要記牢並且靈活應用。

01 -다고요?

038.mp3

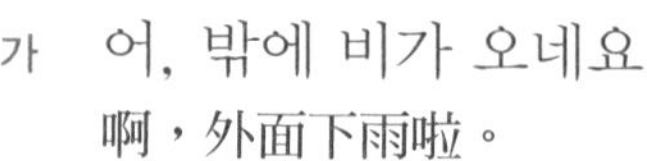

가 어, 밖에 비가 오네요.
啊，外面下雨啦。

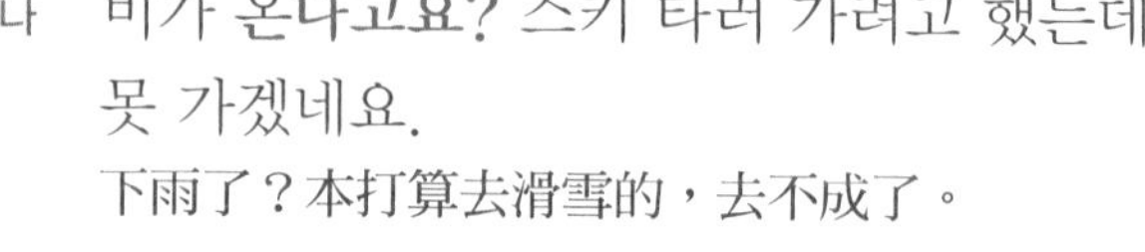

나 비가 **온다고요?** 스키 타러 가려고 했는데 못 가겠네요.
下雨了？本打算去滑雪的，去不成了。

가 수업 끝나고 샤이닝에서 만나요.
下課後在陽光見。

나 어디에서 **만나자고요?**
你說在哪裡見？

가 '샤이닝'이요. 학교 앞에 있는 커피숍이에요.
在「陽光」，學校前的咖啡館。

文法重點！

이 표현은 상대방이 한 말을 다시 물어볼 때 사용합니다. 상대방이 방금 한 말을 잘 못 들었거나 들은 내용이 믿기 힘들어 확인하려고 할 때 사용하는 것으로, 상대방의 말을 다시 말하면서 물어보는 것입니다. 따라서 이 표현은 상대방이 한 말의 문장 종류에 따라 달라지며 형태는 간접 인용문에 '요'를 붙이면 됩니다.
此文法用於再次詢問別人所說的話時。因為是用在沒聽清楚或不相信對方所說的內容而想確認時，所以將對方所說的話再說一遍而提問。因此本文法的形態會依對方所說句子類型而異，形態上只須在間接引用句後加「요」。

(1) 상대방이 평서문으로 말했을 때 對方說的是陳述句時

A/V	過去	-았/었다고요?	싸다 먹다	쌌다고요? 먹었다고요?
	未來 / 推測	-(으)ㄹ 거라고요?	싸다 먹다	쌀 거라고요? 먹을 거라고요?
A	現在	-다고요?	싸다 작다	싸다고요? 작다고요?
V	現在	-(느)ㄴ다고요?	가다 먹다	간다고요? 먹는다고요?

N이다	過去	였다고요? 이었다고요?	의사이다 학생이다	의사였다고요? 학생이었다고요?
	現在	라고요? 이라고요?	의사이다 학생이다	의사라고요? 학생이라고요?
	推測	일 거라고요?	의사이다 학생이다	의사일 거라고요? 학생일 거라고요?

(2) 상대방이 의문문으로 말했을 때　對方說的是疑問句時

A/V	現在	–았/었냐고요?	춥다 먹다	추웠냐고요? 먹었냐고요?
	未來 / 推測	–(으)ㄹ 거냐고요?	춥다 먹다	추울 거냐고요? 먹을 거냐고요?
A	現在	–냐고요?, –으냐고요?	춥다 작다	춥냐고요?, 추우냐고요? 작냐고요?, 작으냐고요?
V	現在	–냐고요?, –느냐고요?	가다 먹다	가냐고요?, 가느냐고요? 먹냐고요?, 먹느냐고요?
N이다	過去	였냐고요? 이었냐고요?	의사이다 학생이다	의사였냐고요? 학생이었냐고요?
	現在	냐고요? 이냐고요?	의사이다 학생이다	의사냐고요? 학생이냐고요?

★ 형용사 현재형의 경우 '–냐고요?' 와 '–으냐고요?' 모두가 가능하며, 동사의 현재형은 '–냐고요?' 와 '–느냐고요?' 모두가 가능합니다.
形容詞現在時制後可接「–냐고요?」和「–으냐고요?」；動詞現在時制後可接「–냐고요」和「–느냐고요?」。

(3) 상대방이 청유문으로 말했을 때　對方說的是建議句時

V	肯定	–자고요?	가다 먹다	가자고요? 먹자고요?
	否定	–지 말자고요?	가다 먹다	가지 말자고요? 먹지 말자고요?

(4) 상대방이 명령문으로 말했을 때　對方說的是命令句時

V	肯定	–(으)라고요?	가다 먹다	가라고요? 먹으라고요?
	否定	–지 말라고요?	가다 먹다	가지 말라고요? 먹지 말라고요?

가 알리 씨, 하루카 씨가 왔어요. 阿里，春花來了。

나 누가 **왔다고요?** 你說誰來了？

가 하루카 씨요. 春花。

가 오늘까지 보고서를 완성하도록 하세요. 報告請於今天完成。

나 오늘까지 완성하**라고요?** 어제는 수요일까지 하라고 하셨잖아요?
你說今天完成？昨天不是說到星期三嗎？

가 왜 수영 씨를 사랑해요? 為什麼愛秀英？

나 왜 사랑하냐고요? 글쎄요, 설명하기 힘든데요. 你問為什麼愛？這個嘛，解釋起來很難。

深入瞭解！

1 제안할 때 사용하는 '-(으)ㄹ까요?'의 경우는 청유문과 같은 형태로 사용하면 됩니다.

若為提議時使用的「-(으)ㄹ까요?」，引用時只要用與建議句相同的形態即可。

가 우리 오늘 인사동에 갈까요? 我們今天一起去仁寺洞好嗎？

나 인사동에 가자고요? 你說一起去仁寺洞？

2 이 표현은 말하는 사람이 이미 말한 것을 확인시키거나 강조할 때 사용하기도 합니다. 이때는 질문 형태가 아니라 평서문 형태로 말합니다.

此文法也可用於再次確認或是強調話者已經說過的話，此時，不使用疑問句形態，而是使用陳述句的形態。

가 회사를 그만두었어요. 我辭職了。

나 뭐라고요? 你說什麼？

가 회사를 그만두었다고요. 我說我辭職了。

가 자야 씨가 마크 씨랑 사귄대요. 聽說札雅和馬克在交往。

나 자야 씨가 누구랑 사귄다고요? 你說札雅和誰交往？

가 마크 씨랑 사귄다고요. 說是和馬克交往。

會話練習！

039.mp3

1 가 회의가 있으니까 3시까지 세미나실로 오세요.

나 어디로 오라고요?

나 세미나실이요.

회의가 있으니까 3시까지 세미나실로 오라	어디 / 오라
고장 났으니까 복사기를 사용하지 말라	무엇 / 사용하지 말라
그동안 수고들 많았으니까 퇴근 후에 회식하자	언제 / 회식하자

2 가 매일 아침 5시에 일어나서 운동을 해요.

나 매일 아침 5시에 일어나서 운동을 한다고요? 정말 부지런하시네요.

매일 아침 5시에 일어나서 운동을 하다	정말 부지런하시다
아랍어를 배운 지 3년이 되었다	아랍어를 잘하시겠다
내년에 대학원에서 박사 공부를 할 거다	내년에는 바쁘시겠다

實戰練習！

請用「-다고요?」完成下列對話。

(1) 가 빌려 준 책을 다 읽었어요.

나 책을 벌써 다 읽었다고요? 책을 정말 빨리 읽는군요.

(2) 가 세주 씨 졸업식이 이번 주 금요일이에요.

나 졸업식이 ________________? 몰랐어요.

(3) 가 이제 저한테 더 이상 연락하지 마세요.

나 더 이상 ________________? 갑자기 왜 그러세요?

(4) 가 날씨가 추우니까 따뜻한 음식이 먹고 싶어요.

나 따뜻한 음식이 ________________? 그럼 칼국수를 먹을까요?

(5) 가 요즘 볼만한 영화 좀 추천해 주세요.

나 영화를 ________________? 글쎄요. 저도 요즘 영화를 안 봐서요.

(6) 가 여보, 아이들 결혼하면 시골에서 살까요?

나 아이들 결혼하면 시골에서 ________________? 도시가 싫어졌어요?

(7) 가 태연 씨가 안 올 것 같은데 우리 그냥 가요.

나 그냥 ________________? 10분만 더 기다려 보면 어때요?

(8) 가 상품 발표회가 몇 시에 시작하지요?

나 상품 발표회가 몇 시에 ________________? 오늘이 아니라 다음 주 화요일이잖아요.

(9) 가 무슨 일 있어요? 피곤해 보여요.

나 ________________? 어제 잠을 못 자서 그런가 봐요.

(10) 가 민재 씨, 윤주 씨랑 친구지요? 윤주 씨를 저한테 소개해 주세요.

나 윤주 씨를 ________________? 윤주 씨한테 관심 있어요?

02 -다고 하던데

040.mp3

가 한강에서 불꽃놀이 축제를 한다고 하던데 같이 안 갈래요?
聽說漢江有煙火晚會，不一起去看看嗎？

나 네, 좋아요. 정말 멋지겠네요. 같이 가요.
好啊，一定很壯觀，一起去吧。

가 전자사전을 사려고 하는데 어디에 가면 좋을까요?
我想買電子詞典，去哪裡買好呢？

나 친구들이 전자 제품을 싸게 사려면 용산에 가라고 하던데 거기에 가 보세요.
朋友們說要想買便宜的電子產品就要去龍山，去那裡看看吧。

文法重點！

이 표현은 인용문의 '-는다고 하다'에 회상을 나타내는 '-던데'가 붙은 말로, 다른 사람에게서 이전에 들은 이야기나 정보를 회상하며 확인할 때 사용합니다. 따라서 이 표현 역시 이전에 들은 문장의 종류에 따라 형태가 달라집니다. 후행절에는 말하는 사람의 의견이나 질문, 조언, 권유하는 말 등이 옵니다.

此文法是在引用句「-는다고 해서」添加表回想的「-던데」，用來回想、確認以前從他人那邊聽到的話或者資訊。所以這個表現會根據以前聽到的句子種類而有不一樣的形態。後子句主要接話者的意見、提問、建議、勸誘等話語。

(1) 이전에 들은 문장이 평서문일 때 以前聽到的是陳述句時

A/V	過去	-았/었다고 하던데	싸다 먹다	쌌다고 하던데 먹었다고 하던데
	未來 / 推測	-(으)ㄹ 거라고 하던데	싸다 먹다	쌀 거라고 하던데 먹을 거라고 하던데
A	現在	-다고 하던데	싸다 작다	싸다고 하던데 작다고 하던데

V	現在	-(느)ㄴ다고 하던데	가다 먹다	간다고 하던데 먹는다고 하던데
N이다	過去	였다고 하던데 이었다고 하던데	의사이다 학생이다	의사였다고 하던데 학생이었다고 하던데
	現在	라고 하던데 이라고 하던데	의사이다 학생이다	의사라고 하던데 학생이라고 하던데
	推測	일 거라고 하던데	의사이다 학생이다	의사일 거라고 하던데 학생일 거라고 하던데

(2) 이전에 들은 문장이 의문문일 때 以前聽到的是疑問句時

A/V	過去	-았/었냐고 하던데	춥다 먹다	추웠냐고 하던데 먹었냐고 하던데
	未來 / 推測	-(으)ㄹ 거냐고 하던데	춥다 먹다	추울 거냐고 하던데 먹을 거냐고 하던데
A	現在	-냐고 하던데, -으냐고 하던데	춥다 작다	춥냐고 하던데, 추우냐고 하던데 작냐고 하던데, 작으냐고 하던데
V	現在	-냐고 하던데, -느냐고 하던데	가다 먹다	가냐고 하던데, 가느냐고 하던데 먹냐고 하던데, 먹느냐고 하던데
N이다	過去	였냐고 하던데 이었냐고 하던데	의사이다 학생이다	의사였냐고 하던데 학생이었냐고 하던데
	現在	냐고 하던데 이냐고 하던데	의사이다 학생이다	의사냐고 하던데 학생이냐고 하던데

★ 형용사 현재형의 경우 '-냐고 하던데'와 '-으냐고 하던데' 모두 가능하며, 동사의 현재형은 '-냐고 하던데'와 '-느냐고 하던데' 모두 가능합니다.
若為形容詞現在時制，可以使用「-냐고 하던데」和「-으냐고 하던데?」；若為動詞現在時制，可以使用「-냐고 하던데」和「-느냐고 하던데」。

(3) 이전에 들은 문장이 청유문일 때 以前聽到的是建議句時

V	肯定	-자고 하던데	가다 먹다	가자고 하던데 먹자고 하던데
	否定	-지 말자고 하던데	가다 먹다	가지 말자고 하던데 먹지 말자고 하던데

(4) 이전에 들은 문장이 명령문일 때　以前聽到的是命令句時

V	肯定	–(으)라고 하던데	가다 먹다	가라고 하던데 먹으라고 하던데
	否定	–지 말라고 하던데	가다 먹다	가지 말라고 하던데 먹지 말라고 하던데

가 요즘 머리가 빠져서 걱정이에요.
最近老是掉頭髮，真擔心。

나 검은콩이 탈모에 좋다고 하던데 검은콩을 좀 먹어 보세요.
聽說黑豆對掉髮有幫助，吃點黑豆看看吧。

가 오늘 점심은 어디에서 먹을까요?
今天午飯要去哪裡吃？

나 회사 앞에 인도 식당이 새로 생겼다고 하던데 거기에 한번 가 봅시다.
聽說公司前面新開了一家印度餐廳，去那裡看看吧。

가 제니 씨가 자기 생일 파티에 오라고 하던데 갈 거예요?
傑尼要我們去參加他的生日宴會，要去嗎？

나 제니 씨 생일인데 당연히 가야지요.
是傑尼的生日，當然要去啦。

深入瞭解！

1 이 표현은 '–고 하–'를 줄여서 말을 할 수도 있습니다.
此文法也可省略「–고 하–」以後使用。

- 내일 추워진다고 하던데 아이들이 감기에 걸릴까 봐 걱정이에요.
  = 내일부터 추워진다던데 아이들이 감기에 걸릴까 봐 걱정이에요.
  聽說明天開始變冷，真擔心孩子們會感冒。

- 친구가 홍대 앞에 가자고 하던데 동희 씨는 가 본 적이 있어요?
  = 친구가 홍대 앞에 가자던데 동희 씨는 가 본 적이 있어요?　朋友約我去弘大前面，桐熙你去過嗎？

2 이 표현은 문장 뒤에도 올 수 있습니다. 이때는 상대방의 의견에 반대되는 것을 말하거나 듣는 사람의 반응을 기대하면서 이전에 들은 내용을 회상해서 말하는 것입니다.
此文法也可以放在句尾使用。此時用來反駁對方的意見，或等待聽者反應的同時回想以前聽到的內容。

가 수정 씨한테도 같이 연극 보자고 할까요?
要不要也約秀貞一起去看話劇？

나 수정 씨는 요즘 바쁘다고 하던데요.
秀貞說過最近很忙的。

가 마크 씨가 지금 어디에 있는지 아세요?
您知道馬克現在在哪裡嗎？

나 아까 헬스클럽에 간다고 하던데요.
剛才他說要去健身房。

會話練習！

041.mp3

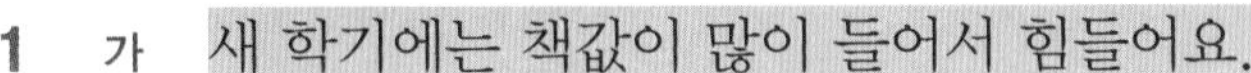

1 가 새 학기에는 책값이 많이 들어서 힘들어요.

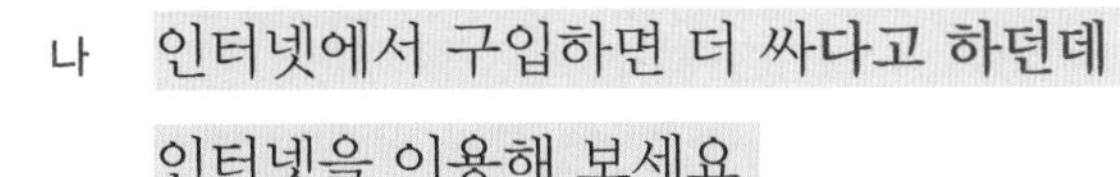

나 인터넷에서 구입하면 더 싸다고 하던데 인터넷을 이용해 보세요.

Tip
나이가 들어 보이다
看起來歲數大

새 학기에는 책값이 많이 들어서 힘들다	인터넷에서 구입하면 더 싸다 / 인터넷을 이용하다
요즘 잠을 깊이 못 자서 피곤하다	잠을 잘 자려면 자기 전에 우유를 마셔라 / 우유를 한번 마셔 보다
요즘 나이가 들어 보인다는 말을 많이 들어서 속상하다	머리 모양만 바꿔도 어려 보이다 / 머리 모양을 한번 바꾸다

2 가 여보, 주말에 아이들과 어디 놀러 갈까?

나 주말에 형님네가 우리 집에 온다고 하던데요.

Tip
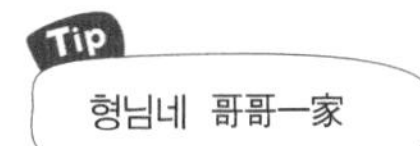
형님네 哥哥一家

주말에 아이들과 어디 놀러 가다	주말에 형님네가 우리 집에 온다
오늘 저녁에 어디에서 외식하다	아이들이 며칠 전부터 불고기 먹으러 가자
우리 오랜만에 외출했으니까 좀 더 있다가 집에 들어가다	아이들이 전화해서 언제 집에 들어오냐

實戰練習！

請看下圖，並用「–다고 하던데」完成下列對話。

	며칠 전	오늘
(1)	마크: 한국어능력시험이 언제예요?	수진 마크 씨가 한국어능력시험이 언제냐고 하던데 혹시 알아요? 동하 다음 달 15일이에요.
(2)	웨이밍: 베트남의 하롱베이가 아주 아름다워요.	유코 리나 씨, 우리 방학에 어디로 여행 갈까요? 리나 웨이밍 씨가 ______________________ 거기에 갈까요?
(3)	자야: 동아리 신청하려면 학생회관 3층으로 오세요.	제시 자야 씨가 동아리 신청하려면 ______________ 학생회관이 어디에 있어요? 태야 도서관 건물 맞은편에 있어요.
(4)	양강: 경주에 같이 놀러 갑시다.	조셉 양강 씨가 ______________________ 지에 씨도 같이 갈래요? 지에 저는 요즘 일이 많아서 못 갈 것 같아요.
(5)	준수, 수아: 놀이공원에 가고 싶어요.	아내 여보, 준수랑 수아가 ______________ 주말에 시간 있어요? 남편 네, 있어요. 주말에 아이들이랑 놀이공원에 같이 갑시다.
(6)	호영: 덕수궁은 월요일에 쉬어요.	선희 데니 씨, 내일 덕수궁에 같이 갈까요? 데니 내일이 월요일이잖아요? 호영 씨가 덕수궁은 ______ 화요일에 가죠.
(7)	아키라: 제 이상형이 은혜 씨예요.	희연 은혜 씨, 아키라 씨가 ______________ 혹시 만나 볼 마음 있어요? 은혜 아키라 씨가 진짜 그랬어요? 저도 사실은 옛날부터 아키라 씨한테 관심이 있었어요.

03 -다면서요?

042.mp3

가 자야 씨, 남자 친구랑 헤어졌**다면서요?**
札雅，聽說妳和男友分手了？

나 네, 그런데 어떻게 알았어요?
是的，不過你怎麼知道的？

가 마크 씨한테서 들었어요.
聽馬克說的。

가 지난 주말에 설악산에 갔다 왔어요.
上個週末去了雪嶽山。

나 요즘 설악산이 정말 아름답**다면서요?**
聽說最近雪嶽山非常美？

가 네, 정말 아름답더라고요.
是的，確實美極了。

文法重點！

이 표현은 말하는 사람이 제3자에게서 이전에 듣거나 이미 알고 있는 내용을 상대방에게 확인할 때 사용합니다. 친한 사람에게는 '다며?'로도 말할 수 있습니다.
此文法用於話者把以前從第三者那裡聽到或者已知的內容向聽者確認時。關係親近者間也可以用「다며?」。

-다면서요?				
A/V	過去	-았/었다면서요?	춥다 먹다	추웠다면서요? 먹었다면서요?
A/V	未來 / 推測	-(으)ㄹ 거라면서요?	춥다 먹다	추울 거라면서요? 먹을 거라면서요?
A	現在	-다면서요?	춥다 많다	춥다면서요? 많다면서요?
V	現在	-(느)ㄴ다면서요?	가다 먹다	간다면서요? 먹는다면서요?

N이다	過去	였다면서요? 이었다면서요?	파티이다 생일이다	파티였다면서요? 생일이었다면서요?
	現在	(이)라면서요?	파티이다 생일이다	파티라면서요? 생일이라면서요?

가 혜선 씨, 남자 친구가 키가 **크다면서요?** 惠善，聽說妳男朋友個子很高？

나 네, 그런데 어떻게 아셨어요? 是的，不過你怎麼知道？

가 토미 씨한테 들었어요. 聽托米說的。

가 태영 씨가 보너스 **받았다며?** 聽說泰英拿到獎金了？

나 응, 그렇대. 회사에서 일을 열심히 했나 봐. 嗯，聽說是那樣。看來他在公司工作很努力。

가 수지 씨가 **변호사라면서요?** 聽說秀智是律師？

나 그래요? 저는 수지 씨가 주부인 줄 알았어요. 是嗎？我以為秀智是家庭主婦呢。

深入瞭解！

이 표현은 말하는 사람이 직접 보거나 경험한 것에 대해서는 사용하지 않으며, 상대방이 한 말을 반복할 때도 사용하지 않습니다.

此文法不用於話者親眼所見或親身經歷的事，也不用於重複對方的話。

은혜 아키라 씨가 기타를 잘 쳐요. (○)

明良很會彈吉他。

아키라 씨가 기타를 잘 친다면서요? (×)

: '은혜'는 아키라가 기타를 치고 있는 것을 봤기 때문에 '-(으)ㄴ/는다면서요?'를 사용할 수 없습니다.

因為恩惠看到明良在彈吉他，所以不能使用「-(으)ㄴ/는다면서요?」。

마크 저 합격했어요. 我合格了。

카일리 마크 씨, 합격했다고요? (○) 馬克，你是說你合格了？

마크 씨, 합격했다면서요? (×)

: 마크한테 직접 들은 이야기를 마크한테 다시 물어볼 때는 '-다고요?'를 사용합니다.

向馬克確認從他那裡聽到的內容時，使用「-다고요」。

會話練習！

043.mp3

1 가 수현 씨가 결혼한다는 소식 들었어요?

나 네, 들었어요. 신혼여행은 인도네시아 발리로간 **다면서요?**

가 네, 그렇대요.

결혼하다	신혼여행은 인도네시아 발리로 가다
유학 가다	4년 장학금을 받게 되었다
미국 드라마에 출연할 거다	그 드라마가 인기가 아주 많다

2 가 어제 동현 씨 집들이에 다녀왔어요.

나 리사 씨가 그러는데 동현 씨 집이 그렇게 좋**다면서요?**

가 네, 그렇더라고요.

동현 씨 집들이에 다녀오다	동현 씨 집이 그렇게 좋다
'과속 스캔들'이라는 영화를 보다	그 영화가 그렇게 웃기다
광화문에서 낙지볶음을 먹다	낙지볶음이 그렇게 맵다

實戰練習！

1 請用「-다면서요?」完成下列對話。

(1) 가 한국에서는 여름에 비가 많이 온다면서요?

나 네, 장마가 있어서 비가 많이 와요.

(2) 가 지난주에 ______________________________?

나 네, 다음에 강원도에 또 가고 싶어요.

(3) 가 한국 남자들은 모두 ______________________________?

나 네, 우리 오빠도 군대에 갔다 왔어요.

(4) 가 진호 씨, 전화번호가 ______________________________?

나 네, 바뀌었어요. 바뀐 번호를 가르쳐 드릴까요?

2 請看下圖，並用「-다면서요?」完成下列對話。

(1) 지난 1월 4일 서울 지방에 많은 눈이 내렸습니다. (2) 내린 눈의 양은 41cm로 41년 만에 가장 많이 내린 것입니다. (3) 갑작스럽게 내린 폭설로 출근길 시민들이 큰 불편을 겪고 있습니다. 추운 날씨로 내린 눈이 얼어서 교통사고가 많이 발생해 길도 많이 막히고 있습니다. (4) 한 시민은 40분이면 충분히 갈 수 있는 길을 3시간이 넘게 걸렸다면서 출근길의 고통을 전했습니다. (5) 기상청은 앞으로 10~20mm의 눈이 더 내릴 것으로 예상하고 있습니다.

양강　은혜 씨, 어제 서울에 눈이 많이 (1) 내렸다면서요?

은혜　네, 정말 많이 오더라고요. 눈이 41cm나 내렸어요.

양강　41년 만에 (2)________________?

은혜　네, 그렇대요.

양강　눈이 많이 와서 출근하는 사람들이 (3)________________?

은혜　길도 미끄러워서 교통사고가 많이 났거든요.

양강　뉴스를 보니까 40분이면 갈 수 있는 거리를 3시간이 넘게 (4)________________?

은혜　네, 저도 길이 많이 막혀서 힘들었어요.

양강　그런데 앞으로 눈이 (5)________________?

은혜　네, 그래서 걱정이에요.

04 –다니요?

044.mp3

가 저분이 우리 회사 사장님이세요.
那位是我們公司的社長。

나 저분이 사장님**이시라니요?** 택배 아저씨 아니었어요?
你說那位是社長？他不是宅配大叔啊？

가 아키라 씨, 늦었는데 이제 가요.
明良，很晚了，我們走吧。

나 벌써 가**자니요?** 이제 11시밖에 안 되었는데요.
現在就走？現在才十一點耶。

文法重點！

이 표현은 다른 사람의 말을 듣고 말하는 사람이 뜻밖의 일이라서 놀라거나 믿을 수 없을 때 혹은 감탄할 때 사용합니다. 상대방의 말을 다시 한번 말하면서 말하는 사람의 감정이나 느낌을 나타내는 것입니다. 따라서 상대방이 한 말의 문장 종류에 따라 형태가 달라집니다. 간접 인용문의 형태 뒤에 '–니요?'를 붙입니다.
此文法用於話者聽了他人的話，因為是意外的事而吃驚、難以置信或感嘆時。這是再次重複對方的話，表達話者的感情或感覺。因此會隨著對方說的句子種類不同而有不同形態。間接引用句形態後接「–니요?」。

(1) 상대방이 평서문으로 말했을 때 對方使用的是陳述句時

A/V	過去	–았/었다니요?	춥다 먹다	추웠다니요? 먹었다니요?
	未來 / 推測	–(으)ㄹ 거라니요?	춥다 먹다	추울 거라니요? 먹을 거라니요?
A	現在	–다니요?	춥다 많다	춥다니요? 많다니요?

V	現在	-(느)ㄴ다니요?	가다 먹다	간다니요? 먹는다니요?
N이다	過去	였다니요? 이었다니요?	파티이다 생일이다	파티였다니요? 생일이었다니요?
	現在	(이)라니요?	파티이다 생일이다	파티라니요? 생일이라니요?
	推測	일 거라니요?	의사이다 학생이다	의사일 거라니요? 학생일 거라니요?

(2) 상대방이 의문문으로 말했을 때 對方使用的是疑問句時

A/V	過去	-았/었냐니요?	춥다 먹다	추웠냐니요? 먹었냐니요?
	未來 / 推測	-(으)ㄹ 거냐니요?	춥다 먹다	추울 거냐니요? 먹을 거냐니요?
A	現在	-냐니요?, -으냐니요?	싸다 춥다	싸냐니요? 춥냐니요?, 추우냐니요?
V	現在	-냐니요?, -느냐니요?	가다 먹다	가냐니요?, 가느냐니요? 먹냐니요?, 먹느냐니요?
N이다	過去	-(이)냐니요?	의사이다 학생이다	의사냐니요? 학생이냐니요?
	現在	-였냐니요? -이었냐니요?	의사이다 학생이다	의사였냐니요? 학생이었냐니요?

★ 형용사 현재형의 경우 '-냐니요?'와 '-으냐니요?' 모두가 가능하며, 동사의 현재형은 '-냐니요?'와 '-느냐니요?' 모두가 가능합니다.
若為形容詞現在時制可接「-냐니요?」和「-으냐니요?」；動詞現在時制則可接「-냐니요?」和「-느냐니요?」。

(3) 상대방이 청유문으로 말했을 때 對方使用的是建議句時

V	肯定	-자니요?	가다 먹다	가자니요? 먹자니요?
	否定	-지 말자니요?	가다 먹다	가지 말자니요? 먹지 말자니요?

(4) 상대방이 명령문으로 말했을 때 對方使用的是命令句時

V				
V	肯定	–(으)라니요?	가다 먹다	가라니요? 먹으라니요?
	否定	–지 말라니요?	가다 먹다	가지 말라니요? 먹지 말라니요?

가 은혜 씨가 복권에 당첨되었대요.
聽說恩惠中樂透了。

나 복권에 당첨되**었다니요?** 그게 사실이에요?
中樂透了？那是真的嗎？

가 회사에 전기세가 많이 나오니까 오후 5시 이후에는 에어컨을 켜지 마세요.
因為公司電費支出太多，所以下午五點以後請不要開空調。

나 5시 이후에 에어컨을 켜**지 말라니요?** 저녁때도 얼마나 더운데요.
叫我們五點以後不開空調？晚上還很熱呢。

가 중간시험이 언제인지 아세요?
你知道什麼時候期中考嗎？

나 언제인지 아**냐니요?** 내일인데 몰랐어요?
問我知道是什麼時候嗎？明天啊，你不知道嗎？

深入瞭解！

1 평서문의 현재형과 과거형, 미래형은 모두 '–다니요?'로도 말할 수 있습니다.
陳述句的現在時制和過去時制、未來時制都可以接「–다니요?」。

가 저는 그 사람을 몰라요. 我不認識那個人。
나 그 사람을 모른다니요? 우리 과 친구잖아요.
= 그 사람을 모르다니요? 우리 과 친구잖아요.
你說不認識那個人？那是我們系上同學啊。

가 송주 씨가 병원에 입원했어요. 宋朱住院了。
나 송주 씨가 병원에 입원했다니요? 갑자기 왜요?
= 송주 씨가 병원에 입원하다니요? 갑자기 왜요?
宋朱住院了？怎麼這麼突然？

가 지난달에 용돈이 부족했어요. 上個月零用錢不夠。
나 지난달에 용돈이 부족했다니요? 어머니가 많이 주셨잖아요.
= 지난달에 용돈이 부족하다니요? 어머니가 많이 주셨잖아요.
上個月零用錢不夠？媽媽不是給了很多嗎。

2 이 표현은 '–다니'의 형태로 쓰여 문장 중간에 올 수 있습니다.

此文法以「–다니」的形態使用，可接在句子中間。

가 윤호 씨가 회사를 그만두었대요.
聽說允浩辭職了。

나 정말이요? 윤호 씨가 회사를 그만두었다니 믿을 수가 없어요. 우리 회사에서 오랫동안 일하고 싶다고 했었는데요.
真的嗎？允浩居然離職了，真不敢相信。他曾說想在我們公司長久待下去的。

가 내일이면 새해네요.
明天就是新年了。

나 벌써 새해라니 시간이 정말 빨리 가는 것 같아요.
這麼快就新年了，時間似乎真的過得很快。

3 상대방에게서 들은 문장이 인용문인 경우도 그 인용문의 형태와 같은 문장 형식으로 '–다니요?'를 붙입니다.

如果聽到的是引用句，就接與該引用句相同的句子形態「–다니요?」。

가 민준 씨가 한국에 돌아온대요. (평서문)
聽說民俊回韓國了。（陳述句）

나 벌써 돌아온다니요? 영국에 1년 정도 있겠다고 했잖아요. (평서문)
這麼快就回來了？不是說要在英國待一年左右嗎？（陳述句）

가 부장님이 오늘 야근하래요. (명령문)
部長叫我們今天加班。（命令句）

나 오늘도 야근하라니요? 어제도 했는데 또 하래요? (명령문)
今天又叫我們加班？昨天就加了，今天又說要加？（命令句）

會話練習！

1 가 내일 눈이 온대요.

나 4월에 눈이 **온다니요?** 요즘 날씨가 정말 이상한데요.

내일 눈이 온다	4월에 눈이 온다 / 요즘 날씨가 정말 이상하다
그 배우가 결혼을 했다	결혼을 했다 / 지난주만 해도 방송에서 여자 친구가 없다고 했다
수진 씨가 그 콘서트를 보러 가자	그 콘서트를 보러 가자 / 표가 30만 원이 넘는다

2 가 주현 씨의 남자 친구가 유명한 연예인**이라면서요?**

나 연예인이라니요? 그냥 평범한 학생이던데요.

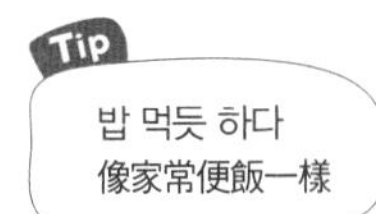

주현 씨의 남자 친구가 유명한 연예인이다	연예인이다 / 그냥 평범한 학생이다
캐빈 씨가 아주 성실하다	성실하다 / 지각과 결석을 밥 먹듯 하다
태민 씨가 여자 친구와 헤어졌다	여자 친구와 헤어졌다 / 어제도 만나서 같이 점심을 먹다

實戰練習！

請用「-다니요?」完成下列對話。

(1) 가 주영 씨, 언제 졸업해요?

나 언제 졸업하냐니요? 작년 제 졸업식에 오셨는데 기억 안 나세요?

(2) 가 손님, 그 제품을 사시려면 명동 매장에 가 보세요.

나 ______________________? 지금 명동 매장에서 왔는데요.

(3) 가 수경 씨를 사랑하는 것 같아요.

나 ______________________? 수경 씨는 결혼한 여자잖아요.

(4) 가 스트레스를 많이 받는데 오늘 밤에 같이 춤추러 가요.

나 ______________________? 내일이 시험인데 공부 안 할 거예요?

(5) 가 여기는 커피 한 잔이 20,000원이래요.

나 ______________________? 너무 비싸네요.

單元5 總複習！

〔1～2〕請選擇可以替換下列畫線部分的選項。

1

가 진수 씨 다음 주에 서울에 온다면서요?
나 네, 맞아요. 어떻게 알았어요?

① 온다니요 ② 온다고 하지 말라고요
③ 온다고 들었는데 맞아요 ④ 올지도 모른다는 게 사실이에요

2

가 요즘 살이 쪄서 스트레스 받아요.
나 채식을 하면 살이 빠진다고 하던데 채식을 한번 해 보세요.

① 살이 많이 빠지니까 ② 살이 빠진 경험이 있었는데
③ 살이 빠지는 게 확실하니까 ④ 살이 빠진다는 얘기를 들었는데

〔3～4〕請選擇下列畫線部分正確的回答。

3

가 어젯밤에 눈이 왔네요.
나 ____________________? 오늘 등산 가려고 했는데 안 되겠어요.

① 눈이 왔다고요 ② 눈이 왔다면서요
③ 눈이 올 줄 알았어요 ④ 눈이 왔다고 하던데요

4

가 감기에 걸려서 힘들어요.
나 ____________________ 오렌지 주스를 많이 마셔 보세요.

① 비타민 C가 감기에 좋을까 봐서 ② 비타민 C가 감기에 좋다고 하던데
③ 비타민 C가 감기에 좋아 가지고 ④ 비타민 C가 감기에 좋기는 하지만

5 請選擇下列畫線部分正確的選項。

① 가 이 제품은 환불이 안 됩니다.
나 환불이 안 되다고요? 영수증이 있는데도 안 돼요?
② 가 퇴근하고 바다 보러 갈까요?
나 바다 보러 가자고요? 갑자기 왜요?
③ 가 내일 시험이 어려우다고 하던데 열심히 공부하세요.
나 네, 알겠어요.
④ 가 부장님, 내일 발표를 제가 꼭 해야 되나요?
나 꼭 해야 된다니요? 지난번에 동우 씨가 하기로 결정했었잖아요.

결심과 의도를 나타낼 때
表示決心和意圖時

본 장에서는 말하는 사람의 결심과 의도를 표현하고 싶을 때 사용하는 표현에 대해서 배웁니다. 초급 단계에서는 의도를 나타내는 표현으로 '-(으)러 가다/오다', '-(으)려고', '-(으)려고 하다', '을/를 위해서, -기 위해서', '-기로 하다'를 배웠습니다. 의미가 비슷비슷하므로 정확하게 익히시기 바랍니다.

本單元我們要學習話者在表達決心和意圖時的文法。初級階段我們學習了表意圖的「-(으)러 가다/오다」、「-(으)려고」、「-(으)려고 하다」、「을/를 위해서」、「-기 위해서」和「-기로 하다」。它們的意思基本相同，因此更要準確地掌握使用方法。

01 -(으)ㄹ까 하다

046.mp3

가 아키라 씨, 주말에 뭐 할 거예요?
明良，你週末要做什麼？

나 그동안 여유가 없어서 전혀 못 놀았는데
주말에는 컴퓨터게임을 하면서 좀 **놀까 해요**.
近來沒有空，都沒能玩，我週末想玩玩電腦遊戲等等。

가 저녁에 뭘 먹을 거예요?
晚上要吃什麼？

나 친구들과 같이 삼겹살을 구워 **먹을까 해요**.
호영 씨도 같이 먹을래요?
我想和朋友們一起吃烤五花肉，浩永要不要也一起吃？

文法重點！

이 표현은 말하는 사람의 약한 의도를 표현하거나 막연한 계획이나 결정되지 않은 바뀔 수 있는 계획을 말할 때 사용합니다.
此文法用於表達話者不確定的意圖、模糊的計畫或尚未決定可以更改的計畫。

-(으)ㄹ까 하다				
V	過去	-(으)ㄹ까 했다	가다 먹다	갈까 했다 먹을까 했다
	現在	-(으)ㄹ까 하다	가다 먹다	갈까 하다 먹을까 하다

- 다음 달부터 요가를 **배울까 해요**.
  下個月開始，我想學瑜伽等等。
- 오랜만에 찜질방에 **갈까 하는데** 같이 갈래요?
  我想好久沒去做桑拿了，要不要一起去？
- 회사를 **옮길까 했는데** 월급이 올라서 그냥 다니기로 했어요.
  原本想換家公司的，可是薪資調漲了，所以就打算繼續做。

深入瞭解！

1 이 표현은 평서문만 가능하고 의문문이나 명령문, 청유문에는 사용할 수 없습니다. 또한 미래형으로 사용할 수 없습니다.

此文法只可用於陳述句，不能用於疑問句、命令句及建議句，而且也不能使用未來時制。

- 다음 달부터 수영을 할까 해요? (×)　　다음 달부터 수영을 할까 하세요. (×)
  다음 달부터 수영을 할까 합시다. (×)　　다음 달부터 수영을 할까 할 거예요. (×)
  → 다음 달부터 수영을 할까 해요. (○)　下個月開始，我想學學游泳。

2 이 표현을 부정형으로 사용할 때는 '안 -(으)ㄹ까 하다', '-지 말까 하다'를 사용합니다. 그러나 '못 -(으)ㄹ까 하다'는 사용할 수 없습니다.

以否定形態使用此文法時，使用「안 -(으)ㄹ까 하다」、「-지 말까 하다」，但不能使用「못 -(으)ㄹ까 하다」。

- 점심에는 학생 식당에서 밥을 못 먹을까 해요. (×)
  → 점심에는 학생 식당에서 밥을 안 먹을까 해요. (○)
  → 점심에는 학생 식당에서 밥을 먹지 말까 해요. (○)　我在想中餐要不要在學生餐廳吃。

哪裡不一樣？

미래의 계획을 말할 때 사용하는 '-(으)ㄹ 거예요', '-(으)려고 하다', '-(으)ㄹ까 하다'는 비슷한 것 같지만 다음과 같은 차이가 있습니다.

陳述未來計畫時使用的「-(으)ㄹ 거예요」、「-(으)려고 하다」和「-(으)ㄹ까 하다」雖然相似，但它們有以下差異：

	-(으)ㄹ 거예요	-(으)려고 하다	-(으)ㄹ까 하다
共同點	미래의 계획을 말할 때 陳述未來的計畫時		
差異點	거의 확실한 계획을 말할 때 陳述幾乎確定的計畫時 • 저는 주말에 여행을 갈 거예요. 我週末要去旅行。	조금 구체적인 계획을 말할 때 陳述稍微具體的計畫時 • 저는 주말에 여행을 가려고 해요. 我打算週末去旅行。	바뀔 수 있는 계획을 말할 때 陳述可更改的計畫時 • 저는 주말에 여행을 갈까 해요. 我在想週末要不要去旅行。

會話練習！

047.mp3

1 가 무슨 책을 읽을 거예요?

나 오랜만에 만화책을 빌려서 읽을까 해요.

책을 읽다	만화책을 빌려서 읽다
영화를 보다	코미디 영화를 보다
운동을 하다	친구하고 같이 테니스를 치다

2 가 저녁 식사 후에 뭘 할 거예요?

나 지난 주말에 못 해서 밀린 빨래를 할까 해요.

저녁 식사 후	지난 주말에 못 해서 밀린 빨래를 하다
다음 방학	지난 방학에도 못 가서 고향에 가다
일요일	이사를 해야 해서 새 하숙집을 찾아보다

實戰練習！

請用「-(으)ㄹ까 하다」完成下列對話。

(1) 가 신혼여행을 어디로 갈 거예요? (하와이로 가다)

나 아직 잘 모르겠지만 하와이로 갈까 해요.

(2) 가 시험이 끝나면 뭘 할 거예요? (친구 집에 놀러 가다)

나 스트레스를 풀고 싶어서 ______________________.

(3) 가 집에서 학교까지 멀지요? (이사하다)

나 네, 그래서 학교 근처로 ______________________.

(4) 가 부산까지 어떻게 갈 거예요? (비행기를 타다)

나 시간이 많이 없으니까 ______________________.

(5) 가 부모님께 드릴 선물로 무엇을 살 거예요? (인삼을 사다)

나 한국에서 유명하니까 ______________________.

02 -고자

048.mp3

가 이 회사에 지원한 이유가 무엇입니까?
妳應徵這家公司的理由是什麼？

나 제가 어렸을 때부터 가지고 있던 꿈을 펼쳐 보고자 지원하게 되었습니다.
我是為了實現從小的夢想，所以才應徵的。

가 양강 씨! 이 시간에 무슨 일이에요?
楊剛！在這個時間有什麼事嗎？

나 저, 부탁을 좀 드리고자 전화 드렸습니다.
啊，我是想拜託妳一些事情才打電話的。

文法重點！

이 표현은 말하는 사람이 후행절의 행동을 하는 의도나 목적이 선행절에 있음을 나타낼 때 사용합니다. 이 표현은 연설이나 보고문과 같은 공식적인 말이나 글에 주로 사용하며 입말이나 비격식적인 상황에서 사용하면 조금 어색합니다.

此文法表示話者做後子句行動的意圖或目的在於前子句。此表現主要用於演講、報告文書等正式演講或文章中，若用於口語或非正式場合則不自然。

-고자			
V	-고자	만나다 읽다	만나고자 읽고자

- 정부는 새로운 일자리를 창출하고자 열심히 노력하고 있습니다.
  政府正努力開創新的就業機會。
- 부모님께 드리고자 이 물건을 구입했습니다.
  我要送給父母而買了這件東西。
- 두 나라는 좋은 관계를 유지하고자 새로운 조약을 맺었습니다.
  兩國欲維持良好關係而締結新的條約。

深入瞭解！

1 이 표현은 선행절과 후행절의 주어가 같아야 합니다.

此文法前子句和後子句的主語必須一致。

- 나는 취직하고자 동생이 열심히 공부를 했습니다. (×)
  → 나는 취직하고자 열심히 공부를 했습니다. (○) 我為了就業而努力念書。

2 '–고자' 앞에는 과거와 미래를 나타내는 '–았/었–'과 '–겠–'을 같이 쓸 수 없습니다.

「–고자」前不能使用表示過去和未來的「–았/었–」和「–겠–」。

- 내일까지 그 일을 끝냈고자 열심히 일했다. (×)
  내일까지 그 일을 끝내겠고자 열심히 일했다. (×)
  → 내일까지 그 일을 끝내고자 열심히 일했다. (○) 為了在明天結束那件事而努力工作。

3 '–고자 하다'의 형태로 말을 하면 말하는 사람의 의도를 나타냅니다.

若使用「–고자 하다」的形態說話，則表示話者的意圖。

- 이 제품이 지속적으로 좋은 반응을 얻고 있어서 생산량을 늘리고자 합니다.
  因為這項產品持續獲得良好的反應，所以打算提升產量。

이 표현으로 부정문을 만들 때는 '안'이나 '못'이 중간에 들어가면 안 됩니다.

使用此文法造否定句時，不能在中間插入「안」或「못」。

- 우리는 그 회사와 계약을 하고자 안 합니다. (×)
  우리는 그 회사와 계약을 하고자 못 합니다. (×)
  → 우리는 그 회사와 계약을 안 하고자 합니다. (○)
  → 우리는 그 회사와 계약을 하지 않고자 합니다. (○) 我們決定不和那家公司簽約。

會話練習！

049.mp3

1 가 회사 다니는 사람들은 술을 많이 마시지요?

나 네, 스트레스를 풀고자 술을 많이 마시는 것 같습니다.

회사 다니는 사람들은 술을 많이 마시다	스트레스를 풀다 / 술을 많이 마시다
영희 씨가 영어를 열심히 공부하다	통역사가 되다 / 열심히 공부하다
철수 씨는 저녁에 일찍 자다	아침에 일찍 일어나서 운동을 하다 / 일찍 자다

2 가 광주에 갈 때 무슨 기차를 타려고 합니까?

나 사장님을 모시고 가기 때문에 KTX를 타고자 합니다.

Tip
손님들을 대접하다
招待客人

광주에 갈 때 무슨 기차를 타다	사장님을 모시고 가기 때문에 KTX를 타다
그 반지를 누구에게 주다	결혼할 여자 친구에게 주다
구입한 쇠고기로 무엇을 하다	저녁에 요리를 해서 손님들을 대접하다

實戰練習！

1 請用「-고자」完成下列對話。

(1) 가 요즘 사장님이 무엇을 위해 노력하고 계세요? (회사 분위기를 좋게 만들다)

나 회사 분위기를 좋게 만들고자 노력하고 계십니다.

(2) 가 이 백화점이 인기가 많은 이유가 뭐예요? (좋은 서비스를 제공하다)

나 고객들에게 ______________________ 항상 노력하기 때문인 것 같습니다.

(3) 가 이 늦은 시간에 웬일로 전화를 했어요? (궁금한 것이 있어서 좀 여쭤보다)

나 ____________________________ 전화했습니다.

(4) 가 여기도 시장이 있는데 동대문까지 가려고 해요? (더 좋은 물건이 있는지 찾아보다)

나 ____________________________ 가려고 합니다.

(5) 가 은행에 다녀왔어요? (환전을 좀 하다)

나 네, ______________________ 다녀왔습니다.

2 請用「-고자 하다」完成下列對話。

(1) 가 무엇에 대한 이야기를 하려고 합니까? (한국의 노인 문제에 대해 이야기하다)

나 오늘은 한국의 노인 문제에 대해 이야기하고자 합니다.

(2) 가 왜 한국어를 열심히 공부합니까? (한국에 있는 대학교에 진학하다)

나 한국어를 열심히 공부해서 ____________________________________.

(3) 가 돈을 많이 벌어서 어떻게 쓰려고 합니까? (돕다)

나 도움이 필요한 사람들을 ____________________.

(4) 가 졸업 후에 뭘 할 계획입니까? (외국으로 유학을 가다)

나 ____________________________________.

(5) 가 오늘은 무엇을 소개해 주시겠습니까? (고향의 유명한 음식에 대해서 소개하다)

나 오늘은 ______________________________________.

03 -(으)려던 참이다

050.mp3

가 저 영화가 재미있다고 하는데 저 영화를 볼래요?
聽說那部電影很有意思，要不要去看那部電影？

나 좋아요. 그렇지 않아도 나도 보려던 참이었어요.
好啊，妳不說我也正想看呢。

가 자야 씨, 뭘 하고 있어요?
札雅，妳在做什麼？

나 배가 고파서 라면을 끓이려던 참인데 같이 먹을래요?
肚子餓了，正打算煮泡麵呢，你要一起吃嗎？

文法重點！

이 표현은 다른 사람이 무엇을 하자고 제안한 '바로 그 시간에' 또는 '가까운 미래'에 어떤 일을 하려고 계획을 하거나 의도를 하고 있을 때 사용합니다. 이 문법은 동사만 사용할 수 있습니다.
此文法用於他人提議做什麼事的「當下」，或「不久的未來」我正有該計畫、意圖的情況。這個文法只能搭配動詞使用。

-(으)려던 참이다			
V	-(으)려던 참이다	가다 먹다	가려던 참이다 먹으려던 참이다

가 얼굴 표정이 왜 그래요?
你臉上表情怎麼那樣？

나 피곤해서 잠깐 쉬려던 참인데 사장님이 들어오셔서 당황해서 그래요.
剛剛太累了正想休息片刻，社長就進來了，我有點慌所以才這樣。

가 돈을 찾아야 되는데 너무 바빠서 은행에 갈 시간이 없어요.
我得去取款，可是太忙了，沒時間去銀行。

나 그래요? 제가 지금 은행에 가려던 참인데 찾아다 드릴까요?
是嗎？我正好要去銀行，要幫你取款嗎？

가 수영 씨 뭐 하고 있어요?
秀英妳在做什麼呢？

나 커피를 마시려던 참이었는데 같이 마실래요?
我正想喝杯咖啡呢，要不要一起喝？

深入瞭解！

1 '-(으)려던 참이다'와 '-(으)려던 참이었다'는 같이 사용해도 괜찮습니다. 그렇지만 '-(으)려던 참이다'는 바로 지금 행동하려고 한다는 사실을 나타낼 때, '-(으)려던 참이었다'는 예전부터 그렇게 할 생각을 가지고 있었음을 나타낼 때 사용합니다.

「-(으)려던 참이다」和「-(으)려던 참이었다」均可使用，但是「-(으)려던 참이다」表示現在要做這個動作，而「-(으)려던 참이었다」則表示早有此打算。

① 지금 그 책을 사려던 참이에요. 我現在正打算買那本書。

② 그 책을 사려던 참이었어요. 我先前就打算買那本書了。

: 이 경우 ①은 그 책을 바로 지금 사려고 하는 것을 나타내고 있고, ②는 예전부터 책을 사려는 생각을 하고 있었다는 것을 나타냅니다.

①表示現在正打算買這本書。②則表示以前就想買這本書了。

2 어떤 것을 하려고 생각하고 있었는데 그때 다른 사람이 그것을 같이 하자고 제안했을 때 '마침', '그렇지 않아도', '안 그래도' 등을 사용해서 대답을 하는 경우가 많습니다.

想著要做某事，碰巧其他人提議一起去做那件事情的時候，經常使用「마침」、「그렇지 않아도」、「안 그래도」來回答。

가 같이 식사할래요? 要不要一起用餐？

나 마침 밥을 먹으려던 참이었어요. 我正打算要吃飯呢。
안 그래도 밥을 먹으려던 참이에요. 即便你不問，我也正打算要吃飯。
그렇지 않아도 밥을 먹으려던 참이었어요. 即便你不問，我也打算要吃飯了。

3 이 표현은 미래 시제는 사용하지 않습니다.

此文法不使用未來時制。

- 은행에 환전하러 가려던 참일 거예요. (×)
  → 은행에 환전하러 가려던 참이었어요. (○) / 은행에 환전하러 가려던 참이에요. (○)
  我正打算去銀行換外幣。

4 선행절에 올 때는 '-(으)려던 참에'로도 사용할 수 있습니다.

放在前子句時，也可用作「-(으)려던 참에」。

- 내가 전화를 하려던 참에 어머니가 전화를 하셨어요. 我正打算打電話的時候，媽媽就打來了。

哪裡不一樣？

'-(으)려고 하다'와 '-(으)려던 참이다'는 다음과 같은 차이가 있습니다.

「-(으)려고 하다」和「-(으)려던 참이다」的差別如下：

	-(으)려고 하다	-(으)려던 참이다
共同點	지금 바로의 일 혹은 가까운 미래에 사용할 수 있습니다. 可用於當前之事或不久的將來。 • 오늘 오후에 쇼핑을 <u>하려고 해요</u>. (○) 我今天下午要去購物。	지금 바로의 일 혹은 가까운 미래에 사용할 수 있습니다. 可用於當前之事或不久的將來。 • 오늘 오후에 쇼핑을 <u>하려던 참이었어요</u>. (○) 我正打算今天下午去購物呢。
差異點	먼 미래의 일에도 사용할 수 있습니다. 也可用於遙遠未來之事。 • 나는 내년에 미국 여행을 <u>하려고 해요</u>. (○) 我明年要去美國旅行。	먼 미래의 일에는 사용할 수 없습니다. 不可用於遙遠未來之事。 • 나는 내년에 미국 여행을 <u>하려던 참이에요</u>. (×) 我正打算明年去美國旅行。

會話練習！

051.mp3

1 가 더우니까 문을 좀 엽시다.

나 그렇지 않아도 문을 **열려던 참이에요**.

더우니까 문을 좀 열다	문을 열다
심심하니까 텔레비전을 좀 보다	텔레비전을 켜다
시간이 없으니까 좀 서두르다	지금 나가다

2 가 약속 시간이 다 됐는데 지금 출발할까요?

나 좋아요. 안 그래도 지금 **출발하려던 참이었어요**.

약속 시간이 다 됐는데 지금 출발하다	지금 출발하다
경수 씨, 커피 한잔 마시러 가다	커피 생각이 나서 마시다
한국 요리를 배우려고 하는데 같이 배우다	저도 한국 요리를 배워 보다

實戰練習！

1 請用「-(으)려던 참이다」完成下列對話。

(1) 가 선생님, 오늘 숙제는 뭐예요? (이야기하다)

나 안 그래도 지금 이야기하려던 참이에요.

(2) 가 우리 오랜만에 농구하러 갈까? (운동을 하다)

나 좋아. 나도 ________________.

(3) 가 민호야, 컴퓨터게임 그만하고 이제 공부해야지. (컴퓨터를 끄다)

나 알았어요. 지금 ________________.

(4) 가 힘든데 왜 버스를 탔어요? (택시를 타다)

나 ________________ 버스가 와서 그냥 탔어요.

(5) 가 미영 씨하고 같이 살게 되었어요? (이사하다)

나 네, 마침 ________________ 미영 씨도 이사를 하게 됐거든요.

2 請用「-(으)려던 참이었다」完成下列對話。

(1) 가 내일 약속을 못 지킬 것 같은데 어떻게 하지요? (약속을 미루다)

나 괜찮아요. 나도 급한 일이 생겨서 약속을 미루려던 참이었어요.

(2) 가 이 문법을 다 이해했어요? (질문하다)

나 아니요, 잘 몰라서 ________________.

(3) 가 영수 씨 전화번호를 아세요? (다른 친구에게 물어보다)

나 아니요, 저도 몰라서 ________________.

(4) 가 같은 반 친구들 이름을 다 외우고 있어요? (공책에 쓰다)

나 아니요, 다 못 외워서 ________________.

(5) 가 방학에 제주도에 안 갈래요? (다음 방학에 가다)

나 좋지요. 그렇지 않아도 ________________.

04 –(으)ㄹ 겸 –(으)ㄹ 겸

052.mp3

가 왜 한국에 왔어요?
你為什麼會來韓國？

나 한국 친구도 사귈 겸 한국말도 배울 겸 한국에 왔어요.
我想交韓國朋友，又想學習韓語，所以就來韓國了。

가 요즘 태권도를 배우고 있어요?
妳最近在學跆拳道嗎？

나 네, 운동도 할 겸 한국의 전통문화도 배울 겸해서 배우고 있어요.
是啊，我想運動又學韓國傳統文化，所以在學呢。

文法重點！

이 표현은 두 가지 이상의 동작이나 행동 모두를 하고자 하는 의도를 가지고 있을 때 사용합니다. 이 표현을 말할 때는 'N도 –(으)ㄹ 겸 N도 –(으)ㄹ 겸', 'N도 –(으)ㄹ 겸 N도 –(으)ㄹ 겸해서'의 형태로 많이 사용합니다.
此文法用於有意想做兩個以上的動作或行動時。此表現經常使用「N도 –(으)ㄹ 겸 N도 –(으)ㄹ 겸」、「N도 –(으)ㄹ 겸 N도 –(으)ㄹ 겸해서」的形態。

–(으)ㄹ 겸 –(으)ㄹ 겸			
V	–(으)ㄹ 겸 –(으)ㄹ 겸	만나다, 쇼핑하다 읽다, 공부하다	만날 겸 쇼핑할 겸 읽을 겸 공부할 겸
N	겸	아침, 점심	아침 겸 점심

- 책도 읽을 겸 공부도 할 겸 도서관에 가려고 해요.
  想看書又想學習，所以要去圖書館。
- 기분 전환도 할 겸 쇼핑도 할 겸 명동에 갔어요.
  我想轉換一下心情又想購物，所以去了明洞。
- 요즘에는 아침 겸 점심을 먹을 수 있는 식당들이 많아졌어요.
  最近可以吃早午餐的餐廳多起來了。

深入瞭解！

이 표현은 'V-(으)ㄹ 겸(해서)'의 형태로도 사용할 수 있는데 이때는 그 일을 하는 여러 가지 의도 중 한 가지만을 선택해서 말할 때 사용합니다. 그렇지만 듣는 사람은 다른 의도가 있다는 것을 추측할 수 있습니다.

此文法也可使用「V-(으)ㄹ 겸(해서)」的形態，此時僅從眾多做該事的意圖中挑選其中一項陳述。不過聽者還是可以推測有其他意圖。

- 요즘 살도 빼 겸해서 운동을 하고 있어요. 最近也想減肥而在運動。

  : 이 문장은 말하는 사람이 살을 뺄 의도만을 말했지만 듣는 사람은 살을 뺄 의도 외에도 다른 의도가 있음을 추측할 수 있습니다.

  雖然本句中只說了要減肥的意圖，但聽者可以推測還有減肥之外的其他意圖。

會話練習！

053.mp3

1 가 수미 씨, 요즘 아르바이트를 해요?

나 네, 용돈도 벌 겸 경험도 쌓을 겸 아르바이트를 하고 있어요.

용돈을 벌다 賺零用錢
경험을 쌓다 累積經驗
바람을 쐬다 兜風、乘涼

아르바이트를 하다	용돈도 벌다 / 경험도 쌓다 / 아르바이트를 하다
춤을 배우다	요즘 유행하는 춤도 배우다 / 스트레스도 풀다 / 춤을 배우다
공원에 자주 가다	바람을 쐬다 / 생각도 정리하다 / 자주 가다

2 가 이건 뭐예요?

나 책상 겸 식탁으로 사용하는 거예요.

이건 뭐이다	책상 / 식탁으로 사용하는 것이다
이곳은 어디이다	거실 / 공부방으로 사용하는 것이다
저 사람은 누구이다	의사 / 기자로 활동하는 사람이다

實戰練習！

1 請用「-(으)ㄹ 겸 -(으)ㄹ 겸」完成下列對話。

(1) 가 수영 씨, 백화점에 가려고 해요? (구경도 하다 / 친구 생일 선물도 사다)
나 네, 구경도 할 겸 친구 생일 선물도 살 겸 가려고 해요. 같이 갈래요?

(2) 가 집까지 걸어서 갈 거예요? (소화도 시키다 / 거리 구경도 하다)
나 네, 소화가 안 돼서 ______________________ 걸어가려고 해요.

(3) 가 거실의 소파를 옮겼어요? (분위기도 바꾸다 / 청소도 하다)
나 네, ______________________ 위치를 바꿨어요.

(4) 가 한국 경제 신문을 보고 있어요? (경제 공부도 하다 / 한국어 공부도 하다)
나 네, 제 전공이 경제학이라서 ______________________ 보고 있어요.

(5) 가 노래하기 전에 물을 많이 마셔요? (긴장도 풀다 / 목도 부드럽게 하다)
나 네, ______________________ 많이 마셔요.

2 請用「-(으)ㄹ 겸 -(으)ㄹ 겸해서」完成下列句子。

	의도 1	의도 2		행동
(1)	잠을 깨다	잠깐 쉬다	➡	커피를 마시려고 합니다.
(2)	운동을 하다	여가 시간을 즐기다	➡	수영을 시작했어요.
(3)	친구를 만나다	쇼핑을 하다	➡	백화점에 가려고 해요.
(4)	일을 보다	관광을 하다	➡	도쿄에 다녀왔어요.
(5)	한국말을 배우다	한국 친구를 사귀다	➡	한국 친구와 언어 교환을 하고 있어요.

(1) 잠도 깰 겸 잠깐 쉴 겸해서 커피를 마시려고 합니다.

(2) ______________________

(3) ______________________

(4) ______________________

(5) ______________________

05 -아/어야지요

웨이밍 고향 음식이 너무 먹고 싶다.
다음 방학에는 고향에 가서 엄마가 해 주신 음식을 실컷 먹**어야지**.
太想吃家鄉的飯菜了，下次放假回家得吃夠媽媽做的飯菜。

가 작년에 교통신호를 어겨서 벌금을 많이 냈지요?
去年違反交通規則，繳了不少罰款吧？

나 네, 올해부터는 교통신호를 잘 지**켜야지요**.
是的，從今年開始得好好遵守交通規則了。

文法重點！

이 표현은 말하는 사람이 자기 자신과 약속을 하거나 어떤 일을 할 것이라는 결심을 할 때, 혹은 그러한 의지를 나타낼 때 사용합니다. 혼자 생각을 하거나 혼잣말을 하는 경우에도 사용하며 이때는 보통 '-아/어야지'와 같이 반말로 사용합니다. '-아/어야죠'로 줄여서 사용하기도 합니다.

此文法用於話者與自己約定、要做某事的決心或表現那樣的意志時。也用於獨自思考或自言自語的情況，此時通常搭配「-아/어야지」以半語形態使用。也縮寫為「-아/어야죠」形態使用。

-아/어야지요				
V	肯定	-아/어야지요	가다 먹다	가야지요 먹어야지요
	否定	-지 말아야지요	가다 먹다	가지 말아야지요 먹지 말아야지요

가 어제 '집으로'라는 영화를 다시 봤는데 정말 재미있었어.
昨天又看了一遍《回家》這部電影，真的很有趣。

나 난 아직도 못 봤는데 그렇게 재미있어? 그럼 나도 **봐야지**.
我到現在還沒看呢，那麼好看嗎？那我也得看看了。

가 그렇게 자꾸 지각하다가는 승진하기 어려울 거야.
你再那樣老是遲到的話，是難以升遷的。

나 내일부터는 절대 회사에 지각하지 말**아야지요**.
我從明天開始上班絕對不能遲到了。

가 세미나에 꼭 가야 돼?
研討會一定要去嗎？

나 그럼요, 우리 교수님이 발표를 하시니까 꼭 **가야지요**.
當然了，我們教授要發表，當然得去。

深入瞭解！

이 표현은 듣는 사람이나 다른 사람이 어떤 일을 꼭 해야 한다는 것을 나타낼 때도 사용합니다. 과거 형태인 '-았/었어야지'로 사용하면 어떤 일을 해야 하는데 하지 않았음을 핀잔하는 느낌이 있습니다.

此文法也表示聽者或他人一定要做某事的情況。若使用過去時制「-았/었어야지」有責備該做某事但沒去做的感覺。

가 요즘 이가 자주 아파요. 最近牙齒常常在痛。

나 그럼, 빨리 치과에 가야지요. 那得趕快去看牙醫呀。

가 몸이 안 좋은데 할 일이 있어서 밤을 샜더니 머리도 어지럽고 정말 힘드네요.
我身體不太好，因為有事而熬夜，結果頭也暈，真的很難受。

나 몸이 안 좋으면 무리하지 말고 쉬었어야지요.
身體不好的話就不要逞強，得休息呀。

會話練習！

055.mp3

1 가 올해 꼭 해야겠다고 생각한 일이 있어요?

나 '올해는 꼭 유럽으로 배낭여행을 **가야지**'라고 생각했어요.

유럽으로 배낭여행을 가다
담배를 끊다
텔레비전 보는 시간을 줄이다

2 가 부모님이 한국에 오시면 누가 안내를 할 거예요?

나 부모님이 오시는데 당연히 제가 안내를 **해야지요**.

부모님이 한국에 오시면 누가 안내를 하다	부모님이 오시는데 당연히 제가 안내를 하다
내일 모임에 정장을 입고 가다	중요한 모임인데 당연히 정장을 입다
오늘 오후에는 쉬다	오늘 시험도 끝났는데 당연히 쉬다

實戰練習！

1 隨著新年到來，人們開始訂立新的目標。請挑選目標並完成句子。

보기	뱃살을 빼다	TOPIK 6급 시험에 합격하다
	한국 신문의 사설을 많이 읽다	운전면허를 따다

(1) 요즘 배가 많이 나왔네. 올해는 꼭 뱃살을 빼야지.

(2) 한국어로 내 의견을 잘 표현하고 싶어.
올해는 꼭 ________________.

(3) 한국에서 운전을 하고 싶어. 올해는 운전 연습을 열심히 해서 꼭 ________________.

(4) 한국 회사에 취직하고 싶어.
올해는 꼭 ________________.

2 仿照範例，找出適合的表達，搭配「–아/어야지요」來完成對話。

보기	끝까지 해 보다	들어 보다	모범을 보이다	검토하다

(1) 가 일이 잘 될 것 같지 않은데 그만두는 게 좋지 않을까요?
나 그래도 시작했으니까 끝까지 해 봐야지요.

(2) 가 사장님이 늦게 출근하시니까 직원들도 모두 늦게 출근하는 것 같아요.
나 윗사람이 먼저 ________________. 그래야 아랫사람들도 따라하지요.

(3) 가 양강 씨 이야기를 들어 보니까 아키라 씨가 잘못을 한 것 같아요.
나 두 사람 이야기를 모두 ________________. 한 사람 말만 듣고 판단하면 안 돼요.

(4) 가 마감 시간이 다 되었으니까 빨리 제출해야겠어요.
나 먼저 틀린 것이 있는지 ________________. 그냥 이대로 제출할 수는 없어요.

單元6 總複習！

〔1～2〕 **請選擇可以替換下列畫線部分的選項。**

1 수영 씨, 좀 피곤해서 커피를 마시려던 참인데 같이 마실래요?

① 마실 겸　　② 마시려나 본데
③ 마실 것 같은데　　④ 마시려고 하는데

2 요즘 경험을 쌓고 용돈도 벌 겸해서 인턴사원으로 일하고 있어요.

① 경험도 쌓고 용돈도 벌기 위해서　　② 경험을 쌓기 위해서 용돈을 벌려고
③ 경험을 쌓으려면 용돈이 필요해서　　④ 경험을 쌓으려면 용돈이 필요할까 봐

〔3～4〕 **請選擇不適合填入畫線部分的回答。**

3 가　회사를 옮긴다더니 그냥 그 회사에 다니고 있어요?
나　＿＿＿＿＿＿＿＿＿＿＿＿＿＿＿＿＿＿＿＿.

① 회사를 옮길까 했는데 월급을 올려줘서 그냥 다니기로 했어요
② 회사를 옮기려던 참에 월급을 올려줘서 그냥 다니기로 했어요
③ 회사를 옮기려고 했는데 월급을 올려줘서 그냥 다니기로 했어요
④ 회사를 옮기고 싶은 반면에 월급을 올려줘서 그냥 다니기로 했어요

4 가　이 늦은 시간에 웬일로 전화를 했어요?
나　죄송하지만, ＿＿＿＿＿＿＿＿＿＿＿＿＿＿＿＿＿＿＿＿.

① 부탁을 할 텐데 전화를 했습니다
② 부탁을 좀 드리고자 전화를 했습니다
③ 부탁을 좀 드리려고 전화를 했습니다
④ 부탁을 좀 하고 싶어서 전화를 했습니다

〔5～6〕 **請選擇下列畫線部分正確的選項。**

5 ① 저녁에 회사 사람들과 회식을 할까 합시다.
② 다음 달부터 요가를 좀 배워 볼까 할 거예요.
③ 올여름에 여행을 갈까 했는데 같이 가는 게 어떠세요?
④ 이번 토요일에는 친구들과 같이 뮤지컬을 보러 갈까 합니다.

6 ① 일단 시작한 일은 끝까지 해 보아야지요.
② 위장병이 있으니까 술을 마셔지 말아야지.
③ 몸이 안 좋으면 무리하지 말고 쉬워야지요.
④ 내일 사장님을 만나 뵙는데 당연히 정장을 입어야지요.

單元 7

추천과 조언을 나타낼 때

表示推薦和忠告時

본 장에서는 추천과 조언을 해 줄 때 사용하는 표현을 배웁니다. 추천과 조언을 해 줄 때는 자신의 의견을 강하게 표현할 수도 있고 약하게 표현할 수도 있습니다. 따라서 각 문법의 차이를 잘 알아서 적절하게 사용하면 좋겠습니다.

本單元我們學習表達推薦和忠告時使用的文法。表示推薦和忠告，既可以言辭激烈，也可以清描淡寫，所以要明瞭各文法間的差異，適切地使用。

01 -(으)ㄹ 만하다

02 -도록 하다

03 -지 그래요?

01 –(으)ㄹ 만하다

056.mp3

가 한국에서 가 볼 만한 곳을 좀 추천해 주시겠어요?
能推薦一下韓國值得去的地方嗎？

나 설악산이 어때요? 지금 가을이라서 단풍이 정말 아름다울 거예요.
雪嶽山如何？現在是秋天，楓葉一定很美的。

가 웨이밍 씨가 만든 음식이 어땠어요?
魏明做的菜怎麼樣？

나 웨이밍 씨가 요리를 잘해서 모두 맛있었지만 특히 월남쌈은 정말 **먹을 만했어요**.
魏明廚藝很好，全都很好吃。特別是越南春捲真的值得一吃。

文法重點！

이 표현은 어떤 사람이나 사물이 그러한 행동을 할 가치가 있거나 어떤 행동이 일어날 만한 가치가 있음을 나타낼 때 사용합니다. 그래서 보통 다른 사람에게 추천할 때 사용합니다.
此文法用於某人或某事物具有那般行動的價值，或某項行動具有發生的價值。因此通常用於向他人推薦之時。

–(으)ㄹ 만하다				
V	過去	–(으)ㄹ 만했다	가다 먹다	갈 만했다 먹을 만했다
	現在	–(으)ㄹ 만하다	가다 먹다	갈 만하다 먹을 만하다
	未來 / 推測	–(으)ㄹ 만할 것이다	가다 먹다	갈 만할 것이다 먹을 만할 것이다

- 영수 씨는 믿을 만한 사람이니까 힘든 일이 있으면 부탁해 보세요.
  永洙是值得信賴的人，所以有困難的話，就拜託他吧。

• 그 일은 고생할 **만한** 가치가 없으니까 하지 않는 게 좋겠어요.
那件事不值得這麼辛苦，還是不做比較好。

• 친구들에게 고향에 대해서 소개할 **만한** 것이 있으면 해 주세요.
對於故鄉，如果有值得向朋友們介紹的部分，就請說吧。

深入瞭解！

이 표현은 또한 마음에 완전히 드는 것은 아니지만 그런대로 괜찮을 때 혹은 어떤 것을 사용하기에 아직 괜찮을 때 사용합니다.

此文法用於儘管不是非常滿意但還能接受，或者表示某物至今還可以使用。

• 재활용 센터에 가면 아직 쓸 만한 중고 가전제품이 많이 있습니다.
去資源回收中心的話，有很多還能使用的中古家電產品。

• 이 옷은 10년 전에 산 옷인데 아직도 입을 만해서 안 버렸어요.
這件衣服是十年前買的，因為還能穿，所以沒扔。

• 며칠 전에 만든 음식인데 아직은 먹을 만한 것 같아요.
這是幾天前做的食物，不過好像還可以吃。

會話練習！

057.mp3

1 가 이번 프로젝트에 철수 씨를 참여시키면 어떨까요?
나 철수 씨는 성실해서 추천할 **만한** 사람이에요.

Tip
프로젝트 企畫案
참여시키다 讓…參與
성실하다 誠信、忠誠

이번 프로젝트에 철수 씨를 참여시키다	철수 씨는 성실해서 추천하다 / 사람이다
이번 여름에 태국으로 여행을 가다	태국은 경치가 아름다워서 여행을 가다 / 곳이다
다음 주말에 동대문시장으로 쇼핑을 가다	동대문시장은 물건이 많아서 쇼핑하다 / 곳이다

2 가 새로 개봉한 영화가 재미있다면서요?
나 네, 정말 볼 **만해요**. 한번 보세요.

Tip
개봉하다 上映
유용하다 有用

새로 개봉한 영화가 재미있다	보다 / 한번 보다
제주도가 아름답다	구경하다 / 한번 가 보다
그 스마트폰이 유용하다	사용해 보다 / 한번 사용해 보다

實戰練習！

1 請用「-(으)ㄹ 만하다」完成下列對話。

(1) 가 저 영화가 어때요? (한번 보다)

나 주인공들이 멋있어서 한번 볼만해요.

(2) 가 어디로 여행을 가면 좋을까요? (가 보다)

나 경주가 역사적인 도시라서 ________________.

(3) 가 이 책을 한번 읽어 볼까 하는데 어때요? (읽어 보다)

나 교훈적인 이야기가 많아서 ________________.

(4) 가 저도 은혜 씨 하숙집으로 이사하려고 하는데 지금 하숙집이 어때요? (살다)

나 하숙집 아주머니가 친절해서 ________________.

(5) 가 외국 손님을 초대했는데 어떤 음식을 대접하면 좋을까요? (먹다)

나 불고기나 갈비가 ________________.

(6) 가 테레사 수녀는 가난한 사람들을 위해서 평생을 보냈다면서요? (존경을 받다)

나 네, 정말 ________________.

(7) 가 이 일을 누구에게 맡기면 좋을까요? (믿다)

나 수영 씨가 ________________. 한번 맡겨 보세요.

(8) 가 아이들이 보면 좋은 영화 좀 추천해 주세요. (보다)

나 이 영화는 아이들이 모험을 하는 이야기라서 아이들이 ________________.

2 馬克的朋友要來首爾找他，所以他正在向朋友詢問值得一起做的事情。請仿照範例，找出適當的表達，並用「–(으)ㄹ 만하다」完成對話。

보기	구경하다	사다	걷다	보다	먹어 보다

가　호영 씨, 고향에서 친구가 오는데 서울에서 구경할 만한 곳이 어디가 있을까요?

나　남산한옥마을이 어때요? 한국의 전통 집들이 있어서 (1) 구경할 만해요.

가　그래요? 그럼 볼 만한 공연은 뭐가 있어요?

나　'난타'는 어때요? 보고 있으면 흥이 나서 정말 (2)________________.

가　그렇군요. 그럼 쇼핑은 어디에 가서 하면 좋을까요?

나　인사동이 어때요? 한국의 전통 거리라서 (3)____________ 물건이 많아요.

가　한국의 전통 음식은 뭘 먹으면 좋아요?

나　한정식이 어때요? 반찬이 많고 맛있어서 (4)________________.

가　그렇군요. 제 친구가 걸으면서 이야기하는 것을 좋아하는데 걷기에 좋은 장소는 어디예요?

나　덕수궁 돌담길이 (5)________________. 가을 풍경이 정말 아름답거든요.

02 −도록 하다

058.mp3

가 감기에 걸려서 열이 나고 머리도 아파요.
感冒了，發燒，頭也痛。

나 약을 먹고 나서 며칠 동안 푹 쉬도록 하세요.
先吃藥，好好休息幾天吧。

다음 주
금요일 2시

가 약속 시간이 언제라고 하셨지요?
您說約定的時間是什麼時候？

나 다음 주 금요일 2시예요. 중요한 약속이니까 잊지 말도록 하세요.
是下星期五兩點。因為是重要的約會，所以請不要忘記。

文法重點！

이 표현은 듣는 사람에게 어떤 행동을 명령하거나 권유할 때 사용합니다. '−아/어 보세요'보다는 조금 강하게, '−(으)세요'보다는 조금 부드럽게 조언을 하거나 권유할 때 사용합니다.
此文法用於命令或建議聽者做某項行動。語氣比「−아/어 보세요」稍強，比「−(으)세요」更溫和給予建言或建議時。

−도록 하다				
V	肯定	−도록 하다	가다 먹다	가도록 하다 먹도록 하다
	否定	−지 말도록 하다	가다 먹다	가지 말도록 하다 먹지 말도록 하다

- 건강에 안 좋으니까 담배를 끊도록 하세요.
  對健康不好，還是戒菸吧。
- 그럼 내일 10시에 회의하도록 합시다.
  那就明天十點開會吧。
- 내일부터 학교에 지각하지 말도록 하세요.
  明天開始上學不要遲到了。

深入瞭解！

1 이 표현은 명령형이나 청유형에만 사용합니다. 그렇기 때문에 이유를 말할 때 선행절에 '–아/어서'를 사용하지 않습니다.

此文法只用於命令句或建議句。因此陳述理由時，前子句不使用「**–아/어서**」。

- 기침이 심해서 약을 먻도록 하세요. (×)
  → 기침이 심하니까 약을 먹도록 하세요. (○) 咳嗽很嚴重，吃藥吧。

2 이 표현으로 물을 때 '–도록 하겠습니다'라고 대답할 수 있는데 이때는 그렇게 하겠다는 의지를 나타냅니다.

用此文法詢問時，可用「**–도록 하겠습니다**」來回答，此時表示要那樣做的意志。

가 기말시험을 잘 봐야 진급할 수 있으니까 열심히 공부하도록 하세요.
期末考試考好了才能晉級，所以好好念書吧。

나 네, 열심히 공부하도록 하겠습니다.
是，我一定會好好念書。

會話練習！

059.mp3

1 가 종이를 자르다가 칼에 손을 베였어요.

나 며칠 동안 약을 드시고 연고를 상처에 자주 바르도록 하세요.

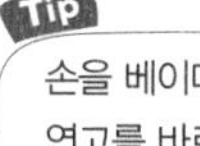

Tip
손을 베이다 手被割
연고를 바르다 塗藥膏
위가 쓰리다 胃痛
위장약 腸胃藥
수시로 隨時

종이를 자르다가 칼에 손을 베였다	약을 드시고 연고를 상처에 자주 바르다
위가 가끔씩 쓰리고 아프다	위장약을 드시고 식사를 제시간에 하다
눈이 가렵고 아프다	안약을 수시로 눈에 넣다

2 가 벌레에 물렸는데 팔이 너무 가려워요.

나 연고를 드릴 테니까 바르고 긁지 말도록 하세요.

Tip
벌레에 물리다 被蟲子咬
긁다 撓、抓、搔
깁스를 하다 打石膏

벌레에 물렸는데 팔이 너무 가렵다	연고를 드릴 테니까 바르고 긁다
농구를 하다가 다쳐서 팔이 부러졌다	깁스를 하고 나서 한 달 동안 팔을 쓰다
얼굴에 여드름이 많이 났다	오늘 치료를 받고 나서 며칠 동안 화장을 하다

實戰練習！

1　請用「-도록 하다」完成下列對話。

(1)　가　돈을 모으고 싶은데 어떻게 하면 좋을까요? (매달 은행에 저축하다)
　　 나　조금씩이라도 매달 은행에 저축하도록 하세요.

(2)　가　길거리에 차를 세워서 죄송합니다. (주차장에 차를 세우다)
　　 나　다음부터는 꼭 ＿＿＿＿＿＿＿＿＿＿＿＿＿＿＿＿.

(3)　가　또 실수를 해서 정말 미안해. (조심하다)
　　 나　앞으로는 ＿＿＿＿＿＿＿＿＿＿.

(4)　가　이 보고서를 언제까지 끝내면 될까요? (이번 주말까지 제출하다)
　　 나　＿＿＿＿＿＿＿＿＿＿＿＿＿＿＿＿.

(5)　가　아파트 위층에 사는 사람들이 너무 시끄러워요. (이사를 하다)
　　 나　다른 방법이 없으면 ＿＿＿＿＿＿＿＿＿＿.

2　請用「-지 말도록 하다」完成下列對話。

(1)　가　밤에 잠이 잘 안 와서 낮 시간에 피곤해요. (낮잠을 자다)
　　 나　낮잠을 자지 말도록 하세요.

(2)　가　제가 일할 때 주의해야 할 것이 있습니까? (사적인 통화를 하다)
　　 나　근무시간에는 ＿＿＿＿＿＿＿＿＿＿＿＿＿＿＿＿.

(3)　가　부장님, 또 늦어서 죄송합니다. (늦다)
　　 나　내일부터는 절대 ＿＿＿＿＿＿＿＿＿＿.

(4)　가　요즘 가끔 속이 쓰려요. (먹다)
　　 나　그럼, 당분간 맵거나 짠 음식을 ＿＿＿＿＿＿＿＿＿＿.

(5)　가　거래처 부장님을 만나러 가는데 뭘 좀 사 가야 할까요? (사 가다)
　　 나　오해받을 수 있으니까 아무것도 ＿＿＿＿＿＿＿＿＿＿.

03 –지 그래요?

가 이 문법이 너무 어려워서 잘 모르겠어요.
這個文法太難了，弄不清楚。

나 그럼, 선생님께 여쭤 보지 그래요?
那麼，去問問老師吧！

가 옷을 샀는데 디자인이 맘에 안 들어요.
買了衣服，但是設計不太滿意。

나 그럼, 다른 옷으로 바꾸거나 환불을 하지 그래요?
那去換件別的衣服或者退費吧！

文法重點！

이 표현은 다른 사람에게 어떻게 하는 것이 좋겠다고 권유할 때 사용합니다. 이 표현은 '–도록 하다'보다 훨씬 더 부드럽고 약한 표현입니다.
此文法表示建議別人怎樣做會比較好。這是比「–도록 하다」更溫和、軟性的表現。

–지 그래요?			
V	–지 그래요?	가다 먹다	가지 그래요? 운동하지 그래요?

가 처음 가는 길이라서 어떻게 가야 할지 잘 모르겠어요.
因為是第一次走這條路，所以不知道該怎麼走。

나 길을 잘 모르면 택시를 **타지 그래요?**
不知道路的話，那就坐計程車吧？

가 휴대전화가 자꾸 고장이 나요.
手機一直故障。

나 자꾸 고장이 나면 수리만 하지 말고 새 걸로 **바꾸지 그래요?**
一直故障的話就別修理了，換支新的吧！

가 친구를 만나러 명동에 가야 하는데 차가 막혀서 약속 시간까지 못 갈 것 같아.
我得去明洞見朋友，可是因為塞車，也許不能準時到了。

나 눈이 와서 그런 것 같은데 약속을 연기하지 그래?
下雪了似乎有那種可能，何不將約會延期？

深入瞭解！

1 이 표현은 선행절에 이유를 말할 때는 '–아/어서'를 사용하지 않고 '–(으)니까'를 사용합니다.
此文法在前子句說明理由時，不使用「–아/어서」，而是使用「–(으)니까」。

- 더워서 창문을 열지 그래요? (×)
  → 더우니까 창문을 열지 그래요? (○) 很熱，開個窗戶吧？

2 과거 표현인 '–지 그랬어요?'는 어떤 것을 하는 편이 더 나았는데 왜 그렇게 하지 않았느냐는 약간의 안타까움을 표현하거나 핀잔을 줄 때 사용합니다.
過去時制的「–지 그랬어요?」，用於對「某件事怎麼做會比較好，為何沒那麼做？」表些許惋惜或責備時。

- 아픈데 참으면서 계속 일을 한 거예요? 많이 아프면 좀 쉬지 그랬어요?
  你身體不舒服還一直強忍著繼續工作？很難受的話怎麼不休息一下？
  : 이 문장은 많이 아픈데 왜 쉬지 않았냐는 안타까운 마음을 나타내고 있습니다.
  這句話是表達「這麼不舒服怎麼不休息？」的惋惜之心。

會話練習！

061.mp3

1 가 며칠 동안 밤을 새우면서 일을 해서 너무 피곤해요.
나 그럼, 잠깐이라도 좀 쉬지 그래요?

Tip
집을 꾸미다 佈置家裡
싱겁다 淡

며칠 동안 밤을 새우면서 일을 해서 너무 피곤하다	잠깐이라도 좀 쉬다
집을 좀 꾸며야 하는데 물건을 사러 갈 시간이 없다	인터넷으로 주문을 하다
국이 너무 싱거운데 소금이 없다	간장이라도 좀 넣다

2 가 정말 안 늦으려고 했는데 오늘도 또 늦어 버렸어요.
나 그러니까 집에서 좀 일찍 출발하지 그랬어요?

정말 안 늦으려고 했는데 오늘도 또 늦다	집에서 좀 일찍 출발하다
내일 가지고 가야 할 전공책이 다 팔리다	좀 서둘러서 책을 사다
어제 몸이 안 좋았는데 회식에 갔더니 더 안 좋아지다	몸이 안 좋다고 말하고 가지 말다

實戰練習！

1 請用「-지 그래요?」完成下列對話。

(1) 가 여행용 가방을 사고 싶은데 어디에서 사는 게 좋아요? (남대문시장에 가다)
나 싸게 파는 가게가 많으니까 남대문시장에 가지 그래요?

(2) 가 저는 비가 오는 날이면 갑자기 기분이 우울해져요. (코미디 영화를 보다)
나 그럼 비가 오는 날에는 ______________________?

(3) 가 오랜만에 집에서 쉬니까 너무 심심해요. (공원에 가서 산책이라도 좀 하다)
나 그럼 ______________________?

(4) 가 이번 달 외식을 많이 했더니 용돈이 모자라요. (부모님께 말씀을 드리다)
나 그럼 ______________________?

(5) 가 한국에 온 지 1년이 됐는데 아직도 한국말을 잘 못해요. (한국 친구를 좀 사귀다)
나 그럼 ______________________?

2 請用「-지 그랬어요?」完成下列對話。

(1) 가 어제 안 입는 옷을 다 정리해서 버렸어요. (복지 재단에 기증하다)
나 아깝게 다 버렸어요? 복지 재단에 기증하지 그랬어요?

(2) 가 회의할 때 방 안의 공기가 안 좋아서 그랬는지 목이 너무 아파요. (창문을 좀 열다)
나 그러면 중간에 ______________________?

(3) 가 입맛이 없는데도 많이 먹었더니 속이 안 좋아요. (조금만 먹다)
나 아이고, ______________________?

(4) 가 엄마, 대학 다닐 때 공부를 열심히 안 한 것이 후회가 돼요. (공부를 열심히 하다)
나 그때 ______________________?

(5) 가 혜신 씨와 일 때문에 다퉜는데 화를 내고 가 버렸어요. (먼저 사과를 하다)
나 ______________________?

單元7 總複習！

〔1～2〕 **請選擇可以替換下列畫線部分的選項。**

1 저 스마트폰은 디자인도 예쁘고 기능도 편해서 사용해 볼 만해요.

① 사용해 볼 가치가 있어요　　② 사용해 볼 마음이 있어요
③ 사용해 볼 능력이 있어요　　④ 사용해 볼 사정이 있어요

2 중요한 약속이니까 일찍 오도록 하세요.

① 오잖아요　　② 일찍 옵시다
③ 일찍 오세요　　④ 올 모양이에요

〔3～4〕 **請選擇下列畫線部分正確的回答。**

3 가　며칠 동안 밤을 새워서 일을 했더니 너무 피곤해요.
나　그럼, 잠깐이라도 좀 ____________________.

① 쉴까 해요　　② 쉬지 그래요?
③ 쉴 줄 알았어요　　④ 쉬려던 참이에요

4 가　새로 개봉한 영화가 재미있다면서요?
나　____________________.

① 네, 정말 볼 만해요　　② 아니요, 정말 보거든요
③ 네, 재미있을지도 몰라요　　④ 아니요, 정말 재미없을 줄 알았어요

〔5～6〕 **請選擇正確的選項。**

5 ① 기침이 심해서 병원에 가도록 하세요.
② 땀이 많이 나서 창문을 좀 열지 그래요?
③ 상처가 난 곳에 연고를 자주 바르지 그래요?
④ 눈이 많이 아프기 때문에 안약을 수시로 눈에 넣도록 하세요.

6 ① 내일부터 안 지각하도록 하세요.
② 어제 많이 아팠어요? 그럼 쉬지 그랬어요?
③ 인사동에 가니까 구경했을 만한 곳이 많았어요.
④ 이 옷은 10년 전에 산 옷인데 입지 않을 만해요.

회상을 나타낼 때
表示回想時

본 장에서는 회상을 나타낼 때 사용하는 표현에 대해서 배웁니다. 회상 표현은 중급에서 처음 배우는 것으로 과거에 있었던 일을 회상해서 표현할 때 많이 사용합니다. 의미가 비슷하면서도 차이가 있기 때문에 잘 익혀서 사용하면 좋겠습니다.

本單元我們要學習表示回想時使用的文法。在進階篇中首次出現的這些文法，常用於回憶過去發生的事件時。它們意義相近，但也稍有不同，希望大家熟練掌握並正確使用。

01 -던

02 -더라고요

03 -던데요

01 -던

062.mp3

가 학교에 오래간만에 왔네요!
어디 가서 뭘 좀 먹을까요?
好久沒來學校了！去哪裡吃點什麼好呢？

나 학교에 다닐 때 우리가 자주 가던 식당에 가 볼까요?
要不要去我們上學時常去的餐館看看？

가 이 영어책은 아주 오래된 책 같아요.
這本英語書好像很久了。

나 맞아요. 제가 고등학생 때 공부하던 책이에요.
對啊，這是我上高中時唸的書。

文法重點！

이 표현은 과거에 일정한 기간 동안 반복된 행동이나 습관을 회상해서 말할 때 사용합니다. 하지만 그 일이 과거에는 반복되었으나 현재까지는 지속되지 않는 것을 말합니다. 명사 앞에 사용합니다.
此文法用於回想陳述過去某特定時間裡反覆的行動或習慣。但是那件事情是在過去那段時間裡反覆，沒有持續到現在。置於名詞之前。

-던			
V	-던	가다 입다	가던 입던

• 옆집에 살던 사람은 지난 주말에 이사했어요.
住在隔壁的人上週末搬家了。

• 이 음악은 제가 고등학교 때 자주 듣던 거예요.
這音樂是我高中時經常聽的。

• 아버지께서 다니시던 대학교에 저도 다니고 있습니다.
我在念我爸爸上過的大學。

형용사에 '–던'이 붙는 형태는 22장 '완료를 나타낼 때'의 02 '–았/었던'을 참조하세요.
形容詞後接「–던」的形態請參考單元22「表示完成時」中的02「–았/었던」。

深入瞭解！

1 이 표현은 과거에는 자주 했지만 지금은 하지 않는 일을 표현할 때 사용하기도 합니다. 이때는 '(과거에) 여러 번', '자주', '가끔', '항상' 등 반복을 나타내는 표현과 함께 사용됩니다.
此文法也用來表示過去常做但現在不做的事。與「(과거에) 여러 번」、「자주」、「가끔」、「항상」等表示反覆的副詞一起使用。

• 우리가 자주 가던 카페에 다시 가 보고 싶어요.
我想再去一趟我們常去的咖啡店。
: 이것은 과거에는 그 카페에 자주 갔지만 지금은 자주 가지 않는다는 의미가 있습니다.
這句話有「以前常常去這家咖啡店，但現在不常去」的意思。

2 이 표현은 과거에 시작은 했지만 아직 끝나지 않은 일을 회상하여 표현할 때 사용하기도 합니다. 이때는 보통 '지난달, '지난주', '어제', '아까', '저번에' 등 과거의 한 시점이나 때를 나타내는 말과 함께 사용합니다.
此文法也用來表示回想過去開始，但目前尚未結束的事。此時通常與「지난달」、「지난주」、「어제」、「아까」、「저번에」等表過去某一時間點或時期的詞彙一起使用。

• 아까 제가 마시던 커피를 버렸어요?
剛才我喝的咖啡丟了嗎？
: 이것은 아직 커피를 다 마시지 않았다는 의미입니다.
這句話表示咖啡還沒有喝完。

3 새 것이 아니라 지금까지 사용한 중고의 의미를 나타낼 때도 사용합니다.
也用來表達不是新的，而是至今為止用過的二手物品。

• 이것은 제 조카가 입던 옷인데 제 아이에게 줬어요.
這是我侄子穿過的衣服，送給我孩子了。

• 이 자동차는 아버지가 타시던 거예요.
這輛車是我父親開過的。

4 이 표현은 과거에 한 번만 일어난 일 즉, 반복되지 않는 일에는 사용하지 않습니다.
此文法不用於過去只發生一次的事，意即未反覆的事。

• 이곳은 제가 결혼하던 곳이에요. (×)
→ 이곳은 제가 결혼한 곳이에요. (○) 這裡是我結婚的地方。

5 이 표현은 과거의 어느 시점부터 그 일이 계속 반복되어 왔음을 나타내기도 합니다.

此文法也表示從過去某個時間點開始，那件事情就一直反覆。

- 오늘도 우리가 자주 가던 카페에서 만납시다.

  今天也在我們常去的咖啡廳見吧。

  : 이것은 과거부터 지금까지 계속 그 카페에 자주 가고 있다는 의미입니다.

  這句話表示從過去到現在一直常常去那家咖啡廳的意思。

哪裡不一樣?

'-던'과 과거 시제를 나타내는 '-(으)ㄴ'은 다음과 같은 차이가 있습니다.

「-던」和表示過去時制的「-(으)ㄴ」有如下的差異：

	-던	-(으)ㄴ
共同點	과거의 사실을 현재 이야기합니다. 現在講述過去的事實。	
差異點	(1) 과거에 완료되지 않은 행동을 나타낼 때 사용합니다. 用於表示過去並未結束的行動。 • 어제 읽던 책을 어디에 두었지? 昨天看的書放在哪裡了？ → 책을 아직 다 안 읽었다는 것을 의미합니다. 意味著還沒有把書看完。	(1) 지금 현재 상황으로 봤을 때 과거에 완료된 행동을 말할 때 사용합니다. 用來陳述「以現況來看過去結束的行動」。 • 어제 읽은 책의 제목이 생각 안 나요? 你想不起來昨天讀的那本書的書名嗎？ → 책을 다 읽었다는 것을 의미합니다. 意味著已經把書看完了。
	(2) 과거에 반복적으로 한 일을 회상해서 말합니다. 回想陳述過去反覆做過的事。 • 떡볶이는 한국에 살 때 먹던 음식이에요. 辣炒年糕是我住在韓國時吃的食物。 → 한국에 살 때 떡볶이를 여러 번 먹었다는 것을 의미합니다. 意味著在韓國生活時曾多次吃過辣炒年糕。	(2) 단순한 과거 사실만 이야기할 뿐 회상의 의미는 없습니다. 單純只是陳述過去的事實，沒有回想的意思。 • 떡볶이는 한국에 살 때 먹은 음식이에요. 辣炒年糕是我住在韓國時吃過的食物。 → 떡볶이를 여러 번 먹었는지는 알 수 없고 단순히 먹은 적이 있다는 사실만을 말하고 있습니다. 不知吃過幾次辣炒年糕，單純表達曾經吃過的事實。

會話練習！

063.mp3

Tip 넷북 Netbook，教育用途的低價筆電

1 가 자동차 새로 샀어요?
나 아니요, 아버지가 타시던 거예요.

자동차 새로 사다	아버지가 타시다 / 거다
옷을 새로 사다	언니가 입다 / 옷이다
넷북을 새로 사다	오빠가 쓰다 / 거다

2 가 여기 있던 신문 못 봤어요?
나 지수 씨가 보던 거였어요? 제가 버렸는데요.
가 이따가 보려고 했는데…….

여기 있다 / 신문 못 보다	보다
여기 있다 / 빵 못 보다	먹다
여기 있다 / 우유 못 보다	마시다

實戰練習！

1 請用「-던」完成下列對話。

(1) 가 이제 텔레비전 드라마를 안 봐요? (재미있게 보다)
나 네, 재미있게 보던 드라마가 지난주에 끝나 버렸거든요.

(2) 가 아이한테 장난감을 많이 사 줬나 봐요. (친구 아이가 가지고 놀다)
나 아니에요. ______________ 장난감을 받은 거예요.

(3) 가 이 팝송 정말 좋지요? (어릴 때 자주 듣다)
나 네, ______________ 팝송이에요.

2 請用「-던」完成下列對話。

(1) 가 이 커피 마셔도 돼요? (그건 제가 마시다 / 커피이다)
나 그건 제가 마시던 커피니까 새로 한 잔 타 드릴게요.

(2) 가 이 시간에 밥을 드세요? (아이가 먹다 / 밥이다)
나 네, ______________ 조금 남아서 먹고 있어요.

(3) 가 저기에 열쇠가 떨어져 있네요! (아키라 씨가 찾다 / 열쇠이다)
나 조금 전에 ______________ 저기 있었네요.

02 -더라고요

가 웨이밍 씨, 또 청소해요?
魏明，又在打掃啊？

나 날씨가 더워서 창문을 열어 두니까 먼지가 많이 들어오**더라고요**.
天氣熱開著窗戶，結果很多灰塵跑進來。

가 혹시 카일리 씨 봤어요?
你有看見凱莉嗎？

나 네, 아까 약속이 있다고 급하게 나가**더라고요**.
有，她剛剛說有約，就匆匆忙忙出去了。

文法重點！

이 표현은 말하는 사람이 과거에 직접 보거나 듣거나 혹은 느낀 것을 회상하여 지금 다른 사람에게 전달할 때 사용합니다.
此文法用於話者回想過去親眼所見、親耳聽到或感受到的事，然後於此時傳達給其他人。

-더라고요		
A/V	크다 입다	크더라고요 입더라고요
N이다	의사이다 학생이다	의사더라고요 학생이더라고요

- 한국에서 여행을 해 보니까 한국에는 정말 산이 많**더라고요**.
  在韓國旅行之後發現韓國真的山好多。
- 어제 친구들하고 같이 농구를 했는데 희수 씨가 운동을 정말 잘하**더라고요**.
  昨天和朋友們一起打籃球，熙秀真的很擅長運動。
- 학교 앞에 새로 생긴 커피숍의 커피 맛이 꽤 괜찮**더라고요**.
  學校前面新開的咖啡店，咖啡的味道很不錯。

深入瞭解！

1 이 표현은 말하는 사람이 보거나 들은 것에 대해 사용하기 때문에 주어가 1인칭인 경우에는 사용하지 않습니다.

此文法用於話者看到或聽到的事，若主語為第一人稱，不使用這個文法。

- 나는 해외로 여행을 가더라고요. (×)
  → 나는 해외로 여행을 갔어요. (○) 我去國外旅行。

2 이 표현은 말하는 사람이 새롭게 알게 된 사실에만 사용하고 이미 알고 있는 사실에는 사용하지 않습니다.

此文法只用於話者新知道的事實，不用於早已知曉的事實。

- 제 고향은 강이 많더라고요. (×)
  → 제 고향은 강이 많아요. (○) 我的家鄉有很多河。
  : 이미 알고 있는 사실이므로 '–더라고요'를 사용할 수 없습니다.
  因為是已經知道的事實，所以不能使用「– 더라고요」。

3 사람의 감정이나 기분, 마음 상태를 나타낼 때는 1인칭 주어도 사용할 수 있습니다. 3인칭의 경우에는 '형용사 + –아/어하다 + –더라고요'로 표현해야 합니다.

在表達人的感情、情緒或心理狀態時，也可以使用第一人稱主語。若為第三人稱時，必須使用「形容詞 + -아/어하다 + –더라고요」的形態表達。

- 비가 오면 동생은 우울해지더라고요. (×)
  → 비가 오면 (저는) 우울해지더라고요. (○) 下雨的話，我會變憂鬱。
- 그 이야기를 듣고 어머니가 속상하시더라고요. (×)
  → 그 이야기를 듣고 어머니가 속상해하시더라고요. (○) 聽了那個故事，媽媽覺得很傷心。

4 이 표현은 '–더군(요)'나 '–더라'와 별 차이가 없이 사용할 수 있으며 약간 더 강조하는 의미가 있습니다. 하지만 높임말이나 반말에 모두 사용할 수 있는 '–더군(요)'와는 달리 '–더라'는 반말에만 사용할 수 있습니다.

此文法與「–더군(요)」和「–더라」在使用上沒有太大區別，稍微有點更強調的意思。但是，這跟在尊待語和半語都能使用的「–더군(요)」不同，「–더라」只能用於半語。

- 남자 친구를 사귀다 보니까 가끔은 속상한 일도 생기더라고요.
  = 남자 친구를 사귀다 보니까 가끔은 속상한 일도 생기더군요.
  = 남자 친구를 사귀다 보니까 가끔은 속상한 일도 생기더라.
  和男朋友交往，偶爾會發生令人傷心的事。

5 과거에 완료된 일에 대해서는 '–았/었더라고요'를 사용합니다.
對於過去已經結束的事，使用「–았/었더라고요」。

• 일본에 도착하니까 눈이 오더라고요.
抵達日本時，下雪了。

• 일본에 도착하니까 눈이 왔더라고요.
抵達日本時，下過雪了。

: '눈이 오더라고요'는 눈이 오고 있는 모습을 회상해서 말하는 것이고, '눈이 왔더라고요'는 눈이 이미 왔고, 그 당시 그친 상태를 회상해서, 즉 어떤 것이 완료된 것을 회상해서 말하는 것입니다.

「눈이 오더라고요」是回想敘述當時正在下雪的景象。「눈이 왔더라고요」表示回想已經下過雪，當時雪已停的狀態，意即回想並敘述已經結束了的事。

會話練習！

065.mp3

1 가 어제 본 공연이 어땠어요?
나 아주 재미있**더라고요**.

어제 본 공연	아주 재미있다
어제 가 본 올림픽공원	정말 넓고 사람이 많다
어제 간 친구 아기 돌잔치	한국에서 처음 가 봐서 신기하다

2 가 마크 씨 봤어요?
나 네, 아까 도서관에서 공부하**더라고요**.

마크 씨	도서관에서 공부하다
양강 씨	운동장에서 친구들과 축구하다
아키라 씨	커피숍에서 친구와 이야기하다

實戰練習！

以下是偶然撞見朋友的男朋友後，和另一位朋友談論的內容。請看下圖，並用「-더라고요」完成對話。

자야　아카라 씨, 어제 은혜 씨 남자 친구를 봤다면서요?

아키라　네, 남자 친구가 아주 (1)멋있게 생겼더라고요. (멋있게 생겼다)

자야　어느 나라 사람인 것 같아요?

아키라　물어보지는 않았는데 (2)____________________. (일본 사람인 것 같다)

자야　키는 어때요? 커요?

아키라　아니요, 키는 조금 (3)____________________. (작다)

자야　무슨 일을 한다고 해요?

아키라　작곡을 한대요. 그래서 그런지 기타를 (4)____________________. (매고 있다)

자야　옷은 어떻게 입었어요?

아키라　하얀색 남방에 찢어진 청바지를 (5)____________________. (입고 있다)

자야　두 사람이 무엇을 하고 있었어요?

아키라　길거리에서 (6)____________________. (이야기하다)

자야　두 사람이 잘 어울려요?

아키라　네, 아주 잘 (7)____________________. (어울리다)

자야　그렇군요. 두 사람이 행복하면 좋겠어요.

아키라　저도 그랬으면 좋겠어요.

03 −던데요

가 집이 작아서 더 이상 물건을 둘 데가 없어서 고민이에요.
房子太小，沒有地方可以擺東西了，真煩惱。

나 지난번에 갔을 때는 집이 아주 커 보이던데요.
上次去的時候，你家看起來很大呀。

가 오늘은 사장님 기분이 좀 괜찮아지셨어요?
今天社長的心情有好點嗎？

나 아니요, 아까 보니까 오늘도 얼굴 표정이 안 좋으시던데요.
沒有，剛才看了一下，今天的臉色也不太好。

文法重點！

이 표현은 회상을 나타내는 '−더−'와 배경이나 상황을 제시하거나 반대, 감탄을 나타낼 때 사용하는 '−(으)ㄴ데요'가 결합된 형태입니다. 따라서 과거 일에 대한 느낌이나 감탄, 어떤 상황을 제시할 때 혹은 상대방의 말과 반대되는 것을 말할 때 사용합니다.

此文法是表回想的「−더−」和提示背景、情況或表示反對、感嘆時使用的「−(으)ㄴ데요」結合的形態。因此用來表示對過去事件的感覺或感嘆，提示某個狀況或和對方的話相反時使用。

−던데요			
A/V	−던데요	크다 먹다	크던데요 먹던데요
N이다	(이)던데요	의사 학생	의사던데요 학생이던데요

가 이번 시험이 아주 쉬웠지요?
這次考試很簡單吧？

나 아니요, 저는 지난 시험보다 더 어렵**던데요**.
哪有，我覺得比上次考試還難。

가 어제 마크 씨하고 식사하셨지요?
昨天和馬克一起吃飯了吧？

나 네, 마크 씨가 한국 음식을 아주 잘 먹**던데요**.
是的，馬克很會吃韓國菜。

가 자야 씨가 학생이지요?
札雅是學生吧？

나 아니요, 은행원**이던데요**. 학교 앞 은행에서 일하더라고요.
不是，是銀行職員。她在學校前面的銀行工作呢。

深入瞭解！

1 이 표현은 문장 중간에 쓰기도 하는데 이때는 과거의 상황을 제시하거나 과거와 반대되는 상황을 제시할 때 사용합니다.
此文法也可以放在句子中間使用，此時是用來提示過去的狀況或與過去相反的狀況。

- 마크 씨는 좋은 사람 같아 보이던데 한번 만나 보세요.
  馬克看起來人不錯，去見個面吧。
- 그 옷이 자야 씨에게 어울리던데 왜 안 샀어요?
  那件衣服很適合札雅，為什麼沒買啊？
- 어제는 많이 춥던데 오늘은 따뜻하네요.
  昨天很冷，今天暖和了。

2 과거에 완료된 일에 대해서는 '–았/었던데요'를 사용합니다.
描述過去已經結束的事時，使用「–았/었던데요」。

가 은혜 씨가 잘 지내고 있지요?
恩惠過得好吧？

나 네, 얼마 전에 회사를 옮겼던데요.
是的，聽說不久前換工作了。

哪裡不一樣？

회상을 나타내는 '–더라고요'와 '–던데요'는 다음과 같은 차이가 있습니다.
表示回想的「–더라고요」和「–던데요」有以下差異：

	–더라고요	–던데요
과거 일의 회상 過去事的回想	사용 가능 可以使用	사용 가능 可以使用
과거의 일에 대해서 상대방이 말한 것과 반대되는 생각이나 의견을 말할 때 對於過去的事，陳述與對方所說的話相反的想法或意見時。	사용할 수 없음 不可使用 가　그 영화 정말 재미없었죠? 那部電影真的很無趣吧？ 나　아니요, 저는 재미있더라고요. (×) 不會啊，我覺得很有趣。 → '–더라고요' 상대방의 의견과 반대되는 의견을 말할 때는 사용할 수 없습니다. 「–더라고요」不能用來陳述與對方相反的意見。	사용 가능 可以使用 가　그 영화 정말 재미없었죠? 那部電影真的很無趣吧？ 나　아니요, 저는 재미있던데요. (○) 不會啊，我覺得很有趣。 → 상대방의 의견과 반대되는 의견을 말한 것인데 이것은 '–던'과 결합한 '–(으)ㄴ데'에 이러한 특성이 있기 때문입니다. 這是在敘述與對方意見相反的內容，這是因為「–던」與「–(으)ㄴ데」結合具有這樣的特性。

會話練習！

067.mp3

1 가　태권도를 배우기가 어렵지요?
　 나　아니요, 배워 보니까 생각보다 쉽던데요.

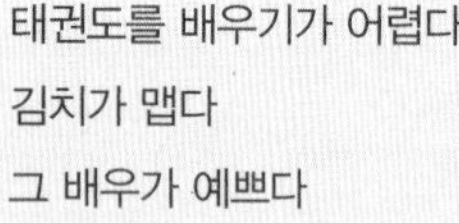

태권도를 배우기가 어렵다	배워 보니까 생각보다 쉽다
김치가 맵다	먹어 보니까 생각보다 안 맵다
그 배우가 예쁘다	실제로 보니까 텔레비전으로 볼 때보다 예쁘지 않다

2 가　독감 예방주사를 맞으러 병원에 다녀왔어요?
　 나　네, 저 말고도 예방주사를 맞으러 온 사람들이 많던데요.

> **Tip**
> 독감 예방주사 接種流感疫苗
> 야경 夜景

독감 예방주사를 맞으러 병원에 다녀오다	저 말고도 예방주사를 맞으러 온 사람들이 많다
어제 남산에 올라가다	남산에서 본 서울 야경이 아주 아름답다
오후에 양강 씨하고 탁구를 치다	양강 씨가 탁구를 정말 잘 치다

實戰練習！

1 請用「–던데요」完成下列對話。

(1) 가 수지가 왜 아직도 집에 안 오지? (놀이터에서 놀고 있다)

나 아까 집에 오다 보니까 놀이터에서 놀고 있던데요.

(2) 가 양강 씨가 열심히 공부하지요? (12시까지 공부하다)

나 네, 어젯밤에도 ______________________.

(3) 가 저기 앉아 있는 사람이 누구예요? (조금 전에 자야 씨랑 같이 오다)

나 저도 잘 모르겠어요. ______________________.

(4) 가 수영 씨가 어디에 갔지요? (아까 친구하고 같이 극장에 가다)

나 ______________________.

(5) 가 어제 간 식당이 어땠어요? (분위기가 아주 좋다)

나 ______________________.

2 請用「–던데요」完成下列對話。

가 지난 주말에 마크 씨 집에 다녀왔지요? 마크 씨 집은 가까워요?

나 아니요, 생각보다 (1)멀던데요. 지하철로 1시간정도 걸렸어요.

가 그래요? 지하철에서 내려서 집을 찾기는 쉬웠어요?

나 아니요, 골목길이 복잡해서 찾기가 (2)______________.

가 그랬군요. 집은 어때요? 깨끗하죠?

나 네, 아주 (3)______________.

가 마크 씨는 남동생하고 같이 살지요? 남동생도 마크 씨처럼 키가 커요?

나 네, 정말 (4)______________.

가 마크 씨가 요리는 잘해요?

나 네, 아주 (5)______________.

남동생하고 같이 불고기를 만들어 주었는데 정말 맛있더라고요.

單元8 總複習！

〔1～2〕請選擇可以替換下列畫線部分的選項。

1 이것은 제 아이가 입던 옷이에요. 지금은 작아져서 친구 아이에게 주려고 해요.

① 이것은 제 아이가 예전에 여러 번 입었어요
② 이것은 제 아이가 예전에 여러 번 입던데요
③ 이것은 제 아이가 예전에 여러 번 입더라고요
④ 이것은 제 아이가 예전에 여러 번 입은 모양이에요

2 외국에 살다 보니까 가끔은 속상한 일도 생기더라고요.

① 속상한 일도 생기더군요　② 속상한 일도 생길 만해요
③ 속상한 일도 생길 듯 해요　④ 속상한 일도 생길 줄 알았어요

3 請選擇不適合填入畫線部分的回答。

가　신종플루 예방주사를 맞았어요?
나　네, ________________.

① 많이 아프더군요　② 많이 아프던데요
③ 많이 아프더라고요　④ 많이 아프겠더라고요

4 請選擇下列畫線部分正確的回答。

가　저 음악을 많이 들어본 것 같은데 혹시 뭔지 아니?
나　어릴 때 내가 ________________.

① 자주 듣던 음악이잖아　② 자주 들으려던 음악이잖아
③ 자주 들을 만한 음악이잖아　④ 자주 들었을지도 모를 음악이잖아

〔5～6〕請選擇正確的選項。

5 ① 지난주에 가 보던 공원에 갈까요?
② 아까 제가 마셨던 커피를 버렸어요?
③ 떡볶이는 한국에 살았을 때 자주 먹는 음식이에요.
④ 대학교 때 자주 가던 식당에 다시 가 보고 싶어요.

6 ① 저는 어제 불고기를 안 먹더라고요.
② 그 이야기를 듣고 어머니께서 속상하더라고요.
③ 제가 어제 아키라 씨 집에 가니까 벌써 고향에 가더라고요.
④ 집 근처에 새로 생긴 신발 가게의 물건이 꽤 괜찮더라고요.

피동을 나타낼 때
表示被動時

본 장에서는 피동을 표현할 때 사용하는 다양한 문법 표현을 배웁니다. 피동은 일부 동사의 어간에 피동형 접사 '-이/히/리/기-'를 결합하여 만들기도 하고, 일부 동사에 '-아/어지다'나 '-게 되다'를 붙여서 만들기도 합니다. 피동은 단어에 따라서 사용법이 다르기 때문에 외국 학생들이 많이 힘들어합니다. 그렇지만 피동 표현을 잘 사용하면 한국 사람들이 정말 한국말을 잘한다고 할 것입니다.

本單元我們要學習表示被動時的幾個文法。被動態是部分動詞在詞幹後接「-이/히/리/기-」形成，還有部分動詞要接「-아/어지다」或「-게 되다」形成。被動隨著詞彙的不同，用法也不一樣，所以這一部分對外國學生來說有一定難度。但是如果能正確使用被動態，韓國人也會認為你的韓語學道地了。

01 단어 피동 (-이/히/리/기-)

068.mp3

가 아이가 인형을 안아요.
孩子抱玩偶。

나 아이가 할아버지에게 안겼어요.
孩子給爺爺抱著。

가 마크 씨가 문을 열어요.
馬克開門。

나 문이 열렸어요. / 문이 열려 있어요.
門被開了。/ 門開著。

文法重點！

이 표현은 주어의 행동이 다른 사람의 행동 때문에 이루어지거나 주어가 직접 한 것이 아니라 다른 일이나 사람 때문에 그런 상황이 됐을 때 사용합니다. 이 표현은 일부 동사에 '-이/히/리/기-'를 붙여서 만듭니다.
此文法用於主語的行動是因他人行動所致；或並非主語親自做的，是因為其他事情或人而形成那樣的情況。這個文法在部分動詞後接「-이/히/리/기」形成。

動詞	+	-이/히/리/기-	→	被動詞
쓰다	+	-이-	→	쓰이다
읽다	+	-히-	→	읽히다
팔다	+	-리-	→	팔리다
씻다	+	-기-	→	씻기다

자주 쓰이는 피동사는 다음과 같습니다.
常用的被動詞如下：

이		히		리		기	
놓다 放	놓이다 擱置	닫다 關	닫히다 被關	걸다 掛	걸리다 被掛住	끊다 斷	끊기다 被切、剪斷
바꾸다 換	바뀌다 被換	읽다 讀	읽히다 被讀	듣다 聽	들리다 被聽見	안다 抱	안기다 被抱
보다 看	보이다 被看見	막다 塞	막히다 被塞住	열다 開	열리다 被打開	쫓다 追逐	쫓기다 被追趕
쓰다 用	쓰이다 被使用	잡다 抓	잡히다 被抓	팔다 賣	팔리다 被賣	찢다 撕	찢기다 被撕碎
잠그다 鎖	잠기다 被鎖住	먹다 吃	먹히다 被吃掉	밀다 推	밀리다 被推	씻다 洗	씻기다 被洗

단어 피동은 다음과 같은 형태로 사용됩니다. 즉, 오른쪽에 있는 능동형이 피동형이 되면 왼쪽에 있는 문장의 형태로 바뀌게 됩니다.
詞彙被動以下列形態使用。意即右側的主動形若改為被動形，則改成左側句子的形態。

(1)

被動	←	主動
N2이/가 N1에게 V + −이/히/리/기−	←	(N1이/가 N2을/를 V)
• 범인이 경찰에게 잡**혔어요.** 犯人被警察抓住了。	←	(경찰이 범인을 잡**았어요.**) 警察抓住了犯人。
• 쥐가 고양이에게 쫓**기고 있어요.** 老鼠被貓追逐著。	←	(고양이가 쥐를 쫓**고 있어요.**) 貓在追老鼠。

이 형태로 많이 쓸 수 있는 동사는 '쫓기다', '먹히다', '잡히다', '안기다', '읽히다' 등이 있습니다.
這種形態的常用動詞有「쫓기다」、「먹히다」、「잡히다」、「안기다」和「읽히다」等。

(2)

被動	←	主動
N이/가 V + -이/히/리/기-	←	(N을/를 V)
• 시끄러운 음악이 들려요. 吵雜的音樂傳來。	←	(시끄러운 음악을 들어요.) 聽吵雜的音樂。
• 제 전화번호가 바뀌었어요. 我的電話號碼換了。	←	(제가 전화번호를 바꿨어요.) 我換電話號碼了。

이 형태로 많이 쓸 수 있는 동사는 '들리다', '보이다', '바뀌다', '막히다', '팔리다', '풀리다', '끊기다', '열리다', '잠기다', '닫히다' 등이 있습니다.

這種形態的常用動詞有「들리다」、「보이다」、「바뀌다」、「막히다」、「팔리다」、「풀리다」、「끊기다」、「열리다」、「잠기다」和「닫히다」等。

(3)

被動	←	主動
N_2이/가 N_1에 V + -이/히/리/기- + -아/어 있다	←	(N_1에 N_2을/를 V)
• 시계가 벽에 걸려 있어요. 時鐘被掛在牆上。	←	(벽에 시계를 걸었어요.) 把時鐘掛在牆上。
• 가방이 책상 위에 놓여 있어요. 書包被擺在書桌上。	←	(책상 위에 가방을 놓았어요.) 把書包放在書桌上。

이 형태로 많이 쓸 수 있는 동사는 '쓰이다', '놓이다', '쌓이다', '걸리다', '꽂히다' 등이 있습니다.

這種形態的常用動詞有「쓰이다」、「놓이다」、「쌓이다」、「걸리다」和「꽂히다」等。

會話練習！

069.mp3

1 가 요즘 무슨 책이 인기가 많아요?

나 이 책이 사람들에게 많이 읽히는 것 같아요.

요즘 무슨 책이 인기가 많다	이 책이 사람들에게 많이 읽히다
친구가 왜 전화를 끊었다	지하철 안이라서 전화가 끊겼다
동생이 왜 울다	동생이 형에게 장난감을 빼앗겼다

2 가 지난번에 우리가 같이 찍은 사진이 어디에 있어요?

나 제 방 벽에 걸려 있어요.

지난번에 우리가 같이 찍은 사진	벽에 걸리다
새로 산 컴퓨터	책상 위에 놓이다
지난번에 받은 책	책장에 꽂히다

實戰練習！

1 請看下圖，並用被動句完成對話。

(1)

가 발이 아파요?

나 네, 아침에 복잡한 버스 안에서 발이 밟혀서 아파요.

(2)

가 왜 그렇게 짜증이 났어요?

나 옆집에서 음악 소리가 너무 크게 ________________ 공부를 할 수가 없어요.

(3)

가 교실의 창문이 ________________ 추운 것 같아요.

나 그럼, 제가 창문을 닫을게요.

2 仿照範例，找出適合的單字，將對話改成被動句。

보기	잠그다	쓰다	걸다	막다	풀다	보다

(1) 가 왜 집에 안 들어가고 있어요?

나 문이 잠겨 있어요. 지금 열쇠가 없어서 엄마를 기다리고 있어요.

(2) 가 민수 씨, 운동화 끈이 ________________.

나 고마워요. 다시 묶어야겠어요.

(3) 가 저기 벽에 ____________ 있는 사진은 누구 사진이에요?

나 고향에 계신 부모님 사진이에요.

(4) 가 퇴근 시간도 아닌데 왜 이렇게 길이 ________________?

나 저쪽에서 공사를 하고 있는 것 같아요.

(5) 가 칠판에 무엇이 ____________ 있어요?

오늘 안경을 안 가지고 와서 안 ________________.

나 오늘 배울 문법이에요. 이따가 제 공책을 보여 줄게요.

02 –아/어지다

가 우리 반 친구들하고 언제 식사할까요?
什麼時候和我們班同學們吃飯啊？

나 저는 아무 때나 괜찮아요. 약속이 정해지면 알려 주세요.
我什麼時候都可以，約好後請告訴我。

가 왜 그렇게 힘들게 쓰고 있어요?
為什麼寫得那麼用力啊？

나 볼펜이 안 좋은 것 같아요. 글씨가 잘 안 써져요.
原子筆好像不太好，字有點寫不出來。

文法重點！

이 표현도 단어 피동처럼 주어의 행동이 다른 사람의 행동 때문에 이루어지거나 주어가 직접 한 것이 아니라 다른 일이나 사람 때문에 그런 상황이 됐을 때 사용합니다. 피동을 만드는 '–이/히/리/기–'가 붙지 않는 동사에 붙여서 사용합니다.

此文法也跟詞彙被動一樣，用在主語的行動是因為他人行動所致；或並非主語親自做的，是因為其他事情或人而處於那樣的狀況。用於不接轉換為被動「–이/히/리/기」等接詞的動詞後面。

–아/어지다				
V	過去	–아/어졌어요	켜다 쓰다	켜졌어요 써졌어요
	現在	–아/어져요	켜다 쓰다	켜져요 써져요
	未來 / 推測	–아/어질 거예요	켜다 쓰다	켜질 거예요 써질 거예요

- 휴대전화가 안 **켜져요**. 고장이 난 것 같아요.
  手機無法開機，好像壞掉了。
- 커피가 다 **쏟아져서** 가방에 얼룩이 생겼어요.
  咖啡全灑出來了，書包上畫出了迷彩。
- 어젯밤에 제가 컴퓨터를 안 끄고 잤는데 아침에 일어나니까 **꺼져 있었어요**.
  昨天晚上我沒關電腦就睡了，早上起來發現已經關機了。

深入瞭解！

1 능동형에 '–아/어지다'가 붙으면 다음과 같은 형태가 됩니다.

若在主動形後接「–아/어지다」，就成下列形態：

被動	←	主動
N이/가 V + –아/어지다	←	(N을/를 V)
음료수가 쏟아졌어요.	←	(음료수를 쏟았어요.)
접시가 깨졌어요.	←	(접시를 깼어요.)

2 이 표현은 '–이/히/리/기–'가 붙지 않는 동사에 사용하지만 요즘에는 '–이/히/리/기–'가 붙는 동사에도 사용하는 경우가 있습니다.

此文法雖僅用於不接「–이/히/리/기」的動詞，但近來有時也會用於可接「–이/히/리/기」的動詞上。

- 전화를 끊었어요. → 전화가 끊겼어요. / 끊어졌어요.
  電話斷了。
- 공책에 글씨를 썼어요. → 공책에 글씨가 쓰여 있어요. / 써져 있어요.
  筆記本上寫著字。

3 형용사 뒤에 '–아/어지다'를 쓰면 상태의 변화를 나타냅니다. 이것은 초급 단계에서 배웠으므로 참고하시기 바랍니다.

形容詞後如果接「–아/어지다」，表示狀態的變化。這一部分在初級階段學過，請參考。

- 미나 씨가 정말 예뻐졌어요.
  美娜真的變漂亮了。
- 청소를 해서 방이 깨끗해졌어요.
  打掃後房間變清爽了。

會話練習！

071.mp3

1 가 휴대전화가 어떻게 고장이 났어요?

나 버튼이 안 눌러져요.

버튼을 안 누르다
전원을 안 켜다
떨어뜨려서 액정을 깼다

2 가 누가 유리창을 깼어요?

나 잘 모르겠어요. 아침에 보니까 깨져 있었어요.

유리창을 깨다	아침에 보니까 깨다
냉장고를 고치다	집에 돌아와 보니 고치다
에어컨을 켜다	교실에 들어오니까 켜다

實戰練習！

1 請用「–아/어지다」完成下列對話。

(1) 가 이 옷에 얼룩이 묻었어요. (안 지우다)
나 세탁소에 맡겼는데 안 지워졌어요.

(2) 가 왜 그렇게 놀란 표정이에요? (깨다)
나 유리창이 ________________ 다칠 뻔했어요.

(3) 가 날씨가 너무 추우니까 빨리 봄이 오면 좋겠어요. (기다리다)
나 저도 봄이 ________________. 봄이 되면 예쁜 꽃도 보고 싶어요.

2 請用「–아/어지다」完成下列對話。

(1) 가 왜 자꾸 다시 물어봐요? (사실을 안 믿다)
나 수미 씨가 결혼한다는 사실이 안 믿어져요.

(2) 가 여름휴가 때 여행을 같이 갈까요? (돈이 없어서 망설이다)
나 저도 가고 싶지만 ________________________.

(3) 가 운전 중에 전화를 받으면 안 되는 법이 있지요? (법을 잘 안 지키다)
나 네, 하지만 ________________________.

03 -게 되다

072.mp3

가 자야 씨가 입원했다면서요?
聽說札雅住院了？

나 며칠 전에 교통사고가 나서 입원하게 **되었어요.**
她幾天前發生車禍而住院了。

가 요즘에 남편하고 사이가 좋아졌어요?
最近和丈夫的關係變好了嗎？

나 네, 서로 이야기를 많이 한 후에 서로 잘 이해하게 **되었어요.**
是啊，我們談了很多話之後，就相互理解了。

文法重點！

이 문법도 피동을 표현할 때 사용되는데 어떤 일이 주어의 의지와 관계 없이 일어날 때 사용합니다.
此文法也用來表被動，用於某件事情的發生與主語的意志無關時。

-게 되다				
V	過去	-게 되었어요	가다 먹다	가게 되었어요 먹게 되었어요
	現在	-게 돼요	가다 먹다	가게 돼요 먹게 돼요
	未來 / 推測	-게 될 거예요	가다 먹다	가게 될 거예요 먹게 될 거예요

- 한국으로 유학을 와서 작년부터 서울에 살게 **되었어요.**
  來韓國留學，從去年開始（因故而）住在首爾。
- 친구가 이 가게를 좋아하니까 저도 자주 오게 **돼요.**
  因為朋友喜歡這家店，所以我也常來。
- 다음 학기에 친구들이 모두 고향으로 돌아가고 저만 혼자 한국에 남게 **될 것 같아요.**
  下個學期朋友們全都回故鄉，變得好像只有我一個人留在韓國。

深入瞭解！

1 이 표현은 현재 이루어진 일이나 결정된 일에 대해서는 과거 형태인 '-게 되었어요'를 많이 사용합니다. '-게 되었어요'는 줄여서 '-게 됐어요'로 사용하기도 합니다.

此文法對現在已實現的事或已決定的事，經常使用過去時制的「-게 되었어요」。「-게 되었어요」也縮寫為「-게 됐어요」。

- 회사 사정이 안 좋아서 이번 달에 회사를 그만두게 되었어요.
  公司的狀況不好，所以這個月被公司裁員了。

2 이 표현은 자신에게 일어난 일을 직설적이지 않게 부드럽게 표현하고 싶을 때 사용하기도 합니다. 이렇게 말하면 말하거나 들을 때 직설적으로 표현할 때보다 편안함을 줄 수 있습니다.

此文法也用於想委婉而非直言不諱的表達發生在自己身上的事。這樣說在表達或聽取時，比直接陳述更讓人覺得舒適。

- 이번 학기에는 제가 장학금을 받게 되었습니다. 這學期我得以拿到獎學金了。
  : 이것은 '장학금을 받았습니다.'보다 부드럽게 표현한 것입니다.
  這是比「장학금을 받았습니다.」委婉的表達方式。

3 이 표현은 '변화의 결과'를 나타낼 때도 사용합니다.

此文法還用於表達「變化的結果」。

- 옛날에는 축구를 안 좋아했는데 남자 친구와 자주 보다 보니 좋아하게 되었어요.
  我以前本來不喜歡足球，不過經常跟男朋友一起看，就變得喜歡了。
- 친구들과 노래방에 가서 자주 연습하니까 노래를 잘하게 되었어요.
  因為經常和朋友們一起去KTV練歌，而變得會唱了。

會話練習！

073.mp3

1 가 한국에 왜 왔어요?
나 교환학생으로 뽑혀서 한국에 오게 되었어요.

한국에 왜 오다	교환학생으로 뽑혀서 한국에 오다
철수 씨가 어느 회사에 취직하다	다음 달부터 무역 회사에서 일하다
지금 살고 있는 하숙집을 어떻게 찾다	친구의 소개로 찾다

2 가 부산으로 이사를 갈 거예요?
나 네, 남편 직장 때문에 가게 되었어요.

Tip
장사가 안 되다
生意不好

부산으로 이사를 가다	남편 직장 때문에 가다
가게 문을 닫다	장사가 잘 안 돼서 문을 닫다
다음 달에 전시회를 열다	친구들이 도와준 덕분에 열다

實戰練習！

1 請用「-게 되다」完成下列對話。

(1) 가 처음부터 혼자 살았어요?
나 지난달에 같이 살던 친구가 이사를 가서 혼자 살게 되었어요.

(2) 가 어떻게 남자 친구를 만났어요?
나 한국에 먼저 온 친구의 소개로 ____________________.

(3) 가 왜 그 전공을 선택했어요?
나 아버지가 하라고 하셔서 ____________________.

(4) 가 뚜완 씨는 요리를 자주 하는 것 같아요.
나 한국에 와서 혼자 사니까 요리를 자주 ____________________.

(5) 가 영미 씨를 어떻게 알아요?
나 지난 학기에 같은 수업을 들어서 ____________________.

2 仿照範例，找出適合的單字，並用「-게 되다」完成句子。

보기	옮기다	사랑하다	잃다	일하다	갖다

진수 씨는 회사가 너무 멀어서 집에서 가까운 곳으로 (1)옮기게 되었지만 새 회사가 마음에 들지 않았습니다. 그래서 점점 일하는 것에 흥미를 (2)____________________. 그러던 중 어느 날부터 같이 일하는 영아 씨에게 관심을 (3)____________________. 마침내 두 사람은 서로 (4)____________________. 두 사람은 서로 사랑하면서 열심히 (5)____________________. 결국 일에 흥미가 없던 진수 씨는 자기가 하는 일을 좋아하게 되었습니다.

單元9 總複習！

1 請選擇可以替換下列畫線部分的選項。

엘리베이터 안이라서 전화가 끊어졌어요.

① 전화를 끊었어요
② 전화가 끊겼어요
③ 전화가 안 왔어요
④ 전화를 못 받았어요

〔2～3〕 請選擇可以放入下列畫線部分的選項。

2

가 발을 다쳤어요?
나 네, 아침에 버스 안이 복잡해서 다른 사람에게 ____________________.

① 밟았어요
② 밟혔어요
③ 밟혀졌어요
④ 밟은 것 같아요

3

가 서울로 이사 가신다면서요?
나 네, 아이들 공부 때문에 ____________________.

① 이사 가도록 해요
② 이사 가게 되었어요
③ 이사 갈 줄 알았어요
④ 이사 가려던 참이에요

4 請選擇下列畫線部分意義不同的選項。

① 한국에 와서 많이 먹는 바람에 뚱뚱해졌어요.
② 날씨가 너무 추우니까 따뜻한 봄이 기다려져요.
③ 유학을 가고 싶지만 돈이 없어서 자꾸 망설여져요.
④ 드라마의 감동스러운 장면을 보고 눈물이 쏟아졌어요.

5 請選擇下列畫線部分正確的選項。

① 동생이 과자를 먹혀 있어요.
② 바람이 불어서 문이 닫게 되었어요.
③ 운동화의 끈이 풀어져서 다시 묶었어요.
④ 저는 한국에 온 후에 처음으로 외국에서 살아졌어요.

6 請選擇下列畫線部分錯誤的選項。

① 벽에 시계가 걸려 있어요.
② 책장에 책이 꽂쳐 있어요.
③ 책상 위에 가방이 놓여 있어요.
④ 책상 정리를 못해서 책이 쌓여 있어요.

사동을 나타낼 때
表示使動時

본 장에서는 사동 표현에 대해 배웁니다. 사동 표현은 초급 단계에서는 배우지 않고 중급에서 처음 나오는 것입니다. 앞 장에 나오는 피동과 함께 한국 사람이 많이 사용하는 표현이지만 외국인들은 많이 틀리는 문법입니다. 또한 어떤 언어는 능동과 사동의 형태가 같은 경우도 많아서 사용할 때 헷갈리는 사람들이 많습니다. 사동은 형용사와 동사에 '-이/히/리/기/우/추-'를 붙여서 만들거나 동사에 '-게 하다'를 붙여서 만듭니다. 형용사와 동사에 '-이/히/리/기/우/추-'를 붙일 때는 모든 형용사와 동사에 다 사용할 수 있는 것은 아니기 때문에 반드시 사동사를 다 외워야 할 것입니다.

本單元我們學習表示使動態的文法。使動態在初級階段不學，而是在進階階段才首次出現，這是因為使動態和前一單元學到的被動態一樣，雖然是韓國人常用的表現形式，但是對於外國人來說是較易錯誤的文法。而且有些話語的主動和使動是一樣的形態，所以使用時混淆的人很多。使動態是在形容詞和動詞後接「-이/히/리/기/우/추-」，或在動詞後接「-게 하다」而成的。由於不是所有的形容詞和動詞後都可以接「-이/히/리/기/우/추-」，所以使動詞一定要全部背下來。

01 단어 사동 (–이/히/리/기/우/추–)

074.mp3

가 진주가 왜 울어요?
珍珠怎麼在哭？

나 오빠가 진주를 울렸거든요.
哥哥把珍珠惹哭了。

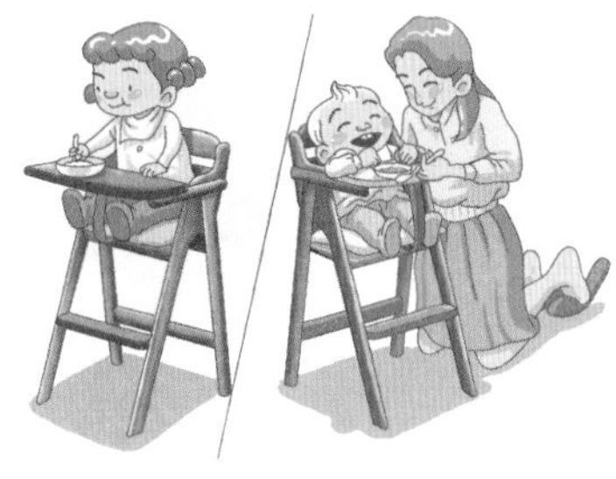

가 아기가 밥을 먹습니다.
孩子吃飯。

나 어머니가 아기에게 밥을 먹입니다.
媽媽餵孩子吃飯。

文法重點！

이 표현은 문장의 주어가 사람이나 동물, 사물 등에 어떤 행동을 하게 하거나 어떤 상태에 이르도록 하는 것을 의미합니다. 일부 동사와 형용사 어간에 '–이/히/리/기/우/추–'를 붙여서 만듭니다.
此文法意味著句子主語讓人、動物、事物等做某種行動或到達某種狀態。用法為在部分動詞或形容詞語幹接「–이/히/리/기/우/추–」。

動詞	+	–이/히/리/기/우/추–	→	使動詞
먹다	+	–이–	→	먹이다
앉다	+	–히–	→	앉히다
울다	+	–리–	→	울리다
웃다	+	–기–	→	웃기다
깨다	+	–우–	→	깨우다
늦다	+	–추–	→	늦추다

자주 쓰이는 사동사는 다음과 같습니다.
常用的使動詞如下：

이		히		리		기		우		추	
먹다 吃	먹이다 餵	읽다 讀	읽히다 使之讀	알다 知道	알리다 告訴	웃다 笑	웃기다 逗笑	깨다 醒	깨우다 叫醒	늦다 晚	늦추다 推遲
죽다 死	죽이다 殺死	앉다 坐	앉히다 安置坐下	살다 活	살리다 救活	맡다 承擔	맡기다 委託	자다 睡	재우다 哄睡	낮다 低	낮추다 降低
보다 看	보이다 展示	눕다 躺	눕히다 使躺下	울다 哭	울리다 惹哭	벗다 脫	벗기다 扒下、剝	타다 燒 (搭乘)	태우다 燒掉 (搭載)		
속다 上當、被騙	속이다 騙人	입다 穿	입히다 使穿上、鑲	듣다 聽	들리다 使聽到	씻다 洗	씻기다 使洗	서다 站立	세우다 樹立、建立、使停		
녹다 融化	녹이다 使融化	익다 熟	익히다 煮熟、練習	걷다 掛	걸리다 使掛住	굶다 餓	굶기다 讓餓著	쓰다 戴	씌우다 蓋上、蒙上		
끓다 沸	끓이다 煮沸	맞다 正確	맞히다 猜	놀다 玩	놀리다 逗弄、耍弄、揶揄	감다 洗頭	감기다 使洗頭				
붙다 貼	붙이다 使黏貼	넓다 寬	넓히다 使加寬	돌다 轉	돌리다 使轉動	남다 剩	남기다 留下				

사동 표현은 문장을 만들 때 다음과 같은 형태로 만듭니다. 즉, 오른쪽에 있는 능동형의 문장이 사동형이 되면 왼쪽에 있는 문장 형태로 바뀌게 됩니다.
使動態以下列形態造句。意即右側的主動形若為使動形時，就改為左側句子的形態。

(1)

使動	主動
N_2이/가 N_1을/를 V + -이/히/리/기/우/추-	(N_1이/가 自動詞)
• 웨이밍 씨가 자야 씨를 웃겼어요. 魏明把札雅逗笑了。	(자야 씨가 웃고 있어요.) 札雅笑著。
• 엄마가 아이들을 깨웠어요. 媽媽叫醒了孩子們。	(아이들이 깼어요.) 孩子們醒了。
• 수영 씨가 커피를 마시려고 물을 끓이고 있어요. 秀英想喝咖啡正在煮開水。	(물이 끓고 있어요.) 水正在煮著。

(2)

使動	主動
N_3이/가 N_1에게 N_2을/를 V + -이/히/리/기/우/추-	(N_1이/가 N_2을/를 他動詞)
• 소영 씨가 친구들에게 결혼식 사진들을 보여줬어요. 素英給朋友們看結婚典禮的照片。	(친구들이 사진을 봤어요.) 朋友們看了照片。
• 영미 씨가 학생들에게 책을 많이 읽힙니다. 榮美讓學生們讀很多書。	(학생들이 책을 많이 읽어요.) 學生們讀很多書。
• 할아버지가 아이들에게 옛날이야기를 들려주세요. 爺爺講很多以前的故事給孩子們聽。	(아이들이 할아버지의 이야기를 자주 들어요.) 孩子們經常聽爺爺的故事。

(3)

使動	主動
N_2이/가 N_1을/를 A + -이/히/리/기/우/추-	(N_1이/가 形容詞)
• 아이들이 방을 더럽혔습니다. 孩子們把房間弄髒了。	(방이 더럽습니다.) 房間髒。
• 아빠가 의자의 높이를 낮췄습니다. 爸爸降低了椅子的高度。	(의자의 높이가 낮습니다.) 椅子的高度低。

深入瞭解！

1 동사 중에는 피동과 사동 형태가 같은 것이 있는데 문맥에서 구별을 합니다.

動詞中有被動和使動形態相同的詞彙，要從上下文來分辨。

- 이 책은 많은 사람들에게 읽혔습니다. – 피동사（被動詞）
  這本書被很多人讀過。
- 선생님은 영수에게 책을 읽혔습니다. – 사동사（使動詞）
  老師讓永洙讀書。
- 우리 방에서는 바다가 보입니다. – 피동사（被動詞）
  從我們房間大海可被看見。
- 친구에게 남자 친구 사진을 보여 주었습니다. – 사동사（使動詞）
  給朋友看了男朋友的照片。

피동과 사동의 형태가 같은 것 중에 많이 쓰이는 것은 다음과 같습니다.

被動與使動形態相同的詞彙中，經常使用的詞彙如下。

基本動詞	被動詞	使動詞
보다	보이다	보이다
듣다	들리다	들리다
읽다	읽히다	읽히다
씻다	씻기다	씻기다

9장 '피동을 나타낼 때'를 참조하세요.
請參考單元9「表示被動時」。

2 사동과 피동의 형태가 같은 경우이거나 혹은 같지 않은 경우에라도 사동 형태를 분명하게 하고 싶을 때는 '–아/어 주다'를 붙입니다.

不論使動與被動的形態相同與否，當想明確表達使動形態時，接「–아/어 주다」。

- 라라는 더러워진 고양이를 씻겼어요.
  = 라라는 더러워진 고양이를 씻겨 줬어요.
  拉拉給變髒的貓洗澡。
- 엄마는 아이에게 예쁜 구두를 신겼습니다.
  = 엄마는 아이에게 예쁜 구두를 신겨 줬습니다.
  媽媽給孩子穿上漂亮的皮鞋。

會話練習！

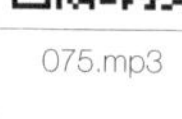

075.mp3

1 가 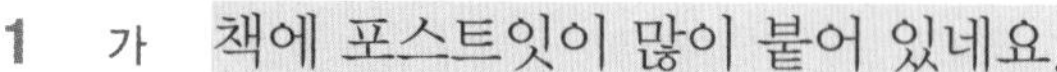
책에 포스트잇이 많이 붙어 있네요.

나 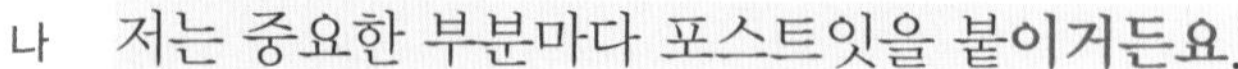
저는 중요한 부분마다 포스트잇을 붙이**거든요**.

Tip
포스트잇
便利貼（post it）

책에 포스트잇이 많이 붙어 있다	저는 중요한 부분마다 포스트잇을 붙이다
주방에서 물이 끓고 있다	커피를 마시고 싶어서 물을 끓이고 있다
아이들이 방에서 자고 있다	엄마가 9시면 아이들을 재우다

2 가 날씨가 정말 추워요.

나 그래요? 그럼 아이에게 따뜻한 옷을 입**혀야겠어요**.

Tip
맡기다
託付、委託

날씨가 정말 춥다	아이에게 따뜻한 옷을 입히다
이 책은 정말 좋은 책이다	우리 아이에게도 읽히다
민영호 씨가 일을 정말 잘하다	이번 일을 그 사람에게 맡기다

實戰練習！

以下是媽媽的一日行程，請看下圖，以使動表達完成句子。

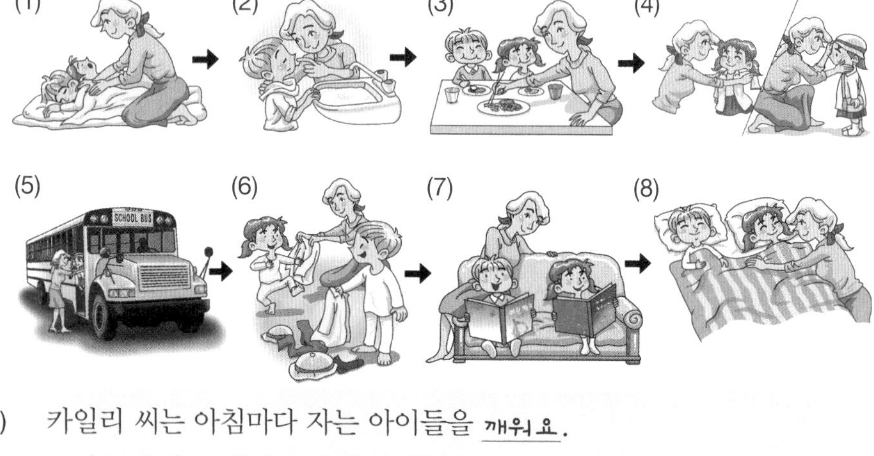

(1) 카일리 씨는 아침마다 자는 아이들을 깨워요.
(2) 그리고 욕실로 데리고 가서 아이들을 ______________.
(3) 아이들에게 밥을 ______________.
(4) 유치원복을 ____________고 모자도 ______________.
(5) 그리고 아이들을 유치원 버스에 ______________.
(6) 아이들이 유치원에서 돌아오면 더러워진 아이들의 옷을 ______________.
(7) 그리고 아이들에게 책을 ______________.
(8) 밤이 되면 자장가를 부르며 아이들을 ______________.

02 –게 하다

076.mp3

가 늦어서 미안해요.
來晚了，對不起。

나 한 시간이나 기다리게 하면 어떻게 해요?
讓人家等一個小時怎麼行啊？

가 자야 씨에게 주려고 산 꽃이에요.
這是為了送給（札雅）妳買的花。

나 정말이요? 양강 씨는 저를 너무 행복하게 해요.
真的嗎？楊剛你讓我感到太幸福了。

文法重點！

1 이 표현은 어떤 사람에게 어떤 행동을 하도록 시킨다는 의미로 동사 다음에 '–게 하다'를 붙여 사용합니다. 자동사일 때는 'N1이/가 N2을/를 V–게 하다'로 사용하고 타동사일 때는 'N1이/가 N2에게 V–게 하다'로 사용합니다.
此文法是使令某人做某行動的意思，以在動詞後接「–게 하다」表示。如果是自動詞以「N1이/가 N2을/를 V–게 하다」形態；如果是他動詞以「N1이/가 N2에게 V–게 하다」形態表示。

–게 하다			
A/V	–게 하다	귀찮다 쉬다	귀찮게 하다 쉬게 하다

- 선생님께서는 학생들을 10분 동안 쉬게 **하셨어요**.
  老師讓學生們休息十分鐘。
- 아버지는 주희에게 손님들 앞에서 피아노를 치게 **하셨어요**.
  爸爸叫珠熙在客人面前彈奏鋼琴。
- 교수님은 학생들에게 금요일까지 숙제를 내게 **하셨어요**.
  教授叫學生們星期五之前交作業。

2 이 표현은 형용사 다음에 '-게 하다'가 오면 그 사람을 어떤 상태가 되게 한다는 의미가 됩니다. 이때는 'N1이/가 N2을/를 A-게 하다'로 사용합니다.

此文法若在形容詞後接「-게 하다」，則表示讓那人處於某種狀態。此時使用「N1이/가 N2을/를 A-게 하다」的形態。

- 마크 씨는 질문을 너무 많이 해서 나를 귀찮**게 해요**.
  馬克問了很多問題，讓我很煩。

- 요즘 저를 우울하**게 하는** 일들이 많이 생겼어요.
  最近發生很多讓我憂鬱的事。

3 이 표현은 어떤 사람이 어떤 행동을 하는 것을 허락하거나 허락하지 않는다는 의미도 있습니다. 이때 '-게 하다'의 '하다'는 '허락하다'의 의미가 됩니다.

此文法也有表示某人允許或不允許做某種行動的意思。此時「-게 하다」的「하다」為許可的意思。

- 어머니는 아이가 하루에 한 시간 동안은 텔레비전을 보**게 해요**.
  媽媽允許孩子一天看一個小時的電視。

- 부모님은 제가 밤늦게 못 나가**게 하셨어요**.
  父母不允許我很晚出去。

深入瞭解！

1 어떤 사람이 어떤 행동을 하지 않게 한다는 의미로 사용할 때는 '못 -게 하다'로 사용합니다.

要以「某人不讓做某行動」的意思使用時，用「못 －게 하다」。

- 혜수 씨는 아이들이 아이스크림을 안 먹게 합니다. (×)
  → 혜수 씨는 아이들이 아이스크림을 못 먹게 합니다. (○)
  惠洙不讓孩子們吃冰淇淋。

- 언니는 전화할 때는 자기 방에 안 들어오게 해요. (×)
  → 언니는 전화할 때는 자기 방에 못 들어오게 해요. (○)
  姐姐打電話時，不讓我進她的房間。

2 '-도록 하다'나 '-게 만들다'도 '-게 하다'와 비슷한 의미로 사용됩니다.

「-도록 하다」、「-게 만들다」也使用和「-게 하다」相近的意思。

- 교수님은 학생들에게 책을 읽어 오게 하셨어요.
  = 교수님은 학생들에게 책을 읽어 오도록 하셨어요.
  教授要學生們把書看完了再來。

- 경민 씨는 아이가 혼자 밖에 못 나가게 했어요.
  = 경민 씨는 아이가 혼자 밖에 못 나가도록 했어요.
  慶敏不讓孩子獨自到外面去。

- 은혜 씨는 나를 웃게 하는 사람이에요.
  = 은혜 씨는 나를 웃게 만드는 사람이에요.
  恩惠是一個能逗我笑的人。

- 그 직원은 아키라 씨가 새 휴대전화를 사게 했어요.
  = 그 직원은 아키라 씨가 새 휴대전화를 사게 만들었어요.
  那個職員促使明良買了新手機。

哪裡不一樣?

동사나 형용사에 '–이/히/리/기/우/추–'를 붙이거나 '–게 하다' 붙여 사동을 만드는 것은 같지만 다음과 같은 차이가 있습니다.

在動詞、形容詞後接「–이/히/리/기/우/추」或「–게 하다」雖都一樣令其為使動形，但有如下的差異。

–이, 히, 리, 기, 우, 추–	–게 하다
(1) '이, 히, 리, 기, 우, 추'는 일부 단어에만 사용됩니다. 「이, 히, 리, 기, 우, 추」只能接在部分詞彙之後。 운전하다 – 운전하이다 (×) 운전하게 하다 (○)	(1) '–게 하다'는 모든 단어에 사용될 수 있습니다. 「–게 하다」適用於所有詞彙。 운전하다 – 운전하게 하다 (○) 입다 – 입게 하다 (○) 입히다 (○)
(2) 문장의 주어가 손을 움직이거나 해서 주어가 직접적인 동작을 한다는 것을 나타냅니다. 句子的主語動手，表示主語親自做該動作。  • 엄마는 아이를 씻겼어요. 媽媽為孩子洗臉。 → 엄마가 손을 움직여서 아이를 씻기는 직접적인 동작을 합니다. 媽媽動手親自做出為孩子洗臉的動作。	(2) 문장의 주어가 말을 해서 그 사람이 행동을 하도록 하는 것으로 주어가 직접 관계하는 것은 아닙니다. 句子的主語用言語讓那個人做某行動，而主語沒有親自參與該行為。  • 엄마는 아이를 씻게 했어요. 媽媽要孩子洗臉。 → 엄마는 움직이지 않고 아이에게 말을 하여 아이가 씻는 행동을 하게 합니다. 직접적으로 관여하지 않습니다. 媽媽沒動手，而是用語言指使孩子做洗臉的行動，沒有親自參與。

會話練習！

077.mp3

1 가 왜 요즘 조엘 씨를 안 만나요?

나 항상 약속 시간을 안 지켜서 저를 화나게 하거든요.

> **Tip**
> 짜증나다 煩心
> 당황스럽다 慌張

항상 약속 시간을 안 지켜서 저를 화나다
너무 부탁을 많이 해서 저를 짜증나다
개인적인 질문을 많이 해서 저를 당황스럽다

2 가 아이가 몸이 약해서 걱정이에요. 어떻게 하면 좋을까요?

나 음식을 골고루 먹게 하세요. 그럼 건강해질 거예요.

> **Tip**
> 골고루 均勻地
> 덜 少、不夠
> 가까이서 近處

몸이 약하다	음식을 골고루 먹다 / 건강해지다
컴퓨터게임을 너무 많이 하다	밖에 나가서 놀다 / 컴퓨터게임을 덜 하다
요즘 눈이 나빠지다	텔레비전을 가까이서 못 보다 / 눈이 더 나빠지지 않다

實戰練習！

馬克的家人和朋友要他做什麼事情？不要做什麼事情？請看下圖，並用「-게 하다」完成句子。

(1)  운동을 열심히 해~

아버지는 아침마다 마크 씨가 운동을 하게 하십니다.

(2)  Happy Birthday 행복해.

친구들은 마크 씨를 ______________________.

(3)  술 마시면 안 돼.

아버지는 마크 씨가 ______________________.

(4)  혼자 여행 가지 마!

어머니는 마크 씨가 ______________________.

(5)  한국말로 이야기 하세요. Do you have...?

선생님은 마크 씨가 ______________________.

(6)  내 옷 입으면 안 돼!

형은 마크 씨가 ______________________.

(7)  일찍 일어나.

동생은 마크 씨를 ______________________.

(8)  기분이 좋아요.

웨이밍 씨는 마크 씨를 ______________________.

單元10 總複習！

〔1～5〕 **仿照範例，找出適合的單字，搭配「-이/히/리/기/우/추-」或「-게 하다」來完成對話。**

보기	익다	녹다	운동하다	죽다	마시다

1 가 저녁에 생선구이를 먹으면 좋겠어요.

나 그래요? 그럼 냉동실에서 생선을 꺼내 녹여야겠어요.
-아/어야겠어요

2 가 고기가 다 익었어요?

나 아니요, 아직 덜 익었어요. 고기를 조금 더 ____________.
-아/어야 할 것 같아요

3 가 모기가 너무 많네요.

나 이 약으로 모기를 좀 ____________.
-(으)세요

4 가 아이가 요즘 살이 너무 쪘어요.

나 그럼 밖에 나가서 ____________.
-(으)세요

5 가 날씨가 너무 더워서 학생들이 땀을 많이 흘려요.

나 그럼, 학생들이 물을 자주 ____________.
-는 게 좋겠어요

〔6～7〕 **請選擇正確的選項。**

6 ① 아버지는 제가 못 운전하게 하세요.
② 제니 씨는 아이들이 게임을 안 하게 해요.
③ 호영 씨는 욕실을 고쳐서 따뜻한 물이 나오게 했어요.
④ 작년에 다니던 회사에서는 직원들을 항상 밤늦게까지 일했게 해요.

7 ① 배가 고프면 라면을 끓여 줄까요?
② 선생님이 학생들에게 책을 읽었습니다.
③ 아이가 어려서 엄마는 아이에게 밥을 먹습니다.
④ 그 영화가 너무 재미있어서 저는 영화 보는 동안 계속 웃겼습니다.

조건을 나타낼 때
表示條件時

본 장에서는 조건을 나타낼 때 사용하는 표현에 대해서 배웁니다. 초급 단계에서는 조건을 나타내는 문법과 표현으로 '-(으)면', '-(으)려면'을 배웠습니다. 조건은 가정을 나타내는 표현과 조금 헷갈릴 수 있으므로 유의해서 공부하시기 바랍니다.

本單元我們學習表示條件的文法。在初級階段我們曾學習過表條件的「-(으)면」、「-(으)려면」，由於表條件和表假設的文法很容易混淆，所以學習時要格外注意。

01 -아/어야

078.mp3

가 문병 와 줘서 고마워. 아프니까 너무 힘든 것 같아. 빨리 농구도 다시 하고 싶고.
謝謝妳來探病，生病實在不好受，真想早點回去打打籃球。

나 그러니까 빨리 나아. 건강**해야** 무슨 일이든지 할 수 있지.
所以你要快點好起來啊，只要健康，什麼事都能做。

가 한국말을 공부할 시간이 부족해서 너무 걱정이에요. 그래도 공부를 계속해야겠지요?
學習韓語的時間太少，很是擔心，即使如此也得繼續學習吧？

나 그럼요. 한국말을 잘**해야** 한국에서 살기가 편하니까요.
當然了，學好韓語，在韓國生活才會方便。

文法重點！

이 표현은 선행절이 후행절의 상황이 이루어지는 데 꼭 필요한 조건임을 나타냅니다.
此文法表示前子句是後子句狀況達成的必要條件。

-아/어야				
肯定	A	-아/어야	크다 작다	커야 작아야
	V	-아/어야	가다 먹다	가야 먹어야
	N이다	여야 이어야	가수이다 외국인이다	가수여야 외국인이어야

否定	A	–지 않아야	크다 작다	크지 않아야 작지 않아야
	V	–지 말아야	가다 먹다	가지 말아야 먹지 말아야
	N이다	이/가 아니어야	가수이다 외국인이다	가수가 아니어야 외국인이 아니어야

- 2호선을 타고 가다가 시청역에서 1호선으로 갈아**타야** 빨리 갈 수 있습니다.
  先搭二號線，然後在市廳站轉乘一號線，這樣才能快點到。
- 이번 연구 결과가 **좋아야** 계속해서 다른 연구를 할 수 있어요.
  這次的研究必須要有好結果，才有辦法繼續進行其他研究。
- 수학을 전공한 사람**이어야** 그 문제를 풀 수 있을 거예요.
  只有專攻數學的人才有可能解開那個問題。

深入瞭解！

1 '–아/어야'를 강조해서 표현하고 싶을 때는 '–지'를 붙여 '–아/어야지'나 '만'을 붙여 '–아/어야만'으로 사용하기도 합니다. 그러나 '–아/어야지'는 주로 입말에서 많이 사용하고 '–아/어야만'은 발표문이나 보고서에서 주로 사용합니다.

若要強調「–아/어야」時接「–지」而為「–아/어야지」，或是接「만」而為「–아/어야만」。不過「–아/어야지」多用於口語，「–아/어야만」主要用在發表文章或報告書。

- 연습을 많이 해야 발음이 좋아집니다.
  = 연습을 많이 해야지 발음이 좋아집니다.
  = 연습을 많이 해야만 발음이 좋아집니다.
  要多練習，發音才會進步。

2 이 표현은 후행절에 청유형과 명령형은 사용하지 않습니다.

此文法的後子句不使用建議形和命令形。

- 한국 텔레비전을 자주 봐야 듣기를 잘하게 되십시오. (×)
  한국 텔레비전을 자주 봐야 듣기를 잘하게 됩시다. (×)
  → 한국 텔레비전을 자주 봐야 듣기를 잘하게 될 거예요. (○)
  要多看韓國電視，聽力才會進步。

3 이 표현은 조건을 표현하기 때문에 후행절에는 과거형이 올 수 없습니다.

因為此文法表示的是條件，所以後子句中不能接過去時制。

- 자주 만나야 정이 들었어요. (×)
  → 자주 만나야 정이 들어요. (○)
  要常見面才會有感情。

4 '이어야/여야'는 '이라야/라야'로 '이/가 아니어야'는 '이/가 아니라야'로 바꿔 쓸 수 있습니다.

「이어야/여야」可以改為「이라야/라야」；「이/가 아니어야」可以改為「이/가 아니라야」使用。

- 우리 학교 학생이어야 이 사이트에 가입할 수 있습니다.
  =우리 학교 학생이라야 이 사이트에 가입할 수 있습니다.
  只有我們學校的學生才能加入這個網站。

5 이 표현은 선행절에 어떤 것을 해도 후행절의 결과는 아무 소용이 없게 됨을 말할 때 사용하기도 합니다. '아무리 –아/어도, –아/어 봤자'와 같은 뜻으로 사용합니다.

此文法也可以用於表示無論前子句怎麼做，對後子句的結果都不會有任何影響時。意義與「아무리 –아/어도, –아/어 봤자」相同。

- 아무리 이야기해야 친구는 듣지 않을 것이다.
  =아무리 이야기해도 친구는 듣지 않을 것이다.
  不管怎麼說，朋友都不會聽的。
- 지금 서둘러야 9시 비행기를 타기는 어려울 거예요.
  =지금 서둘러 봤자 9시 비행기를 타기는 어려울 거예요.
  現在再怎麼趕，也很難搭上九點的飛機。

會話練習！

079.mp3

1 가 손님들을 많이 오게 하려면 어떻게 해야 해요?
나 무엇보다도 음식이 맛있어야 손님이 많이 와요.

손님들을 많이 오게 하다	무엇보다도 음식이 맛있다 / 손님이 많이 오다
할인을 받다	회원 가입을 하다 / 할인을 받다
다리 부러진 것이 빨리 낫다	움직이지 말고 푹 쉬다 / 빨리 낫다

Tip
논문 論文
제출하다 提出
송금하다 匯款

2 가 그 일은 어떤 사람이 맡을 수 있어요?
나 영어를 잘해야 맡을 수 있어요.

그 일은 어떤 사람이 맡을 수 있다	영어를 잘하다 / 맡을 수 있다
마크 씨는 언제 졸업을 하다	논문을 다 써서 제출하다 / 졸업할 수 있다
물건은 언제 보내 주다	먼저 돈을 송금하다 / 물건을 보내 주다

實戰練習！

1 請用「-아/어야」完成下列對話。

(1) 가 왜 민수 씨하고 같이 일을 안 하세요? (마음이 맞다)
나 마음이 맞아야 같이 일을 하지요.

(2) 가 진수 씨와 친해지기가 참 어려운 것 같아요. (이야기를 많이 하다)
나 ______________ 친해질 수 있으니까 이야기를 많이 하도록 하세요.

(3) 가 이 옷은 어떠세요? (조금 더 작다)
나 ______________ 우리 아이가 입을 수 있을 것 같아요.

(4) 가 저 회사 사장님은 정말 까다로운 분인데 꼭 협상을 해야 할까요? (협상을 하다)
나 그럼요. ______________ 더 좋은 조건으로 계약할 수 있어요.

(5) 가 언제 빌린 돈을 갚을 수 있어요? (이번 달 월급을 타다)
나 죄송합니다. ______________ 갚을 수 있을 것 같습니다.

2 請用「-지 않아야, -지 말아야」完成下列對話。

(1) 가 장학금을 받으려면 어떻게 해야 되지요? (학교에 결석하다)
나 학교에 결석하지 말아야 장학금을 받을 수 있습니다.

(2) 가 우리 학교 야구팀이 이번 대회에서 우승을 할 수 있을까요? (지원을 아끼다)
나 선수들에 대한 ______________ 열심히 연습해서 우승할 수 있을 겁니다.

(3) 가 밤마다 라면을 먹었더니 살이 찐 것 같아요. (라면을 먹다)
나 ______________ 몸매를 유지할 수 있어요.

(4) 가 이 음식을 아이들도 먹을 수 있을까요? (맵다)
나 ______________ 아이들도 먹을 수 있는데 이건 좀 맵군요.

(5) 가 내일 예정대로 여행을 갈 거지요? (춥다)
나 네, 하지만 ______________ 되는데 일기예보에서 춥다고 해서 걱정이에요.

02 -거든

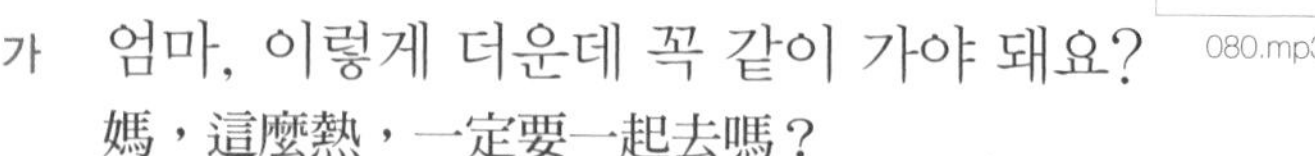

가 엄마, 이렇게 더운데 꼭 같이 가야 돼요?
媽，這麼熱，一定要一起去嗎？

나 가기 싫**거든** 안 가도 돼. 나 혼자 다녀올게.
不想去的話，不去也行，我自己去一趟。

가 여보, 이 옷 어때요? 저에게 안 어울리는 것 같지요?
老公，這件衣服怎麼樣？好像不太適合我吧？

나 이 옷이 마음에 안 들**거든** 다른 가게에 가 봅시다.
這件衣服不滿意的話，就去別家店看看吧。

文法重點！

이 표현은 '선행절의 어떤 일이 사실로 실현되면'의 뜻을 나타냅니다. 보통 입말에서 사용합니다.
此文法表示「假如前子句的某件事情實現的話」。通常用於口語。

-거든			
A/V	-거든	크다 먹다	크거든 먹거든
N이다	(이)거든	주부이다 선생님이다	주부거든 선생님이거든

- 바쁘지 않**거든** 잠깐 만납시다.
  假如不忙的話，稍微見個面吧。
- 할 말이 있**거든** 오늘 일이 끝난 후에 하세요.
  如果有要說的話，今天工作結束後再說吧。
- 벚꽃이 피**거든** 여의도에 꽃구경을 하러 가요.
  假如櫻花開了，就去汝矣島賞花吧。

- 그 사람이 친한 친구거든 여행을 같이 가자고 해.
  如果那個人是好朋友的話，就找他一起去旅行吧。

深入瞭解！

이 표현은 후행절에 명령형이나 청유형, 의지나 추측을 나타내는 '–겠–', '–(으)ㄹ 것이다', '–(으)려고 하다'를 써야 자연스럽습니다.

此文法若後子句接建議形或命令形，須使用表意志或推測的「–겠–」、「–(으)ㄹ 것이다」、「–(으)려고 하다」句子才會自然。

- 고향에 도착하거든 전화합니다. (×)
  → 고향에 도착하거든 전화하세요. (○) 抵達家鄉的話，請打電話。
- 방학을 하거든 배낭여행을 가겠어요. (○) 放假的話，要去背包旅行。
- 민우 씨에게 어려운 일이 생기거든 언제든지 도와줄게요. (○)
  如果珉宇你有困難的話，無論何時我都會幫你。
- 웨이밍 씨가 오거든 출발하려고 합니다. 조금만 기다려 주세요. (○)
  魏明來的話就要出發了，請稍等一下。

哪裡不一樣？

문장 중간에 사용하는 '–거든'과 문장의 끝에 사용하는 '–거든(요)'는 형태는 비슷하지만 의미는 아주 다릅니다.

在句子中間使用的「–거든」和在句尾使用的「–거든(요)」雖然形態相似，但意義上卻大不相同。

–거든	–거든(요)
(1) 문장 중간에 사용합니다. 用在句子中間。	(1) 문장 끝에 사용합니다. 用在句尾。
(2) 조건을 나타냅니다. 表示條件。 • 배가 고프지 않거든 30분만 기다려 주세요. 肚子還不餓的話，請等我30分鐘。 ➜ 문장 중간에 사용되었으며 말하는 사람이 주관적인 조건을 표현하고 있습니다. 用於句子中間，話者正表示主觀條件。	(2) 말하는 사람만 아는 이유를 말할 때 사용합니다. 用於陳述只有話者自己知道的理由時。 가 왜 밥을 안 먹어요? 為什麼不吃飯？ 나 배가 고프지 않거든요. 肚子還不餓。 ➜ 문장의 끝에 사용되었으며 밥을 먹지 않는 이유에 대해 대답을 하고 있습니다. 用在句尾，回答不吃飯的理由。

會話練習！

081.mp3

1 가 요즘 무리를 해서 피곤한 것 같아요.

나 그래요? 피곤하거든 오늘은 일찍 퇴근하세요.

요즘 무리를 해서 피곤하다	피곤하다 / 오늘은 일찍 퇴근하다
회사에서 문제가 생겼다	문제를 해결하기가 어렵다 / 언제든지 이야기하다
쉬지 않고 일을 하니까 힘들다	힘들다 / 좀 쉬었다가 다시 하다

2 가 다른 사람들이 오늘 모임에 왜 안 왔느냐고 하면 뭐라고 할까요?

나 다른 사람들이 물어보거든 아파서 못 갔다고 전해 주세요.

다른 사람들이 오늘 모임에 왜 안 왔느냐고 하다	다른 사람들이 물어보다 / 아파서 못 갔다
친구가 찾아오다	친구가 찾아오다 / 졸려서 커피를 사러 갔다
미선 씨가 안부를 물어보다	미선 씨가 안부를 묻다 / 잘 지내고 있다

實戰練習！

1 請將相關的內容連起來，並用「-거든」寫成一個句子。

(1) 다음에 한국에 와요. ·	· ⓐ 바로 출발하세요.
(2) 이 약을 먹어도 낫지 않아요. ·	· ⓑ 꼭 연락하시기 바랍니다.
(3) 비가 그쳐요. ·	· ⓒ 같이 식사하러 갑시다.
(4) 아직 식사를 안 했어요. ·	· ⓓ 병원에 꼭 가 보세요.

(1) ⓑ - 다음에 한국에 오거든 꼭 연락하시기 바랍니다.

(2) ________________

(3) ________________

(4) ________________

2 請看下圖，並用「-거든」完成下列對話。

(1) 

가 머리가 아프네요.

나 머리가 아프거든 이 약을 드셔 보세요.

(2) 

가 요즘은 많이 바빠요.

나 ________________ 나중에 만납시다.

(3) 

가 오늘은 할 일이 없어서 심심해요.

나 ________________ 저 좀 도와줄래요?

(4) 

가 자꾸 기침이 나와요.

나 ________________ 따뜻한 차를 드셔 보세요.

(5) 

가 시험이라서 공부를 해야 하는데 너무 졸려요.

나 ________________ 잠깐 산책이라도 할까요?

單元11 總複習！

〔1～2〕請選擇可以替換下列畫線部分的選項。

1 서울에 도착하거든 전화해 주세요.

① 도착해도 ② 도착하면
③ 도착해야 ④ 도착하려면

2 아무리 이야기해야 동생은 내 말을 듣지 않을 거예요.

① 이야기하면 ② 이야기해도
③ 이야기하거든 ④ 이야기한데 반해

3 請選擇下列畫線部分不適當的回答。

가 저 수학 문제는 정말 어려운데요.
나 맞아요. ________________.

① 수학을 전공한 사람이면 풀 수 있을 것 같아요
② 수학을 전공한 사람이라도 풀 수 없을 것 같아요
③ 수학을 전공한 사람이어야 풀 수 있을 것 같아요
④ 수학을 전공한 사람이거든 풀 수 있을 것 같아요

4 請選擇下列畫線部分適當的回答。

가 내일 여행을 갈 수 있을까요?
나 ________________.

① 춥지 않아야 갈 수 있을 거예요 ② 춥지 않은데도 갈 수 있을 거예요
③ 춥지 않은 탓에 갈 수 있을 거예요 ④ 춥지 않은 반면에 갈 수 있을 거예요

5 請選擇正確的選項。

① 한국 친구하고 이야기를 자주 해야 말하기를 잘하게 됩시다.
② 한국 친구하고 이야기를 자주 해야 말하기를 잘하게 되십시오.
③ 한국 친구하고 이야기를 자주 해야 말하기를 잘하게 될 거예요.
④ 한국 친구하고 이야기를 자주 해야 말하기를 잘하게 될까 해요.

6 請選擇錯誤的選項。

① 일이 바쁘지 않거든 마크 씨를 잠깐 만날까요?
② 일이 바쁘지 않거든 마크 씨를 잠깐 만나세요.
③ 일이 바쁘지 않거든 마크 씨를 잠깐 만납니다.
④ 일이 바쁘지 않거든 마크 씨를 잠깐 만납시다.

單元 12

추가를 나타낼 때
表示添加時

본 장에서는 하고자 하는 말에 추가의 의미를 나타낼 때 사용하는 표현에 대해서 배웁니다. 초급 단계에서는 추가를 나타내는 표현으로 조사 '도'를 배웠습니다. 중급에서는 조사 '도'와 의미가 비슷하지만 의미상으로 조금씩 차이가 나는 여러 표현들을 배우게 됩니다. 이러한 표현들을 잘 익히면 한국어로 여러분이 이야기하고자 하는 것들을 좀 더 정확하고 다양하게 표현할 수 있을 것입니다.

本單元我們要學習「對要說的話做補充說明」時使用的文法。在初級階段曾學過有添加意義的助詞「도」。這裡我們要學習和助詞「도」意義相似，卻又稍有不同的幾個文法。熟練掌握了這些文法，就能夠使用更準確、更豐富的韓語來表達自己要說的話。

01 -(으)ㄹ 뿐만 아니라

가 호영 씨는 정말 아는 게 많은 것 같아요.
浩榮好像真的懂很多東西。

나 맞아요. 책을 많이 읽을 **뿐만 아니라** 매일 신문도 빠짐없이 봐서 그런 것 같아요.
對啊，他不僅書讀得多，報紙也天天必看，才會那樣吧。

가 강원도로 여행을 갈까 하는데 어떨까요?
我打算去江原道旅行，你覺得怎麼樣？

나 좋지요. 강원도는 산이 많을 **뿐만 아니라** 바다도 있어서 여행하기에 아주 좋은 곳이에요.
好啊，江原道不僅山多，還有大海，是旅遊的好地方。

文法重點！

이 표현은 '선행절의 내용만이 아니고 후행절의 내용이 가리키는 것까지도 더하여'라는 의미를 나타낼 때 사용합니다. '만'을 생략하여 '-(으)ㄹ 뿐 아니라'의 형태로도 사용합니다.
此文法用來表示不僅只有前子句的內容，就連後子句的內容也加在其中。也可以省略「만」，用作「-(으)ㄹ 뿐 아니라」的形態。

-(으)ㄹ 뿐만 아니라				
A/V	過去	-았/었을 뿐만 아니라	크다 먹다	컸을 뿐만 아니라 먹었을 뿐만 아니라
	現在	-(으)ㄹ 뿐만 아니라	크다 먹다	클 뿐만 아니라 먹을 뿐만 아니라
N이다		일 뿐만 아니라	가수이다 학생이다	가수일 뿐만 아니라 학생일 뿐만 아니라
N		뿐만 아니라	자동차 아침	자동차뿐만 아니라 아침뿐만 아니라

가 강남역에서 만날까요?
我們在江南站見，好嗎？

나 거기는 멀 **뿐만 아니라** 교통도 복잡하니까 다른 데서 만납시다.
那裡不只遠，交通也很擁擠，在別的地方碰面吧。

가 양강 씨는 버스보다 지하철을 자주 타나 봐요.
看來楊剛你比起坐公車，更常搭地鐵呢。

나 지하철은 시간을 정확하게 지켜줄 **뿐 아니라** 편리해서 자주 이용합니다.
地鐵不僅能準確遵守時間，還很方便，所以經常坐。

가 왜 그렇게 허겁지겁 먹어요?
怎麼那樣匆忙的吃？

나 저녁**뿐만 아니라** 점심도 굶어서 배가 너무 고파요.
不僅晚飯，我中午也沒吃，肚子太餓了。

深入瞭解！

1 **이것은 선행절이 긍정적인 내용이면 후행절도 긍정적인 내용으로 쓰고, 선행절이 부정적인 내용이면 후행절도 부정적인 내용으로 써야 합니다.**

此文法若前子句是肯定的內容，後子句也應為肯定的內容；前子句若為否定的內容，則後子句也應為否定的內容。

- 우리 집은 학교에서 가까울 뿐만 아니라 아주 시끄러워요. (×)
  → 우리 집은 학교에서 가까울 뿐만 아니라 아주 조용해요. (○) 我們家不只離學校近，還很安靜。

2 **이 표현은 '-(으)ㄹ 뿐만 아니라' 뒤에 'A/V-기까지 하다', 'A/V-기도 하다', 'N까지 A/V' 등의 표현이 오기도 합니다.**

此文法「-(으)ㄹ 뿐만 아니라」後面也可使用「A/V-기까지 하다」、「A/V-기도 하다」和「N까지 A/V」等。

- 자야 씨는 예쁠 뿐만 아니라 성격이 좋기까지 해요.
  = 자야 씨는 예쁠 뿐만 아니라 성격이 좋기도 해요.
  = 자야 씨는 예쁠 뿐만 아니라 성격까지 좋아요. 札雅不僅漂亮，個性也很好。

會話練習！

083.mp3

1 가 올여름은 정말 더운 것 같아요.

나 맞아요. 더울 **뿐만 아니라** 비도 많이 와요.

올여름은 정말 덥다	덥다 / 비도 많이 오다
웨이밍 씨 동생이 키가 정말 크다	키가 크다 / 잘생겼다
제주도는 경치가 정말 아름답다	경치가 아름답다 / 바다도 깨끗하다

2 가 자야 씨는 어때요?

나 똑똑할 **뿐만 아니라** 성격도 좋아요.

자야 씨	똑똑하다 / 성격도 좋다
새로 옮긴 회사	일이 일찍 끝나다 / 월급도 많이 주다
퀵서비스	빠르다 / 정확하게 배달해 주다

Tip

퀵서비스 快遞
정확하다 準確、正確

實戰練習！

1 請用「-(으)ㄹ 뿐만 아니라」完成下列對話。

(1) 가 오늘 왜 일찍 퇴근해요? (기분이 안 좋다 / 머리도 아프다)
나 기분이 안 좋을 뿐만 아니라 머리도 아픈 것 같아서 집에 일찍 가려고 해요.

(2) 가 저 식당이 어때요? (음식이 맛있다 / 가격도 싸다)
나 ______________________ 자주 가요.

(3) 가 이 옷이 저에게 잘 어울려요? (잘 어울리다 / 날씬해 보이다)
나 네, ______________________.

(4) 가 왜 수영 씨를 안 만나요? (자기 이야기만 하다 / 자랑도 많이 하다)
나 수영 씨는 항상 ______________________
만나고 싶지 않아요.

(5) 가 이 카페에서 회의를 해요? (무선 인터넷을 이용할 수 있다 / 조용하다)
나 네, 이 카페는 ______________________
여기에서 회의를 자주 해요.

2 請用「뿐만 아니라」或「일 뿐만 아니라」完成下列對話。

(1) 가 저 가수는 인기가 많지요? (국내 / 해외)
나 그럼요. 국내뿐만 아니라 해외에서도 인기가 많아요.

(2) 가 그 일을 모두 반대했어요? (부모님 / 친구들)
나 네, ______________________ 모두 반대했어요.

(3) 가 뮤지컬 보는 것을 좋아해요? (노래 / 춤)
나 네, 가수들의 ______________________ 볼 수 있기 때문에 자주 봐요.

(4) 가 주말이라서 그런지 이 식당에 사람이 많은 것 같아요. (주말 / 평일)
나 이 식당은 ______________________ 사람이 많아요.

(5) 가 마크 씨는 학생인가요? (학생이다 / 영어 선생님)
나 ______________________이기도 해요.

02 -(으)ㄴ/는 데다가

084.mp3

가 여행 어땠어?
旅行怎麼樣？

나 날씨가 쌀쌀한 **데다가** 비까지 많이 와서 호텔에만 있어서 재미없었어.
天氣涼又下了很多雨，只能待在飯店裡，不好玩。

가 왜 그렇게 전화를 한참 동안 안 받아요?
為什麼那麼長時間不接電話？

나 물이 끓는 **데다가** 갑자기 누가 찾아와서 못 받았어요.
在燒水，而且有人突然來找我，所以沒接到。

文法重點！

이것은 선행절의 동작이나 상태에 후행절의 동작이나 상태가 더해져서 일어남을 나타낼 때 사용합니다. '-(으)ㄴ/는 데다'로도 말할 수 있습니다.
此文法用於表示在前子句的動作或狀態上又添加了後子句的動作或狀態，也可以使用「-(으)ㄴ/는 데다」。

-(으)ㄴ/는 데다가				
A	-(으)ㄴ 데다가		크다 작다	큰 데다가 작은 데다가
V	過去	-(으)ㄴ 데다가	가다 입다	간 데다가 입은 데다가
	現在	-는 데다가	가다 입다	가는 데다가 입는 데다가
N	인 데다가		주부이다 학생이다	주부인 데다가 학생인 데다가

가 지금 서울백화점에 가려고 하는데 같이 갈래요?
我現在要去首爾百貨公司，要一起去嗎？

나 그 백화점은 값이 비싼 **데다가** 질도 별로 안 좋아서 저는 거의 안 가요.
那間百貨公司價格既貴品質又不怎麼好，所以我幾乎不去。

가 아이들에게 주려고 하는데 어떤 생선이 좋을까요?
打算給孩子們吃的，哪種魚好啊？

나 이 생선이 뼈가 많이 없는 **데다가** 살도 부드러워서 아이들이 먹기에 좋아요.
這種魚沒有什麼刺，肉質也嫩，給孩子們吃最好。

가 자야 씨, 오늘 많이 피곤해 보여요.
札雅，妳今天看起來很累。

나 네, 어젯밤에 잠을 못 잔 **데다** 요즘 일도 많아서 너무 피곤해요.
是的，昨天晚上沒睡，再加上最近事情也多，所以很累。

深入瞭解！

1 이 표현은 선행절과 후행절의 주어가 같아야 합니다. 그리고 선행절과 후행절의 내용이 서로 일관성을 가지고 있어 '그래서'나 '그러니까'로 연결해서 결론을 말할 수 있어야 합니다.

此文法的前子句和後子句主語要一致，且前子句和後子句的內容具有連貫性，必須用「그래서」或「그러니까」來連結下結論才行。

- 제 방은 작은 데다가 창문도 없어요. (그래서) 너무 답답해요.
  → 제 방은 작은 데다가 창문도 없어서 너무 답답해요.
  我的房間小又沒有窗戶，所以實在太悶了。
- 제 방은 작은 데다가 창문도 없어요. (그러니까) 너무 답답해요.
  → 제 방은 작은 데다가 창문도 없으니까 너무 답답해요.
  我的房間小又沒有窗戶，因此實在太悶了。

2 명사와 함께 사용할 때는 '에다가'를 사용할 수 있는데 이때는 선행하는 명사에 다른 명사가 더해지거나 위치한다는 것을 나타냅니다.

與名詞一起使用時可以用「에다가」，此時表示在前面名詞上又添加其他的名詞或位置。

- 요즘 집안일에다가 회사 일까지 겹쳐서 힘들어 죽겠어요.
  最近家務事再加上公司的事重疊在一起，快要累死了。
- 이 종이에다가 이름과 이메일 주소를 써 주시기 바랍니다.
  請在這張紙上寫上姓名和電子郵件地址。

會話練習！

085.mp3

1 가 가까운 마트도 많이 있는데 왜 먼 대형 할인 매장까지 자주 가세요?

나 대형 할인 매장이 물건이 많은 데다가 가격도 싸서 자주 가게 돼요.

Tip 대형 할인 매장 量販店

가까운 마트도 많이 있는데 왜 먼 대형 할인 매장까지 자주 가다	대형 할인 매장이 물건이 많다 / 가격도 싸서 자주 가다
가까운 곳에 버스가 있는데 왜 먼 데까지 가서 지하철을 타다	지하철이 빠르다 / 깨끗해서 자주 타다
다른 옷도 많은데 왜 그 옷만 자주 입다	이 옷이 편하다 / 날씬해 보여서 자주 입다

2 가 많이 힘들어요?

나 네, 열이 나는 데다가 기침도 많이 나서 힘들어요.

많이 힘들다	열이 나다 / 기침도 많이 나서 힘들다
소화가 잘 안 되다	점심을 많이 먹었다 / 계속 앉아 있어서 소화가 안 되다
길이 미끄럽다	눈이 많이 오다 / 길까지 얼어서 미끄럽다

實戰練習！

1 請用「-(으)ㄴ/는 데다가」完成下列對話。

(1) 가 수진 씨가 인기가 많은 것 같아요. (얼굴이 예쁘다 / 성격도 명랑하다)
나 맞아요. 얼굴이 예쁜 데다가 성격도 명랑해서 친구들이 좋아해요.

(2) 가 그 책이 어려워요? (글씨가 작다 / 한자도 많다)
나 네, ________________ 어려워요.

(3) 가 대학로에 가주 가세요? (젊은 사람들이 많다 / 공연도 많이 하다)
나 네, ________________ 자주 가요.

(4) 가 요즘 산불이 많이 난다고 해요. (날이 건조하다 / 비도 오랫동안 안 오다)
나 네, ________________ 산불이 많이 나는 것 같아요.

(5) 가 왜 그렇게 걷는 것이 불편해 보여요? (바지가 길다 / 신발도 높다)
나 ________________ 걷기가 너무 힘들어요.

2 請用「-(은)ㄴ/는 데다가」完成下列對話。

(1) 가 오늘 지수 씨가 한턱을 낸다면서요? (1등을 했다 / 용돈도 받다)
나 네, 1등을 한 데다가 용돈도 받아서 한턱내려고요.

(2) 가 오늘 학교에 일찍 왔어요? (일찍 일어났다 / 할 일도 많다)
나 네, ________________ 일찍 왔어요.

(3) 가 그 의자를 사려고 해요? (디자인이 세련되다 / 앉아 보니까 편하다)
나 네, ________________ 살까 해요.

(4) 가 차 상태가 별로 안 좋은 것 같아요. (10년이 넘었다 / 엔진 상태도 안 좋다)
나 맞아요. ________________.

(5) 가 요즘 아르바이트를 하고 있어요? (사고 싶은 물건이 있다 / 용돈도 필요하다)
나 네, ________________ 아르바이트를 해요.

03 조차

가 정말 이 사람을 모르세요?
妳真的不認識這個人嗎？

나 네, 저는 그 사람 이름조차 몰라요.
是的，我連他的名字都不知道。

가 비행기 사고가 났다는 뉴스 들었어요?
你有聽到飛機失事的消息了嗎？

나 아니요, 요즘에 너무 바쁘니까 인터넷 뉴스조차 볼 시간이 없어요.
沒有，最近太忙了，連網路新聞都沒時間看。

文法重點！

이 표현은 '다른 것은 물론이고 가장 기본이 되는 것도'라는 의미를 나타낼 때 사용합니다. 보통 말하는 사람이 기대하지 못하거나 예상하기 어려운 극단의 경우까지 포함합니다.
此文法用於表示「其他的不用說，連最基本的情況也」之意。通常包括話者無法期待或難以預料的極端狀況。

조차			
N	조차	친구 이름	친구조차 이름조차

- 엄마조차 저를 못 믿으시는 거예요?
  連媽媽也不相信我嗎？
- 더운 날씨에 에어컨조차 고장이 나 버려서 정말 죽겠어요.
  天氣熱，加上連空調也故障了，真的要熱死了。
- 너무 슬프면 눈물조차 안 나오는 경우도 있어요.
  過度傷心的話，也會有連眼淚都流不出來的時候。

深入瞭解！

1 이것은 주로 부정적인 상황에 써야 자연스럽습니다. 긍정적인 상황에 쓰면 어색한 문장이 됩니다.
此文法主要用於否定的情況比較自然，用於肯定的狀況則不自然。

- 세주 씨는 한글조차 읽어요. (×) → 세주 씨는 한글조차 못 읽어요. (○) 世珠連韓文都看不懂。

2 이것은 '까지'나 '도'와 바꿔 쓸 수 있습니다. 그렇지만 '조차'는 '최악의 것'이라는 느낌이 있습니다.
此文法可以和「까지」或「도」替換使用，但是「조차」給人「最差的那個」之感覺。

- 더운데 바람까지 안 부네요. = 더운데 바람도 안 부네요. = 더운데 바람조차 안 부네요.
  天氣熱，連風也不吹呢。

3 이것은 '어떤 사실을 부정하는 것은 물론이고 그것보다 덜하거나 못한 것까지 부정하는 뜻'을 나타내는 표현인 '–은/는커녕'하고 같이 자주 사용합니다.
此文法經常與表示「不僅否定某一事實，就連不及它或根本不如它的也一起否定」的「–은/는 커녕」一起使用。

- 우리 엄마는 해외여행은커녕 제주도조차 못 가 보셨어요.
  我媽甭說出國旅行了，連濟州島都沒去過。
- 책을 읽기는커녕 신문조차 못 볼 때가 많아요.
  甭說讀書了，常常連報紙都沒辦法看。

4 이것은 동사와 같이 사용하면 '–(으)ㄹ 수조차 없어요'의 형태로 쓰입니다.
此文法若與動詞一起使用，用作「–(으)ㄹ 수조차 없어요」的形態。

- 다리가 너무 아파서 일어설 수조차 없어요. 腿太痛，連站也站不起來。
- 제 조카는 5살인데도 제가 안을 수조차 없을 정도로 아주 커요.
  我姪子只有五歲，但卻大到我都抱不起來。

會話練習！

087.mp3

1 가 철수 씨가 어디로 여행을 갔어요?
나 글쎄요, 철수 씨가 어디로 여행을 갔는지 아내조차 모른대요.

철수 씨가 어디로 여행을 갔다	철수 씨가 어디로 여행을 갔는지 아내
영희 씨가 어느 회사에 다니다	영희 씨가 어느 회사에 다니는지 친한 친구
수연 씨가 다음 학기에 등록한다고 하다	수연 씨가 다음 학기에 등록하는지 남자 친구

2 가 1주일 정도 배우면 한자를 쓸 수 있지요?
나 그 정도 배워서는 쓰기는커녕 읽기조차 어려워요.

1주일 정도 배우면 한자를 쓸 수 있다	그 정도 배워서는 쓰기는커녕 읽기 / 어렵다
민주 씨가 결혼했다	결혼은커녕 애인 / 없다
이 돈이면 새 차를 살 수 있다	그 돈으로는 새 차는커녕 중고차 / 사기 힘들다

實戰練習！

仿照範例，找出適合的單字，搭配「조차」來完成對話。

보기	상상	전화번호	마실 물	인사	옷	숨쉬기	인사말	부모님

(1) 가 복권에 당첨이 될 수 있을까요?
나 글쎄요, 저는 복권에 당첨되는 일은 상상조차 안 해 봤어요.

(2) 가 자야 씨, 요즘 살이 좀 빠진 것 같아요.
나 맞아요. 고향에 갔는데 ______________ 저를 못 알아보시더라고요.

(3) 가 수연아, 옷도 안 갈아입고 그냥 잔 거야?
나 너무 피곤해서 ______________ 갈아입을 수가 없었어요.

(4) 가 대기오염이 점점 심각해지고 있는 것 같아요.
나 맞아요. 그래서 가끔은 ______________ 어려운 것 같아요.

(5) 가 난민들이 목욕은 자주 할 수 있나요?
나 아니요, 물이 부족해서 목욕은커녕 ______________ 모자란다고 해요.

(6) 가 마이클 씨가 지난 주말에 고향으로 돌아갔어요?
나 네, 간다는 ______________ 하지 않고 돌아갔어요.

(7) 가 고등학교 때 일본어를 배우셨지요?
나 네, 하지만 지금은 ______________ 생각이 안 나요.

(8) 가 할아버지가 연세가 많으시지요?
나 네, 그래서 나이가 들어서 ______________ 외우지 못한다고 슬퍼하세요.

04 만 해도

088.mp3

가 요즘 모임이 많은가 봐요.
看來最近聚會很多啊。

나 네, 연말이라서 좀 많네요. 오늘만 해도 모임이 세 개나 있어서 어떻게 해야 할지 모르겠어요.
是的，因為到年底了，所以比較多。光是今天就有三個聚會，真不知道該怎麼辦了。

가 여름 방학에 유럽으로 배낭여행을 가는 학생들이 많다고 들었어요.
聽說暑假有很多學生要去歐洲自由行。

나 네, 맞아요. 제 친구들만 해도 벌써 여러 명이 다녀왔어요.
是啊，沒錯。光是我朋友就有好幾個已經去過了。

文法重點！

이 표현은 앞에서 말한 일반적인 사실이나 상황에 대해서 예를 들어서 설명할 때 사용합니다. 이것은 '의 경우만 봐도', '만 하더라도'의 의미가 있습니다.
此文法用於對前面所說的一般事實或情況舉例說明。這個表現有「의 경우만 봐도」、「만 하더라도」的意思。

만 해도			
N	만 해도	친구 오늘	친구만 해도 오늘만 해도

- 민선 씨가 요즘 정말 열심히 공부하는 것 같아요. 어제만 해도 밤 10시까지 도서관에서 공부하더라고요.
  民善最近好像真的很用功。光是昨天他就在圖書館念書念到晚上十點呢。
- 요즘은 취직하기가 어려워요. 제 동생만 해도 2년째 직장을 못 구하고 있거든요.
  最近就業很困難，就拿我弟弟來說，已經連續兩年找不到工作了。

• 생활비가 얼마나 많이 드는지 몰라요. 교통비**만 해도** 한 달에 15만 원 정도가 들어요.
不知道要花多少生活費呢，光交通費一個月就得花十五萬元左右。

深入瞭解！

이 표현은 과거의 상황과 반대되는 상황을 표현할 때도 사용합니다. 앞에는 항상 시간을 나타내는 말이 오고 '전만 해도'의 형태로 많이 사용합니다.
此文法也可用於表示與過去狀況正好相反的情形時。前面經常接表時間的詞，常使用「전만 해도」的形態。

• 지난달까지만 해도 이 옷이 맞았었는데 지금은 작아서 입을 수가 없어요.
直到上個月，這件衣服還很合身，現在小得不能穿了。

• 10년 전만 해도 한국에 이렇게 외국 사람이 많지는 않았어요.
僅在十年前，韓國還沒有這麼多外國人。

會話練習！

089.mp3

1 가 요즘 누구나 스마트폰이 있는 것 같아요.
나 맞아요. 내 친구들**만 해도** 대부분 다 바꿨어요.

요즘 누구나 스마트폰이 있다	내 친구들 / 대부분 다 바꿨다
요즘 물가가 많이 올랐다	라면값 / 10%나 올랐다
요즘 여자들이 짧은 치마를 많이 입다	제 여동생 / 짧은 치마만 입다

2 가 요즘 걷기 운동이 유행이죠?
나 맞아요. 몇 년 전**만 해도** 이렇게 걷기 운동을 하는 사람이 많이 없었는데요.

요즘 걷기 운동이 유행이다	몇 년 전 / 이렇게 걷기 운동을 하는 사람이 많이 없었다
차가 정말 많이 늘어났다	지난번에 왔을 때 / 이렇게 안 막혔었다
올해 외식을 많이 했다	작년 / 이렇게 외식비가 많이 들지 않았었다

實戰練習！

1 請用「만 해도」完成下列對話。

(1) 가 공기 오염이 점점 더 심각해지고 있는 것 같아요. (서울)
나 맞아요. 서울만 해도 공기가 나빠지는 게 피부로 느껴지잖아요.

(2) 가 요즘 결혼을 하지 않는 사람들이 늘고 있대요. (우리 회사)
나 맞아요. ________________ 결혼을 하지 않은 사람들이 얼마나 많은데요.

(3) 가 집안일이 시간이 많이 걸리지요? (청소)
나 그럼요. ________________ 두 시간이 넘게 걸려요.

(4) 가 이번 비로 농작물 피해가 많다지요? (우리 부모님)
나 맞아요. ________________ 배추 수확을 하나도 못하셨어요.

(5) 가 아침을 먹지 않는 학생들이 점점 늘고 있대요. (고등학생인 제 조카)
나 정말 그런 것 같아요. ________________ 아침을 안 먹어요.

2 請用「만 해도」完成下列對話。

(1) 가 약국이 문을 닫아버렸네요. (20분 전)
나 그러게요. 20분 전만 해도 문이 열려 있었는데요.

(2) 가 그 영화는 표가 다 팔렸대. (화장실에 가기 전)
나 뭐라고? ____________________ 표가 있었는데…….

(3) 가 요즘 할아버지 건강은 좀 어떠세요? (작년까지)
나 ____________________ 괜찮으셨는데 요즘 들어 부쩍 약해지셨어요.

(4) 가 매운 음식을 잘 드시나 봐요. (얼마 전)
나 ____________________ 잘 못 먹었는데 지금은 잘 먹게 되었어요.

(5) 가 양강 씨가 왜 이렇게 공부를 안 하지요? (학기 초)
나 그러게요. ____________________ 정말 열심히 공부했었는데요.

單元12 總複習！

〔1～2〕請選擇可以替換下列畫線部分的選項。

1 거기는 멀 뿐만 아니라 교통도 복잡해서 가기가 힘들어요.

① 멀기조차 ② 먼 데다가
③ 멀 테니까 ④ 멀기 때문에

2 수영 씨가 어디로 여행을 갔는지 부모님조차 모르신대요.

① 부모님도 ② 부모님이나
③ 부모님부터 ④ 부모님처럼

〔3～4〕請選擇下列畫線部分適當的回答。

3 가 요즘 야근하는 날이 많은가 봐요.
나 네, ______________________________.

① 이번 주조차 네 번이나 야근을 했어요
② 이번 주에다가 네 번이나 야근을 했어요
③ 이번 주만 해도 네 번이나 야근을 했어요
④ 이번 주에 비해서 네 번이나 야근을 했어요

4 가 왜 학교 근처에서 살지 않아요?
나 학교 근처는 ______________________________.

① 집값이 비싼 탓에 놀 곳도 너무 많아서 공부하기가 힘들거든요
② 집값이 비싸 가지고 놀 곳도 너무 많아서 공부하기가 힘들거든요
③ 집값이 비싼 데다가 놀 곳도 너무 많아서 공부하기가 힘들거든요
④ 집값이 비싸기는 하지만 놀 곳도 너무 많아서 공부하기가 힘들거든요

〔5～6〕請選擇下列畫線部分正確的選項。

5 ① 그 사람은 가수뿐만 아니라 배우이기도 해요.
② 감기가 다 나을 뿐만 아니라 기분도 좋아졌어요.
③ 자야 씨는 성격이 좋을 뿐만 아니라 똑똑하기까지 해요.
④ 저녁일 뿐만 아니라 아침까지 못 먹어서 배가 너무 고파요.

6 ① 그 마트는 가격이 싼 데다가 물건도 많아서 자주 가요.
② 10시가 넘는 데다가 날씨도 추워서 손님이 없을 거예요.
③ 양강 씨는 돈이 많이 있은 데다가 잘생겨서 인기가 많아요.
④ 눈이 많이 올 데다가 연휴도 겹쳐서 스키를 타러 가는 사람이 많아요.

도중을 나타낼 때
表示途中時

본 장에서는 어떤 행동을 하는 중간에 다른 행동을 하는 표현에 대해 배웁니다. 이것은 이동을 나타내는 표현도 있고 행동의 변화를 나타내는 표현도 있습니다. 초급 단계에서는 비슷한 표현으로 '-는 중'을 배웠습니다. 이 표현은 어렵지는 않지만 약간의 제약이 있으므로 유의해서 공부하시기 바랍니다.

本單元我們學習表示做某一行動途中又做另一個行動時的文法。它們之中有的表移動，有的表行動變化。初級階段我們學習過類似的文法「-는 중」。這些文法不難，但是有一些限制，希望各位學習時多加注意。

01 -는 길에

090.mp3

가 유럽으로 여행을 갈 거예요?
你要去歐洲旅行嗎？

나 네, 유럽에 가는 길에 홍콩에 들러서 친구를 만날 거예요.
是的，去歐洲的路上打算順道去香港見見朋友。

가 엄마, 저 지금 퇴근하는 길이에요. 뭐 필요한 거 있으면 사 갈까요?
媽媽，我在下班路上。有需要我買什麼回去嗎？

나 그럼, 집에 오는 길에 슈퍼에 가서 두부 좀 사 와.
那妳回家的路上順便去超市買塊豆腐吧。

文法重點！

이 표현은 이동하는 과정 중에 어떤 다른 행동을 할 때 사용합니다.
此文法用於移動過程中做其他行動的時候。

-는 길에			
V	-는 길에	가다 퇴근하다	가는 길에 퇴근하는 길에

- 퇴근하는 길에 지하철에서 우연히 친구를 만났어요.
  下班回家的路上，在地鐵裡偶然見到了朋友。
- 집에 돌아오는 길에 식당에서 식사하고 왔어요.
  回家的路上，去餐廳吃飯才回來。
- 부산으로 여행 가는 길에 안동도 들를 거예요.
  去釜山旅行的路上，要順道去安東看看。

深入瞭解！

1 이 표현은 '–는 길이다'로도 많이 사용하는데 이때는 이동하는 동작이 일어나고 있음을 나타내는 것으로 어떠한 일을 하고 있는 중이라는 뜻입니다.

這個文法也常用作「–는 길이다」。此時表示移動的動作正在發生，也就是正在做某事的意思。

가 어디 가는 길이에요? 你正在去哪裡的路上嗎？

나 네, 친구 만나러 가는 길이에요. 是啊，我正要去見朋友。

2 '–는 도중에'도 비슷한 의미인데 이 표현은 동사의 제약 없이 자유롭게 사용할 수 있지만 '–는 길에'는 주로 '가다', '오다', '나가다'와 같은 이동의 의미가 있는 동사와 함께 쓰입니다.

「–는 도중에」也有相似的意思，不過此文法不受動詞限制可以任意使用，但「–는 길에」主要與「가다」、「오다」、「나가다」等有移動意義的動詞一起使用。

- 일하는 길에 컴퓨터가 꺼져 버렸어요. (×)
  → 일하는 도중에 컴퓨터가 꺼져 버렸어요. (○) 工作的途中電腦關掉了。

  : '–는 길에'가 '가다', '오다', '나가다'와 같은 이동의 의미가 있는 동사와 함께 쓰이지 않았으므로 틀립니다.
  「–는 길에」因為沒有和表示移動意義的動詞「가다」、「오다」、「나가다」等一起使用，所以句子錯誤。

- 집에 가는 도중에 백화점에 들렀어요. (○)
  집에 가는 길에 백화점에 들렀어요. (○) 回家的路上順道去百貨公司

  : '–는 길에'가 '가다', '오다', '나가다'와 같은 이동의 의미가 있는 동사와 함께 쓰였으므로 괜찮습니다.
  「–는 길에」因為與「가다」、「오다」、「나가다」等有移動意義的動詞一起使用，所以句子成立。

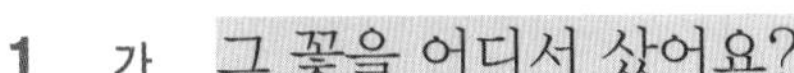

會話練習！

091.mp3

1 가 그 꽃을 어디서 샀어요?

나 집에 오는 길에 시장에서 샀어요.

그 꽃을 어디서 사다	집에 오다 / 시장에서 사다
그 친구를 어디서 만나다	거래처를 방문하러 가다 / 우연히 만나다
그 가방을 어디서 보다	학교에 오다 / 잠깐 가게에 들러서 보다

2 가 마크 씨, 지금 어디에 가는 길이에요?

나 친구가 입원해서 문병 가는 길이에요.

친구가 입원해서 문병 가다
형이 여행에서 돌아와서 공항에 마중하러 가다
읽고 싶은 책이 있어서 도서관에 빌리러 가다

實戰練習！

1 請用「-는 길에」完成下列對話。

(1) 가 아침에 아이가 혼자 학교에 가요? (회사에 가다)

나 아니요, 제가 회사에 가는 길에 데려다 줘요.

(2) 가 마크 씨, 여기는 웬일이에요? (지나가다)

나 그냥 ____________ 들렀어요.

(3) 가 엄마, 과일을 왜 그렇게 많이 사셨어요? (집에 돌아오다)

나 ____________ 가게에서 싸게 팔아서 많이 샀어.

(4) 가 그 뉴스를 어디서 들었어요? (회사에 출근하다)

나 ____________ 버스에서 라디오로 들었어.

(5) 가 그 친구를 어디에서 만났어요? (출장 가다)

나 ____________ 공항에서 만났어요.

2 請用「-는 길이다」完成下列對話。

(1) 가 어디에 가세요? (운동하러 가다)

나 운동하러 가는 길이에요.

(2) 가 더운데 어디에 가요? (돈을 찾으러 은행에 가다)

나 ____________

(3) 가 어디에 다녀오세요? (귀가 아파서 병원에 다녀오다)

나 ____________

(4) 가 지금 이 시간에 어디 가니? (친구의 연락을 받고 나가다)

나 ____________

(5) 가 쇼핑하러 가요? (산책하러 가다)

나 아니요, ____________

02 –다가

092.mp3

가 아까 낮에 뭐 했니?
剛才白天做了什麼？

나 만화책을 읽**다가** 친구하고 같이 외출했어요.
看了漫畫書，然後和朋友一起出去了。

가 은혜야, 오랜만이다. 웬일이니?
恩惠，好久不見，怎麼了嗎？

나 이메일을 쓰**다가** 생각이 나서 그냥 전화했어.
寫著電子郵件突然想起你，所以就打了電話。

文法重點！

이 표현은 어떤 행동이 지속되는 중에 그 행동이 중단되거나 다른 행동으로 바뀌는 것을 나타낼 때 사용합니다. '–다가'를 '–다'로 줄여서 사용하기도 합니다.
此文法用於某一行動在持續中被中斷，或改做另一個行動時。也可以將「–다가」縮寫為「–다」。

–다가			
V	–다가	가다 먹다	가다가 먹다가

- 밥을 먹**다가** 전화를 받았습니다.
  吃飯吃到一半接了一通電話。
- 공부를 하**다가** 졸았습니다.
  唸書唸一唸就睡著了。
- 지하철 1호선을 타고 가**다가** 시청역에서 2호선으로 갈아타세요.
  請先坐地鐵一號線，在市廳站改搭二號線。
- 스케이트를 타**다가** 넘어져서 다쳤어요.
  溜冰的時候摔倒受傷了。

深入瞭解！

1 이 표현은 선행절의 행동이 계속되면서 후행절의 행동이 일어나는 경우에도 사용합니다.
此文法也可以用於前子句行動持續中，後子句的行動發生的情況。

- 잠을 자다가 무서운 꿈을 꿨어요.
  睡覺的時候做了惡夢。
- 길을 걸어가다가 갑자기 생각이 나서 전화했어.
  走路的時候突然想起來，就打了電話。
- 친구하고 이야기를 하다가 웃었어요.
  和朋友聊著聊著就笑起來了。

2 이 표현은 선행절과 후행절의 주어가 같아야 합니다.
此文法前子句和後子句的主語必須一致。

- (내가) 밥을 먹다가 전화가 왔습니다. (×)
  → (내가) 밥을 먹다가 (내가) 전화를 받았습니다. (○)（我）吃飯的時候，（我）接了電話。

  : '전화가 왔습니다'는 주어가 '전화'이므로 주어가 달라져서 말할 수 없습니다.
  因為「전화가 왔습니다」的主語是「전화」，主語不同，所以不能這麼說。

22장 '완료를 나타낼 때'의 01 '–았/었다가'를 참조하세요.
請參考單元22「表示完成時」中的01「–았/었다가」。

會話練習！

093.mp3

1 가 숙제를 다 했어요?
나 아니요, 숙제를 하다가 친구에게 전화가 와서 나갔어요.

숙제를 다 하다	숙제를 하다 / 친구에게 전화가 와서 나가다
영화를 다 보다	영화를 보다 / 너무 무서워서 중간에 컴퓨터를 끄다
책을 다 읽다	책을 읽다 / 너무 졸려서 자다

2 가 어떻게 하다가 허리를 다쳤어요?
나 무거운 짐을 들다가 삐끗했어요.

허리를 다치다	무거운 짐을 들다 / 삐끗하다
다리를 다치다	계단을 내려가다 / 미끄러지다
손가락을 다치다	과일을 깎다 / 손을 베다

實戰練習！

1　請看下圖，並用「-다가」完成下列對話。

(1)

가　아이가 왜 다쳤어요?

나　야구를 하다가 공에 맞았어요.

(2)

가　새벽인데 왜 일어났어요?

나　＿＿＿＿＿＿＿＿＿＿＿＿＿＿＿＿ 깼어요.

(3)

가　어제 그 드라마를 다 보고 잤어요?

나　아니요, ＿＿＿＿＿＿ 피곤해서 잤어요.

(4)

가　친구를 만났어요?

나　아니요, ＿＿＿＿＿＿＿ 그냥 집에 갔어요.

2　請用「-다가」完成下列對話。

(1)　가　서울역에 어떻게 가야 돼요? (타고 가다)

나　지하철 2호선을 타고 가다가 시청역에서 1호선으로 갈아타시면 돼요.

(2)　가　좋은 기회를 왜 놓쳤어요? (할까 말까 망설이다)

나　＿＿＿＿＿＿＿＿＿＿＿＿ 놓쳐 버렸어요.

(3)　가　어디에 다녀오세요? (요리를 하다)

나　＿＿＿＿＿＿＿＿＿＿ 파가 없어서 사 왔어요.

(4)　가　김희철 씨는 어디에 갔어요? (일하다)

나　＿＿＿＿＿＿＿ 볼일 보러 잠깐 나갔어요.

(5)　가　왜 돈을 다시 세요? (세다)

나　＿＿＿＿＿＿ 얼마인지 잊어버렸어요.

單元13 總複習！

〔1~2〕 **請選擇可以替換下列畫線部分的選項。**

1 집에 가는 길에 시장에 들러서 채소를 좀 살까 해요.

① 가면서　② 가니까
③ 가는 중간에　④ 가는 바람에

2 무거운 짐을 들다가 넘어져서 허리를 다쳤어요.

① 드느라고　② 드는 도중에
③ 드는 반면에　④ 들려고 하는데

3 **請選擇下列畫線部分不適當的回答。**

가 아침에 집에서 밥을 먹어요?
나 아니요, ______________________.

① 출근하면서 사 가지고 가서 회사에서 먹어요
② 출근할 텐데 사 가지고 가서 회사에서 먹어요
③ 출근하는 길에 사 가지고 가서 회사에서 먹어요
④ 출근하는 도중에 사 가지고 가서 회사에서 먹어요

4 **請選擇下列畫線部分適當的回答。**

가 서울역에 어떻게 가야 돼요?
나 여기에서 ______________________.

① 지하철 7호선을 타고 가다가 이수역에서 4호선으로 갈아타면 돼요
② 지하철 7호선을 타고 가거든 이수역에서 4호선으로 갈아타면 돼요
③ 지하철 7호선을 타고 가는 길에 이수역에서 4호선으로 갈아타면 돼요
④ 지하철 7호선을 타고 가기는 하지만 이수역에서 4호선으로 갈아타면 돼요

5 **請選擇下列畫線部分錯誤的選項。**

① 도서관에서 책을 빌려 가지고 오는 길이에요.
② 친구 병문안을 가는 길에 주스를 사 가지고 갔어요.
③ 회사에서 컴퓨터로 일하는 길에 컴퓨터가 꺼져 버렸어요.
④ 아내가 여행에서 돌아와서 공항에 마중하러 가는 길이에요.

6 **請選擇下列畫線部分意義不同的選項。**

① 영화를 보다가 너무 슬퍼서 울었어요.
② 책을 읽다가 너무 졸려서 잠깐 잤습니다.
③ 스키를 타다가 넘어져서 무릎을 다쳤습니다.
④ 밥을 먹다가 친구에게 걸려 온 전화를 받았습니다.

單元 14

정도를 나타낼 때
表示程度時

본 장에서는 정도를 나타낼 때 사용하는 표현에 대해서 배웁니다. 초급 단계에서는 정도를 나타내는 표현으로 '쯤'을 배웠습니다. 정도를 나타내는 표현은 한국 사람들이 관용적으로 사용하는 것들도 많기 때문에 잘 외워서 활용하시기 바랍니다.

本單元我們要學習表示程度時使用的文法。在初級階段曾學習過表示程度的「쯤」。韓國人在表達程度時使用的習慣用語很多，希望各位掌握記牢後能夠靈活使用。

01 -(으)ㄹ 정도로

094.mp3

가 오늘 돌아다니면서 구경 많이 했어요?
今天到處逛，看了很多吧？

나 네, 피곤해서 쓰러질 **정도로** 많이 돌아다녔어요.
是的，逛得都快累倒了。

가 비가 많이 오네요!
雨下得真大！

나 네, 너무 많이 와서 앞이 잘 안 보일 **정도예요**.
是啊，下得太大了，大到都快看不清楚前面了。

文法重點！

이 표현은 선행절의 상태와 비슷한 수준으로 후행절의 행동을 하거나 일이 생길 때 사용합니다. '-(으)ㄹ 정도로'나 '-(으)ㄹ 정도이다'의 형태로 많이 사용합니다.
此文法用於以跟前子句狀態相似的標準做後子句的行動或發生事情時。常用「-(으)ㄹ 정도로」或「-(으)ㄹ 정도이다」的形態。

-(으)ㄹ 정도로			
A/V	-(으)ㄹ 정도로	크다 입다	클 정도로 입을 정도로

- 저는 매일 두 편씩 볼 **정도로** 영화를 좋아해요.
  我喜歡電影，到了每天要看兩部的地步。
- 평소에 화를 안 내던 민수 씨가 화를 낼 **정도로** 지수 씨가 나쁜 짓을 한 거예요?
  是不是智秀做了壞到讓平時都不生氣的民秀發火的壞事？
- 이번 시험은 아주 쉬워서 중학생도 모두 풀 **정도였어요**.
  這次考試太簡單了，就連國中生都會。

文法重點！

095.mp3

1 가 밖에 바람이 많이 불어요?

나 네, 사람이 날아갈 정도로 많이 불어요.

밖에 바람이 많이 불다	사람이 날아가다 / 많이 불다
배가 많이 고프다	쓰러지다 / 배가 고프다
그 책을 여러 번 읽었다	다 외우다 / 여러 번 읽었다

2 가 저 개그 프로그램은 정말 재미있지요?

나 네, 볼 때마다 너무 많이 웃어서 배가 아플 정도예요.

개그 프로그램은 정말 재미있다	볼 때마다 너무 많이 웃어서 배가 아프다
사람은 말이 정말 빠르다	너무 빨라서 알아듣기가 힘들다
외국 사람은 한국말을 정말 잘하다	아주 잘해서 한국 사람이라고 생각되다

實戰練習！

1 請用「-(으)ㄹ 정도로」完成下列對話。

(1) 가 수영 씨가 술을 많이 마셨어요? (정신을 못 차리다)
나 네, 정신을 못 차릴 정도로 많이 마신 것 같아요.

(2) 가 은수 씨가 살이 많이 빠졌지요? (못 알아보다)
나 네, 저도 ______________ 살이 많이 빠진 것 같아요.

(3) 가 마크 씨가 요즘 다른 생각을 자주 하는 것 같지요? (못 듣다)
나 맞아요. 아무리 불러도 ______________ 다른 생각을 하고 있어요.

2 請用「-(으)ㄹ 정도이다」完成下列對話。

(1) 가 지수 씨가 넘어져서 많이 다쳤어요? (움직이지 못하다)
나 네, 많이 다쳐서 움직이지 못할 정도예요.

(2) 가 시험공부 많이 했어요? (머리가 아프다)
나 네, 공부를 많이 해서 ______________.

(3) 가 어린 아이인데 어려운 한자를 모두 읽네요! (모든 사람들이 놀라다)
나 네, 너무 신기해서 ______________.

02 만 하다

096.mp3

가 우와! 저 개는 정말 크네요!
哇！那條狗真大呀！

나 네, 정말 개가 송아지만 하네요.
是的，那條狗真的跟小牛差不多了。

가 왜 유리창이 깨졌지? 누가 싸운 거야?
玻璃窗怎麼破了？是誰打架了嗎？

나 아니에요. 밖에서 누가 주먹만 한 돌을 던졌어요.
不是，有人從外面扔了一塊拳頭大小的石頭。

文法重點！

이 표현은 크기나 수, 양의 의미를 갖는 명사에 붙어서 어떤 것이 그 명사와 비교했을 때 같은 크기이거나 같은 정도임을 나타낼 때 사용합니다. 'N만 하다' 또는 'N만 한 N'의 형태로 많이 사용합니다.
此文法接於有大小、數、量意義的名詞後，表示某物和該名詞比較，有相同大小或相同程度。多使用「N만 하다」和「N만 한 N」的形態。

만 하다			
N	만 하다	쥐꼬리 주먹	쥐꼬리만 하다 주먹만 하다

- 고향에 있는 집도 지금 살고 있는 집 크기만 해요.
  老家的房子跟我現在住的房子差不多大。
- 아무리 편한 곳도 집만 한 곳은 없어요. 작기는 해도 우리 집이 제일 편해요.
  無論是怎麼舒服的地方都沒有家裡好，即使小還是我們家最舒服。
- 열다섯 살인 동생의 키가 벌써 스무 살인 형만 하네요!
  15歲弟弟的身高已經跟20歲的哥哥差不多了！

深入瞭解！

'N만 하다'는 관용적으로 쓰이는 표현들이 많이 있는데 그것은 다음과 같습니다.

以「N만 하다」形態組成的慣用表現很多，那些表現如下：

- 월급이 쥐꼬리만 해요. 薪水（像老鼠尾巴一樣）少得可憐。
- 얼굴이 주먹만 해요. 臉和拳頭一樣。
- 목소리가 작아서 모기 소리만 해요. 嗓音小得像蚊子聲音一樣。
- 너무 놀라서 가슴이 콩알만 해졌어요. 嚇了一大跳，心臟緊縮成了（豆子般大小的）一團。
- 형만 한 아우가 없다. 沒有像哥哥那樣的弟弟。
- 강아지 크기만 한 쥐 跟小狗差不多大小的老鼠。
- 눈이 단춧구멍만 해요. 眼睛小得像扣子孔一般。
- 어른 팔뚝만 한 물고기를 잡았어요. 抓了一條跟大人手臂差不多粗的魚。
- 방이 운동장만 해요. 屋子大得像操場。

會話練習！

097.mp3

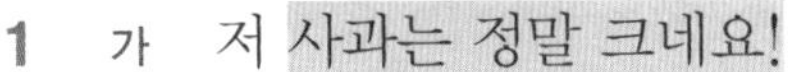

1 가 저 사과는 정말 크네요!

나 우와! 사과가 수박만 하네요.

사과는 정말 크다	사과가 수박
배우는 얼굴이 정말 작다	얼굴이 주먹
휴대전화는 크기가 정말 작다	휴대전화가 엄지손가락

2 가 왜 이사를 안 가요?

나 우리 하숙집 아주머니만 한 주인이 없거든요. 그래서 안 가요.

이사를 안 가다	우리 하숙집 아주머니 / 주인이 없다 / 안 가다
밀가루 음식을 안 먹다	저에게는 밥 / 음식이 없다 / 안 먹다
외국으로 여행을 안 가다	저에게는 국내 / 여행지가 없다 / 외국 여행은 안 가다

實戰練習！

請看下圖，仿照範例，找出適合的單字，搭配「만 하다」來完成對話。

보기	신용카드	트럭	쥐꼬리	형	어른 팔뚝

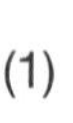

(1)
가 무엇을 찾고 있어요?
나 지갑을 찾고 있어요. 신용카드만 한 지갑인데 안 보이네요.

(2)
가 진수 씨는 월급을 많이 받아요?
나 아니요, 월급이 ____________ 살기가 어려워요.

(3)
가 아버지가 낚시를 하러 가주 가세요?
나 네, 지난 주말에도 가셔서 ____________ 물고기를 잡아 오셨어요.

(4)
가 그래도 형이 동생보다 훨씬 어른 같지요?
나 그래서 옛날부터 ____________ 동생이 없다고 하잖아요.

(5)
가 어제 호주에서 정말 큰 악어가 나타났대요.
나 저도 봤어요. ____________ 악어가 나타나서 결국 죽였대요.

03 -(으)ㄴ/는/(으)ㄹ 만큼

098.mp3

가 돈을 얼마씩 내면 돼요?
每人要付多少錢？

나 각자 먹은 만큼 내면 될 것 같아요.
每人吃多少付多少就行了。

가 오늘 같이 영화 볼까요?
今天一起去看電影好嗎？

나 미안해요. 요즘 영화를 볼 만큼 한가하지 않아요.
抱歉，最近沒悠閒到能看電影的程度。

文法重點！

이 표현은 선행절의 행동과 상태가 후행절과 비슷함을 표현할 때 사용합니다. 명사와 같이 사용할 때는 선행절과 후행절 명사의 정도가 비슷함을 나타냅니다.
此文法用於前子句的行動和狀態與後子句差不多的時候。和名詞一起使用時，表前子句和後子句名詞的程度相當。

-(으)ㄴ/는/(으)ㄹ 만큼				
A		-(으)ㄴ 만큼	크다 작다	큰 만큼 작은 만큼
V	過去	-(으)ㄴ 만큼	쓰다 먹다	쓴 만큼 먹은 만큼
	現在	-는 만큼	쓰다 먹다	쓰는 만큼 먹는 만큼
	未來	-(으)ㄹ 만큼	쓰다 먹다	쓸 만큼 먹을 만큼
N		만큼	시간	시간만큼

- 돈을 많이 내는 **만큼** 좋은 서비스를 받을 수 있을 거예요.
  錢多付多少，就能享受多好的服務。
- 저 뒤에 있는 사람도 들을 수 있을 **만큼** 크게 말해 주세요.
  請讓後面的人也能聽見，大聲說。
- 사람들은 보통 아픈 **만큼** 성숙해진다고 말을 합니다.
  人們常說：「受多少傷痛，就會成熟多少。」
- 나도 형**만큼** 잘할 수 있으니까 걱정하지 마세요.
  我也能做得跟哥哥一樣好，請不用擔心！

會話練習！

099.mp3

1 가 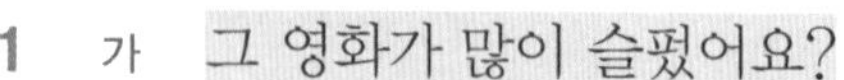 그 영화가 많이 슬펐어요?

나  네, 눈물이 날 **만큼** 슬펐어요.

그 영화가 많이 슬펐다	눈물이 나다 / 슬펐다
미술에 대해서 많이 알다	다른 사람에게 조금 설명해 줄 수 있다 / 알다
미영 씨가 마음씨도 곱다	얼굴이 예쁘다 / 마음씨도 곱다

2 가 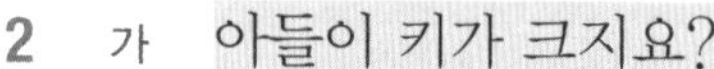 아들이 키가 크지요?

나 네, 아버지**만큼** 키가 커요.

아들이 키가 크다	아버지 / 키가 크다
딸이 예쁘다	엄마 / 예쁘다
동생이 농구를 잘하다	형 / 농구를 잘하다

實戰練習！

1 請用「-(으)ㄴ/는/(으)ㄹ 만큼」完成下列對話。

(1) 가 이번 시험 결과가 어떨지 궁금해요. (열심히 공부하다)
나 열심히 공부한 만큼 좋은 점수를 받을 거예요.

(2) 가 일의 결과가 좋을지 걱정이에요. (최선을 다하다)
나 ______________ 좋은 결과가 있을 거예요.

(3) 가 머리가 많이 아프세요? (참을 수 없다)
나 네, ______________ 아파서 빨리 병원에 가 봐야겠어요.

(4) 가 왜 더 안 드세요? (먹다)
나 저는 ______________ 살이 쪄서 조금씩만 먹어야 돼요.

(5) 가 얼마만큼 가지면 돼요? (가지고 싶다)
나 많이 있으니까 ______________ 가져도 됩니다.

2 仿照範例，找出適合的表達，完成下列對話。

보기	하얀 눈	아키라 씨	그것	서울	나이

(1) 가 자야 씨 얼굴은 정말 하얗지요?
나 네, 하얀 눈만큼 흰 것 같아요.

(2) 가 요즘에는 나이에 비해서 철이 덜 든 사람들이 많은 것 같아요.
나 그러게요. ______________ 성숙한 사람들이 되어야 할 텐데요.

(3) 가 오사카는 어때요?
나 ______________ 복잡해요.

(4) 가 양강 씨가 담배를 많이 피워요?
나 네, ______________ 많이 피우는 것 같아요.

(5) 가 저는 이것이 더 좋아 보이는데 희수 씨는 어느 게 더 좋아요?
나 이것도 ______________ 좋아 보여요. 저는 이걸로 살래요.

單元14 總複習！

1　請選擇可以替換下列畫線部分的選項。

어제 본 영화는 눈물이 날 정도로 슬펐어요.

① 눈물이 나고자　② 눈물이 날 만큼
③ 눈물이 나는 데다가　④ 눈물이 날 뿐만 아니라

2　請選擇符合下列句子的意思的選項。

그 책을 외울 정도로 여러 번 읽었어요.

① 그 책을 여러 번 읽어서 외우고자 해요.
② 그 책을 여러 번 읽어서 외울 모양이에요.
③ 그 책을 여러 번 읽어서 외울 수도 있어요.
④ 그 책을 여러 번 읽어서 외우려던 참이에요.

〔3～4〕請選擇下列畫線部分適當的回答。

3

가　진수 씨가 다니는 회사는 우리 회사보다 월급이 훨씬 많지요?
나　많기는요. 월급이 ＿＿＿＿＿＿＿＿＿＿.

① 쥐꼬리만 한데요　② 쥐꼬리거든 좋겠어요
③ 쥐꼬리만큼 많은데요　④ 쥐꼬리에 비해서 적은데요

4

가　저 아나운서는 말이 정말 빠른 것 같아요.
나　맞아요. ＿＿＿＿＿＿＿＿＿＿.

① 알아듣기가 힘들어야 말이 빨라요　② 알아듣기가 힘들 정도로 말이 빨라요
③ 알아듣기가 힘든 탓에 말이 빨라요　④ 알아듣기가 힘들 테니까 말이 빨라요

5　請選擇下列畫線部分錯誤的選項。

① 수영 씨는 얼굴이 예쁜 만큼 마음씨도 고운 것 같아요.
② 돈을 많이 낼 만큼 좋은 서비스를 받으실 수 있습니다.
③ 참을 수 없을 만큼 배가 아파서 빨리 병원에 가야겠어요.
④ 사람들은 보통 아픈 만큼 성숙해진다고 하는데 정말 그래요?

6　請選擇正確的選項。

① 사람이 날아가는 정도로 바람이 많이 불고 있어요.
② 이번 시험은 아주 쉬워서 중학생도 푼 정도였어요.
③ 저 코미디 영화가 재미있어서 배가 아픈 정도로 웃었어요.
④ 마크 씨는 한국말을 잘해서 한국 사람이라고 생각될 정도예요.

선택을 나타낼 때
表示選擇時

본 장에서는 선택을 나타낼 때 사용하는 표현에 대해서 배웁니다. 초급 단계에서는 선택을 나타내는 표현으로 '(이)나'와 '-거나'를 배웠습니다. 여기서 다루는 것들은 명사와 함께 사용되는 표현이 많으므로 동사와 함께 사용되는 것과 잘 구별해서 익히시기 바랍니다.

本單元我們要學習表示選擇的文法。在初級階段曾學過表選擇的「(이)나」和「-거나」。這裡要學的多為與名詞結合的文法，希望大家把它們和與動詞一起使用的文法區分開來，加以掌握。

01 아무+(이)나 / 아무+도

100.mp3

가 저 지하철 입구에 있는 신문을 봐도 돼요?
地鐵入口處的報紙看也可以嗎？

나 그럼요, 무료니까 보고 싶은 사람은 **아무나** 가져가도 돼요.
當然可以，那是免費的，想看的人都可以拿走。

가 약속 시간이 지났는데 **아무도** 안 왔어요?
約定的時間已經過了，還沒有人來嗎？

나 네, **아무도** 안 와서 저 혼자 기다리고 있었어요.
是的，沒有人來，就我一個人等著呢。

文法重點！

'아무'는 특별히 어떤 것을 선택하지 않고 말할 때 사용하는 것으로 사람이나 사물을 가리킬 때 사용합니다. 사용되는 조사에 따라서 문장에서의 의미가 달라지는데 사람을 가리킬 때는 '아무나' 또는 '아무도'를 많이 씁니다. '아무나'는 '어떤 사람이든지 상관이 없다'는 뜻이고 '아무도'는 '한 사람도 없다'는 뜻이 됩니다. '아무도'는 후행절에 부정 표현이 옵니다.

「아무」用於表示沒有特別選定某物，常用來指人或事物。其意思會隨後面的助詞不同而有所差異，指人的時候，常使用「아무나」和「아무도」。「아무나」表示「什麼人都無所謂」的意思；而「아무도」表示「一個人也沒有」的意思。「아무도」的後子句接否定內容。

	아무+(이)나	아무+도
人	아무나, 아무한테나, 아무하고나	아무도, 아무한테도, 아무하고도
地點	아무 데나 / 아무 곳이나 아무 데서나 / 아무 곳에서나	아무 데도 / 아무 곳도 아무 데서도 / 아무 곳에서도
物品	아무거나, 아무것이나	아무것도
時間	아무 때나	아무 때도

- 이곳은 입장료만 내면 **아무나** 들어갈 수 있습니다.
  這個地方只要付門票，任何人都可以進去。
- **아무도** 나를 알지 못하는 곳으로 가고 싶어요.
  我想去沒有任何人認識我的地方。
- **아무거나** 사고 싶은 책을 골라 봐.
  要買什麼書就隨便挑吧。

深入瞭解！

1 '아무+(이)나'의 '나'는 '누구+나', '어디+나', '무엇+이나', '언제+나'와 같이 의문대명사와 함께 쓰일 수 있지만 '아무+도'의 '도'는 의문대명사와 함께 쓰이면 어색합니다.

「아무+(이)나」中的「나」可以像「누구+나」、「어디+나」、「무엇+이나」、「언제+나」這樣和疑問代名詞一起使用，但「아무+도」中的「도」和疑問代名詞連用則不通順。

- 그 파티에는 아무나 갈 수 있는 거지요? = 그 파티에는 누구나 갈 수 있는 거지요?
  那個派對是任何人都可以去的吧？

2 '아무+(이)나' 다음에는 긍정 상황이 오고, '아무+도' 다음에는 부정 상황이 옵니다.

「아무+(이)나」的後面接肯定狀況，而「아무+도」的後面接否定狀況。

가 뭐 먹을래요? 要吃什麼？

나 저는 아무거나 괜찮아요. (○) 我什麼都可以。
저는 아무것도 먹고 싶지 않아요. (○) 我什麼都不想吃。

會話練習！

101.mp3

1 가 휴가에 어디로 여행을 가고 싶어요?

나 조용한 곳이면 **아무** 데나 괜찮아요.

휴가에 어디로 여행을 가다	조용한 곳이면 아무 데 / 괜찮다
누구하고 영화를 보다	코미디 영화를 좋아하는 사람이면 아무 / 좋다
무엇을 마시다	시원한 것이면 아무거 / 상관없다

2 가 여기에서 담배를 피울 수 있는 곳이 있어요?

나 이 건물에서는 **아무** 데서도 담배를 피우면 안 됩니다.

여기에서 담배를 피울 수 있는 곳	이 건물에서는 아무 데서 / 담배를 피우다
내일 수술인데 수술할 때까지 먹을 수 있는 음식	수술할 때까지는 아무것 / 먹다
다리를 다쳤는데 할 수 있는 운동	다리가 나을 때까지는 아무 운동 / 하다

實戰練習！

1 請用「아무+나」完成下列對話。

(1) 가 언제 찾아뵈면 될까요?
　　나 오후에는 시간이 괜찮으니까 아무 때나 오세요.

(2) 가 무슨 색깔로 드릴까요?
　　나 다 예쁘니까 ______________ 주세요.

(3) 가 뭐 먹을래요?
　　나 짜지 않은 음식이라면 ______________ 괜찮아요.

(4) 가 복사기 사용하는 방법을 누구에게 물어보면 돼요?
　　나 모두 잘 아니까 ______________ 물어보세요.

(5) 가 엄마, 여기 있는 음식 먹어도 돼요?
　　나 음, 여기는 뷔페식당이니까 ______________ 먹어도 돼.

2 請用「아무+도」完成下列對話。

(1) 가 가방 안에 뭐가 들어 있었어요?
　　나 아무것도 없었습니다.

(2) 가 김 대리님, 오늘 제가 출장 간 사이에 찾아온 사람 없었어요?
　　나 아니, ______________ 안 왔었는데.

(3) 가 무슨 이야기인데 그렇게 망설여요?
　　나 이 이야기는 비밀이니까 절대 ______________ 말하지 마세요.

(4) 가 왜 요즘 집에만 있어요?
　　나 얼마 전에 다리를 다쳐서 ______________ 갈 수가 없어요.

(5) 가 식사 안 해요?
　　나 지금 배가 좀 아파서 ______________ 못 먹겠어요.

02 (이)나

가 아키라 씨, 정말 오랜만이에요.
明良，真是好久不見！

나 그러네요. 오래만이에요. 우리 오랜만에 만났는데 차**나** 한 잔 마시면서 이야기할까요?
是啊，好久不見了！我們這麼久沒見面，一起喝杯茶聊聊怎麼樣？

가 엄마, 친구하고 놀고 올게요.
媽媽，我跟朋友玩一下就回來。

나 이제 그만 놀고 책**이나** 좀 읽어.
現在別玩了，看看書吧。

文法重點！

이 표현은 어떤 것이 최선의 것도 아니고 만족스럽지는 않지만 괜찮은 정도의 차선책임을 나타낼 때 사용합니다. 그리고 특별하게 선택하고 싶은 것이 없을 때, 아무거나 선택해도 괜찮을 때 사용하기도 합니다.
此文法用於某選項並非最佳，雖不太滿意，但卻是某種程度的次佳選項，也可以用於沒有特別想選什麼的時候或選擇什麼都無所謂時。

(이)나			
N	(이)나	영화 책	영화나 책이나

- 할 일도 없는데 산책**이나** 할까?
  沒什麼事要做，去散散步吧？
- 돈이 부족하니까 카페라떼 대신에 아메리카노**나** 마셔야겠어요.
  因為錢不夠，所以只好喝美式咖啡代替拿鐵了。
- 오늘 오후에 시간 있으면 인사동**에나** 갑시다.
  今天下午有時間的話，一起去仁寺洞或什麼地方吧。

深入瞭解！

1 시간 다음에는 '에나'를 사용해야 하고, 장소 다음에는 '(이)나'와 '에나' 중 어느 것을 사용해도 괜찮습니다.

時間後面要接「에나」，場所後面可以接「(이)나」或「에나」。

- 오후에는 조금 바쁘니까 이따 저녁에나 만납시다.　下午有點忙，等一下晚上見吧。
- 미국은 너무 머니까 가까운 일본에나 다녀오자. = 미국은 너무 머니까 가까운 일본이나 다녀오자.
  美國太遠了，去近一點的日本吧。

2 '(이)나' 다음에는 과거형이 올 수 없습니다. 그리고 보통 명령형이나 청유형으로 끝나야 자연스럽습니다.

「(이)나」的後面不能接過去時制，而且必須以命令句或建議句結束才會自然。

- 여행이나 했어요. (×) → 여행이나 합시다. (○)　去旅行吧。여행이나 할까요? (○)　要不要去旅行？

3 이 표현은 의지나 의도를 나타내는 표현이 와야 자연스럽습니다.

此文法要接表示意志或意圖的內容才會自然。

- (저는) 여행이나 해요. (×) → (저는) 여행이나 할래요. (○)　（我）要去旅行。
  (저는) 여행이나 하고 싶어요. (×) → (저는) 여행이나 하려고 해요. (○)　（我）打算去旅行。

哪裡不一樣？

'(이)나'는 다음과 같이 많은 의미가 있으므로 헷갈리지 않도록 유의하시기 바랍니다.

「(이)나」有以下多種含義，請注意不要混淆。

(1) 둘 이상의 대상을 나열하거나 그중에 어떤 것을 선택함을 나타낼 때 사용합니다.

用於羅列兩個以上的對象或表示選擇其中之一的時候。

- 저는 돈이 있으면 책이나 CD 사는 것을 좋아합니다.
  我有錢的話，喜歡買書或者CD。

(2) 그 양이 예상되는 정도를 넘었거나 생각보다 많음을 나타낼 때 사용합니다.

用於表示當數量超出預想的程度或比想像中多的時候。

- 배가 고파서 밥을 3그릇이나 먹었어요.
  肚子很餓，所以吃了三碗飯。

(3) 최선의 것도 아니고, 만족스럽지는 않지만 괜찮은 정도의 차선책임을 나타낼 때 사용합니다.

用於表示儘管並非最佳，雖然不太滿意，但還是某種程度的次佳對象時。

- 우리 심심한데 영화나 봅시다.
  我們閒著無聊，去看個電影吧。

會話練習！

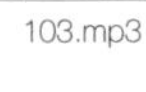

1 가 휴일인데 뭐 하지?

나 그냥 잠이나 자자.

휴일이다	잠 / 자다
심심하다	DVD / 보다
비가 오다	빈대떡 / 만들어 먹다

2 가 밥이 없는데 어떻게 할까?

나 밥이 없으면 라면이나 먹자.

밥이 없다	밥이 없으면 라면 / 먹다
커피가 없다	커피가 없으면 물 / 마시다
제주도에 가는 비행기 표가 없다	제주도에 가는 비행기 표가 없으면 부산 / 가다

實戰練習！

仿照範例，找出適合的表達，並完成對話。

보기	볼링	영화	떡볶이	다음 주쯤	친구

(1) 가 할 일이 없는데 뭘 하지?

나 할 일이 없으면 볼링이나 치러 가는 게 어때?

(2) 가 저녁 시간이 다 되었는데 뭐 좀 먹을까요?

나 배가 별로 안 고픈데 ______________ 사다 먹을까요?

(3) 가 오랜만에 컴퓨터게임 좀 하려고 했는데 컴퓨터가 고장 나 버렸어요.

나 그래요? 그럼 저하고 같이 ______________ 보러 갈래요?

(4) 가 철수 씨하고 여행 계획에 대해서 의논해야 할 텐데 언제 만나지요?

나 이번 주는 시간이 없으니까 ______________ 만납시다.

(5) 가 진수야, 오늘은 엄마가 집에 늦게 올 것 같아.

나 그래요? 저도 오늘은 오랜만에 ______________ 만날까 했는데 잘 됐네요.

03 (이)라도

104.mp3

가 남편이 선물을 자주 해요?
你先生常送你禮物嗎？

나 아니요, 결혼하고 한 번도 선물을 받아 본 적이 없어서 장미꽃 한 송이**라도** 받아 보면 좋겠어요.
不，結婚後一次也沒收過禮物，即使只收到一朵玫瑰花也好啊。

가 무슨 일인데 아침부터 전화를 했니?
什麼事啊，這麼早打電話給我？

나 처리해야 할 급한 일이 생겼는데 직원들이 모두 못 나온대. 그러니까 너**라도** 와서 좀 도와줘.
發生了必須處理的急事，職員們都說不能來，你就來幫一下忙吧。

文法重點！

'(이)라도'는 여러 가지 중에서 그것이 가장 마음에 들지는 않으나 그런대로 괜찮은 것을 선택할 때 사용합니다. '만이라도', '부터라도', '(으)로라도', '에게/한테라도', '에라도', '에서라도', '하고라도'처럼 조사와 함께 사용할 수 있습니다.

「(이)라도」用於儘管是幾個中最不稱心滿意，或好歹還能接受的選擇。可以如「만이라도」、「부터라도」、「(으)로라도」、「에게/한테라도」、「에라도」、「에서라도」、「하고라도」等一樣與助詞一起使用。

(이)라도			
N	(이)라도	영화 책	영화라도 책이라도

- 집이 너무 멀어서 중고차**라도** 한 대 사야겠어요.
  家太遠了，即使是二手車也得買一輛。
- 그렇게 쉬지 않고 일만 하면 어떻게 해요? 여기 앉아서 잠깐이**라도** 좀 쉬세요.
  那樣不休息一直工作怎麼行啊？就算是一會兒，這裡坐著休息一下吧。
- 열심히 공부한다고 해 놓고 오늘도 놀아 버렸어요. 내일부터**라도** 열심히 해야겠어요.
  下定決心要用功，今天卻荒廢掉了。即使從明天開始也好，該用功了。

深入瞭解！

'(이)라도'는 '어느', '아무', '무엇', '무슨', 누구' 등과 함께 사용하면 어떤 경우라도 마찬가지임을 나타냅니다.

「(이)라도」若與「어느」、「아무」、「무엇」、「무슨」、「누구」等一起使用，表示不管是什麼情況都差不多。

- 어느 곳이라도 사랑하는 사람과 함께 있을 수 있다면 저는 상관이 없어요.
  不論在哪個地方，只要能跟相愛的人在一起，我都無所謂。
- 아무 말이라도 좋으니까 제발 대답 좀 해 보세요.
  說什麼話都行，拜託請回答我。
- 영수 씨는 무슨 일이라도 할 수 있는 사람이에요. 그러니까 믿고 맡겨 보세요.
  永洙是能勝任任何工作的人，所以相信他，交給他做吧。
- 누구라도 연락이 먼저 되는 사람에게 이야기를 하려고 합니다.
  無論是誰都好，我想和最先聯絡到的人說話。

위의 예문은 각각 '어느 장소', '어떤 말', '어떤 일', '누구든지' 모두 마찬가지이기 때문에 상관이 없다는 의미입니다.

上面的例句分別表示「無論什麼場所」、「無論什麼話」、「無論什麼事」、「無論什麼人」都一樣，因此是沒有關係的意思。

哪裡不一樣？

선택을 할 때 사용하는 '(이)나'와 '(이)라도'는 다음과 같은 차이가 있습니다.

選擇時使用的「(이)나」和「(이)라도」有以下相異之處：

(이)나	(이)라도
최선의 것이 없으면 나머지는 모두 같기 때문에 그 다음에는 어떤 것을 선택해도 괜찮다는 의미입니다. 表示若沒有最佳選項，則其他的都差不多，所以接下來無論選擇什麼都無關緊要。	최선의 것이 없기 때문에 그 다음으로 좋은 것을 선택할 때 사용합니다. 즉, 마음에 드는 것에 대한 서열을 나타낼 때 사용하는 것입니다. 用於因為沒有最佳的選項，而選擇次好的選項時。也就是對滿意之事表達排序時使用的文法。
• 밥이 없으면 라면이나 먹을래. 如果沒有飯的話，就吃泡麵吧。 → 지금 가장 먹고 싶은 음식인 밥이 없으면 라면이든 다른 것이든 상관이 없으므로 그냥 라면을 먹겠다는 의미입니다. 意思是假如沒有現在最想吃的食物 - 飯，不管是泡麵或其他東西都無所謂，因此就吃泡麵吧。	• 밥이 없으면 라면이라도 먹을래. 如果沒有飯的話，吃泡麵也好。 → 밥이 없으면 그 다음으로 먹고 싶은 것이 라면이라는 의미입니다. 만약에 라면도 없고 그 다음에 먹고 싶은 것이 떡이라면 '라면도 없으면 떡이라도 먹을래.'라고 말할 수 있습니다. 這是假如沒有飯，其次想吃的是泡麵的意思。萬一連泡麵也沒有，再來想吃的是糕餅的話，可以說「라면도 없으면 떡이라도 먹을래」。

會話練習！

105.mp3

1 가 내일 개업식에 사람이 많이 와야 할 텐데 몇 명밖에 연락이 안 돼서 걱정이에요.

나 그럼, 연락된 사람**이라도** 꼭 오라고 하세요.

내일 개업식에 사람이 많이 와야 할 텐데 몇 명밖에 연락이 안 되다	연락된 사람 / 꼭 오라고 하다
우리 아들이 매일 늦게 들어오다	집에 늦게 들어올 때는 전화 / 하라고 하다
친구들 모임에 계속 못 갔는데 내일도 야근을 해야 하다	늦은 시간 / 간다고 하다

2 가 오늘 사무실 사람들과 같이 식사를 못 한다면서요?

나 네, 그래서 미안해서 커피**라도** 사려고 해요.

오늘 사무실 사람들과 같이 식사를 못 하다	미안해서 커피 / 사다
이번 토요일에 윤아 씨의 결혼식에 못 가다	축하 카드 / 보내다
보고서를 아직 못 끝냈다	교수님께 몇 시간만 / 시간을 더 달라고 부탁드리다

實戰練習！

1 **請用「(이)라도」完成下列對話。**

(1) 가 이번 달 용돈을 다 써 버려서 생활비가 모자라는데 부모님께 말씀드리기가 죄송해요. (같은 반 친구)

나 그럼, 같은 반 친구에게라도 빌려달라고 해 보세요.

(2) 가 금연석은 모두 찼고 흡연석만 빈자리가 있는데요. (흡연석 자리)

나 할 수 없지요. 그럼 ________________ 주세요.

(3) 가 정말 오랜만에 만났는데 얘기할 시간이 없어서 정말 아쉬워요. (식사)

나 할 수 없지요. 다음에 만나면 ________________ 하면서 얘기해요.

(4) 가 저는 금방 식사를 하고 와서 배가 부르니까 어서 드세요. (조금)

나 그래도 자야 씨가 정성스럽게 만든 거니까 ________________ 드셔 보세요.

(5) 가 수영 씨가 시간이 없어서 먼 데는 못 가겠대요. (가까운 데)

나 그럼, ________________ 다녀옵시다.

2 請看下圖，並用「(이)라도」完成下列對話。

마크가 주말에 하고 싶은 일의 순서

① 여자 친구하고 데이트하기 ② 양강 씨하고 영화 보기 ③ 축구장에 가기
④ 서울 시내 구경하기 ⑤ 집에서 컴퓨터게임하기

자야 마크 씨, 주말에 뭐 하고 싶어요?

마크 여자 친구하고 데이트하고 싶어요.

자야 여자 친구가 바쁘다고 하면 뭘 할래요?

마크 여자 친구가 바쁘다고 하면 (1)양강 씨하고 영화라도 볼래요.

자야 영화 표가 없으면 어떻게 할래요?

마크 그럼 (2)____________________________.

자야 그날 축구 경기가 없으면요?

마크 그럼 (3)____________________________________.

자야 만약에 비가 오면 어떻게 할 거예요?

마크 그럼 그냥 (4)______________________________________.

04 -든지 -든지

106.mp3

가 이 서류는 무엇으로 써야 합니까?
這份文件要用什麼筆寫？

나 볼펜으로 쓰든지 연필로 쓰든지 마음대로 하세요.
用原子筆寫還是用鉛筆寫，你隨意吧。

가 책이 너무 비싸면 어떻게 하지요? 그래도 사다 줄까요?
書太貴的話怎麼辦？還是要幫你買嗎？

나 네, 비싸든지 싸든지 필요한 책이니까 꼭 사다 주세요.
對，不管是貴還是便宜，因為是需要的書，請一定要幫我買。

文法重點！

이 표현은 어느 것이 선택되어도 아무 차이가 없는 둘 이상의 일을 나열할 때 또는 대립되거나 상반되는 두 가지 중에서 어느 하나를 선택해도 상관이 없거나 괜찮음을 나타낼 때 사용합니다. '–든 –든'으로 줄여서 사용할 수 있습니다.

此文法用於表示「羅列的兩個以上的選項不論選擇哪一個都沒差異」，或「不論是對立、相反的兩個選項中選擇哪個都無所謂、沒關係」。可以縮寫為「–든 –든」。

–든지 –든지				
A		–든지 –든지	예쁘다 / 귀엽다	예쁘든지 귀엽든지
V	過去	–았/었든지 –았/었든지	먹다 / 마시다	먹었든지 마셨든지
	現在	–든지 –든지	먹다 / 마시다	먹든지 마시든지
N		(이)든지	밥 / 죽 커피 / 주스	밥이든지 죽이든지 커피든지 주스든지

- 눈이 오든지 비가 오든지 내일 공연은 예정대로 진행될 겁니다.
  不管是下雪還是下雨，明天的公演會按計畫進行的。

- 이제 한국 음식은 맵든지 짜든지 모두 먹을 수 있어요.
  現在韓國菜不管是辣還是鹹，我都能吃。
- 제 남편은 평일이든지 주말이든지 시간만 나면 등산을 갑니다.
  我先生無論是平日還是週末，只要有時間就去爬山。

深入瞭解！

1 이 표현은 대립되는 것을 강조하기 위해서 '-든지 안 -든지', '-든지 말든지', '-든지 못 -든지'와 같은 형식으로 사용하기도 합니다.

此文法為強調對立之事，也用作「-든지 안 -든지」、「-든지 말든지」、「-든지 못 -든지」等形態。

- 네가 가든지 말든지 나는 상관없으니까 마음대로 해.
  你去或不去我都沒關係，隨便你。
- 그 사람이 키가 크든지 안 크든지 일단 한번 만나 보세요.
  不管他個子是高是矮，先見一面吧。

2 미래를 나타내는 '-겠-'과 함께 쓰면 틀린 문장이 됩니다.

如果和表示未來的「-겠-」一起使用，則為錯誤句子。

- 내일은 친구를 만나겠든지 영화를 보겠든지 할 거예요. (×)
  → 내일은 친구를 만나든지 영화를 보든지 할 거예요. (○) 明天會和朋友見面或是去看電影。

會話練習！

107.mp3

1 가 남자 친구 부모님께 드릴 선물로 뭐가 좋을까요?

나 홍삼을 사든지 꿀을 사든지 하세요.

남자 친구 부모님께 드릴 선물로 뭐가 좋다	홍삼을 사다 / 꿀을 사다
돈을 모으려면 어떤 방법이 좋다	은행에 예금을 하다 / 주식 투자를 하다
고향에서 친구가 오는데 무엇을 하면 좋다	N서울타워에 올라가다 / 경복궁을 구경하다

2 가 자야 씨하고 웨이밍 씨가 자꾸 싸우는데 어떻게 하지요?

나 원래 자주 싸우니까 싸우든지 말든지 신경 쓰지 마세요.

자야 씨하고 웨이밍 씨가 자꾸 싸우다	원래 자주 싸우니까 싸우다 / 말다 / 신경 쓰지 말다
우리 아이는 모든 일을 스스로 하려고 하지 않다	나이가 들면 스스로 하게 되니까 지금은 하다 / 말다 / 가만히 둬 보다
부장님께서 말씀하신 서류 작성을 아직 다 못했다	부장님께서 화를 내실 테니까 다 했다 / 못 했다 / 시간이 되면 그냥 제출하다

實戰練習！

1　請用「–든지 –든지」完成下列對話。

(1)　가　어느 나라 음식을 잘 만드세요? (한국 음식 / 외국 음식)
　　 나　한국 음식이든지 외국 음식이든지 다 잘 만들어요.

(2)　가　제가 내일은 바쁜데 약속을 좀 미뤄도 될까요? (취소하다 / 연기하다)
　　 나　많이 바쁘면 약속을 ________________ 마음대로 하세요.

(3)　가　민수야, 빨리 일어나서 아침 먹어야지. (아침을 먹다 / 늦잠을 자다)
　　 나　오늘은 너무 피곤하니까 ________________ 신경 쓰지 마세요.

(4)　가　이번 주까지 등록을 해야 할인을 해 줍니까? (이번 주에 하다 / 다음 주에 하다)
　　 나　________________ 별 차이는 없을 거예요.

(5)　가　손님들이 곧 오실 텐데 저는 무엇을 할까요? (청소를 하다 / 밥상을 차리다)
　　 나　________________ 하세요.

2　請用「–든지 –든지」完成下列對話。

(1)　가　우리 집이 좀 멀어서 그러는데 이것 좀 배달해 줄 수 있어요? (집이 멀다 / 가깝다)
　　 나　많이 사셨는데 집이 멀든지 가깝든지 꼭 배달해 드려야지요.

(2)　가　유진 씨는 키가 큰 남자가 좋아요? 작은 남자가 좋아요? (키가 크다 / 작다)
　　 나　저는 ________________ 상관없어요. 성격만 좋으면 돼요.

(3)　가　지금 유학을 갈까 말까 고민 중이에요. (유학을 가다 / 안 가다)
　　 나　________________ 그건 결국 네 문제니까 잘 생각해서 결정해.

(4)　가　수철 씨는 항상 큰 소리로 전화를 받는 것 같아요. (옆에 사람이 있다 / 없다)
　　 나　그러게요. ________________ 신경을 안 쓰더라고요.

(5)　가　일하시는데 저희들이 방해가 됐어요? (나가다 / 조용히 있다)
　　 나　그래. 조금 시끄러우니까 ________________ 해라.

05 –(으)ㄴ/는 대신에

108.mp3

가 마크 씨, 점심 때 스테이크 먹을까요?
馬克，中午吃牛排如何？

나 오늘은 돈이 없는데 스테이크 **대신에** 햄버거를 먹으면 어때요?
我今天沒錢，不要吃牛排，吃漢堡怎麼樣？

가 날씨가 더우니까 안경이 불편하네요.
天氣熱，戴眼鏡不方便啊。

나 그럼, 안경을 쓰는 **대신에** 렌즈를 껴 보세요.
那就用隱形眼鏡代替眼鏡看看吧。

文法重點！

이 표현은 선행절의 행동을 다른 행동으로 대체함을 나타내거나 앞의 행동에 상응하는 다른 것으로 보상함을 나타냅니다. '에'를 생략하고 '–는 대신'으로 사용해도 됩니다.
此文法表示用其他行動來替代前子句的行動，或用相對應的其他行為來補償前面的行動。也可省略「에」為「–는 대신」。

–(으)ㄴ/는 대신에			
A	–(으)ㄴ 대신에	싸다 많다	싼 대신에 많은 대신에
V	–는 대신에	가다 먹다	가는 대신에 먹는 대신에
N	대신에	커피 안경	커피 대신에 안경 대신에

가 이 가방은 정말 비싸네요.
這個包包真貴。

나 비싸긴 하지만 비싼 **대신에** 품질이 좋잖아요.
雖然貴，相對的品質好啊。

가 마크 씨, 제가 한국어 숙제를 도와줄까요?
馬克，要我幫你看看韓語作業嗎？

나 정말이요? 그럼 수진 씨가 제 숙제를 도와주는 **대신** 제가 저녁을 살게요.
真的嗎？那麼秀珍妳幫我看作業，作為報答我請妳吃晚餐。

가 커피 드시겠어요?
要喝咖啡嗎？

나 커피를 마시면 잠이 안 와서요. 커피 **대신** 녹차를 주시겠어요?
因為喝咖啡會睡不著覺。不要咖啡，能給我綠茶嗎？

深入瞭解！

이 표현은 과거에 한 행동에 대해서도 '–는 대신에'로 사용합니다.
此文法對過去做過的行動也使用「–는 대신에」。

- 어제는 집에서 요리한 대신 밖에 나가서 외식을 했어요. (×)
  → 어제는 집에서 요리하는 대신 밖에 나가서 외식을 했어요. (○)
  昨天沒有在家煮，而是出去外面吃。

會話練習！

109.mp3

1 가 옷을 바꾼다고 하더니 바꾸셨어요?
나 아니요, 맞는 사이즈가 없어서 바꾸는 **대신에** 환불했어요.

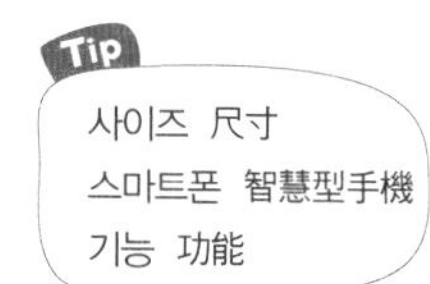
Tip
사이즈 尺寸
스마트폰 智慧型手機
기능 功能

옷을 바꾼다고 하더니 바꾸다	맞는 사이즈가 없어서 바꾸다 / 환불하다
MP3를 산다고 하더니 사다	스마트폰에 MP3 기능이 있어서 MP3를 사다 / 스마트폰을 사다
가족들과 동물원에 간다고 하더니 갔다 오다	비가 와서 동물원에 가다 / 박물관에 갔다 오다

2 가 언니, 오늘은 내가 저녁을 준비할게.
나 그럴래? 그럼 네가 저녁을 준비하는 **대신** 설거지는 내가 할게.

오늘은 내가 저녁을 준비하다	저녁을 준비하다 / 설거지는 내가 하다
내일 영화 표는 내가 예매하다	영화 표를 예매하다 / 점심은 내가 사다
유럽에 여행갈 때 새로 산 내 카메라를 빌려 주다	카메라를 빌려 주다 / 내가 유럽에서 예쁜 기념품을 사 오다

實戰練習！

1 請用「-(으)ㄴ/는 대신에」完成下列對話。

(1) 가 도장을 안 가지고 왔는데 어떻게 하지요? 도장을 꼭 찍어야 하나요?
나 도장을 찍는 대신에 서명을 하셔도 돼요.

(2) 가 대학교를 졸업하면 취직할 거예요?
나 아니요, ________________ 대학원에 진학하려고 해요.

(3) 가 정수 씨 회사는 월급이 많아서 좋겠어요.
나 아니에요, ________________ 일이 많아서 힘들어요.

(4) 가 이 집이 월세가 싼데 계약할까요?
나 이 집은 ________________ 교통이 안 좋아서 출퇴근하기가 힘들 것 같아요.

(5) 가 아픈 것 같은데 병원에 가지 그래요?
나 많이 아프지 않으니까 ________________ 약을 먹고 집에서 푹 쉴 거예요.

2 請看下圖，利用「-(으)ㄴ/는 대신」，寫出賢秀和爸爸的約定。

	현수가 아버지에게 약속한 것	아버지가 현수에게 약속한 것
(1)	어머니의 청소를 도와 드리기로 했다.	용돈을 올려 주기로 하셨다.
(2)	컴퓨터게임 시간을 줄이기로 했다.	최신 컴퓨터로 바꿔 주기로 하셨다.
(3)	수학 과목에서 A를 받기로 했다.	가족들과 롯데월드에 같이 가기로 하셨다.
(4)	동생의 공부를 도와주기로 했다.	비싼 운동화를 사 주기로 하셨다.

(1) 현수가 어머니의 청소를 도와 드리는 대신 아버지는 용돈을 올려 주기로 하셨다.

(2) ________________

(3) ________________

(4) ________________

單元15 總複習！

〔1～2〕 **請選擇可以替換下列畫線部分的選項。**

1 현문 씨는 <u>무슨 일이라도</u> 맡기면 잘할 수 있는 사람이니까 걱정하지 마세요.

① 무슨 일이나　　② 무슨 일만큼
③ 무슨 일에다가　　④ 무슨 일이거든

2 어제는 집에서 <u>요리하는 대신</u> 식구들과 함께 밖에 나가서 외식을 했어요.

① 요리했는데도　　② 요리하지 않고
③ 요리하는 데다　　④ 요리할 뿐만 아니라

〔3～4〕 **請選擇<u>不</u>可以放入下列畫線部分的選項。**

3
가　시험도 끝났는데 뭘 할 거예요?
나　머리도 식힐 겸 바다를 보러 ________________ 좀 다녀올까 해요.

① 아무 데나　　② 어느 곳도
③ 아무 데라도　　④ 어느 곳이든지

4
가　신발 바꾼다더니 바꿨어요?
나　아니요, 신발 사이즈가 없어서 ________________________.

① 바꿀 정도로 환불했어요　　② 바꾸지 않고 환불했어요
③ 바꾸는 대신에 환불했어요　　④ 바꿀 수 없어서 환불했어요

〔5～6〕 **請選擇下列畫線部分<u>錯誤</u>的選項。**

5 ① 이번 주말에는 여유가 좀 있으니까 <u>여행이나 합시다</u>.
② 이번 주말에는 여유가 좀 있으니까 <u>여행이나 했어요</u>.
③ 이번 주말에는 여유가 좀 있으니까 <u>여행이나 갈까요</u>?
④ 이번 주말에는 여유가 좀 있으니까 <u>여행이나 갈까 해요</u>.

6 ① 밥을 <u>먹었든지 안 먹었든지</u> 이것 좀 더 드세요.
② 내일은 <u>도서관에 가겠든지 영화를 보겠든지</u> 할 거예요.
③ 제 동생은 <u>평일이든 주말이든</u> 시간만 나면 등산을 가요.
④ 이제 한국 음식은 <u>짜든지 맵든지</u> 모두 먹을 수 있게 되었어요.

單元 16

시간이나 순차적 행동을 나타낼 때
表示時間或循序的行動時

본 장에서는 시간이나 순차적 행동을 나타낼 때 사용하는 표현에 대해서 배웁니다. 초급 단계에서는 '-기 전에', '-(으)ㄴ 후에', '-고 나서', '-아/어서', '-(으)ㄹ 때', '-(으)면서', '-는 중', '-자마자', '-는 동안', '-(으)ㄴ 지'와 같이 시간을 나타내는 표현을 많이 배웠습니다. 초급에서 시간을 나타내는 표현을 잘 공부했다면 본 장에서 배웅는 시간 표현도 그렇게 어렵지는 않을 것입니다. 그렇지만 시간 표현은 사용하는 상황이 조금씩 다르므로 그 차이점을 잘 구별해서 익히시기 바랍니다.

本單元我們學習有關表示時間或循序的行動時使用的文法。初級階段我們曾學過「-기 전에」、「-(으)ㄴ 후에」、「-고 나서」、「-아/어서」、「-(으)ㄹ 때」、「-(으)면서」、「-는 중」、「-자마자」、「-는 동안」、「-(으)ㄴ 지」等很多表示時間的文法。如果你很清楚地掌握了初級的這些文法，那麼學習本單元的內容也不會很困難。由於表時間的這些文法在使用狀態上稍有不同，所以要仔細區分。

01 만에

110.mp3

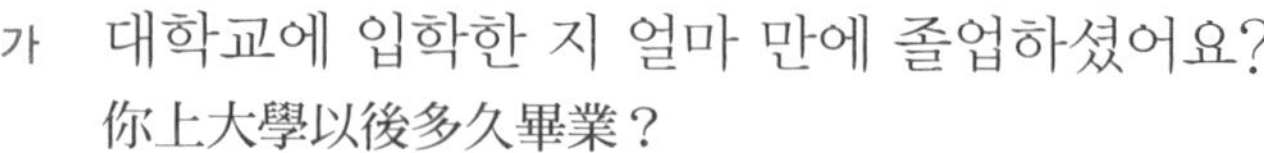

가 대학교에 입학한 지 얼마 만에 졸업하셨어요?
你上大學以後多久畢業？

나 대학을 다니다가 아파서 1년을 쉬었기 때문에 입학한 지 5년 **만에** 졸업을 했어요.
我上大學以後因為生病休學了一年，所以入學後五年才畢業。

가 서울에서 KTX를 타니까 3시간 **만에** 부산에 도착하더라고요.
從首爾坐KTX高鐵，三個小時就到釜山了。

나 KTX가 정말 빠르네요!
KTX真快啊！

文法重點！

이 표현은 어떤 일이 일어나고 나서 얼마간의 시간이 흐른 뒤 또 다른 일이 일어남을 나타낼 때 사용합니다. 그렇기 때문에 보통 선행절의 동작이 완료된 상태가 시간적으로 얼마가 지났다는 뜻을 나타내는 '-(으)ㄴ 지' 하고 같이 사용합니다. '-만에' 앞에는 항상 기간을 나타내는 숫자가 옵니다.
此文法用於表示某件事情發生後經過一段時間，發生了另一件事。由於這個緣故，通常跟表前子句動作完成的狀態在時間上經過了多長時間的「-(으)ㄴ 지」一起使用。

만에			
N	만에	2년 세 달	2년 만에 세 달 만에

- 집을 짓기 시작한 지 3년 **만에** 다 지었어요.
  房子蓋了三年全部蓋完。
- 아이가 잠이 든 지 30분 **만에** 다시 깼어요.
  孩子睡了三十分鐘又醒了。

- 얼마 **만에** 한국에 다시 오셨어요?
  您是時隔隔多久再來韓國的？

深入瞭解！

'만에'와 비슷하게 쓰이는 '동안'과 '후에'는 다음과 같은 차이가 있습니다.

與「만에」用法相近的「동안」和「후에」有以下差異：

동안	만에	후에
'어느 한때에서 다른 한때까지 시간의 길이'를 의미합니다. 表示某一時刻到另一時刻的時間長度。 • 3시간 동안 책을 읽었어요. 讀了三個小時的書。 → 책을 다 읽었는지 안 읽었는지 알 수 없고 단지 3시간이라는 시간의 길이만을 나타냅니다. 不曉得書有沒有讀完，僅表達3小時這個時間長度。	'어떤 일이 일어난 지 얼마 뒤에 또 다른 일이 일어남'을 나타냅니다. 表示「某件事情發生後經過一段時間，另一件事發生。」 • 책을 읽기 시작한 지 3시간 만에 책을 다 읽었어요. 開始讀書後三小時都讀完了。 → 책을 3시간이 걸려서 다 읽었다는 의미입니다. 表示花了三個小時讀完書了。	'얼마간의 시간이 지난 뒤에'라는 의미입니다. 表示經過了多長時間。 • 3시간 후에 책을 읽을 거예요. 三小時後要讀書。 → 지금부터 3시간이 지나면 책을 읽을 거라는 의미입니다. 表示從現在起的三個小時以後要開始讀書。

會話練習！

111.mp3

1 가 중학교 때 친구를 얼마 만에 만난 거예요?

나 거의 십 년 만에 다시 만난 것 같아요.

중학교 때 친구를 얼마 만에 만나다	십 년 / 다시 만나다
해외여행을 얼마 만에 다녀오다	오 년 / 다녀오다
얼마 만에 비가 오다	한 달 / 비가 오다

2 가 수진 씨가 아기를 낳았다면서요?

나 네, 결혼한 지 2년 만에 아기를 낳았대요.

아기를 낳았다	결혼한 지 2년 / 아기를 낳다
직장을 그만두었다	직장을 다닌 지 5개월 / 그만두다
다이어트를 하고 있다	다이어트를 시작한 지 세 달 / 5kg이 빠지다

實戰練習！

1 請用「만에」完成下列對話。

(1) 가 물이 다시 나오고 있어요? (몇 시간)
나 네, 몇 시간 만에 다시 나오네요.

(2) 가 올해는 크리스마스에 눈이 오니까 정말 좋아요. (5년)
나 맞아요. ______________ 크리스마스에 눈이 오니까 기분이 좋아요.

(3) 가 올 여름은 정말 비가 많이 오지요? (100년)
나 네, ______________ 최고로 많은 양의 비가 오고 있대요.

(4) 가 저 가수가 새 음반을 냈군요! (3년)
나 네, ______________ 새 음반을 냈는데 반응이 아주 좋대요.

(5) 가 양강 씨가 오늘은 학교에 왔어요? (5일)
나 네, ______________ 학교에 왔어요.

2 請用「만에」完成下列對話。

(1) 가 휴대전화가 또 고장 났어요? (고치다 / 3일)
나 네, 고친 지 3일 만에 다시 고장이 났어요.

(2) 가 새로 나온 스마트폰을 사려고 예약한 사람이 많대요. (예약을 시작하다 / 9시간)
나 네, 저도 들었어요. ______________ 10만 명이나 예약을 했대요.

(3) 가 그 영화가 그렇게 재미있어요? (표를 팔기 시작하다 / 30분)
나 네, 그래서 ______________ 매진됐대요.

(4) 가 수진 씨가 다음 달에 결혼을 한대요. (남자 친구와 사귀다 / 10년)
나 저도 들었어요. ______________.

(5) 가 마이클 씨가 언제 퇴원했대요? (병원에 입원하다 / 5일)
나 ______________.

02 –아/어 가지고

가 이 채소는 어떻게 할까요?
這個蔬菜要怎麼處理？

나 먼저 다듬어 가지고 냉장고에 넣어 주세요.
샐러드는 조금 후에 만들 거예요.
先處理好之後放進冰箱裡，沙拉稍後再做。

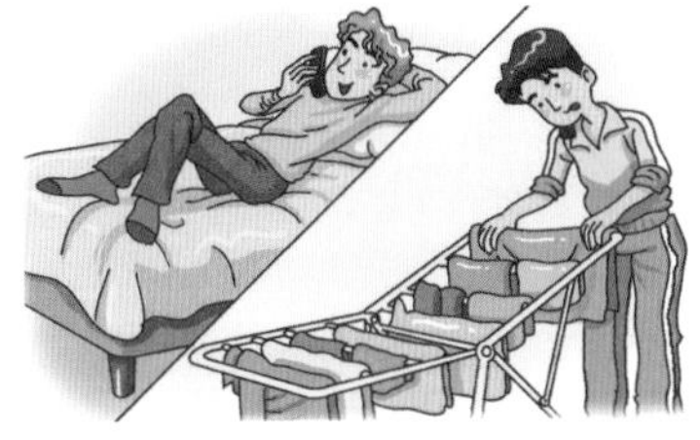

가 양강 씨, 지금 뭐 해요?
楊剛，你現在在做什麼呢？

나 빨래를 해 가지고 널고 있어요.
洗完衣服正在晾呢。

會話練習！

이 표현은 선행절의 행위를 한 후에 그 결과를 바탕으로 해서 후행절의 행위를 하는 것을 나타냅니다. 입말에서 많이 사용하며 '–아/어 갖고'로 줄여서 많이 말합니다. 순서를 말하는 이 표현은 동사하고만 사용할 수 있습니다.

此文法表示做了前子句的行為後，以其結果為基礎，做後子句的行為。在談話中經常使用，常縮略為「–아/어 갖고」。表示順序的這個文法只能和動詞一起使用。

–아/어 가지고			
V	–아/어 가지고	사다 씻다	사 가지고 씻어 가지고

- 돈을 빨리 모아 가지고 자동차를 사고 싶어요.
  我想趕快存錢買汽車。
- 등산갈 때 제가 집에서 김밥을 만들어 가지고 갈게요.
  去爬山的時候，我會在家做好紫菜飯捲帶去。
- 할아버지께서 손자들을 불러 가지고 용돈을 주셨어요.
  奶奶把孫子們叫來，給了零用錢。

深入瞭解！

1 이 표현은 뒤에 일어난 일이나 상태에 대한 이유를 나타낼 때 사용하기도 합니다. 이때는 형용사하고도 사용할 수 있습니다.

此文法也用於表述後面發生之事情、狀態的理由，此時也可以和形容詞一起使用。

- 스마트폰을 사고 싶은데 비싸 가지고 못 사겠어요.
  想買智慧型手機，但是太貴了，買不起。
- 지난해에 비해 물가가 많이 올라 가지고 생활비가 많이 들어요
  和去年比，物價上漲很多，所以要花很多生活費。

그러나 순서를 나타내는 '–아/어 가지고'와 이유를 나타내는 '–아/어 가지고'는 다음과 같은 차이가 있습니다.

不過表順序的「–아/어 가지고」和表理由的「–아/어 가지고」有以下差異：

順序的「–아/어 가지고」	理由的「–아/어 가지고」
후행절에 청유형과 명령형을 사용할 수 있습니다. 後子句可以使用建議句和命令句。 • 선물을 포장해 가지고 소포로 보냅시다. (○) 禮物包裝後，用包裹寄吧。 • 선물을 포장해 가지고 소포로 보내세요. (○) 禮物包裝後，請用包裹寄。 • 선물을 포장해 가지고 소포로 보낼까요? (○) 禮物包裝後，用包裹寄嗎？	후행절에 청유형과 명령형을 사용할 수 없습니다. 後子句中不能使用建議句和命令句。 • 손을 다쳐 가지고 병원에 가세요. (×) • 손을 다쳐 가지고 병원에 갑시다. (×) • 손을 다쳐 가지고 병원에 갈까요? (×) • 손을 다쳐 가지고 병원에 갔어요. (○) 因為手受傷，所以去了醫院。
'–아/어 가지고' 앞에 동사만 사용할 수 있습니다. 「–아/어 가지고」前只能使用動詞。 • 선물을 많이 사 가지고 집에 가요. (○) 買了很多禮物後回家。	'–아/어 가지고' 앞에 동사와 형용사를 모두 사용할 수 있습니다. 「–아/어 가지고」前動詞和形容詞均可使用。 • 일이 많아 가지고 집에 일찍 못 가요. (○) 事情很多，所以沒辦法提早回家。 • 선물을 많이 사 가지고 돈이 모자라요. (○) 因為買很多禮物，所以錢不夠。

2 이 표현은 순서를 나타내는 표현인 '–아/어서'와 바꿔서 사용할 수 있습니다.

此文法可以和表順序的表現「–아/어서」替換使用。

- 친구에게 책을 빌려 가지고 읽었어요. = 친구에게 책을 빌려서 읽었어요.　向朋友借書來看。

3 이 표현은 시제를 나타내는 '–았/었–'이나 '–겠–' 등과 같이 사용하지 못합니다.

此文法不能和表時制的「–았/었–」或「–겠–」一起使用。

- 친구를 만났 가지고 커피를 마셨어요. (×)
  친구를 만나겠 가지고 커피를 마셨어요. (×)
  → 친구를 만나 가지고 커피를 마셨어요. (○)　和朋友見面後喝了咖啡。

會話練習！

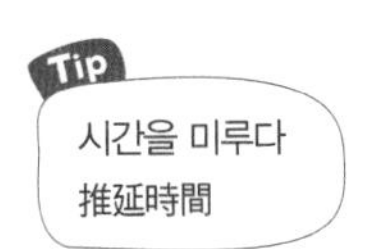

1 가 친구들에게 다시 연락하려고요?

나 네, 친구들에게 연락해 가지고 약속 시간을 좀 미루려고 해요.

친구들에게 다시 연락하다	친구들에게 연락하다 / 약속 시간을 좀 미루다
음식을 많이 만들다	많이 만들다 / 친구들에게 좀 주다
한국어를 공부하다	한국어를 열심히 공부하다 / 한국 회사에 취직하다

2 가 보통 날씨가 좋으면 뭘 해요?

나 밖에 나가 가지고 그림을 그려요.

Tip
막 胡亂地

날씨가 좋다	밖에 나가다 / 그림을 그리다
기분이 좋다	친구를 만나다 / 같이 영화를 보다
스트레스를 받다	과자를 많이 사다 / 혼자 막 먹다

實戰練習！

請用「-아/어 가지고」完成下列對話。

(1) 가 커피 한잔 마실까요? (사다)
나 좋아요. 제가 저기 편의점에서 사 가지고 올게요.

(2) 가 아이들이 어디에 있어요? (의자에 앉다)
나 저기 ______________ 책을 읽고 있어요.

(3) 가 은혜 씨와 싸웠어요? (은혜 씨를 만나다)
나 네, 그래서 ______________ 사과를 하려고 해요.

(4) 가 이 달걀을 어떻게 할까요? (삶다)
나 ______________ 같이 먹읍시다.

(5) 가 돈을 벌어서 어디에 쓸 거예요? (돈을 많이 모으다)
나 ______________ 예쁜 집을 살 거예요.

(6) 가 웨이밍 씨, 무엇을 쓰고 있어요? (갑자기 좋은 생각이 나다)
나 ______________ 수첩에 메모하고 있어요.

03 –아/어다가

114.mp3

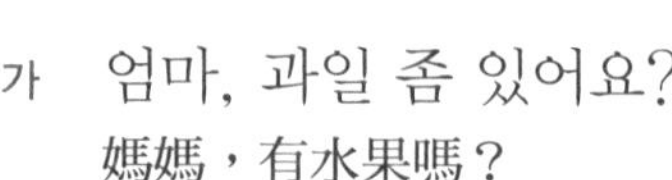

가 엄마, 과일 좀 있어요?
媽媽，有水果嗎？

나 응, 냉장고에 있으니까 꺼내다가 먹어.
嗯，在冰箱裡，拿出來吃吧。

가 은행에 가요?
你要去銀行嗎？

나 네, 돈을 좀 찾아다가 하숙비를 내려고 해요.
對，要取點錢去付寄宿費。

文法重點！

이 표현은 선행절의 행동을 하고 난 뒤에 그 결과를 가지고 후행절의 행동을 하는 것을 나타냅니다. 이때는 선행절의 행동이 끝난 후에 자리를 옮겨서 후행절의 행동을 합니다. 이 표현은 '–아/어다'로 줄여서 사용할 수 있습니다.

此文法表示完成前子句的行動後，拿著這個結果做後子句的行動，此時前子句的行動結束後移動位置，再做後子句的行動。此文法可以縮寫為「–아/어다」。

–아/어다가			
V	–아/어다가	사다 찾다	사다가 찾아다가

- 어제 시장에서 만두를 **사다가** 먹었습니다.
  昨天在市場買了水餃吃。
- 과자를 만들**어다가** 학교 친구들이랑 같이 먹었어요.
  做了餅乾，然後跟學校的朋友們一起吃了。
- 영미야, 부엌에서 쟁반 좀 가져다 줄래?
  英美，從廚房把托盤拿來好嗎？

深入瞭解！

'-아/어다가' 앞에 과거형이나 미래형을 사용할 수 없습니다.

「-아/어다가」前面不可使用過去時制和未來時制。

- 남은 음식을 포장했다가 집에서 먹었어요. (×)
  남은 음식을 포장하겠다가 집에서 먹었어요. (×)
  → 남은 음식을 포장해다가 집에서 먹었어요. (○) 將剩下的食物打包，帶回家吃。

哪裡不一樣？

이 표현을 다른 사람에게 부탁할 때 사용할 때는 '-아/어다 주다'가 되는데 이것은 '-아/어 주다'하고 형태적으로 비슷하지만 의미가 다르므로 주의해야 합니다.

此文法若用於拜託別人做某事時，用「-아/어다 주다」，雖然這和「-아/어 주다」在形態上相似，但意義不同，必須要格外注意。

-아/어다 주다	-아/어 주다
은영 마크 씨, 편의점에 가는 길에 커피 좀 사다 줄래요? 馬克，去便利商店的路上可以幫我買咖啡嗎？ → 이것은 돈은 은영이가 내고 마크는 편의점에서 커피를 사서 은영에게 갖다 주는 상황입니다. 這是恩英出錢，馬克在便利商店買了咖啡後，拿給恩英的情形。	은영 마크 씨, 지갑을 안 가져 왔는데 커피 한 잔 좀 사 주세요. 馬克，我沒有帶皮包，請買一杯咖啡給我。 → 이것은 마크 씨가 돈을 내서 은영에게 커피를 사 주는 상황입니다. 這是馬克出錢買咖啡給恩英的情形。

會話練習！

115.mp3

1 가 친구 생일인데 친구에게 무엇을 선물하려고 해요?
나 친구가 좋아하는 노래를 CD에 녹음**해다가** 줄까 해요.

Tip 건강식품 健康食品

친구 생일인데 친구에게	친구가 좋아하는 노래를 CD에 녹음하다 / 주다
어버이날인데 부모님께	건강식품을 사다 / 드리다
동생 입학식인데 동생에게	요즘 유행하는 신발을 사다 / 주다

2 가 어제 그림을 그리던데 다 그렸어요?

나 네, 그림을 다 그려다 학교에 냈어요.

그림을 그리던데 다 그리다	그림을 다 그리다 / 학교에 내다
고기를 볶던데 다 먹다	고기를 볶다 / 소풍 가서 친구들하고 같이 먹다
선생님께서 자야 씨의 전화번호를 물어보시던데 다 알아보다	자야 씨의 전화번호를 알다 / 선생님께 알려 드리다

實戰練習！

請用「–아/어다가」完成下列對話。

(1) 가 저 지금 시장에 가는데 뭐 부탁할 것 있어요? (과일을 좀 사다)
나 그럼, 과일을 좀 사다가 주세요.

(2) 가 그 회사는 무역 회사지요? (유럽에서 가방을 수입하다)
나 네, ______________________ 팔아요.

(3) 가 오늘 저녁은 뭘 먹을까? (중국집에서 시키다)
나 ______________________ 먹을까요?

(4) 가 엄마, 뭘 도와 드릴까요? (냉장고에서 야채를 꺼내다)
나 ______________________ 좀 씻어 줘.

(5) 가 이 과일 좀 먹어도 돼요? (부엌에서 씻다)
나 그럼, ______________________ 놓은 거니까 먹어.

(6) 가 수진 씨는 반찬을 자주 만들어요? (엄마가 만들다)
나 아니요, 제가 시간이 별로 없으니까 ______________________ 주세요.

(7) 가 그 영화 봤어요? (친구에게 DVD를 빌리다)
나 네, ______________________ 봤어요.

(8) 가 아버지가 낚시를 자주 가세요? (큰 물고기를 잡다)
나 네, 가끔 ______________________ 매운탕을 끓여 주세요.

04 -고서

116.mp3

가 오늘 왜 안경을 안 썼어요?
今天為什麼沒戴眼鏡？

나 아침에 안경을 책상 위에 올려 놓고서 잊어버리고 그냥 나왔어요.
早上把眼鏡放在桌子上後忘了，就這麼出來了。

가 어제 수영을 하다가 발에 쥐가 나서 아주 힘들었어요.
昨天游泳的時候腳抽筋，好辛苦。

나 그러니까 운동을 할 때는 꼭 준비운동을 하고서 해야 돼요.
所以運動的時候一定要先做暖身運動之後再運動才行。

文法重點！

이 표현은 선행절의 행위가 먼저 일어나고 후행절의 행동이 일어남을 나타낼 때 사용합니다. 선행절과 후행절의 행위 사이에는 시간적인 전후 관계가 있습니다. 이 표현은 동사하고만 사용할 수 있습니다.
此文法用於前子句的行為先發生，然後發生後子句的行動時。前後子句動作之間有時間上的先後關係。此表現只可和動詞一起使用。

-고서			
V	-고서	가다 먹다	가고서 먹고서

- 가게에서 돈만 내고서 물건은 안 가지고 나왔어요.
  在商店裡光付錢，沒拿東西就出來了。
- 저는 아침마다 조깅을 하고서 학교에 옵니다.
  我每天早上跑完步以後再來學校。

• 책을 읽고서 친구들과 토론을 했어요.
讀完書以後和朋友們討論。

深入瞭解！

1 이 표현은 시제를 나타내는 '–았/었–'이나 '–겠–' 등과 같이 사용하지 못합니다.
此文法不能與表過去和未來時制的「–았/었–」或「–겠–」等一起使用。

• 인사만 했고서 헤어졌어요. (×)
인사만 하겠고서 헤어지려고 해요. (×)
→ 인사만 하고서 헤어졌어요. (○) 只打了招呼，就分開了。

2 순서를 나타내는 '–고'나 '–고 나서'로 바꿔 쓸 수 있습니다.
可以與表示順序的「–고」或「–고 나서」替換使用。

• 책을 읽고서 감상문을 썼어요.
= 책을 읽고 감상문을 썼어요.
= 책을 읽고 나서 감상문을 썼어요. 讀了書後，寫了心得感想。

會話練習！

117.mp3

1 가 언제 밖에 나갈 거예요?
나 택배를 받고서 나갈 거예요.

밖에 나가다	택배를 받다 / 나가다
N서울타워에 올라가다	미술관을 구경하다 / 올라가다
이사를 하다	이번 학기가 끝나다 / 이사를 하다

2 가 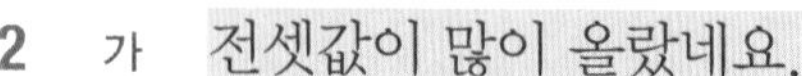 전셋값이 많이 올랐네요.
나 새 학기가 되고서 많이 올랐어요.

전셋값이 많이 오르다	새 학기가 되다 / 많이 오르다
한국말이 많이 늘다	한국 남자 친구를 사귀다 / 많이 늘다
여자 친구와 사이가 더 좋아지다	몇 번 싸우다 / 더 좋아지다

實戰練習！

請用「-고서」完成下列對話。

(1) 가 그 사람한테 언제 답장 메일을 보냈어요? (지난주에 메일을 받다)
나 지난주에 메일을 받고서 바로 답을 보냈습니다.

(2) 가 어제 많이 아팠어요? (아빠가 저를 업다)
나 네, 그래서 ________________ 병원까지 뛰어가셨어요.

(3) 가 친구한테 화를 내니까 미안하지요? (화를 내다)
나 네, ________________ 후회를 많이 했어요.

(4) 가 감기에 안 걸리려면 중요한 게 뭐예요? (항상 손을 씻다)
나 ________________ 음식을 먹어야 돼요.

(5) 가 민우 씨가 지금 놀고 있어요? (다니던 회사를 그만두다)
나 네, ________________ 다른 직장을 찾고 있대요.

(6) 가 영아 씨, 많이 힘들어 보여요. (무거운 짐을 들다)
나 ________________ 친구 집에 다녀와서 그래요.

(7) 가 언제 식사할 거예요? (일을 먼저 끝내다)
나 ________________________________.

(8) 가 언제 유럽 배낭여행을 했어요? (대학교를 졸업하다)
나 ________________________________.

單元16 總複習！

〔1～2〕請選擇不可以替換下列畫線部分的選項。

1 초등학교 때 친구를 10년 만에 다시 만났어요.

① 친구를 10년만큼 만났어요　② 친구를 10년 동안 만났어요
③ 친구를 10년이 지나서 만났어요　④ 친구를 10년 전만 해도 만났어요

2 친구의 전화를 받고서 나가려고 기다리고 있어요.

① 전화를 받고　② 전화를 받으면서
③ 전화를 받은 후에　④ 전화를 받고 나서

3 請選擇下列畫線部分不適當的回答。

가 마크 씨, 동화책을 사려고 해요?
나 네, ______________ 조카에게 선물로 줄 거예요.

① 동화책을 사서　② 동화책을 사고서
③ 동화책을 사다가　④ 동화책을 사 가지고

4 請選擇下列畫線部分正確的回答。

가 수연 씨는 저축을 정말 많이 하는 것 같아요.
나 네, 많이 하고 있어요. 돈을 많이 ______________.

① 모아져야 더 큰 집으로 이사하려고 해요
② 모으니까 더 큰 집으로 이사하려고 해요
③ 모아 가지고 더 큰 집으로 이사하려고 해요
④ 모으는 바람에 더 큰 집으로 이사하려고 해요

5 請選擇正確的句子。

① 서점에서 책을 사 가지고 읽었어요.
② 떡볶이를 만들다가 친구들과 먹었어요.
③ 명동에서 옷을 샀어 가지고 집에 왔어요.
④ 파마를 시작한 지 2시간 후에 다 끝났어요.

6 請選擇意義不同的句子。

① 조카의 그림을 그려 주려고 해요.
② 그림을 그려서 조카에게 주려고 해요.
③ 그림을 그려다 조카에게 주려고 해요.
④ 그림을 그려 가지고 조카에게 주려고 해요.

발견과 결과를 나타낼 때
表示發現和結果時

본 장에서는 발견과 결과를 나타내는 표현들을 배웁니다. 초급 단계에서는 이러한 표현으로 '–(으)니까'를 배웠습니다. 본 장에서 다루는 표현들은 어떤 행동을 한 번 혹은 여러 번 한 뒤에 새로운 것을 알게 되거나 그러한 행동들의 결과로서 나타내는 것을 말하는 것입니다.

本單元我們要學習表示發現和結果時使用的文法。在初級階段我們曾學習過「–(으)니까」。本單元的文法用於陳述在經過一次或多次反覆行動之後，發現新的事實或該行動的結果。

01 –고 보니
02 –다 보니
03 –다 보면
04 –더니
05 –았/었더니
06 –다가는
07 –(으)ㄴ/는 셈이다

01 –고 보니

118.mp3

가 둘이 아는 사이였어요?
你們認識啊？

나 네, 처음에는 누군지 몰랐는데 만나고 보니 초등학교 동창이었어요.
是啊，一開始還不知道是誰，來往了才知道是小學同學。

가 웨이밍 씨, 오늘 가방 안 가지고 왔어요?
魏明，你今天沒帶包包來嗎？

나 지하철에 놓고 내렸어요. 지하철에서 내리고 보니 가방이 없더라고요.
我忘在地鐵上了，下了地鐵才發現包包不見。

文法重點！

이 표현은 어떤 행동이나 일이 일어나기 전에는 몰랐는데 그 일이 일어난 후에 어떤 것을 새롭게 알게 되거나 발견했을 때 혹은 이전에 생각했던 것과 달랐을 때 사용합니다. '–고 보니'는 '–고 보니까'로 사용해도 됩니다.
此文法用於某行動或某事在發生之前不知道，在那件事情發生以後才知道或發覺什麼的時候，或用於發現和以前想像的結果不一樣的時候。「–고 보니」同「–고 보니까」。

–고 보니			
V	–고 보니	사다 먹다	사고 보니 먹고 보니

- 세일을 한다고 해서 옷을 샀어요. 그런데 옷을 사고 보니 작년 상품이었어요.
  因為打折而買了衣服，可是買了以後發現是去年的商品。
- 비슷하게 생겨서 제 신발인 줄 알고 신었어요. 그런데 신고 보니 동생의 신발이었어요.
  長得差不多，以為是我的鞋子就穿了，結果穿上後才知道是弟弟的鞋子。
- 버스를 타고 보니까 반대 방향으로 가는 것이었어요.
  上了公車才發現是往相反方向去的。

深入瞭解！

'–고 보니' 앞에는 동사만 올 수 있습니다. '형용사'나 '명사+이다'가 오면 틀린 문장이 됩니다.

「–고 보니」前面只能接動詞。若使用「形容詞」或「名詞+이다」句子就錯了。

- 돈이 없을 때는 몰랐는데 돈이 많고 보니 더 외롭다는 생각이 들었어요. (×)
  → 돈이 없을 때는 몰랐는데 돈이 많아지고 보니 더 외롭다는 생각이 들었어요. (○)
  沒錢的時候不知道，錢多了之後反而覺得更寂寞。

  : '많다'는 형용사이므로 '–아/어지다'를 붙여 동사로 바꿔서 써야 합니다.
  「많다」為形容詞，所以必須接「–아/어지다」轉為動詞後使用。

- 배우가 되기 전에는 배우들의 생활이 부러웠어요.
  當演員之前，很羨慕演員的生活。
  그런데 배우이고 보니 배우들의 삶이 생각만큼 좋지 않다는 것을 알게 되었어요. (×)
  → 그런데 배우가 되고 보니 배우들의 삶이 생각만큼 좋지 않다는 것을 알게 되었어요. (○)
  可是當了演員之後，才知道演員的生活不如想像中美好。

  : '배우이다'는 동사가 아니므로 '배우가 되다'로 바꿔야 합니다.
  「배우이다」不是動詞，所以必須改成「배우가 되다」。

會話練習！

119.mp3

1 가 왜 여행 가방을 쌌다가 다시 풀어요?

나 가방을 싸고 보니 여행안내책을 안 넣었더라고요.

여행 가방을 쌌다가 다시 풀다	가방을 싸다 / 여행안내책을 안 넣었다
스웨터를 입었다가 다시 벗다	스웨터를 입다 / 거꾸로 입었다
약속을 했다가 바꿨다	약속을 하다 / 그날 다른 약속이 있다

2 가 학교를 휴학하니까 좋아요?

나 좋기는요. 막상 휴학하고 보니까 심심하고 학교생활이 그리워요.

Tip
휴학하다 休學
막상 真的、實際上
사업 事業
골치 아프다 頭痛

학교를 휴학하다	휴학하다 / 심심하고 학교생활이 그립다
사업을 시작하다	사업을 시작하다 / 골치 아픈 일이 너무 많다
도시로 이사하다	도시로 이사하다 / 시끄럽고 정신이 없다

實戰練習！

1 請用「-고 보니」完成下列句子。

(1) 음식을 시키고 나서 돈이 모자란 것을 알게 되었어요.

→ 음식을 시키고 보니 돈이 모자라더라고요.

(2) 버스에 타고 나서 지갑이 없는 것을 알았어요.

→ ______

(3) 책을 사고 나서 같은 책이 집에 있는 것을 알았어요.

→ ______

(4) 가게에서 나오고 나서 거스름돈을 덜 받은 것을 알았어요.

→ ______

(5) 편지를 다 쓰고 나서 내용이 너무 유치하다는 생각이 들었어요.

→ ______

2 請用「-고 보니」完成下列對話。

(1) 가 지난번에 산 소파가 아니네요. (놓다)
나 네, 그 소파를 집에 놓고 보니 우리 집과 안 어울리는 것 같아서 다른 걸로 바꿨어요.

(2) 가 인터넷으로 주문한 옷 받으셨어요? (받다)
나 네, 그런데 ______ 색깔이 화면과 다르더라고요.

(3) 가 음식 맛이 왜 이렇게 달지요? (넣다)
나 소금인 줄 알았는데 ______ 설탕이었어요.

(4) 가 요즘 운전해서 회사에 다니니까 편해요? (운전을 시작하다)
나 아니요, 운전하면 좋을 줄 알았는데 ______ 스트레스를 많이 받네요.

(5) 가 학교를 졸업하니까 좋지요? (졸업하다)
나 아니요, 학교 다닐 때는 빨리 졸업하고 싶었는데 막상 ______ 다시 학교에 다니고 싶어지네요.

02 –다 보니

120.mp3

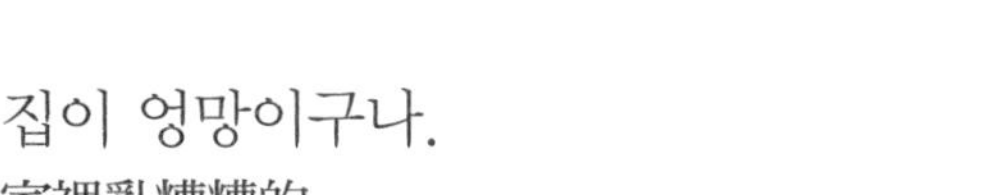

가 집이 엉망이구나.
家裡亂糟糟的。

나 혼자 살다 보니 집 정리를 잘 안 하게 돼요.
一個人生活久了，就不怎麼整理家裡了。

가 자야 씨는 양강 씨를 싫어하지 않았어요?
札雅不是不喜歡楊剛嗎？

나 처음엔 싫어했는데 매일 같이 일하다 보니 양강 씨의 좋은 점이 보이더라고요.
起初是不喜歡，不過每天一起工作，就看到楊剛的優點了。

文法重點！

'–다 보니'는 동사 뒤에 붙어 어떤 행동을 이전부터 계속하는 과정에서 새로운 사실을 알게 되거나 결과적으로 어떤 상태가 되었을 때 사용합니다. '–다 보니'에서 '–다'는 '어떤 행동을 계속하는 도중에'를 나타내는 '–다가'가 줄어든 것이며 '–보니'는 '보다'에 '발견이나 결과'의 의미를 가진 '–(으)니까'가 붙은 말이 줄어든 것입니다. 따라서 이 표현은 '–다가 보니까' 혹은 '–다 보니까'로도 쓸 수 있습니다.

「–다 보니」接在動詞後，表示在某個從以前就持續進行某行動的過程中獲知新事實，或結果出現某種狀態。「–다 보니」的「–다」為表示持續進行某行動之過程中「–다가」的縮寫，「–보니」是「–보다」後接表「發現或結果」之意的「–(으)니까」的縮寫。因此這個文法和「–다가 보니까」或「–다 보니까」相同。

–다 보니			
V	–다 보니	만나다 먹다	만나다 보니 먹다 보니

- 자꾸 먹다 보니 이젠 매운 음식도 잘 먹게 되었어요.
  經常吃，結果現在辣的食物也很會吃了。
- 오랜만에 만난 친구랑 이야기하다 보니 어느새 12시가 넘었더라고요.
  和很久沒見的朋友聊天，不知不覺就過十二點了。
- 경제 신문을 매일 읽다가 보니까 자연스럽게 경제에 대해 잘 알게 되었어요.
  每天看經濟報紙，自然就對經濟很瞭解。

深入瞭解！

'–다 보니' 앞에 형용사나 '이다'가 오면 선행절이 후행절의 이유나 원인이 됨을 나타냅니다.

「–다 보니」前出現形容詞或「이다」時，表示前子句是後子句的理由或原因。

- 그 일이 워낙 중요하다 보니 혼자 결정할 수 없었어요.
  那件事非常重要，所以一個人決定不了。
- 대통령은 한 나라의 대표이다 보니 경호하는 사람들이 많을 수밖에 없어요.
  總統是一個國家的代表，所以警衛當然很多。

哪裡不一樣？

'–고 보니'와 '–다 보니'는 다음과 같은 점에서 차이가 납니다.

「–고 보니」和「–다 보니」在以下幾點上有差異：

–고 보니	–다 보니
(1) 행동이 끝난 다음 行動結束後 • 선생님의 설명을 듣고 보니 이해가 되었다. 聽了老師的講解後理解了。 ➜ 선생님의 설명을 다 들은 후에 이해가 되었다는 뜻입니다. 表示完全聽完老師的講解以後理解了。	(1) 행동을 하는 과정에서 行動過程中 • 선생님의 설명을 듣다 보니 이해가 되었다. 聽了老師的講解就理解了。 ➜ 선생님의 설명을 듣는 과정에서 이해가 되었다는 뜻입니다. 表示在聽老師講解的過程中理解了。
(2) 어떤 행동을 한 번 하고 난 다음 某一行動做了一次以後 • 그 사람을 만나고 보니 괜찮은 사람 같았어요. 見了那個人後，覺得是不錯的人。 ➜ 한 번 만난 후에 괜찮은 사람인 것을 알게 되었다는 뜻입니다. 表示見了一次面後，發現他是個不錯的人。	(2) 어떤 행동을 여러 번 하는 과정에서 某一動作多次重複進行的過程中 • 그 사람을 만나다 보니 사랑하게 되었어요. 和那個人交往久了，就愛上了。 ➜ 여러 번 만나는 과정에서 그 사람을 사랑하게 되었다는 뜻입니다. 表示在幾次見面的過程中，愛上了那個人。
(3) 후행절에는 새로운 사실을 알게 되거나 이전에 생각했던 것과 달랐다는 내용이 옵니다. 後子句內容為發現新的事實或與以前想像的不一樣的結果。 • 아기를 안고 보니 생각보다 무겁지 않았어요. 抱了孩子後，才知道沒有想像中重。 ➜ 아기를 안기 전에는 무거운 줄 알았는데 안고 나서 생각보다 무겁지 않은 것을 알게 되었다는 의미입니다. 表示抱孩子前以為會很重，抱了才知道沒有想像中重。	(3) 후행절에 새로운 사실을 알게 되거나 결과적으로 어떤 상태가 되었다는 내용이 옵니다. 後子句內容為發現的新事實或某種狀態的結果。 • 아기를 안다 보니 허리가 안 좋아졌어요. 孩子抱久了，發現腰變不好。 ➜ 아기를 계속 안아 주는 행동을 한 결과 허리가 안 좋아졌다는 의미입니다. 表示持續抱孩子這個行為的結果是腰變不好。

會話練習！

121.mp3

1 가 예전에는 커피를 잘 못 마시지 않았어요?

나 네, 하지만 졸릴 때마다 커피를 마시**다 보니** 이제는 습관이 됐어요.

커피를 잘 못 마시다	졸릴 때마다 커피를 마시다 / 이제는 습관이 되다
혜인 씨와 별로 안 친하다	발표 준비를 같이 하다 / 친해지다
축구 보는 것을 싫어하다	남자 친구와 자주 경기를 보러 다니다 / 좋아하게 되다

2 가 상식이 정말 풍부하시네요.

나 매일 신문을 읽**다 보니까** 상식이 많아진 것 같아요.

상식이 정말 풍부하다	매일 신문을 읽다 / 상식이 많아지다
길을 정말 잘 찾다	매일 운전을 하다 / 길을 잘 찾게 되다
요즘 건강이 좋아 보이다	요즘 담배를 안 피우다 / 건강이 좋아지다

實戰練習！

以下的人在放假時間做了這些事情後，得到什麼結果？請看下圖，並用「–다 보니」完成下列句子。

放假期間 / 放假後	結果
(1) 	방학 동안 자야 씨는 어머니가 요리할 때마다 도와 드리다 보니 요리 솜씨가 많이 늘었어요.
(2) 	방학 동안 양강 씨는 날마다 친구들과 ______________ 한국어 실력이 많이 줄었어요.
(3) 	방학 동안 카일리 씨는 매일 ______________ 살이 많이 빠졌어요.
(4) 	방학 동안 호영 씨는 ______________ 위가 나빠졌어요.

03 -다 보면

122.mp3

가 정말 죄송합니다. 우리 알렉스가 유리창을 깼어요.
實在很抱歉！我們家阿烈克斯把玻璃窗打破了。

나 괜찮아요. 아이들이 놀**다 보면** 유리창을 깰 수도 있지요.
沒關係！孩子們玩起來，就有可能把窗戶打破的。

가 제가 이 일은 처음 해 보는 거라서 잘할 수 있을지 모르겠습니다.
因為這個工作我第一次做，所以不知道能不能做好。

나 일을 하**다 보면** 금방 방법을 알게 될 거니까 너무 걱정하지 마세요.
工作去做了，很快就會知道方法的，不用太擔心！

文法重點！

이 표현은 선행절의 행동을 계속하면 나중에 후행절의 결과가 생긴다는 것을 나타낼 때 사용합니다. '-다가 보면'으로 쓰기도 합니다.
此文法用於假設如果持續前子句的行動，就會出現後子句的結果，也可以寫成「-다가 보면」。

-다 보면			
V	-다 보면	운동하다 살다	운동하다 보면 살다 보면

가 마크 씨는 집안일을 참 잘하네요.
馬克很會做家事啊！

나 외국에서 혼자 살**다 보면** 저절로 요리도 하고 청소도 하게 되는 것 같아요.
好像一個人在國外生活久了，自然而然就會做飯和打掃了。

가 카일리 씨하고는 친해지기가 어려운 것 같아요.
好像很難和凱莉親近。

나 아니에요. 자주 이야기하다 **보면** 친해질 수 있을 거예요.
不會啦，經常說說話，就會變熟的。

가 어제 친한 친구하고 크게 싸워서 기분이 안 좋아요.
昨天和好朋友大吵了一架，心情很不好。

나 같이 지내다 **보면** 싸울 때도 있지요. 하지만 빨리 화해하세요.
人與人相處難免會有吵架的時候，但還是儘快合好吧。

深入瞭解！

'-다 보면' 앞에는 과거형이나 미래형이 올 수 없고, 후행절에도 과거 시제가 올 수 없습니다.
「-다 보면」前面不能是過去時制或未來時制，後子句也不能是過去時制。

- 그 친구를 계속 만났다 보면 좋아질 거예요. (×)
  그 친구를 계속 만나겠다 보면 좋아질 거예요. (×)
  그 친구를 계속 만나다 보면 좋아졌어요. (×)
  → 그 친구를 계속 만나다 보면 좋아질 거예요. (○) 繼續和那位朋友交往的話，就會更喜歡的。

會話練習！

123.mp3

1 가 어떻게 하면 한국말을 자연스럽게 할 수 있을까요?
나 한국 사람들과 이야기를 많이 하다 **보면** 자연스럽게 할 수 있을 거예요.

한국말을 자연스럽게 하다	한국 사람들과 이야기를 많이 하다 / 자연스럽게 할 수 있다
유학 생활을 더 즐겁게 하다	한국 친구를 많이 사귀어서 어울리다 / 즐거워지다
테니스를 잘 치다	계속 연습하다 / 잘 칠 수 있다

2 가 양강 씨가 담배를 너무 많이 피우는 것 같아요.
나 그렇게 담배를 많이 피우다 **보면** 건강이 나빠질 텐데 걱정이네요.

Tip
인스턴트식품
速食食品

담배를 너무 많이 피우다	담배를 많이 피우다 / 건강이 나빠지다
계속 밤에 늦게 자다	계속 늦게 자다 / 아침에 일찍 일어나기가 힘들다
요즘 계속 인스턴트식품만 먹다	계속 인스턴트식품만 먹다 / 살이 많이 찌다

實戰練習！

1 請用「-다 보면」完成下列對話。

(1) 가 어제가 지영 씨 생일이었네요? 잊어버려서 정말 미안해요. (바쁘게 지내다)
　　나 괜찮아요. 바쁘게 지내다 보면 잊어버릴 수도 있지요.

(2) 가 집에 혼자 있으면 심심하지 않아요? (컴퓨터게임을 하다)
　　나 ________________ 시간이 어떻게 가는지 몰라요.

(3) 가 1시간이나 걸리는데 집까지 걸어갈 거예요? (천천히 걷다)
　　나 네, ________________ 생각을 정리할 수 있어서 좋아요.

(4) 가 왜 슬픈 영화를 싫어해요? (슬픈 영화를 보다)
　　나 ________________ 나도 슬퍼져서 그래요.

(5) 가 승진이 안 됐어도 이 회사에서 계속 일하는 것이 좋겠지요? (일을 열심히 하다)
　　나 그럼요, ________________ 다른 기회가 또 생길 겁니다.

2 請用「-다 보면」完成下列對話。

(1) 가 시간이 많이 길어져서 죄송합니다. (회의하다)
　　나 괜찮아요. 회의하다 보면 시간이 길어질 수도 있지요.

(2) 가 요즘 들어서 조금 지치고 피곤한 것 같아요. (외국 생활을 오래하다)
　　나 ________________ 지치고 피곤할 때도 있지요.

(3) 가 아직도 한국어 책을 읽으면 이해하기가 힘들어요. (계속 책을 읽다)
　　나 ________________ 이해하기가 쉬워질 거예요.

(4) 가 기분이 나쁠 때는 어떻게 해요? (노래방에 가서 노래를 부르다)
　　나 ________________ 기분이 좋아져요.

(5) 가 한국 문화를 많이 알고 싶어요. (한국에서 계속 살다)
　　나 ________________ 자연스럽게 문화도 알게 될 거예요.

04 -더니

124.mp3

가 은혜 씨가 노벨상을 받았대요.
聽說恩惠得到了諾貝爾獎。

나 그래요? 어렸을 때부터 똑똑하더니 노벨상까지 받았군요.
是嗎？她從小就聰明，還真得了諾貝爾獎。

가 아키라 씨가 달라진 것 같아요.
明良好像變了。

나 네, 맞아요. 아키라 씨가 유명해지더니 아주 거만해졌어요.
是啊，沒錯。明良一出名，就變得非常傲慢。

文法重點！

이 표현은 과거에 어떤 대상을 관찰하거나 경험한 것과 그 이후의 변화 내용을 말할 때 사용하는데, 관찰한 내용이 이유 혹은 원인이 되어 현재 어떤 결과가 생겼다는 것을 표현합니다. 이 표현은 '-더니만'으로도 말할 수 있습니다.

此文法用於陳述對過去某一對象的觀察或體驗，以及後來的變化內容，觀察到的內容是導致現在結果的理由或原因。此文法也可以用「-더니만」替代。

-더니			
A/V	-더니	예쁘다 공부하다	예쁘더니 공부하더니
N이다	(이)더니	아이이다 학생이다	아이더니 학생이더니

- 아기 때부터 예쁘더니 배우가 되었어요.
  從嬰兒時期起就很漂亮，現在成了演員。

• 동수 씨가 다이어트를 하더니 날씬해졌네요.
東秀一直在減肥，還真的變苗條了呢。

• 재현 씨가 요즘 돈이 없다고 하더니만 수학여행도 못 간 것 같아요.
載賢說最近沒錢，好像連校外教學都沒得去。

深入瞭解！

1 이 표현은 과거에 경험하여 알게 된 사실 혹은 상태가 현재와 대조적임을 나타낼 때도 사용합니다.
此文法用於表示過去經歷而察覺的事實或狀態與現在成對比時。

• 오후에는 덥더니 저녁이 되니까 쌀쌀하네요.
下午還很熱，可是到了傍晚就涼涼的。

• 마크 씨가 월초에는 많이 바쁘더니 요즘은 좀 한가해진 모양이에요.
馬克月初時還很忙，最近好像閒下來了。

• 딸아이가 작년에는 여행을 많이 다니더니만 요즘은 통 밖에 나가지를 않아요.
女兒去年還去旅行過很多次，但是最近就都不出門了。

2 이 표현은 주어로 1인칭이 올 수 없고 2 · 3인칭만 올 수 있습니다.
此文法的主語不能是第一人稱，只能是第二、第三人稱。

• 내가 열심히 공부하더니 1등을 했어요. (×)
→ 진수가 열심히 공부하더니 1등을 했어요. (○) 珍秀認真念書，得了第一名。

그러나 자신을 객관화해서 말할 때는 1인칭 주어도 '–더니'를 쓸 수 있습니다.
但是客觀地表述自己時，也可以使用第一人稱主語「–더니」。

• (내가) 며칠 전부터 피곤하더니 오늘은 열도 나고 아파요.
（我）幾天前開始就覺得很累，今天發了燒，很不舒服。

• (내가) 젊었을 때는 사람들 이름을 잘 기억하더니 요즘은 통 기억을 못하겠어요.
（我）年輕時很會記人的名字，現在完全記不起來了。

3 '–더니'의 선행절과 후행절의 주어가 같아야 하고, 주제도 같아야 합니다.
「–더니」的前子句和後子句主語要一致，主題也必須一致。

• 동수 씨가 노래를 하더니 사람들이 박수를 쳤어요. (×)
: 선행절과 후행절의 주어가 서로 달라 틀린 문장입니다.
前子句和後子句主語不一致，為錯誤的句子。

• 동수 씨가 노래를 하더니 배탈이 났어요. (×)
: 선행절과 후행절의 주제가 서로 달라 틀린 문장입니다.
前子句和後子句的主題不一致，為錯誤的句子。

4 이 표현의 후행절에는 미래 시제가 올 수 없습니다.

此文法的後子句不能接未來時制。

- 라라 씨는 꾸준히 연습하더니 세계 최고의 선수가 될 거예요. (×)

  → 라라 씨는 꾸준히 연습하더니 세계 최고의 선수가 되었어요. (○)

  拉拉持續不斷練習，成為世界頂級的選手。

5 이 표현은 과거에 어떤 행동이나 상황을 관찰한 것을 회상하여 말할 때도 사용하는데, 이때는 어떤 행동 혹은 상황에 바로 뒤이어 다른 사실이나 상황이 일어납니다.

此文法用來表達回想過去觀察的某行動或狀況，此時某行動或狀況發生後隨即發生另一事實或情況。

- 소연이는 남자 친구한테 화를 내더니 밖으로 나가 버렸어요.

  素妍對男朋友發了火，然後就出去了。

- 동생은 집에 들어오더니 갑자기 울기 시작했어요.

  妹妹回到家裡就突然哭了起來。

哪裡不一樣？

'-더니'가 대조의 의미일 때는 '-(으)ㄴ/는데'와 바꿔 쓸 수 있지만 다음과 같은 점에서 차이가 있습니다.

「-더니」表對比意義時可以和「-(으)ㄴ/는데」替換使用，但是它們有以下幾點差異：

		-(으)ㄴ/는데	-더니
대조 상황 對比狀況	과거와 과거 상태 대조 過去和過去狀態對比	• 어렸을 때 영진 씨는 노래는 잘했는데 춤은 정말 못 췄어요. 小時候英真很會唱歌，但舞真的跳得不好。	×
	과거와 현재 상태 대조 過去和現在狀態對比	• 어렸을 때는 키가 작았는데 지금은 친구들 중에서 제일 크네요. 小時候個子很矮，現在是朋友之中最高的。	• 어렸을 때는 키가 작더니 지금은 친구들 중에서 제일 크네요. 小時候個子很矮，現在是朋友之中最高的。
	현재와 현재 상태 대조 現在和現在狀態對比	• 영진 씨는 노래는 잘하는데 춤은 정말 못 춰요. 英真很會唱歌，但舞真的跳得不好。	×

주어 主語	선 · 후행절 주어 일치 前後子句主語一致	• 영진 씨가 작년에는 피아노를 못 쳤는데 (영진 씨가) 지금은 잘 쳐요. 英真去年不會彈鋼琴，但是（英真）現在很會彈。	• 영진 씨가 작년에는 피아노를 못 치더니 (영진 씨가) 지금은 잘 쳐요. 英真去年不會彈鋼琴，但是（英真）現在很會彈。
	선 · 후행절 주어가 달라도 됨. 前後子句主語可以不同	• 영진 씨는 피아노를 못 치는데 수영 씨는 피아노를 잘 쳐요. 英真不會彈鋼琴，但秀英很會彈。	×

會話練習！

125.mp3

1 가 선우 씨가 의상 디자이너가 되었대요.

나 어릴 때부터 패션에 관심이 많더니 디자이너가 되었군요.

돈을 아끼다 珍惜金錢
저축하다 儲蓄
패스트푸드 速食

의상 디자이너가 되다	어릴 때부터 패션에 관심이 많다 / 디자이너가 되다
집을 사다	평소에 돈을 아끼고 저축하다 / 집을 사다
한 달 만에 10kg이나 찌다	계속 패스트푸드만 먹다 / 갑자기 살이 많이 찌다

2 가 지금도 길이 많이 막히나요?

나 아니요, 오전에는 많이 막히더니 오후가 되면서 괜찮아졌어요.

지금도 길이 많이 막히다	오전에는 많이 막히다 / 오후가 되면서 괜찮아졌다
요즘도 아이가 김치를 잘 안 먹다	어렸을 땐 잘 안 먹다 / 중학교에 들어가면서부터 잘 먹다
아직도 그 가수가 인기가 많다	처음에는 인기가 많다 / 결혼한 다음부터 인기가 많이 떨어졌다

實戰練習！

1 請用「-더니」完成下列對話。

(1) 가 알리 씨가 건강해진 것 같지요? (운동하다)
나 네, 매일 운동하더니 건강해진 것 같아요.

(2) 가 선우 씨가 이번 프로젝트를 맡게 되었다지요? (열심히 노력하다)
나 네, 항상 ______ 회사에서 인정을 받은 것 같아요.

(3) 가 얼마 전에 보니 우진 씨의 영어 실력이 많이 늘었더라고요. (영어 학원에 다니다)
나 아침마다 ______ 실력이 많이 좋아졌나 봐요.

(4) 가 미아 씨가 요즘 예뻐진 것 같지요? (남자 친구가 생기다)
나 맞아요. ______ 예뻐진 것 같아요.

(5) 가 피곤한지 아이가 금방 잠이 들었네요. (몇 시간 놀다)
나 운동장에서 ______ 피곤했던 모양이에요.

2 以下的人以前和現在有什麼差別？請用「-더니」完成句子。

이름	옛날	현재
(1) 양강	취직하기 전: 책임감이 없었다.	취직하고 나서: 책임감이 강해졌다.
(2) 카일리	결혼 전: 요리를 잘 못했다.	결혼하고 나서: 요리를 잘하게 되었다.
(3) 웨이밍	외국 생활을 하기 전: 수줍음을 많이 탔다.	외국 생활을 하고 나서: 적극적이고 활발한 사람이 되었다.
(4) 아키라	고등학교 때: 록 음악을 좋아했다.	대학교를 졸업하고 나서: 발라드 음악을 좋아하게 되었다.

(1) 양강 씨가 취직하기 전에는 책임감이 없더니 취직하고 나서는 책임감이 강해졌어요.

(2) ______

(3) ______

(4) ______

05 –았/었더니

126.mp3

가 은혜 씨, 얼굴이 안 좋아 보여요.
恩惠，妳的臉色看起來不太好。

나 며칠 야근을 했더니 몸살이 났어요.
上了幾天夜班，渾身倦怠。

가 자야 씨는 졸리지 않아요?
札雅，妳不睏嗎？

나 네, 좀 전에 커피를 마셨더니 괜찮은데요.
對，剛才喝了咖啡，現在還好。

文法重點！

이 표현은 말하는 사람이 어떤 행동을 끝내거나 어떤 말을 한 뒤에 그 결과로 어떤 일이 생겼음을 나타낼 때 사용합니다. 과거에 자신이 행동한 것이나 말한 것을 회상하여 이야기하는 것입니다.
此文法用於當話者結束某行動或說了什麼話之後，結果導致某事發生時。這是回顧過去自己所作所為或說過的話的表現。

–았/었더니			
V	–았/었더니	사다 먹다	샀더니 먹었더니

가 감기는 좀 어때요?
感冒怎麼樣了？

나 약을 먹었더니 좀 좋아졌어요.
吃了藥，好一些了。

가 한국어가 많이 자연스러워졌네요.
韓語說得自然多了。

나 고마워요, 한국 드라마를 꾸준히 봤더니 자연스러워진 것 같아요.
謝謝！可能是一直看韓劇，才變得自然的。

가 내일 준수 씨 여자 친구도 모임에 오나요?
明天俊秀你的女朋友也會來參加聚會嗎？

나 아니요, 여자 친구에게 같이 가자고 **했더니** 싫다고 하더라고요.
不，我邀女朋友一起去，可是她說不願意。

深入瞭解！

1 이 표현은 선행절의 행동을 한 후 후행절의 일을 발견하게 되었을 때도 사용할 수 있습니다. '-(으)니까'로도 바꿔 쓸 수 있습니다.

此文法也可用於做了前子句行動後，發現了後子句的事情時。也可以「-(으)니까」替換使用。

- 백화점에 갔더니 사람이 많았어요.
  = 백화점에 가니까 사람이 많았어요.
  到百貨公司一看人好多。
- 그분을 만나 봤더니 아주 친절한 분이셨어요.
  = 그분을 만나 보니까 아주 친절한 분이셨어요.
  和他交往了才知道他是個很親切的人。

2 '-았/었더니' 앞에 오는 동사의 행동을 한 사람은 항상 1인칭인 '나'입니다.

「-았/었더니」前方接的動詞行為人，應為第一人稱的「나」。

- (내가) 오래간만에 운동을 했더니 기분이 상쾌해요. （我）難得做了運動，心情很舒暢。
- (내가) 1년 동안 한국에 살았더니 이제 한국 생활에 익숙해요.
  （我）在韓國生活了一年，現在很習慣韓國生活。

그러나 다른 사람이 말한 것을 다시 인용해서 말할 때는 주어가 3인칭으로 쓰일 수도 있습니다.
但是當引用別人的話再次表述時，主語也可以使用第三人稱。

- 일찍 일어났더니 피곤해요.
  很早起床，好累。

→

- 아키라 씨가 일찍 일어났더니 피곤하대요.
  明良說很早起床，很累。

3 선행절에 3인칭 주어도 오는 경우도 있는데 이때는 말하는 사람이 다른 사람의 행동이 완료된 것을 회상하며 말하는 것입니다. 이때는 선행절과 후행절의 주어가 서로 다르며 보통 선행절의 행동에 대한 반응이 후행절에 오는 경우가 많습니다.

也有前子句第三人稱主語的情形，此時是話者回憶、敘述他人的行動完成。這時前後子句的主語不一樣，經常是對前子句行動的反應接在後子句內容中。

- 아키라 씨가 피아노를 쳤더니 사람들이 박수를 쳤습니다.
  明良彈完鋼琴，大家就鼓掌。
- 사람들이 웃었더니 게이코 씨 얼굴이 빨개졌어요.
  大家一笑，惠子的臉就變紅了。
- 정호 씨가 늦겠다고 했더니 수진 씨가 화를 냈어요.
  正浩說會晚到，秀珍就發火了。

哪裡不一樣？

'-더니'와 '-았/었더니'는 의미가 비슷하지만 다음과 같은 점에서 차이가 납니다.

「-더니」和「-았/었더니」在意義上相近，不過它們在以下幾點有所不同：

	-더니	-았/었더니
주어의 인칭 主語的人稱	2 · 3인칭 주어가 옵니다.(1인칭 주어가 자신을 객관화해서 말할 때는 1인칭도 가능) 主語為第二、第三人稱。（客觀陳述自己的時候也可用第一人稱）	1인칭 주어가 옵니다.(① 제3자가 자신에게 일어난 일을 말한 것을 다시 인용할 때는 3인칭 가능 ② 3인칭 주어의 행동이 완료된 것에 대한 반응이 후행절에 올 때는 3인칭 주어 가능) 主語為第一人稱。（①再次引用第三者告訴自己已發生的事情時，可用第三人稱主語 ②將對第三人稱主語完成之行動的反應接在後子句時，可用第三人稱主語）
주어 일치 主語一致	선행절과 후행절의 주어가 같아야 합니다. 前子句和後子句的主語必須一致。	선행절과 후행절의 주어가 서로 달라도 됩니다. 前子句和後子句的主語可以不同。
품사 詞類	동사, 형용사, 명사 다 가능합니다. 動詞、形容詞和名詞均可。	동사만 가능합니다. 只能使用動詞。

會話練習！

127.mp3

1 가 고향에 갔다 오셨다면서요?

나 네, 오래간만에 갔더니 고향이 많이 달라졌더라고요.

고향에 갔다 오다	오래간만에 가다 / 고향이 많이 달라졌다
주말에 부산에서 서울까지 운전을 하고 가다	5시간 동안 운전을 하다 / 허리가 너무 아프다
주현 씨에게 목걸이를 선물하다	목걸이를 선물하다 / 주현 씨가 정말 좋아하다

2 가 지연 씨도 오후에 같이 영화 보러 가나요?

나 아니요, 지연 씨한테 같이 영화 보자고 했더니 약속이 있대요.

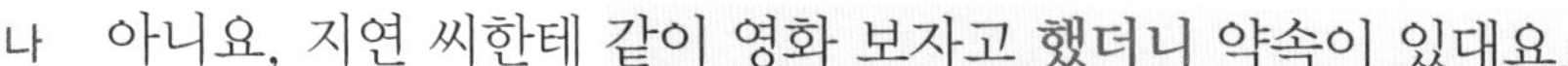

오후에 같이 영화 보러 가다	같이 영화를 보자 / 약속이 있다
내일 세미나에 참석하다	세미나에 참석하냐 / 힘들겠다
오늘 수영장에 오다	같이 가자 / 자기는 가기 싫다

實戰練習！

1 請將相關的內容連起來，並用「-았/었더니」寫成一個句子。

(1) 가격을 비교해 봤어요. ·	· ⓐ 얼굴을 못 알아보겠더라고요.
(2) 친구를 오래간만에 만났어요. ·	· ⓑ 인터넷이 더 쌌어요.
(3) 밤늦게 가게에 갔어요. ·	· ⓒ 아내가 화를 냈다.
(4) 외박을 했다. ·	· ⓓ 문이 닫혀 있었어요.

(1) ⓑ - 가격을 비교해 봤더니 인터넷이 더 쌌어요.

(2) ______________________________

(3) ______________________________

(4) ______________________________

2 請用「-았/었더니」完成下列對話。

(1) 가 배 아픈 건 좀 어때요? (약을 먹다)
나 약을 먹었더니 좀 나아졌어요.

(2) 가 왜 이렇게 통장에 돈이 없어요? (등록금을 내다)
나 ______________ 돈이 없네요.

(3) 가 점심 먹으러 안 가세요? (아침을 늦게 먹다)
나 ______________ 아직 배가 안 고파요.

(4) 가 왜 서점에 가서 아무것도 안 사왔어요? (서점에 가다)
나 ______________ 책이 다 팔렸더라고요.

(5) 가 오늘 왜 지각을 하셨어요? (어제 늦게 자다)
나 ______________ 아침에 늦잠을 잤어요.

(6) 가 어제는 기분이 안 좋아 보이던데 오늘은 어때요? (푹 자다)
나 ______________ 기분이 좋아졌어요.

06 –다가는

128.mp3

가 엄마, 야채는 싫어요. 햄 주세요!
媽媽，我不喜歡蔬菜，請給我火腿。

나 이렇게 편식을 하다가는 키가 크지 않을 거야.
음식을 골고루 먹어야 키가 크지.
這麼偏食，個子會長不高的。食物要均衡吃才能長高啊。

가 한 잔만 마셨으니까 운전해도 되겠지요?
只喝了一杯，應該可以開車吧？

나 술을 마시고 운전하다가는 큰일 나요.
오늘은 택시 타고 가세요.
酒後開車會出大事的，今天坐計程車去吧。

文法重點！

이 표현은 선행절의 행동이나 상태가 계속되면 그 결과로 미래에 좋지 않은 일이 일어나거나 안 좋은 상태가 될 것임을 말할 때 사용합니다. 선행절의 일이 이미 이전부터 해 오고 있는 것이라면 '이렇게', '그렇게', '저렇게'와 같은 말이 자주 옵니다. 경고하거나 충고할 때 많이 사용합니다.

此文法用來表示若前子句的行動或狀態持續的話，就其結果來看，未來會發生不好的事或不好的狀態。假如前子句的事情是從以前開始就進行到現在，經常接「이렇게」、「그렇게」、「저렇게」。常用於提出警告或忠告時。

–다가는			
A/V	–다가는	춥다 놀다	춥다가는 놀다가는

가 한 달째 날씨가 너무 춥네요.
都持續一個月了，天氣太冷了。

나 이렇게 날씨가 춥**다가는** 감기 환자들이 늘어날 거예요.
天氣一直這麼冷下去的話，感冒患者會增加的。

가 민서 씨가 이 일도 다음 주에 하겠대요.
民瑞說這件事也在下周做。

나 그렇게 일을 미루**다가는** 나중에 후회하게 될 텐데요.
工作這麼拖著，以後會後悔的。

가 오늘 백화점에 가서 가방이랑 신발을 샀어요.
今天去百貨公司買了包包和鞋。

나 또 백화점에 갔다 왔어요? 지금처럼 카드를 많이 쓰**다가는** 월급도 모자라게 될지도 몰라요.
又去了百貨公司？像現在這樣大量使用信用卡，薪水可能會不夠的。

深入瞭解！

1 '–다가는' 는 좋지 않은 상황에 씁니다. 따라서 긍정적인 상황에 쓰면 어색합니다.
「–다가는」用於負面狀況，所以用於肯定狀況會顯得不自然。

- 그렇게 공부하다가는 시험에 합격할 거예요. (×)
  → 그렇게 공부하다가는 시험에 떨어질 거예요. (○) 那樣子念書的話，考試會落榜的。

2 '–다가는'은 가정적인 의미가 있기 때문에 후행절에는 미래를 추측하는 말인 '–(으)ㄹ 거예요', '–(으)ㄹ 텐데요', '–(으)ㄹ지도 몰라요', '–겠어요' 등이 옵니다.
因「–다가는」具有假設含義，所以後子句中會接推測未來的「–(으)ㄹ 거예요」、「–(으)ㄹ 텐데요」、「–(으)ㄹ지도 몰라요」、「–겠어요」等。

- 그런 식으로 운전하다가는 사고가 났어요. (×)
  → 그런 식으로 운전하다가는 사고가 날 텐데요. (○) 那樣子開車的話，會出車禍的。

3 현재 혹은 미래의 일을 가정해서 말을 할 때, 즉 '혹시 선행절의 일이 생기게 되면'의 의미로 말할 때는 '–았/었다가는'으로 씁니다.
假設並談論現在或未來的事情時，意即表達「若是前子句的事情發生」之意時，使用「–았/었다가」。

- 내일 발표를 망치다가는 회사에서 잘릴지도 몰라요. (×)
  → 내일 발표를 망쳤다가는 회사에서 잘릴지도 몰라요. (○)
  如果明天的發表搞砸，也許會被公司開除也不一定。

哪裡不一樣?

'-다 보니', '-다 보면', '-다가는'은 선행절의 행동이 계속되는 것은 같지만 다음과 같은 차이가 있습니다.

「-다 보니」、「-다 보면」、「-다가는」雖然都表示前子句行動的持續，但它們有以下的差異：

	-다 보니	-다 보면	-다가는
선행절 前子句	행동이 계속됨. 行動在持續 • 매일 연습하다 보니 잘하게 되었어요. 每天練習，結果做得很好了。	행동이 계속됨. 行動在持續 • 매일 연습하다 보면 잘하게 될 거예요. 若每天練習，就會做得很好的。	행동이 계속됨. 行動在持續 • 그렇게 연습을 안 하다가는 대회에 못 가게 될 거예요. 像那樣不練習，會無法參加競賽的。
후행절의 내용 後子句的內容	① 새로운 사실 발견 發現新事實 • 공부하다 보니 식사 시간이 지났더라고요. 念書念著，發現吃飯時間過了。 ② 좋은 결과/나쁜 결과 好的／不好的結果 • 자주 만나다 보니 좋은 점이 보이더라고요. 經常碰面優點就出現了。 • 쉬지 않고 일하다 보니 몸에 큰 병이 생겼어요. 不休息一直工作，結果生了大病。	① 새로운 사실 발견 發現新事實 • 집중해서 공부하다 보면 식사 시간이 지났을 때가 많아요. 專心念書會經常錯過吃飯時間。 ② 좋은 결과/나쁜 결과 好的／不好的結果 • 자주 만나다 보면 좋은 점이 보일 거예요. 若經常碰面優點就會被看到。 • 바쁘게 준비하다 보면 빠트리는 게 있을 거예요. 忙碌地準備的話，會有遺漏的東西的。	나쁜 결과 不好的結果 • 그렇게 쉬지 않고 일하다가는 몸에 큰 병이 생길 거예요. 那樣不休息一直工作，會生大病的。
후행절의 시제 後子句的時制	과거 혹은 현재 시제 (이미 이루어진 결과) 過去或現在時制（已達成的結果） • 매일 늦게 자다 보니 습관이 되었어요. 每天都晚睡，就成習慣了。 • 매일 늦게 자다 보니 일찍 일어나는 게 힘들어요. 每天都晚睡，就很難早起了。	① 현재 (일반적인 결과) 現在（一般的結果） • 외국에 살다 보면 고향 음식이 생각날 때가 많아요. 在國外生活，經常想起故鄉的食物。 ② 미래 추측 (예상되는 결과) 未來推測（預料的結果） • 외국에 살다 보면 고향 음식이 생각날 때가 많을 거예요. 在國外生活的話，會經常想起故鄉的食物。	① 현재 (일반적인 결과) 現在（一般的結果） • 자주 굶다가는 건강을 해치게 돼요. 常餓肚子會害了健康。 ② 미래 추측 (예상되는 결과) 未來推測（預料的結果） • 그렇게 자주 굶다가는 건강을 해치게 될 거예요. 那麼常餓肚子，會害了健康。

會話練習！

129.mp3

1 가 흐엉 씨가 요즘 짜증을 많이 내는 것 같아요.

나 그렇게 짜증을 많이 내다가는 친구들이 다 떠나 버릴 텐데요.

짜증을 많이 내다	짜증을 많이 내다 / 친구들이 다 떠나 버리다
수업 시간에 자꾸 졸다	수업 시간에 자꾸 졸다 / 좋은 성적을 받을 수 없다
요즘 다이어트하느라 거의 안 먹다	안 먹다 / 힘들어서 쓰러지다

2 가 요즘 경제가 너무 안 좋네요.

나 이렇게 계속 경제가 안 좋다가는 취직하기가 더 힘들어질지도 몰라요.

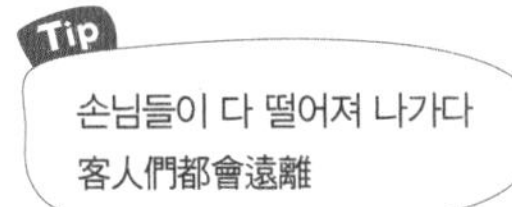

요즘 경제가 너무 안 좋다	경제가 안 좋다 / 취직하기가 더 힘들어지다
이 식당은 너무 불친절하다	불친절하다 / 손님들이 다 떨어져 나가다
요즘 일이 너무 많다	일이 많다 / 모두들 회사를 그만두다

實戰練習！

1 請用「-다가는」完成下列對話。

(1) 가 비가 정말 많이 오네요.

나 이렇게 비가 많이 오다가는 홍수가 날지도 몰라요.

(2) 가 아침에도 라면을 먹었어요.

나 ______________________ 건강을 해치게 될 거예요.

(3) 가 리사 씨가 오늘도 학교에 안 왔어요.

나 ______________________ 학교에서 경고를 받게 될 텐데요.

(4) 가 요즘 동현 씨가 매일 술을 마시는 것 같아요.

나 ______________________ 알코올 중독이 될지도 몰라요.

(5) 가 요즘 계속 마이클 씨가 회사 일을 대충하네요.

나 ______________________ 승진하기 힘들 텐데요.

2 應該對以下的人給予什麼忠告？請看下圖，並用「-다가는」完成下列句子。

(1) 그렇게 게임을 많이 하다가는 대학을 졸업하기 힘들 거예요.

(2) ______________________ 귀에 문제가 생길 거예요.

(3) ______________________ 폐암에 걸릴지도 몰라요.

(4) ______________________ 통화료로 생활비를 다 쓰게 될 거예요.

07 –(으)ㄴ/는 셈이다

130.mp3

가 사람들이 많이 찬성했나요?
很多人贊成嗎？

나 네, 10명 중 9명이 찬성했으니까 거의 다 찬성한 **셈이네요**.
是的，十位中有九位贊成，幾乎是全贊成了。

가 서울에서 오래 사셨어요?
在首爾住很久了嗎？

나 네, 20년 이상 살았으니까 서울이 고향인 **셈이에요**.
是啊！住了二十多年，首爾可以算是故鄉了。

文法重點！

이 표현은 사실 꼭 그렇지는 않지만 말하는 사람이 여러 가지 상황을 고려한 후 결론적으로 혹은 평균적으로 그런 정도이거나 그러한 결과라는 뜻으로 사용합니다. '와/과 마찬가지다'라는 의미입니다.

此文法用來表示雖然事實不一定就是那樣，但話者考量許多情形後，結論性的或平均性的認為是那種程度或那樣的結果。為「와/과 마찬가지다」的意思。

–(으)ㄴ/는 셈이다				
A	現在	–(으)ㄴ 셈이다	비싸다 높다	비싼 셈이다 높은 셈이다
V	過去	–(으)ㄴ 셈이다	가다 먹다	간 셈이다 먹은 셈이다
	現在	–는 셈이다	가다 먹다	가는 셈이다 먹는 셈이다

N이다	過去	였던 셈이다 이었던 셈이다	무료이다 고향이다	무료였던 셈이다 고향이었던 셈이다
	現在	인 셈이다	무료이다 고향이다	무료인 셈이다 고향인 셈이다

가 여기 구두는 다른 회사 구두보다 비싸네요.
這裡的皮鞋比其他公司的皮鞋貴呢。

나 품질과 서비스를 생각하면 비싸지 않은 **셈이**에요.
考慮品質和服務的話，就不算貴了。

가 학생들이 수학여행을 많이 가나요?
去修習旅行的學生們多嗎？

나 우리 학교 학생 95%가 가니까 거의 다 가는 **셈이**에요.
我們學校 95% 的學生都去，幾乎可以說全要去了。

가 어제 저녁 식사값은 각자 냈어요?
昨天晚飯的錢是各付各的嗎？

나 아니요, 부장님이 200,000원 내시고 우리는 10,000원씩만 냈어요.
不是，部長出了二十萬元，我們每人只出了一萬元。

가 그럼 부장님께서 다 내신 **셈이**네요.
那相當於部長全付了呢。

會話練習！

131.mp3

1 가 이 옷이 원래 30만 원인데 세일해서 5만 원에 샀어요.

나 그럼 옷을 거의 공짜로 산 **셈이**네요.

이 옷이 원래 30만 원인데 세일해서 5만 원에 사다	옷을 거의 공짜로 샀다
월급은 10%밖에 안 올랐는데 물가는 20%나 오르다	월급이 오르지 않았다
중고 컴퓨터를 10만 원에 샀는데 수리비가 더 많이 들다	중고 컴퓨터가 새 컴퓨터보다 더 비싸다

2 가 가족끼리 여행을 자주 가세요?

나 일 년에 한 번 정도 가니까 거의 안 가는 **셈이**에요.

가족끼리 여행을 자주 가다	일 년에 한 번 정도 가니까 거의 안 가다
커피를 많이 마시다	일주일에 한 잔 정도 마시니까 거의 안 마시다
가족과 외식을 자주 하다	지난달은 5번, 이번 달은 3번 했으니까 일주일에 한 번 하다

實戰練習！

1　請用「-(으)ㄴ/는 셈이다」完成下列對話。

(1)　가　이번 여행은 회사에서 숙박비와 식사비를 내 준대요. (거의 무료이다)
　　나　그래요? 그럼 이번 여행은 거의 무료인 셈이네요.

(2)　가　서울 구경은 많이 하셨어요? (명소는 다 가 보다)
　　나　시티 투어 버스를 타고 구경을 했으니까 ________________.

(3)　가　보고서는 다 끝났어요? (끝나다)
　　나　이제 마무리만 하면 되니까 다 ________________.

(4)　가　이번 쓰기 시험을 잘 봤다면서요? 성적이 올랐겠네요. (오르지 않다)
　　나　쓰기 시험은 잘 봤는데 말하기 시험을 못 봐서 전체 성적은 ________________.

2　請看下圖，並用「-(으)ㄴ/는 셈이다」完成下列對話。

웨이밍　마크 씨, 아침 먹었어요?
마크　우유만 마셨으니까 (1)안 먹은 셈이에요.
웨이밍　아침에 바쁘셨어요?
마크　네, 운동하다가 보니까 시간이 많이 갔어요.
웨이밍　운동을 자주 하세요?
마크　일주일에 5~6번 하니까 거의 매일 (2)________________.
웨이밍　참, 이번에 읽기 시험 어렵지 않았어요?
친구들 대부분이 50점 이하를 받았대요.
마크　그래요? 그럼 저는 시험을 (3)________________. 저는 60점을 받았거든요.
웨이밍　그런데 페이스북은 잘 안 하시나 봐요. 친구들이 마크 씨 페이스북이 요즘 계속 업데이트가 안 되어 있다고 하더라고요.
마크　전 일주일에 30분 정도만 하니까 (4)________________.
웨이밍　마크 씨는 공부만 하시는군요!

單元17 總複習！

〔1～2〕請選擇可以替換下列畫線部分的選項。

1 어제는 날씨가 맑았는데 오늘은 흐리고 비가 오네요.

① 어제는 날씨가 맑더니　② 어제는 날씨가 맑았더니
③ 어제는 날씨가 맑고 보니　④ 어제는 날씨가 맑았을 테니

2 저는 언니랑 방을 같이 쓰고 있으니까 제 방은 없는 셈이에요.

① 제 방이 있으면 좋겠어요　② 제 방으로 대부분 쓰고 있어요
③ 제 방은 따로 만들 계획이에요　④ 제 방은 없는 거나 마찬가지예요

〔3～4〕請選擇下列畫線部分正確的回答。

3
가　운전하는 게 너무 어려워요. 포기할까 봐요.
나　누구나 처음에는 다 그래요. ____________ 쉬워질 거예요.

① 계속 운전하고 보니　② 계속 운전하다 보면
③ 계속 운전해 봤더니　④ 계속 운전하다 보니까

4
가　오늘 왜 모임에 늦게 오셨어요?
나　종로로 가는 버스인 줄 알고 탔는데 ____________ 반대로 가는 버스였어요. 그래서 중간에 다시 내려서 버스를 타고 오느라고 늦었어요.

① 버스를 탔다면　② 버스를 타고 보니
③ 버스를 타더니만　④ 버스를 타 봤더니

5 請選擇下列畫線部分正確的選項。

① 어제 명동에 가더니 사람이 정말 많았어요.
② 매운 음식을 자주 먹다 보면 익숙해졌어요.
③ 소현 씨가 전에는 잘 웃더니 요즘은 통 안 웃는다.
④ 그렇게 일하다가는 회사에서 금방 승진하게 될 거예요.

6 請用題目給的線索完成下列回答。

가　외국인을 만나면 긴장해서 말이 한마디도 안 나와요.
나　____.
(외국인을 자주 만나다 / 자연스럽다 / 말이 나오다 / 걱정하지 말다)

상태를 나타낼 때
表示狀態時

본 장에서는 어떤 행동을 완료한 뒤 그 완료된 상태가 계속 지속되는 것을 나타내는 표현과 앞의 행동과 똑같은 상태를 나타내는 표현을 배웁니다. 여기에서 다루는 것들은 단순히 선행절의 행동이 지속되거나 그 상태가 동일함을 나타낼 때도 있고 어떤 것을 준비하기 위해 미리 하는 것을 나타낼 때도 있습니다. 한국 사람들이 많이 사용하는 표현이므로 대화를 하거나 글을 쓸 때 잘 사용하기 바랍니다.

本單元我們學習表某一行動結束後狀態的持續，和表示與前子句行動狀態完全一樣時使用的文法。有單純地表前子句行動的持續或保持狀態不變的文法，也有表示為了做某事而提前做準備的文法。這些都是韓國人經常使用的，希望各位能正確應用於會話和寫作當中。

01 -아/어 놓다

132.mp3

가 아까 문자 보냈는데 못 받으셨어요?
剛才傳了簡訊，沒收到嗎？

나 수업 중이었어요. 수업 중에는 휴대전화를 꺼 놓거든요.
剛才在上課呢，上課的時候手機都關著。

가 여보, 도시락 가지고 가세요.
老公，把便當帶去吧！

나 도시락을 언제 싸 **놓았어요**? 오늘 일찍 일어났나 보네요. 잘 먹을게요. 고마워요.
便當什麼時候準備好的？看來妳今天起得很早呢。我會好好吃的，謝謝了！

文法重點！

이 표현은 어떤 행동을 끝낸 뒤 그 상태를 계속 유지할 때 혹은 이미 이루어진 상태를 계속 유지하고자 할 때 사용합니다.
此文法用於某行動結束後其狀態繼續維持，或想繼續維持已經完成的狀態。

-아/어 놓다			
V	-아/어 놓다	사다 만들다	사 놓다 만들어 놓다

- 날씨가 더우니까 제가 회의실에 미리 가서 에어컨을 틀어 **놓을게요**.
  因為天氣熱，所以我先去會議室把空調打開。
- 친구에게서 받은 그림을 벽에 걸어 **놓았어요**.
  把從朋友那裡拿到的畫掛在牆上。
- 어제 너무 피곤해서 설거지를 안 해 **놓고** 잤어요.
  昨天太累了，碗沒洗就睡了。

深入瞭解！

1 이 표현 뒤에 '–아/어'로 시작하는 연결 어미(예: –았/었어요, –아/어요, –아/어서 등)가 오면 '–아/어 놔'로 축약될 수 있습니다.

此文法後如果接「–아/어」開頭的連接語尾（如「–았/었어요」、「–아/어요」、「–아/어서」等），可以縮略成「–어/어 놔」。

- 음식 냄새가 많이 나서 창문을 열어 놓았어요.
  = 음식 냄새가 많이 나서 창문을 열어 놨어요. 因為食物味道很重，所以把窗戶開著。
- 공연을 예약해 놓아서 일찍 가지 않아도 돼요.
  = 공연을 예약해 놔서 일찍 가지 않아도 돼요. 因為預約好公演的票，所以不用提早去也沒關係。

2 동사 '놓다'의 경우는 '놓아 놓다'로 하지 않고 '놓아두다(줄임말: 놔두다)'로 사용합니다.

動詞「놓다」的情形不使用「놓아 놓다」，而是使用「놓아두다（縮寫：놔두다）」。

- 장난감을 아무데나 놔두면 어떻게 하니? 玩具到處放是要幹嘛？
- 침대 옆에 예쁜 꽃들을 놓아두었습니다. 在床邊放著美麗的花。

哪裡不一樣？

'–았/었–'과 '–아/어 놓다'는 다음과 같은 차이가 있습니다.

「–았/었–」和「–아/어 놓다」有以下差異：

–았/었다	–아/어 놓다
어떤 행동을 했다는 데 초점이 있습니다. 그 행동이 이후에도 계속 유지되는지 안 되는지 알 수 없습니다. 著重點在某一行動已經做了，但不知道該行動之後狀態是否會持續。	어떤 행동이 끝나고 그 상태가 계속 유지되고 있습니다. 某一行動結束後，其狀態一直持續著。

• 음악을 들으려고 라디오를 켰어요. 為了聽音樂開了收音機。	• 친구와 이야기하는 동안 라디오를 켜 놓았어요. 和朋友聊天的時候，開著收音機。

會話練習！

133.mp3

1 가 어떻게 해요? 수돗물을 잠그는 걸 깜빡했어요.

나 수돗물을 틀어 놓고 나왔다고요? 빨리 집에 가 보세요.

수돗물을 잠그다	수돗물을 틀다
가스 불을 끄다	가스 불을 켜다
고기를 냉장고에 넣다	고기를 냉장고에 안 넣다

2 가 엄마, 나가서 놀아도 돼요?

나 네 방을 정리했니? 방을 정리해 놓고 놀아야지.

나가서 놀다	네 방을 정리하다 / 놀다
텔레비전 보다	숙제를 다 하다 / 텔레비전을 보다
다른 책을 꺼내 보다	보던 책을 책장에 꽂다 / 다른 책을 꺼내 보다

實戰練習！

請用「-아/어 놓다」完成下列對話。

(1) 가 아침에 보니까 화장실이 고장 났던데요. (고치다)
나 리사 씨가 나간 사이에 마크 씨가 고쳐 놓았어요.

(2) 가 이거 웬 커피예요? (타다)
나 드시고 싶으면 드세요. 제가 방금 ______________ 커피예요.

(3) 가 여보, 윤주는 벌써 나간 거예요? (청소하다)
나 네, 방을 ____________________ 나가라고 했는데 그냥 나가 버렸어요.

(4) 가 왜 이렇게 집이 추워요? (끄다)
나 제가 외출할 때는 난방을 _________________ 그래요.

(5) 가 여보, 벽이 왜 이렇게 지저분해요? (그리다)
나 아까 낮에 아이들이 벽에 그림을 _________________ 그래요.

02 -아/어 두다

가 창문을 닫을까요?
要把窗戶關上嗎？

나 아니요, 더우니까 그냥 열어 두세요.
不用，很熱，就開著吧。

가 자동차를 어떻게 샀어요?
車子怎麼買的？

나 그동안 은행에 저축해 둔 돈으로 샀어요.
用這段日子存在銀行的錢買的。

文法重點！

1 이 표현은 어떤 행동을 한 뒤의 상태나 결과가 그대로 유지되게 한다는 뜻으로, 앞에서 배운 '-아/어 놓다'와 비슷한 의미를 가집니다. 동사만 앞에 올 수 있습니다.
此文法表示某一行動結束後其狀態或結果維持原樣，它與前面學到的「-아/어 놓다」有相似的意思。前面只能使用動詞。

-아/어 두다			
V	-아/어 두다	잠그다 적다	잠가 두다 적어 두다

- 서랍 안에 중요한 것이 많아서 항상 잠가 둡니다.
  抽屜裡有很多重要的東西，所以一直鎖著。
- 동창들의 전화번호를 적어 둔 수첩을 잃어버렸어요.
  把記有同學們電話號碼的小手冊弄丟了。
- 차를 세워 둔 곳이 어디예요?
  停車的地方在哪裡？

2 이 표현은 다른 일을 준비하기 위해 어떤 행동을 먼저 하거나 한 상태로 있을 때 사용합니다.
此文法用於為了準備其他事而事先做了某行動或處於某一狀態的時候。

- 오늘은 일정이 많아서 점심 먹을 시간이 없을지도 몰라요. 미리 밥을 먹어 **두려고** 해요.
  今天的行程太多，可能連吃午飯的時間都沒有，所以我打算先把飯吃了。
- 발표할 때 실수하지 않으려면 연습을 많이 **해 두세요**.
  若要想在發表的時候不失誤，就請多練習練習。

深入瞭解！

'–아/어 두다'는 '–아/어 놓다'와 거의 비슷하게 쓰입니다. 그래서 이 둘을 서로 바꿔 써도 별 상관이 없는 경우가 많습니다. 그런데 '–아/어 두다'가 '–아/어 놓다'보다 완료된 행동이 유지되는 시간이 긴 경우가 많습니다. 그래서 어떤 것을 보관하거나 저장할 때 '–아/어 두다'가 더 많이 쓰입니다.

「–아/어 두다」和「–아/어 놓다」的用法基本上一樣，所以經常可以替換使用。但是「아/어 두다」和「아/어 놓다」相比，所表示的動作結束狀態的持續時間更長，所以需要保管或儲存某物時，更常使用「아/어 두다」。

- 여기는 조선 시대 물건을 보관해 두는 곳입니다.
  這裡是保管朝鮮時代物品的地方。
- 마늘을 냉장고에 얼려 두고 필요할 때마다 꺼내 써요.
  把大蒜放冰箱裡冷凍起來，每當要用的時候再拿出來用。

會話練習！

135.mp3

1 가 내일 발표 준비 다 했어요?
나 네, 발표 내용을 미리 외워 **두었으니까** 걱정하지 마세요.

발표	발표 내용을 미리 외우다
회의	필요한 서류들을 미리 찾다
세미나	좋은 자료들을 미리 모았다

2 가 일본에 가면 아사코 집에서 며칠 묵을 거라면서요?
나 네, 그래서 아사코 씨 부모님께 인사라도 할 수 있게 인사말을 미리 공부해 **두려고요**.

Tip 묵다 住宿

인사라도 할 수 있게 인사말을 미리 공부하다
실수하지 않게 일본 문화를 미리 알다
드리게 한국 전통 물건을 미리 준비하다

實戰練習！

1 請用「-아/어 두다」完成下列對話。

(1) 가 여보, 오늘 까만색 양복을 입고 가야 하는데 세탁했어요?
나 네, 세탁해 두었으니까 입고 가세요.

(2) 가 김 비서, 주말에 베트남으로 출장 가는데 호텔을 예약했나요?
나 네, 시내 호텔로 ____________.

(3) 가 내일 회의에 참석하실 분들에게 다 연락했어요?
나 네, 일주일 전에 ____________ 다 참석하실 거예요.

(4) 가 수첩에 항상 뭔가를 메모하시네요.
나 네, 요즘 건망증이 심해져서 ____________ 않으면 자꾸 잊어버리네요.

2 請用「-아/어 두다」完成下列對話。

(1) 가 다음 달에 알리 씨가 가족과 함께 한국에 온대요. (구하다)
나 그래요? 그럼 알리 씨 가족이 머물 곳을 미리 구해 두어야겠어요.

(2) 가 라면값이 오른다면서요? (사다)
나 그래요? 그럼 가격이 오르기 전에 많이 ____________.

(3) 가 중요한 물건들이 많은데 어떻게 하지요? (맡기다)
나 그럼, 호텔에서 지내는 동안 호텔 보관소에 ____________.

(4) 가 냉장고가 없던 시절에는 김치를 어떻게 보관했어요? (묻다)
나 땅을 파서 김치를 땅에 ____________ 먹었어요.

(5) 가 설날에 부모님께 드릴 선물을 샀어요? (주문하다)
나 네, 지난주에 홈쇼핑에 ____________ 설날 전에 부모님 댁에 도착할 거예요.

03 –(으)ㄴ 채로

136.mp3

가 무슨 안 좋은 일 있어요?
有什麼不好的事嗎？

나 아키라 씨가 밤마다 술이 취한 채로 저에게 전화를 걸어서 짜증이 나요.
明良每天晚上都醉醺醺的打電話給我，很煩。

가 아키라 씨가 자야 씨를 좋아하나 봐요.
看來明良喜歡札雅妳呢。

가 옷이 왜 이렇게 젖었어요?
衣服怎麼這麼濕？

나 수영복을 안 가지고 와서 옷을 입은 채로 수영을 해서 그래요.
因為沒帶游泳衣來，穿著衣服游泳，所以才變這樣的。

文法重點！

이 표현은 선행절의 어떤 상태나 행동을 한 상태에서 후행절의 행동이 이루어짐을 나타낼 때 사용합니다. '–(으)ㄴ 채로' 앞에 현재형이나 미래형이 오지 않습니다. 조사 '로'를 생략하고 '–(으)ㄴ 채' 형태로도 사용할 수 있습니다.

此文法用來表示「在前子句某種狀態或做了某行動的狀態下，完成後子句的行動」。「–(으)ㄴ 채로」前面不接現在時制或未來時制。也可以省略助詞「로」而為「–(으)ㄴ 채」。

–(으)ㄴ 채로			
V	–(으)ㄴ 채로	끄다 먹다	끈 채로 먹은 채로

- 목이 너무 말라서 냉장고 문을 열어 놓은 **채로** 물 한 병을 다 마셨습니다.
  因為太渴了，所以就開著冰箱門把一瓶水全喝光了。
- 저는 안경을 쓴 **채로** 안경을 찾는 경우가 가끔 있어요.
  我偶爾會戴著眼鏡找眼鏡。
- 은영 씨는 부끄러운 듯 계속 고개를 숙인 **채** 이야기를 했어요.
  恩英彷彿很害羞地一直低著頭說話。

深入瞭解！

1 '-(으)ㄴ 채로' 앞에는 '가다'나 '오다' 동사를 사용하지 않습니다.
「-(으)ㄴ 채로」前面不使用「가다」或「오다」動詞。

- 학교에 간 채로 공부했어요. (×)
  → 학교에 가서 공부했어요. (○) 去學校念書。

2 앞 행동이 당연히 일어난 상태에서 일어나야 하는 행동에는 사용하지 않습니다.
不用於前行動本就該發生的狀態下必須做的行動。

- 가스 불을 켠 채 라면을 끓였어요. (×)
  → 가스 불을 켜고 라면을 끓였어요. (○) 打開瓦斯爐煮泡麵。

  : 라면을 끓이기 위해서는 당연히 불을 켜야 하기 때문에 사용하면 어색합니다.
  因為要煮泡麵理所當然要先開火，所以用在這裡不自然。

3 이 표현은 '-아/어 놓은 채로'나 '-아/어 둔 채로'의 형태로도 많이 사용합니다.
此文法也常以「-아/어 놓은 채로」或「-아/어 둔 채로」的形態使用。

- 문을 닫은 채로 요리를 해서 집 안에 냄새가 심하게 나요.
  = 문을 닫아 놓은 채로 요리를 해서 집 안에 냄새가 심하게 나요.
  = 문을 닫아 둔 채로 요리를 해서 집 안에 냄새가 심하게 나요.
  關著窗子做飯，家裡味道會很重。

哪裡不一樣？

'-아/어 놓다' 혹은 '-아/어 두다'와 '-(으)ㄴ 채로'는 어떤 행동이 유지되는 것은 같지만 다음과 같은 차이가 있습니다.

「-아/어 놓다」、「-아/어 두다」和「-(으)ㄴ 채로」都有維持某一行動的意思，但它們有以下差異：

-아/어 놓다, -아/어 두다	-(으)ㄴ 채로
(1) 어떤 행동이 완료된 것에 초점이 있습니다. 焦點在於某一動作的結束。 • 창문을 열어 두고 공부했습니다. 開著窗戶念書。 → 창문을 여는 행동이 완료되고 창문이 열려 있는 상태가 유지되는 데 초점이 있습니다. 焦點在於開窗的動作結束後，維持窗戶開著的狀態。	(1) 앞의 상태가 유지되는 것에 초점이 있습니다. 焦點在於前一狀態被維持。 • 창문을 연 채로 공부했습니다. 開著窗戶念書。 → 창문이 열려 있는 상태에 초점을 두고 있습니다. 焦點在於窗戶開著的狀態。
(2) 앞의 행동이 완료되고 난 뒤 그 상태가 유지됩니다. 따라서 어떤 행동을 하다가 만 상태에 쓰면 어색합니다. 前面的行動完成後其狀態維持著。因此若用於「做某行動中途停止的情況」會顯得不自然。 • 고기를 익히지 않아 놓고 먹었습니다. (×) → 고기를 익히다가 만 상황이므로 어색합니다. 因為是肉被煮到一半停止的情況，所以句子不自然。	(2) 앞의 상태가 유지된 상태를 나타내므로 앞의 행동을 하다가 만 상태도 사용할 수 있습니다. 因為前面的狀態是被維持著的狀態，所以也可用在執行前行動途中停止的情形。 • 고기를 익히지 않은 채로 먹었습니다. (○) 肉沒熟就吃了。 → 다 익지 않은 고기를 먹었다는 의미입니다. 吃了沒全熟的肉的意思。
(3) 어떤 행동이 완료된 상황에서 쓰기 때문에 어떤 감정이 유지되는 상태는 쓰지 않습니다. 因為用於某一行動結束後的狀態，所以不用於某種感情維持的狀態。 • 화가 나 놓고 집으로 갔습니다. (×)	(3) 어떤 감정이 유지되는 상태에서 다른 행동을 할 때 사용할 수 있습니다. 可以用在維持某種感情的狀態下行使另一個行動的時候。 • 화가 난 채로 집으로 갔습니다. (○) 氣呼呼的回家。
(4) 착용동사와 사용하면 어색합니다. 不可與穿戴動詞連用。 • 모자를 써 놓고 실내로 들어갔다.(×)	(4) 착용동사와 사용할 수 있습니다. 可以與穿戴動詞連用。 • 모자를 쓴 채로 실내로 들어갔다. (○) 戴著帽子進入室內。

會話練習！

137.mp3

1 가 기침이 심하네요.

나 어젯밤에 창문을 열어 놓은 채로 잤더니 감기에 걸린 것 같아요.

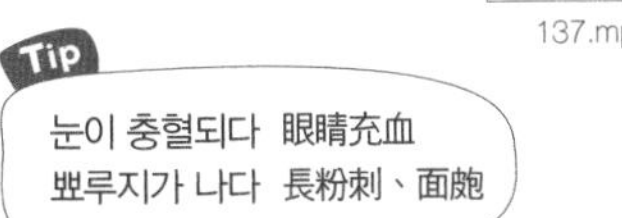

기침이 심하다	어젯밤에 창문을 열어 놓다 / 잤더니 감기에 걸리다
눈이 빨갛다	어제 콘택트렌즈를 끼다 / 수영을 했더니 눈이 충혈되다
얼굴에 뭐가 많이 났다	며칠 동안 피곤해서 화장을 지우지 않다 / 잤더니 뾰루지가 나다

2 가 한국에서 어른들과 술을 마실 때 지켜야 될 예절이 있어요?

나 고개를 한쪽으로 돌린 채 술을 마셔야 돼요.

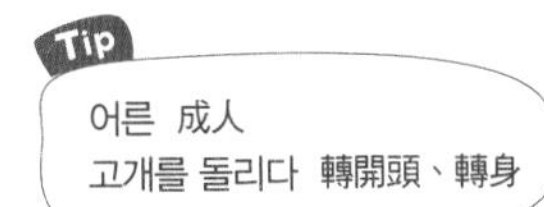

어른들과 술을 마실 때	고개를 한쪽으로 돌리다 / 술을 마셔야 되다
다른 사람 집에 갈 때	신발을 신다 / 실내에 들어가면 안 되다
식사를 할 때	음식을 입에 넣다 / 이야기를 하면 안 되다

實戰練習！

請用「-(으)ㄴ 채로」完成下列對話。

(1) 가 일어나서 이야기할까요? (앉다 / 이야기하다)
나 아니요, 괜찮으니까 그냥 앉은 채로 이야기하세요.

(2) 가 오늘 학교에 난방이 안 되었다면서요? (외투를 입다 / 수업을 듣다)
나 네, 그래서 모두 ______________________________ 아주 불편했어요.

(3) 가 영철 선배가 기분이 나빠 보여요. (주머니에 손을 넣다 / 이야기를 듣다)
나 네가 ______________________________ 그렇지.

(4) 가 엄마, 배가 아파요. (과일을 씻지 않다 / 먹다)
나 ______________________________ 그런가 보다.

(5) 가 그 영화가 무서웠어요? (두 손으로 얼굴을 가리다 / 영화를 보다)
나 네, 그래서 ______________________________.

04 -(으)ㄴ/는 대로

138.mp3

가 자야 씨가 만든 음식이 정말 맛있네요.
札雅妳做的飯真好吃。

나 요리책에 쓰여 있는 대로 했더니 음식이 맛있게 됐어요.
按食譜的作法做的，所以好吃。

가 어제 축구 경기에서 어느 팀이 이겼어요?
昨天的足球比賽哪一隊贏了？

나 예상대로 우리 팀이 이겼어요.
跟預料的一樣，我們贏了。

文法重點！

이 표현은 선행절의 행동과 똑같이 후행절의 행동을 한다는 의미로 동사와 함께 사용합니다. 명사와 함께 쓰일 때는 '앞에 오는 명사의 뜻과 같이' 또는 '앞에 오는 명사의 뜻을 따라서'의 의미로 사용합니다.
此文法和動詞一起使用，表示完全按照前子句行動做後子句行動的意思。與名詞一起使用時，表示「和前面名詞一樣的意義」或「按照前面名詞的意義」之意。

-(으)ㄴ/는 대로				
V	過去	-(으)ㄴ 대로	보다 읽다	본 대로 읽은 대로
	現在	-는 대로	보다 읽다	보는 대로 읽는 대로
N		대로	순서 생각	순서대로 생각대로

- 지금 생각이 나는 **대로** 그림을 한번 그려 보세요.
  就照著現在所想的畫一遍。
- 어머니가 지난 주말에 약속한 **대로** 어제 백화점에 가서 새 옷을 사 주셨어요.
  媽媽照上個週末答應的，昨天去百貨公司買了新衣服給我。
- 여기에 있는 음식은 마음**대로** 모두 먹어도 됩니다.
  這裡的食物全部都可以任意享用。

深入瞭解！

1 이 표현은 보통 동사나 명사와 함께 사용됩니다. 그러나 형용사와 함께 사용되는 경우는 '–고 싶다'나 '편하다', '좋다' 정도만 사용할 수 있습니다.

此文法通常和動詞或名詞一起使用。和形容詞一起使用時，只限「–고 싶다」、「편하다」和「좋다」。

- 하고 싶은 대로 모든 일을 다 할 수 있으면 좋겠어요. 如果可以想幹嘛就幹嘛就太好了。
- 내일은 편한 대로 옷을 입어도 돼요. 明天可以穿便服。
- 좋은 대로 결정하세요. 請依你喜好決定吧。

2 '–(으)ㄴ/는 대로' 앞에는 부정 표현이 올 수 없습니다.

「–(으)ㄴ/는대로」前面不能接否定表現。

- 저는 친구가 하지 않는 대로 했어요. (×)
  → 저는 친구가 하는 대로 했어요. (○) 我依照朋友的作法做了。
- 동생은 돈을 안 버는 대로 안 써요. (×)
  → 동생은 돈을 버는 대로 써요. (○) 妹妹賺多少花多少。／妹妹隨賺隨花。

3 '–는 대로'는 선행절의 동작이 이루어지는 즉시 후행절의 동작이 일어나는 것을 나타낼 때 사용하기도 합니다.

「–는대로」也可以用於在前子句動作完成之後即時做後子句動作的時候。

- 프랑스에서 돌아오는 대로 연락드리겠습니다.
  我一從法國回來就會跟您連絡。
- 뉴욕에 도착하는 대로 이메일을 보내 주시기 바랍니다.
  希望您一到紐約就發電子郵件給我。
- 미안하지만 그 일을 끝내는 대로 저 좀 도와주세요.
  不好意思，那個工作一結束就來幫幫我吧。

哪裡不一樣？

상태를 나타내는 '-(으)ㄴ 채로'와 '-(으)ㄴ/는 대로'는 다음과 같은 차이가 있습니다.
表示狀態的「-(으)ㄴ 채로」和「-(으)ㄴ/는 대로」有以下差異：

-(으)ㄴ 채로	-(으)ㄴ/는 대로
어떤 동작을 정지했거나 지속되는 상태가 변하지 않음을 나타냅니다. 表示某一動作停止或持續的狀態不變。 • 서류를 책상 위에 올려 놓은 채 퇴근을 했어요. 資料還放在桌子上就下班了。	'어떤 동작이 진행하는 모양과 똑같이'의 뜻을 나타냅니다. 表示和某一動作進行的樣子完全一樣。 • 내가 책상 위의 서류를 정리한 대로 똑같이 정리해 주세요. 請幫我按照我桌上資料的整理方式來整理。

會話練習！

139.mp3

1 가 이 단어 발음 좀 가르쳐 주세요.
나 조금 어려우니까 내가 발음하는 대로 따라해 보세요.

이 단어 발음 좀 가르쳐 주다	조금 어려우니까 내가 발음하다 / 따라해 보다
이 수학 문제 좀 풀어 주다	내가 문제를 풀다 / 따라 풀어 보다
뜨개질 하는 방법 좀 알려 주다	나도 잘 못하지만 내가 하다 / 해 보다

2 가 지난달에 시작한 프로젝트를 잘 끝낼 수 있어요?
나 네, 계획대로 잘 진행되고 있습니다.

지난달에 시작한 프로젝트를 잘 끝내다	계획 / 잘 진행되고 있다
오늘 날씨가 별로 안 좋은데 비행기가 제 시간에 도착하다	예정 / 10시에 도착할 것이다
이 기계의 사용 방법을 알려 주다	설명서에 있는 설명 / 사용하면 되다

實戰練習！

1 請用「-(으)ㄴ/는대로」完成下列對話。

(1) 가 민호야, 가게에 다녀왔니? (시키시다)
나 네, 시키신 대로 다 사왔어요.

(2) 가 처음 가는 곳이었는데 잘 찾아갔어? (친구가 말해 주다)
나 응, ______________ 찾아가니까 어렵지 않았어.

(3) 가 어머, 갈비찜을 만들었어요? (요리책에서 보다)
나 네, ______________ 만들었는데 맛있을지 모르겠어요.

(4) 가 도자기를 직접 만들어 보니까 어때요? (가르쳐 주다)
나 많이 어려울 줄 알았는데 선생님이 ______________ 하니까 잘되더라고요.

(5) 가 이 로봇은 무슨 일을 합니까? (사람이 명령하다)
나 ______________ 모든 일을 다 할 수 있습니다.

2 請用「대로」完成下列對話。

(1) 가 돈을 다 써 버렸다고 부모님께 말씀드렸어요? (사실)
나 네, 거짓말을 할까 하다가 그냥 사실대로 말씀드렸어요.

(2) 가 어떻게 하면 공짜 표를 받을 수 있어요? (온 순서)
나 ______________ 표를 주니까 줄을 서세요.

(3) 가 서류를 어디에 두었는지 모르겠어요. 아무리 찾아도 안 보여요. (번호)
나 필요한 서류를 잘 찾으려면 ______________ 정리를 해서 보관하도록 하세요.

(4) 가 다음 주에 가기로 한 출장이 연기됐어요? (예정)
나 아니요, ______________ 출장을 갈 겁니다.

(5) 가 얼마 전에 새로 시작한 사업은 잘되고 있어요? (생각)
나 아니요, ______________ 잘 안 되네요.

單元18 總複習！

〔1～2〕請選擇可以替換下列畫線部分的選項。

1 여기에 있는 음식은 마음대로 모두 먹어도 됩니다.

① 먹고 싶으면 ② 먹고 싶으니까
③ 먹고 싶은 만큼 ④ 먹고 싶은 대신에

2 비가 오는데 창문을 열어 놓은 채로 나갔다 왔더니 책이 다 젖었어요.

① 열려고 ② 열었더니
③ 열어 놓고 ④ 열려 있는 상태로

3 請選擇下列畫線部分正確的選項。

가 이 단어는 어떻게 발음하면 돼요?
나 그 단어는 발음하기가 조금 어려우니까 ____________________.

① 내가 발음할 만해요 ② 내가 발음하면 돼요
③ 내가 발음할 거예요 ④ 내가 하는 대로 따라하세요

4 請選擇下列畫線部分不適當的選項。

가 식사 준비 다 되었으니까 나와서 식사하세요.
나 저는 ____________________ 식사할게요.

① 아이를 재우고 ② 아이를 재워 놓고
③ 아이를 재우는 채로 ④ 아이를 재우고 나서

〔5～6〕請選擇下列畫線部分正確的選項。

5 ① 오늘 학교에 간 채로 공부를 했어요.
② 경진 씨는 예쁜 대로 인기가 많아요.
③ 이 꽃병은 책상 위에 놓아 놓는 게 좋겠어요.
④ 남자 친구와 찍은 사진을 벽에 걸어 두려고 해요.

6 ① 가스 불을 켠 채로 물을 끓였어요.
② 치마를 입어 놓고 자전거를 탔어요.
③ 지난번에 계획하는 대로 일을 진행하는 게 좋겠어요.
④ 문을 잠그지 않은 채로 나온 것이 생각나서 다시 집에 다녀왔어요.

성질과 속성을 나타낼 때
表示性質和屬性時

본 장에서는 성질과 속성을 나타낼 때 사용하는 표현에 대해서 배웁니다. 본 장에서 배우는 것은 어떤 사람이나 사물의 특징과 성질을 나타내거나 혹은 그것의 고유한 특성을 나타내는 표현들입니다. 그러므로 예문을 많이 보면서 익히시기 바랍니다.

本單元我們要學習表示性質和屬性的相關文法。學習如何表達人或事物的特徵和性質，以及他們固有的特性。希望大家能透過大量的例句進行練習。

01 -(으)ㄴ/는 편이다

140.mp3

가 웨이밍 씨 남자 친구는 체격이 어때요?
魏明妳男朋友體格怎麼樣？

나 제 남자 친구는 키가 크고 조금 통통한 **편이에요**.
我男朋友算是個子高，稍胖的類型。

가 아키라 씨는 같은 반 친구들에 비해서 한국말을 더 잘하는 것 같아요.
明良的韓語好像比同班同學說得更好。

나 맞아요. 아키라 씨는 한국 친구들이 많아서 그런지 다른 외국 학생들보다 한국말을 잘하는 **편인** 것 같아요.
是啊，可能是因為明良的韓國朋友多，所以韓語算是比其他外國學生說得好。

文法重點！

이 표현은 어떤 사실을 단정적으로 말하기보다는 대체로 어떤 쪽에 가깝다거나 속한다는 것을 표현할 때 사용합니다. 여기에서 '편'은 '여러 부류 중에 어느 한 쪽에 속함'을 의미하기 때문에 '대체적으로 그렇다'는 뜻이 있습니다.
此文法表示不武斷表示某事實，而表大致接近某方或類屬於某一邊。這裡的「편」意味著「屬於眾多類型中的某一方」，因此有「大體上如此」的意思。

-(으)ㄴ/는 편이다			
A	-(으)ㄴ 편이다	크다 작다	큰 편이다 작은 편이다
V	-는 편이다	사다 씻다	사는 편이다 씻는 편이다

- 우리 동네는 다른 지역에 비해서 집값이 조금 싼 편입니다.
  我們社區的房價和其他地方比算是比較便宜的。

- 저는 아침보다는 저녁에 더 많이 먹는 **편이에요**.
  我算是晚餐比早餐吃得更多的類型。

- 저 친구는 어릴 때는 큰 **편이었는데** 지금은 그렇게 커 보이지 않네요.
  他小時候個子算高的，現在看起來卻沒那麼高。

深入瞭解！

1 이 표현은 앞에 동사가 올 때는 보통 동사를 수식하는 부사가 있어야 합니다.

此文法前面是動詞時，一般要有修飾動詞的副詞。

가 은혜 씨 회사 사람들은 회식을 자주 해요? 恩惠你們公司的人常聚餐嗎？

나 네, 일주일에 한 번씩은 꼭 하니까 자주 하는 편이지요. 是的，一周一定會有一次，算是滿常的。

2 부정으로 쓸 때는 '안 –(으)ㄴ/는 편이다'나 '–(으)ㄴ/는 편이 아니다'로 표현합니다.

以否定形態使用時，使用「안 –(으)ㄴ/는 편이다」或「–(으)ㄴ/는 편이 아니다」表示。

- 저는 많이 안 먹는 편이에요.
  = 저는 많이 먹는 편이 아니에요. 我不算是吃得多的。

3 '–은/는 편이다'는 누가 봐도 명확하고 확실한 상황이나 사실일 때는 사용하지 않습니다.

「–은/는 편이다」不能用於任誰看起來都十分明確和確實的狀況或事實上。

- 내 동생은 키가 185cm인 편이에요. (×)
  → 내 동생은 키가 185cm예요. (○) 我弟弟身高185公分。

- 저는 학생이 아닌 편이에요. (×)
  → 저는 학생이 아니에요. (○) 我不是學生。

4 이 표현은 의미상 과거와 현재만 사용하고 미래 표현은 사용하지 않습니다.

此文法在意義上只適用於過去和現在，不用於未來時制。

- 저는 쇼핑을 자주 하는 편일 거예요/편이겠어요. (×)
  → 저는 쇼핑을 자주 하는 편이었어요. (○)
  저는 쇼핑을 자주 하는 편이에요. (○) 我算是經常購物的。

5 과거의 특정 시점이나 하나의 사건을 표현할 때는 '–(으)ㄴ 편이다'를 사용해야 합니다. 그러나 과거라도 과거에 일정 기간 지속된 일이거나 습관적인 일에는 '–는 편이었다'를 써야 합니다.

表示過去某一特定時間點或事件時，必須用「–(으)ㄴ 편이다」。即便是過去的事，但用在過去的一段時間內持續或是習慣性的事情上時，要使用「–는 편이었다」。

- 오늘은 다른 때보다 일찍 일어난 편이야. 今天算是比其他時候早起。
- 오늘 출근 시간에는 길이 안 막힌 편이야. 今天上班時間路上不算塞。

: 이것은 '오늘'이라는 특정 시점이 있기 때문에 '–(으)ㄴ 편이에요'로 써야 자연스럽습니다.
這裡因為有一個「今天」的特定時間點，所以得用「–(으)ㄴ 편이에요」比較自然。

• 나는 어렸을 때 공부를 잘하는 편이었어요. 我小時候算是會念書的。
• 옛날에는 고기를 자주 먹는 편이었어요. 我以前算是常吃肉的。

: 이것은 '어렸을 때'라는 시점이 있기는 하지만 지속이나 습관의 의미가 있기 때문에 '-는 편이었다'로 써야 합니다.

這句話雖然有表時間點的「어렸을 때」，但因為有持續或習慣的意思，所以得使用「-는 편이었다」。

文法重點！

141.mp3

1 가 한국 사람들은 커피를 많이 마시지요?

나 네, 녹차에 비해서 커피를 많이 마시는 **편이에요**.

한국 사람들은 커피를 많이 마시다	녹차에 비해서 커피를 많이 마시다
올해는 작년보다 조금 덜 추운 것 같다	올해 날씨는 작년보다 덜 춥다
동생이 운동을 잘하다	다른 가족들에 비해서 운동을 잘하다

2 가 지난달까지 추진하던 일은 잘 되었어요?

나 아니요, 노력한 것에 비해서 결과가 그렇게 좋지는 않은 **편입니다**.

지난달까지 추진하던 일은 잘 되었다	노력한 것에 비해서 결과가 그렇게 좋지는 않다
요즘도 많이 바쁘다	요즘에는 손님이 별로 없어서 지난달에 비해서 그렇게 바쁘지 않다
가족들하고 외식을 자주 하다	우리 가족은 집에서 먹는 것을 좋아해서 외식은 자주 하지 않다

實戰練習！

1 請用「-(으)ㄴ/는 편이다」完成下列對話。

(1) 가 민수 씨는 인기가 많은 것 같아요. (잘 들어주다)
 나 네, 민수 씨는 무엇이든 부탁을 하면 잘 들어주는 편이라서 친구들이 좋아해요.

(2) 가 영희 씨 아들은 3살인데도 말을 잘하는 것 같아요. (말을 잘하다)
 나 네, 다른 아이들보다 ______________ 어른들이 좋아하세요.

(3) 가 현규 씨는 늘 식사를 많이 하지 않는 것 같아요. (자주 체하다)
 나 저는 ______________ 많이 먹지 않으려고 노력하고 있어요.

(4) 가 무슨 음악을 자주 들어요? (클래식 음악을 자주 듣다)
 나 조용한 것을 좋아해서 ______________.

(5) 가 수진 씨는 남동생이 어린데도 자주 싸워요? (남동생이 장난이 심하다)
 나 ______________ 자주 싸우게 돼요.

2 請用「-(으)ㄴ/는 편이다」完成下列對話。

(1) 가 이 문법을 이해하기가 어려워요? (어렵지 않다)
 나 아니요, 그렇게 어렵지 않은 편이라서 이해할 수 있어요.

(2) 가 수진 씨가 또 감기에 걸렸다면서요? (건강하다)
 나 그렇대요. 하지만 수진 씨는 ______________ 금방 나을 거예요.

(3) 가 매일 바빠 보이는데 주말에는 좀 쉴 수 있어요? (한가하다)
 나 네, 그래도 주말에는 좀 ______________ 밀린 빨래나 청소를 해요.

(4) 가 수진 씨는 공포 영화를 안 좋아하세요? (겁이 많다)
 나 네, ______________ 공포 영화는 못 봐요.

(5) 가 낮인데도 사무실에 불을 켜 놓으세요? (사무실이 어둡다)
 나 네, ______________ 항상 불을 켜 놓아야 돼요.

02 스럽다

142.mp3

가 자야 씨, 웬일로 오늘 치마를 입었어요?
札雅，怎麼今天穿裙子了？

나 조금 여성스러워 보이고 싶어서요. 그동안 바지만 입었더니 사람들이 저를 남자로 알더라고요.
是想看起來更女性一點啦，過去一直穿褲子，別人都以為我是男生呢。

가 양강 씨의 올해 소원은 뭐예요?
楊剛，你今年的願望是什麼？

나 올해는 한국 사람들과 한국어로 자연스럽게 이야기를 할 수 있게 되면 좋겠어요.
今年我要是能用韓語跟韓國人自然地交談就好了。

文法重點！

'스럽다'는 명사에 붙어서 '앞의 명사와 같은 느낌이나 요소가 있다'는 뜻을 나타낼 때 사용합니다.
「스럽다」接在名詞後，用來表達「具有與前面名詞相同感覺或要素」之意。

스럽다			
N	스럽다	사랑 바보	사랑스럽다 바보스럽다

- 마이클 씨는 여자 친구의 얼굴을 사랑스럽다는 듯이 바라보았습니다.
  邁克充滿愛意地注視著女朋友的臉。
- 그렇게 하는 것은 바보스러운 행동입니다.
  那麼做是很愚蠢的行動。
- 제 친구는 언제나 가족에 대해 자랑스럽게 말해요.
  我朋友總是很自豪地提起他的家人。

深入瞭解！

'스럽다'와 비슷하게 쓰이는 말로 '롭다'가 있는데 이 두 표현은 다음과 같은 차이가 있습니다.

類似「스럽다」的有「롭다」，這兩者有以下差異。

	스럽다	롭다
意義	'명사와 같은 느낌이나 요소가 있다'는 뜻을 나타낼 때 사용합니다. 表示「具有與前面名詞相同感覺或要素」之意。	'그러한 성격을 충분히 가지고 있다'는 의미를 나타내며 일부 받침이 없는 명사에만 붙습니다. 表示「充分具有那種性質」的意思，只可用於部分沒有終聲的名詞。
例	사랑스럽다、바보스럽다、여성스럽다、걱정스럽다、자랑스럽다 等	명예롭다、신비롭다、자유롭다、풍요롭다、향기롭다 等
例句	• 그 동굴은 정말 신비스럽습니다. 那個洞穴真的很神祕。 ➜ '신비한 것처럼 보인다'는 의미입니다. 「看起來好像很神祕」的意思。	• 그 동굴은 정말 신비롭습니다. 那個洞穴真的很神秘。 ➜ '정말로 신비하다'는 의미입니다. 「確實很神祕」的意思。

會話練習！

143.mp3

1 가 내일 면접을 보러 간다면서요?

나 네, 항상 면접을 보러 가면 긴장이 많이 돼서 내일도 잘할 수 있을지 걱정스러워요.

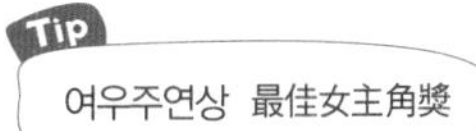

내일 면접을 보러 가다	항상 면접을 보러 가면 긴장이 많이 돼서 내일도 잘할 수 있을지 걱정이다
이번에 여우주연상을 받았다	받기 힘든 상을 받아 정말 감격이다
진수 씨가 생일 파티를 호텔에서 하다	호텔에서 하니까 정말 부담이다

2 가 철수 씨 부모님은 며느릿감으로 어떤 여자를 좋아하세요?

나 얼굴이 복스러운 여자를 좋아하세요.

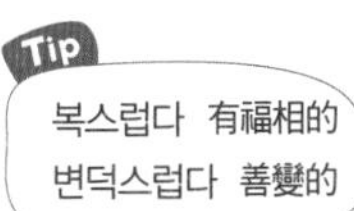

철수 씨 부모님은 며느릿감으로 어떤 여자를 좋아하시다	얼굴이 복 / 여자를 좋아하시다
영희 씨는 어떤 남자를 싫어하다	성격이 변덕 / 남자는 싫다
어떤 옷을 사고 싶다	조금 어른 / 보이는 옷을 사고 싶다

實戰練習！

仿照範例，找出適合的單字，並完成對話。

보기				
부담스럽다	변덕스럽다	어른스럽다	당황스럽다	조심스럽다
사치스럽다	촌스럽다	자랑스럽다	자연스럽다	

(1) 가 내일이 친구 생일인데 어떤 선물을 하면 좋을까요?
나 글쎄요, 너무 부담스럽지 않은 걸로 하는 것이 좋을 것 같아요.

(2) 가 카일리 씨는 한국 사람들이 개인적인 질문을 하면 어때요?
나 처음에는 굉장히 ____________ 지금은 괜찮아요.

(3) 가 요즘 저 배우가 연기를 잘하는 것 같지요?
나 네, 결혼을 하더니 연기가 더 ____________.

(4) 가 에미 씨는 항상 명품 가방하고 비싼 옷만 사는 것 같아요.
나 맞아요. 조금 ____________ 것 같아요.

(5) 가 어제 세계 대회에서 우승한 여자 축구 선수들의 모습을 봤어요?
나 네, 어찌나 ____________ 눈물이 날 지경이었어요.

(6) 가 아들이 초등학생이지요?
나 네, 하지만 말하는 것은 아주 ____________ 깜짝 놀랄 때가 있어요.

(7) 가 영희 씨는 항상 이랬다저랬다 해서 짜증나요.
나 맞아요. 얼마나 ____________ 저도 화가 날 때가 많아요.

(8) 가 저 도자기가 아주 비싸 보이네요.
나 우리 아버지가 아끼시는 거라서 저도 만지기가 ____________.

(9) 가 왜 그 코트를 안 입으려고 해?
나 이제는 유행이 지나서 ____________ 보여서요.

03 답다

144.mp3

가 오늘 저 선수가 왜 저렇게 경기를 못하죠?
今天那個選手為什麼比賽表現那麼差？

나 그러게요. 오늘 경기 모습은 세계적인 축구 선수**답지**가 않네요.
是啊，今天比賽的樣子不像是個世界級的足球運動員啊。

가 엄마, 이 옷 어때요? 저한테 어울려요?
媽媽，這件衣服怎麼樣？適合我嗎？

나 옷이 그게 뭐니? 학생은 학생**답게** 옷을 입어야지. 좀 더 얌전한 옷으로 갈아입어.
這是什麼衣服啊？學生要穿得像學生，去換件端莊點的衣服。

文法重點！

'답다'는 명사에 붙어 그 명사가 지니는 성질이나 특성이 있다는 뜻을 나타날 때 사용합니다. 즉, 어떤 것이 원래 가지고 있어야 할 자격을 가지고 있다는 뜻이 됩니다.
「답다」接在名詞後，用來表示「具有該名詞含有的性質或特性」，亦即表示具有本來就應該有的資格之意。

답다			
N	답다	남자 사람	남자답다 사람답다

- 혜진 씨는 여자**다운** 데가 하나도 없는 것 같아요.
  惠真好像沒有一點像女生的地方。
- 동생에게 그렇게 심한 말을 하는 것은 정말 형**답지** 않은 행동이야.
  對弟弟說那麼過分的話，真不像是哥哥該有的行為。
- 그 회사에는 국내 최고의 회사**답게** 우수한 직원들이 많이 있습니다.
  那個公司不愧是國內一流的公司，有很多優秀員工。

深入瞭解！

'답다'와 '스럽다'는 다음과 같은 차이가 있습니다.
「답다」和「스럽다」有以下的差異：

	답다	스럽다
意義	앞의 명사가 지녀야 하는 속성이나 자격, 의미를 가지고 있다는 의미입니다. 表示具有前面名詞應含有的屬性、資格和意義。	앞의 명사가 가지고 있는 속성이나 자격을 가지고 있는 것처럼 보인다는 의미입니다. 表示看起來好像具有前面名詞所含有的屬性、資格。
限制	장소나 기관 명사 뒤에 사용해도 자연스럽습니다. 用於場所或機關名稱後也很自然。	명사 중에 '길스럽다'나 '학교스럽다'처럼 장소나 기관 명사 뒤에 사용하면 어색합니다. 名詞中，若像「길스럽다」或「학교스럽다」這樣接在場所或機關名稱後，句子會不自然。
例	어른답다, 정답다, 도시답다	어른스럽다, 자연스럽다, 조심스럽다
例句	• 어른은 어른다워야 해요. (○) 大人要像大人一樣。 • 저 아이는 어른다워요. (×) ➜ 어른이 어른으로서 가져야 하는 속성이나 자격, 의미를 지닌다는 의미이므로 아이에게는 사용할 수 없습니다. 意味著大人作為大人應具備的屬性、資格或意義，因此不能用在孩子身上。	• 우리 아이는 어른스러워요. (○) 我的孩子就像大人般。 • 저 어른은 어른스러워요. (×) ➜ 어른이 가지고 있는 속성이나 자격을 가지고 있는 것처럼 보인다는 의미이므로 어른에게 사용할 수 없습니다. 意味著看起來好像具有成人應有的屬性或資格，所以不能用在大人身上。

會話練習！

145.mp3

1 가 그 남자가 그렇게 좋아요?
나 네, 정말 신사답게 행동하거든요.

Tip
유능하다 有能力
믿음직스럽다 可信賴的

그 남자가 / 좋다	정말 신사 / 행동하다
저 변호사가 / 유능하다	모든 일을 전문가 / 잘 처리하다
큰아들이 / 믿음직스럽다	큰아들 / 믿음직스럽게 행동하다

2 가 저 선수가 하는 다른 경기도 봤어요?

나 네, 저 선수는 경기도 잘하고 소속 팀 리더**답게** 팀을 잘 이끌더라고요.

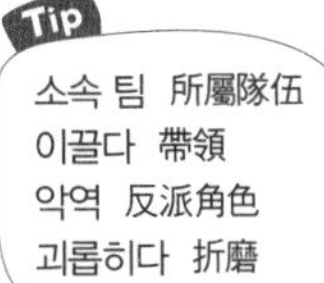

저 선수가 하는 다른 경기도 보다	저 선수는 경기도 잘하고 소속 팀 리더 / 팀을 잘 이끌다
저 배우가 나오는 다른 드라마도 보다	저 배우는 악역 전문 연기자 / 주인공을 괴롭히는 연기를 잘하다
저 커피숍에서 커피를 마셔 보다	유명한 커피숍 / 모든 커피가 맛있다

實戰練習！

仿照範例，找出適合的單字，搭配「답다」來完成對話。

보기 1등을 한 사람 군인 남자 신입 사원 출신 관광지 회사 제품

(1) 가 아키라 씨가 한국말을 잘하지요?

나 네, 말하기 대회에서 1등을 한 사람답게 정말 한국말을 잘하는군요!

(2) 가 이곳은 한국에서 유명한 관광지 중의 하나입니다.

나 유명한 ________ 아름답고 멋있는 곳이군요.

(3) 가 할아버지께서 전쟁터에서 돌아가셨어요?

나 네, 우리 할아버지는 한국전쟁에서 ________ 용감히 싸우다 돌아가셨습니다.

(4) 가 은희 씨는 어떤 남자를 좋아하세요?

나 요즘에는 여자 같은 외모를 가진 남자가 많아서 저는 ________ 생긴 남자가 좋아요.

(5) 가 휴대전화를 떨어뜨렸는데도 멀쩡하네요.

나 네, 이 휴대전화는 유명한 ________ 고장이 잘 안 나요.

(6) 가 오늘부터 일하게 된 신입 사원 강철수입니다.

나 오늘부터 근무를 시작했으니 ________ 모습으로 열심히 일해 주시기 바랍니다.

(7) 가 수영 씨 노래를 들으면 마음이 편안해져요.

나 수영 씨는 성악과 ________ 감미로운 노래를 잘 부르는 것 같아요.

單元19 總複習！

〔1～2〕請選擇可以替換下列畫線部分的選項。

1 우리나라는 눈이 오지 않는 편이에요.

① 눈이 자주 와요
② 눈이 거의 안 와요
③ 눈이 자주 오면 좋겠어요
④ 눈이 한 번도 오지 않아요

2 코미디언은 가끔 바보스러운 행동으로 사람들을 웃깁니다.

① 바보보다 더한
② 바보보다 덜한
③ 바보보다 못 한
④ 바보처럼 보이는

〔3～4〕請選擇下列畫線部分正確的回答。

3
가 저 식당에서 식사해 봤어요?
나 네, ____________________.

① 유명한 식당대로 모든 음식이 맛있더라고요
② 유명한 식당답게 모든 음식이 맛있더라고요
③ 유명한 식당스럽게 모든 음식이 맛있더라고요
④ 유명한 식당이라도 모든 음식이 맛있더라고요

4
가 하정 씨는 술을 자주 마셔요?
나 네, 자주 ________________ **가끔 속이 아파요.**

① 마신 편이라서
② 마시는 편이라서
③ 안 마시는 편이라서
④ 마시지 않는 편이라서

5 **請選擇下列畫線部分正確的選項。**

① 제 동생은 몸무게가 80kg인 편이에요.
② 저는 커피를 자주 마시는 편일 거예요.
③ 저는 초등학생 때 운동을 잘하는 편이었어요.
④ 오늘은 다른 날보다 조금 일찍 일어나는 편이에요.

6 **請選擇不正確的句子。**

① 성격이 변덕스러운 사람은 정말 싫어요.
② 미연 씨가 비싼 선물을 줘서 조금 부담스러워요.
③ 봄이라서 여성스러운 느낌이 나는 옷을 사고 싶어요.
④ 제 친구는 자기 가족들에 대해 항상 자신스럽게 말해요.

강조를 나타낼 때
表示強調時

본 장에서는 강조를 나타낼 때 사용하는 표현에 대해서 배웁니다. 강조를 나타내는 표현은 말하는 사람이 말하고 싶은 내용을 특별히 강하게 주장하거나 두드러지게 하고 싶을 때 사용합니다. 잘 익혀서 상황에 맞게 사용하시기 바랍니다.

本單元我們要學習表示強調的幾種文法。用於當話者想對所說的內容強烈主張或加以凸顯時。希望大家能熟悉並在適當的時機使用。

01 얼마나 -(으)ㄴ/는지 모르다

146.mp3

가 도쿄 여행은 어땠어요? 재미있었어요?
東京旅行怎麼樣？有趣嗎？

나 네, 그렇지만 도쿄의 물가가 얼마나 비싼지 몰라요. 물가가 비싸니까 쇼핑을 마음대로 못해서 아쉬워요.
很好，但是東京的物價高得不得了。因為物價高，沒辦法盡情地購物，有些遺憾。

가 왜 그렇게 놀란 표정이에요?
妳怎麼那麼驚訝？

나 책을 읽고 있는데 갑자기 문이 열려서 얼마나 놀랐는지 몰라요.
正看書呢，門突然開了，多嚇人啊！

文法重點！

이 표현은 그 상황이나 상태 정도를 강조할 때 사용합니다. 평서형으로만 사용할 수 있고, 동사와 형용사에 모두 사용합니다.
此文法用於強調那個狀況或狀態的程度。只用在陳述句，可與動詞和形容詞一起使用。

얼마나 -(으)ㄴ/는지 모르다					
過去	A/V	얼마나 -았/었는지	예쁘다 먹다	예뻤는지 먹었는지	+ 모르다
現在	A	얼마나 -(으)ㄴ지	예쁘다 작다	예쁜지 작은지	
	V	얼마나 -는지	공부하다 먹다	공부하는지 먹는지	

- 호영 씨가 어렸을 때 친구들에게 **얼마나** 인기가 **많았는지 몰라요.**
  浩永小時候在朋友之間不曉得有多受歡迎。
- 우리 아이가 7살이 되더니 **얼마나** 말을 안 **듣는지 모릅니다.**
  我家孩子一到七歲，不知道有多不聽話！
- 잃어버린 강아지를 조금 전에 찾았어요. 강아지를 다시 찾아서 **얼마나** 기**쁜지 몰라요.**
  丟失的小狗剛才找到了，找回小狗不曉得有多高興！

深入瞭解！

1 이 표현에 동사가 올 경우 '열심히', '잘', '많이', '못'과 같은 정도를 나타내는 부사와 함께 써야 합니다.

此文法接動詞時，必須和「열심히」、「잘」、「많이」、「못」等表示程度的副詞一起使用。

- 자야 씨가 얼마나 공부하는지 몰라요. (×)
  → 자야 씨가 얼마나 <u>열심히</u> 공부하는지 몰라요. (○) 不知札雅有多麼用功。

  : 이것은 '열심히'가 없으면 공부를 몇 시간 하는지 알 수 없다는 의미이므로 정도를 나타내는 부사와 함께 써야 합니다.

  這是若沒有「열심히」的話，就不曉得念書念了幾小時的意思，所以必須和表程度的副詞一起使用。
- 아키라 씨는 얼마나 <u>많이</u> 먹는지 몰라요. (○) 明良真會吃。

2 하지만 '짜증이 나다', '화가 나다', '감동하다'처럼 말하는 사람의 느낌이나 기분을 말할 때는 정도를 나타내는 부사를 사용하지 않아도 됩니다.

但是，如「짜증이 나다」、「화가 나다」、「감동하다」般表達話者的感覺或心情時，也可不使用表程度的副詞。

- 길이 막혀서 얼마나 <u>짜증이 나는지 몰라요</u>. 路上塞車，不知道有多厭煩。
- 그 영화를 보고 얼마나 <u>감동했는지 몰라요</u>. 看了那部電影，不知道有多感動。

3 과거의 상황이나 상태에 대해서 말할 때는 '-았/었는지 몰라요'를 사용합니다.

陳述過去的狀況或狀態時，使用「-았/었는지 몰라요」。

- 어제는 바람이 많이 불어서 얼마나 <u>추웠는지 몰랐어요</u>. (×)
  → 어제는 바람이 많이 불어서 얼마나 <u>추웠는지 몰라요</u>. (○) 昨天吹了很大的風，不知道有多冷。

會話練習！

147.mp3

1 가 진수 씨가 요즘에 공부를 열심히 하는 것 같지요?

나 네, 요즘에 **얼마나** 열심히 공부하**는지 몰라요**.

진수 씨가 요즘에 공부를 열심히 하다	요즘에 / 열심히 공부하다
나오코 씨는 외국 사람인데 매운 음식을 잘 먹다	매운 음식을 / 잘 먹다
지금 길이 많이 막히다	요즘에 공사를 해서 길이 / 많이 막히다

2 가 여행을 갈까 하는데 설악산이 어때요?

나 설악산은 경치가 **얼마나** 아름다운**지 몰라요**. 꼭 가 보도록 하세요.

여행을 갈까 하는데 설악산	설악산은 경치가 / 아름답다 / 꼭 가 보다
쇼핑을 할까 하는데 동대문시장	동대문시장은 물건이 / 싸고 많다 / 꼭 가 보다
심리학과 수업을 들을까 하는데 김 교수님의 수업	김 교수님의 수업이 / 재미있다 / 꼭 들어 보다

實戰練習！

1 請用「얼마나 -(으)ㄴ/는지 모르다」完成下列對話。

(1) 가 날씨가 많이 무덥지요? (날씨가 무덥다)
나 네, 장마철이라서 날씨가 얼마나 무더운지 몰라요.

(2) 가 지수 씨는 성격이 어때요? (밝고 명랑하다)
나 지수 씨의 성격은 ______________________.

(3) 가 자동차가 있는데 왜 지하철을 타고 다니세요? (지하철이 편하고 빠르다)
나 출퇴근 시간에는 ______________________.

(4) 가 그 영화를 보면서 울었다면서요? (여자 주인공이 불쌍하다)
나 네, 사랑하는 사람이 병에 걸려서 ______________________.

(5) 가 중국어를 배우다가 포기했다면서요? (한자를 쓰는 것이 어렵다)
나 네, ______________________.

2 請用「얼마나 -(으)ㄴ/는지 모르다」完成下列對話。

(1) 가 외국으로 출장 갔다 어제 돌아왔는데 주말에 비가 많이 왔다면서요? (많이 오다)
나 네, 지난 주말에 비가 얼마나 많이 왔는지 몰라요.

(2) 가 저 아이들은 아주 어린데도 질서를 잘 지키네요. (질서를 잘 지키다)
나 네, 유치원 아이들인데 ______________________.

(3) 가 엄마, 연락도 없이 늦게 들어와서 죄송해요. (걱정을 많이 하다)
나 네가 늦게까지 안 들어와서 ______________________.

(4) 가 남자 친구에게 장미꽃을 100송이나 받았다면서요? (감동을 하다)
나 네, ______________________. 눈물이 다 날 정도였어요.

(5) 가 내가 용돈을 다 써 버린 것을 엄마가 아셨니? (화가 많이 나다)
나 응, 그래서 ______________________.
그러니까 빨리 죄송하다고 해.

02 -(으)ㄹ 수밖에 없다

148.mp3

가 여보, 옷을 또 사려고?
老婆，妳又要買衣服？

나 유행에 뒤떨어지지 않으려면 옷을 자주 살 수밖에 없어요.
如果不想要跟不上流行，就不得不常買衣服。

가 환경오염 문제가 점점 더 심각해지고 있어서 큰일이에요.
環境污染問題日漸嚴重，真是個大問題。

나 맞아요. 환경을 보호하지 않으면 앞으로 인류는 멸망할 수밖에 없을 거예요.
是啊，如果不保護環境的話，將來人類必然會滅亡的。

文法重點！

이 표현은 어떤 상황이 되었을 때 다른 선택의 여지가 없이 그것만을 해야 한다거나 여러 가지 상황으로 봐서 그런 결과가 나오는 것이 당연하다는 것을 나타낼 때 사용합니다.
此文法用來表示「變成某種狀況時，沒有其他選擇的餘地就只能那麼做」，或是「綜觀各種情形，理所當然會出現那樣的結果」。

-(으)ㄹ 수밖에 없다				
A/V	-(으)ㄹ 수밖에 없다	예쁘다 먹다	예쁠 먹을	+ 수밖에 없다

가 현금으로 내려고요? 要用現金支付嗎？
나 이 가게에서는 신용카드가 안 된다고 하니까 현금으로 낼 수밖에 없네요.
因為這家店說不能使用信用卡，所以只好用現金了。

가 여보, 오늘도 야근할 거예요? 老公，今天也要加班嗎？
나 상사들이 모두 야근을 하니까 나도 야근을 할 수밖에 없어요.
上司們都加班，我也不得不加。

가 지수 씨 아이가 정말 똑똑하지요? 智秀的孩子很聰明吧？

나 부모가 다 똑똑하니까 아이도 똑똑할 **수밖에 없지요**.

父母都聰明，孩子當然也聰明了。

會話練習！

149.mp3

1 가 오늘따라 저녁 식사가 맛이 없네요.

나 점심에 그렇게 많이 먹었으니 맛이 없을 **수밖에 없지요**.

저녁 식사가 맛이 없다	점심에 그렇게 많이 먹었으니 맛이 없다
일이 정말 힘들다	일을 미뤘다가 한꺼번에 하니까 힘들다
정말 초조하다	면접을 본 회사에서 연락을 주기로 한 날이니까 초조하다

2 가 수연 씨가 왜 저렇게 결혼을 서두르지요?

나 갑자기 올해 말에 유학을 가게 돼서 서두를 **수밖에 없을 거예요**.

수연 씨가 왜 저렇게 결혼을 서두르다	갑자기 올해 말에 유학을 가게 돼서 서두르다
채소값이 왜 이렇게 많이 올랐다	요즘 계속 비가 오는 바람에 수확량이 적어져서 오르다
김 과장님이 왜 집을 팔려고 하다	갑자기 아이가 아파서 돈이 많이 필요하니까 집을 팔다

實戰練習！

請用「-(으)ㄹ 수밖에 없다」完成下列對話。

(1) 가 갈증이 많이 나네요. (갈증이 나다)

나 짠 음식을 많이 먹었으니까 갈증이 날 수밖에 없지요.

(2) 가 수영 씨는 남자들이 모두 좋아하는 것 같아요. (남자들이 반하다)

나 성격이 밝고 명랑하니까 ______________________.

(3) 가 왜 좀 기다리지 않고 항상 네가 먼저 연락을 하니? (내가 먼저 연락을 하다)

나 그 사람이 연락을 안 하니까 ______________________.

(4) 가 왜 그렇게 당황을 해요? (당황하다)

나 갑자기 나이를 물어보니까 ______________________.

(5) 가 지연 씨의 부탁을 안 들어줬다면서요? (거절하다)

나 너무 바빠서 지연 씨의 부탁을 ______________________.

03 –(으)ㄹ 뿐이다

150.mp3

가 자야 씨, 호영 씨를 좋아하고 있지요?
札雅，妳喜歡浩永吧？

나 네, 하지만 고백할 용기가 없어서 지금은 바라보기만 할 **뿐이에요.**
是的，可是我沒有勇氣告白，現在只能遠遠看著而已。

가 오늘 회의를 8시간이나 했는데 결정된 것은 없고 시간만 **보냈을 뿐이네요.**
今天會議開了八個小時，但什麼也沒做出決定，只是耗費時間而已。

나 그러게요. 그럼 내일 또 회의를 해야 하는 건가요?
就是啊！那麼明天還要開會嗎？

文法重點！

이 표현은 어떤 행동이나 상태만 있고 그 외에 다른 것은 없음을 나타낼 때 사용합니다. 여기에서 '뿐'은 '오직'의 의미입니다.
此文法用來表示只有某種行動或狀態，除此之外沒有其他的。這裡的「뿐」為「오직（僅僅）」之意。

–(으)ㄹ 뿐이다				
A/V	過去	–았/었을 뿐이다	예쁘다 웃다	예뻤을 뿐이다 웃었을 뿐이다
	現在	–(으)ㄹ 뿐이다	예쁘다 웃다	예쁠 뿐이다 웃을 뿐이다
N이다	일 뿐이다		친구이다 선생님이다	친구일 뿐이다 선생님일 뿐이다

- 지금은 아무 것도 하고 싶지 않아요. 잠만 자고 **싶을 뿐이에요.**
  現在什麼都不想做，只想睡覺。

- 진수 씨에 대한 이야기는 소문으로만 들었을 **뿐이에요**.
  對於鎮秀的事，我只聽過一些傳聞罷了。
- 지수는 단지 같은 과 친구일 **뿐인데** 다른 사람들이 애인인 줄 알아요.
  知秀不過是我同系的同學而已，但別人都以為是我的戀人。

深入瞭解！

이 표현을 더 강조해서 사용할 때는 보통 앞에 'N만 –(으)ㄹ 뿐이다' 또는 'A/V–기만 –(으)ㄹ 뿐이다'의 형태로 사용합니다.

此文法若是對內容更強調時，以「N만 –(으)ㄹ 뿐이다」或「A/V–기만 –(으)ㄹ 뿐이다」的形態使用。

- 저는 그냥 그 사람의 얼굴만 알 뿐입니다.
  我只不過知道他的長相而已。
- 그 사람한테 연락이 오기만을 기다리고 있을 뿐이에요.
  我只是在等待他的聯絡到來而已。

會話練習！

151.mp3

1 가 나오코 씨를 알면 소개 좀 해 주세요.
나 저도 잘 몰라요. 그냥 이름만 알 **뿐입니다**.

나오코 씨를 알면 소개 좀 해 주다	저도 잘 모르다 / 이름만 알다
많이 아프면 좀 쉬다	괜찮다 / 기운만 조금 없다
진수 씨처럼 빨리 승진할 수 있는 비결을 알려 주다	글쎄다 / 저는 그냥 일만 열심히 하다

2 가 정말 날씬해지셨네요. 다이어트했어요?
나 아니요, 아침마다 걷기 운동만 30분씩 했을 **뿐이에요**.

정말 날씬해졌다 / 다이어트하다	아침마다 걷기 운동만 30분씩 하다
집이 정말 깨끗해졌다 / 대청소하다	그냥 정리만 하다
한국 역사에 대해서 잘 알다 / 공부하다	역사책만 한 권 읽다

實戰練習！

1 請用「-(으)ㄹ 뿐이다」完成下列對話。

(1) 가 왜 영재 씨를 안 좋아해요? (말만 하다)

나 직접 행동은 하지 않고 항상 말만 할 뿐이거든요.

(2) 가 목이 마른데 냉장고에 물 좀 있어요? (우유만 있다)

나 냉장고에는 ____________________ 물은 없는데 어떻게 하지?

(3) 가 민호 씨가 그 물건을 훔치지 않았다는 말을 정말 믿어요? (그 사람 말을 믿다)

나 그 사람이 그렇게 말했으니까 ____________________.

(4) 가 도대체 우리가 찾는 펜션은 어디에 있는 거예요? (산만 보이다)

나 글쎄요. 가도 가도 ____________________ 펜션 같은 것은 전혀 없네요.

(5) 가 이제 논문도 다 썼는데 가장 하고 싶은 일이 뭐예요? (쉬고 싶다)

나 지금은 아무 생각 없이 ____________________.

2 請用「-았/었을 뿐이다」完成下列對話。

(1) 가 어떻게 하면 그렇게 수영을 잘할 수 있어요? (배운 대로 연습하다)

나 저는 그냥 배운 대로 연습했을 뿐이에요.

(2) 가 집안 분위기가 완전히 달라졌어요. 뭘 하신 거예요? (커튼만 바꾸다)

나 다른 것은 안 하고 ____________________ 집안 분위기가 달라졌어요.

(3) 가 현수 씨가 어떤 남자인지 알아요? 제 친구가 좋아하거든요. (얼굴만 잘생기다)

나 현수 씨는 ____________________. 돈도 없고 성격도 별로예요.

(4) 가 그 이야기가 사실이에요? 도저히 믿을 수가 없어요. (들은 것을 전해 드리다)

나 저는 그냥 ____________________.

(5) 가 아버지께서 왜 저렇게 화가 나셨니? (지금까지 생각해 왔던 것을 말씀드리다)

나 저는 그냥 ____________________.

04 (이)야말로

152.mp3

가 한국의 전통 모습을 보고 싶은데 어디로 가면 좋을까요?
我想看看韓國的傳統風貌，去哪裡比較好？

나 다른 곳도 많지만 한국민속촌**이야말로** 전통 모습을 보기에 가장 좋은 곳이에요. 민속촌에 가 보세요.
雖然值得去的地方很多，但韓國民俗村應該是看傳統風貌最好的地方，去民俗村吧！

가 손님, 다른 게 마음에 안 들면 이 디자인은 어떠세요?
這位顧客，其他的都不滿意的話，這種款式怎麼樣？

나 그 디자인**이야말로** 제가 찾던 거예요. 한번 신어 볼게요.
那正是我要找的款式， 我試穿一下。

文法重點！

이 표현은 앞에 나오는 명사의 뜻을 보다 더 강하게 표현할 때 사용합니다. 즉, 다른 것도 많지만 앞의 명사가 최고라는 것을 강조할 때 사용합니다.
此文法用來更強烈表示只有某種行動或狀態，除此之外沒有其他的。

(이)야말로			
N	(이)야말로	의사 학생	의사야말로 학생이야말로

가 한국을 대표하는 관광지가 어디예요?
最能代表韓國的旅遊景點是哪裡？

나 제주도**야말로** 한국을 대표하는 관광지라고 할 수 있지요.
濟州島可以稱得上是最能代表韓國的旅遊景點吧。

가 누구를 가장 존경합니까?
你最尊敬誰？

나 부모님**이야말로** 제가 가장 존경하는 분들입니다.
我父母是我最尊敬的人。

가 문수 씨가 성공하신 비결이 뭐예요?
文修先生！您成功的秘訣是什麼？

나 성공하는 데에는 많은 것들이 필요하지만 꾸준한 노력**이야말로** 성공의 비결이라고 할 수 있어요.
要成功需要很多因素，但是堅持不懈的努力可以說是成功的秘訣。

會話練習！

153.mp3

1 가 건강을 지키는 데 가장 중요한 것이 뭐라고 생각해요?
나 운동**이야말로** 가장 중요한 것이라고 생각해요.

건강을 지키는 데 가장 중요하다	운동 / 가장 중요한 것이다
외국 생활에 잘 적응하는 데 가장 중요하다	그 나라 언어를 빨리 배우는 것 / 가장 중요한 것이다
회사에서 인정받는 데 가장 필요하다	성실함 / 회사에서 인정받는 데 가장 필요한 것이다

2 가 지금까지 봤던 영화 중에서 가장 감명 깊었던 영화는 뭐예요?
나 '로마의 휴일'**이야말로** 가장 감동적인 영화였어요.
이루어질 수 없는 사랑에 가슴 아팠거든요.

봤던 영화 중에서 가장 감명 깊었던 영화는 뭐다	로마의 휴일 / 가장 감동적인 영화였다 / 이루어질 수 없는 사랑에 가슴 아팠다
여행했던 곳 중에서 가장 기억에 남는 곳은 어디다	뉴욕 / 가장 기억에 남는 곳이다 / 다양한 사람들과 문화를 볼 수 있었다
먹어 본 음식 중에서 가장 맛있는 음식은 뭐다	불고기 / 가장 맛있는 음식이다 / 맛도 있고 건강에 좋다

實戰練習！

請用「(이)야말로」完成下列對話。

(1) 가 1년 중에서 가장 기다려지는 날은 언제예요? (생일)
나 제 생일이야말로 가장 기다려지는 날이에요.

(2) 가 외국어를 잘할 수 있는 최고의 방법이 무엇일까요? (반복 연습)
나 ______________________ 외국어를 잘할 수 있는 최고의 방법이지요.

(3) 가 건강식품에는 뭐가 있을까요? (김치)
나 ______________________ 세계적인 건강식품이라고 할 수 있어요.

(4) 가 시간과 장소를 가리지 않고 할 수 있는 운동이 있을까요? (걷기)
나 ______________________ 시간과 장소를 가리지 않고 할 수 있는 운동이지요.

(5) 가 친구 사이에 가장 중요한 것이 뭐라고 생각해요? (서로를 믿는 마음)
나 ______________________ 친구 사이에 가장 중요한 것이라고 생각해요.

(6) 가 한국에서 가장 유명한 발명품이 뭐예요? (한글)
나 ______________________ 한국에서 가장 유명한 발명품 중의 하나입니다.

(7) 가 자야 씨는 어느 계절을 가장 좋아해요? (가을)
나 저는 가을을 제일 좋아해요. ______________________ 책을 읽기에 가장 좋은 계절이니까요.

(8) 가 우리 반에서 누가 가장 성실해요? (수잔 씨)
나 ______________________ 정말 성실한 사람이에요. 학교에도 가장 일찍 오거든요.

單元20 總複習！

〔1～2〕請選擇可以替換下列畫線部分的選項。

1 경애 씨 아이들은 얼마나 귀여운지 몰라요!

① 정말 귀여워요　② 귀여운지 모르겠어요
③ 정말 귀엽지 않아요　④ 귀여운지 알고 싶어요

2 꾸준한 노력이야말로 외국어를 잘할 수 있는 최고의 방법이지요.

① 꾸준한 노력만　② 꾸준한 노력만큼
③ 꾸준한 노력일 뿐　④ 꾸준한 노력이 가장

〔3～4〕請選擇下列畫線部分正確的回答。

3 가　카일리 씨 딸이 정말 예쁜 것 같아요.
나　엄마가 예쁘니까 딸도 ______________________.

① 예쁠걸요　② 예뻐야 돼요
③ 예쁠지도 몰라요　④ 예쁠 수밖에 없지요

4 가　지난번에 보니까 자야 씨랑 얘기하던데 둘이 사귀어요?
나　아니요, 그냥 ______________________.

① 회사 동료일 거예요　② 회사 동료일 뿐이에요
③ 회사 동료였으면 좋겠어요　④ 회사 동료일 수밖에 없어요

〔5～6〕請選擇正確的句子。

5 ① 양강 씨가 매일 2시간씩 운동해요. 얼마나 운동하는지 몰라요.
② 춘천이야말로 정말 가고 싶은 곳이에요.
③ 마크 씨는 남편일 뿐인데 친구인 줄 알아요.
④ 평일에는 바빠서 지난 주말에 만날 수밖에 없어요.

6 ① 어제는 잠을 자고 싶을 뿐이에요.
② 어제는 길이 얼마나 막히는지 몰랐어요.
③ 일이 많아서 지난 주말에도 일을 할 수밖에 없어요.
④ 김치야말로 한국의 대표적인 음식이라고 할 수 있어요.

單元 21

목적을 나타낼 때
表示目的時

본 장에서는 목적을 나타내는 표현을 배웁니다. 목적을 나타낸다는 의미는 선행절이 이루어지기 위해 후행절이 필요하다는 뜻입니다. 여기에서는 목적을 나타내는 표현 2개를 다루는데 2개 모두 비슷하게 사용되는 것들입니다. 두 개의 표현을 적절하게 잘 사용해서 자연스러운 한국어를 구사할 수 있게 되기를 바랍니다.

本單元我們要學習表示目的時使用的文法。表示目的的意思是指「為了實現前子句，後子句是必要的」。這裡要介紹的兩個表示目的的文法，他們的用法基本上相同。希望大家能準確掌握它們的用法，使韓語更加自然流暢。

01 -게

154.mp3

가 오늘 외국에서 특별한 손님이 오는 거 아시죠?
您知道今天有從外國來的特別客人吧？

나 네, 그분이 불편하지 않게 신경을 쓰겠습니다.
知道，我會努力讓他賓至如歸的（不讓他感到不方便）。

가 선생님, 뒤에서는 잘 안 들려요.
老師，後面聽不太清楚。

나 그럼, 뒷사람들도 잘 들을 수 있게 마이크를 사용할게요.
那麼，我來用麥克風，讓後面的同學也能聽清楚。

文法重點！

이 표현은 뒤에 나오는 행동에 대한 목적이나 기준, 혹은 기대되는 결과 등을 나타낼 때 사용합니다. 즉, 선행절의 행동이 이루어지기 위해서는 후행절의 행동이 필요하다는 의미입니다.

此文法用於表示後方行動的目的、基準或期待的結果等。即表示「要達成前子句的行動，後子句的行動是必須的」。

-게				
A/V	肯定	-게	시원하다 먹다	시원하게 먹게
	否定	-지 않게	덥다 먹다	덥지 않게 먹지 않게

- 내일 입을 수 있게 오늘 세탁소에서 양복을 찾아다 주세요.
  請今天去洗衣店把西裝拿回來，以便明天能穿。
- 학생들이 춥지 않게 난방 온도를 올렸어요.
  調高了暖氣的溫度，以便不讓學生們受凍。

• 약속을 잊어버리지 않게 친구에게 전화를 해야겠어요.
為了不把約會忘記，我得打電話給我朋友。

深入瞭解！

1 '–게'를 강조할 때는 '–게끔'을 쓰기도 합니다.

強調「–게」時，也可以使用「–게끔」。

• 중요한 내용을 잊어버리지 않게 수첩에 메모를 하세요.
  = 중요한 내용을 잊어버리지 않게끔 수첩에 메모를 하세요. 請將重要內容記在筆記本上，以免忘了。

2 '–게'가 문장 뒤에 와서 쓰일 수도 있습니다.

「–게」也可以放在句尾使用。

• 옷을 따뜻하게 입으세요. 감기에 걸리지 않게요. 衣服穿暖和點，不要感冒了。
• 좀 조용히 해. 다른 사람들이 공부하게. 安靜一點，讓其他人能念書。

會話練習！

155.mp3

1 가 양강 씨 생일에 무슨 선물을 하면 좋을까요?
나 양강 씨가 종이 사전을 가지고 다니더라고요.
가 그래요? 그럼 단어를 빨리 찾을 수 있게 전자사전을 사 줄까요?

종이 사전을 가지고 다니다	단어를 빨리 찾을 수 있다 / 전자사전을 사다
커피를 자주 마시다	집에서도 커피를 마실 수 있다 / 커피메이커를 사다
'소녀시대'를 좋아하다	'소녀시대' 공연을 직접 볼 수 있다 / 콘서트 표를 사다

2 가 수진 씨, 그렇게 떠들면 아이가 잠을 잘 수 없잖아요.
나 미안해요. 아이가 잠을 잘 수 있게 조용히 할게요.

떠들면 아이가 잠을 잘 수 없다	아이가 잠을 잘 수 있다 / 조용히 하다
음악을 크게 들으면 다른 사람에게 방해가 되다	방해되지 않다 / 이어폰을 끼다
빨리 말하면 외국 친구들이 이해할 수 없다	외국 친구들도 이해할 수 있다 / 천천히 말하다

實戰練習！

1　下圖的人正在向餐廳阿姨拜託什麼？請看下圖，並用「-게」完成句子。

(1)

먹기 편하게 냉면을 잘라 주세요.

(2)

______________ 고추장을 조금만 넣어 주세요.

(3)

______________ TV를 켜 주세요.

(4)

______________ 그릇을 갖다 주세요.

2　請用「-게」完成下列對話。

(1) 가　문을 열어 놓을까요? (사람들이 들어오지 않다)
　　나　사람들이 들어오지 않게 문을 잠그세요.

(2) 가　이 물건은 깨지는 것입니까? (깨지지 않다)
　　나　네, 그러니까 ______________ 배달할 때 조심해 주세요.

(3) 가　부장님, 저는 무슨 일을 할까요? (일을 빨리 끝낼 수 있다)
　　나　김 대리가 ______________ 좀 도와주세요.

(4) 가　너무 추워서 몸도 떨리고 콧물도 나요. (몸이 따뜻해지다)
　　나　그럼, ______________ 이 차를 드셔 보세요.

02 -도록

156.mp3

가 음식을 얼마나 준비해야 할까요?
得準備多少菜呢？

나 음식이 모자라지 않도록 충분히 준비하세요.
別讓菜不夠吃，多準備一些吧。

가 양강 씨, 서류가 정리가 안 돼서 무엇이 어디에 있는지 찾을 수가 없네요.
楊剛，你文件沒整理好，都找不到什麼東西在哪裡。

나 서류를 쉽게 찾을 수 있도록 가나다 순으로 정리를 하겠습니다.
我會按字母順序整理，以便文件容易查找。

文法重點！

이 표현은 선행절의 행동이 목적이나 이유가 되어 뒤의 결과가 나오게 말할 때 사용합니다. '-게'와 바꾸어 쓸 수 있습니다.
此文法用來表示前子句的行動為目的或理由，讓後面的結果得以出現。可以和「-게」替換使用。

-도록				
A/V	肯定	-도록	충분하다 놀다	충분하도록 놀도록
	否定	-지 않도록	부족하다 놀다	부족하지 않도록 놀지 않도록

가 점심 때 고기를 많이 먹어서 그런지 속이 불편해요.
不知道是不是因為中午肉吃太多，胃不舒服。

나 그럼 저녁에는 속이 편하도록 죽 같이 부드러운 음식을 드세요.
那麼晚上請吃點粥之類的柔軟食物，讓胃舒服點。

가 요즘 눈병이 유행이래요.
聽說最近眼疾流行。

나 눈병에 걸리지 **않도록** 손을 잘 씻어야겠네요.
我得好好洗手，免得得了眼疾。

가 회사에 건의하고 싶은 것이 있습니까?
您有想對公司建議的嗎？

나 네, 사람들이 일하다가 쉴 수 **있도록** 휴게실이 있으면 좋겠습니다.
有，為了讓大家工作之餘能休息一下，有個休息室就好了。

深入瞭解！

'–도록'은 후행절에서 나오는 행동의 정도나 방식을 나타내거나 시간의 한계를 나타낼 때도 사용합니다.
「–도록」也可以表示後子句行動的程度、方式或時間的界限。

- 눈이 빠지도록 전화를 기다렸지만 전화가 오지 않았어요.
  等電話等到眼珠子都快掉出來了，電話也沒來。
- 동생이 밤 12시가 다 되도록 집에 들어오지 않아서 걱정했어요.
  夜晚十二點了弟弟還沒回來，令人擔心。

哪裡不一樣？

'–게'와 '–도록'은 거의 비슷하게 사용하지만 정확하게 말하면 다음과 같은 차이가 있습니다.
「–게」和「–도록」的用法基本上一樣，但準確地說，有以下差異：

–게	–도록
목적과 목표가 더 확실합니다. 目的和目標更明確。 • 아이가 먹을 수 있게 매운 것을 넣지 마세요. 別加辣，以便讓孩子吃。 ➞ 아이가 먹는 것이 목적 「孩子吃」是目的。	목적보다는 어떤 상태나 정도가 되는 것에 좀 더 초점을 둡니다. 比起目的，比較著重於成為某種狀態或程度。 • 아이가 먹을 수 있도록 매운 것을 넣지 마세요. 別加辣，以便讓孩子能吃。 ➞ 아이가 먹을 수 있는 정도로 만드는 것이 목적 「煮到孩子能吃的程度」是目的。

會話練習！

157.mp3

1 가 여보, 어떤 집으로 이사하면 좋을까요?
나 아이가 마음껏 뛰어놀 수 있도록 마당이 있는 집으로 이사하는 게 좋겠어요.

Tip
마음껏 盡情地
자연을 체험하다 體驗大自然
상상력을 키우다 培養想像力

어떤 집으로 이사하다	마음껏 뛰어놀 수 있다 / 마당이 있는 집으로 이사하다
이번 주말에 어디로 여행을 가다	자연을 체험할 수 있다 / 시골 농장에 가다
아이에게 어떤 선물을 사 주다	상상력을 키울 수 있다 / 동화책을 사 주다

2 가 요즘 시간 활용을 잘 못하는 것 같아서 속상해요.
나 시간을 낭비하지 않도록 계획을 잘 세워 보세요.

Tip
가계부 家計簿

요즘 시간 활용을 잘 못하는 것 같다	시간을 낭비하지 않다 / 계획을 잘 세우다
그동안 저축한 돈이 하나도 없다	돈을 어디에 쓰는지 알 수 있다 / 가계부를 쓰다
가게에 손님들이 줄어들다	손님들이 다시 올 수 있다 / 가게 분위기를 바꾸다

實戰練習！

請用「-도록」完成下列對話。

(1) 가 선생님, 이 문법을 잘 모르겠어요. (이해할 수 있다)
나 그럼, 여러분이 잘 이해할 수 있도록 다시 한번 설명해 줄게요.

(2) 가 오늘 축구 경기를 보러 갈 거예요? (선수들이 힘을 낼 수 있다)
나 네, 가서 ______________ 열심히 응원할 거예요.

(3) 가 이 기계에 기능이 많아서 사용하기가 힘들어요. (다양한 기능을 잘 사용할 수 있다)
나 ______________ 설명서를 꼼꼼하게 읽어 보세요.

(4) 가 무리했더니 몸살이 난 것 같아요. (몸이 빨리 낫다)
나 ______________ 주말에는 푹 쉬세요.

單元21 總複習！

1 請選擇可以替換下列畫線部分的選項。

여성스러워 보이도록 치마와 블라우스를 입었어요.

① 여성스러워 보이게 ② 여성스러워 보인다면
③ 여성스러워 보일 테니까 ④ 여성스러워 보이나 마나

2 請選擇不可以替換下列畫線部分的選項。

가 내일 발표를 잘할 수 있지요?
나 네, 발표 때 실수하지 않게 준비를 많이 했어요.

① 실수할까 봐 ② 실수하지 않도록
③ 실수하지 않으려면 ④ 실수하지 않기 위해서

3 請選擇下列畫線部分正確的回答。

가 이 호텔은 서비스가 좋은 것 같네요.
나 감사합니다. 손님들이 편하게 ____________ 최선을 다하고 있습니다.

① 지낼 텐데 ② 지낼 정도로
③ 쉬고 해서 ④ 쉴 수 있도록

4 請選擇下列畫線部分正確的選項。

① 항상 최선을 다했도록 아이들을 가르쳤다.
② 교실이 시끄럽지 못하도록 창문을 닫았어요.
③ 공부에 방해가 되도록 작은 목소리로 이야기했어요.
④ 영양이 부족하지 않도록 음식을 골고루 먹어야 합니다.

5 請寫出下列畫線部分正確的回答。

가 선생님, 글씨가 작아서 안 보여요.
나 그래요? 그럼 ____________ 크게 써 줄게요.

6 請用下列的線索完成一個句子。

눈이 많이 오다 / 길이 미끄럽다 / 사람들이 넘어지지 않다 / 눈을 치우다
→ ( ).

완료를 나타낼 때
表示完成時

본 장에서는 어떤 행동의 완료됨을 나타태는 표현을 배웁니다. 이것은 어떤 행동이 완료된 후에 다른 행동을 하는 것을 나타내는 표현도 있고 어떤 행동이 완전히 끝난 것에 대해 말하는 사람의 감정을 나타내는 표현도 있습니다.

本單元我們要學習表某一行動完成的文法。它不僅可以表示在某一行動結束後做另外一個行動，還能表示話者對某一行動完結的感情。這些文法與前面學過的文法形態相似，但意義上有所不同，所以要注意他們的差異點。

01 –았/었다가

가 더운데 창문을 좀 열까요?
很熱，把窗戶打開吧？

나 밖이 너무 시끄럽더라고요.
그래서 창문을 열었**다가** 다시 닫았어요.
外面太吵了，所以打開窗戶又關上了。

가 주말에 특별한 계획 있으세요?
週末有什麼特別的計劃嗎？

나 네, 친구랑 부산에 갔**다가** 오려고요.
有，要和朋友去一趟釜山。

文法重點！

이 표현은 선행절의 행동이 완료된 뒤에 후행절의 행동을 함을 의미합니다. 이때 '–았/었다가'의 '–았/었–'은 '과거 시제'를 나타내는 것이 아니라 '행동이 완료됨'을 의미합니다. 후행절에는 과거, 현재, 미래 시제가 다 올 수 있으며 '–았/었다가'는 '–았/었다'로도 말할 수 있습니다. 동사만 앞에 올 수 있습니다.

此文法表示前子句的行動結束以後，做後子句行動。此時「**–았/었다가**」中的「**–았/었–**」不是表過去時制，而是「動作完成」的意思。後子句可使用過去時制、現在時制和未來時制。「**–았/었다가**」也可以直接說成「**–았/었다**」。前面只能是動詞。

–았/었다가			
V	–았/었다가	사다 입다	샀다가 입었다가

- 코트를 **샀다가** 마음에 안 들어서 환불했어요.
  買了大衣，因為不滿意，所以退錢了。
- 비행기 표를 예약**했다가** 갑자기 일이 생겨서 취소했어요.
  機票都訂好了，因為突然有事，所以取消了。

• 잠깐 우체국에 갔다 올게요.
我去一趟郵局就回來。

深入瞭解！

1 이 표현은 선행절과 후행절의 주어가 같아야 합니다.
此文法的前子句和後子句主語必須一致。

• 양강 씨는 편지를 썼다가 자야 씨가 찢었어요. (×)
→ 양강 씨는 편지를 썼다가 (양강 씨가) 찢었어요. (○) 楊剛寫了信（楊剛）又撕掉了。

2 보통 선행절과 후행절에는 서로 반대되는 행동을 나타내는 동사가 옵니다.
一般前子句和後子句中的動詞是兩個相反的行動。

• 코트를 입었다가 벗었어요.
穿上大衣又脫掉了。

• 불을 껐다가 어두워서 다시 켰어요.
關了燈，可是太暗，就又打開了。

• 일어났다가 졸려서 다시 잤어요.
已經起來了，因為睏，又睡著了。

3 이 표현은 어떤 행동을 하고 그 행동이 계속 유지되는 상태에서 어떤 일을 경험하거나 혹은 기대하지 않은 일이 생겼을 때 사용할 수도 있습니다. 보통 선행절의 행동을 한 후에 계획하지 않은 일이 우연히 생기게 되었을 때 씁니다. 주로 과거에 일어난 일에 대해서만 사용하며 보통 '가다', '오다', '타다', '들르다' 동사와 같이 씁니다. 이때는 '–았/었는데'로도 바꿔 쓸 수 있습니다.
此文法用於做了某行動，在該行動持續維持的狀態下經歷了某件事或發生未期待的事。通常用在做了前子句的行動後，偶然發生意料之外的事情時。主要只用在過去發生的事情上，一般與「가다」、「오다」、「타다」、「들르다」等動詞一起使用。此時也可改用「–았/었는데」。

• 백화점에 갔다가 우연히 고등학교 때 친구를 만났어요.
= 백화점에 갔는데 우연히 고등학교 때 친구를 만났어요.
去百貨公司，偶然遇見高中時的朋友。

• 서점에 들렀다가 재미있는 책을 발견했어요.
= 서점에 들렀는데 재미있는 책을 발견했어요.
順道去了書店，發現有趣的書。

13장 '도중을 나타낼 때'의 02 '–다가'를 참조하세요.
請參考單元13「表示途中時」中02「–다가」。

哪裡不一樣?

'-다가'와 '-았/었다가'는 형태적으로는 비슷하지만 의미적으로는 많은 차이가 있습니다.
「-다가」和「-았/었다가」在形態上很相似，但在意義上有許多差異。

-다가	-았/었다가
(1) 어떤 일이 일어나고 있는 중간에 다른 일이 일어납니다. 某事件發生的途中發生了另一事件。  • 서점에 가다가 친구를 만났어요. 去書店的路上見到了朋友。 → 서점에 가는 중간에 친구를 만났다는 의미입니다. 表示去書店的途中見到了朋友。	(1) 하나의 행동이 완료된 뒤에 다른 행동을 합니다. 一個行動結束後做另一個行動。  • 서점에 갔다가 친구를 만났어요. 去書店見到了朋友。 → 서점에 도착해서, 즉 서점에 간 행동이 완료된 후에 친구를 만났다는 의미입니다. 表示到書店以後，意即去書店的行動完成了以後見到了朋友。
(2) '-다가'는 모든 동사와 사용이 가능합니다. 「-다가」適用於所有動詞。	(2) '-았/었다가'는 주로 반대의 의미를 가지는 동사들이 각각 선행절과 후행절에 옵니다. 「-았/었다가」主要是兩個意義相反的動詞分別出現於前子句和後子句中。

會話練習！

159.mp3

1 가 왜 약속을 취소하셨어요?

나 그날 회식이 있더라고요. 그래서 약속을 **했다가** 취소했어요.

약속을 취소하다	그날 회식이 있다 / 약속을 하다 / 취소하다
치마로 갈아입다	바지가 잘 안 어울리다 / 바지를 입다 / 치마로 갈아입다
다시 집에 들어오다	지갑을 안 가져갔다 / 나가다 / 집에 다시 들어오다

2 가 어제 연예인을 봤다면서요?

나 네, 명동에 나갔다가 영화배우 '현빈'을 봤어요.

어제 연예인을 보다	명동에 나가다 / 영화배우 '현빈'을 보다
남자 친구를 한국에서 만나다	작년에 한국에 여행하러 오다 / 남자 친구를 만나다
여행 가서 고생을 많이 하다	섬에 들어가다 / 비가 많이 오는 바람에 고생을 하다

實戰練習！

1 仿照範例，找出適合的表達，並使用「-았/었다가」完成對話。

보기 나가다 일어나다 가다 타다 열다

(1) 가 운동하러 나간다고 하지 않았어요?
나 밖에 나갔다가 비가 와서 다시 들어왔어요.

(2) 가 이제 일어났어요?
나 아니에요. 아까 ________________ 피곤해서 다시 잤어요.

(3) 가 공기가 안 좋은데 잠깐 창문 좀 열까요?
나 날씨가 추우니까 ________________ 빨리 다시 닫아 주세요.

(4) 가 어디 다녀오시려고요?
나 네, 볼일이 있어서 은행에 ________________ 오려고요.

(5) 가 왜 버스에서 내렸어요?
나 버스를 ________________ 사람이 너무 많아서 내렸어요.

2 請看下圖，使用「-았/었다가」來完成故事。

주말에 친구와 같이 바다에 놀러 갔어요. 바다에 (1) 놀러 갔다가 영화 촬영하는 것을 봤어요. 영화배우들이 정말 예쁘더라고요. 그리고 배를 탔어요. 그런데 배를 (2)________ 멀미를 심하게 해서 너무 힘들었어요. 그래서 약을 사러 밖에 나갔어요. 그런데 밖에 (3)________________ 예쁜 여자를 봤어요. 그래서 그 여자를 따라갔어요. 그런데 그 여자를 (4)________________ 길을 잃어버려서 고생을 많이 했어요.

02 –았/었던

가 어디에서 만날까요?
我們在哪裡見面？

나 지난번에 만났던 커피숍에서 만나요.
在上次見面的咖啡廳見吧。

가 이 옷 멋있네요. 새로 사셨어요?
這件衣服很好看呢，新買的嗎？

나 아키라 씨 생일 파티 때 입었던 옷인데 기억 안 나세요?
這是在明良生日宴會時穿過的衣服，妳不記得了嗎？

文法重點！

이 표현은 과거에 일어난 일이나 상태를 회상할 때 사용하는 말로 현재에는 그 일이 지속되지 않고 있음을 나타냅니다. 이 표현은 완료를 의미하는 '–았/었–'과 회상을 나타내는 '던'이 합쳐진 것으로 명사 앞에 옵니다.
此文法為回想過去發生的事情或狀態時使用的表現，表示那件事情並沒有持續到現在。這個文法是表完成、結束的「–았/었–」和表回想的「던」相結合的表現，置於名詞前。

–았/었던			
A/V	–았/었던	가다 먹다	갔던 먹었던
N이다	였던 이었던	의사이다 학생이다	의사였던 학생이었던

- 어렸을 때 얌전했던 윤주가 지금은 적극적인 성격으로 바뀌었어요.
  小時候文靜的允株現在變成積極的個性了。
- 어제 점심 때 먹었던 음식 이름이 뭐지요?
  昨天中午吃過的菜叫什麼名字？
- 작년 여름에 놀러 갔던 곳에 다시 가고 싶어요.
  我想重遊去年夏天去過的那個地方。

8장 '회상을 나타낼 때'의 01 '–던'을 참조하세요.
請參考單元8 「表示回想時」中01「–던」。

深入瞭解！

1 **이 표현은 어느 정도 지속성을 가지는 동사('살다', '근무하다', '다니다', '사귀다' 등)와 형용사는 '–던'으로 바꿔 써도 그 뜻에 별 다른 차이가 없습니다.**

此文法若將具有某種程度持續性的動詞（살다、근무하다、다니다、사귀다 等）與形容詞改用「–던」，意思上也不會有太大的差異。

- 이 집은 제가 어렸을 때 살았던 집입니다.
  = 이 집은 제가 어렸을 때 살던 집입니다.
  這是我小時候住過的房子。
- 고등학교 때 뚱뚱했던 유진이는 대학교에 와서 살을 많이 빼 날씬해졌습니다.
  = 고등학교 때 뚱뚱하던 유진이는 대학교에 와서 살을 많이 빼 날씬해졌습니다.
  高中時還胖胖的宥珍，進了大學以後減肥，變苗條了。

2 **형용사에 '–았/었던'을 붙이면 동사에 붙을 때와는 달리 과거의 상태가 현재와는 반대였던 경우와 과거의 상태가 현재까지 지속되는 경우 둘 다 사용할 수 있습니다.**

形容詞後接「–았/었던」和在動詞後相接時不同，無論是表示過去的狀態與現在狀態相反，還是過去的狀態一直持續到現在，都可以使用。

- 초등학교 때는 키가 작았던 도영이가 지금은 패션모델을 할 정도로 컸대요.
  聽說小學時個子很矮的道英，現在高得都能當時裝模特兒了。
  : 과거의 상태와 현재의 상태가 반대인 경우
  過去和現在的狀態正好相反時
- 어릴 때부터 똑똑했던 경수는 대학교에 가서도 항상 1등을 한대요.
  從小就很聰明的京秀，聽說上了大學也常常拿第一名。
  : 과거의 상태가 현재까지 지속되는 경우
  過去的狀態持續到現在時

哪裡不一樣？

1 **'–던'과 '–았/었던'은 형태는 비슷하지만 다음과 차이가 있습니다.**

「–던」和「–았/었던」在形態上相似，但是它們有以下的差異：

–던	–았/었던
과거에 시작해서 아직 끝나지 않은 일, 혹은 과거에 자주 한 일에 쓰입니다. 用於過去已經開始但至今還未結束的事，或是過去常做的事。	과거에 시작해서 이미 과거에 끝나 현재까지 지속되지 않는 일에 쓰입니다. 用於在過去開始但已結束，並沒有持續到現在的事。

• 어렸을 때 먹던 음식이 먹고 싶어요. 想吃小時候常吃的食物。 → 과거에 자주 한 일을 표현 表達過去常做的事	• 어제 먹었던 음식을 오늘도 먹고 싶어요. 今天還想吃昨天吃過的菜。 → 과거에 이미 한 번으로 끝난 일 過去一次就結束了的事
• 제가 아까 보던 신문을 여기에 두었는데 혹시 못 보셨어요? 我剛才看的報紙放在這裡，您沒看見嗎？ → 과거에 시작해서 아직 끝나지 않은 일을 표현 表達過去開始，但現在還沒有結束的事	• 이 신문은 제가 아까 봤던 건데 다른 신문 없어요? 這份報紙是我剛才看過的，沒有其他報紙嗎？ → 과거에 시작해서 이미 끝난 일 過去開始，但也已結束了的事

2 '–(으)ㄴ'은 단순히 어떤 행동이나 사건이 과거에 일어났음을 나타내거나 그 사건이 완료된 후 현재까지 지속되는 것을 나타내 '–았/었던'과 차이가 있습니다.

「–(으)ㄴ」單純表示某行動或事件是在過去發生的，或者表示該事件結束後其狀態持續到現在，和「–았/었던」有所差異。

–(으)ㄴ	–았/었던
• 지민 씨가 간 곳은 미국이에요. 知民去的地方是美國。 → 과거에 미국에 갔고 그 이후로 계속 미국에 있는지 없는지 알 수 없습니다. 過去去了美國，但不知道之後是否一直在美國。	• 지민 씨가 갔던 곳은 미국이에요. 知民去過的地方是美國。 → 과거에 미국에 갔고, 그 이후로는 미국에 있지 않음을 회상하여 이야기하고 있습니다. 說話的時候想起那人過去去了美國，但之後已經不在美國了。

3 과거를 나타낼 때 동사는 '–(으)ㄴ'과 '–던' 모두를 사용할 수 있는 데 반해 형용사나 '이다', '아니다'의 경우는 '–았/었던'을 사용해야 합니다. 이때는 '–았/었던'은 '–던'을 사용해도 의미상으로 차이가 없습니다.

表示過去的時候，動詞後可以使用「–(으)ㄴ」和「–던」；相反地，形容詞或「이다」、「아니다」必須使用「–았/었던」。此時，「–았/었던」用「–던」替代，意義上也沒有差異。

• 10년 전에 중학생인 수경이가 이제 결혼하여 애 엄마가 되었어요. (×)
→ 10년 전에 중학생이었던 수경이가 이제 결혼하여 애 엄마가 되었어요. (○)
→ 10년 전에 중학생이던 수경이가 이제 결혼하여 애 엄마가 되었어요. (○)
十年前還是國中生的秀京現在已經結婚當媽媽了。

• 어렸을 때 조용한 주영이는 고등학교에 들어가면서 활발한 아이로 변했어요. (×)
→ 어렸을 때 조용했던 주영이는 고등학교에 들어가면서 활발한 아이로 변했어요. (○)
→ 어렸을 때 조용하던 주영이는 고등학교에 들어가면서 활발한 아이로 변했어요. (○)
小時候很安靜的株榮上了高中後變成活潑的孩子。

會話練習！

161.mp3

1 가 이번 여름휴가는 어디로 갈까요?
나 작년 여름에 **갔던** 장소로 다시 가면 어때요?

이번 여름휴가는 어디로 가다	작년 여름에 가다 / 장소로 다시 가다
오늘 저녁에 어디에서 만나다	우리가 처음 만나다 / 공원에서 만나다
오늘 동창회에서 무슨 노래를 부르다	지난 회식 때 부르다 / 노래를 다시 부르다

2 가 오늘 저녁에는 삼계탕을 먹으면 어때요?
나 점심에 **먹었던** 거라서 다른 걸 먹고 싶고 싶어요.

오늘 저녁에는 삼계탕을 먹다	점심에 먹다 / 다른 걸 먹다
오늘 파티에 갈 때 이 원피스를 입다	지난번에 입다 / 다른 걸 입다
이 DVD를 빌리다	작년에 보다 / 다른 영화를 보다

實戰練習！

1 請用「-았/었던」完成下列對話。

(1) 가 선생님, 이 문법을 잘 모르겠어요. (배우다)
나 지난 학기에 배웠던 건데 기억이 안 나세요?

(2) 가 사토 씨는 우리 회사에 오기 전에 어디에서 일하셨어요? (일하다)
나 제가 ________ 곳은 작은 광고 회사였어요.

(3) 가 이 책은 오래된 것 같아요. (읽다)
나 네, 제가 어렸을 때 ________ 책인데 지금은 제 딸이 읽고 있어요.

(4) 가 이 신발을 한 번 신었었는데 환불할 수 있을까요? (신다)
나 한 번 ________ 신발은 환불할 수 없어요.

(5) 가 언니, 이 웨딩드레스는 엄마 거 아니야? (입다)
나 응, 엄마가 결혼하실 때 ________ 건데 내가 다시 입으려고.

2 馬克和好久不見的國小同學見面了，請仿照範例，找出適合的表達，並使用「-았/었던」完成朋友的故事。

보기	적극적이다	울다	못하다	지각하다	반장이다

마크 씨는 오랜만에 초등학교 때 친구들을 만났습니다. 20년 만에 만난 친구들은 초등학교 때 모습과는 많이 달라져 있었습니다.

어렸을 때부터 노래를 좋아하고 성격이 (1)적극적이었던 유카는 연극배우를 하고 있었고, 운동을 (2)__________ 앤드류는 축구 선수가 되어 있었습니다. 초등학교 내내(3)__________ 영준이는 대학교에 가서도 학생회장을 하고 있었습니다. 어렸을 때 별명이 '울보'였을 정도로 툭하면 (4)__________ 제시카는 이제는 예쁜 아이가 두 명이나 있는 엄마가 되었습니다. 그리고 늦게 일어나 항상 (5)__________ 연주는 그날은 1시간이나 일찍 와 있었습니다.

03 –아/어 버리다

162.mp3

가 자야 씨, 왜 그렇게 화가 났어요?
札雅，妳怎麼那麼生氣？

나 제가 사다 놓은 케이크를 동생이 다 먹어 **버렸거든요**.
因為我買來放著的蛋糕弟弟全部都吃掉了。

가 작년에 나온 제품들을 어떻게 하지요?
去年上市的產品怎麼辦？

나 다음 주부터 신상품을 팔아야 하니까 작년 제품들은 싸게 **팔아 버립시다**.
因為下周開始要賣新商品，去年的產品就便宜賣掉吧！

文法重點！

이 표현은 어떤 일이 완전히 끝났다는 것을 의미하는 것으로, 그 결과 아무 것도 남지 않았음을 나타내기도 하고, 어떤 일이 끝난 데 대해 말하는 사람의 여러 심리 상태를 나타내기도 합니다. 즉, 아쉽고 섭섭한 마음, 안타까운 마음 혹은 반대로 부담감이 없어져 시원한 마음, 화가 나고 어이가 없는 마음을 나타내기도 합니다. 동사만 앞에 올 수 있습니다.

此文法意味著某件事徹底結束，其結果不僅表示並未剩下任何東西，也呈現出話者對某事結束的各種心理狀態。意即表現出惋惜遺憾的心、捨不得的心，或相反的表達卸下重擔痛快的心、生氣無言的心。前面只能使用動詞。

–아/어 버리다			
V	–아/어 버리다	가다 먹다	가 버리다 먹어 버리다

- 유행이 지나 입지 않는 옷들을 다 치워 **버리려고** 해요.
  我想把不流行不穿的衣服都清掉。
- 날씨가 덥고 해서 머리를 짧게 잘라 **버렸어요**.
  因為天氣熱，所以把頭髮剪短了。

- 10분밖에 안 늦었는데 친구는 저를 기다리지 않고 **가 버렸어요.**
  只晚了十分鐘，但是朋友不等我就走掉了。

深入瞭解！

이 표현은 말하는 사람의 다양한 심리 상태를 나타냅니다. 따라서 문맥 안에서 그 심리 상태를 파악하는 것이 중요합니다.

此文法表現出話者的各種心理狀態，因此從上下文來掌握心理狀態是很重要的。

- 그 사람이 결국 떠나 버렸어요. (그래서 너무 아쉽고 섭섭해요.)
  他終究離開了。（所以很惋惜，捨不得。）
- 그 사람이 드디어 떠나 버렸어요. (그래서 너무 시원해요.)
  他總算離開了。（所以很痛快。）
- 그 사람이 통화 중간에 전화를 끊어 버렸어요.
  他在通話時把電話掛斷了。
  (그 사람이 화가 많이 났나 봐요. / 그 사람은 버릇없고 무례하게 행동했어요.)
  （他好像很生氣。/ 他做出了沒有教養、無禮的舉動。）

會話練習！

163.mp3

1 가 빨래가 많이 쌓였네요.

나 네, 그래서 오늘 그동안 못했던 빨래를 다 **해 버리려고요.**

빨래가 많이 쌓였다	오늘 그동안 못했던 빨래를 다 하다
이 음식이 며칠째 냉장고에 있다	저녁 때 그 음식을 다 먹다
아직 이삿짐 정리가 안 되었다	이번 주말에 이삿짐 정리를 다 하다

2 가 남자 친구랑 헤어졌다면서요?

나 네, 그래서 그 사람이 준 물건들을 친구들에게 다 **줘 버렸어요.**

그 사람이 준 물건들을 친구들에게 다 주다
그 사람이 보낸 문자들을 다 지우다
그 사람과 같이 찍은 사진들을 다 찢다

實戰練習！

1 請用「-아/어 버리다」完成下列對話。

(1) 가 태연 씨랑 화해했어요? (끊다)
　 나 화해하려고 전화했는데 태연 씨가 전화를 끊어 버렸어요.

(2) 가 자야 씨, 늦게 와서 미안해요. (식다)
　 나 마크 씨가 늦게 와서 음식이 다 ____________.

(3) 가 양강 씨랑 무슨 일 있었어요? 얼굴이 안 좋아 보여요. (화를 내다)
　 나 양강 씨가 자꾸 저를 놀려서 제가 ____________.

(4) 가 지난번에 잘못한 일에 대해 솔직하게 말했어요? (말하다)
　 나 솔직하게 다 ____________ 나니까 답답했던 마음이 편해졌어요.

(5) 가 어머니, 용돈 좀 더 주세요. (쓰다)
　 나 용돈 준 지가 얼마 안 됐는데 벌써 다 ____________ 어떻게 하니?

2 請看下圖，仿照範例，找出適合的單字，搭配「-아/어 버리다」來完成對話。

보기	취소하다	가다	쓰다	자다	나가다

문소희 씨는 유명한 배우입니다. 그래서 인터뷰나 영화 촬영으로 항상 바쁘고 인기도 아주 많습니다. 그런데 성격이 정말 좋지 않습니다.
문소희 씨는 기자들과 인터뷰하기로 하고 인터뷰 10분 전에 갑자기 약속을 (1)취소해 버릴 때도 있고, 영화를 찍다가 기분이 나쁘면 밖으로 (2)____________ 때도 있습니다. 자신은 약속 시간에 자주 늦지만 다른 사람이 늦으면 5분도 기다리지 않고 (3)____________. 스트레스가 쌓일 때는 백화점에 가서 큰돈을 마구 (4)____________. 그리고 어떤 날은 중요한 스케줄이 있어도 침대에 누워 하루 종일 (5)____________ 하는 사람입니다.
문소희 씨는 얼굴도 예쁘고 인기도 많지만 주위 사람들을 너무 피곤하게 하는 사람입니다.

04 –고 말다

164.mp3

가 마크 씨, 시험공부 많이 했어요?
馬克，考試都充分準備了嗎？

나 아니요, 10분만 잔다는 게 그만 아침까지 자고 말았어요.
沒有，本來只想睡十分鐘的，卻一路睡到了早上。

가 자야 씨, 이 과자를 다 먹었어요? 다이어트한다고 하지 않았어요?
札雅，這些餅乾妳都吃光了？妳不是說要減肥的嗎？

나 한 개만 먹으려고 했는데 먹다 보니까 과자를 다 먹고 말았네요.
本來只想吃一塊的，可是吃著吃著，就把餅乾吃光了。

文法重點！

이 표현은 미리 계획하지 않은 일이 일어나서 끝났다는 뜻으로, 그 결과는 원하지 않았던 것을 의미합니다. 결과에 대해 아쉽고 섭섭한 마음을 나타내고 있습니다. 동사만 앞에 올 수 있습니다.
此文法表示發生計畫外的事，然後那件事也結束了，意味著其結果並不是原先想要的。話者正對該結果表達惋惜、遺憾的心。前面只能使用動詞。

–고 말다			
V	–고 말다	자다 먹다	자고 말다 먹고 말다

- 그렇게 며칠 동안 밤을 새워서 일을 하면 병이 나고 말 거예요.
  像那樣連續幾天熬夜工作的話，會生病的。

- 우리 축구 선수들이 열심히 싸웠지만 상대 팀에게 지고 **말았어요**.
  儘管我們的足球選手們奮力搏鬥，終究還是輸給對方。

- 화재가 나서 문화재가 불에 타고 **말았어요**.
  發生火災，文物都被火燒光了。

深入瞭解！

1 '–고 말다' 앞에는 동사만 올 수 있습니다. 형용사가 오면 틀린 문장이 됩니다.

「–고 말다」前只能使用動詞，若出現形容詞，則為錯誤的句子。

- 담배를 많이 피우더니 건강이 나쁘고 말았어요. (×)
  → 담배를 많이 피우더니 건강이 나빠지고 말았어요. (○)
  抽很多菸，結果健康變差了。

  : '나쁘다'는 형용사이므로 동사형인 '나빠지다'로 바꿔야 맞습니다.
  因為「나쁘다」是形容詞，所以必須改成動詞形的「나빠지다」。

2 '–고 말다'는 주어가 어떤 것을 꼭 하겠다는 강한 의지를 나타내는 경우도 있습니다. 이때는 '–고 말겠다'처럼 주어의 의지를 나타내는 '–겠–', '–(으)ㄹ 테니까' 등의 어미와 같이 쓰는 경우가 많으며 '꼭', '반드시'와 같은 말도 자주 같이 사용합니다.

「–고 말다」有時也表示一定要做某事的強烈意志。此時常與如「–고 말겠다」這種表主語意志的「–겠–」、「–(으)ㄹ 테니까」等語尾一起使用，也常與「꼭」、「반드시」等詞彙一起使用。

- 무슨 일이 있어도 오늘밤까지 이 일을 끝내고 말겠습니다.
  不管有什麼事，我都要在今天晚上把這件事做完。

- 이번에는 꼭 합격하고 말 테니까 걱정하지 마십시오.
  這次一定要及格，不用擔心。

3 '–고 말다'에 '–아/어 버리다'를 합쳐서 '–아/어 버리고 말았다'를 사용하는 경우도 있는데, 이때는 아쉽고 섭섭한 느낌을 더 강조해서 표현하는 것입니다.

有時侯也會使用「–고 말다」和「–아/어 버리다」結合起來的「–아/어 버리고 말았다」，此時更強調表達惋惜、遺憾的感覺。

① 피자를 먹고 말았어요.

② 피자를 먹어 버리고 말았어요.

: ②번이 ①번보다 더 아쉽고 섭섭한 느낌이 많이 있습니다.
②惋惜、遺憾的感覺比①更強烈。

深入瞭解！

'–아/어 버리다'와 '–고 말다'는 어떤 일이 끝난 상태에 대한 것을 말하지만 아래와 같은 차이가 있습니다.
「–아/어 버리다」和「–고 말다」都用來陳述某事結束的狀態，但它們有以下差異：

–아/어 버리다	–고 말다
주어가 미리 계획하고 그 일을 의지적으로 하는 경우가 많습니다. 多為主語事先計畫並有意識的行動。	주어가 미리 계획한 일도 아니고 의지적으로 한 일도 아닙니다. 主語並未事先計畫，也並非有意圖的行動。
① 아쉽고 섭섭한 느낌 惋惜和遺憾的感覺。 ② 시원하고 부담이 없어진 느낌 痛快和解除負擔的感覺。 ③ 버릇이 없고 무례한 느낌 沒有教養、無禮的感覺。	① 아쉽고 섭섭한 느낌 惋惜和遺憾的感覺。
• 남자 친구와 헤어진 뒤 그 사람이 준 반지를 바다에 던져 버렸어요. 和男朋友分手後，將他給的戒指扔到大海裡。 • 사장님과 싸우고 나서 회사를 그만둬 버렸어요. 和老闆吵架後辭職了。	• 실수로 남자 친구가 준 반지를 잃어버리고 말았어요. 不小心把男朋友給的戒指弄丟了。 • 회사 사정이 어려워서 회사를 그만두고 말았어요. 公司狀況不好，因此辭職了。

그러나 내 의지와 상관없이 일어나는 일의 경우 다음과 같은 차이가 있습니다.
不過假如發生與我意志無關的事情時，有以下區別：

–아/어 버리다	–고 말다
어떤 일이 결과적으로 그런 상태가 되었다, 그렇게 끝났다는 의미를 가집니다. 有某事最終成了那種狀態，就那麼結束了的意思。	그런 일이 생기지 않게 하려고 노력했는데도 그런 일이 생겼다는 의미를 가집니다. 有儘管曾為避免發生此事努力過，但還是發生了的意思。
• 영화가 지루해서 잠이 들어 버렸어요. 電影很無聊，所以睡著了。 • 발표를 망쳐 버렸어요. 發表搞砸了。 → 결과적으로 잠이 들었고, 발표를 망쳤다는 의미입니다. 意味著最後睡著了、發表搞砸了。	• 영화가 지루해서 잠이 들고 말았어요. 電影很無聊，所以還是睡著了。 • 발표를 망치고 말았어요. 發表還是搞砸了。 → 잠을 자지 않으려고, 발표를 잘하려고 노력했으나 결과적으로는 잠이 들었고, 발표를 망쳤다는 의미입니다. 意味著不想睡、想做好發表，結果睡著了、發表搞砸了。

會話練習！

165.mp3

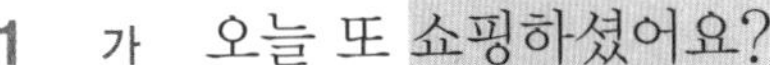
1 가 오늘 또 쇼핑하셨어요?

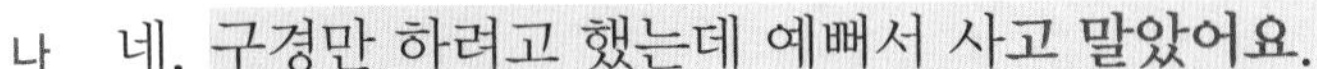
나 네, 구경만 하려고 했는데 예뻐서 사고 말았어요.

쇼핑하다	구경만 하려고 했는데 예뻐서 사다
지각하다	늦지 않으려고 택시를 탔는데 길이 막혀서 지각하다
술을 마시다	안 마시려고 했는데 사람들이 하도 권해서 마시다

2 가 어제 그 드라마 보셨죠? 어떻게 됐어요?

나 부모님이 반대해서 주인공이 사랑하는 여자랑 헤어지고 말았어요.

부모님이 반대해서 주인공이 사랑하는 여자랑 헤어지다
나쁜 사람들 때문에 주인공의 회사가 망하다
의사들이 최선을 다했지만 주인공이 죽다

實戰練習！

請用「–고 말다」完成下列對話。

(1) 가 세윤 씨가 오늘 회사에 못 나왔다면서요? (몸살이 나다)
나 계속 무리를 하더니 몸살이 나고 말았어요.

(2) 가 게임하다가 밤을 새우신 거예요? (밤을 새우다)
나 30분만 한다는 게 ________________.

(3) 가 준수 씨는 시험에 붙었나요? (떨어지다)
나 아니요, 열심히 노력했는데도 시험에 ________________.

(4) 가 어제 도현 씨 결혼식에 왜 안 오셨어요? (못 가다)
나 꼭 가려고 했는데 급한 일이 생겨서 ________________.

(5) 가 은주 씨는 요즘도 룸메이트와 사이가 안 좋은가요? (이사하다)
나 네, 계속 싸우더니 결국 다른 집으로 ________________.

單元22 總複習！

〔1～2〕 **請選擇下列畫線部分正確的回答。**

1

가　스웨터를 살 거라고 하지 않았어요? 그런데 바지를 샀네요.
나　스웨터를 ________________ 마음에 안 들어서 바지로 바꿨어요.

① 사다가　② 샀다가
③ 샀더니　④ 사던데

2

가　팔이 왜 그래요? 다치셨어요?
나　네, 어제 농구를 ________________ 넘어져서 좀 다쳤어요.

① 하다가　② 했다가
③ 하는 데다　④ 하는 대로

3 **請選擇下列畫線部分不適當的回答。**

가　수지 씨가 면접에 붙었나요?
나　준비를 많이 했지만 긴장하는 바람에 시험에 ________________.

① 떨어졌어요　② 떨어져 버렸어요
③ 떨어지고 말았어요　④ 떨어질 수조차 없었어요

〔4～5〕 **請選擇下列畫線部分錯誤的選項。**

4 ① 이 옷은 친구 결혼식 때 입던 거예요.
② 여기는 10년 전에 제가 살았던 집이에요.
③ 시내에 나갔다가 어릴 때 친구를 만났어요.
④ 어렸을 때 똑똑했던 친구가 저런 사고를 당해 마음이 아파요.

5 ① 공부를 했다가 잠이 들었어요.
② 벽에 그림을 붙였다가 잘못 붙여서 떼었어요.
③ 의사였던 안철수 씨는 지금 컴퓨터 회사를 하고 있어요.
④ 사오리 씨는 제가 부르는 소리를 듣고도 그냥 가 버렸어요.

소용없음을 나타낼 때

表示無用時

본 장에서는 어떤 행동을 하든지 안 하든지 결과가 같거나 소용이 없다는 것을 나타낼 때 사용하는 표현에 대해서 배웁니다. 형태적으로는 어렵지 않으나 의미적으로 조금 어려우므로 잘 익히시기 바랍니다.

本單元我們要學習某一行動無論你做不做，其結果都一樣，或對結果起不到什麼作用的文法。它們形態上很簡單，但在意義上卻有些難度，希望大家能熟練掌握。

01 –(으)나 마나

02 –아/어 봤자

01 -(으)나 마나

166.mp3

가 집에 가는 길에 세차를 좀 하려고 해요.
我想在回家的路上洗洗車。

나 저녁에 비가 올 거래요. 비가 오면 세차를 하나 마나니까 나중에 하세요.
聽說晚上會下雨。下雨的話，車洗不洗都一樣，還是以後再洗吧。

가 식사하고 30분 후에 약을 먹어야 하는데 잊어버리고 안 먹었네요.
飯後半小時應該吃藥的，但是我忘記吃了。

나 약은 시간에 맞춰서 먹지 않으면 먹으나 마나예요. 그러니까 꼭 시간을 지켜서 드세요.
如果不按時吃藥，吃也是白吃，所以一定要按時吃。

文法重點！

이 표현은 앞에 하는 행동이 소용이 없다는 것을 나타낼 때 사용합니다. 즉, 어떤 행동을 하든지 안 하든지 그 결과는 같을 거라고 말하는 것입니다. 결과는 대부분 추측을 나타내며 일반적으로 일반적인 상식이나 어떤 사람의 습관적인 행동으로 미루어 봤을 때 어떤 결과가 올지 확실한 추측을 할 수 있을 때 사용합니다. 동사와만 사용합니다.

此文法用於表示前面做的行動沒有用處，即不管做不做某行動，其結果都一樣。結果大多為推測，通常用於根據普通常識或某人的慣性行為推斷，可明確推測會有怎樣的結果。只能與動詞一起使用。

-(으)나 마나			
V	-(으)나 마나	가다 먹다	가나 마나 먹으나 마나

- 이 시간에는 가 보나 마나 가게 문을 닫았을 텐데 내일 가는 게 어때요?
  這個時間去也是白去，商店的門應該已經關了，明天去怎麼樣?
- 이 책은 제목을 보니까 읽으나 마나 재미없을 것 같아요. 안 읽을래요.
  這本書一看書名就知道讀不讀都一樣枯燥無味，我不看了。
- 이 단어는 요즘에 새로 생긴 인터넷 용어라서 사전을 찾아보나 마나 없을 거예요.
  這個詞是最近新出現的網路用語，字典查也是白查，都找不到的。

深入瞭解！

1 이 표현은 '실망하다', '잊어버리다', '잃어버리다'와 같은 부정적인 느낌이 있는 동사는 잘 사용하지 않습니다.

此文法基本上不和「실망하다」、「잊어버리다」、「잃어버리다」等有負面意義的動詞一起使用。

- 실망하나 마나 그 사람을 안 만날 거예요. (×)
- 잊어버리나 마나 그 사람 이름을 기억 못 해요. (×)

2 '-(으)나 마나' 앞에는 부정을 나타내는 '안'이나 '못'이 올 수 없습니다.

「-(으)나 마나」前面不能有表示否定的「안」或「못」。

- 안 먹으나 마나 배가 고프기는 마찬가지일 거예요. (×)
  → 먹으나 마나 배가 고프기는 마찬가지일 거예요. (○) 不管吃不吃，肚子都一樣餓。

3 이 표현은 '-(으)나 마나예요'의 형태로도 사용할 수 있습니다.

此文法也可以使用「-(으)나 마나예요」的形態。

- 마크 씨에게 그 이야기를 해도 안 들을 거예요. 하나 마나예요.
  跟馬克說這些話他也不會聽的，說也白說。

會話練習！

167.mp3

1 가 아키라 씨에게 그 자료를 찾았는지 전화해 볼까요?

나 아키라 씨도 어제 늦게 들어갔으니까 전화해 **보나 마나** 못 찾았을 거예요.

아키라 씨에게 그 자료를 찾았는지 전화해 보다	아키라 씨도 어제 늦게 들어갔으니까 전화해 보다 / 못 찾았다
오늘 축구 경기에서 어느 팀이 이겼는지 인터넷으로 찾아보다	지금까지 서울 팀이 우승했으니까 찾아보다 / 서울 팀이 이겼다
지수 씨에게 남자 친구가 있는지 물어보다	지수 씨는 남자들에게 인기가 많으니까 물어보다 / 틀림없이 있다

2 가 자동차가 고장이 났는데 고치러 안 가요?

나 자동차가 오래돼서 고치**나 마나**예요.

새 차를 사야겠어요.

Tip
토픽 (TOPIK) 韓國語文能力檢定測驗
걸레 抹布

자동차가 고장이 났는데 고치러 안 가다	자동차가 오래돼서 고치다 / 새 차를 사다
걸레가 너무 더러운데 안 빨다	너무 더러워서 빨다 / 그냥 버리다
토픽 시험을 안 보다	공부를 안 해서 보다 / 그냥 다음번에 보다

實戰練習！

1 請用「-(으)나 마나」完成下列對話。

(1) 가 진수 씨에게 좀 도와 달라고 부탁해 볼까요? (부탁하다)
나 그 사람은 부탁하나 마나 안 들어줄 거예요.

(2) 가 약속 시간이 지났는데 나오코 씨가 아직 안 오네요. 더 기다려 볼까요? (기다리다)
나 ____________ 안 올 테니까 기다리지 맙시다.

(3) 가 마이클에게 지금 전화를 하면 받을까? (전화하다)
나 지금 수업 중이라서 ____________ 안 받을 테니까 이따가 하세요.

(4) 가 7시가 넘었는데 자야 씨를 깨울까요? (깨우다)
나 어제 새벽 2시가 넘어서 자서 지금은 ____________ 못 일어날 거예요.

(5) 가 동생이 이번 주에 취직 시험을 보는데 저렇게 놀기만 하네요. (보다)
나 그러게, 저렇게 놀기만 하는 걸 보니 이번 시험도 ____________ 떨어질 거야.

2 仿照範例，找出適合的單字，搭配「-(으)나 마나」來完成句子。

보기	하다	듣다	충고하다	먹다	켜다

(1) 운동은 꾸준히 하지 않으면 하나 마나예요. 그러니까 열심히 하세요.

(2) 음식이 조금밖에 없어서 여러 명이 먹으면 ____________ 것 같아요. 그러니까 혼자 드세요.

(3) 요즘 날씨가 너무 더워서 선풍기는 ____________. 빨리 에어컨을 사야겠어요.

(4) 그 사람한테는 ____________ 아무 말도 하지 말고 그냥 두세요.

(5) 수잔 씨는 늦을 때마다 핑계를 대니까 오늘도 늦은 이유는 ____________.

02 -아/어 봤자

168.mp3

가 지금 가면 막차를 탈 수 있을지 몰라요. 빨리 지하철역으로 가 봅시다.
現在去的話，也許能趕上末班車，快去地鐵站看看吧。

나 지금 12시가 훨씬 넘어서 지하철역에 가 봤자 막차는 이미 출발했을 거예요.
現在已經過十二點了，就算去了地鐵站，末班車恐怕也已經出發了。

가 부모님께 용돈을 받는데 왜 아르바이트를 해요?
你從父母那裡拿零用錢，為什麼還要打工？

나 용돈을 받아 봤자 지하철 타고 다니고 밥 몇 번 사 먹으면 남는 게 없거든요.
就算拿了零用錢，來回坐地鐵、吃幾頓飯就沒什麼剩了。

文法重點！

이 표현은 선행절의 내용을 시도해도 소용이 없거나 기대에 미치지 못함을 나타낼 때 사용합니다. 그리고 일어나지 않은 일에 대해 추측하면서 말하는 것입니다.
此文法用於嘗試做前子句的內容也沒有用，或無法達到預期結果時。並推測表達尚未發生的事情。

-아/어 봤자			
A/V	-아/어 봤자	비싸다 먹다	비싸 봤자 먹어 봤자

- 얼굴이 아무리 예뻐 **봤자** 모델이 될 수는 없을 거예요. 자야 씨는 키가 작잖아요.
  臉長得再漂亮也當不了模特兒，札雅的個子矮嘛。
- 부장님은 내가 솔직하게 말해 **봤자** 내 말을 믿지 않으실 거예요.
  我再怎麼坦白地說，部長也不會相信我的話。
- 오늘 같이 추운 날은 이 외투를 입어 **봤자** 소용없을 거예요. 차라리 옷을 여러 개 입으세요.
  像今天這麼冷的天，這件外套穿了也沒用，不如衣服多穿幾件吧。

深入瞭解！

1 이 표현은 선행절의 내용이 그렇게 대단하지 않거나 별것이 아니라는 것을 의미할 때 사용하기도 합니다.

此文法也可以用於表示前子句內容不怎麼了不起，或算不了什麼的時候。

- 그 일이 어려워 봤자 지난번 일보다는 쉬울 거예요. 며칠 안에 끝낼 수 있으니까 걱정하지 마세요.
  這個工作再難，也比上次的工作容易的。幾天內就能做完，請不用擔心。
- 아이가 밥을 먹어 봤자 얼마나 많이 먹겠어요? 그냥 먹고 싶은 대로 먹게 가만 둡시다.
  孩子再能吃又能吃多少呢？他想怎麼吃就讓他怎麼吃吧，別管他了。

2 '–아/어 봤자' 앞이나 뒤에 과거 형태가 올 수 없습니다.

「–아/어 봤자」的前、後都不能接過去時制。

- 여기에서 거기까지 적어도 한 시간은 걸리니까 지금 갔 봤자 늦을 거예요. (×)
  여기에서 거기까지 적어도 한 시간은 걸리니까 가 봤자 늦었어요. (×)
  → 여기에서 거기까지 적어도 한 시간은 걸리니까 지금 가 봤자 늦을 거예요. (○)
  從這裡到那裡至少要花一小時，就算現在去，還是會遲到的。

3 그러나 과거 상황을 가정해서 말할 때는 '–아/어 봤자 –았/었을 거예요' 형태로 사용할 수 있습니다.

但若假設過去的狀況時，可以以「–아/어 봤자 –았/었을 거예요」形態表示。

가 양강 씨에게 그때 그 일을 하지 말라고 얘기했어야 되는데 안 한 게 후회가 돼요.
當時應該對楊剛說不要做那件事的，我很後悔沒說。

나 그때 얘기해 봤자 듣지 않았을 거예요. 더 이상 신경 쓰지 마세요.
那時就算說了，他也不會聽的，不要再傷腦筋了。

會話練習！

169.mp3

1 가 철민 씨에게 이사할 때 좀 도와 달라고 부탁할까요?

나 **부탁해 봤자** 소용없을 거예요. 철민 씨가 요즘 바쁘거든요.

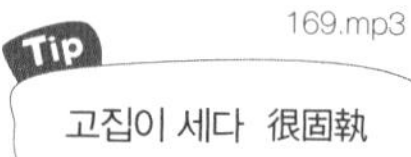
Tip 고집이 세다 很固執

철민 씨에게 이사할 때 좀 도와 달라고 부탁하다	부탁하다 / 철민 씨가 요즘 바쁘다
사장님께 월급을 올려 달라고 말씀드려 보다	말씀드려 보다 / 요즘 회사 사정이 안 좋다
지수 씨에게 마음을 바꾸라고 얘기해 보다	얘기하다 / 고집이 너무 세다

2 가 이번 여름에 부산으로 여행을 가고 싶은데 많이 더울까 봐 못 가겠어요.

나 부산의 날씨가 더워 **봤자** 얼마나 덥겠어요? 그냥 가세요.

이번 여름에 부산으로 여행을 가고 싶은데 많이 더울까 봐 못 가다	부산의 날씨가 덥다 / 가다
저 옷이 마음에 드는데 비쌀까 봐 못 사다	동대문시장에서 옷이 비싸다 / 사다
저 영화를 보고 싶은데 무서울까 봐 못 보다	어린이 영화가 무섭다 / 보다

實戰練習！

1 請用「–아/어 봤자」完成下列對話。

(1) 가 집에 가서 식사하실 거죠? (가다)

나 집에 가 봤자 먹을 것이 아무것도 없을 거예요. 저랑 같이 저녁 드실래요?

(2) 가 어디로 여행을 갈지 아직도 결정을 못 했어요. (고민하다)

나 계속 ________________ 머리만 아파. 그냥 빨리 결정해.

(3) 가 한국어를 공부하면서 한국 신문도 자주 읽으세요? (읽다)

나 한국 신문을 ________________ 이해를 못해서 잘 안 읽어요.

(4) 가 그 문제에 대해서 친구와 이야기해 봤어요? (이야기하다)

나 친구하고 ________________ 내 이야기는 듣지 않을 거예요.

(5) 가 내가 왜 고등학교 때 공부를 열심히 안 했는지 후회가 돼. (후회하다)

나 지금 ________________ 소용없으니까 지금부터라도 열심히 해.

2 請用「–아/어 봤자」完成下列對話。

(1) 가 마이클 씨 여자 친구가 정말 예쁘대요. (예쁘다)

나 아무리 예뻐 봤자 연예인만큼 예쁘겠어요?

(2) 가 저 식당 음식이 정말 맛있대요. (맛있다)

나 아무리 ________________ 우리 엄마가 만들어 주신 음식만큼은 맛없을 거예요.

(3) 가 민철 씨는 성격이 내성적이라서 사귀기가 힘들겠지요? (힘들다)

나 ________________ 얼마나 힘들겠어요? 계속 노력하면 친구가 될 수 있을 거예요.

(4) 가 인터넷으로 물건을 사면 시장보다 더 싸대요. (싸다)

나 ________________ 얼마나 싸겠어요? 나는 시장에 가서 직접 보고 사는 게 좋아요.

(5) 가 학교 앞에서 삼천 원짜리 치마를 파는데 괜찮을까요? (좋다)

나 삼천 원짜리 치마가 ________________ 얼마나 좋겠어요? 사지 마세요.

單元23 總複習！

〔1～2〕請選擇可以替換下列畫線部分的選項。

1 난희 씨가 공부를 열심히 하니까 물어보나 마나 1등을 했을 거예요.

① 1등이잖아요
② 1등일 거예요
③ 1등인 셈이에요
④ 1등일 뿐이에요

2 영규 씨에게 도와 달라고 해 봤자 소용없을 거예요. 요즘에 좀 바쁘거든요.

① 도와 달랄 테니까 어려워요
② 도와 달라고 할 수밖에 없어요
③ 도와 달라고 할 줄 알았어요
④ 도와 달라고 해도 안 도와줄 거예요

〔3～4〕請選擇下列畫線部分正確的回答。

3
가 여보, 승준이 좀 깨우지 그래요?
나 어제 새벽에 3시가 넘어서 자서 ______________________.

① 깨우니까 일어나요
② 깨우면 일어날 거예요
③ 깨워 보니까 안 일어났어요
④ 깨워 봤자 안 일어날 거예요

4
가 저 식당 음식이 정말 맛있어 보여요.
나 ______________________ 지금은 배가 아파서 아무 것도 먹을 수가 없어요.

① 맛있어 보일 텐데
② 맛있어 보이나 마나
③ 맛있어 보이는 데 반해
④ 맛있어 보이는 모양인데

〔5～6〕請選擇下列畫線部分正確的選項。

5
① 그 책을 잊어버리나 마나 다시 읽고 싶지 않아요.
② 지금 이 시간에 전화해 보나 마나 안 받을 거예요.
③ 그곳에 가서 실망하나 마나 저는 가고 싶지 않아요.
④ 그 빵을 안 먹으나 마나 배가 부르니까 안 먹을래요.

6
① 날씨가 너무 더워서 선풍기를 켰 봤자 소용없어요.
② 날씨가 너무 더워서 선풍기를 켜 봤자 소용없었어요.
③ 날씨가 너무 더워서 선풍기를 켜 보자 소용없을 거예요.
④ 날씨가 너무 더워서 선풍기를 켜 봤자 소용없을 거예요.

單元 24

가정 상황을 나타낼 때
表示假設狀況時

본 장에서는 가정 상황을 나타내는 표현을 배웁니다. 여기에서 다루는 표현들은 현재 또는 과거 상황과 반대되는 상황이나 아직 일어나지 않은 일을 말하는 사람이 상상해서 이야기하는 것입니다. 이러한 표현들은 말하는 사람의 소망이나 안도감, 아쉬움, 어떤 일에 대한 판단이나 가능성 등을 나타냅니다.

本單元我們要學習表示假設狀況的文法。這些是用於話者想像若和現在、過去狀況正好相反，或仍未發生的事情時。這些文法包含話者的願望、安心感覺、遺憾的心情以及對某事的判斷或可能性。

01 -(느)ㄴ다면

가 복권 사셨네요.
복권에 당첨되면 뭐 하고 싶어요?
你買彩券啊。中獎的話，想做什麼？

나 복권에 당첨된**다면** 멋진 자동차를 사고 싶어요.
要是彩券中獎的話，我想買一輛帥氣的汽車。

가 두 분은 한국에서 만나셨다면서요?
聽說兩位是在韓國認識的？

나 네, 제가 한국에 오지 않았**다면** 아키라 씨를 만나지 못했을 거예요.
是的，要是我沒來韓國，可能就遇不到明良了。

文法重點！

이 표현은 가정 상황을 나타내는 것으로, 현재나 과거의 일을 반대로 상상할 때 혹은 아직 일어나지 않은 일에 대해 이야기할 때 사용합니다. 후행절에는 가정 상황이나 추측을 나타내는 말인 '-겠어요', '-(으)ㄹ 거예요', '-(으)ㄹ 텐데' 등이 주로 옵니다.

此文法是表示假設狀況，用於反著想像現在、過去的事，或談論尚未發生的事。後子句主要接表假設情況或推測的「-겠어요」、「-(으)ㄹ 거예요」、「-(으)ㄹ 텐데」等。

-(느)ㄴ다면				
A	過去	-았/었다면	좋다 예쁘다	좋았다면 예뻤다면
	現在	-다면	좋다 예쁘다	좋다면 예쁘다면

V	過去	–았/었다면	가다 먹다	갔다면 먹었다면
	現在	–(느)ㄴ다면	가다 먹다	간다면 먹는다면
N이다	過去	였다면 이었다면	여자이다 학생이다	여자였다면 학생이었다면
	現在	(이)라면	여자이다 학생이다	여자라면 학생이라면

- 날씨가 **좋았다면** 한라산에 갈 수 있었을 텐데.
  天氣好的話，本來可以去漢拏山的。
- 이번에도 졸업을 못**한다면** 부모님이 정말 실망하실 거예요.
  這次再不能畢業的話，父母真的會失望的。
- 내가 부자**라면** 가난한 사람들을 도와줄 수 있을 텐데.
  我要是有錢人的話，就可以幫助窮人了。

深入瞭解！

1 이 표현은 가정의 상황뿐만 아니라 조건의 상황을 표현하기도 합니다.
此文法不僅用於表示假設狀況，還用於表條件的狀況。

- 10개 이상 사신다면 10%를 할인해 드리겠습니다.
  買十個以上的話，給你打九折。
- 지금부터 열심히 공부한다면 대학교에 갈 수 있을 거예요.
  現在開始努力念書的話，可以上大學的。

2 현재형인 '–(느)ㄴ다면'은 '–(으)면'으로, 과거형인 '–았/었다면'은 '–았/었으면', '–았/었더라면'과 바꾸어 쓸 수 있습니다.
現在形的「–(느)ㄴ다면」可以用「–(으)면」替換；過去形的「–았/었다면」可以用「–았/었으면」或「–았/었더라면」替換使用。

- 오후에 비가 그친다면 운동하러 가요.
  = 오후에 비가 그치면 운동하러 가요.　下午雨停的話去運動。
- 어제 TV를 보지 않았다면 보고서를 끝냈을 거예요.
  = 어제 TV를 보지 않았으면 보고서를 끝냈을 거예요.
  = 어제 TV를 보지 않았더라면 보고서를 끝냈을 거예요.　如果昨天沒有看電視，就能完成報告了。

24장 '가정 상황을 나타낼 때'의 02 '–았/었더라면'을 참조하세요.
請參考單元24「表示假設狀況時」中02「–았/었더라면」。

哪裡不一樣？

'-(으)면'과 '-(느)ㄴ다면'은 조건과 가정의 두 의미를 다 가지고 있지만 '-(으)면'은 '-(느)ㄴ다면'보다 가능성이 많은 일에 사용되며 일어날 가능성이 전혀 없을 때는 사용하지 않습니다.

雖然「-(으)면」和「-(느)ㄴ다면」都具有條件和假設的含義，但「-(으)면」比「-(느)ㄴ다면」更常用於可能性大的事情上，不用於毫無可能的事情上。

-(으)면	-(느)ㄴ다면
어떤 일이 일어날 가능성이 많을 때 사용하므로, 가능성이 거의 없을 때는 사용하지 않습니다. 因用於某件事發生的可能性很大時，所以不用在可能性為零的時候。	어떤 일이 일어날 가능성이 거의 없는 가정 상황에 많이 사용합니다. 常用於某件事發生可能性幾乎為零的假設狀況。
• 돈이 많으면 좋을 텐데. 如果錢多就好了。 → 앞으로 돈이 많아질 가능성이 있습니다. 具有將來錢變多的可能性。	• 돈이 많다면 좋을 텐데. 如果錢多就好了。 → 돈이 많아질 가능성이 거의 없습니다. 錢變多的可能性幾乎為零。
• 내가 동수면 그렇게 행동하지 않을 거야. (×) → 말하는 사람이 '동수'가 될 가능성이 전혀 없으므로 사용할 수 없습니다. 因為話者根本沒有成為「동수」的可能性，所以不能使用。	• 내가 동수라면 그렇게 행동하지 않을 거야. (○) 如果我是東洙，就不會那麼做。 → 말하는 사람이 '동수'가 될 가능성이 전혀 없으므로 가정 상황을 나타내는 '(이)라면'을 사용해야 자연스럽습니다. 因為話者完全沒有成為「동수」的可能性，所以必須使用表假設的「(이)라면」才會自然。

會話練習！

171.mp3

1 가 그 소식 들었어요? 그 배우가 결혼할지도 모른대요.

나 정말요? 그 배우가 결혼한다면 많은 여자들이 실망하겠어요.

그 배우가 결혼하다	그 배우가 결혼하다 / 많은 여자들이 실망하다
이번 개교기념일에 안 쉬다	그날 쉬지 않다 / 박물관에 못 가다
준호 씨가 한 얘기가 거짓말이다	준호 씨가 한 얘기가 거짓말이다 / 앞으로 그 사람과 얘기하지 않다

2 가 어렸을 때 꿈이 뭐였어요?

나 가수였어요. 노래를 잘했다면 가수가 되었을 거예요.

가수이다 / 노래를 잘하다 / 가수가 되다
발레리나이다 / 발레에 소질이 있다 / 발레를 그만두지 않다
축구 선수이다 / 중학교 때 다리를 다치지 않다 / 축구를 계속하다

實戰練習！

1 請用「-(느)ㄴ다면」完成一個句子。

(1) 내일 시험이 어렵지 않아요. + 합격하는 사람이 많을 거예요.

→ 내일 시험이 어렵지 않다면 합격하는 사람이 많을 거예요.

(2) 우리가 학생이에요. + 할인을 받을 수 있을 텐데요.

→ ______________________________

(3) 이번에 장학금을 받아요. + 한턱을 낼 거예요.

→ ______________________________

(4) 그때 주식을 샀어요. + 돈을 많이 벌 수 있었을 거예요.

→ ______________________________

2 請用「-(느)ㄴ다면」完成下列對話。

(1) 가 주현 씨는 정말 목소리가 좋지요? (좋다)

나 네, 저도 주현 씨처럼 목소리가 좋다면 아나운서에 지원했을 거예요.

(2) 가 소풍 가기로 한 날 비가 온다는데요. (비가 오다)

나 그래요? 그날 ______________ 다른 날로 연기해야 되겠어요.

(3) 가 어제 글쓰기 대회에서 유코 씨가 상을 받았대요. (참가하다)

나 에이미 씨도 ______________ 상을 받았을 텐데 아쉽네요.

(4) 가 돈이 없어서 여행을 못 가겠네요. (날 수 있는 새이다)

나 맞아요. 우리가 ______________ 여기저기 마음대로 갈 텐데요.

(5) 가 어제 가수 '비'를 직접 만났어요. (가다)

나 그래요? 저도 어제 공연장에 ______________ '비'를 만났을 텐데요.

(6) 가 내일이면 방학이 끝나네요. 시간이 정말 빨리 가요. (시작하는 날이다)

나 맞아요. 오늘이 방학이 ______________ 정말 좋을 텐데요.

02 -았/었더라면

172.mp3

가 어쩌지요? 표가 모두 매진되었네요.
怎麼辦？票全都賣完了。

나 그러니까 제가 예매하자고 했잖아요. 미리 예매**했더라면** 공연을 볼 수 있었을 거예요.
所以我說要事先預購的嘛。提前預定的話，也許就能看到表演了。

가 아키라 씨, 생일 축하해요!
明良，生日快樂！

나 아키라 씨 생일이에요? 생일인 줄 알**았더라면** 선물을 준비했을 텐데요.
明良生日嗎？早知道今天是你生日的話，我就準備禮物了。

文法重點！

이 표현은 과거에 있었던 일을 반대로 가정해서 말할 때 사용합니다. 과거 일에 대한 후회나 안타까움을 나타내기도 하고, 그렇게 하지 않아 다행이었다 것을 나타내기도 합니다. '-았/었더라면' 다음에는 '-았/었을 거예요', '-았/었을 텐데', '-(으)ㄹ 뻔했다'가 자주 옵니다. (24장 '가정 상황을 나타낼 때'의 03 '-(으)ㄹ 뻔하다' 참조)

此文法用於對過去發生的事做相反假設。既可對過去的事表示後悔或遺憾，也可用來表示還好當時沒那麼做。「-았/었더라면」後通常使用「-았/었을 거예요」、「-았/었을 텐데」和「-(으)ㄹ 뻔했다」。(參考單元24「假設狀況時」中的03「-(으)ㄹ 뻔하다」。)

-았/었더라면			
A/V	-았/었더라면	크다 먹다	컸더라면 먹었더라면
N이다	였더라면 이었더라면	부자이다 학생이다	부자였더라면 학생이었더라면

- 제가 키가 **컸더라면** 모델이 되었을 거예요.
  假如我個子高的話，可能已經當模特兒了。
- 아침에 일기예보를 **들었더라면** 산에 가지 않았을 텐데.
  要是早上聽了天氣預報，就不會上山了。
- 빨리 병원에 가지 **않았더라면** 큰일 날 뻔했어요.
  要不是迅速去了醫院，差點就出大事了。

深入瞭解！

이 표현은 '–았/었다면'이나 '–았/었으면'으로 바꾸어서 쓸 수도 있습니다.
此文法也可以與「–았/었다면」或「–았/었으면」替換使用。

- 오늘도 회사에 늦었더라면 부장님한테 크게 혼났을 거예요.
  = 오늘도 회사에 늦었다면 부장님한테 크게 혼났을 거예요.
  = 오늘도 회사에 늦었으면 부장님한테 크게 혼났을 거예요.
  如果今天上班也遲到的話，一定會被部長臭罵一頓。

哪裡不一樣？

'–(느)ㄴ다면'은 가정 상황과 조건 상황을 둘 다 나타낼 수 있지만 '–았/었더라면'은 가정 상황만 나타낼 수 있습니다. 또한 '–(느)ㄴ다면'은 현재 · 과거 일에 대한 가정이 가능하지만 '–았/었더라면'은 과거 가정만 가능합니다. 그에 비해 '–(으)면'은 모두 가능합니다.

「–(느)ㄴ다면」可以表示假設和條件兩種狀況，但「–았/었더라면」只能用於假設狀況。此外，「–(느)ㄴ다면」雖然可以對現在和過去的事進行假設，但「–았/었더라면」只能用於過去的假設狀況。相比之下，「–(으)면」兩者均可使用。

		–(으)면	–(느)ㄴ다면	–았/었더라면
상황 狀況	가정 假設	○ 具有可能性的假設	○	○
	조건 條件	○	○	×
시제 時制	현재 現在	○	○	×
	과거 過去	○	○ (過去時制用 '–았/었다면')	○

會話練習！

173.mp3

1 가 민지 씨가 발표할 때 실수를 많이 했다면서요?

나 네, 민지 씨가 연습을 많이 **했더라면** 실수하지 않았을 텐데 아쉬워요.

민지 씨가 발표할 때 실수를 많이 하다	민지 씨가 연습을 많이 하다 / 실수하지 않다
음식이 많이 모자라다	음식을 많이 준비하다 / 모자라지 않다
아키라 씨의 공연이 취소되다	어제 비가 오지 않다 / 취소되지 않다

2 가 강이 많이 깨끗해졌다지요?

나 네, 환경 단체들이 노력하지 **않았더라면**
이렇게 깨끗해지지 않았을 거예요.

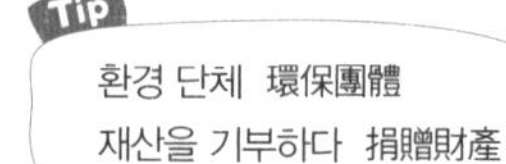
Tip
환경 단체 環保團體
재산을 기부하다 捐贈財產

강이 많이 깨끗해지다	환경 단체들이 노력하지 않다 / 이렇게 깨끗해지지 않다
그 환자가 살다	의사들이 포기하다 / 그 환자는 살 수 없다
이번에 가난한 학생들이 장학금을 받다	한 사업가가 재산을 기부하지 않다 / 그 학생들은 학교를 그만두어야 하다

實戰練習！

請用「–았/었더라면」完成下列對話。

(1) 가 이번 시험이 정말 어려웠지요?
나 네, 시험이 어렵지 않았더라면 시험을 잘 봤을 텐데요.

(2) 가 어쩌다가 사고가 났대요?
나 과속을 했대요. ________________ 사고가 나지 않았을 거예요.

(3) 가 한국에 오기 전에 회사에 다니셨다면서요?
나 네, 만일 ________________ 계속 그 회사에 다니고 있었을 거예요.

(4) 가 지리산이 이렇게 등산하기 힘들 줄 몰랐어요.
나 맞아요, 저도 지리산이 이렇게 등산하기가 ________________ 오지 않았을 거예요.

(5) 가 일본에서 공부하는 동안 여행을 많이 못 하셨어요?
나 네, 일본에서 공부하는 동안 ________________ 유학 생활이 더 즐거웠을 거예요.

03 –(으)ㄹ 뻔하다

174.mp3

가 오늘 길이 너무 미끄럽지 않아요?
今天的路是不是很滑？

나 네, 맞아요. 저도 길이 너무 미끄러워서 학교에 오다가 넘어질 **뻔했어요**.
是的，我來學校的路上也因為路太滑，差點摔倒。

가 하마터면 기차를 놓칠 **뻔했어요**.
差一點沒趕上火車。

나 다음부터는 더 일찍 출발해야겠어요.
下次開始得再早點出發了。

文法重點！

이 표현은 어떤 일이 거의 일어날 것 같았는데 실제로는 일어나지 않았을 때 사용합니다. 보통 그런 일이 일어나지 않아서 다행이라는 느낌으로 이야기를 합니다. 과거의 사건에 대해 이야기하기 때문에 항상 '–(으)ㄹ 뻔했다'로 말하며, 부사 '하마터면'과 같이 쓰는 경우가 많습니다. 동사만 앞에 올 수 있습니다.
此文法用於某事幾乎要發生，卻沒有發生的時候。通常用因為沒發生這件事而感到慶幸的感覺描述。因為陳述的是過去的事，所以通常使用「–(으)ㄹ 뻔했다」，並常與副詞「하마터면」一起使用。前面只能使用動詞。

–(으)ㄹ 뻔하다			
V	–(으)ㄹ 뻔하다	잊어버리다 늦다	잊어버릴 뻔하다 늦을 뻔하다

- 영화가 너무 슬퍼서 하마터면 여자 친구 앞에서 울 **뻔했어요**.
  電影太悲傷了，差點在女朋友面前哭出來。
- 골목에서 갑자기 차가 나오는 바람에 자동차에 부딪칠 **뻔했어요**.
  巷子裡突然衝出一輛車，險些被汽車撞上。

• 친구와 통화하다가 음식을 다 태울 **뻔했어요**.
光顧著和朋友講電話，差點把飯菜煮焦了。

深入瞭解！

이 표현은 선행절에 과거를 가정하는 표현인 '-았/었으면', '-았/었더라면'과 쓰이는 경우가 많습니다.
此文法經常在前子句使用表示假設過去的「-았/었으면」、「-았/었더라면」。

• 기차표를 미리 사지 않았으면 고향에 못 갈 뻔했어요.
如果不是事先買好火車票，差點就回不了家鄉。

• 마크 씨가 전화를 안 해 줬더라면 약속을 잊어버릴 뻔했어요.
如果馬克沒有打給我，我差點就忘了約會。

24장 '가정 상황을 나타낼 때'의 02 '-았/었더라면'을 참조하세요.
請參考單元24「表示假設狀況時」 中的02「-았/었더라면」。

會話練習！

175.mp3

1 가 이거 웨이밍 씨 휴대전화 아니에요?
나 아, 맞아요. 하마터면 휴대전화를 식당에 두고 갈 **뻔했네요**.

이거 웨이밍 씨 휴대전화	휴대전화를 식당에 두고 가다
내일이 양강 씨 생일	양강 씨 생일을 잊어버리다
오늘 회의가 2시부터	회의에 못 가다

2 가 여기까지 찾아오느라고 힘드셨지요?
나 네, 내비게이션이 없었더라면 정말 고생할 **뻔했어요**.

여기까지 찾아오다	내비게이션이 없다 / 정말 고생하다
보고서를 완성하다	동료가 도와주지 않다 / 보고서를 못 끝내다
비행기 표를 구하다	여행사에 아는 사람이 없다 / 못 구하다

實戰練習！

1 請用「-(으)ㄹ 뻔하다」將下列改寫成同義的句子。

(1) 월요일에 오지 않아서 구경을 할 수 있었어요.

→ 월요일에 왔더라면 구경을 못 할 뻔했어요.

(2) 서둘렀기 때문에 공연을 볼 수 있었어요.

→ ______

(3) 돈을 더 가지고 나와서 그 옷을 살 수 있었어요.

→ ______

(4) 예습을 해서 교수님 질문에 대답할 수 있었어요.

→ ______

2 請用「-(으)ㄹ 뻔하다」完成下列對話。

(1) 가 주영 씨, 이번 역에서 내려야 하는 거 아닌가요? (지나치다)
나 아, 맞네요. 얘기하다가 내려야 할 역을 지나칠 뻔했네요.

(2) 가 카일리 씨의 아이는 딸인데 왜 남자 아이 옷을 사세요? (잘못 사다)
나 그래요? 딸인 줄 몰랐어요. 도현 씨가 말해 주지 않았더라면 옷을 ______.

(3) 가 그 우유 상한 것 같으니까 드시지 마세요. (배탈이 나다)
나 그래요? 이 우유를 마셨더라면 ______.

(4) 가 그 가게에서 가방을 안 사기를 잘한 것 같지요? (후회하다)
나 네, 거기서 가방을 샀더라면 ______.
다른 데보다 2배나 비쌌잖아요.

(5) 가 문을 안 잠근 것 같은데 확인해 보세요. (큰일 나다)
나 아, 안 잠갔네요. 알리 씨가 말해 주지 않았더라면 ______.

單元24 總複習！

〔1～2〕 **請選擇可以替換下列畫線部分的選項。**

1

가　요즘 취직하기가 정말 힘들대요.
나　네, 맞아요. 만일 지금 다니고 있는 회사를 <u>그만두었더라면</u> 후회했을 거예요.

① 그만두려면　② 그만두어도
③ 그만두었다면　④ 그만둘 수 있으면

2

가　이 미용실은 목요일이 쉬는 날이네요.
나　어제 왔으면 <u>머리를 못할 뻔했어요</u>.

① 머리를 못했겠어요　② 머리를 못할 거예요
③ 머리를 못할 만했어요　④ 머리를 못하고 말았어요

3 **請選擇下列畫線部分<u>不</u>適當的回答。**

가　공연장 앞에 사람이 많네요.
나　정말 많네요. 예매를 하지 않았더라면 공연장에 ______________.

① 못 들어갔어요　② 못 들어갔을 거예요
③ 못 들어갈 뻔했어요　④ 못 들어갔을지도 몰라요

〔4～5〕 **請選擇下列畫線部分<u>不</u>正確的選項。**

4 ① 내가 <u>너라면</u> 그런 옷은 안 입을 거야.
② 그렇게 뛰어가면 <u>넘어질 뻔할 거예요</u>.
③ 한국에 <u>오지 않았으면</u> 취직을 했을 거예요.
④ 내가 대학에 <u>합격한다면</u> 기분이 정말 좋을 텐데.

5 ① 커피를 <u>안 드신다면</u> 차를 드릴까요?
② 100만 원이 <u>생겼더라면</u> 무엇을 하겠어요?
③ 어제 거기에 가지 <u>않았다면</u> 좋았을 텐데요.
④ 내일 <u>비가 온다면</u> 등산 계획을 연기해야겠어요.

單元 25

후회를 나타낼 때
表示後悔時

본 장에서는 후회를 나타내는 표현들을 배웁니다. 여기에서 배우는 표현들은 하지 않았으면 더 좋았을 것이나 꼭 해야 하는데 하지 않은 것들에 대해 후회하는 마음을 나타내는 것들입니다. 이 장에서 배우는 표현들을 잘 익혀서 다양한 감정들을 잘 표현하게 되길 바랍니다.

本單元我們要學習表示後悔的文法。它們之中有的表示「如果沒做就更好了」的意思，也有的表示對本該做卻沒做的事情後悔之意。希望大家能熟知本單元內容，準確地表達各種感情。

01 -(으)ㄹ걸 그랬다

176.mp3

가 아키라 씨, 오셨어요?
明良，你來了？

나 아, 모두들 정장을 입고 왔네요. 저도 정장을 입고 올걸 그랬어요.
啊，大家都穿正式服裝來耶，早知道我也穿來了。

가 컴퓨터가 30%나 세일을 하네요.
電腦打七折呢。

나 진짜요? 이렇게 세일할 줄 알았으면 조금만 기다릴걸 그랬어요. 지난주에 샀거든요.
真的嗎？早知道會降價，就稍微等等了，因為我上個星期買了。

文法重點！

이 표현은 말하는 사람이 과거에 어떤 행동을 했거나 하지 않은 것에 대해 후회 또는 아쉬움을 나타낼 때 사용하는 말입니다. 어떤 일을 하지 않은 것을 후회 때는 '-(으)ㄹ걸 그랬다'를 사용하며, 어떤 행동을 한 것을 후회할 때는 '-지 말걸 그랬다' 혹은 '안 -(으)ㄹ걸 그랬다'를 사용합니다.
此文法是話者表示對過去做了或沒做某行動感到後悔、惋惜。後悔沒做某事時使用「-(으)ㄹ걸 그랬다」；後悔做了某事時使用「-지 말걸 그랬다」或「안 -(으)ㄹ걸 그랬다」。

-(으)ㄹ걸 그랬다				
V	肯定	-(으)ㄹ걸 그랬다	가다 먹다	갈걸 그랬다 먹을걸 그랬다
	否定	-지 말걸 그랬다	가다 먹다	가지 말걸 그랬다 먹지 말걸 그랬다

- 오늘 학교 축제에 안 갔는데 유명한 연예인들이 왔다고 해요. 축제에 갈걸 그랬어요.
  今天沒去學校慶典，聽說來了一些有名的藝人，早知道就去慶典了。

- 시험이 너무 어려워서 시험을 망쳤어요. 이렇게 시험이 어려울 줄 알았으면 공부를 더 많이 **할걸 그랬어요.**
  因為考試太難，所以考砸了。早知道考試這麼難，就多念點書了。
- 오늘 친구랑 놀러 갔는데 갑자기 비가 왔어요. 오늘 가지 **말걸 그랬어요.**
  今天和朋友一起去玩，但是突然下了雨，今天真不應該去的。

深入瞭解！

이 표현은 '그랬다'를 생략해서 '-(으)ㄹ걸'로도 말할 수 있습니다. '-(으)ㄹ걸'은 친한 사람들 사이에서 반말로 사용하거나 혼잣말로 말할 때 사용합니다.

此文法可以省略「그랬다」只說「-(으)ㄹ걸」。「-(으)ㄹ걸」在關係親近者間作為半語使用，或用於自言自語的時候。

가 우리 과 친구들이 여행 간다는데 너도 같이 갈래? 我們系上同學說要去旅行，要一起去嗎？
나 나도 가고 싶은데 돈이 없어. 이럴 줄 알았으면 돈을 좀 아껴 쓸걸.
我也想去，但是沒錢，早知如此就省著點花了。

'-(으)ㄹ걸'은 추측을 나타낼 때도 쓸 수 있습니다. 그렇지만 '-(으)ㄹ걸'이 추측을 나타낼 때는 뒤의 억양이 올라가며 반말체로 말하는 것입니다. (1장 '추측과 예상을 나타낼 때'의 05 '-을걸요' 참조)

「-(으)ㄹ걸」也可用於表示推測的時候。但「-(으)ㄹ걸」表示推測時，後面的語調上揚，以半語表達。（請參考單元1 「表示推測和預料時」中的05「-을걸요」。）

會話練習！

177.mp3

1 가 여보, 음식을 너무 많이 시켜서 많이 남았어요.
나 음식을 조금만 시킬걸 그랬네요.

음식을 너무 많이 시켜서 많이 남았다	음식을 조금만 시키다
이번 달에 카드를 많이 써서 생활비가 부족하다	텔레비전은 다음 달에 사다
요즘 바빠서 쌀이 떨어진 걸 모르다	아까 마트에 갔을 때 쌀을 사 오다

2 가 왜 주스를 사 왔어? 연주 씨가 음료수를 많이 가지고 왔는데.
나 그래? 연주 씨가 음료수를 많이 가지고 올 줄 알았으면 사 오지 말걸.

왜 주스를 사 오다 / 연주 씨가 음료를 많이 가지고 오다	연주 씨가 음료수를 많이 가지고 올 줄 알았으면 사 오다
왜 밥을 먹고 오다 / 정민 씨가 맛있는 음식을 많이 차리다	맛있는 음식을 차릴 줄 알았으면 밥을 먹다
왜 회사를 옮기다 / 예전 회사의 월급이 많이 오르다	월급이 많이 오를 줄 알았으면 회사를 옮기다

實戰練習！

1 請用「-(으)ㄹ걸 그랬다」或「-지 말걸 그랬다」完成下列句子。

(1) 어제 외국에서 손님이 왔는데 저만 외국어를 한마디도 못해서 너무 창피했어요.
미리 외국어를 공부할걸 그랬어요.

(2) 데이트를 하는데 높은 신발을 신고 나가서 발이 너무 아팠어요.
오늘 ______________________.

(3) 외국에 있는 친구한테 소포를 배로 보냈는데 4주가 지났는데도 아직 도착을 안 했대요.
소포를 배로 ______________________.

(4) 친구 집에 연락 없이 놀러 갔는데 친구 집에 아무도 없었어요.
미리 ______________________.

(5) 파티에 왔는데 아는 사람이 하나도 없어서 너무 재미없네요.
오늘 파티에 ______________________.

(6) 마크 씨한테 일을 부탁했는데 마크 씨가 계속 잊어버려서 마음이 힘들어요.
다른 사람한테 그 일을 ______________________.

(7) 제니 씨가 오늘 같이 놀러 가자고 했는데 안 갔어요. 그런데 집에 혼자 있으니까 심심하고 지루하네요.
오늘 제니 씨랑 같이 ______________________.

(8) 지난주에 윤주 씨랑 같이 영화를 보러 갔어요. 그런데 여자 친구가 제가 다른 여자랑 영화를 같이 봐서 화가 났어요.
윤주 씨랑 영화를 같이 ______________________.

2 請用「–(으)ㄹ걸 그랬다」或「–지 말걸 그랬다」完成下列句子。

(1)

영화가 너무 재미없어요.

다른 영화를 볼걸 그랬어요.

이 영화를 보지 말걸 그랬어요.

(2)

길이 너무 막혀요.

______________________.

______________________.

(3)

음식값이 너무 비싸요.

______________________.

______________________.

(4)

커피를 마셔서 잠이 안 와요.

______________________.

______________________.

02 -았/었어야 했는데

178.mp3

가 마크 씨, 책의 내용을 요약해 보세요.
馬克，請簡單摘要一下書的內容。

나 잘 모르겠습니다, 교수님. 책을 미리 읽어 왔어야 했는데 죄송합니다.
我不清楚，教授，我應該事先看好的，實在對不起。

가 자야 씨가 왜 그렇게 화가 났어요?
札雅為什麼那麼生氣啊？

나 제가 자야 씨한테 뚱뚱해 보인다고 했거든요. 그런 말을 하지 말았어야 했는데 후회가 돼요.
因為我對札雅說她看起來很胖，真不應該說那樣的話，很後悔。

文法重點！

이 표현은 꼭 해야 하는 행동을 하지 못했거나 어떤 상태가 꼭 되어야 했는데 그렇지 못한 것을 후회하거나 아쉬워할 때 사용합니다.
此文法用於沒做應該做的行動，或對應達到卻沒達到某種狀態感到後悔、遺憾時。

-았/었어야 했는데					
A/V	肯定	A/V	-았/었어야 했는데	작다 먹다	작았어야 했는데 먹었어야 했는데
	否定	A	-지 않았어야 했는데	크다 작다	크지 않았어야 했는데 작지 않았어야 했는데
		V	-지 말았어야 했는데	가다 먹다	가지 말았어야 했는데 먹지 말았어야 했는데

가 어제 발표회는 잘 끝났어요?
昨天發表會順利結束了嗎？

나 아니요, 발표회장이 시원했어야 했는데 더워서 그런지 중간에 나가버리는 사람들이 많더라고요.
不，發表會場應該要很涼快的，可是或許太熱了，中間很多人出去了。

가 이사한 집이 너무 문제가 많다면서요?
聽說新搬的家有很多問題？

나 네, 집을 계약하기 전에 꼼꼼하게 살펴**봤어야 했는데** 집이 좋아 보여서 그러지 않았어요.
是的，簽住房契約之前該仔細看的，因為房子看起來不錯而沒那麼做。

가 김 대리, 왜 이렇게 보고서에 틀린 게 많지요?
金代理，為什麼報告裡錯誤這麼多？

나 죄송합니다. 제가 다시 한번 검토를 **했어야 했는데** 안 했더니 틀린 게 많은 것 같습니다.
對不起！我本來應該再檢查一遍的，但沒那麼做，所以才有這麼多錯誤。

深入瞭解！

'–았/었어야 했는데'는 문장 뒤에 쓸 수도 있습니다. 이때는 뒤에 나오는 이야기를 생략해서 말하는 것입니다.
「–았/었어야 했는데」也可以用於句尾，此時是將後面的話省略掉了。

가 아이들에게 줄 크리스마스 선물 샀어요?
要給孩子們的聖誕禮物買了嗎？

나 아니요, 오늘 가니까 선물이 다 팔렸더라고요. 미리 사러 갔어야 했는데…….
沒有，我今天去結果禮物全都賣完了，真應該早點去買的……

: '사러 갔어야 했는데' 다음에 '미리 안 간 것이 후회돼요.' 혹은 '어떡하죠?' 등의 말이 생략되어 있습니다.
「사러 갔어야 했는데」的後面省略掉「미리 안 간 것이 후회돼요 (真後悔我沒有早點去)」或「어떡하죠 (怎麼辦？)」等話。

哪裡不一樣？

'–(으)ㄹ 걸 (그랬다)'와 '–았/었어야 했는데'는 비슷하게 사용되지만 다음과 같은 면에서 차이가 있습니다.
「–(으)ㄹ 걸 (그랬다)」和「–았/었어야 했는데」在使用時很相似，但它們有以下幾點不同：

–(으)ㄹ 걸 그랬다	–았/었어야 했는데
어떤 것을 하는 것이 더 좋았겠다는 아쉬움을 표현합니다. 表示如果做某事就好了的遺憾心情。	어떤 것을 꼭 해야 했는데 하지 않았다는 데서 오는 후회나 아쉬움을 표현합니다. 表示本該做某事卻沒有做，為此感到後悔或遺憾。
• 어제 컴퓨터를 하느라 늦게 잤더니 하루 종일 피곤해요. 어제 일찍 잘걸 그랬어요. 昨天因為打電腦晚睡，結果一整天都很累，要是昨天早點睡就好了。 → 어제 일찍 자는 편이 더 좋았겠다는 아쉬움을 표현합니다. 表示昨天要是早睡就好了的遺憾。	• 어제 컴퓨터를 하느라 늦게 잤더니 발표할 때 실수를 많이 했어요. 어제 일찍 잤어야 했는데……. 昨天因為打電腦晚睡，結果發表時出了很多錯，昨天真該早點睡的…… → 어제 꼭 일찍 자야 했는데 그렇게 하지 않은 것을 후회합니다. 表示對昨天應該早睡卻沒早睡感到後悔。

會話練習！

179.mp3

1 가 주말에 여행 잘 다녀오셨어요?

나 아니요, 편한 신발을 신고 **갔어야 했는데** 높은 구두를 신고 가서 너무 힘들었어요.

주말에 여행 잘 다녀오다	편한 신발을 신고 가다 / 높은 구두를 신고 가서 너무 힘들다
어제 집들이 잘하다	음식을 맵지 않게 만들다 / 너무 매워서 친구들이 못 먹다
어제 면접 볼 회사에 잘 찾아가다	미리 회사 위치를 찾아보고 가다 / 길을 잘 못 찾아서 30분이나 지각하다

2 가 시험공부 많이 했어?

나 아니, 영화를 보다가 못했어. 어제 영화를 보지 **말았어야 했는데**…….

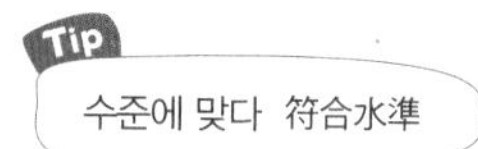

시험공부 많이 하다	영화를 보다가 못하다 / 어제 영화를 보지 말다
동현 씨에게 연락하다	연락처를 몰라서 못하다 / 연락처를 휴대전화에 저장해 두다
지난번에 산 책을 다 읽다	너무 어려워서 못 읽다 / 내 수준에 맞는 책을 고르다

實戰練習！

1 請用「-았/었어야 했는데」完成下列對話。

(1) 가 감기에 걸리셨네요 (따뜻하게 입다)

나 네, 어제 옷을 따뜻하게 입었어야 했는데 얇게 입고 나갔더니 감기에 걸렸어요.

(2) 가 세일하는 냉장고를 사러 간다고 하더니 그냥 왔네요. (가다)

나 어제 ________________ 오늘 갔더니 다 팔렸더라고요.

(3) 가 어제 왜 약속에 안 나왔어요? 1시간이나 기다렸잖아요. (미리 연락하다)

나 미안해요. 못 간다고 ________________ 깜빡 잊어버렸어요.

(4) 가 여보, 어떻게 하지요? 친구들이 갑자기 집에 온대요. (집을 청소하다)

나 진짜요? 어제 ________________ 안 했더니 너무 지저분해요.

2 請用「-았/었어야 했는데」完成下列對話。

(1) 가 아내가 화가 많이 났다면서요? (달력에 표시하다)

나 네, 제가 결혼기념일을 잊어버렸거든요. 결혼기념일을 달력에 표시했어야 했는데.

(2) 가 마크 씨, 어제 체했었다면서요? (과식을 하지 말다)

나 네, 어제 저녁에 너무 많이 먹었거든요. ________________.

(3) 가 어제 설명회 때 분위기가 안 좋았다면서요? (영어로 설명을 하다)

나 네, 제가 외국인들에게 한국말로 제품에 대해 설명을 했었거든요.

________________.

(4) 가 리사 씨가 아까 너 때문에 당황했었다고 하더라. (개인적인 질문을 하지 말다)

나 응, 내가 리사 씨에게 월급이 얼마냐고 물어봤거든. ________________.

(5) 가 은행에서 돈을 못 찾았어요? (5시 전에 가다)

나 네, 가니까 문이 닫혔더라고요. ________________.

單元25 總複習！

1 請選擇可以替換下列畫線部分的選項。

가 민서 씨, 음식이 어때요?
나 <u>볶음밥을 먹을걸 그랬어요.</u>

① 볶음밥보다 더 나아요
② 볶음밥이 항상 맛있어요
③ 볶음밥만한 음식이 없어요
④ 볶음밥을 먹는 편이 더 좋았겠어요

2 請選擇下列畫線部分正確的回答。

가 어제 부산에 내려가다가 자동차가 고장 났었다면서요?
나 네, ________________ 바빠서 못했더니 이런 일이 생겼네요.

① 자동차가 얼마나 자주 고장이 나는지
② 부산에 갈 뿐만 아니라 포항도 가야 해서
③ 미리미리 자동차를 점검받았어야 했는데
④ 시간 있을 때 자동차를 알아봤어야 했는데

3 請選擇下列畫線部分<u>不</u>適當的回答。

가 여보, 어제 우리 아이 돌잔치에 오신 분들에게 고맙다는 문자 보냈어요?
나 ________________________________.

① 미리 문자를 보낼걸 그랬어요
② 그렇지 않아도 보내려던 참이에요
③ 잔치 끝나고 보내려고 했는데 깜빡했네요
④ 어젯밤에 보냈어야 했는데 정신이 없어서 잊어버렸네요

4 請選擇下列畫線部分正確的選項。

① 아침에 <u>일찍 출발했어야 했는데</u> 서둘렀다.
② 한자가 많아서 책이 어렵다. <u>책이 쉬울걸 그랬다</u>.
③ 평소에 하지 않아서 일이 많이 밀렸다. <u>미리 준비했을걸</u>.
④ 친구한테 내일 올 수 있는지 <u>물어봤어야 했는데</u> 잊어버렸다.

5 請用下列的線索完成一個句子。

어제 등산을 가지 말다 / 비가 오다 / 가다 / 사고가 나고 말다
→ ( ).

습관과 태도를 나타낼 때
表示習慣和態度時

본 장에서는 어떤 사람의 습관이나 태도를 나타내는 말을 배웁니다. 여기에서 다루는 것들은 어떤 일을 습관처럼 반복할 때 사용하는 표현과 상대방에 대해 말하는 사람이 취하는 태도를 나타내는 표현들입니다. 본 장에 나오는 표현들은 중급에서 처음 나오는 것들로 잘 사용하면 좀 더 자연스러운 한국말을 구사할 수 있을 겁니다.

本單元我們要學習表達某人的習慣或態度時使用的文法。這裡涉及到的有某事如同習慣一樣反覆，和話者對對方採取的態度等的文法。這些都是在進階課程中首次出現的文法，恰當地使用它們，就能夠使韓語說得更道地。

01 -곤 하다

180.mp3

가 점심인데 김밥 드세요?
中餐就吃紫菜飯捲嗎？

나 네, 시간이 없어서요. 시간이 없을 때는 일하면서 김밥을 먹곤 해요.
是的，因為沒時間。沒時間的時候，我經常一邊工作一邊吃紫菜飯捲。

가 인터넷이 참 좋아졌지요?
網路好多了吧？

나 네, 예전에는 인터넷이 갑자기 끊기곤 했는데 이젠 그런 일이 거의 없어요.
是，以前網路經常會突然斷線，現在幾乎沒有這種事了。

文法重點！

이 표현은 어떤 일이 반복되어 일어날 때 혹은 어떤 사람이 어떤 행동을 반복적으로 하거나 습관처럼 자주 할 때 사용합니다. '곧잘', '자주', '가끔' 등의 말과 자주 쓰이며 '-고는 하다'로 쓸 수도 있습니다.
此文法用於某事反覆發生、某人反覆做某行動或像習慣般經常做某行動時。常與「곧잘」、「자주」、「가끔」等副詞一起使用，也可以「-고는 하다」形態使用。

-곤 하다				
V	過去	-곤 했다	가다 먹다	가곤 했다 먹곤 했다
	現在	-곤 하다	가다 먹다	가곤 하다 먹곤 하다

가 남편이 집에서 가끔 요리를 하시나요?
你丈夫在家裡偶爾會做飯嗎？

나 네, 주말에는 남편이 요리를 하곤 해요.
會，週末我丈夫經常做飯。

가 복사기에 종이가 또 걸렸네요.
影印機又夾紙了。

나 복사를 한꺼번에 많이 하면 종이가 걸리곤 **해요**. 조금 이따가 다시 해 보세요.
一次印太多的話，經常會夾紙。等一下再試試看吧。

가 어렸을 때는 성격이 어땠어요?
小時候性格怎麼樣？

나 수줍음을 많이 탔었어요. 그래서 별일 아닌데도 얼굴이 빨개지**고는 했어요**.
很害羞，所以即使不是什麼大事也經常臉紅。

深入瞭解！

1 '–곤 하다' 앞에는 동사만 올 수 있습니다.

「–곤 하다」的前面只能使用動詞。

- 그 여자는 가끔 예쁘곤 했다. (×) → 그 여자는 가끔 예뻐 보이곤 했다. (○)

2 '–곤 하다'는 어떤 일을 습관처럼 자주 한다는 뜻이기 때문에 예외 없이 항상 해야 하는 일에 사용하면 이상합니다.

「–곤 하다」表示像習慣一樣經常做某事，如果用於必須循例常做的事則不自然。

- 학교 수업은 매일 9시에 시작하곤 해요. (×) → 학교 수업은 매일 9시에 시작해요. (○)

 : 수업은 항상 9시에 예외 없이 시작하기 때문에 '–곤 하다'를 쓸 수 없습니다.
 因為授課總是毫無例外的在九點開始，所以不能使用「–곤 하다」。

3 또한 '–곤 하다'는 반복될 수 없는 상황과 어느 정도 지속이 되는 상황에서는 사용할 수 없습니다.

此外，「–곤 하다」也不可用於不能反覆和只能持續一定程度的狀況。

- 제니는 3년 전에 고등학교를 졸업하곤 했어요. (×) → 제니는 3년 전에 고등학교를 졸업했어요. (○)

 : 고등학교를 졸업한 것은 한 번이고 그 이후로 고등학교를 졸업하는 일이 상식적으로 없으므로 '–곤 하다'를 사용할 수 없습니다.
 因為高中畢業只有一次，按照常識以後不會再有高中畢業這件事，所以不能使用「–곤 하다」。

- 고등학교 때 그 가수를 좋아하곤 했어요. (×) → 고등학교 때 그 가수를 좋아했어요. (○)

 : 습관처럼 그 가수를 좋아했다 안 했다가 할 수 없으므로 사용할 수 없습니다.
 不能像習慣一樣一直喜歡或不喜歡那個歌手，所以不能使用。

- 5년 동안 이 회사에서 일하곤 했어요. (×) → 5년 동안 이 회사에서 일했어요. (○)

 : 5년 동안 그 회사를 그만두고 나서 다시 일하는 경우를 반복할 수 없으므로 사용할 수 없습니다.
 因為不能5年來反覆從公司離職又復職，所以不能使用。

會話練習！

181.mp3

1 가 주말에 뭐 하셨어요?

나 친구와 영화를 봤어요. 친구가 영화 관련 일을 해서 만나면 영화를 보곤 하거든요.

주말에	친구와 영화를 보다 / 친구가 영화 관련 일을 해서 만나면 영화를 보다
추석 때	가족들과 만두를 만들다 / 가족들이 만두를 좋아해서 모이면 만두를 만들다
지난 연휴 때	미술관에 갔다 오다 / 그림에 관심이 많아서 시간이 있으면 미술관에 가다

2 가 세훈아, 우리 학교 다닐 때 생각이 나?

나 그럼, 학교 잔디밭에 앉아 밤새도록 이야기하곤 했잖아. 그때가 그립다.

세훈아 / 학교 다니다	학교 잔디밭에 앉아 밤새도록 이야기하다
여보 / 연애하다	당신이랑 이야기하고 싶어서 새벽까지 통화하다
밀라 씨 / 뉴욕에서 살다	유명한 뮤지컬을 보려고 몇 시간씩 기다리다

實戰練習！

1 請用「–곤 하다」將下列改寫成同義的句子。

(1) 비가 오는 날에는 그 사람이 자주 생각나요.

→ 비가 오는 날에는 그 사람이 생각나곤 해요.

(2) 방학 때는 시골 할아버지 댁에 자주 갔어요.

→

(3) 스트레스를 받으면 나쁜 꿈을 가끔 꿔요.

→

(4) 어릴 때는 친구들과 야구를 많이 했어요.

→

2 請看下圖，仿照範例，找出適合的單字，搭配「-곤 하다」來完成對話。

보기 보다 읽다 가다 듣다 밤을 새우다 먹다

(1)

가 고향에 있을 때 어떤 TV 프로그램을 봤어요?

나 저는 마음껏 웃을 수 있는 오락 프로그램을 보곤 했어요.

(2)

가 시간이 있으면 뭐 하세요?

나 패션에 관심이 많아서 패션쇼에 ____________________.

(3)

가 고향 친구들을 만나면 뭐 하세요?

나 고향 음식이 그리워서 고향 음식을 만들어 ____________________.

(4)

가 요즘 읽으시는 소설책이 있으세요?

나 아니요, 학교 다닐 때는 곧잘 소설책을 ____________ 요즘에는 통 시간에 없네요.

(5)

가 기분이 안 좋을 때는 뭐 하세요?

나 그럴 때는 신나는 음악을 ____________________ . 듣고 나면 기분이 좀 나아지거든요.

(6)

가 많이 피곤해 보이시는데 어제도 밤을 새우신 거예요?

나 네, 젊었을 때는 일하다가 곧잘 ____________________ 요즘은 하룻밤만 새워도 너무 피곤하네요.

02 –기는요

182.mp3

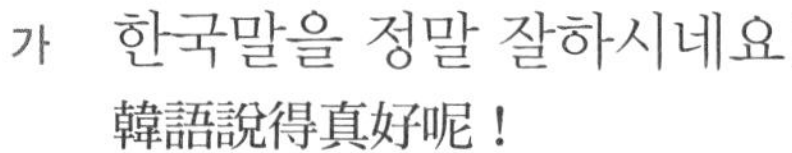

가 한국말을 정말 잘하시네요!
韓語說得真好呢！

나 잘하**기는요**. 아직도 더 많이 배워야 해요.
哪裡好，還有好多要學的呢。

가 어제 영화 재미있었어요?
昨天的電影有趣嗎？

나 재미있**기는요**. 보다가 졸았어요.
還有趣呢，看著看著都睡著了。

文法重點！

이 표현은 상대방의 말을 가볍게 반대하거나 반박할 때 사용합니다. 다른 사람이 칭찬을 했을 때 이 표현을 사용해 대답하면 겸손한 태도를 보여주는 것이 됩니다. '–긴요'로도 말할 수 있습니다.
此文法用於輕微反對或反駁對方的話。受到他人稱讚時，若使用這個表現來回答，會給人展現謙遜的態度。也可以用「–긴요」。

–기는요			
A/V	–기는요	가다 좋다	가기는요 좋기는요
N	(이)기는요	친구이다 학생이다	친구기는요 학생이기는요

가 여러 가지로 도와주셔서 고맙습니다.
感謝您在各個方面的幫助。

나 고맙**기는요**. 오히려 제가 도움을 받았는데요.
感謝什麼，倒是我得到了不少幫助。

가 주영 씨는 이제 과장이지요?
株榮現在當科長了吧？

나 과장**이기는요**. 아직도 평사원이에요. 승진하려면 멀었어요.
什麼科長啊，還是一般職員，要升職還遠著呢。

가 주말에 잘 쉬었어요?
週末好好休息了嗎？

나 잘 쉬**긴요**. 조카들이 놀러 와서 정신이 하나도 없었어요.
還休息呢，侄子們來玩，弄得筋疲力盡。

深入瞭解！

이 표현은 '–았/었–' 이나 '–겠–'과 같이 시제를 나타내는 말과 쓸 수 없습니다.
此文法不能與表示時制的「–았/었–」或「–겠–」等一起使用。

가 외국에서 살 때 힘들었어요? 在國外生活時辛苦嗎？
나 힘들었기는요. (×) → 힘들기는요. (○) 哪裡辛苦。

가 내일 시험이 어렵겠죠? 明天的考試很難吧？
나 어렵겠기는요. (×) → 어렵기는요. (○) 哪裡難。

會話練習！

183.mp3

1 가 한국에 오신 지 얼마 안 되었는데 한국 문화를 잘 아시네요.
나 잘 알**기는요**. 몰라서 실수할 때가 많은데요.

한국에 오다 / 한국 문화를 잘 알다	잘 알다 / 몰라서 실수할 때가 많다
중국어를 시작하다 / 중국어가 유창하다	유창하다 / 겨우 알아듣고 대답하는 수준이다
한국 음식을 배우다 / 음식 솜씨가 좋다	좋다 / 요리책을 보고 하면 누구나 할 수 있는 거다

2 가 수현 씨 딸은 공부를 잘하지요?
나 잘하**기는요**. 공부는 안 하고 놀기만 해서 걱정이에요.

딸은 공부를 잘하다	잘하다 / 공부는 안 하고 놀기만 해서 걱정이다
아들은 편식을 안 하다	안 하다 / 음식을 하도 가려 먹어서 속상하다
남편은 집안일을 좀 도와주다	도와주다 / 집에 오면 텔레비전만 봐서 짜증나다

實戰練習！

1 請用「-기는요」完成下列對話。

(1) 가 승현 씨는 성실한가요?
나 성실하기는요. 매일 지각하고 근무시간에도 전화만 하는데요.

(2) 가 마리 씨, 회사 생활이 힘들지요?
나 ________________. 동료들이 잘 도와줘서 하나도 힘들지 않아요.

(3) 가 이제 중요한 발표가 끝나서 좀 한가하지요?
나 ________________. 다음 주에 출장이 있어서 준비하느라고 정신이 없어요.

(4) 가 커피숍에 갔다 올까? 아직 시간이 많이 남았는데.
나 ____________________. 10분 후에 영화가 시작하는데.

(5) 가 기다리게 해서 죄송해요.
나 ________________. 저도 방금 왔어요.

2 請用「-기는요」完成下列對話。

> 오늘은 경민 씨가 회사 면접을 보는 날이다. 면접 때문에 걱정이 돼서 밤에 잠을 잘 못 잤다. 면접을 보러 회사에 도착하니 100명도 넘는 사람들이 면접을 보러 와 있었다. 많은 사람들을 보니까 긴장이 돼서 면접 때 너무 떨렸다. 말도 더듬거렸다. 면접이 끝나고 소개팅을 하기로 했는데 면접이 늦게 끝나서 소개팅에 1시간이나 늦었다. 소개팅 장소에 도착하니까 여자는 화가 나서 먼저 가고 친구만 남아 있었다.

도희 경민 씨, 오늘 면접 봤지요? 어제 잘 잤어요?
경민 (1)잘 자기는요. 걱정이 돼서 한숨도 못 잤어요.
도희 그랬군요. 면접 보러 온 사람들은 별로 많지 않았지요?
경민 (2)________________. 면접자들이 100명도 넘었어요.
도희 정말이요? 하지만 그동안 면접 연습을 잘했으니까 면접 때 안 떨렸지요?
경민 (3)________________. 너무 떨려서 말도 더듬거렸어요.
도희 참, 면접 끝나고 소개팅한다고 했지요? 약속에 늦지 않았어요?
경민 (4)________________. 한 시간이나 늦었어요.
도희 그래요? 그럼 여자가 한 시간 동안 경민 씨를 기다렸어요?
경민 (5)________________. 도착하니까 제 친구만 있더라고요.

03 –(으)ㄴ/는 척하다

184.mp3

가 아까 넘어졌을 때 아프지 않았어요?
剛才摔倒的時候不痛嗎？

나 정말 아팠어요. 하지만 사람들이 보고 있어서 아프지 않은 **척했어요**.
真的很痛，但是因為大家都在看，所以裝作不痛的樣子。

가 얘기하다가 왜 갑자기 자는 **척해요**?
說著話，怎麼突然裝睡？

나 쉿, 저기 앞에 할아버지가 걸어오시잖아요. 오늘은 좀 피곤해서 자리를 양보 못 하겠거든요.
噓！前面那邊有位老爺爺走過來。因為今天有點累，所以不能讓位。

文法重點！

이 표현은 사실과 반대가 되는 거짓의 행동을 하거나 그러한 상태를 말할 때 사용합니다. '–(으)ㄴ/는 척하다' 앞에는 사실과 반대가 되는 내용이 옵니다.
此文法用於表示做與事實相反的虛假行動，或敘述那樣的狀態時。「–(으)ㄴ/는 척하다」的前面為與事實相反的內容。

–(으)ㄴ/는 척하다				
A		–(으)ㄴ 척하다	나쁘다 작다	나쁜 척하다 작은 척하다
V	過去	–(으)ㄴ 척하다	가다 먹다	간 척하다 먹은 척하다
	現在	–는 척하다	가다 먹다	가는 척하다 먹는 척하다
N	N이다	인 척하다	의사이다 선생님이다	의사인 척하다 선생님인 척하다

- 마음에 들지 않는 사람들하고 얘기하면서 기분이 좋은 **척하느라고** 정말 힘들었어요.
  和不喜歡的人說話，還要裝出高興的樣子，真是太累了。

- 제 친구는 항상 다른 사람들 앞에서 아는 **척하기**를 좋아해요.
  我朋友總喜歡在別人面前裝熟。
- 수진 씨는 부자가 아닌데도 친구들 앞에서 항상 부자인 **척하면서** 돈을 많이 써요.
  秀珍不是富翁，但在朋友們面前總裝得像富翁一樣，花很多錢。

深入瞭解！

1 '알다'의 경우 과거형으로 사용하면 어색한 문장이 됩니다.
「알다」如果使用過去形，會成為不自然的句子。

- 나는 잘 알지도 못하면서 안 척하는 사람이 제일 싫어요. (×)
  → 나는 잘 알지도 못하면서 아는 척하는 사람이 제일 싫어요. (○)
  我最討厭明明不知道，卻裝作很行的人。

2 이 표현을 과거 상황에서 사용하는 경우, 실제로 하지 않았는데 한 것처럼 행동했을 때는 '–(으)ㄴ 척했다'를, 실제로는 하지 않으면서 하고 있는 것처럼 행동했을 때는 '–는 척했다'를 사용합니다.
此文法用於過去狀況時，事實上沒做，卻像做了一樣的時候，用作「–(으)ㄴ 척했다」；實際上沒做，卻像正在做的時候，用「–는 척했다」。

- 음식이 부족한 것 같아서 저녁을 먹은 척했어요. 因為食物似乎不夠，所以裝作吃過晚餐。
  : 실제로 먹지 않았는데 먹은 것처럼 행동했다는 뜻입니다.
  表示實際上沒吃，卻作出像吃過了的樣子。
- 다이어트를 하고 있어서 음식을 먹는 척했어요. 因為在減肥，所以裝作在吃東西。
  : 실제로 먹지 않으면서 먹고 있는 것처럼 행동했다는 뜻입니다.
  表示實際上不吃，卻作出正在吃的樣子。

3 이 표현은 아무 제약 없이 '–(으)ㄴ/는 체하다'로 바꿔 쓸 수 있습니다.
此文法可以無限制地與「–(으)ㄴ/는 체하다」替換使用。

- 이 대리님은 사장님 앞에서만 열심히 일하는 척합니다.
  = 이 대리님은 사장님 앞에서만 열심히 일하는 체합니다.
  李代理只有在老闆面前會裝出認真工作的樣子。

會話練習！

185.mp3

1 가 어떤 남자가 싫어요?
나 똑똑하지 않으면서 여자들 앞에서 똑똑한 **척하는** 남자요.

남자	똑똑하지 않으면서 여자들 앞에서 똑똑하다 / 남자
여자	여자들 앞에서는 안 그러면서 남자들 앞에서만 친절하다 / 여자
동료	별로 바쁘지 않으면서 해야 할 일이 생기면 바쁘다 / 동료

2 가 별로 만나고 싶지 않은 사람을 우연히 만나면 어떻게 해요?

나 그럴 때는 보고도 못 본 척하고 지나가요.

만나고 싶지 않은 사람을 우연히 만나다	보고도 못 봤다 / 지나가다
듣고 싶지 않은 이야기를 하는 친구가 있다	다른 약속이 있다 / 자리를 피하다
마시고 싶지 않은 술을 계속 권하는 상사가 있다	배가 아프다 / 술잔을 안 받다

實戰練習！

1 請用「-(으)ㄴ/는 척하다」更改下列句子。

(1) 친구가 돈을 빌려 달라고 하는데 빌려 주기가 싫었다. (돈이 없다)

➡ 친구가 돈을 빌려 달라고 해서 돈이 없는 척했어요.

(2) 친구들 모임이 있는데 나가기가 싫었다. (갑자기 급한 일이 생기다)

➡ 친구들 모임에 나가기 싫어서 ______________________.

(3) 오토바이 사고가 나서 많이 다쳤다. (괜찮다)

➡ 많이 다쳤지만 부모님께서 걱정하실까 봐 ______________________.

(4) 그 사람이 하는 한국말이 너무 빨라서 못 알아들었어요. (알아듣다)

➡ 못 알아들었지만 창피해서 ______________________.

2 請用「-(으)ㄴ/는 척하다」完成下列對話。

(1) 가 저 사람을 알아요? (알다)

나 아니요, 누군지 잘 모르겠는데 민망해할까 봐 그냥 아는 척했어요.

(2) 가 형, 저녁을 그렇게 먹고 또 먹어? (배가 고프다)

나 엄마가 밥을 차려 놓으셔서 ______________ 어쩔 수 없이 또 먹는 거야.

(3) 가 강의가 지루할 때는 어떻게 해요? (열심히 듣다)

나 ______________________ 머릿속으로는 다른 생각을 해요.

(4) 가 학교 다닐 때 부모님께 성적표를 모두 보여 드렸어요? (안 받다)

나 아니요, 시험을 못 봤을 때는 성적표를 받았는데도 ______________________.

單元26 總複習！

〔1～2〕請選擇可以替換下列畫線部分的選項。

1 미국 사람이 영어로 말했는데 그 사람 말을 다 <u>이해하는 척했어요</u>.

① 이해했어요 ② 이해할 뻔했어요
③ 이해할지도 몰라요 ④ 이해하는 것처럼 행동했어요

2
가 동수 씨는 요즘 열심히 공부하나요?
나 <u>열심히 공부하기는요</u>.

① 열심히 공부해요 ② 열심히 공부하고 말고요
③ 열심히 공부하는 편이에요 ④ 전혀 열심히 공부하지 않아요

3 請選擇<u>不</u>可以替換下列畫線部分的選項。

가 주말에 보통 뭐 하세요?
나 뮤지컬을 좋아해서 주말에는 친구들과 뮤지컬을 ______________.

① 보곤 해요 ② 자주 봐요
③ 볼걸 그랬어요 ④ 볼 때가 많아요

〔4～5〕請選擇下列畫線部分正確的選項。

4
① 저는 이 초등학교를 4년 동안 <u>다니곤 했어요</u>.
② 고등학교 때 수진이는 항상 <u>많이 안 척했어요</u>.
③ 친구 말이 너무 지루했지만 <u>열심히 듣는 척했어요</u>.
④ <u>아침을 먹었기는요</u>. 시간이 없어서 물만 마시고 나왔어요.

5
① 영주 씨는 학교 다닐 때 <u>키가 크곤 했어요</u>.
② 어렸을 때 시골 할머니 댁에 자주 <u>놀러 가곤 해요</u>.
③ 숙제를 안 했지만 혼날까 봐 <u>숙제를 안 한 척했어요</u>.
④ 점심을 안 먹었지만 돈이 없어서 <u>밥을 먹은 척했어요</u>.

附錄

- 參考答案
- 會話練習參考答案 錄音內容
- 文法索引

參考答案

單元1 表示推測和預料時

實戰練習！

01 -아/어 보이다

(2) 커 보여요　(3) 날씬해 보여요
(4) 많아 보여요　(5) 어려워 보여요
(6) 좋아 보여요

02 -(으)ㄴ/는 모양이다

1 (2) 집 밖에 신문이 쌓여 있는 걸 보니 며칠 여행을 간 모양이에요.
(3) 하늘에 구름이 많이 끼어 있는 걸 보니 눈이 올 모양이에요.
(4) 극장에 사람이 많은 걸 보니 영화가 재미있는 모양이에요.
(5) 태준 씨의 얼굴 표정이 안 좋은 걸 보니 이번에도 승진을 못한 모양이에요.

2 (2) 편한 모양이에요　(3) 구입할 모양이에요
(4) 모은 모양이에요　(5) 고민인 모양이에요

03 -(으)ㄹ 텐데

1 (2) 배가 고플 텐데 이것 좀 드세요.
(3) 손님이 많이 올 텐데 음식을 얼마나 준비해야 하지요?
(4) 사토 씨가 보너스를 받았을 텐데 한턱내라고 해야겠어요.
(5) 인선 씨가 서울에 도착했을 텐데 이따가 연락해 볼까요?

2 (2) 영어를 잘할 텐데　(3) 저 옷은 작을 텐데
(4) 문을 닫았을 텐데　(5) 쉽지 않았을 텐데

04 -(으)ㄹ 테니까

1 (2) ⓐ – 내일은 많이 걸을 테니까 편한 신발을 신는 게 좋겠어요.
(3) ⓓ – 그 길은 복잡할 테니까 다른 길로 가는 게 어때요?
(4) ⓒ – 시험공부하느라 힘들었을 테니까 오늘은 푹 쉬세요.

2 (2) 무거울 테니까　(3) 사람이 많을 테니까
(4) 조금 이따가 점심을 먹을 테니까
(5) 일찍 출발했을 테니까
(6) 참석을 했을 테니까

05 -(으)ㄹ걸요

(2) 좁을걸요　(3) 깨끗하지 않을걸요
(4) 공사가 아직 안 끝났을걸요
(5) 마음에 들걸요

06 -(으)ㄴ/는/(으)ㄹ 줄 몰랐다(알았다)

1 (2) 수진 씨가 학생인 줄 몰랐어요. 학생이 아닌 줄 알았어요.
(3) 두 사람이 헤어진 줄 몰랐어요. 계속 사귀는 줄 알았어요.
(4) 란란 씨가 미국에 간 줄 몰랐어요. 한국에 있는 줄 알았어요.

2 (2) 먹은 줄 알았어요　(3) 자매인 줄 몰랐어요
(4) 막힐 줄 알고

07 -(으)ㄹ지도 모르다

(2) 못 올지도 모르니까
(3) 상할지도 몰라요
(4) 안 나오실지도 모르니까
(5) 놓고 갔을지도 몰라요

總複習！

1 ②　2 ④　3 ③　4 ③　5 ①
6 ③ (① → 봤을지도 몰라요 ② → 눈이 올 줄 알았어요 ④ → 재미있는 모양이에요)

單元2 表示對照時

實戰練習！

01 -기는 하지만, -기는 -지만

1 (2) 연락해 보기는 했지만
(3) 보고 싶기는 하지만
(4) 알기는 하지만
(5) 예쁘기는 하지만

2 (2) 부를 수 있는 한국 노래가 있기는 있지만

(3) 한국에서 텔레비전 드라마를 자주 보기는 보지만
(4) 고향에서도 한국어를 공부하기는 공부했지만
(5) 친하기는 친하지만

02 -(으)ㄴ/는 반면에

1 (2) 기능이 많은 반면에 (3) 노래는 잘하는 반면에
(4) 물가가 비싼 반면에 (5) 물건이 많은 반면에

2 (2) 채소는 잘 안 먹는 반면에
(3) 농구는 못하는 반면에
(4) 나는 잘 못하는 반면에
(5) 품질은 더 안 좋아진 반면에

03 -(으)ㄴ/는데도

1 (2) ⓒ – 친구가 잘못한 일인데도 사과를 안 해요.
(3) ⓐ – 평일인데도 극장에 사람이 많아요.
(4) ⓔ – 공부를 하지 않았는데도 성적이 좋아요.
(5) ⓓ – 자격증이 많은데도 취직하기가 어려워요.

2 (2) 커피를 마셨는데도 (3) 야근을 하는데도
(4) 추운데도 (5) 맞지 않는데도

總複習！

1 ③ 2 ③ 3 ② 4 ④
5 ① (② → 슬프기는 슬펐지만 ③ → 만나기는 했지만
④ → 춥기는 하지만)
6 ② (① → 두꺼운데 반해 ③ → 좋아하는 반면에
④ → 예쁜 반면에)

單元3 陳述體和半語體

實戰練習！

01 서술체

1 (2) 올여름에는 짧은 치마가 유행이었다.
(3) 한국 드라마를 보기 위해 한국어를 열심히 공부했다.
(4) 저 가수의 노래는 인기가 많을 것이다.
(5) 오늘은 휴일이기 때문에 학교에 가지 않는다

2 (1) ② 내가 ③ 드라마다 ④ 만들어졌다
⑤ 내 ⑥ 같다 ⑦ 대단했다
⑧ 슬펐다 ⑨ 다행이었다 ⑩ 준비해야겠다
(2) ② 모인다 ③ 주신다 ④ 지낸다
(3) ② 한다 ③ 끝냈다 ④ 보였다
⑤ 때문이다 ⑥ 되었다
(4) ② 만든다 ③ 재워 둔다 ④ 굽는다
⑤ 맛있다 ⑥ 있다

02 반말체

1 (2) 가 현중아, 서영이 파티에 올 거니? / 올 거야?
나 아니, 못 갈 거 같아.
(3) 가 유리야, 이 우산 네 거니? / 거야?
나 아니, 내 거 아니야.
(4) 가 오늘은 높은 구두를 신지 마 / 마라.
나 왜? 오늘 많이 걸어야 돼?
(5) 가 오늘 점심에는 냉면을 먹자.
나 날씨가 추우니까 냉면을 먹지 말자.
(6) 가 선희야, 어제 민영이 만났니? / 만났어?
나 응, 만났어. 그런데 왜?

2 (2) 올 거야 (3) 내가 한턱낼게
(4) 먹고 싶어 (5) 먹으러 갈까
(6) 다이어트 중이지 (7) 먹지 말자
(8) 한식을 먹자 (9) 6시인가
(10) 와 (11) 만나 / 만나자

總複習！

1 ② 2 ③
3 ④ (① → 되었다 ② → 쉽지 않다 ③ → 서투르기 때문이다)
4 ② (① → 보낸다 ③ → 나도 ④ → 많다)
5 ② (① 언니한테는 '너는' 이라고 하면 안 됨.
③ → 태민아 ④ → 내 지갑)

單元4 表示理由時

實戰練習！

01 -거든요

(2) 좋아하시거든요 (3) 많거든요
(4) 싸거든요 (5) 못 가 봤거든요
(6) 가 보라고 했거든요

02 -잖아요

(2) 못 먹잖아요 (3) 갔다 왔잖아요
(4) 음악을 좋아하잖아요

03 -느라고

1 (2) 컴퓨터 학원에 다니느라고

(3) 아기를 보느라고
(4) 보고서를 마무리하느라고
(5) 남자 친구랑 통화하느라고

2 (2) 사느라고 (3) 생각하느라고
(4) 자느라고 (5) 치우느라고

04 -는 바람에

(2) 지하철에서 조는 바람에
(3) 이번 시험에서 F를 받는 바람에
(4) 면접 때 긴장하는 바람에
(5) 길에서 넘어지는 바람에
(6) 아버지 사업이 망하는 바람에
(7) 숙제하다가 잠이 드는 사람에
(8) 갑자기 배탈이 나는 바람에

05 -(으)ㄴ/는 탓에

1 (2) 자는 탓에 (3) 일어나는 탓에
(4) 늦는 탓에 (5) 벌지 못하는 탓에

2 (2) 난 탓에 (3) 취소한 탓에
(4) 심심했던 탓에 (5) 슬펐던 탓에
(6) 운 탓에

06 -고 해서

(2) 값이 싸고 해서 / 물건도 다양하고 집에서 가깝고 해서
(3) 값도 싸고 해서 / 먹기도 간편하고 시간도 없고 해서
(4) 날씨가 춥고 해서 / 외출하기도 귀찮고 영화도 보고 싶고 해서
(5) 회사가 멀기도 하고 / 교통이 불편하기도 하고 동네도 시끄러워서
(6) 친절하고 해서 / 직업도 괜찮고 얼굴도 잘생기고 해서

07 -(으)ㄹ까 봐

1 (2) ⓒ - 길이 막힐까 봐 지하철을 탔어요.
(3) ⓐ - 밤에 잠을 못 잘까 봐 공포 영화를 안 봐요.
(4) ⓔ - 다리가 아플까 봐 운동화를 신었어요.
(5) ⓓ - 수업에 방해가 될까 봐 휴대전화를 꺼 놓았어요.

2 (2) 약속을 잊어버렸을까 봐
(3) 갑자기 비가 올까 봐
(4) 몸이 약해질까 봐
(5) 알람 소리를 못 들을까 봐

總複習！

1 ① 2 ① 3 ② 4 ①
5 ③ (① → 늦게 만났어요 ② → 중고인 탓에
④ → 밥을 못 먹은 것 같아요)
6 ④ (① → 일어나서 ② → 공부한 덕분에
③ → 추울지도 모르니까/추울 것 같은데)

單元5 引用別人的話或文章時

實戰練習！

01 -다고요?

(2) 금요일이라고요 (3) 연락하지 말라고요
(4) 먹고 싶다고요 (5) 추천해 달라고요
(6) 살자고요 (7) 가자고요
(8) 시작하냐고요 / 시작하느냐고요
(9) 피곤해 보인다고요 (10) 소개해 달라고요

02 -다고 하던데

(2) 베트남의 하롱베이가 아주 아름답다고 하던데
(3) 학생회관 3층으로 오라고 하던데
(4) 경주에 같이 놀러 가자고 하던데
(5) 놀이공원에 가고 싶다고 하던데
(6) 월요일에 쉰다고 하던데
(7) 자기 이상형이 은혜 씨라고 하던데

03 -다면서요?

1 (2) 강원도에 갔다 왔다면서요
(3) 군대에 간다면서요 (4) 바뀌었다면서요

2 (2) 가장 많이 내린 거라면서요
(3) 큰 불편을 겪고 있다면서요
(4) 걸렸다면서요 (5) 더 내릴 거라면서요

04 -다니요?

(2) 명동 매장에 가 보라니요
(3) 수경 씨를 사랑하는 것 같다니요
(4) 춤추러 가자니요
(5) 커피 한 잔에 20,000원이라니요

總複習！

1 ③ 2 ④ 3 ① 4 ②
5 ② (① → 환불이 안 된다고요 ③ → 내일 시험이 어렵다고 하던데 ④ → 꼭 해야 되냐니요?)

單元6 表示決心和意圖時

實戰練習！

01 –(으)ㄹ까 하다

(2) 친구 집에 놀러 갈까 해요 (3) 이사할까 해요
(4) 비행기를 탈까 해요 (5) 인삼을 살까 해요

02 –고자

1 (2) 좋은 서비스를 제공하고자
(3) 궁금한 것이 있어서 좀 여쭤보고자
(4) 더 좋은 물건이 있는지 찾아보고자
(5) 환전을 좀 하고자

2 (2) 한국에 있는 대학교에 진학하고자 합니다
(3) 돕고자 합니다
(4) 외국으로 유학을 가고자 합니다
(5) 고향의 유명한 음식에 대해서 소개하고자 합니다

03 –(으)려던 참이다

1 (2) 운동을 하려던 참이야
(3) 컴퓨터를 끄려던 참이에요
(4) 택시를 타려던 참에
(5) 이사하려던 참에

2 (2) 질문하려던 참이었어요
(3) 다른 친구에게 물어보려던 참이었어요
(4) 공책에 쓰려던 참이었어요
(5) 다음 방학에 가려던 참이었어요

04 –(으)ㄹ 겸 –(으)ㄹ 겸

1 (2) 소화도 시킬 겸 거리 구경도 할 겸
(3) 분위기도 바꿀 겸 청소도 할 겸
(4) 경제 공부도 할 겸 한국어 공부도 할 겸
(5) 긴장도 풀 겸 목도 부드럽게 할 겸

2 (2) 운동도 할 겸 여가 시간도 즐길 겸해서 수영을 시작했어요
(3) 친구도 만날 겸 쇼핑도 할 겸해서 백화점에 가려고 해요
(4) 일도 볼 겸 관광도 할 겸해서 도쿄에 다녀왔어요
(5) 한국말도 배울 겸 한국 친구도 사귈 겸해서 한국 친구와 언어 교환을 하고 있어요

05 –아/어야지요

1 (2) 한국 신문의 사설을 많이 읽어야지
(3) 운전면허를 따야지
(4) TOPIK 6급 시험에 합격해야지

2 (2) 모범을 보여야지요 (3) 들어 봐야지요
(4) 검토해야지요

總複習！

1 ④ 2 ① 3 ④ 4 ①
5 ④ (① → 할까 합니다 ② → 배워 볼까 해요 ③ → 갈까 하는데)
6 ④ (① → 해 봐야지요 ② → 마시지 말아야지 ③ → 쉬어야지요)

單元7 表示推薦和忠告時

實戰練習！

01 –(으)ㄹ 만하다

1 (2) 가 볼 만해요 (3) 읽어 볼 만해요
(4) 살 만해요 (5) 먹을 만해요
(6) 존경을 받을 만해요 (7) 믿을 만해요
(8) 볼 만해요

2 (2) 볼 만해요 (3) 살 만한
(4) 먹어 볼 만해요 (5) 걸을 만해요

02 –도록 하다

1 (2) 주차장에 차를 세우도록 하세요
(3) 조심하도록 해
(4) 이번 주말까지 제출하도록 하세요
(5) 이사를 하도록 하세요

2 (2) 사적인 통화를 하지 말도록 하세요
(3) 늦지 말도록 하세요
(4) 먹지 말도록 하세요
(5) 사 가지 말도록 하세요

03 –지 그래요?

1 (2) 코미디 영화를 보지 그래요
(3) 공원에 가서 산책이라도 좀 하지 그래요
(4) 부모님께 말씀을 드리지 그래요
(5) 한국 친구를 좀 사귀지 그래요

2 (2) 창문을 좀 열지 그랬어요
(3) 조금만 먹지 그랬어요
(4) 공부를 열심히 하지 그랬어
(5) 먼저 사과를 하지 그랬어요

總複習！

1 ①　2 ③　3 ②　4 ①

5 ③ (① → 기침이 심하니까 ② → 땀이 많이 나면 ④ → 눈이 많이 아프니까)

6 ② (① → 지각하지 말도록 하세요 ③ → 구경할 만한 곳이 많았어요 ④ → 입을 만해요)

單元8 表示回想時

實戰練習！

01 -던

1 (2) 친구 아이가 가지고 놀던
(3) 어릴 때 자주 듣던

2 (2) 아이가 먹던 밥인데
(3) 아키라 씨가 찾던 열쇠인데

02 -더라고요

(2) 일본 사람인 것 같더라고요
(3) 작더라고요　(4) 매고 있더라고요
(5) 입고 있더라고요　(6) 이야기하더라고요
(7) 어울리더라고요

03 -던데요

1 (2) 12시까지 공부하던데요
(3) 조금 전에 자야 씨랑 같이 오던데요
(4) 아까 친구하고 같이 극장에 가던데요
(5) 분위기가 아주 좋던데요

2 (2) 어렵던데요　(3) 깨끗하던데요
(4) 키가 크던데요　(5) 잘하던데요

1 ①　2 ①　3 ④　4 ①

5 ④ (① → 지난주에 가 봤던 공원에 갈까요? ② → 아까 제가 마시던 커피를 버렸어요? ③ → 떡볶이는 한국에 살 때 자주 먹던 음식이에요.)

6 ④ (① → 저는 어제 불고기를 안 먹었어요. ② → 그 이야기를 듣고 어머니께서 속상해하시더라고요. ③ → 제가 어제 아키라 씨 집에 가니까 벌써 고향에 갔더라고요.)

單元9 表示被動時

實戰練習！

01 단어 피동 (-이/히/리/기-)

1 (2) 들려서　(3) 열려서

2 (2) 풀렸어요　(3) 걸려
(4) 막히지요　(5) 쓰여, 보여요

02 -아/어지다

1 (2) 깨져서　(3) 기다려져요

2 (2) 돈이 없어서 망설여져요
(3) 법이 잘 안 지켜져요

03 -게 되다

1 (2) 만나게 되었어요　(3) 선택하게 되었어요
(4) 하게 되었어요　(5) 알게 되었어요

2 (2) 잃게 되었습니다　(3) 갖게 되었습니다
(4) 사랑하게 되었습니다
(5) 일하게 되었습니다

總複習！

1 ②　2 ②　3 ②　4 ①

5 ③ (① → 먹고 있어요 ② → 닫혔어요 ④ → 살게 되었어요)

6 ② (→ 꽂혀 있어요)

單元10 表示使動時

實戰練習！

01 단어 사동 (-이/히/리/기/우/추-)

(2) 씻겨요　(3) 먹여요
(4) 입히, 씌워요　(5) 태워요
(6) 벗겨요　(7) 읽혀요
(8) 재워요

02 -게 하다

(2) 행복하게 합니다
(3) 술을 못 마시게 하십니다
(4) 혼자 여행을 못 가게 하십니다

(5) 한국말로 이야기하게 하십니다
(6) 자기 옷을 못 입게 합니다
(7) 일찍 일어나게 합니다
(8) 기분 좋게 합니다

總複習！

2 익혀야 할 것 같아요　**3** 죽이세요
4 운동하게 하세요　**5** 마시게 하는게 좋겠어요
6 ③ (① → 운전 못 하게 하세요 ② → 게임을 못 하게 해요 ④ → 일하게 했어요)
7 ① (② → 읽혔습니다 ③ → 먹이십니다 ④ → 웃었습니다)

單元11 表示條件時

實戰練習！

01 –아/어야

1 (2) 이야기를 많이 해야 (3) 조금 더 작아야
(4) 협상을 해야　(5) 이번 달 월급을 타야

2 (2) 지원을 아끼지 말아야
(3) 라면을 먹지 말아야
(4) 맵지 않아야　(5) 춥지 않아야

02 –거든

1 (2) ⓓ – 이 약을 먹어도 낫지 않거든 병원에 꼭 가 보세요
(3) ⓐ – 비가 그치거든 바로 출발하세요
(4) ⓒ – 아직 식사를 안 했거든 같이 식사하러 갑시다

2 (2) 많이 바쁘거든　(3) 심심하거든
(4) 자꾸 기침이 나오거든
(5) 너무 졸리거든

總複習！

1 ②　**2** ②　**3** ③　**4** ①　**5** ③　**6** ③
③ (① → 운전 못 하게 하세요 ② → 게임을 못 하게 해요 ④ → 일하게 했어요)

單元12 表示添加時

實戰練習！

01 –(으)ㄹ 뿐만 아니라

1 (2) 음식이 맛있을 뿐만 아니라 가격도 싸서
(3) 잘 어울릴 뿐만 아니라 날씬해 보여요
(4) 자기 이야기만 할 뿐만 아니라 자랑도 많이 해서
(5) 무선 인터넷을 이용할 수 있을 뿐만 아니라 조용하기도 해서

2 (2) 부모님뿐만 아니라 친구들까지
(3) 노래뿐만 아니라 춤까지
(4) 주말뿐만 아니라 평일에도
(5) 학생일 뿐만 아니라 영어 선생님

02 –(으)ㄴ/는 데다가

1 (2) 글씨가 작은 데다가 한자도 많아서
(3) 젊은 사람들이 많은 데다가 공연도 많이 해서
(4) 날이 건조한 데다가 비도 오랫동안 안 와서
(5) 바지가 긴 데다가 신발도 높아서

2 (2) 일찍 일어난 데다가 할 일도 많아서
(3) 디자인이 세련된 데다가 앉아 보니까 편해서
(4) 10년이 넘은 데다가 엔진 상태도 안 좋아요
(5) 사고 싶은 물건이 있는 데다가 용돈도 필요해서

03 조차

(2) 부모님조차　(3) 옷조차
(4) 숨쉬기조차　(5) 마실 물조차
(6) 인사조차　(7) 인사말조차
(8) 전화번호조차

04 만 해도

1 (2) 우리 회사만 해도　(3) 청소만 해도
(4) 우리 부모님만 해도
(5) 고등학생인 제 조카만 해도

2 (2) 화장실에 가기 전만 해도
(3) 작년까지만 해도
(4) 얼마 전만 해도　(5) 학기 초만 해도

總複習！

1 ②　**2** ①　**3** ③　**4** ③
5 ③ (① → 가수일 뿐만 아니라 ② → 나았을 뿐만 아니라 ④ → 저녁뿐만 아니라)

6 ① (② → 넘은 데다가 ③ → 있는 데다가
④ → 온 데다가)

單元13 表示途中時

實戰練習！

01 -는 길에

1 (2) 지나가는 길에 (3) 집에 돌아오는 길에
(4) 회사에 출근하는 길에
(5) 출장 가는 길에

2 (2) 돈을 찾으러 은행에 가는 길이에요
(3) 귀가 아파서 병원에 다녀오는 길이에요
(4) 친구의 연락을 받고 나가는 길이에요
(5) 산책하러 가는 길이에요

02 -다가

1 (2) 잠을 자다가 전화벨 소리가 나서
(3) 보다가 (4) 기다리다가

2 (2) 할까 말까 망설이다가
(3) 요리를 하다가 (4) 일하다가
(5) 세다가

總複習！

1 ③ 2 ② 3 ② 4 ①
5 ③ (→ 일하는 도중에)
6 ① (동시에 진행되는 것임.)

單元14 表示程度時

實戰練習！

01 -(으)ㄹ 정도로

1 (2) 못 알아볼 정도로
(3) 못 들을 정도로

2 (2) 머리가 아플 정도예요
(3) 모든 사람들이 놀랄 정도예요

02 만 하다

(2) 쥐꼬리만 해서 (3) 어른 팔뚝만 한
(4) 형만 한 (5) 트럭만 한

03 -(으)ㄴ/는/(으)ㄹ 만큼

1 (2) 최선을 다한 만큼 (3) 참을 수 없을 만큼
(4) 먹는 만큼 (5) 가지고 싶은 만큼

2 (2) 나이만큼 (3) 서울만큼
(4) 아키라 씨만큼 (5) 그것만큼

總複習！

1 ② 2 ③ 3 ① 4 ② 5 ② (→ 낸 만큼)
6 ④ (① → 날아갈 정도로 ② → 풀 정도였어요
③ → 배가 아플 정도로)

單元15 表示選擇時

實戰練習！

01 아무+(이)나 / 아무+도

1 (2) 아무 색깔이나
(3) 아무 음식이나 / 아무거나
(4) 아무에게나 / 아무한테나
(5) 아무 음식이나 / 아무거나

2 (2) 아무도
(3) 아무에게도 / 아무한테도
(4) 아무 데도 (5) 아무것도

02 (이)나

(2) 떡볶이나 (3) 영화나
(4) 다음 주쯤에나 (5) 친구나

03 (이)라도

1 (2) 흡연석 자리라도 (3) 식사라도
(4) 조금이라도 (5) 가까운 데라도

2 (2) 축구장에라도 갈래요
(3) 서울 시내 구경이라도 할래요
(4) 집에서 컴퓨터게임이라도 할래요

04 -든지 -든지

1 (2) 취소하든지 연기하든지
(3) 아침을 먹든지 늦잠을 자든지
(4) 이번 주에 하든지 다음 주에 하든지
(5) 청소를 하든지 밥상을 차리든지

2 (2) 키가 크든지 작든지
(3) 유학을 가든지 안 가든지

(4) 옆에 사람이 있든지 없든지
(5) 나가든지 조용히 있든지

05 –(으)ㄴ/는 대신에

1 (2) 취직하는 대신에 (3) 월급이 많은 대신에
(4) 월세가 싼 대신에 (5) 병원에 가는 대신에

2 (2) 현수가 컴퓨터게임 시간을 줄이는 대신 아버지는 최신 컴퓨터로 바꿔 주기로 하셨다
(3) 현수가 수학 과목에서 A를 받는 대신 아버지는 가족들과 롯데월드에 같이 가기로 하셨다
(4) 현수가 동생의 공부를 도와주는 대신 아버지는 비싼 운동화를 사 주시기로 하셨다

總複習！

1 ① 2 ② 3 ② 4 ①
5 ② (→ 여행이나 할까 해요)
6 ② (→ 도서관에 가든지 영화를 보든지)

單元16 表示時間或循序的行動時

實戰練習！

01 만에

1 (2) 5년 만에 (3) 100년 만에
(4) 3년 만에 (5) 5일 만에

2 (2) 예약을 시작한 지 9시간 만에
(3) 표를 팔기 시작한 지 30분 만에
(4) 남자 친구와 사귄 지 10년 만에 결혼한대요
(5) 병원에 입원한 지 5일 만에 퇴원했대요

02 –아/어 가지고

(2) 의자에 앉아 가지고 (3) 은혜 씨를 만나 가지고
(4) 삶아 가지고 (5) 돈을 많이 모아 가지고
(6) 갑자기 좋은 생각이 나 가지고

03 –아/어다가

(2) 유럽에서 가방을 수입해다가
(3) 중국집에서 시켜다가
(4) 냉장고에서 야채를 꺼내다가
(5) 부엌에서 씻어다가
(6) 엄마가 만들어다가
(7) 친구에게 DVD를 빌려다가
(8) 큰 물고기를 잡아다가

04 –고서

(2) 아빠가 저를 업고서
(3) 화를 내고서
(4) 항상 손을 씻고서
(5) 다니던 회사를 그만두고서
(6) 무거운 짐을 들고서
(7) 일을 먼저 끝내고서 식사할 거예요
(8) 대학교를 졸업하고서 유럽 배낭여행을 했어요

總複習！

1 ③ 2 ② 3 ② 4 ③
5 ① (② → 만들어다가 ③ → 사 가지고 ④ → 2시간 만에)
6 ①

單元17 表示發現和結果時

實戰練習！

01 –고 보니

1 (2) 버스에 타고 보니 지갑이 없더라고요
(3) 책을 사고 보니 같은 책이 집에 있더라고요
(4) 가게에서 나오고 보니 거스름돈을 덜 받았더라고요
(5) 편지를 다 쓰고 보니 내용이 너무 유치하더라고요

2 (2) 받고 보니 (3) 넣고 보니
(4) 운전을 시작하고 보니 (5) 졸업하고 보니

02 –다 보니

(2) 중국어로 얘기하다 보니
(3) 운동하다 보니 (4) 술을 많이 마시다 보니

03 –다 보면

1 (2) 컴퓨터게임을 하다 보면
(3) 천천히 걷다 보면
(4) 슬픈 영화를 보다 보면
(5) 일을 열심히 하다 보면

2 (2) 외국 생활을 오래하다 보면
(3) 계속 책을 읽다 보면
(4) 노래방에 가서 노래를 부르다 보면
(5) 한국에서 계속 살다 보면

04 –더니

1 (2) 열심히 노력하더니
(3) 영어 학원에 다니더니
(4) 남자 친구가 생기더니
(5) 몇 시간 놀더니

2 (2) 카일리 씨가 결혼 전에는 요리를 잘 못하더니 결혼하고 나서는 요리를 잘하게 되었어요
(3) 웨이밍 씨가 외국 생활을 하기 전에는 수줍음을 많이 타더니 외국 생활을 하고 나서는 적극적이고 활발한 사람이 되었어요
(4) 아키라 씨가 고등학교 때는 록 음악을 좋아하더니 대학교를 졸업하고 나서는 발라드 음악을 좋아해요

05 –았/었더니

1 (2) ⓐ – 친구를 오래간만에 만났더니 얼굴을 못 알아보겠더라고요
(3) ⓓ – 밤늦게 가게에 갔더니 문이 닫혀 있었어요
(4) ⓒ – 외박을 했더니 아내가 화를 냈어요

2 (2) 등록금을 냈더니 (3) 아침을 늦게 먹었더니
(4) 서점에 갔더니 (5) 어제 늦게 잤더니
(6) 푹 잤더니

06 –다가는

1 (2) 이렇게 라면을 많이 먹다가는
(3) 이렇게 학교에 안 오다가는
(4) 이렇게 매일 술을 마시다가는
(5) 이렇게 회사 일을 대충하다가는

2 (2) 그렇게 음악을 크게 듣다가는
(3) 그렇게 담배를 많이 피우다가는
(4) 그렇게 매일 국제 전화를 하다가는

07 –(으)ㄴ/는 셈이다

1 (2) 명소는 다 가 본 셈이에요
(3) 끝난 셈이에요 (4) 오르지 않은 셈이에요

2 (2) 하는 셈이에요 (3) 잘 본 셈이네요
(4) 거의 안 하는 셈이에요

總複習！

1 ① 2 ④ 3 ② 4 ②
5 ③ (① → 갔더니 ② → 먹다 보니(까) ④ → 일하면)
6 외국인을 자주 만나다 보면 자연스럽게 말이 나올 테니까 걱정하지 마세요

單元18 表示狀態時

實戰練習！

01 –아/어 놓다

(2) 타 놓은 (3) 청소해 놓고
(4) 꺼 놓아서 (5) 그려 놓아서

02 –아/어 두다

1 (2) 예약해 두었어요 (3) 연락해 두었으니까
(4) 메모해 두지

2 (2) 사 두어야겠어요 (3) 맡겨 두세요
(4) 묻어 두고 (5) 주문해 두었으니까

03 –(으)ㄴ 채로

(2) 외투를 입은 채로 수업을 들어서
(3) 주머니에 손을 넣은 채로 이야기를 들으니까
(4) 과일을 씻지 않은 채로 먹어서
(5) 두 손으로 얼굴을 가린 채 영화를 봤어요

04 –(으)ㄴ/는 대로

1 (2) 친구가 말해 준 대로 (3) 요리책에서 본 대로
(4) 가르쳐 주는 대로 (5) 사람이 명령하는 대로

2 (2) 온 순서대로 (3) 번호대로
(4) 예정대로 (5) 생각대로

總複習！

1 ③ 2 ③ 3 ④ 4 ③
5 ④ (① → 가서 ② → 예뻐서 ③ → 놓아 두는)
6 ④ (① → 켜고 ② → 입은 채로 ③ → 계획한 대로)

單元19 表示性質和屬性時

實戰練習！

01 –(으)ㄴ/는 편이다

1 (2) 말을 잘하는 편이라서
(3) 자주 체하는 편이라서
(4) 클래식 음악을 자주 듣는 편이에요
(5) 남동생이 장난이 심한 편이라서

2 (2) 건강한 편이니까
(3) 한가한 편이기 때문에
(4) 겁이 많은 편이라서
(5) 사무실이 어두운 편이라서

02 스럽다

(2) 당황스러웠는데 (3) 자연스러워졌어요
(4) 사치스러운 (5) 자랑스러운지
(6) 어른스러워서 (7) 변덕스러운지
(8) 조심스러워요 (9) 촌스러워

03 답다

(2) 관광지답게 (3) 군인답게
(4) 남자답게 (5) 회사 제품답게
(6) 신입 사원다운 (7) 출신답게

總複習！

1 ② 2 ④ 3 ② 4 ②
5 ③ (① → 80kg이에요 ② → 마시는 편이에요
④ → 일어났어요)
6 ④ (→ 자신 있게)

單元20 表示強調時

實戰練習！

01 얼마나 -(으)ㄴ/는지 모르다

1 (2) 얼마나 밝고 명랑한지 몰라요
(3) 지하철이 얼마나 편하고 빠른지 몰라요
(4) 여자 주인공이 얼마나 불쌍했는지 몰라요
(5) 한자를 쓰는 것이 얼마나 어려웠는지 몰라요

2 (2) 질서를 얼마나 잘 지키는지 몰라요
(3) 걱정을 얼마나 많이 했는지 몰라
(4) 얼마나 감동을 했는지 몰라요
(5) 얼마나 화가 많이 나셨는지 몰라

02 -(으)ㄹ 수밖에 없다

(2) 남자들이 반할 수밖에 없어요
(3) 내가 먼저 연락을 할 수밖에 없어
(4) 당황할 수밖에 없지요
(5) 거절할 수밖에 없었어요

03 -(으)ㄹ 뿐이다

1 (2) 우유만 있을 뿐이지 (3) 그 사람 말을 믿을 뿐이에요
(4) 산만 보일 뿐이고 (5) 쉬고 싶을 뿐이에요

2 (2) 커튼만 바꿨을 뿐인데
(3) 얼굴만 잘 생겼을 뿐이에요
(4) 들은 것을 전해 드렸을 뿐이에요
(5) 지금까지 생각해 왔던 것을 말씀드렸을 뿐이에요

04 (이)야말로

(2) 반복 연습이야말로 (3) 김치야말로
(4) 걷기야말로
(5) 서로를 믿는 마음이야말로
(6) 한글이야말로 (7) 가을이야말로
(8) 수잔 씨야말로

總複習！

1 ① 2 ④ 3 ④ 4 ②
5 ② (① → 얼마나 운동을 열심히 하는지 몰라요
③ → 마크 씨는 친구일 뿐인데 남편인 줄 알아요
④ → 평일에는 바빠서 주말에 만날 수밖에 없어요)
6 ④ (① → 싫었을 뿐이에요 ② → 막혔는지 몰라요
③ → 할 수밖에 없었어요)

單元21 表示目的時

實戰練習！

01 -게

1 (2) 아이들이 먹을 수 있게
(3) 축구를 보게
(4) 찌개를 덜어 먹게

2 (2) 깨지지 않게 (3) 일을 빨리 끝낼 수 있게
(4) 몸이 따뜻해지게

02 -도록

(2) 선수들이 힘을 낼 수 있도록
(3) 다양한 기능을 잘 사용할 수 있도록
(4) 몸이 빨리 낫도록

總複習！

1 ①　2 ③　3 ④

4 ④ (① → 다하도록 ② → 시끄럽지 않도록
③ → 방해가 되지 않도록)

5 잘 보이도록

6 눈이 많이 와서 길이 미끄러울 텐데 사람들이 넘어지지 않도록 눈을 치워야겠어요

單元22 表示完成時

實戰練習！

01 –았/었다가

1 (2) 일어났다가　(3) 열었다가
(4) 갔다가　(5) 탔다가

2 (2) 탔다가　(3) 나갔다가
(4) 따라갔다가

02 –았/었던

1 (2) 일했던　(3) 읽었던
(4) 신었던　(5) 입으셨던

2 (2) 못했던　(3) 반장이었던
(4) 울었던　(5) 지각했던

03 –아/어 버리다

1 (2) 식어 버렸어요　(3) 화를 내 버렸어요
(4) 말해 버리고　(5) 써 버리면

2 (2) 나가 버릴　(3) 가 버립니다
(4) 써 버립니다　(5) 자 버리기도

04 –고 말다

(2) 밤을 새우고 말았어요　(3) 떨어지고 말았어요
(4) 못 가고 말았어요　(5) 이사하고 말았어요

總複習！

1 ②　2 ①　3 ④

4 ① (→ 입었던)

5 ① (→ 하다가)

單元23 表示無用時

實戰練習！

01 –(으)나 마나

1 (2) 기다리나 마나　(3) 전화하나 마나
(4) 깨우나 마나　(5) 보나 마나

2 (2) 먹으나 마나일　(3) 켜나 마나예요
(4) 충고하나 마나니까　(5) 들으나 마나일 거예요

02 –아/어 봤자

1 (2) 고민해 봤자　(3) 읽어 봤자
(4) 이야기해 봤자　(5) 후회해 봤자

2 (2) 맛있어 봤자　(3) 힘들어 봤자
(4) 싸 봤자　(5) 좋아 봤자

總複習！

1 ②　2 ④　3 ④　4 ②

5 ② (① '잊어버리다'는 사용할 수 없음. ③ '실망하다'는 사용할 수 없음. ④ → 먹으나 마나)

6 ④

單元24 表示假設狀況時

實戰練習！

01 –(느)ㄴ다면

1 (2) 우리가 학생이라면 할인을 받을 수 있을 텐데요.
(3) 이번에 장학금을 받는다면 한턱을 낼 거예요.
(4) 그때 주식을 샀다면 돈을 많이 벌 수 있었을 거예요.

2 (2) 비가 온다면　(3) 참가했다면
(4) 날 수 있는 새라면　(5) 갔다면
(6) 시작하는 날이라면

02 –았/었더라면

(2) 과속을 하지 않았더라면
(3) 한국에 오지 않았더라면
(4) 힘들 줄 알았더라면

(5) 여행을 많이 했더라면

03 -(으)ㄹ 뻔하다

1 (2) 서두르지 않았더라면 공연을 못 볼 뻔했어요.
(3) 돈을 더 가지고 나오지 않았더라면 그 옷을 못 살 뻔했어요.
(4) 예습을 하지 않았더라면 교수님의 질문에 대답하지 못할 뻔했어요.

2 (2) 잘못 살 뻔했네요 (3) 배탈이 날 뻔했네요
(4) 후회할 뻔했어요 (5) 큰일 날 뻔했어요

總複習！

1 ③ 2 ① 3 ①
4 ② (→ 넘어질 거예요 / 넘어질지도 몰라요)
5 ② (→ 생긴다면 / 생기면)

單元25 表示後悔時

實戰練習！

01 -(으)ㄹ걸 그랬다

1 (2) 높은 신발을 신지 말걸 그랬어요
(3) 보내지 말걸 그랬어요
(4) 연락을 하고 갈걸 그랬어요
(5) 오지 말걸 그랬어요 (6) 부탁할걸 그랬어요
(7) 놀러 갈걸 그랬어요 (8) 보지 말걸 그랬어요

2 (2) 택시를 타지 말걸 그랬어요 / 지하철을 탈걸 그랬어요
(3) 다른 식당에 갈걸 그랬어요 / 이 식당에 오지 말걸 그랬어요
(4) 커피를 마시지 말걸 그랬어요 / 우유를 마실걸 그랬어요

02 -았/었어야 했는데

1 (2) 갔어야 했는데
(3) 미리 연락했어야 했는데
(4) 집을 청소했어야 했는데

2 (2) 과식을 하지 말았어야 했는데
(3) 영어로 설명을 했어야 했는데
(4) 개인적인 질문을 하지 말았어야 했는데
(5) 5시 전에 갔어야 했는데

總複習！

1 ④ 2 ③ 3 ①
4 ④ (① → 일찍 출발해야 해서 ② → 쉬운 책을 살걸 그랬다 ③ → 미리 준비할걸)
5 어제 등산을 가지 말았어야 했는데 비가 오는데도 가서 사고가 나고 말았다

單元26 表示習慣和態度時

實戰練習！

01 -곤 하다

1 (2) 방학 때는 시골 할아버지 댁에 가곤 했어요.
(3) 스트레스를 받으면 나쁜 꿈을 꾸곤 해요.
(4) 어릴 때는 친구들과 야구를 하곤 했어요.

2 (2) 가곤 해요 (3) 먹곤 해요
(4) 읽곤 했는데 (5) 듣곤 해요
(6) 밤을 새우곤 했는데

02 -기는요

1 (2) 힘들기는요 (3) 한가하기는요
(4) 시간이 많이 남기는요 (5) 죄송하기는요

2 (2) 많지 않기는요 (3) 안 떨리기는요
(4) 늦지 않기는요 (5) 기다리기는요

03 -(으)ㄴ/는 척하다

1 (2) 갑자기 급한 일이 생긴 척했어요
(3) 괜찮은 척했어요 (4) 알아듣는 척했어요

2 (2) 배가 고픈 척하고 (3) 열심히 듣는 척하면서
(4) 안 받은 척했어요

總複習！

1 ④ 2 ④ 3 ③
4 ③ (① → 다녔어요 ② → 아는 척했어요 ④ → 아침을 먹기는요)
5 ④ (① 키가 컸어요 ② → 놀러 가곤 했어요
③ → 숙제를 한 척했어요)

會話練習參考答案 錄音內容

單元1 表示推測和預料時

01 -아/어 보이다

1 가 수진 씨가 요즘 행복해 보이는데 무슨 일 있어요?
나 며칠 전에 남자 친구한테서 프러포즈를 받았대요.
가 수진 씨가 요즘 힘들어 보이는데 무슨 일 있어요?
나 어머니가 병원에 입원하셨대요.
가 수진 씨가 오늘 기분이 안 좋아 보이는데 무슨 일 있어요?
나 동생이 말도 없이 수진 씨 옷을 입고 나갔대요.

2 가 가방이 무거워 보이는데 들어 드릴까요?
나 보기보다 가벼우니까 괜찮아요.
가 지도에서는 가까워 보이는데 걸어갈까요?
나 보기보다 머니까 버스를 타는 게 좋겠어요.
가 일이 많아 보이는데 좀 도와 드릴까요?
나 보기보다 많지 않으니까 도와주지 않아도 돼요.

02 -(으)ㄴ/는 모양이다

1 가 이 헬스클럽에는 사람이 많네요.
나 사람이 많은 걸 보니 시설이 좋은 모양이에요.
가 소영 씨가 부동산 중개소에 전화를 하고 있네요.
나 부동산 중개소에 전화를 하고 있는 걸 보니 이사할 모양이에요.
가 은혜 씨가 회의 시간 내내 시계를 보네요.
나 회의 시간 내내 시계를 보는 걸 보니 약속이 있는 모양이에요.

2 가 정우 씨가 기다리지 말고 먼저 먹으래요.
나 기다리지 말고 먼저 먹으라는 걸 보니까 늦게 올 모양이네요.
가 정우 씨가 다음 주에 만나재요.
나 다음 주에 만나자는 걸 보니까 이번 주에 일이 많은 모양이네요.
가 정우 씨가 오늘 하루 종일 잘 거래요.
나 하루 종일 잘 거라는 걸 보니까 출장에서 많이 피곤했던 모양이네요.

03 -(으)ㄹ 텐데

1 가 커피 한잔 주실래요?
나 지금 커피를 마시면 잠이 안 올 텐데 우유를 드세요.
가 주말에 백화점에 같이 갈래요?
나 세일 중이라 사람이 많을 텐데 다음에 가요.
가 뮤지컬 '왕과 나'를 보러 갈래요?
나 그 뮤지컬은 벌써 끝났을 텐데 다른 공연을 봐요.

2 가 오후에 같이 테니스 칠까요?
나 오후에는 날씨가 꽤 더울 텐데요.
가 오늘은 커피숍에 가서 공부할까요?
나 커피숍은 시끄러울 텐데요.
가 아키라 씨랑 같이 영화를 볼까요?
나 아키라 씨는 고향에 돌아갔을 텐데요.

04 -(으)ㄹ 테니까

1 가 혹시 제나 씨 연락처 아세요?
나 도영 씨가 알 테니까 도영 씨한테 물어보세요.
가 혹시 민 부장님께서 언제 들어오시는지 아세요?
나 금방 들어오실 테니까 잠깐만 기다리세요.
가 혹시 사토 씨가 어디 있는지 아세요?
나 식당에 있을 테니까 거기로 가 보세요.

2 가 저녁에 친구랑 야구 보러 가기로 했어요.
나 그럼, 카디건을 가지고 가는 게 좋겠어요. 저녁엔 쌀쌀할 테니까요.
가 내일 아침 8시에 출발하기로 했어요.
나 그럼, 지하철을 타는 게 좋겠어요. 출근 시간이라 길이 많이 막힐 테니까요.
가 주말에 파티를 하기로 했어요.
나 그럼, 음식을 충분히 준비하는 게 좋겠어요. 주말이라 사람들이 많이 올 테니까요.

05 -(으)ㄹ걸요

1 가 윤호 씨가 지금 집에 있을까요?
나 이 시간에는 보통 운동을 하니까 집에 없을걸요.
가 저 그림이 비쌀까요?
나 복제품이니까 비싸지 않을걸요.
가 소포가 고향에 도착했을까요?
나 고향까지 일주일 정도 걸리니까 벌써 도착했을걸요.

2 가 우리 내일 사진전 갈 때 영수 씨도 부를까요?
나 영수 씨는 시간이 없을걸요. 방학 내내 아르바이트 한다고 했거든요.

가 우리 내일 사진전 갈 때 영수 씨도 부를까요?
나 영수 씨는 아마 안 갈걸요. 예전에 사진이나 그림에는 관심이 없다고 했거든요.

가 우리 내일 사진전 갈 때 영수 씨도 부를까요?
나 영수 씨는 고향에 돌아갔을걸요. 지난주에 고향에 간다고 했거든요.

06 -(으)ㄴ/는/(으)ㄹ 줄 몰랐다(알았다)

1 가 진수 씨, 음악 소리 좀 줄여 주세요. 아기가 자고 있어요.
나 아, 죄송해요. 아이가 자는 줄 몰랐어요. 소리를 줄일게요.

가 진수 씨, 텔레비전을 꺼 주세요. 시험공부를 하고 있어요.
나 아, 죄송해요. 시험공부하는 줄 몰랐어요. 텔레비전을 끌게요.

가 진수 씨, 조용히 해 주세요. 친구와 통화 중이에요.
나 아, 죄송해요. 친구와 통화 중인 줄 몰랐어요. 조용히 할게요.

2 가 미영 씨, 날씨가 맑은데 왜 우산을 가지고 왔어요?
나 아침에 날씨가 흐려서 비가 올 줄 알았어요.

가 미영 씨, 일요일에는 학교 식당이 문을 닫는데 왜 갔어요?
나 일요일에도 도서관이 열어서 식당도 문을 여는 줄 알았어요.

가 진수 씨의 생일 파티는 내일인데 왜 케이크를 사 왔어요?
나 아까 라라 씨가 진수 씨에게 선물을 줘서 생일 파티가 오늘인 줄 알았어요.

07 -(으)ㄹ지도 모르다

1 가 드디어 여행 가방을 다 쌌어요.
나 비상약도 넣었어요? 갑자기 아플지도 모르니까 약도 꼭 챙기세요.

가 드디어 여행 가방을 다 쌌어요.
나 두꺼운 옷도 넣었어요? 밤에는 추울지도 모르니까 두꺼운 옷도 꼭 챙기세요.

가 드디어 여행 가방을 다 쌌어요.
나 지도도 넣었어요? 혹시 길을 잃어버릴지도 모르니까 지도도 꼭 챙기세요.

2 가 케빈 씨가 결석을 하는 사람이 아닌데 오늘 왜 학교에 안 왔을까요?
나 비자를 연장해야 한다고 했으니까 출입국관리사무소에 갔을지도 몰라요.

가 케빈 씨가 약속을 잊어버리는 사람이 아닌데 어제 왜 약속을 잊어버렸을까요?
나 요즘 이사하느라고 정신이 없어서 약속을 잊어버렸을지도 몰라요.

가 케빈 씨가 돈을 많이 쓰는 사람이 아닌데 왜 벌써 용돈이 다 떨어졌을까요?
나 이번 달에 병원에서 치료를 받느라고 돈을 다 썼을지도 몰라요.

單元2 表示對照時

01 -기는 하지만, -기는 -지만

1 가 어제 본 영화가 어땠어요?
나 재미있기는 했지만 모두 이해하지는 못했어요.

가 저 구두를 사는 게 어때요?
나 마음에 들기는 하지만 너무 커요.

가 오늘 날씨가 어때요?
나 춥기는 하지만 어제보다는 덜 추워요.

2 가 친구가 떠나서 슬프지요?
나 슬프기는 슬프지만 다시 만날 수 있으니까 괜찮아요.

가 이번 여름에도 휴가 갈 시간이 없지요?
나 시간이 없기는 없지만 주말에 짧게 다녀오면 되니까 괜찮아요.

가 요즘 정말 덥지요?
나 덥기는 덥지만 에어컨이 있으니까 괜찮아요.

02 -(으)ㄴ/는 반면에

1 가 영희 씨가 부탁을 많이 하는 것 같아요.
나 부탁을 많이 하는 반면에 도움도 많이 줘요.

가 가르치는 일이 많이 힘들 것 같아요.
나 힘든 반면에 보람도 많아요.

가 노인 인구가 점점 많아지는 것 같아요.
나 노인 인구가 점점 많아지는 반면에 젊은 사람은 점점 줄고 있어요.

2 가 그 책을 다 읽었어요?
나 아니요, 이 책은 얇은 반면에 내용이 어려워서 생각보다 오래 걸려요.

가 그 식당에 자주 가요?

나 아니요, 음식이 맛있는 반면에 서비스가 안 좋아서 안 가요.

가 케이크를 자주 먹어요?
나 아니요, 케이크는 맛있는 반면에 열량이 높아서 자주 안 먹어요.

03 -(으)ㄴ/는데도

1 가 송이 씨, 남편과 무슨 일로 싸웠어요?
나 제가 힘들게 집안일을 하고 있는데도 남편은 텔레비전만 보잖아요.

가 송이 씨, 남편과 무슨 일로 싸웠어요?
나 생활비가 부족한데도 친구들에게 술을 자꾸 사 주잖아요.

가 송이 씨, 남편과 무슨 일로 싸웠어요?
나 밤이 늦었는데도 툭하면 친구들을 집에 데리고 오잖아요.

2 가 직장 생활을 한 지 꽤 되었으니까 돈을 많이 모으셨겠어요.
나 아니에요. 직장 생활을 한 지 꽤 되었는데도 돈을 많이 못 모았어요.

가 공연을 많이 해 봤으니까 이제 별로 떨리지 않겠어요.
나 아니에요. 공연을 많이 해 봤는데도 무대에 설 때마다 많이 떨려요.

가 한국어를 6급까지 공부했으니까 이젠 한국 사람처럼 말하겠어요.
나 아니에요. 한국어를 6급까지 공부했는데도 틀릴 때가 많아요.

單元3 陳述體和半語體

02 반말체

1 가 태민아, 오늘 인사동에 가니?
나 응, 동운이 너도 시간 있으면 같이 가자.

가 민호야, 피자 시켰니?
나 응, 동운이 너도 점심 안 먹었으면 같이 먹자.

가 현문아, 주말에 재훈이 만날 거니?
나 응, 동운이 너도 바쁘지 않으면 같이 만나자.

2 가 수정아, 지난번에 산 빨간색 치마 좀 빌려 줘.
나 언니, 그건 내가 아끼는 거야. 다른 치마 빌려 줄게.

가 윤호야, 지금 슈퍼에 가서 라면 좀 사 와.
나 누나, 지금 나 통화 중이야. 조금 이따가 사 올게.

가 유진아, 오후에 택배가 오면 네가 좀 받아 줘.
나 오빠, 오후에는 나도 집에 없어. 언니에게 부탁해 놓을게.

單元4 表示理由時

01 -거든요

1 가 공항에 무슨 일로 가세요?
나 오늘 부모님이 한국에 오시거든요.

가 왜 이렇게 음식을 많이 준비하세요?
나 집에 친구들이 많이 오거든요.

가 커피를 왜 안 드세요?
나 커피를 마시면 잠을 못 자거든요.

2 가 주말에 그 드라마를 보셨어요?
나 아니요, 못 봤어요. 친구랑 약속이 있었거든요.
가 어제 도서관에서 공부하셨어요?
나 아니요, 못했어요. 시험 때라 자리가 없었거든요.

가 어제도 남편과 같이 장을 보셨어요?
나 아니요, 어제는 혼자 장을 봤어요. 남편이 출장을 갔거든요.

02 -잖아요

1 가 게이코 씨가 요즘 우울해해요.
나 그럼 게이코 씨랑 같이 오페라를 보러 가세요. 게이코 씨가 오페라를 좋아하잖아요.

가 감기에 걸려서 힘들어요.
나 그럼 오렌지 주스를 많이 드세요. 비타민 C가 감기에 좋잖아요.

가 비자 신청하는 게 너무 복잡해요.
나 그럼 여행사에 맡기세요. 여행사에서 대신 해 주잖아요.

2 가 시험에 떨어졌어요.
나 그래서 제가 뭐라고 했어요? 평소에 열심히 공부하라고 했잖아요.

가 배탈이 났어요.
나 그래서 제가 뭐라고 했어요? 너무 많이 먹는 것 같다고 했잖아요.

가 생활비를 다 써 버렸어요.

나 그래서 제가 뭐라고 했어요? 돈을 좀 아껴 쓰라고 했잖아요.

03 -느라고

1 가 요즘 왜 이렇게 바빠요?
나 아르바이트하느라고 바빠요.

가 요즘 왜 이렇게 정신이 없어요?
나 입학 서류를 준비하느라고 정신이 없어요.

가 요즘 왜 이렇게 시간이 없어요?
나 보고서를 쓰느라고 시간이 없어요.

2 가 아까 전화했는데 왜 안 받았어요?
나 운전하느라고 못 받았어요.

가 아까 전화했는데 왜 전화를 안 받았어요?
나 공부하느라고 전화를 꺼 놓았어요.

가 아까 전화했는데 왜 전화를 안 받았어요?
나 청소하느라고 전화 소리를 못 들었어요.

04 -는 바람에

1 가 오늘 왜 회사에 지각했어요?
나 길이 막히는 바람에 늦었어요.

가 오늘 왜 회사에 지각했어요?
나 알람 시계가 안 울리는 바람에 늦게 일어났어요.

가 오늘 왜 회사에 지각했어요?
나 차가 고장 나는 바람에 수리 센터에 갔다 와야 했어요.

2 가 어제 모임에 왜 안 나오셨어요?
나 친구가 갑자기 찾아오는 바람에 못 갔어요.

가 아침에 운동하러 왜 안 오셨어요?
나 아이가 다치는 바람에 병원에 가야 했어요.

가 지난번 세미나에 왜 참석하지 않으셨어요?
나 급한 일이 생기는 바람에 갈 수 없었어요.

05 -(으)ㄴ/는 탓에

1 가 스트레스를 많이 받는 탓에 건강이 안 좋아졌어요.
나 스트레스를 풀 수 있도록 취미 생활을 해 보세요.

가 어제 눈이 많이 온 탓에 길이 미끄러워요.
나 사고가 나지 않도록 조심해서 운전을 하세요.

가 아이가 편식을 하는 탓에 키가 작아요.
나 키가 클 수 있도록 음식을 골고루 먹이세요.

2 가 요즘 취직하기가 어려운 것 같아요.
나 그건 경제가 안 좋은 탓이겠죠.

가 작년보다 올해 생활비가 더 많이 드는 것 같아요.
나 그건 작년보다 물가가 20%나 오른 탓이겠죠.

가 야채값이 많이 비싸진 것 같아요.
나 그건 몇 달째 가뭄이 계속된 탓이겠죠.

06 -고 해서

1 가 마트에 가시나 봐요.
나 네, 손님이 오고 해서 장을 보러 가요.

가 요즘은 운전을 안 하시나 봐요.
나 네, 기름값이 오르고 해서 요즘 운전을 안 해요.

가 담배를 끊으셨나 봐요.
나 네, 몸에 안 좋고 해서 담배를 끊었어요.

2 가 이번 동아리 MT에 못 간다면서요?
나 아르바이트도 하고 공부도 해야 하고 해서 못 가요.

가 시골로 이사를 간다면서요?
나 조용하고 공기도 좋고 해서 이사를 가요.

가 요즘 헬스클럽에 다닌다면서요?
나 건강도 안 좋고 살도 찌고 해서 다녀요.

07 -(으)ㄹ까 봐

1 가 주말에 여행 가신다면서요?
나 네, 그런데 주말에 날씨가 나쁠까 봐 걱정이에요.

가 레베카 씨가 한국 회사에 취직했다면서요?
나 네, 그런데 한국 회사에 적응을 못할까 봐 걱정이에요.

가 콘서트 표를 살 거라면서요?
나 네, 그런데 표가 다 팔렸을까 봐 걱정이에요.

2 가 수첩에 항상 메모하시네요.
나 네, 중요한 일을 잊어버릴까 봐 수첩에 항상 메모해요.

가 비행기 표를 일찍 예매하셨네요.
나 네, 휴가철이라 표를 못 구할까 봐 비행기 표를 일찍 예매했어요.

가 기름진 음식을 안 드시네요.
나 네, 살이 찔까 봐 기름진 음식을 안 먹어요.

單元5 引用別人的話或文章時

01 -다고요?

1 가 회의가 있으니까 3시까지 세미나실로 오세요.
나 어디로 오라고요?
가 세미나실이요.

가 고장 났으니까 복사기를 사용하지 마세요.
나 무엇을 사용하지 말라고요?
가 복사기요.

가 그동안 수고들 많았으니까 퇴근 후에 회식합시다.
나 언제 회식하자고요?
가 퇴근 후에요.

2 가 매일 아침 5시에 일어나서 운동을 해요.
나 매일 아침 5시에 일어나서 운동을 한다고요? 정말 부지런하시네요.

가 아랍어를 배운 지 3년이 되었어요.
나 아랍어를 배운 지 3년이 되었다고요? 아랍어를 잘하시겠네요.

가 내년에 대학원에서 박사 공부를 할 거예요.
나 내년에 대학원에서 박사 공부를 할 거라고요? 내년에는 바쁘시겠네요.

02 -다고 하던데

1 가 새 학기에는 책값이 많이 들어서 힘들어요.
나 인터넷에서 구입하면 더 싸다고 하던데 인터넷을 이용해 보세요.

가 요즘 잠을 깊이 못 자서 피곤해요.
나 잠을 잘 자려면 자기 전에 우유를 마시라고 하던데 우유를 한번 마셔 보세요.

가 요즘 나이가 들어 보인다는 말을 많이 들어서 속상해요.
나 머리 모양만 바꿔도 어려 보인다고 하던데 머리 모양을 한번 바꿔 보세요.

2 가 여보, 주말에 아이들과 어디 놀러 갈까?
나 주말에 형님네가 우리 집에 온다고 하던데요.

가 여보, 오늘 저녁에 어디에서 외식할까?
나 아이들이 며칠 전부터 불고기 먹으러 가자고 하던데요.

가 여보, 우리 오랜만에 외출했으니까 좀 더 있다가 집에 들어갈까?
나 아이들이 전화해서 언제 집에 들어오냐고 하던데요.

03 -다면서요?

1 가 수현 씨가 결혼한다는 소식 들었어요?
나 네, 들었어요. 신혼여행은 인도네시아 발리로 간다면서요?
가 네, 그렇대요.

가 수현 씨가 유학 간다는 소식 들었어요?
나 네, 들었어요. 4년 장학금을 받게 되었다면서요?
가 네, 그렇대요.

가 수현 씨가 미국 드라마에 출연할 거라는 소식 들었어요?
나 네, 들었어요. 그 드라마가 인기가 아주 많다면서요?
가 네, 그렇대요.

2 가 어제 동현 씨 집들이에 다녀왔어요.
나 리사 씨가 그러는데 동현 씨 집이 그렇게 좋다면서요?
가 네, 그렇더라고요.

가 어제 '과속 스캔들'이라는 영화를 봤어요.
나 리사 씨가 그러는데 그 영화가 그렇게 웃기다면서요?
가 네, 그렇더라고요.

가 어제 광화문에서 낙지볶음을 먹었어요.
나 리사 씨가 그러는데 낙지볶음이 그렇게 맵다면서요?
가 네, 그렇더라고요.

04 -다니요?

1 가 내일 눈이 온대요.
나 4월에 눈이 온다니요? 요즘 날씨가 정말 이상한데요.

가 그 배우가 결혼을 했대요.
나 결혼을 했다니요? 지난주만 해도 방송에서 여자 친구가 없다고 했는데요.

가 수진 씨가 그 콘서트를 보러 가재요.
나 그 콘서트를 보러 가자니요? 표가 30만 원이 넘는데요.

2 가 주현 씨의 남자 친구가 유명한 연예인이라면서요?
나 연예인이라니요? 그냥 평범한 학생이던데요.
가 캐빈 씨가 아주 성실하다면서요?

나 성실하다니요? 지각과 결석을 밥 먹듯 하던데요.
가 태민 씨가 여자 친구와 헤어졌다면서요?
나 여자 친구와 헤어졌다니요? 어제도 만나서 같이 점심을 먹던데요.

單元6 表示決心和意圖時

01 -(으)ㄹ까 하다

1 가 무슨 책을 읽을 거예요?
나 오랜만에 만화책을 빌려서 읽을까 해요.
가 무슨 영화를 볼 거예요?
나 오랜만에 코미디 영화를 볼까 해요.
가 무슨 운동을 할 거예요?
나 오랜만에 친구하고 같이 테니스를 칠까 해요.

2 가 저녁 식사 후에 뭘 할 거예요?
나 지난 주말에 못 해서 밀린 빨래를 할까 해요.
가 다음 방학에 뭘 할 거예요?
나 지난 방학에도 못 가서 고향에 갈까 해요.
가 일요일에 뭘 할 거예요?
나 이사를 해야 해서 새 하숙집을 찾아볼까 해요.

02 -고자

1 가 회사 다니는 사람들은 술을 많이 마시지요?
나 네, 스트레스를 풀고자 술을 많이 마시는 것 같습니다.
가 영희 씨가 영어를 열심히 공부하지요?
나 네, 통역사가 되고자 열심히 공부하는 것 같습니다.
가 철수 씨는 저녁에 일찍 자지요?
나 네, 아침에 일찍 일어나서 운동을 하고자 일찍 자는 것 같습니다.

2 가 광주에 갈 때 무슨 기차를 타려고 합니까?
나 사장님을 모시고 가기 때문에 KTX를 타고자 합니다.
가 그 반지를 누구에게 주려고 합니까?
나 결혼할 여자 친구에게 주고자 합니다.
가 구입한 쇠고기로 무엇을 하려고 합니까?
나 저녁에 요리를 해서 손님들을 대접하고자 합니다.

03 -(으)려던 참이다

1 가 더우니까 문을 좀 엽시다.
나 그렇지 않아도 문을 열려던 참이에요.
가 심심하니까 텔레비전을 좀 봅시다.
나 그렇지 않아도 텔레비전을 켜려던 참이에요.
가 시간이 없으니까 좀 서두릅시다.
나 그렇지 않아도 지금 나가려던 참이에요..

2 가 약속 시간이 다 됐는데 지금 출발할까요?
나 좋아요. 안 그래도 지금 출발하려던 참이었어요.
가 경수 씨, 커피 한잔 마시러 갈까요?
나 좋아요. 안 그래도 커피 생각이 나서 마시려던 참이었어요.
가 한국 요리를 배우려고 하는데 같이 배울까요?
나 좋아요. 안 그래도 저도 한국 요리를 배워보려던 참이었어요.

04 -(으)ㄹ 겸 -(으)ㄹ 겸

1 가 수미 씨, 요즘 아르바이트를 해요?
나 네, 용돈도 벌 겸 경험도 쌓을 겸 아르바이트를 하고 있어요.
가 수미 씨, 요즘 춤을 배워요?
나 네, 요즘 유행하는 춤도 배울 겸 스트레스도 풀 겸 춤을 배우고 있어요.
가 수미 씨, 요즘 공원에 자주 가요?
나 네, 바람도 쐴 겸 생각도 정리할 겸 자주 가고 있어요.

2 가 이건 뭐예요?
나 책상 겸 식탁으로 사용하는 거예요.
가 이곳은 어디예요?
나 거실 겸 공부방으로 사용하는 곳이에요.
가 저 사람은 누구예요?
나 의사 겸 기자로 활동하는 사람이에요.

05 -아/어야지요

1 가 올해 꼭 해야겠다고 생각한 일이 있어요?
나 '올해는 꼭 유럽으로 배낭여행을 가야지'라고 생각했어요.
가 올해 꼭 해야겠다고 생각한 일이 있어요?
나 '올해는 꼭 담배를 끊어야지'라고 생각했어요.
가 올해 꼭 해야겠다고 생각한 일이 있어요?
나 '올해는 꼭 텔레비전 보는 시간을 줄여야지'라고 생각했어요.

2 가 부모님이 한국에 오시면 누가 안내를 할 거예요?
나 부모님이 오시는데 당연히 제가 안내를 해야지요.

가 내일 모임에 정장을 입고 갈 거예요?
나 중요한 모임인데 당연히 정장을 입어야지요.

가 오늘 오후에는 쉴 거예요?
나 오늘 시험도 끝났는데 당연히 쉬어야지요.0

單元7 表示推薦和忠告時

01 -(으)ㄹ 만하다

1 가 이번 프로젝트에 철수 씨를 참여시키면 어떨까요?
나 철수 씨는 성실해서 추천할 만한 사람이에요.

가 이번 여름에 태국으로 여행을 가면 어떨까요?
나 태국은 경치가 아름다워서 여행을 갈 만한 곳이에요.

가 다음 주말에 동대문시장으로 쇼핑을 가면 어떨까요?
나 동대문시장은 물건이 많아서 쇼핑할 만한 곳이에요.

2 가 새로 개봉한 영화가 재미있다면서요?
나 네, 정말 볼 만해요. 한번 보세요.

가 제주도가 아름답다면서요?
나 네, 정말 구경할 만해요. 한번 가 보세요.

가 그 스마트폰이 유용하다면서요?
나 네, 정말 사용해 볼 만해요. 한번 사용해 보세요.

02 -도록 하다

1 가 종이를 자르다가 칼에 손을 베였어요.
나 며칠 동안 약을 드시고 연고를 상처에 자주 바르도록 하세요.

가 위가 가끔씩 쓰리고 아파요.
나 며칠 동안 위장약을 드시고 식사를 제시간에 하도록 하세요.

가 눈이 가렵고 아파요.
나 며칠 동안 안약을 수시로 눈에 넣도록 하세요.

2 가 벌레에 물렸는데 팔이 너무 가려워요.
나 연고를 드릴 테니까 바르고 긁지 말도록 하세요.

가 농구를 하다가 다쳐서 팔이 부러졌어요.
나 깁스를 하고 나서 한 달 동안 팔을 쓰지 말도록 하세요.

가 얼굴에 여드름이 많이 났어요.
나 오늘 치료를 받고 나서 며칠 동안 화장을 하지 말도록 하세요.

03 -지 그래요?

1 가 며칠 동안 밤을 새우면서 일을 해서 너무 피곤해요.
나 그럼, 잠깐이라도 좀 쉬지 그래요?

가 집을 좀 꾸며야 하는데 물건을 사러 갈 시간이 없어요.
나 그럼, 인터넷으로 주문을 하지 그래요?

가 국이 너무 싱거운데 소금이 없어요.
나 그럼, 간장이라도 좀 넣지 그래요?

2 가 정말 안 늦으려고 했는데 오늘도 또 늦어 버렸어요.
나 그러니까 집에서 좀 일찍 출발하지 그랬어요?

가 내일 가지고 가야 할 전공책이 다 팔려 버렸어요.
나 그러니까 좀 서둘러서 책을 사지 그랬어요?

가 어제 몸이 안 좋았는데 회식에 갔더니 더 안 좋아져 버렸어요.
나 그러니까 몸이 안 좋다고 말하고 가지 말지 그랬어요?

單元8 表示回想時

01 -던

1 가 자동차 새로 샀어요?
나 아니요, 아버지가 타시던 거예요.

가 옷을 새로 샀어요?
나 아니요, 언니가 입던 옷이에요.

가 넷북을 새로 샀어요?
나 아니요, 오빠가 쓰던 거예요.

2 가 여기 있던 신문 못 봤어요?
나 지수 씨가 보던 거였어요? 제가 버렸는데요.
가 이따가 보려고 했는데…….

가 여기 있던 빵 못 봤어요?
나 지수 씨가 먹던 거였어요? 제가 버렸는데요.
가 이따가 먹으려고 했는데…….

가 여기 있던 우유 못 봤어요?
나 지수 씨가 마시던 거였어요? 제가 버렸는데요.
가 이따가 마시려고 했는데…….

02 -더라고요

1 가 어제 본 공연이 어땠어요?
나 아주 재미있더라고요.

가 어제 가 본 올림픽공원이 어땠어요?
나 정말 넓고 사람이 많더라고요.

가 어제 간 친구 아기 돌잔치가 어땠어요?
나 한국에서 처음 가 봐서 신기하더라고요.

2 가 마크 씨 봤어요?
나 네, 아까 도서관에서 공부하더라고요.

가 양강 씨 봤어요?
나 네, 아까 운동장에서 친구들과 축구하더라고요.

가 아키라 씨 봤어요?
나 네, 아까 커피숍에서 친구와 이야기하더라고요.

03 -던데요

1 가 태권도를 배우기가 어렵지요?
나 아니요, 배워 보니까 생각보다 쉽던데요.

가 김치가 맵지요?
나 아니요, 먹어 보니까 생각보다 안 맵던데요.

가 그 배우가 예쁘지요?
나 아니요, 실제로 보니까 텔레비전으로 볼 때보다 예쁘지 않던데요.

2 가 독감 예방주사를 맞으러 병원에 다녀왔어요?
나 네, 저 말고도 예방주사를 맞으러 온 사람들이 많던데요.

가 어제 남산에 올라갔어요?
나 네, 남산에서 본 서울 야경이 아주 아름답던데요.

가 오후에 양강 씨하고 탁구를 쳤어요?
나 네, 양강 씨가 탁구를 정말 잘 치던데요.

單元9 表示被動時

01 단어 피동 (-이/히/리/기-)

1 가 요즘 무슨 책이 인기가 많아요?
나 이 책이 사람들에게 많이 읽히는 것 같아요.

가 친구가 왜 전화를 끊었어요?
나 지하철 안이라서 전화가 끊긴 것 같아요.

가 동생이 왜 울어요?
나 동생이 형에게 장난감을 빼앗긴 것 같아요.

2 가 지난번에 우리가 같이 찍은 사진이 어디에 있어요?
나 제 방 벽에 걸려 있어요.

가 새로 산 컴퓨터가 어디에 있어요?
나 제 방 책상 위에 놓여 있어요.

가 지난번에 받은 책이 어디에 있어요?
나 제 방 책장에 꽂혀 있어요.

02 -아/어지다

1 가 휴대전화가 어떻게 고장이 났어요?
나 버튼이 안 눌러져요.

가 휴대전화가 어떻게 고장이 났어요?
나 전원이 안 켜져요.

가 휴대전화가 어떻게 고장이 났어요?
나 떨어뜨려서 액정이 깨졌어요.

2 가 누가 유리창을 깼어요?
나 잘 모르겠어요. 아침에 보니까 깨져 있었어요.

가 누가 냉장고를 고쳤어요?
나 잘 모르겠어요. 집에 돌아와 보니 고쳐져 있었어요.

가 누가 에어컨을 켰어요?
나 잘 모르겠어요. 교실에 들어오니까 켜져 있었어요.

03 -게 되다

1 가 한국에 왜 왔어요?
나 교환학생으로 뽑혀서 한국에 오게 되었어요.

가 철수 씨가 어느 회사에 취직했어요?
나 다음 달부터 무역 회사에서 일하게 되었어요.

가 지금 살고 있는 하숙집을 어떻게 찾았어요?
나 친구의 소개로 찾게 되었어요.

2 가 부산으로 이사를 갈 거예요?
나 네, 남편 직장 때문에 가게 되었어요.

가 가게 문을 닫을 거예요?
나 네, 장사가 잘 안 돼서 문을 닫게 되었어요.

가 다음 달에 전시회를 열 거예요?
나 네, 친구들이 도와준 덕분에 열게 되었어요.

單元10 表示使動時

01 단어 사동 (-이/히/리/기/우/추-)

1 가 책에 포스트잇이 많이 붙어 있네요.
나 저는 중요한 부분마다 포스트잇을 붙이거든요.
가 주방에서 물이 끓고 있네요.
나 커피를 마시고 싶어서 물을 끓이고 있거든요.
가 아이들이 방에서 자고 있네요.
나 엄마가 9시면 아이를 재우거든요.

2 가 날씨가 정말 추워요.
나 그래요? 그럼 아이에게 따뜻한 옷을 입혀야겠어요.
가 이 책은 정말 좋은 책이에요.
나 그래요? 그럼 우리 아이에게도 읽혀야겠어요.
가 민영호 씨가 일을 정말 잘해요.
나 그래요? 그럼 이번 일을 그 사람에게 맡겨야겠어요.

02 -게 하다

1 가 왜 요즘 조엘 씨를 안 만나요?
나 항상 약속 시간을 안 지켜서 저를 화나게 하거든요.
가 왜 요즘 조엘 씨를 안 만나요?
나 너무 부탁을 많이 해서 짜증나게 하거든요.
가 왜 요즘 조엘 씨를 안 만나요?
나 개인적인 질문을 많이 해서 저를 당황스럽게 하거든요.

2 가 아이가 몸이 약해서 걱정이에요. 어떻게 하면 좋을까요?
나 음식을 골고루 먹게 하세요. 그럼 건강해질 거예요.
가 아이가 컴퓨터게임을 너무 많이 해서 걱정이에요. 어떻게 하면 좋을까요?
나 밖에 나가서 놀게 하세요. 그럼 컴퓨터게임을 덜 할 거예요.
가 아이가 요즘 눈이 나빠져서 걱정이에요. 어떻게 하면 좋을까요?
나 텔레비전을 가까이서 못 보게 하세요. 그럼 눈이 더 나빠지지 않을 거예요.

單元11 表示條件時

01 -아/어야

1 가 손님들을 많이 오게 하려면 어떻게 해야 해요?
나 무엇보다도 음식이 맛있어야 손님이 많이 와요.
가 할인을 받으려면 어떻게 해야 해요?
나 회원 가입을 해야 할인을 받아요.
가 다리 부러진 것이 빨리 나으려면 어떻게 해야 해요?
나 움직이지 말고 푹 쉬어야 빨리 나아요.

2 가 그 일은 어떤 사람이 맡을 수 있어요?
나 영어를 잘해야 맡을 수 있어요.
가 마크 씨는 언제 졸업을 해요?
나 논문을 다 써서 제출해야 졸업할 수 있습니다.
가 물건은 언제 보내 줘요?
나 먼저 돈을 송금해야 물건을 보내 줍니다.

02 -거든

1 가 요즘 무리를 해서 피곤한 것 같아요.
나 그래요? 피곤하거든 오늘은 일찍 퇴근하세요.
가 회사에서 문제가 생긴 것 같아요.
나 그래요? 문제를 해결하기가 어렵거든 언제든지 이야기하세요.
가 쉬지 않고 일을 하니까 힘든 것 같아요.
나 그래요? 힘들거든 좀 쉬었다가 다시 하세요.

2 가 다른 사람들이 오늘 모임에 왜 안 왔느냐고 하면 뭐라고 할까요?
나 다른 사람들이 물어보거든 아파서 못 갔다고 전해 주세요.
가 친구가 찾아오면 뭐라고 할까요?
나 친구가 찾아오거든 졸려서 커피를 사러 갔다고 전해 주세요.
가 미선 씨가 안부를 물어보면 뭐라고 할까요?
나 미선 씨가 안부를 묻거든 잘 지내고 있다고 전해 주세요.

單元12 表示添加時

01 -(으)ㄹ 뿐만 아니라

1 가 올여름은 정말 더운 것 같아요.
나 맞아요. 더울 뿐만 아니라 비도 많이 와요.

가 웨이밍 씨 동생이 키가 정말 큰 것 같아요.
나 맞아요. 키가 클 뿐만 아니라 잘생겼어요.

가 제주도는 경치가 정말 아름다운 것 같아요.
나 맞아요. 경치가 아름다울 뿐만 아니라 바다도 깨끗해요.

2 가 자야 씨는 어때요?
나 똑똑할 뿐만 아니라 성격도 좋아요.

가 새로 옮긴 회사는 어때요?
나 일이 일찍 끝날 뿐만 아니라 월급도 많이 줘요.

가 퀵서비스는 어때요?
나 빠를 뿐만 아니라 정확하게 배달해 줘요.

02 -(으)ㄴ/는 데다가

1 가 가까운 마트도 많이 있는데 왜 먼 대형 할인 매장까지 자주 가세요?
나 대형 할인 매장이 물건이 많은 데다가 가격도 싸서 자주 가게 돼요.

가 가까운 곳에 버스가 있는데 왜 먼 데까지 가서 지하철을 타세요?
나 지하철이 빠른 데다가 깨끗해서 자주 타게 돼요.

가 다른 옷도 많은데 왜 그 옷만 자주 입으세요?
나 이 옷이 편한 데다가 날씬해 보여서 자주 입게 돼요.

2 가 많이 힘들어요?
나 네, 열이 나는 데다가 기침도 많이 나서 힘들어요.

가 소화가 잘 안 돼요?
나 네, 점심을 많이 먹은 데다가 계속 앉아 있어서 소화가 안 돼요.

가 길이 미끄러워요?
나 네, 눈이 많이 오는 데다가 길까지 얼어서 미끄러워요.

03 조차

1 가 철수 씨가 어디로 여행을 갔어요?
나 글쎄요, 철수 씨가 어디로 여행을 갔는지 아내조차 모른대요.

가 영희 씨가 어느 회사에 다녀요?
나 글쎄요, 영희 씨가 어느 회사에 다니는지 친한 친구조차 모른대요.

가 수연 씨가 다음 학기에 등록한다고 해요?
나 글쎄요, 수연 씨가 다음 학기에 등록하는지 남자 친구조차 모른대요.

2 가 1주일 정도 배우면 한자를 쓸 수 있지요?
나 그 정도 배워서는 쓰기는커녕 읽기조차 어려워요.

가 민주 씨가 결혼했지요?
나 결혼은커녕 애인조차 없어요.

가 이 돈이면 새 차를 살 수 있지요?
나 그 돈으로는 새 차는커녕 중고차조차 사기 힘들어요.

04 만 해도

1 가 요즘 누구나 스마트폰이 있는 것 같아요.
나 맞아요. 내 친구들만 해도 대부분 다 바꿨어요.

가 요즘 물가가 많이 오른 것 같아요.
나 맞아요. 라면값만 해도 10%나 올랐어요.

가 요즘 여자들이 짧은 치마를 많이 입는 것 같아요.
나 맞아요. 제 여동생만 해도 짧은 치마만 입어요.

2 가 요즘 걷기 운동이 유행이죠?
나 맞아요. 몇 년전만 해도 이렇게 걷기 운동을 하는 사람이 많이 없었는데요.

가 차가 정말 많이 늘어났죠?
나 맞아요. 지난번에 왔을 때만 해도 이렇게 안 막혔었는데요.

가 올해 외식을 많이 했죠?
나 맞아요. 작년만 해도 이렇게 외식비가 많이 들지 않았었는데요.

單元13 表示途中時

01 -는 길에

1 가 그 꽃을 어디서 샀어요?
나 집에 오는 길에 시장에서 샀어요.

가 그 친구를 어디서 만났어요?
나 거래처를 방문하러 가는 길에 우연히 만났어요.

가 그 가방을 어디서 봤어요?
나 학교에 오는 길에 잠깐 가게에 들러서 봤어요.

2 가 마크 씨, 지금 어디에 가는 길이에요?
나 친구가 입원해서 문병 가는 길이에요.

가 마크 씨, 지금 어디에 가는 길이에요?
나 형이 여행에서 돌아와서 공항에 마중하러 가는 길이에요.

가 마크 씨, 지금 어디에 가는 길이에요?
나 읽고 싶은 책이 있어서 도서관에 빌리러 가는 길이에요.

02 –다가

1 가 숙제를 다 했어요?
나 아니요, 숙제를 하다가 친구에게 전화가 와서 나갔어요.

가 영화를 다 봤어요?
나 아니요, 영화를 보다가 너무 무서워서 중간에 컴퓨터를 껐어요.

가 책을 다 읽었어요?
나 아니요, 책을 읽다가 너무 졸려서 잤어요.

2 가 어떻게 하다가 허리를 다쳤어요?
나 무거운 짐을 들다가 삐끗했어요.

가 어떻게 하다가 다리를 다쳤어요?
나 계단을 내려가다가 미끄러졌어요.

가 어떻게 하다가 손가락을 다쳤어요?
나 과일을 깎다가 손을 베었어요.

單元14 表示程度時

01 –(으)ㄹ 정도로

1 가 밖에 바람이 많이 불어요?
나 네, 사람이 날아갈 정도로 많이 불어요.

가 배가 많이 고파요?
나 네, 쓰러질 정도로 배가 고파요.

가 그 책을 여러 번 읽었어요?
나 네, 다 외울 정도로 여러 번 읽었어요.

2 가 저 개그 프로그램은 정말 재미있지요?
나 네, 볼 때마다 너무 많이 웃어서 배가 아플 정도예요.

가 저 사람은 말이 정말 빠르지요?
나 네, 너무 빨라서 알아듣기가 힘들 정도예요.

가 저 외국 사람은 한국말을 정말 잘하지요?
나 네, 아주 잘해서 한국 사람이라고 생각될 정도예요.

02 만 하다

1 가 저 사과는 정말 크네요!
나 우와! 사과가 수박만 하네요.

가 저 배우는 얼굴이 정말 작네요!
나 우와! 얼굴이 주먹만 하네요.

가 저 휴대전화는 크기가 정말 작네요!
나 우와! 휴대전화가 엄지손가락만 하네요.

2 가 왜 이사를 안 가요?
나 우리 하숙집 아주머니만 한 주인이 없거든요. 그래서 안 가요.

가 왜 밀가루 음식을 안 먹어요?
나 저에게는 밥만 한 음식이 없거든요. 그래서 안 먹어요.

가 왜 외국으로 여행을 안 가요?
나 저에게는 국내만 한 여행지가 없거든요. 그래서 외국 여행은 안 가요.

03 –(으)ㄴ/는/(으)ㄹ 만큼

1 가 그 영화가 그렇게 슬펐어요?
나 네, 눈물이 날 만큼 슬펐어요.

가 미술에 대해서 많이 알아요?
나 네, 다른 사람에게 조금 설명해 줄 수 있을 만큼 알아요.

가 미영 씨가 마음씨도 고와요?
나 네, 얼굴이 예쁜 만큼 마음씨도 고와요.

2 가 아들이 키가 크지요?
나 네, 아버지만큼 키가 커요.

가 딸이 예쁘지요?
나 네, 엄마만큼 예뻐요.

가 동생이 농구를 잘하지요?
나 네, 형만큼 농구를 잘해요.

單元15 表示選擇時

01 아무+(이)나 / 아무+도

1 가 휴가에 어디로 여행을 가고 싶어요?
나 조용한 곳이면 아무 데나 괜찮아요.

가 누구하고 영화를 보고 싶어요?

나 코미디 영화를 좋아하는 사람이면 아무나 좋아요.

가 무엇을 마시고 싶어요?
나 시원한 것이면 아무거나 상관없어요.

2 가 여기에서 담배를 피울 수 있는 곳이 있어요?
나 이 건물에서는 아무 데서도 담배를 피우면 안 됩니다.

가 내일 수술인데 수술할 때까지 먹을 수 있는 음식이 있어요?
나 수술할 때까지는 아무것도 먹으면 안 됩니다.

가 다리를 다쳤는데 할 수 있는 운동이 있어요?
나 다리가 나을 때까지는 아무 운동도 하면 안 됩니다.

02 (이)나

1 가 휴일인데 뭐 하지?
나 그냥 잠이나 자자.

가 심심한데 뭐 하지?
나 그냥 DVD나 보자.

가 비가 오는데 뭐 하지?
나 그냥 빈대떡이나 만들어 먹자.

2 가 밥이 없는데 어떻게 할까?
나 밥이 없으면 라면이나 먹자.

가 커피가 없는데 어떻게 할까?
나 커피가 없으면 물이나 마시자.

가 제주도에 가는 비행기 표가 없는데 어떻게 할까?
나 제주도에 가는 비행기 표가 없으면 부산에나 가자.

03 (이)라도

1 가 내일 개업식에 사람이 많이 와야 할 텐데 몇 명밖에 연락이 안 돼서 걱정이에요.
나 그럼, 연락된 사람이라도 꼭 오라고 하세요.

가 우리 아들이 매일 늦게 들어와서 걱정이에요.
나 그럼, 집에 늦게 들어올 때는 전화라도 하라고 하세요.

가 친구들 모임에 계속 못 갔는데 내일도 야근을 해야 해서 걱정이에요.
나 그럼, 늦은 시간에라도 간다고 하세요.

2 가 오늘 사무실 사람들과 같이 식사를 못 한다면서요?
나 네, 그래서 미안해서 커피라도 사려고 해요.

가 이번 토요일에 윤아 씨의 결혼식에 못 간다면서요?
나 네, 그래서 축하 카드라도 보내려고 해요.

가 보고서를 아직 못 끝냈다면서요?
나 네, 그래서 교수님께 몇 시간만이라도 시간을 더 달라고 부탁드리려고 해요.

04 –든지 –든지

1 가 남자 친구 부모님께 드릴 선물로 뭐가 좋을까요?
나 홍삼을 사든지 꿀을 사든지 하세요.

가 돈을 모으려면 어떤 방법이 좋을까요?
나 은행에 예금을 하든지 주식 투자를 하든지 하세요.

가 고향에서 친구가 오는데 무엇을 하면 좋을까요?
나 N서울타워에 올라가든지 경복궁을 구경하든지 하세요.

2 가 자야 씨하고 웨이밍 씨가 자꾸 싸우는데 어떻게 하지요?
나 원래 자주 싸우니까 싸우든지 말든지 신경 쓰지 마세요.

가 우리 아이는 모든 일을 스스로 하려고 하지 않는데 어떻게 하지요?
나 나이가 들면 스스로 하게 되니까 지금은 하든지 말든지 가만히 둬 보세요.

가 부장님께서 말씀하신 서류 작성을 아직 다 못했는데 어떻게 하지요?
나 부장님께서 화를 내실 테니까 다 했든지 못 했든지 시간이 되면 그냥 제출하세요.

05 –(으)ㄴ/는 대신에

1 가 옷을 바꾼다고 하더니 바꾸셨어요?
나 아니요, 맞는 사이즈가 없어서 바꾸는 대신에 환불했어요.

가 MP3 산다고 하더니 사셨어요?
나 아니요, 스마트폰에 MP3 기능이 있어서 MP3를 사는 대신에 스마트폰을 샀어요.

가 가족들과 동물원에 간다고 하더니 갔다 오셨어요?
나 아니요, 비가 와서 동물원에 가는 대신에 박물관에 갔다 왔어요.

2 가 언니, 오늘은 내가 저녁을 준비할게.
나 그럴래? 그럼 네가 저녁을 준비하는 대신 설거지는 내가 할게.

가 언니, 내일 영화 표는 내가 예매할게.
나 그럴래? 그럼 네가 영화 표를 예매하는 대신 점심은 내가 살게.

가 언니, 유럽에 여행갈 때 새로 산 내 카메라를 빌려 줄게.
나 그럴래? 그럼 네가 카메라를 빌려 주는 대신 내가 유럽에서 예쁜 기념품을 사 올게.

單元16 表示時間或循序的行動時

01 만에

1 가 중학교 때 친구를 얼마 만에 만난 거예요?
나 거의 십 년 만에 다시 만난 것 같아요.

가 해외여행을 얼마 만에 다녀온 거예요?
나 거의 오 년 만에 다녀온 것 같아요.

가 얼마 만에 비가 온 거예요?
나 거의 한 달 만에 비가 온 것 같아요.

2 가 수진 씨가 아기를 낳았다면서요?
나 네, 결혼한 지 2년 만에 아기를 낳았대요.

가 수진 씨가 직장을 그만두었다면서요?
나 네, 직장을 다닌 지 5개월 만에 그만두었대요.

가 수진 씨가 다이어트를 하고 있다면서요?
나 네, 다이어트를 시작한 지 세 달 만에 5kg이 빠졌대요.

02 –아/어 가지고

1 가 친구들에게 다시 연락하려고요?
나 네, 친구들에게 연락해 가지고 약속 시간을 좀 미루려고 해요.

가 음식을 많이 만들려고요?
나 네, 많이 만들어 가지고 친구들에게 좀 주려고 해요.

가 한국어를 공부하려고요?
나 네, 한국어를 열심히 공부해 가지고 한국 회사에 취직하려고 해요.

2 가 보통 날씨가 좋으면 뭘 해요?
나 밖에 나가 가지고 그림을 그려요.

가 보통 기분이 좋으면 뭘 해요?
나 친구를 만나 가지고 같이 영화를 봐요.

가 보통 스트레스를 받으면 뭘 해요?
나 과자를 많이 사 가지고 혼자 막 먹어요.

03 –아/어다가

1 가 친구 생일인데 친구에게 무엇을 선물하려고 해요?
나 친구가 좋아하는 노래를 CD에 녹음해다가 줄까 해요.

가 어버이날인데 부모님께 무엇을 선물하려고 해요?
나 건강식품을 사다가 드릴까 해요.

가 동생 입학식인데 동생에게 무엇을 선물하려고 해요?
나 요즘 유행하는 신발을 사다가 줄까 해요.

2 가 어제 그림을 그리던데 다 그렸어요?
나 네, 그림을 다 그려다 학교에 냈어요.

가 어제 고기를 볶던데 다 먹었어요?
나 네, 고기를 볶아다 소풍 가서 친구들하고 같이 먹었어요.

가 어제 선생님께서 자야 씨의 전화번호를 물어보시던데 다 알아봤어요?
나 네, 자야 씨의 전화번호를 알아다가 선생님께 알려 드렸어요.

04 –고서

1 가 언제 밖에 나갈 거예요?
나 택배를 받고서 나갈 거예요.

가 언제 N서울타워에 올라갈 거예요?
나 미술관을 구경하고서 올라갈 거예요.

가 언제 이사를 할 거예요?
나 이번 학기가 끝나고서 이사를 할 거예요.

2 가 전셋값이 많이 올랐네요.
나 새 학기가 되고서 많이 올랐어요.

가 한국말이 많이 늘었네요.
나 한국 남자 친구를 사귀고서 많이 늘었어요.

가 여자 친구와 사이가 더 좋아졌네요.
나 몇 번 싸우고서 더 좋아졌어요.

單元17 表示發現和結果時

01 –고 보니

1 가 왜 여행 가방을 쌌다가 다시 풀어요?
나 가방을 싸고 보니 여행안내책을 안 넣었더라고요.

가 왜 스웨터를 입었다가 다시 벗어요?

나 스웨터를 입고 보니 거꾸로 입었더라고요.

가 왜 약속을 했다가 바꿨어요?
나 약속을 하고 보니 그날 다른 약속이 있더라고요.

2 가 학교를 휴학하니까 좋아요?
나 좋기는요. 막상 휴학하고 보니까 심심하고 학교 생활이 그리워요.

가 사업을 시작하니까 좋아요?
나 좋기는요. 막상 사업을 시작하고 보니까 골치 아픈 일이 너무 많아요.

가 도시로 이사하니까 좋아요?
나 좋기는요. 막상 도시로 이사하고 보니까 시끄럽고 정신이 없어요.

02 –다 보니

1 가 예전에는 커피를 잘 못 마시지 않았어요?
나 네, 하지만 졸릴 때마다 커피를 마시다 보니 이제는 습관이 됐어요.

가 예전에는 혜인 씨와 별로 안 친하지 않았어요?
나 네, 하지만 발표 준비를 같이 하다 보니 친해졌어요.

가 예전에는 축구 보는 것을 싫어하지 않았어요?
나 네, 하지만 남자 친구와 자주 경기를 보러 다니다 보니 좋아하게 됐어요.

2 가 상식이 정말 풍부하시네요.
나 매일 신문을 읽다 보니까 상식이 많아진 것 같아요.

가 길을 정말 잘 찾으시네요.
나 매일 운전을 하다 보니까 길을 잘 찾게 된 것 같아요.

가 요즘 건강이 좋아 보이시네요.
나 요즘 담배를 안 피우다 보니까 건강이 좋아진 것 같아요.

03 –다 보면

1 가 어떻게 하면 한국말을 자연스럽게 할 수 있을까요?
나 한국 사람들과 이야기를 많이 하다 보면 자연스럽게 할 수 있을 거예요.

가 어떻게 하면 유학 생활을 더 즐겁게 할 수 있을까요?
나 한국 친구를 많이 사귀어서 어울리다 보면 즐거워질 거예요.

가 어떻게 하면 테니스를 잘 칠 수 있을까요?
나 계속 연습하다 보면 잘 칠 수 있을 거예요.

2 가 양강 씨가 담배를 너무 많이 피우는 것 같아요.
나 그렇게 담배를 많이 피우다 보면 건강이 나빠질 텐데 걱정이네요.

가 양강 씨가 계속 밤에 늦게 자는 것 같아요.
나 그렇게 계속 늦게 자다 보면 아침에 일찍 일어나기가 힘들 텐데 걱정이네요.

가 양강 씨가 요즘 계속 인스턴트식품만 먹는 것 같아요.
나 그렇게 계속 인스턴트식품만 먹다 보면 살이 많이 찔 텐데 걱정이네요.

04 –더니

1 가 선우 씨가 의상 디자이너가 되었대요.
나 어릴 때부터 패션에 관심이 많더니 디자이너가 되었군요.

가 선우 씨가 집을 샀대요.
나 평소에 돈을 아끼고 저축하더니 집을 샀군요.

가 선우 씨가 한 달 만에 10kg이나 쪘대요.
나 계속 패스트푸드만 먹더니 갑자기 살이 많이 쪘군요.

2 가 지금도 길이 많이 막히나요?
나 아니요, 오전에는 많이 막히더니 오후가 되면서 괜찮아졌어요.

가 요즘도 아이가 김치를 잘 안 먹나요?
나 아니요, 어렸을 땐 잘 안 먹더니 중학교에 들어가면서부터 잘 먹어요.

가 아직도 그 가수가 인기가 많은가요?
나 아니요, 처음에는 인기가 많더니 결혼한 다음부터 인기가 많이 떨어졌어요.

05 –았/었더니

1 가 고향에 갔다 오셨다면서요?
나 네, 오래간만에 갔더니 고향이 많이 달라졌더라고요.

가 주말에 부산에서 서울까지 운전을 하고 가셨다면서요?
나 네, 5시간 동안 운전을 했더니 허리가 너무 아프더라고요.

가 주현 씨에게 목걸이를 선물하셨다면서요?
나 네, 목걸이를 선물했더니 주현 씨가 정말 좋아하더라고요.

2 가 지연 씨도 오후에 같이 영화 보러 가나요?
나 아니요, 지연 씨한테 같이 영화 보자고 했더니 약속이 있대요.

가 지연 씨도 내일 세미나에 참석하나요?
나 아니요, 지연 씨한테 세미나에 참석하냐고 했더니 힘들겠대요.

가 지연 씨도 오늘 수영장에 오나요?
나 아니요, 같이 가자고 했더니 자기는 가기 싫대요.

06 –다가는

1 가 흐엉 씨가 요즘 짜증을 많이 내는 것 같아요.
나 그렇게 짜증을 많이 내다가는 친구들이 다 떠나 버릴 텐데요.

가 흐엉 씨가 요즘 수업 시간에 자꾸 조는 것 같아요.
나 그렇게 수업 시간에 자꾸 졸다가는 좋은 성적을 받을 수 없을 텐데요.

가 흐엉 씨가 요즘 다이어트하느라 거의 안 먹는 것 같아요.
나 그렇게 안 먹다가는 힘들어서 쓰러질 텐데요.

2 가 요즘 경제가 너무 안 좋네요.
나 이렇게 계속 경제가 안 좋다가는 취직하기가 더 힘들어질지도 몰라요.

가 이 식당은 너무 불친절하네요.
나 이렇게 계속 불친절하다가는 손님들이 다 떨어져 나갈지도 몰라요.

가 요즘 일이 너무 많네요.
나 이렇게 계속 일이 많다가는 모두들 회사를 그만 둘지도 몰라요.

07 –(으)ㄴ/는 셈이다

1 가 이 옷이 원래 30만 원인데 세일해서 5만 원에 샀어요.
나 그럼 옷을 거의 공짜로 산 셈이네요.

가 월급은 10%밖에 안 올랐는데 물가는 20%나 올랐어요.
나 그럼 월급이 오르지 않은 셈이네요.

가 중고 컴퓨터를 10만원에 샀는데 수리비가 더 많이 들었어요.
나 그럼 중고 컴퓨터가 새 컴퓨터보다 더 비싼 셈이네요.

2 가 가족끼리 여행을 자주 가세요?
나 일 년에 한 번 정도 가니까 거의 안 가는 셈이에요.

가 커피를 많이 드세요?
나 일주일에 한 잔 정도 마시니까 거의 안 마시는 셈이에요.

가 가족과 외식을 자주 하세요?
나 지난달은 5번, 이번 달은 3번 했으니까 일주일에 한 번 하는 셈이에요.

單元18 表示狀態時

01 –아/어 놓다

1 가 어떻게 해요? 수돗물을 잠그는 걸 깜빡했어요.
나 수돗물을 틀어 놓고 나왔다고요? 빨리 집에 가 보세요.

가 어떻게 해요? 가스 불을 끄는 걸 깜빡했어요.
나 가스 불을 켜 놓고 나왔다고요? 빨리 집에 가 보세요.

가 어떻게 해요? 고기를 냉장고에 넣는 걸 깜빡했어요.
나 고기를 냉장고에 안 넣어 놓고 나왔다고요? 빨리 집에 가 보세요.

2 가 엄마, 나가서 놀아도 돼요?
나 네 방을 정리했니? 방을 정리해 놓고 놀아야지.

가 엄마, 텔레비전 봐도 돼요?
나 숙제를 다 했니? 숙제를 다 해 놓고 텔레비전을 봐야지.

가 엄마, 다른 책을 꺼내 봐도 돼요?
나 보던 책을 책장에 꽂았니? 보던 책을 책장에 꽂아 놓고 다른 책을 꺼내 봐야지.

02 –아/어 두다

1 가 내일 발표 준비 다 했어요?
나 네, 발표 내용을 미리 외워 두었으니까 걱정하지 마세요.

가 내일 회의 준비 다 했어요?
나 네, 필요한 서류들을 미리 찾아 두었으니까 걱정하지 마세요.

가 내일 세미나 준비 다 했어요?
나 네, 좋은 자료들을 미리 모아 두었으니까 걱정하지 마세요.

2 가 일본에 가면 아사코 집에서 며칠 묵을 거라면서요?

나 네, 그래서 아사코 씨 부모님께 인사라도 할 수 있게 인사말을 미리 공부해 두려고요.

가 일본에 가면 아사코 집에서 며칠 묵을 거라면서요?

나 네, 그래서 아사코 씨 부모님께 실수하지 않게 일본 문화를 미리 알아두려고요.

가 일본에 가면 아사코 집에서 며칠 묵을 거라면서요?

나 네, 그래서 아사코 씨 부모님께 드리게 한국 전통 물건을 미리 준비해 두려고요.

03 –(으)ㄴ 채로

1 가 기침이 심하네요.
나 어젯밤에 창문을 열어 놓은 채로 잤더니 감기에 걸린 것 같아요.

가 눈이 빨가네요.
나 어제 콘택트렌즈를 낀 채로 수영을 했더니 눈이 충혈된 것 같아요.

가 얼굴에 뭐가 많이 났네요.
나 며칠 동안 피곤해서 화장을 지우지 않은 채로 잤더니 뾰루지가 난 것 같아요.

2 가 한국에서 어른들과 술을 마실 때 지켜야 될 예절이 있어요?
나 고개를 한쪽으로 돌린 채 술을 마셔야 돼요.

가 한국에서 다른 사람 집에 갈 때 지켜야 될 예절이 있어요?
나 신발을 신은 채 실내에 들어가면 안 돼요.

가 한국에서 식사를 할 때 지켜야 될 예절이 있어요?
나 음식을 입에 넣은 채 이야기를 하면 안 돼요.

04 –(으)ㄴ/는 대로

1 가 이 단어 발음 좀 가르쳐 주세요.
나 조금 어려우니까 내가 발음하는 대로 따라해 보세요.

가 이 수학 문제 좀 풀어 주세요.
나 내가 문제를 푸는 대로 따라 풀어 보세요.

가 뜨개질 하는 방법 좀 알려 주세요.
나 나도 잘 못하지만 내가 하는 대로 해 보세요.

2 가 지난달에 시작한 프로젝트를 잘 끝낼 수 있어요?
나 네, 계획대로 잘 진행하고 있습니다.

가 오늘 날씨가 별로 안 좋은데 비행기가 제 시간에 도착할 수 있어요?
나 네, 예정대로 10시에 도착할 겁니다.

가 이 기계의 사용 방법을 알려 줄 수 있어요?
나 설명서에 있는 설명대로 사용하면 됩니다.

單元19 表示性質和屬性時

01 –(으)ㄴ/는 편이다

1 가 한국 사람들은 커피를 많이 마시지요?
나 네, 녹차에 비해서 커피를 많이 마시는 편이에요.

가 올해는 작년보다 조금 덜 추운 것 같지요?
나 네, 올해 날씨는 작년보다 덜 추운 편이에요.

가 동생이 운동을 잘하지요?
나 네, 다른 가족들에 비해서 운동을 잘하는 편이에요.

2 가 지난달까지 추진하던 일은 잘 되었어요?
나 아니요, 노력한 것에 비해서 결과가 그렇게 좋지는 않은 편입니다.

가 요즘도 많이 바빠요?
나 아니요, 요즘에는 손님이 별로 없어서 지난달에 비해서 그렇게 바쁘지 않은 편입니다.

가 가족들하고 외식을 자주 해요?
나 아니요, 우리 가족은 집에서 먹는 것을 좋아해서 외식은 자주 하지 않는 편입니다.

02 스럽다

1 가 내일 면접을 보러 간다면서요?
나 네, 항상 면접을 보러 가면 긴장이 많이 돼서 내일도 잘할 수 있을지 걱정스러워요.

가 이번에 여우주연상을 받았다면서요?
나 네, 받기 힘든 상을 받아서 정말 감격스러워요.

가 진수 씨가 생일 파티를 호텔에서 한다면서요?
나 네, 호텔에서 하니까 정말 부담스러워요.

2 가 철수 씨 부모님은 며느릿감으로 어떤 여자를 좋아하세요?
나 얼굴이 복스러운 여자를 좋아하세요.

가 영희 씨는 어떤 남자를 싫어하세요?
나 성격이 변덕스러운 남자는 싫어요.

가 어떤 옷을 사고 싶으세요?
나 조금 어른스러워 보이는 옷을 사고 싶어요.

03 답다

1 가 그 남자가 그렇게 좋아요?

나 네, 정말 신사답게 행동하거든요.

가 저 변호사가 그렇게 유능해요?
나 네, 모든 일을 전문가답게 잘 처리하거든요.

가 큰아들이 그렇게 믿음직스러워요?
나 네, 큰아들답게 믿음직스럽게 행동하거든요.

2 가 저 선수가 하는 다른 경기도 봤어요?
나 네, 저 선수는 경기도 잘하고 소속 팀 리더답게 팀을 잘 이끌더라고요.

가 저 배우가 나오는 다른 드라마도 봤어요?
나 네, 저 배우는 악역 전문 연기자답게 주인공을 괴롭히는 연기를 잘하더라고요.

가 저 커피숍에서 커피를 마셔봤어요?
나 네, 유명한 커피숍답게 모든 커피가 맛있더라고요.

單元20 表示強調時

01 얼마나 –(으)ㄴ/는지 모르다

1 가 진수 씨가 요즘에 공부를 열심히 하는 것 같지요?
나 네, 요즘에 얼마나 열심히 공부하는지 몰라요.

가 나오코 씨는 외국 사람인데 매운 음식을 잘 먹는 것 같지요?
나 네, 매운 음식을 얼마나 잘 먹는지 몰라요.

가 지금 길이 많이 막히는 것 같지요?
나 네, 요즘에 공사를 해서 길이 얼마나 많이 막히는지 몰라요.

2 가 여행을 갈까 하는데 설악산이 어때요?
나 설악산은 경치가 얼마나 아름다운지 몰라요. 꼭 가 보도록 하세요.

가 쇼핑을 할까 하는데 동대문시장이 어때요?
나 동대문시장은 물건이 얼마나 싸고 많은지 몰라요. 꼭 가 보도록 하세요.

가 심리학과 수업을 들을까 하는데 김 교수님의 수업이 어때요?
나 김 교수님의 수업이 얼마나 재미있는지 몰라요. 꼭 들어보도록 하세요.

02 –(으)ㄹ 수밖에 없다

1 가 오늘따라 저녁 식사가 맛이 없네요.
나 점심에 그렇게 많이 먹었으니 맛이 없을 수밖에 없지요.

가 오늘따라 일이 정말 힘드네요.
나 일을 미뤘다가 한꺼번에 하니까 힘들 수밖에 없지요.

가 오늘따라 정말 초조하네요.
나 면접을 본 회사에서 연락을 주기로 한 날이니까 초조할 수밖에 없지요.

2 가 수연 씨가 왜 저렇게 결혼을 서두르지요?
나 갑자기 올해 말에 유학을 가게 돼서 서두를 수밖에 없을 거예요.

가 채소값이 왜 이렇게 많이 올랐지요?
나 요즘 계속 비가 오는 바람에 수확량이 적어져서 오를 수밖에 없을 거예요.

가 김 과장님이 왜 집을 팔려고 하지요?
나 갑자기 아이가 아파서 돈이 많이 필요하니까 집을 팔 수밖에 없을 거예요.

03 –(으)ㄹ 뿐이다

1 가 나오코 씨를 알면 소개 좀 해 주세요.
나 저도 잘 몰라요. 그냥 이름만 알 뿐입니다.

가 많이 아프면 좀 쉬세요.
나 괜찮아요. 그냥 기운만 조금 없을 뿐입니다.

가 진수 씨처럼 빨리 승진할 수 있는 비결을 알려 주세요.
나 글쎄요. 저는 그냥 일만 열심히 할 뿐입니다.

2 가 정말 날씬해지셨네요. 다이어트했어요?
나 아니요, 아침마다 걷기 운동만 30분씩 했을 뿐이에요.

가 집이 정말 깨끗해졌네요. 대청소했어요?
나 아니요, 그냥 정리만 했을 뿐이에요.

가 한국 역사에 대해서 잘 아시네요. 공부했어요?
나 아니요, 역사책만 한 권 읽었을 뿐이에요.

04 (이)야말로

1 가 건강을 지키는 데 가장 중요한 것이 뭐라고 생각해요?
나 운동이야말로 가장 중요한 것이라고 생각해요.

가 외국 생활에 잘 적응하는 데 가장 중요한 것이 뭐라고 생각해요?
나 그 나라 언어를 빨리 배우는 것이야말로 가장 중요한 것이라고 생각해요.

가 회사에서 인정받는 데 가장 필요한 것이 뭐라고 생각해요?
나 성실함이야말로 회사에서 인정받는 데 가장 필요

한 것이라고 생각해요.

2 가 지금까지 봤던 영화 중에서 가장 감명 깊었던 영화는 뭐예요?
나 '로마의 휴일'이야말로 가장 감동적인 영화였어요. 이루어질 수 없는 사랑에 가슴 아팠거든요.

가 지금까지 여행했던 곳 중에서 가중 기억에 남는 곳은 어디예요?
나 '뉴욕'이야말로 가장 기억에 남는 곳이에요. 다양한 사람들과 문화를 볼 수 있었거든요.

가 지금까지 먹어 본 음식 중에서 가장 맛있는 음식은 뭐예요?
나 '불고기'야말로 가장 맛있는 음식이에요. 맛도 있고 건강에도 좋거든요.

單元21 表示目的時

01 -게

1 가 양강 씨 생일에 무슨 선물을 하면 좋을까요?
나 양강 씨가 종이 사전을 가지고 다니더라고요
가 그래요? 그럼 단어를 빨리 찾을 수 있게 전자사전을 사 줄까요?

가 양강 씨 생일에 무슨 선물을 하면 좋을까요?
나 양강 씨가 커피를 자주 마시더라고요.
가 그래요? 그럼 집에서도 커피를 마실 수 있게 커피 메이커를 사 줄까요?

가 양강 씨 생일에 무슨 선물을 하면 좋을까요?
나 양강 씨가 '소녀시대'를 좋아하더라고요.
가 그래요? 그럼 '소녀시대' 공연을 직접 볼 수 있게 콘서트 표를 사 줄까요?

2 가 수진 씨, 그렇게 떠들면 아이가 잠을 잘 수 없잖아요.
나 미안해요. 아이가 잠을 잘 수 있게 조용히 할게요.

가 수진 씨, 그렇게 음악을 크게 들으면 다른 사람에게 방해가 되잖아요.
나 미안해요. 방해되지 않게 이어폰을 낄게요.

가 수진 씨, 그렇게 빨리 말하면 외국 친구들이 이해할 수 없잖아요.
나 미안해요. 외국 친구들도 이해할 수 있게 천천히 말할게요.

02 -도록

1 가 여보, 어떤 집으로 이사하면 좋을까요?
나 아이가 마음껏 뛰어놀 수 있도록 마당이 있는 집으로 이사하는 게 좋겠어요.

가 여보, 이번 주말에 어디로 여행을 가면 좋을까요?
나 아이가 자연을 체험할 수 있도록 시골 농장에 가는 게 좋겠어요.

가 여보, 아이에게 어떤 선물을 사 주면 좋을까요?
나 아이가 상상력을 키울 수 있도록 동화책을 사 주는 게 좋겠어요.

2 가 요즘 시간 활용을 잘 못하는 것 같아서 속상해요.
나 시간을 낭비하지 않도록 계획을 잘 세워 보세요.

가 그동안 저축한 돈이 하나도 없어서 속상해요.
나 돈을 어디에 쓰는지 알 수 있도록 가계부를 써 보세요.

가 가게에 손님들이 줄어들어서 속상해요.
나 손님들이 다시 올 수 있도록 가게 분위기를 바꿔 보세요.

單元22 表示完成時

01 -았/었다가

1 가 왜 약속을 취소하셨어요?
나 그날 회식이 있더라고요. 그래서 약속을 했다가 취소했어요.

가 왜 치마로 갈아입으셨어요?
나 바지가 잘 안 어울리더라고요. 그래서 바지를 입었다가 치마로 갈아입었어요.

가 왜 다시 집에 들어오셨어요?
나 지갑을 안 가져갔더라고요. 그래서 나갔다가 집에 다시 들어왔어요.

2 가 어제 연예인을 봤다면서요?
나 네, 명동에 나갔다가 영화배우 '현빈'을 봤어요.

가 남자 친구를 한국에서 만났다면서요?
나 네, 작년에 한국에 여행하러 왔다가 남자 친구를 만났어요.

가 여행 가서 고생을 많이 했다면서요?
나 네, 섬에 들어갔다가 비가 많이 오는 바람에 고생을 했어요.

02 -았/었던

1 가 이번 여름휴가는 어디로 갈까요?
나 작년 여름에 갔던 장소로 다시 가면 어때요?

가 오늘 저녁에 어디에서 만날까요?
나 우리가 처음 만났던 공원에서 만나면 어때요?

가 오늘 동창회에서 무슨 노래를 부를까요?
나 지난 회식 때 불렀던 노래를 다시 부르면 어때요?

2 가 오늘 저녁에는 삼계탕을 먹으면 어때요?
나 점심에 먹었던 거라서 다른 걸 먹고 싶어요.

가 오늘 파티에 갈 때 이 원피스를 입으면 어때요?
나 지난번에 입었던 거라서 다른 걸 입고 싶어요.

가 이 DVD를 빌리면 어때요?
나 작년에 봤던 거라서 다른 영화를 보고 싶어요.

03 -아/어 버리다

1 가 빨래가 많이 쌓였네요.
나 네, 그래서 오늘 그동안 못했던 빨래를 다 해 버리려고요.

가 이 음식이 며칠째 냉장고에 있네요.
나 네, 그래서 저녁 때 그 음식을 다 먹어 버리려고요.

가 아직 이삿짐 정리가 안 되었네요.
나 네, 그래서 이번 주말에 이삿짐 정리를 다 해 버리려고요.

2 가 남자 친구랑 헤어졌다면서요?
나 네, 그래서 그 사람이 준 물건들을 친구들에게 다 줘 버렸어요.

가 남자 친구랑 헤어졌다면서요?
나 네, 그래서 그 사람이 보낸 문자들을 다 지워 버렸어요.

가 남자 친구랑 헤어졌다면서요?
나 네, 그래서 그 사람과 같이 찍은 사진들을 다 찢어 버렸어요.

04 -고 말다

1 가 오늘 또 쇼핑하셨어요?
나 네, 구경만 하려고 했는데 예뻐서 사고 말았어요.

가 오늘 또 지각하셨어요?
나 네, 늦지 않으려고 택시를 탔는데 길이 막혀서 지각하고 말았어요.

가 오늘 또 술을 드셨어요?
나 안 마시려고 했는데 사람들이 하도 권해서 마시고 말았어요.

2 가 어제 그 드라마 보셨죠? 어떻게 됐어요?
나 부모님이 반대해서 주인공이 사랑하는 여자랑 헤어지고 말았어요.

가 어제 그 드라마 보셨죠? 어떻게 됐어요?
나 나쁜 사람들 때문에 주인공의 회사가 망하고 말았어요.

가 어제 그 드라마 보셨죠? 어떻게 됐어요?
나 의사들이 최선을 다했지만 주인공이 죽고 말았어요.

單元23 表示無用時

01 -(으)나 마나

1 가 아키라 씨에게 그 자료를 찾았는지 전화해 볼까요?
나 아키라 씨도 어제 늦게 들어갔으니까 전화해 보나 마나 못 찾았을 거예요.

가 오늘 축구 경기에서 어느 팀이 이겼는지 인터넷으로 찾아볼까요?
나 지금까지 서울 팀이 우승을 했으니까 찾아보나 마나 서울 팀이 이겼을 거예요.

가 지수 씨에게 남자 친구가 있는지 물어볼까요?
나 지수 씨는 남자들에게 인기가 많으니까 물어보나 마나 틀림없이 있을 거예요.

2 가 자동차가 고장이 났는데 고치러 안 가요?
나 자동차가 오래돼서 고치나 마나예요. 새 차를 사야겠어요.

가 걸레가 너무 더러운데 안 빨아요?
나 너무 더러워서 빠나 마나예요. 그냥 버려야겠어요.

가 토픽 시험을 안 봐요?
나 공부를 안 해서 보나 마나예요. 그냥 다음번에 봐야겠어요.

02 -아/어 봤자

1 가 철민 씨에게 이사할 때 좀 도와 달라고 부탁할까요?
나 부탁해 봤자 소용없을 거예요. 철민 씨가 요즘 바쁘거든요.

가 사장님께 월급을 올려 달라고 말씀드려 볼까요?
나 말씀드려 봤자 소용없을 거예요. 요즘 회사 사정이 안 좋거든요.

가 지수 씨에게 마음을 바꾸라고 얘기해 볼까요?
나 얘기해 봤자 소용없을 거예요. 고집이 너무 세거든요.

2 가 이번 여름에 부산으로 여행을 가고 싶은데 많이 더울까 봐 못 가겠어요.
나 부산의 날씨가 더워 봤자 얼마나 덥겠어요? 그냥 가세요.

가 저 옷이 마음에 드는데 비쌀까 봐 못 사겠어요.
나 동대문시장에서 옷이 비싸 봤자 얼마나 비싸겠어요? 그냥 사세요.

가 저 영화를 보고 싶은데 무서울까 봐 못 보겠어요.
나 어린이 영화가 무서워 봤자 얼마나 무섭겠어요? 그냥 보세요.

單元24 表示假設狀況時

01 -(느)ㄴ다면

1 가 그 소식 들었어요? 그 배우가 결혼할지도 모른대요.
나 정말요? 그 배우가 결혼한다면 많은 여자들이 실망하겠어요.

가 그 소식 들었어요? 이번 개교기념일에 안 쉴지도 모른대요.
나 정말요? 그날 쉬지 않는다면 박물관에 못 가겠어요.

가 그 소식 들었어요? 준호 씨가 한 얘기가 거짓말일지도 모른대요.
나 정말요? 준호 씨가 한 얘기가 거짓말이라면 앞으로는 그 사람과 얘기하지 않겠어요.

2 가 어렸을 때 꿈이 뭐였어요?
나 가수였어요. 노래를 잘했다면 가수가 되었을 거예요.

가 어렸을 때 꿈이 뭐였어요?
나 발레리나였어요. 발레에 소질이 있었다면 발레를 그만두지 않았을 거예요.

가 어렸을 때 꿈이 뭐였어요?
나 축구 선수였어요. 중학교 때 다리를 다치지 않았다면 축구를 계속했을 거예요.

02 -았/었더라면

1 가 민지 씨가 발표할 때 실수를 많이 했다면서요?
나 네, 민지 씨가 연습을 많이 했더라면 실수하지 않았을 텐데 아쉬워요.

가 음식이 많이 모자랐다면서요?
나 네, 음식을 많이 준비했더라면 모자라지 않았을 텐데 아쉬워요.

가 아키라 씨의 공연이 취소되었다면서요?
나 네, 어제 비가 오지 않았더라면 취소되지 않았을 텐데 아쉬워요.

2 가 강이 많이 깨끗해졌다지요?
나 네, 환경 단체들이 노력하지 않았더라면 이렇게 깨끗해지지 않았을 거예요.

가 그 환자가 살았다지요?
나 네, 의사들이 포기했더라면 그 환자는 살 수 없었을 거예요.

가 이번에 가난한 학생들이 장학금을 받았다지요?
나 네, 한 사업가가 재산을 기부하지 않았더라면 그 학생들은 학교를 그만두어야 했을 거예요.

03 -(으)ㄹ 뻔하다

1 가 이거 웨이밍 씨 휴대전화 아니에요?
나 아, 맞아요. 하마터면 휴대전화를 식당에 두고 갈 뻔했네요.

가 내일이 양강 씨 생일 아니에요?
나 아, 맞아요. 하마터면 양강 씨 생일을 잊어버릴 뻔했네요.

가 오늘 회의가 2시부터 아니에요?
나 아, 맞아요. 하마터면 회의에 못 갈 뻔했네요.

2 가 여기까지 찾아오느라고 힘드셨지요?
나 네, 내비게이션이 없었더라면 정말 고생할 뻔했어요.

가 보고서를 완성하느라고 힘드셨지요?
나 네, 동료가 도와주지 않았더라면 보고서를 못 끝낼 뻔했어요.

가 비행기 표를 구하느라고 힘드셨지요?
나 네, 여행사에 아는 사람이 없었더라면 못 구할 뻔했어요.

單元25 表示後悔時

01 -(으)ㄹ걸 그랬다

1 가 여보, 음식을 너무 많이 시켜서 많이 남았어요.
나 음식을 조금만 시킬걸 그랬네요.

가 여보, 이번 달에 카드를 많이 써서 생활비가 부족해요.
나 텔레비전은 다음 달에 살걸 그랬네요.

가 여보, 요즘 바빠서 쌀이 떨어진 걸 몰랐어요.
나 아까 마트에 갔을 때 쌀을 사 올걸 그랬네요.

2 가 왜 주스를 사 왔어? 연주 씨가 음료수를 많이 가지고 왔는데.
나 그래? 연주 씨가 음료수를 많이 가지고 올 줄 알았으면 사 오지 말걸.

가 왜 밥을 먹고 왔어? 정민 씨가 맛있는 음식을 많이 차렸는데.
나 그래? 맛있는 음식을 많이 차릴 줄 알았으면 밥을 먹지 말걸.

가 왜 회사를 옮겼어? 예전 회사의 월급이 많이 올랐는데.
나 그래? 월급이 많이 오를 줄 알았으면 회사를 옮기지 말걸.

02 -았/었어야 했는데

1 가 주말에 여행 잘 다녀오셨어요?
나 아니요, 편한 신발을 신고 갔어야 했는데 높은 구두를 신고 가서 힘들었어요.

가 어제 집들이 잘하셨어요?
나 아니요, 음식을 맵지 않게 만들었어야 했는데 너무 매워서 친구들이 못 먹었어요.

가 어제 면접 볼 회사에 잘 찾아가셨어요?
나 아니요, 미리 회사 위치를 찾아보고 갔어야 했는데 길을 잘 못 찾아서 30분이나 지각했어요.

2 가 시험공부 많이 했어?
나 아니, 영화를 보다가 못했어. 어제 영화를 보지 말았어야 했는데.

가 동현 씨에게 연락했어?
나 아니, 연락처를 몰라서 못했어. 연락처를 휴대전화에 저장해 두었어야 했는데.

가 지난번에 산 책을 다 읽었어?
나 아니, 너무 어려워서 못 읽었어. 내 수준에 맞는 책을 골랐어야 했는데.

單元26 表示習慣和態度時

01 -곤 하다

1 가 주말에 뭐 하셨어요?
나 친구와 영화를 봤어요. 친구가 영화 관련 일을 해서 만나면 영화를 보곤 하거든요.

가 추석 때 뭐 하셨어요?
나 가족들과 만두를 만들었어요. 가족들이 만두를 좋아해서 모이면 만두를 만들곤 하거든요.

가 지난 연휴 때 뭐 하셨어요?
나 미술관에 갔다 왔어요. 그림에 관심이 많아서 시간이 있으면 미술관에 가곤 하거든요.

2 가 세훈아, 우리 학교 다닐 때 생각이 나?
나 그럼, 학교 잔디밭에 앉아 밤새도록 이야기하곤 했잖아. 그때가 그립다.

가 여보, 우리 연애할 때 생각이 나?
나 그럼, 당신이랑 이야기하고 싶어서 새벽까지 통화하곤 했잖아. 그때가 그립다.

가 밀라 씨, 우리 뉴욕에서 살 때 생각이 나?
나 그럼, 유명한 뮤지컬을 보려고 몇 시간씩 기다리곤 했잖아. 그때가 그립다.

02 -기는요

1 가 한국에 오신 지 얼마 안 되었는데 한국 문화를 잘 아시네요.
나 잘 알기는요. 몰라서 실수할 때가 많은데요.

가 중국어를 시작하신 지 얼마 안 되었는데 중국어가 유창하시네요.
나 유창하기는요. 겨우 알아듣고 대답하는 수준인데요.

가 한국 음식을 배운 지 얼마 안 되었는데 음식 솜씨가 좋으시네요.
나 좋기는요. 요리책을 보고 하면 누구나 할 수 있는

2 가 수현 씨 딸은 공부를 잘하지요?
나 잘하기는요. 공부는 안 하고 놀기만 해서 걱정이에요.

가 수현 씨 아들은 편식을 안 하지요?
나 안 하기는요. 음식을 하도 가려 먹어서 속상해요.

가 수현 씨 남편은 집안일을 좀 도와주지요?
나 도와주기는요. 집에 오면 텔레비전만 봐서 짜증나요.

03 -(으)ㄴ/는 척하다

1 가 어떤 남자가 싫어요?
나 똑똑하지 않으면서 여자들 앞에서 똑똑한 척하는 남자요.

가 어떤 여자가 싫어요?
나 여자들 앞에서는 안 그러면서 남자들 앞에서만 친절한 척하는 여자요.

가 어떤 동료가 싫어요?
나 별로 바쁘지 않으면서 해야 할 일이 생기면 바쁜 척하는 동료요.

2 가 별로 만나고 싶지 않은 사람을 우연히 만나면 어떻게 해요?
나 그럴 때는 보고도 못 본 척하고 지나가요.

가 별로 듣고 싶지 않은 이야기를 하는 친구가 있으면 어떻게 해요?
나 그럴 때는 다른 약속이 있는 척하고 자리를 피해요.

가 별로 마시고 싶지 않은 술을 계속 권하는 상사가 있으면 어떻게 해요?
나 그럴 때는 배가 아픈 척하고 술잔을 안 받아요.

文法索引

台灣廣廈 國際出版集團 Taiwan Mansion International Group

國家圖書館出版品預行編目（CIP）資料

我的第一本韓語文法【進階篇：QR碼修訂版】/閔珍英, 安辰明著. -- 2版. -- 新北市：國際學村出版社, 2022.08
面； 公分
譯自：Korean grammar in use intermediate
ISBN 978-986-454-226-0(平裝)

1.CST: 韓語 2.CST: 語法

803.26　　111007841

我的第一本韓語文法【進階篇：QR碼修訂版】

作　　者／閔珍英、安辰明
審　　定／楊人從
編輯中心編輯長／伍峻宏
編輯／邱麗儒
封面設計／林珈伃・**內頁排版**／菩薩蠻數位文化有限公司
製版・印刷・裝訂／東豪・弼聖・紘億・明和

行企研發中心總監／陳冠蒨
媒體公關組／陳柔彣
綜合業務組／何欣穎
線上學習中心總監／陳冠蒨
產品企製組／黃雅鈴

發 行 人／江媛珍
法律顧問／第一國際法律事務所 余淑杏律師・北辰著作權事務所 蕭雄淋律師
出　　版／國際學村
發　　行／台灣廣廈有聲圖書有限公司
地址：新北市235中和區中山路二段359巷7號2樓
電話：（886）2-2225-5777・傳真：（886）2-2225-8052

代理印務・全球總經銷／知遠文化事業有限公司
地址：新北市222深坑區北深路三段155巷25號5樓
電話：（886）2-2664-8800・傳真：（886）2-2664-8801
郵政劃撥／劃撥帳號：18836722
劃撥戶名：知遠文化事業有限公司（※單次購書金額未達1000元，請另付70元郵資。）

■出版日期：2022年08月
ISBN：978-986-454-226-0